T-볼과 별난 도둑

T-볼과 별난 도둑

ⓒ 신원우, 2022

초판 1쇄 발행 2022년 3월 15일

지은이   신원우
그린이   김석
펴낸이   이기봉
편집   좋은땅 편집팀
펴낸곳   도서출판 좋은땅
주소   서울특별시 마포구 양화로12길 26 지월드빌딩 (서교동 395-7)
전화   02)374-8616~7
팩스   02)374-8614
이메일   gworldbook@naver.com
홈페이지   www.g-world.co.kr

ISBN   979-11-388-0734-0 (03810)

신원우 지음

T-볼과 별난 도둑

좋은땅

차례

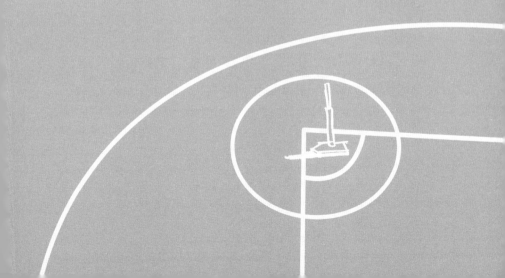

제1장

금이 간 우애

1

3월 15일.

나에게는 잊히지 않는 기억이 있다. 아무리 잊으려 해도 마음대로 되지 않는다. 벗어나고 싶어도 벗어날 수가 없다. 정체를 알 수 없는 그 기억은 잊을 만하면 되살아났고, 나를 또 그토록 괴롭힌다. 이것이 문제이다. 극복해야만 할 나의 문제.

2

3월 25일.

되돌아보면 그 일은 한 달 전에 일어났다. 그 당시 난 줄곧 이런 생각에 잠겨 있었다.

'온종일 동생과 놀아 줄 수는 없다. 그러면 나만의 시간은 사라지고 만다. 나도 나름의 시간을 갖고 싶다.'

그렇다고 하더라도 어느 한구석에는,

'동생도 잘 돌봐야지.'

라는 마음도 있었던 것 같다.

그 마음이 어느새 확고한 자리를 잡았기 때문인지, 어린 동생을 홀로 남겨 두고 밖에 나가 놀 때는 마음이 편치 않았고 찜찜했다.

친구들과 함께 신나게 놀다 들어왔을 때조차도,

'참 잘 놀았다.'

라는 개운한 맛은 없었다.

그뿐이 아니었다. 뒷골이 당기는 찜찜한 기분으로 돌아오면 그때마다 문 앞에는 잔뜩 화가 난 엄마의 표정이 기다리고 있었다.

그런 엄마는 씁쓸한 나의 기분은 모른 척했고,

"넌, 왜 그 모양이니? 동생은 내팽개치고."

라는 말만 되풀이하곤 했다. 어떤 때는,

"그렇게 친구들이 좋으면 아예 같이 살지, 왜 들어왔어?"

라는 말을 한 적도 있었다. 이런 말은 콕콕 찌르는 송곳이 되어 내 마음에 깊은 상처를 냈다.

엄마의 잔소리도 한두 번이지 똑같은 말을 계속 듣다 보니 어느새 그런 말도 듣기 싫어졌다. 어쩌면 그런 말이 싫증 나 더욱더 밖으로만 싸돌아다녔는지도 모르겠다. 일부러 밤늦게까지 안 들어왔는지도.

그러던 어느 날 하나의 사건이 일어났다. 지난 2월 25일이다. 아! 그 날을 어찌 잊을 수 있으랴! 엄마와의 팽팽한 긴장감 속에 파묻혀 지내던 중 동생인 소강이에게 끔찍한 일이 일어난 것이었다. 곰곰 생각해 보면, 터질 것만 같던 그 긴장감의 불똥이 아무것도 모르는 소강이에게 튄 것이 아니었을까? 집에서 놀고 있어야 할 소강이가 보이지 않는 것이었다. 저녁때가 되어도, 한밤중이 되었는데도 보이지 않았다. 이상하게도 그날은 엄마의 모습도 찾아볼 수 없었다. 겁이 덜컥 난 나는 곧바로 하나의 의문에 사로잡혔다.

'혹시, 무슨 일이 일어난 거 아냐?'

왠지 모를 불안감에 사로잡혀 마음을 졸이며 엄마나 동생이 돌아오기만을 기다렸다. 기다리고 기다려 봤지만 소용없는 일이었다.

다음 날 아침이 되어서야,

"병원에 옮겼지만, 의식이 없어."

라는 말만이 귓전에 전해졌을 뿐이었다.

'헐! 병원이라니…. 의식이 없다니….'

놀랍기도 하고 별별 걱정이 들었지만, 그때는 곧바로 전화가 끊어지는 바람에 다른 어떤 것을 여쭤볼 틈이 없었다. 왜 병원에 갔는지, 왜 의식이 없는지, 어디를 어떻게 다친 것인지 등등. 이런 의문들이 답답한 내 머릿속을 힘겹게 맴돌 뿐이었다.

'혹시 나 때문에? 설마! 나 때문에 다친 건 아니겠지.'

불안감은 더욱더 커져만 갔다.

미안하다. 생각해 보면 볼수록 미안한 마음뿐이었다.

'아! 그날 내가 놀아 줬더라면, 하다못해 옆에라도 있어 줬더라면…. 동생에게 그런 일은, 그런 사고는 일어나지 않았을 텐데.'

지금도 그날을 되새겨 보면 볼수록 후회만 남는다. 그 때문일까? 그날의 그 기억이 잊히지 않는다. 아무리 노력해 봐도 안 되었다. 마음의 한구석에는 늘 그 아픔이 그대로 남아 있다.

3

4월 25일.

그날 이후 그럭저럭 두 달이 흘러갔다. 그렇다고 동생의 의식이 돌아온 것도 아니었고, 그날의 안 좋은 기억이 사라진 것도 아니다. 오히려 그 반대였다. 더욱더 심해졌고, 이제는 그 기억이 잊히지 않고 나를 괴롭히는 차원을 넘어 하나의 습관을 만들어 내기에 이르렀다. 뒤돌아보면 그런 습관이 붙은 지도 꽤 오래된 것 같다. 괴롭기만 했던 그날의 그 아픔을 극복하기 위해 시작된 어떤 행동이 하나의 습관처럼 굳어진 것이었다.

그런데 그 습관이란 좋은 것이 아니었다. 아니, 좋지 않은 정도가 아니라 아주 안 좋은 것이었다. 그 때문에 주변의 사람들에게는 매우 나쁜 것으로 여겨졌을지도 모르겠다. 솔직히 말하자면, 습관적으로 나타나는 그와 같은 나의 행동은 주변의 사람들에게 큰 피해를 줬고, 도덕적으로 보면 저질이었고 법적으로는 중대한 범죄였다. 물론 이런 것도 난 잘 알고 있었다. 알고 있으면서도 그런 짓을 했던 것이었다.

그러던 어느 날 이런 생각이 떠올랐다.

'병일지도 모른다. 그런 행동도….'

생각이란 참 이상한 것이어서 그 이후로는 이 생각만이 계속 떠올랐다. 물론 나만의 헛된 상상이었는지도 모르겠다. 그렇지만 나는 그럴 때마다 그런 망상에도 시달려야 했다. 떠올리고 싶지 않았지만, 생각하고 싶지 않았지만, 생각하지 않고 떠올리지 않았어도 절로 생각났고 떠올랐다. 진짜 강하다는 '진강'이 나의 이름인데, 이제는 그 이름값도 할 수 없다. 그 이름처럼 이전으로 돌아가고 싶은데, 그럴 만한 힘이 나에게는 없다. 본 모습으로 돌아가고 싶지만 그럴 만한 힘이….

언제부터였을까? 확실치는 않다. 그런 증상이 나타나기 시작한 때는. 그렇지만 그런 망상에서 비롯된 하나의 행동이, 그런 행동으로 인해 붙어 버린 하나의 습관이 지금의 내 몸을 지배하고 있다. 몸뿐이 아니다. 이제는 마음마저 갉아먹는다. 그래서 그런지, 그런 행동을 하루라도 하지 않으면 몸이 근질거리고 마음은 이글거린다.

어디를 둘러봐도 마음 둘 곳이 없다. 이럴 때면 난 책상 서랍에서 어떤 물건을 하나씩 꺼내기 시작한다. 티볼공을 꺼내 냄새를 맡아 보고, 글러브도 꺼내 냄새를 맡아 본다. 티볼공을 글러브에 던지고 꺼낸 다음 다시 또 던진다.

오늘 아침 티볼 교실에서 몰래 가져온 5만 원짜리 지폐 1장도 꺼내 만져 보고, 뚫어질 듯 들여다본 다음 냄새도 맡아 본다. 만져 보고 들여다보고 냄새를 맡다 보면 저도 모르게 기분이 좋아질 뿐 아니라, 지금도 의식이 깨어나지 않은 채 입원 중인 동생 일도 망각의 저편으로 사라진다. 동생에게는 정말 미안하지만, 걱정도 안 좋은 그 기억도 들키고 싶고 매 맞고 싶은 마음마저도 저 멀리 사라지고 없어진다.

시원하다. 그동안 나를 옭아맸던 마음의 쇠사슬이 풀린 듯 홀가분하다. 그런 식으로 놀다 보면 손과 발이 절로 움직인다. 넋이 나간 사람처럼 즐겁다. 정체를 알 수 없는 웃음이 히죽히죽 흘러나온다. 이보다 더 즐거울 수가 없다. 저 깊은 밑바닥에서 정체를 알 수 없는 기쁨이 솟구쳐 올라와 온몸을 뒤덮고 마음마저 휘어잡는다. 뼈의 마디마디가 풀어지며 굳어졌던 몸이 제멋대로 움직인다. 우울했던 마음도 환상에 취해 너울너울 춤을 추기 시작한다. 이런 느낌을 하늘을 나는 기분이라고 하는 것일까? 이보다 더 좋을 수는 없고 더 행복할 수도 없다. 최고다. 중독된 건 아닐까? 이제는 나도 어찌해 볼 수 없다. 그처럼 별난 행동에 의존하지 않고서는 더 이상 살아갈 수 없게 된 것 같다.

제2장

박누리 선생님과
어떤 학부모

1

3월 30일.

교육감 배 스포츠클럽 지역 예선 티볼 대회 일정이 발표되었다. 3월 31일에는 이 대회에 출전할 서울푸른솔초등학교 선수 명단 15명이 발표되었다.

그리고 4월 9일에는 한 어머니가 이 학교를 방문했다.

"선생님! 우리 아이가 좀 이상해졌어요."

"아! 에, 그래요? 이상해졌다는 말은 별난 행동을 한다는 뜻인가요? 아니면, 그 전과는 좀 다른 행동을 보인다는 뜻인가요?"

"그러고 보니, 그 전과는 좀 다른 행동을 하는 것 같은데요."

"그럼, 구체적으로 어떤 점이 달라졌나요?"

"전과는 달리 기쁨에 차 있는 듯해요."

"그러면 그건 좋은 일이 아닌가요?"

"글쎄요. 좋은 일로 보면 좋은 일로 볼 수 있겠지만 꼭 그런 것만은 아닌 것 같아서요. 뭐랄까? 달라져도 너무 달라졌거든요."

"그래요?"

박누리(여, 27세) 선생님은 이해되지 않는다는 듯 고개를 갸우뚱했다.

"그 이유를 모르겠어요. 전에는 침울했고 어둡기만 했는데, 요즘엔 그렇지 않아서요. 선생님! 느닷없이 히죽대며 혼자 웃곤 하는데, 왜 그런 행동을 하는지 그 이유를 모르겠어요."

어머니도 도통 알 수 없다는 표정으로 선생님만 바라본다. 속으로는,

'이것 말고도 걱정이 태산 같은데.'

라는 생각이 흘러간다.

한숨이 절로 나왔다. 그렇다고 이런 마음을 처음 만난 선생님께 내보일 수는 없었다.

"이유 없이 웃는다고요. 아니, 그 이유를 알 수 없다고요?"

"네. 집안이나 학원 등 주변에는 그 원인이 될 만한 일이 없고…. 혹

시 학교에서 뭔 일이 있었나 하여 이렇게 찾아뵙게 되었어요."

"그렇군요. 그런데 우리 반에서도 원인이 될 만한 일은 없는 것 같은데요. 그럴 만한 건, 없어요. 우리 반에서도. 수달이 학생과 관련된 일 중 특별히 그럴 만한 일은, 아무래도 없는 것 같은데요."

원인을 찾지 못한 선생님은 자못 심각한 표정을 지어 본다.

"그래요?"

대답은 담담하게 했지만, 수달이 어머니도 이해는 되지 않는다는 듯 선생님만 바라보고 있다.

'그 원인이 꼭 있을 것만 같은데요.'

그 원인을 생각해 보지만, 그런 와중에도 왠지 모를 걱정만이 앞서 갔고 표정은 점점 더 어두워졌다.

근심에 잠긴 어머니의 심각한 표정을 바라보며 선생님은 다음과 같이 말했다.

"그러면, 수달이 몰래 수달이와 친한 친구를 불러 알아보도록 하겠습니다. 때로는 친구들이 좀 더 잘 아는 때도 있으니까요. 학급에서 일어난 일이 아닐 때는 더욱더 그럴 수 있어요."

"예, 선생님! 그렇게 해 주시면 고맙겠습니다."

"그리고 어머님! 혹시, 수달이의 행동이나 주변에 또 다른 변화가 있는지 없는지 잘 살펴보시고 있으면 꼭 연락해 주세요."

상담은 이것으로 끝났다.

선생님은 앞문을 나가는 어머니의 뒷모습을 바라보며,

'뭔가 있기는 있는 듯한데, 그렇다고 하여 어떤 낌새를 보이는 것도 아니고. 조사를 해 봐야 하나?'

라는 생각으로 고개를 갸우뚱했다.

2

어느 정도의 고민 끝에 결심이 선 것일까? 다음 날 오후, 박누리 선생님은,

'어머님까지 다녀가셨는데.'

라는 생각으로, 수달이의 가장 친한 친구인 기찬이를 불렀다.

"네 생각에는 수달이가 좀 이상한 것 같지 않니?"

"이상하긴 이상합니다. 신생님!"

"그래? 어떻게 이상한지 설명 좀 해 줄 수 있겠니?"

"예전엔 너무 어둡고 침울하기만 했는데 요즘엔 달라졌어요."

"달라졌어. 어떻게?"

"뭐라 할까요. 무지 기뻐한다고 해야 할까요. 아니면, 무척 즐겁다고 해야 할까요. 아무튼, 그래요."

"네가 보기에도 정말 그러냐?"

"네, 선생님! 요즘엔 화도 안 내요. 툭하면 화만 내던 녀석이."

"그렇구나. 그래. 너 역시 그렇게 느끼고 있었구나."

"그럼, 또 누가 그런 말씀을 하던가요?"

"아니, 아니다."

선생님은 말끝을 흐리며, "예전과 너무 많이 달라져서요."라고 말하던 어머님의 근심 어린 표정을 떠올려 본다. 그렇다고 하여 어제의 그일을 이 아이에게 알려 줄 수는 없었다.

"선생님! 저도 좀 이상하게 생각하기는 생각했어요."

"그래? 그렇구나. 그럼, 수달이의 주변에서 달라진 것은 없니? 말하자면 그렇게 된 원인이 꼭 있을 것만 같은데…."

"원인이요?"

"그래, 그렇게 된 원인이나 어떤 계기, 좀 더 쉽게 말하자면 그 애가 요즘 새로 시작한 일이라든지, 아니면 그 애에게 일어난 큰 사건 같은 것을 말하는 것인데, 혹시 그런 일 없었니?"

'사건'이란 말을 들어 그런지, 기찬이는 수달이와 관련된 일들을 하나씩 떠올려 본다. 그러고는 고개를 가로저으며,

"큰 사건 같은 건, 없는데요."

라고 말했다.

"그러지 말고 잘 생각해 봐. 분명, 뭔가 있을 거야."

선생님은 무엇인가가 꼭 있다는 듯 확신에 찬 눈빛으로 말했다.

"큰 사건은 아니더라도 원인이 될 만한 거라면…. 티볼 선수로 뽑힌 게 아닐까요?"

기찬이는 자신 없어 하는 표정으로 조심스럽게 말씀드렸다. 그렇지

만 선생님의 반응은 의외로 컸다. 선생님은,

"그래? 그런 일이 있었어!"

라고 말씀하시며, 큰 호기심을 보이셨다.

"그런데요. 선생님! 선생님도 아시는지 모르겠지만 그 선발시험은 무척 엄격했어요. 그래서 그런지 떨어진 아이들은 풀이 죽어 고개를 숙이고 다녔고, 그 반면 붙은 아이들은 너무 좋아 어깨에 힘을 주고 목에 깁스한 듯 으스대고 다녔어요. 저는 이 두 눈으로 똑똑히 봤습니다. 수달이의 거만한 모습을, 꼴사나운 그 모습을 말이에요. 선생님!"

떨어진 아이에 대한 배려 없이 철없이 굴던 수달이의 모습이 떠올랐는지, 기찬이는 정말 못마땅하다는 듯 얼굴을 찡그렸다.

"그래? 그 정도로 엄격했어?"

"예, 말도 마세요. 수비, 공격, 달리기, 자세, 순발력 등 안 본 게 없어요, 그것도 한두 번이 아니라 여러 번에 걸쳐서요. 기록하고, 기록한 것을 계속 합치고 평균 내고, 그렇게 해서 순위를 내고…. 마지막으로는 서로 싸우지 않겠다는 서약서까지 내야 했죠. 그런 과정을 걸쳐 30명의 후보 선수 중 딱 15명만 뽑았거든요."

"그렇구나. 그렇게 계속 점수를 내어 뽑았구나! 서약서까지 받고. 그렇지만 그건 얼마 전, 아니 한참 전의 일이었지 않니?"

"그런가요?"

그런 것은 잘 모르겠다는 표정으로 기찬이는 고개를 가로저었다.

"열흘은 된 것 같은데."

"그렇긴 하죠."

"그 때문에 시간이 꽤 지난 지금까지 그렇게 기뻐할 것처럼 보이진 않는데, 그렇지 않을까?"

"선생님!"

이번에는 기찬이도 그것이 아니라는 표정을 짓고는 선생님을 똑바로 바라보며 손을 마구 흔들었다.

"어서 말해 봐. 아무리 작은 일이라도 괜찮으니, 주저치 말고."

"선생님! 솔직히 말씀드리면 그 애들의 그 오만함은, 물론 그 자신들은 자부심으로 볼지 모르겠지만, 그 오만함은 아마 평생 갈 겁니다. 평생!"

"그렇구나!"

"적어도 시합이 끝날 때까진 그렇게 다닐 것이 뻔해요. 그래서 하는 말인데요. 제가 생각하기에는 그것밖에 없어요."

"그거라니?"

"네, 티볼 선수로 뽑힌 거요. 수달이의 행동이 달라진 원인은 그것밖에 없다고요. 그것밖에."

"그렇구나."

"수달이도 너무 좋아했거든요. 지금도 그렇고요. 분명 앞으로도 그럴 거예요. 일단 목에 힘이 들어가면 좀처럼 빠지지 않거든요. 그러니 지금도 그런 거고, 앞으로도 바뀔 것 같진 않아요. 물론 다른 애들도 그렇지만 말이에요."

"그랬어?"

"네. 그렇지만 녀석은 좀 달랐어요. 다른 애들보다 특히 더 심하더라고요. 그것도 무척 많이. 왜 그런지 모르겠지만, 그 녀석이 그렇게 좋아하고 그처럼 으스대는 모습은 처음 봤다니까요."

후보 선수였던 기찬이는 뽑히지 않아 그런지, 몹시 아니꼬운 표정을 짓고 있었다. 말투도 몹시 퉁명스러웠다. 흥분했기 때문일까?

그렇지만 선생님은 그런 것에 신경 쓰지 않았고, 호기심만 더 보일 뿐이었다.

"그래? 그 정도였어. 수달이는?"

"네. 선생님! 말도 마세요. 그런 꼴불견이 없었다니까요."

"그렇구나. 친구들 사이에서는 또 그런 모습을 보이고 다녔구나."

선생님은 그동안 자신이 알지 못하던 수달이의 또 다른 모습을 보는 듯하여 다소 놀란 표정을 지었다.

"예. 그러고 보면 무척 어렵게 통과된 만큼, 정말 까다롭게 뽑힌 만큼 기쁨도 그만큼 더 컸던 것이 아닐까요?"

알게 모르게 쌓였던 감정이 이와 같은 말로 풀어졌기 때문인지, 기찬이의 흥분도 어느 정도는 진정된 것 같았다.

"그렇구나! 듣고 보니 그런 것처럼 보이기도 하는데."

기찬이의 말을 들어 보니 이해가 되는 한편 놀랍기도 했다. 그 때문인지 선생님은 속으로,

'역시, 그 일밖에 없나?'

라는 생각을 해 본다.

"그렇습니다. 제가 생각하기엔 그렇습니다."

"알았다. 그리고 고맙다. 이젠 그만 돌아가도 좋아."

"예. 그리고."

"왜? 할 말이 더…."

"아, 아닙니다. 선생님!"

기찬이는 무엇인가 말을 하려다가 그만둔다. 그리고는,

'왜 묻는 걸까? 녀석 또 사고라도 친 거 아냐?'

라는 의문을 품은 채 조용히 물러갔다. 문을 나갈 때는,

'요즘 소강인지 뭔지 하는 그 녀석 동생이 안 보이던데…. 뭔 일이 있나? 그리고 수달이란 말은 우리들끼리만 쓰는 그 녀석의 별명인데, 선생님도 그 말을 쓰시네. 어떻게 알아내셨을까?'

라는 생각도 해 봤지만, 그렇다고 하여 별다른 내색을 보이지는 않았다.

기찬이와의 상담을 통해, 뭔 일이 일어나고 있다고 확신한 선생님은 그대로 있을 수가 없었다.

'어제 어머님의 말씀도 그렇거니와 그러고 보면 그 태도도 뭔가 심상치 않았고, 방금 기찬이의 말도 그렇고…. 뭘까? 있기는 있는 것 같은데, 그게 뭘까? 티볼 선수로 뽑혔다는 것이 원인이라면, 우선 그 담당자부터 만나 보는 것이 좋지 않을까?'

3

아침 일찍 출근한 박누리 선생님은,

'어떤 일이 일어나고 있는 것일까?'

라는 생각으로 티볼 담당자를 만나 보기로 했다.

알고 보니, 푸른솔초등학교 티볼 담당자는 부장교사였다. 그것도 교무기획부장을 맡은 부장교사였다. 그런데 이 부장교사는 정해진 교육 시간인 주말 오전뿐 아니라 평일 아침에도 지도하고 있었다. 그렇지만 평일에 하는 그 지도는 교육청 대회를 대비한 특별 지도로서 한시적으로 운영하는 것이라고 한다.

물론 이때는 지도수당도 받지 않고 오직 선수들을 위해서만 봉사하는 것이라고 하던데, 이런 점을 보면, 이 교사도 선수들과 마찬가지로 순수 아마추어 정신으로 본 대회에 임하고 있음을 알 수 있었다.

잘 들어 보면, 이 교사가 이렇게 하는 데는 그럴 만한 이유가 있다고 한다. 이를테면 우리도 이길 수 있다는 자신감을 불어넣어 주고, 5학년뿐 아니라, 특히 마지막 학년인 6학년 선수들에게는 '최선을 다한 아름다운 추억'을 만들어 주기 위함이라는 것이었다.

이 학교의 지난 역사를 들어 보면, 티볼 전적은 아주 형편없었다고 한다. 작년에는 1승 5패를 기록했고, 그 이전 연도에도 0승 6패로서 패배의 쓴맛만을 봤다는 것이었다. 그 때문에 이번에는 이 부장교사가 손수 나선 것이라고 한다. 이 학교의 저조한 대회 실적과 의기소침한 학생들의 모습은 부장교사로서의 자존심을 건드렸고, 그런 자극이 티볼을 지도해 보려는 지도 의욕으로 이어졌다고 한다. 그리고 이런 점을 살펴보면, 이런 것이 '올해에는 꼭 해내겠다.'라는 그분만의 투지에 불을 붙였다고 보는 것도 옳은 것 같다.

들춰 보는 김에 좀 더 들춰 보면, 그와 같은 투지의 맨 밑바닥에는, '강사보다는 학교 교사가 더 우수하다.'라는 속마음도 자리를 잡았던 것 같다. 한 학교의 교육을 총괄 기획하는 교무기획부장이 직접 나선 것을 보면 오히려 이 점이 더 크게 작용하고 있었는지도 모를 일이었다. 면밀한 분석 결과에 따르면, 2년 연속 1승밖에 못하고 11패를 해야 했던 가장 큰 원인은 팀워크를 제대로 이뤄 내지 못했다는 점이었다.

선수들 간의 갈등과 불화는 끊이지 않았고, 그런 불협화음은 지나친 개성이나 고집에서 나온 것이었는데도 불구하고 그런 갈등 요소를 그 강사는 전혀 지도하지 않았고 오직 기술만을 지도했다는 것이었다. 그 결과, 2승은 고사하고 꼴찌조차 면할 수 없었을 뿐 아니라 선수들의 사기도 바닥을 쳤다고 한다. 그중에서도 선수 개개인이 가진 고민과 갈등을 등한시했다는 점이 가장 큰 실패의 원인으로 꼽혔다고 한다.

이와 같은 면에서 보면, 티볼에 관한 지식뿐 아니라 요즘 5, 6학년 아이들의 성격 특성과 그 나이에 맞는 인성교육 등에 대해서도 잘 알고 있는 교무기획부장이 나선 것도 당연했다. 좀 더 깊이 있게 파고 들어가 보면, 지금도 교무기획부장의 마음속에는 이 학교의, 아니 이런 경우에는 '이' 학교가 아니라 '우리' 학교라고 해야 할 것 같은데, '우리 학교의 아이들에게 희망을 안겨 주고 싶다.'라는 더 큰 목표를 갖고 있다고 한다. 이를테면 '티볼을 통해 잠자는 소질을 일깨워 행복한 삶을 위한 든든한 발판을 만들어 주고 싶다.'라는 것이었다.

그래서 그런 것일까? '승리만이 능사는 아니다. 그보다 더 큰 것이 있다. 크게 보고 과감하게 행동하라.'라는 말을 늘 입에 달고 다닌다고 한다. 크고 담대한 목표 의식과 배경에서 푸른솔초등학교 티볼팀의 운영은 교무기획부장이 담당하게 되었고, 오늘도 이렇게 아침 일찍 출근하여 선수들을 지도하고 있었다.

티볼 담당교사에 대해 전해들은 이와 같은 생각들을 머릿속에 떠올리며 박누리 선생님은 한창 연습 중인 운동장 쪽으로 발걸음을 옮겼다.

'티볼 담당자를 만나 봤으면 좋겠는데….'

아담한 연못 위에 설치된 구름다리, 즉 '우정교'를 건너 함성이 들려오는 쪽을 향해 걷다 보니, 어느새 인조 잔디가 깔린 운동장 한쪽 구석에서 공을 주고받고 있는 선수들의 모습이 보이기 시작했다. 선수들은 모두 운동화에 가지각색의 체육복을 입고 있었다. 왼손에는 글러브를 끼고 있고, 글러브를 낀 바로 그 손으로 날아오는 공을 받고 있었다. 글러브를 끼지 않은 다른 쪽 손으로는 재빠르게 그 공을 꺼내더니 상대방을 향해 힘껏 던진다.

그런데 계속 지켜봐도 두 줄로 늘어선 선수들은 티볼공을 번갈아 던지고 받는 연습만 계속한다. 그런 연습만이 쉴 새 없이 이어지고 있었다. 4월 중순이라 그런지, 더욱이 이른 시각이라 그런지 약간 춥게 느껴지는 아침이다. 그런데도 노란색의 티볼공은 쌀쌀한 바람을 가르며 씽씽 날아갔고, 붉게 상기된 선수들의 두 볼에는 땀방울이 송골송골 맺혀 있었다. 그런 선수 중 줄줄 흘러내리는 땀방울에도 아랑곳하지 않고 잽싸게 공을 잡아 던지는 수달이의 모습이 눈에 들어왔다. 티볼 선생님도 연습에 열중인 수달이의 곁에 서서 묵묵히 바라보며 무엇인가를 지도하고 있었다.

'이렇게 지도하고 계셨구나!'

감탄사마저 절로 흘러나왔다. 약간의 놀라움도 아지랑이처럼 피어났다.

연습 중인 수달이는 뒤로한 채, 박누리 선생님은 티볼 선생님을 향해 한 발 더 가까이 다가갔다. 그는 분주하게 움직이는 선수들 사이를 쉴 새 없이 누비며 지도에 한창이었다. 그런데 수달이는 담임 선생님이 자신을 향해 다가오는 줄 알았는지, 공을 잡지 못했고, 지금은 그 공이 어디로 갔는지 찾느라 몹시 허둥대고 있다. 예상치 못한 담임 선생님의 출현에 당황했던 바로 그 순간에 날아온 공이 수달이의 어깨를 스쳤고, 그 바람에 공이 굴절되어 다시 또 어디론가 튕겨 나간 것 같다.

박누리 선생님은 허둥대는 수달이의 안쓰러운 모습을 바라보더니 이내 곧 고개를 돌려 그 장면을 애써 외면하려 한다. 그렇지만 킥킥 터져 나오는 웃음만큼은 참을 수 없었는지, 소리 나지 않게 입으로만 벙긋벙긋 웃는 시늉만을 푸른 하늘에 남겨 놓은 채 티볼 선생님 옆으로 바짝 다가갔다.

그렇지만, 티볼 선생님께

"선생님! 잠깐 드릴 말씀이 있는데요."

라는 말은 차마 하지 못한다.

다시 하려 했지만, 못했다. 진지한 지도 모습에 압도되었기 때문이다. 그 까닭은 알 수 없으나, 그분 둘레에는 급하지 않은 볼일을 차단하는 묘한 분위기가 감돌고 있었다. 그렇다고 하여 주책없이 끼어들 수도 없었다. 분위기를 깨는 것도 수업 방해였기 때문이다.

결국, 아무런 말씀도 드리지 못하고 주변만을 맴돌다 그냥 돌아올 수밖에 없었다. 만나 보지는 못했지만 그래도 기분만큼은 한결 좋아졌다. 연습에 열중인 수달이의 모습을 볼 수 있었고, 정성껏 가르치고 있는 티볼 선생님의 열정적인 모습도 지켜볼 수 있었기 때문이다.

박누리 선생님은,

'이런 것이 티볼이구나!'

라는 감을 잡고는 교실로 발걸음을 돌렸다.

4

티볼 연습을 직접 목격해서 그런지 약간의 안도감이 찾아왔다.

'티볼도 열심히 하고 있고…. 그렇다면 뻘뻘 흘리는 땀방울 속에 이른바 그네들이 말하는 기쁨이 배어 있던 것이 아니었을까? 그 원인은 티볼 선수 선발시험 합격! 그렇다면, 정말 그렇다면 별일은 아닌 것 같은데, 그토록 걱정하지 않아도 될 것 같고.'

이를테면 이런 생각이 지나갔기 때문이다. 안도감에 기대어 오후 시간을 여유 있게 보내고 있는데, 전화벨이 울렸다. 그렇지만 박누리 선생님은 느긋했다. 그 때문인지, 전화벨이 세 번 울리기 전에 받아야 한다는 청렴 연수 내용을 떠올리며 피식 웃었다. 그러더니, 짓궂게도 될 수 있는 한 천천히 수화기를 든다. 연수받은 대로 한다면, "오늘도 좋은 하루입니다. 감동을 드리고자 하는 6학년 1반 담임교사 박누리입니다."라는 인사말을 첫 마디로 해야 했다.

그렇지만, 그런 말은 쉽게 나오지 않는다. 결국에는, "6학년 1반입니다."라는 말만이 얼떨결에 흘러나왔다. 평소의 습관대로 나왔다는 것을 알았을 때는 이미 늦은 상태였다.

"선생님! 우리 애의 책상에 이상한 것이 있어 전화했어요."

목소리를 들어 보니 지난번에 다녀갔던 수달이의 어머니였다. 그런데 그 목소리에는 놀라움이 배어 있었고 다급했다.

"이상한 것이라니요?"

"둥글고 노란색인데 공처럼 생긴 것도 같고요."

"공처럼요?"

"예, 공처럼 생겼는데 물렁물렁해요."

"상태는 어떤가요? 쓰던 것인가요? 새것인가요?"

"깨끗해요. 쓴 흔적은 별로 없는 것 같아요."

"그러면, 새것이군요?"

"예, 그렇기는 한데요. 그렇더라도 아주 새것은 아닌 것 같아요."

"그래요?"

"네. 잘 찾아보니 흠집이 좀 있어요."

"예, 잘 알겠습니다. 그러면 이번에는 공처럼 생긴 그것을 바닥에 튕겨 보시겠어요? 어느 정도인지 알아야 할 것 같아서요."

"방바닥에 튕겨 보니 떨어뜨린 높이의 1/3 정도 아니, 1/4 정도는 다시 올라오는 것 같은데요."

"아! 그래요?"

이렇게 대답하는 한편 선생님은,

'그 물건은 티볼공[1]이 맞을 뿐 아니라 그것도 아침에 연습하던 그 공이 아닐까?'

라는 생각을 해 본다.

그 때문인지, 오늘 아침 그 선수들이 손에 들고 있던 노란 색의 티볼공이 더욱 선명하게 떠올랐다. 그러고는 그 공을 찾기 위해 허둥대던 수달이의 귀여운 모습도 떠올랐는지 입가에는 소리 없는 웃음마저 피어났다.

그렇지만 어머니의 마음은 조급했다.

---

1) 노란색 공의 크기는 11인치이고, 중량은 약 80~100g이며, 지름은 약 9.3cm다. 재질은 폴리우레탄이다. 이보다 조금 큰 12인치 공은 파란색이다.

'선생님은 왜 자꾸 이런 질문들만 계속하는 것일까?'

왠지 모를 불길함이 더욱 파고든다.

"예, 그리 큰 것 같지는 않아요. 그렇다고 하더라도 야구공보다는 좀 더 큰 거 같아요."

"그렇군요. 그럼 만져 본 느낌은 어떤가요? 야구공과 비교하면요."

"부드럽고 탄력도 좋고, 몸에 맞더라도 아플 것 같지도 않고."

"예, 그렇군요. 그러면 크기는 어떤가요?"

"크기도 야구공보다는 좀 더 큰 거 같아요."

이 말까지 듣자, 그 공은 티볼공이 확실하다는 확신이 들었기 때문인지 선생님은 저도 모르게 고개를 끄덕였다.

"그럼, 그 공은 티볼공 같은데요. 아니, 티볼공이 맞습니다."

"티볼공이요?"

"예, 티볼공. 그리고 보면 그 공은 수달이가 아침마다 연습하고 있는 공이기도 합니다."

"그렇군요. 그런데 그 공이 왜 우리 애 책상 서랍에 있는 것일까요? 학교에 있지 않고요."

이런 말을 하고 있지만, 어머니의 마음에는

'그러면 안 되는데.'

라는 걱정만이 앞서간다.

그 때문인지, 그 공이 어디에서 난 것인지 알아내지 않으면 안 될 절박한 심정에 빠져들었다.

"글쎄요. 그건 저도."

"그런 공은, 사준 적도 없고 그렇다고 우리 애가 마음대로 산 것 같지도 않은데, 어디에서 난 것일까요?"

어머니는 애타는 마음을 가까스로 억누르며 냉정하게 여쭤본다.

그러나 이런 어머니의 마음을 알 길 없는 선생님은 여전히 느긋하기만 했다. 그 때문인지,

'혹시, 학교에서 가져간 건 아닐까요? 집에서도 연습하기 위해서요.'

라는 대답도 떠올려 본다.

그렇지만 확실치 않은 대답을 하는 것도 좋지 않은 듯 그냥,

"글쎄요."

라는 말로서 말끝을 흐렸다. 어머니는,

'죄송하지만 선생님! 혹시, 학교에서 없어지지는 않았는지 알아봐 주실 수 있으신가요?'

라는 부탁을 드려 볼까 망설인다.

그렇지만 그런 부탁이 너무 노골적으로 보였는지 차마 그런 말만큼은 입에 담지 못했다.

'절박한 심정은 이쪽만의 사정! 아무것도 모르는 선생님께 그런 부탁을 드리는 것도 좀 그렇고, 설사 이쪽의 사정을 털어 놓더라도…. 무슨 소용이 있을까?'

소용없을 것 같다는 생각이 들었기 때문인지, 어머니는 급격히 자포자기의 심정에 빠져들었고, 이런 말로서 말을 끝맺었다.

"예, 선생님! 잘 알겠습니다. 그래도 그 물건이 무엇이고 어디에서 쓰는 것인지 알게 되어 기쁩니다. 덕분에 궁금증이 많이 풀렸어요. 그리고 선생님! 아, 아닙니다."

어머니는 어떤 말을 하려다 그만둔다. 그렇지만 선생님은 어머님이 하려고 한 그 말뜻을 알아차린 듯 이렇게 말했다.

"예, 그러면 저도 담당교사에게 알아보겠습니다. 티볼 장비들을 어떻게 관리하고 있는지. 그리고 어머님! 수달이에게 이상한 것이 또 있는지, 아니면 그 공으로 뭘 하고 있는지 알게 되면 연락해 주세요."

이것으로 통화는 끝났다.

'보나 마나, 집에서 연습하기 위해 가져간 것이겠지.'

그렇지만 한편으로는,

'그래도 한 번은 정말 학교에서 가져간 것인지, 확인해 보는 것도 좋지 않을까?'

라는 생각도 점점 더 굳어져 갔다.

5

다음 날 출근하여 운동장에 나가 보니 한쪽 구석에 자리를 차지한 선수들이 공을 주고받고 있는 모습이 보인다.

'몇 시부터 이런 연습을 하는 것일까?'

호기심 때문인지, 박누리 선생님의 발걸음은 어느새 연습에 열중인 선수들 쪽으로 옮겨졌다.

　'하기야, 우리 학교도 9시 등교제를 시행하고 있으니, 빨라도 8시 30분부터겠지.'

　등교 시간을 추측하며 선수들 쪽으로 다가간다. 점점 가까이 가다 보니, 두 모둠이 눈에 들어온다. 한 모둠은 공 주고받기 연습을 하고 있고, 다른 모둠은 배트를 들고 공을 치는 연습을 하고 있다. 그중에서도 제일 먼저 공도 없이 배트만 휘두르고 있는 수달이의 모습이 눈에 들어왔다.

　그런데 이것은 또 어떻게 된 일인가? 수달이가 픽 하고 쓰러지는 것이 아닌가? 그러더니 옆구리를 움켜쥔 채 데굴데굴 구른다. 딴생각을 했기 때문일까? 아니면, 갑자기 나타난 담임 선생님의 모습에 놀랐기 때문일까? 어느 쪽에 진실이 있는지는 모르겠으나 곰곰 생각해 보면, 연습으로 휘두르던 배트의 끝이, 그것도 손잡이 쪽의 끝이 그만 자신의 옆구리를 툭 치고 간 것 같다. 그런 식으로 실수를 했다고 생각했기 때문인지, 담임 선생님의 시선은 아파하는 수달이의 모습에는 아랑곳하지 않고 자꾸 다른 쪽만을 바라본다. 이 행동도 잘 보면 일부러 그러는 것 같다.

　애써 외면하려 하지만 그래도 보글보글 솟아나는 웃음만큼은 더는 참을 수 없었는지, 함빡 터진 웃음꽃을 단풍잎 모양의 손가락으로 가리며 앞만 보고 걸어간다. 그러고는 4월의 아침 햇살에 눈이 부신 듯 곧 입을 가렸던 그 손을 편 다음, 눈썹 위에 갖다 대고는 한 사람씩 그 선수만의 몸에 맞는 동작을 지도하고 계신 티볼 선생님 쪽을 향해 좀 더 가까이 다가간다.

그런데 이번에는 너무 가까이 가서 그런지,

"평소에 연습을 정성껏 해야 대회에 나가서도 그 효과를 볼 수 있습니다. 게을리할 시간, 없어요. 정신 차려 연습하십시오."

라는 말씀이 들려왔다.

티볼 선생님의 이 말씀 한마디에 선수들의 눈빛도 달라지고 동작도 어딘지 좀 달라진 것처럼 느껴졌다. 연습도 어제는 단순히 공을 받은 다음 공중으로 던져 줬는데 오늘은 땅볼로 던져 주고 있다. 던져 준 다음에도 자기 자리로 돌아오지 않고 상대방 쪽으로 힘껏 뛰어가는 것이다. 그런 다음 맨 뒤에 서서 자기 차례가 다시 돌아오기만을 애타게 기다린다. 일사불란하게 움직이는 선수들의 모습을 지켜본 다음, 틈이 나면 티볼 선생님께 어제의 그 공에 대해 여쭤보려 했으나, 그런 틈은 좀처럼 주어지지 않는다.

티볼 선생님은 선수들의 동작 하나하나를 지켜보며 지도하느라 누군가가 옆에 와 있는지도 모르는 듯 눈길 한 번 돌리지 않는 것이었다. 이런 상황은 8시 55분까지 계속되었다. 8시 55분이 되자마자 약속이라도 한 듯 선수들은 모두 해산하여 각자 자기 교실로 들어갔다. 티볼 선생님도 사라지고 없다. 결국, 이날도 박누리 선생님은 아무런 말씀도 여쭤보지 못한 채 교실로 돌아올 수밖에 없었다.

처음에는 분위기에 압도되어 여쭤보지 못했고 이번에는 여쭤볼 틈이 없어 못 했다. 결국, 두 번 다 못 했고 실패로 끝났다. 그렇다고 하더라도 소득이 전혀 없었던 것은 아니었다. 수달이의 집에서 발견된 그 물건이 티볼공이라고 하는 것을 다시 한번 확인해 볼 좋은 기회였기 때문이다. 새우처럼 쓰러져 있던 수달이의 그 우스꽝스러운 모습을 떠올리며 교실로 올라오고 있는데 왠지 모를 웃음이 자꾸만 터져 나왔다.

'덕분에 오늘은 배트 구경 잘했어. 고마워!'

6

오후 수업을 끝내고, 청렴 연수 내용을 다시 또 확인해 보려 하는데 그때 마침 전화벨이 울렸다. 벨이 세 번 울리기 전에 받은 다음 이번에는, "감동을 드리겠습니다."라는 말을 제대로 해 보려 했으나, 막상 수화기를 들고 보니 그런 말은 생각조차 나지 않는다. 또다시 평소의 습관대로 흘러나왔다.

'오늘 다시 걸려 올 줄 알았다면 연습 좀 해 둘 것을.'

하지 않은 연습과 말도 제대로 못 한 아쉬움에 혀를 차고 있는데 수화기 쪽에서는,

"선생님! 수달 맘인데요."

라는 목소리가 들려왔다. 그 목소리에는 들뜨고 다급한 마음이 묻어

있었다.

"예. 어머님!"

"선생님! 오늘은 좀 이상한 물건이 있어 염치도 없이 전화를 드리게 되었어요."

"예, 그렇군요. 어떻게 생긴 것인데요?"

"좀 길쭉하게 생긴 것인데 꼭 야구 배트 같아요."

"야구 배트요?

"예, 크기와 모양이 꼭 야구 배트 같더라고요. 그래서 야구 배트인 줄 알고 대수롭지 않게 여기고 있었는데."

"예, 그렇군요."

긍정하는 선생님의 마음에는,

'혹시, 아침에 봤던 그게 아닐까?'

라는 생각이 고개를 살짝 내민다.

"그런데요. 좀 더 살펴보니 야구 배트는 아닙니다. 나무로 만들어진 것도 아니고. 아! 맞아요. 약간 말랑말랑한 것이 고무로 된 것 같기도 하고…."

"그렇군요. 그러면 그거, 좀 가벼운 편인가요?"

"가볍긴 가벼우나 그렇다고 아주 가볍지는 않아요."

"색깔은 어떤 색인가요?"

"빨간색이고, 약간 잘록하게 들어간 부분이 손잡이 같은데, 그 부분은 검은색이네요."

선생님의 마음에는,

'수달이가 아파 나뒹굴 때 옆에 떨어져 있던 것이 바로 그거였어.'

라는 생각이 점점 더 선명하게 떠올랐다. 그러고 보면 아침에 본 그 배트가 틀림없었다.

그렇지만 어머니의 마음은 초조하기만 했다. 그 물건이 무엇인지는 알아내지 않으면 안 되었다. 그래서 그런지, 계속되는 질문에 대답할 힘도 없었지만, 꼬박꼬박 답변하지 않으면 안 되었다.

"아! 그렇군요."

"그러면, 선생님께서는 그게 뭔지 알아내셨나요?"

"예, 그건 티볼 배트[2] 같은데요. 어머님이 지금 설명하고 계신 것과 티볼 선수들이 오늘 아침에도 손에 들고 연습하던 것이 똑같아요. 그러니 티볼 배트가 분명해요."

"그렇군요. 신생님! 티볼 배트군요. 야구 방망이와 좀 다르다 했더니, 그런 거였군요."

또박또박 대답하면서도 어머니는 왠지 모를 걱정에 휩싸인 듯 점점 더 불안감에 빠져들었다.

"그렇습니다. 그런데 어머님! 그 배트가 왜 그곳에?"

"저도 잘 모르겠어요. 처음에는 뭔지 몰랐고 지금은 또 왜 이곳에 있는지 그 까닭을 모르겠어요. 아무래도 집에서 쓰는 물건은 아닌 듯하

---

2) 배트에는 3종류가 있다. 배트(소)는 약 70㎝이고, 배트(중)는 약 76㎝이며, 배트(대)는 약 82㎝이다. 재질은 폴리우레탄이다.

고, 어디에서 난 건지 알고 싶어 전화를 드린 거였는데.”

“그러셨군요. 그런데 왜 그곳에 그런 물건이 있을까요?”

선생님도 궁금한 듯 다시 또 여쭤보았다.

“전혀 짐작이 안 가요. 선생님!”

“그러면 그 배트는 새것인가요? 아니면, 쓰던 것인가요?”

왜 이런 일이 일어나는지 원인조차 알 수 없었던 어머니의 마음에는,

‘동생은 아직도 입원 중인데.’

라는 걱정만이 앞서갈 뿐, 대답할 힘이 솟아나지 않는다.

생각해 보면 볼수록 어떻게 해야 할지, 막막하기만 했다. 그런 답답
함 때문인지, 온몸의 힘은 더욱더 빠져나갔다.

‘왜 자꾸 이런 질문만 하는 걸까? 지난번에도 그런 것 같았는데.’

선생님에 대한 의문도 쌓여 갔다. 그렇다고 하여 말하는 중간에 끼어
들어 말을 끊을 수도 없는 노릇이다. 무척 난감했지만 그래도 대답만
큼은 해야 할 것 같아 아랫배에 힘을 주어 가까스로 이렇게 대답했다.

“얼핏 보기에는 새것처럼 보여요. 선생님!”

“혹시, 어머님! 주변에서 그런 걸 갖고 노는 아이들을 본 적이 있으
신가요?”

“아니요. 없어요. 야구 배트를 갖고 노는 것은 봤어도 방금 말씀하신
그 티볼 배트를 갖고 노는 건, 본 적이 없어요.”

“그렇군요. 그러면 어머님! 다시 한번 새것인지 아니면, 조금이라도
쓴 흔적이 있는지 꼼꼼히 살펴봐 주십시오.”

"새것처럼 보였지만 선생님 말씀을 듣고 다시 살펴보니 약간의 흠집이 있긴 있네요. 흠집이, 흠집이 조금 있어요."

"네, 그렇군요. 잘 알겠습니다."

어머니는 혼잣말처럼,

"아무리 생각해 봐도 이 물건은 다른 아이한테 빌린 것 같지는 않고, 그렇다고 이런 중고품을 돈 주고 샀을 리도 없고."

라고 말하며, 말끝을 흐렸다.

선생님은 잠시 생각에 잠겼다. 그리고는 점점 더 작아지는 어머니의 뒷말을 추측해 본다. 어쩌면 그다음 말은,

'학교에서 가져왔을 수도 있을 텐데, 확인 좀 해 주실 수 있나요?'

라는 부탁을 하려는 것 같았으나, 그뿐이다.

어떤 말도 들려오지 않는다. 결국, 더는 들려오지 않았다.

그렇지만 별안간 선생님의 미음에는,

'혹시 말도 없이, 아무런 허락도 받지 않고 학교의 물건을 가져간 건 아니겠지.'

라는 생각이 떠올랐다.

그 때문인지 선생님의 가슴은 왠지 모르게 두근거렸고, 주체할 수 없을 만큼 뛴다. 알 수 없는 불안감이 밀려온다. 몹시 당황스럽고 안색마저 붉게 물든다. 그리고 보면, 그동안 알게 모르게 조금씩 쌓였던 의심들이 한 줄로 꿰진 것이 아니었을까? 이를테면, '학교에서 가져간 것이 아닐까?'라는 막연한 생각에 '허락도 없이'라는 말이 들러붙어 '허락

도 없이 학교의 물건을 가져간 것이 아닐까?'라는 의심으로 발전했고, 그런 의심이 이 전화 통화를 계기로 한꺼번에 폭발하여 가슴마저 뛰게 만든 것이 아니었을까?

'정말 그렇다면, 그땐 어떡하지.'

선생님의 마음에는 담임교사로서 자기 반 아이의 별난 행동에 대해 왠지 모를 걱정이 솟구쳐 올라왔다. 그다음에는,

'그 점에 대해서는 집중적인 조사를 해 볼 필요가 있겠어.'

라는 생각이 점점 더 강하게 솟구쳤다.

두근두근하는 마음을 조금 진정시킨 선생님은,

"그러면 어머님! 이제부터는 그 배트로 우리 수달이가 뭘 하는지 잘 살펴봐 주십시오."

라는 말로서 말을 끝맺었다.

통화는 이것으로 끝났다. 그렇지만 이미 시작된,

'정말, 학교의 공과 배트를 가져간 것일까? 허락도 없이.'

라는 의문은 더욱더 강렬하게 솟아올랐다.

7

다음 날은 이상하게도 '허락도 받지 않고'라는 의문이 박누리 선생님의 발걸음을 운동장 쪽으로 끌고 갔다. 티볼공과 티볼 배트는 아무리

생각해 봐도 주변에서 쉽게 구할 수 있는 그런 물건은 아니었다. 그래서 그런지 그런 의문이 선생님의 발걸음을 한층 더 재촉했다.

약간 흐린 날씨에도 불구하고 운동장 한쪽에서는 티볼 연습이 한창이었다. 수달이가 어디 있는지 찾아보니, 그 아이는 3루 쪽에 서서 글러브를 왼쪽 손에 낀 채 티볼 선생님만 똑바로 바라보고 있었다. 듬직한 모습이 절로 눈에 들어왔다. 그러는가 싶더니, 어느새 글러브를 벗은 다음 하늘 높이 들어 올려 머리 위에 뒤집어쓰는 것이 아닌가? 그러고 보면, 자신을 향해 다가오는 담임 선생님을 힐끔 바라봤는지도 모르겠다.

수달이는 연습하는 모습을 보이고 싶지 않았던지, 이번에는 글러브의 두툼한 손가락 부분으로 자신의 두 눈을 가리는 시늉을 한다. 그러면서도 왠지 모르게 푸르스름한 바나나처럼 생긴 손가락 사이로 담임 선생님을 반기며 오른쪽 손을 들어 V자 모양을 만든 다음, 계속해서 하트 모양으로 흔든다. 신호를 보내는 것일까? 그러고 보면 속으로는 무척 자랑하고 싶어 한 것이 아니었을까?

그런데 바로 그 순간 수달이의 머리에서 글러브가 떨어졌다. 그와 동시에,

"정신 차려! 정수달, 어딜 보고 있는 거야."

라는 고함이 운동장의 뜨거운 열기를 갈라놓았다.

'날아온 공이 글러브를 맞춰 떨어뜨린 것일까? 공은 또 어디에서 날아온 것일까?'

박누리 선생님이 둘레를 두리번거리고 있는데, 수달이는 티볼 선생

님을 바라보며 멋쩍은 듯 머리를 긁적이고 있었다. 그러는가 싶었는데, 이번에는 웬일인지 티볼 선생님께 머리를 숙여 정중하게 인사하고 있는 것이 아닌가? 수달이만을 계속 바라보는 것도 미안한 듯 담임 선생님은 고개를 돌렸다. 애써 그 모습을 외면하는 것 같다. 그래도 왠지 모르게 킥킥 터져 나오는 웃음만큼은 참을 수 없었는지, 흰 구름이 몇 개 떠 있는 하늘만 바라보며 웃고 또 웃는다. 그럴 때마다 불그레한 얼굴에는 장미꽃 같은 미소가 뭉게뭉게 피어올랐다.

'어떻게 글러브만 정확히 맞출 수 있을까?'

갑자기 이런 생각이 들었는지, 이번에는 이런 의문을 품은 채 티볼 선생님 쪽을 바라본다. 그렇지만 선생님의 손에는 티볼 배트가 없었다.

'분명, 배트로 쳤을 텐데.'

다시 한번 찾아보지만, 배트는 보이지 않는다.

'어디론가 날아간 것일까?'

이번에는 이처럼 우스꽝스러운 상상으로 다시 또 그 주변을 꼼꼼히 살펴보지만, 배트는 여전히 보이지 않는 것이다. 보이지 않는 티볼 배트는 박누리 선생님의 마음에 아주 작은 물결을 일으켰다. 그런 식으로 시작된 물결은 '설마!'라는 놀라움을 유발했고, '수달이가 가져갔기 때문에.'라는 생각으로 이어졌다.

'어머님의 말씀으로는 집에 티볼 배트가 있다고 하지 않았던가? 그 까닭을 알 수 없는 티볼 배트가.'

물결은 점점 더 커졌고, 가슴마저 뛰게 했다. 박누리 선생님은,

'그럴 리가 없어.'

라는 생각으로 마음을 진정시킨다. 그러면서도 한편으로는 떠오르는 생각들을 이리저리 굴려 보며 하나하나 정리해 본다.

'공이 날아왔다는 것은 분명 무엇인가로 쳤기 때문이다. 그렇다면 바로 그 무엇인가가 있지 않을까? 공을 친 무엇인가가. 손으로 던지지는 않았을 텐데.'

선생님은 이런 추측을 하며 티볼 선생님 쪽으로 발걸음을 옮겨 갔다. 가슴은 여전히 뛰고 있었지만, 애써 진정시키며 다시 한번 티볼 선생님을 곰곰 살펴본다. 그런데 그때였다. 뭔가를 발견한 것은. 손에든 뭔가를 발견하고는 깜짝 놀란다. 벌어진 입을 또 막아 본다. 그렇다. 오른손에는 분명 무엇인가가 쥐어져 있었다. 전혀 예상치 못했던 어떤 것이. 그 자리에는 전혀 어울리지 않는 어떤 것이 티볼 선생님의 손에 쥐어져 있는 것이었다.

"오 마이 갓!"

감탄사가 절로 흘러나왔다. 다시 한번 그 물건이 무엇인지를 꼼꼼히 확인해 보지만, 역시 폭발적인 놀라움과 함께 한 가닥의 의문마저 솟구쳐 올라왔다.

'설마! 저것으로….'

저것이 아닐 것이라는 생각에 고개를 가로저어 본다. 그렇다고 하여 그 생각이 부정된 것은 아니었다.

'정말, 저것으로 친 것일까? 저것으로 치면 그렇게 정확하게 맞출 수

있는 것일까?'

꼬리에 꼬리를 문 의문이 계속 흘러나왔다. 어처구니없게도 선생님의 손에는 어떤 라켓이 쥐어져 있었다. 테니스 라켓이었다. 테니스 라켓! 박누리 선생님의 마음에는 '정말, 저것으로 친 것일까?'라는 의문뿐 아니라 '왜, 저것으로 치는 걸까? 꼭, 저것으로 쳐야만 하는 특별한 이유라도 있는 것일까?'라는 의문이 계속 맴돌았다. 신기하기만 했다. 이번에는 이런 의문을 마음에 품은 채 티볼 선생님을 향해 좀 더 가까이 다가갔다. 그렇지만 소용없는 일이었다. 아무리 가까이 다가가더라도 티볼 선생님은 눈길 한 번 주지 않으셨기 때문이다.

티볼 선생님은 주변의 사람들이나 사물에는 아랑곳하지 않으셨고, 오직 선수들만을 바라보며 자기 앞으로 불러 모으는 것이었다. 선수들이 순식간에 두 줄로 정렬하자, 그들을 바라보며 말씀하셨다.

"평소의 연습은 마음을 안정시켜 줍니다. 자신에게는 자신감을 불어넣어 주고 팀에게는 팀워크를 다져 줍니다. 그리고 선생님에게는 여러분이 가진 기술을 파악하여 적재적소에 배치하기 위한 정보를 제공해 줍니다. 이런 이점들이 있기에 다 같이 모여 연습을 하게 되었어요. 단지 기술만을 연마하기 위해서가 아닙니다. 그러니 빠지지 말고 꾸준히 참가하도록 합니다. 기술만을 늘리기 위해 연습한다면 굳이 다 같이 모일 필요는 없겠지요."

잠시 쉬는가 싶더니 말씀은 다시 또 계속되었다.

"기술이 부족하다고 생각되는 선수들은 지금부터라도 점심시간이

든 방과 후 시간이든, 언제든지 연습을 더 해도 좋습니다. 오늘부터 선생님의 교실 뒷문은 잠가 놓지 않을 테니, 언제든지 들어와 장비를 빌려 가도 좋아요. 오늘부터는 각자 알아서 자유롭게 연습해 주십시오. 그리고 빌려 간 사람은 대여일지에 기록해 주시기 바랍니다. 빌려 간 날과 가져온 날을 잊지 말고 적어 주십시오. 그리고 그 뒷문은 다시 또 꼭 닫아 놓으시고.

그러면 지금까지 안내한 바와 같이 오늘부터는 단체 연습과 개인 연습을 함께할 테니 아무쪼록 최선을 다해 주시기 바랍니다."

티볼 선생님의 이 말씀이 박누리 선생님의 귀에도 들려왔을 때 이전에 가졌던 하나의 의문이 풀리기 시작했다.

'아하! 그런 거였구나. 학교에서 빌려 간 거였어. 빌려 간 거. 빌려 간 거였어. 그래서 그렇게 작은 흠집들이 있었던 것이었고…. 새것처럼 보였지만 새것이 아니라고 말씀하셔서 좀 이상하다고 생각하고 있었는데, 그런 비밀이 숨겨져 있었구나. 그런 비밀이.'

하나의 의문이 풀어지자, 지금까지 조마조마하고 왠지 모를 불안감에 사로잡혀 있던 자신이 부끄럽게 여겨졌다.

'휴! 다행이다. 지금까지는 그냥, 몰래 가져간 줄 알았는데.'

안도감 때문인지는 모르겠으나 박누리 선생님의 마음에는,

'빌려 갔든 훔쳐 갔든 수달이가 가져간 것인데, 담임인 내가 왜 가슴을 졸여야 하나?'

라는 생각도 들고, 다음과 같은 마음도 들었다.

'괜한 걱정을 했네.'

불안감이 결국, 쓸데없는 걱정이었다고 생각하니, 피식하는 웃음도 흘러나왔다.

잠시 안도감에 잠겨 있는 사이에도 티볼 선생님의 말씀은 계속되었고 그런 말들은 다시 또 선생님의 귀에도 들려왔다.

"한 가지 부탁이 있습니다. 솔직히 말하자면, 앞문은 열쇠로 잠가 놓은 상태에서 뒷문만을 몰래 열어 놓는 것이기에, 아니 다시 정확하게 말해 보면, 뒷문을 활짝 열어 놓는다는 뜻이 아니라 닫아 놓은 상태에서 단지 잠가 놓지 않는다는 뜻이기 때문에, 다른 학생들에게 이런 말은 하지 않기 바랍니다. 이것은 비밀입니다. 여기 있는 이 선생님과 여기 있는 이 티볼 선수만이 알고 있는 우리만의 비밀로 했으면 좋겠습니다. 우리만의 비밀! 아시겠죠?"

티볼 선생님은 이런 말을 하며 선수들을 향해 눈을 한 번 깜빡였다. 윙크였다. 그 모습을 본 선수들도 모두 웃으며 눈을 깜빡이는 것이었다. 비밀을 지키겠다는 뜻이었다.

한편 박누리 선생님은,

'언제 끝날까?'

라는 생각으로, 본관 건물에 걸려 있는 시계를 바라보니 큰 바늘이 11을 향해 바짝 다가가고 있었다. 8시 55분이다.

'이젠, 끝내시겠지.'

귀를 기울여 들어 보니 이런 말로 끝을 맺고 있었다.

"우리만의 비밀을 간직하는 것도 팀워크를 위해 좋은 일입니다. 좀 더 생각해 보면 팀워크를 위해서는 사실 이런 것보다 더 좋은 것이 없어요. 그러니 절대 누설하지 않았으면 좋겠습니다. 그리고 배신만큼은 절대 하지 마십시오. 모두의 믿음에 배신하는 것만큼 좋지 않은 것도 없으니, 여기 있는 이 선생님의 지금 이 말씀을 잘 새겨듣기 바랍니다. 그리고 우리는 우리만의 비밀을 지켜나갈 수 있을 때 비로소 하나가 될 수 있습니다. 말하자면 우리로서의 하나가 되는 것이죠. 우리로서의 하나! 잘 아시겠죠?"

티볼 선생님은 다시 또 눈을 깜박였다. 이것으로 말씀은 끝났다.

"네."

선수들의 힘찬 대답이 들려왔고, 그 자리에는 선수들이 남겨 놓은 멋진 웃음과 윙크만이 남아 있었다.

'티볼 선생님의 말씀을 좀 더 새겨 보면, 우리만의 비밀을 간직함으로써 그렇지, "우리만의 비밀을 지켜 나갈 수 있을 때 우리는 하나가 될 수 있다."라고 말씀하셨는데, 그렇다면 이 말은 곧, "우리만의 비밀을 공유함으로써, 이를테면 똑같은 걸 함께 간직함으로써 하나 됨을 이룰 수 있다."라는 뜻으로도 볼 수 있지 않을까?'

생각을 굴리다 보니 또 하나의 의문이 풀렸다.

'그런 거였구나! 하나 됨은 같은 비밀을 간직하는 데서 나오는 거였어. 그래서 그렇게 내 가슴도 불안감에 사로잡혀 콩닥콩닥 뛴 것이었구나. 알게 모르게 담임교사인 나도 수달이 어머님과 이야기를 주고

받는 사이에 어떤 비밀을 간직하게 되었고, 그 때문에 어머님과의 하나 됨이 만들어졌고, 그 결과 내 가슴도 뛰게 된 것이었어. 그뿐 아니라 결국에는 수달이 어머님을 통해, 그리고 담임교사였기 때문에 수달이와도 하나 됨이 만들어졌고, 그 때문에 수달이의 마음과도 같은 마음이 되었고, 그 결과 마치 내가 그 티볼공과 티볼 배트를 몰래 가져온 것과 같은 느낌도 들 수 있었고, 그 때문에 내 가슴도 콩닥콩닥 뛰는 연쇄반응을 일으킨 것이 아니었을까? 같은 비밀을 간직하는 데서 오는 하나 됨, 그 하나 됨을 통한 연쇄반응! 수달이의 콩닥콩닥! 그로 인한 내 마음의 콩닥콩닥! 연쇄반응이란 이런 것이 아니었을까?'

그러고 보면 하나 됨이란 이런 느낌을 두고 하는 말이었는지도 모르는 일이었다. 그리고 이 말을 좀 더 넓게 응용해 보면, 선생님과 반 아이들 사이에는 같은 마음을 간직함, 즉 공감이나 이해를 바탕으로 한 하나 됨 등과 같은 느낌이 있어야 하는 것이었는지도 모르겠다.

그렇지만 이 경우에는 그 하나 됨이 그야말로 좋지 않은 방향으로 흘러가고 있어 그런지, 박누리 선생님의 마음은 편치 않았다. 좋지 않은 낌새를 느꼈기 때문인지, 그 아이의 일만 생각하면 피식하는 웃음만이 터져 나왔다. 때로는 이처럼 허탈하게 터져 나오는 웃음도 참지 않으면 안 되었다. 이번에도 이런 웃음을 참으며 선수들 쪽을 바라보니 선수들은 한 명도 보이지 않는다. 방금 열변을 토해 내시던 티볼 선생님의 열정적인 모습도 온데간데없었다.

'내가 너무 나만의 생각에만 빠져 있었나!'

결국, 이날도 티볼 선생님과는 한마디도 나누지 못했다. 그렇다고 하여 아무런 소득이 없었던 것도 아니었다. 티볼 글러브가 어떻게 생겼는지 잘 살펴볼 수 있었기 때문이다. 그것도 수달이 덕분이었다. 마음속으로는 고맙다는 말도 해 본다.

그뿐이 아니었다. '수달이의 집에 있는 공과 배트는 모두 학교에서 허락을 받고 가져간 것이 분명하다.'라는 것도 알아냈다. 그렇지만, 이와 같은 확신에 마음이 좀 놓이기는 했지만, 또 다른 의문도 여전히 남아 있었다.

또 다른 의문이란 이를테면 이런 것이었다.

'가져가도 좋다는 말씀은 어디까지나 학교에서 연습하기 위해 가져가도 좋다는 것을 뜻하는 것이었지, 집까지 가져가도 좋다는 그런 뜻은 아니지 않았을까?'

이런 의문이 마음에 걸렸다. 이런 의문에 대해 곰곰 생각해 볼 때마다 티볼 배트가 보이지 않았을 때의 왠지 모를 불안감이 되살아났고, 그 때문인지 그런 의문에 점점 더 깊이 빠져들었다. 그런 의문이 들 때마다 그것을 떨쳐 버리려고 일부러 딴생각을 해 본 적도 있었다. 그런 딴생각 중 하나가 바로 오늘 아침에 보았던 테니스 라켓이다. 교실로 올라가는 도중 배트 대신 테니스 라켓을 쓰는 것에 대해 되새겨 본 것이었다.

'티볼공은 크기는 좀 크다 하더라도 물렁물렁하고 가벼우므로 테니스 라켓으로 치더라도 줄이 끊어질 염려는 없다. 티볼 배트보다 탄력이 좋아 힘들이지 않고도 공을 멀리 보낼 수 있는 장점도 있지. 뭐니 뭐니 해도 가장 큰 장점은 목표물을 향해 정확하게 쏠 수 있다는 점이 아닐까? 방금도 글러브를 정확히 맞추지 않았던가? 테니스 경기를 보더라도 그렇다. 선수들은 자신이 보내고자 하는 지점에 공을 정확하게 보내고 있었지.'

전에 보았던 테니스 경기와 오늘 티볼 선생님이 쳐주는 공을 비교해 보니 그만 저도 모르게 피식하는 웃음만이 터져 나왔다. 이런 점을 되새겨보면 볼수록 티볼 선생님이 대단하게도 보였다. 그런 생각을 떠올렸다는 것 자체가 정말 신기하기만 했다.

'그러고 보면, 그동안 티볼 선생님은 테니스 라켓을 이용하여 각자의 수비 위치에 맞는 공을 정확하게 쳐 줌으로써 그 선수만이 그 자리에서 갖추어야 할 기량을 정확하게 갈고닦을 수 있도록 철저히 연습시키고 있었던 것은 아니었을까?'

그동안의 관찰을 바탕으로 분석을 해 보면 해 볼수록 테니스 라켓은 참 좋은 아이디어라는 생각에 감탄사마저 흘러나왔다.

'그런 거였구나! 테니스 라켓의 용도는.'

그리고 보니 이런 생각도 자연스럽게 들었다.

'티볼 담당교사가 부장교사이고 그것도 교무기획부장이라고 하더니, 역시 남다른 면이 있기는 있었구나. 얼토당토않은 곳에서 창의력을 발휘하고 있는 것을 보면, 더욱 그런 생각이 들어. 특이한 면이 있는 것만은 분명해.'

그렇다고 하여 감탄만 하고 있을 때는 아닌 것 같았다. 말하자면 없어진 그 배트를 보고 느꼈던 그때의 그 정체 모를 불안감은 사실 심상치 않은 것이었다. 그 때문인지, 지금은 미처 생각지도 못한 다른 어떤 것이 언제 어떻게 드러날지 모르는 상황처럼 느껴졌다.

그런데 그와 같은 느낌 때문일까? 이제는 무엇인가 놓치고 있다는 느낌도 드는 것이었다. 그것이 무엇인지는 모르겠지만.

'빌려 간 것이라면 정말 좋으련만!'

그렇지만 곰곰 생각해 보면 볼수록 집에서 연습하기 위해 그런 장비들을 빌려 갔다고 보기에는 좀 이상했다.

'아무래도 억지스러운 면이 있기는 있어. 왠지 모를 억지스러운 면이.'

정체를 알 수 없는 불안감이 박누리 선생님의 마음에 엄습해 오더니, 그 불안감은 점점 더 커져만 갔다. 이런 까닭으로 선생님은 다음번에 전화가 오면 수달이가 그 물건으로 무엇을 하고 있는지 어머님께 꼭 여쭤봐야겠다고 생각한다.

'정말, 연습하고 있는 것일까? 정말로?'

한 번 들기 시작한 의심은 시간이 지나가도 잊히지 않았다. 그다음 날도, 그다음의 다음 날에도 계속되었다.

8

다행인지 불행인지, 시곗바늘이 오후 4시 39분을 지나가는 지금까지는 어떤 일도 일어나지 않았다.

'1분 후면 퇴근 시간인데, 별일 없겠지.'

느긋한 생각으로 콧노래마저 흥얼거리며 퇴근 준비를 하고 있는데 갑자기 "띠링" 하는 벨이 울렸다.

스마트폰을 열어 보니,

"시간 있을 때 연락 바랍니다."

라는 문자가 들어와 있었다. 모르는 번호였다. 그분의 전화일까 싶어 학생명부를 확인하고 있는데 때마침 일치하는 번호가 눈에 들어왔다. 그렇지만 선생님은 전화를 드릴까 말까 망설인다.

오늘은 정체 모를 불안감에 사로잡혀 종일 수업도 제대로 할 수 없었는데, 이렇게 또 퇴근 시간에 전화를 드리게 되면 아주 늦은 퇴근이 될 수밖에 없었기 때문이다. 그렇지만 왠지 심상치 않은 분위기를 내뿜는 그 어머님의 심정을 생각해 보면 안 드릴 수도 없는 노릇이었다.

박누리 선생님은,

'길게 늘어지지 않으면 좋으련만!'

이라는 바람으로 수화기를 들고 핸드폰에 뜬 전화번호를 누른다. 통화 연결음이 한 차례 들려오더니 곧바로 연결되었다. 수화기 쪽에서는 어머니의 다급하고 떨리는 목소리가 들려왔다. 들려오고 또 들려왔다.

"선생님이시죠? 어떡하면 좋죠? 책상에, 책상에 또 이상한 물건이, 그것도 아주 괴상망측한 물건이 놓여 있어요."

"이상한 물건이라뇨?"

"파란색인데요. 파란색."

어머니의 목소리에는 알 수 없는 불안감이 배어 있었다. 이와는 달리 선생님은 담담했다. 빌려 가도 좋다는 것으로 그동안의 의문도 풀렸고, 불안감도 어느 정도는 해소되었기 때문이다.

"어머님! 진정하시고 차근차근 말씀해 주세요."

어머니는 잠시 심호흡을 하는 듯 숨소리가 길게 들려왔다. 선생님은 다시 또,

"어머님! 색깔은 잘 알았고요. 모양은 어떻게 생겼나요?"

라고 말했다.

"장갑처럼 생겼어요."

"장갑이요?"

"네. 그런데 그게 엄청나게 커요. 굵직하고 길쭉한 오이 몇 개를 엮어 만든 것처럼 엄청나게 크고 두툼해요."

"얼마나 큰데요?"

"스키를 탈 때 끼는 스키 장갑보다 훨씬 더 커요."

"혹시 그 장갑, 야구선수들이 끼는 것과 같은 모양 아닌가요?"

"그러고 보니 그런 것도 같네요."

"그렇군요. 그 장갑은 야구장갑처럼 생긴 것이군요."

"그럼, 이 장갑도 야구장갑인가요?"

"글쎄요. 지금은 제가 그 물건을 보지 못한 상태여서 뭐라 말씀드리기는 곤란하네요."

"그럼, 아닌가요?"

"그런 것이 아니라, 실물을 보고 나서 말씀드려야 정확할 것 같아서요. 그럼, 한 가지만 더 확인해 볼 수 있을까요?"

"예. 말씀해 보셔요."

"야구장갑처럼 생겼다고 하셨는데 그러면 그 장갑의 엄지와 검지 사이가 어떤 모양으로 되어 있나요?"

"그 부분은 그물 모양으로 되어 있어요."

"그물 모양은 그물 모양인데 그 밖의 또 다른 특징은 없나요?"

선생님의 질문이 너무 구체적이고 막연하다고 느꼈기 때문일까? 어머니의 말문은 막혀 버렸다.

그런 것을 눈치챘는지 선생님은 다시 또,

"특징이요. 그러니까 뭔가 특이한 점이 있나 없나 잘 살펴보시면 될 것 같은데요."

라고 말했다.

그렇지만 담임 선생님의 이런 말들이 오히려 어머니의 생각을 황당한 방향으로 이끌어 갔다.

"글쎄요. 저도 이런 물건은 처음 보는 것이라 그렇게 말씀하시더라도 잘 모르겠는데요. 제 눈으로는 그게 그거 같고, 구분이 되질 않아요. 특징이고 뭐고, 뭐라 말씀드릴 수가 없어요. 선생님!"

대답하기 곤란했기 때문인지 어머니의 마음에는,

'안 되겠어. 전화상으로는 더는 안 되겠어. 다음에는 꼭 찾아뵙는 것

이….'

라는 생각이 흘러갔다.

"그렇군요. 듣고 보니 그렇군요."

"좀 더 확실하게 알아볼 수 있는 특징을 콕 짚어 말씀해 주시면 그것은 확인 가능할 것 같은데요. 선생님!"

"그러면 다시 질문을 드릴게요. 혹시, 그물망 부분이 볼록하게 뒤로 좀 튀어나오지 않았나요?"

"예, 그렇게 말씀해 주시니 그런 것도 같은데요."

"안쪽에서 보면 약간 오목하게 파인 형태일 것 같고요."

"그러고 보니 그러네요. 그것도 맞아요. 맞아!"

"그렇다면 그것은 티볼용 장갑, 그러니까 티볼 글러브[3] 같은데요."

"그러면 야구 장갑과 뭔가 좀 다른 점이라도 있나요?"

"방금 말씀드린 그 부분이 다른 점이에요. 어머님! 말하자면 그물망이 바깥쪽으로 많이, 그러니까 볼록할 정도로 좀 더 많이 튀어나왔다고 하는 점이 크게 다른 점이라고 볼 수 있어요."

"그렇군요."

"제가 생각하기에는 티볼공이 야구공보다는 좀 더 크고 탄력도 더 좋아 그런 식으로 만들어졌을 것으로 생각됩니다. 그 때문에 그 부분에서 큰 차이가 나는 것으로 생각되는데요."

---

3) 티볼 전용 글러브로서 모든 선수가 사용할 수 있다. 맨손으로 경기해도 괜찮다. 야구처럼 포수나 투수가 없으므로 다 같은 모양으로 되어 있다.

"예, 그렇군요. 그런 차이가 있었군요."

"그렇습니다. 오늘 아침에 저도 운동장에 나가 봤는데 선수들이 그런 글러브를 손에 끼고 있었어요. 그것으로 공을 아주 잘 잡더라고요."

이런 말을 하며 선생님은 아침에 수달이가 마구 흔들던 V자 모양의 손가락을 떠올리며 미소 짓는다. 그때 그 아이의 머리에 놓여 있던 것이 티볼 글러브였다는 것도 선명하게 떠올랐다. 그 모습은 지금도 우스웠지만 그렇다고 하여 그렇게 웃고 있을 수만은 없었다. 그래도 그때 잘 관찰했던 것이 지금 이렇게 도움이 되고 있다고 생각하니 뿌듯하기도 했다.

선생님의 느긋한 모습과는 달리 어머니의 마음은 초조했다.

'참으로 이상하시네. 그냥 그게 뭐라고 하는 것만 가르쳐 주시면 될 것을. 왜 이렇게 시시콜콜한 것까지 물어보시는 걸까? 이쪽의 말 못 할 사정도 있는데.'

서운한 마음도 흘러갔다. 이런 감정 때문일까?

'생각해 보면 볼수록 이상한 선생님이시네.'

의심은 어머니의 마음에서 점점 더 커져만 갔다.

"그렇군요."

"예. 그 장갑은 티볼 장갑이 확실해요. 색깔도 모양도 오늘 아침에 수달이가 끼고 있던 글러브와 똑같으니까요. 그러니 그건 티볼 글러브가 틀림없어요. 어머님! 티볼을 할 때 쓰는 장갑이죠. 말씀드린 바와 같이, 그 장갑의 특징은 티볼공이 들어왔을 때 빠져나가지 못하도록 그물망이 볼록하게 바깥쪽으로 튀어나왔다는 것인데, 그 부분도 어머님이 방금 하신 말씀과 일치하기 때문에, 틀림없어요."

"예, 그렇군요. 잘 알겠습니다. 그런데 선생님!"

"예."

"근데, 선생님! 그게 왜 우리 아이의 방에 있는 것일까요?"

"글쎄요."

어머니의 질문에 답변하기 곤란했던지, 이번에는 선생님의 말문이 막혀 버렸다. 그렇다고 하여 확인도 해 보지 않은 상태에서 '학교에서 가져간 거 같은데요.'라는 대답을 드릴 수는 없는 일이었다.

그런데 선생님의 이 마음을 간파하기라도 한 듯 어머니는 불쑥 이런 말을 꺼냈다.

"선생님! 혹시, 학교에서 가져온 거 아닐까요?"

깜짝 놀랐다. 마음을 들켜 버렸기 때문일까? 선생님은 이 기회에 지금까지의 짐작대로 '네, 맞습니다. 학교에서 가져간 게 분명합니다.'라고 대답한 다음, '그것도 말도 없이, 아무런 허락도 받지 않고 말이에요.'라는 말도 덧붙이고 싶었다.

그렇지만, 설사 그렇다고 하더라도, 차마 그렇게 말씀드릴 수는 없는 일이었다. 속으로는 몇 번이고 그 답변을 드리고 싶었지만. 이런 사정으로 인해 선생님은 좀 다른 방향에서 말을 꺼내 보기로 한다.

"오늘 아침, 티볼 선생님에게서 직접 들은 말인데요."

"아! 그래요."

"예, 티볼 선생님께서 하신 말씀을 그대로 전달해 드리자면, 그래요. 어머님! 연습에 필요한 물품은 굳이 살 필요 없이 얼마든지 빌려줄 테니, 티볼 교실에서 가져다 써도 좋다고 말씀하시더군요."

"아! 그래요. 정말 다행이네요."

어머니의 몸과 마음뿐 아니라 목소리에도 안도감이 배어 든다. 적어도 집에 있는 그 물건들이 어디에서, 어떻게 해서 생겨났는지는 알았기 때문이다.

한편 박누리 선생님의 마음에는,

'너무 그 선생님의 의도를 과장한 것이 아닐까?'

라는 걱정이 앞서기도 한다.

그렇지만 이상하리만큼 초조한 어머니의 마음을 진정시켜 드리기 위해서는 그렇게 말씀드리는 것도 괜찮을 것 같았다. 티볼 선생님의 의도를 조금 확대하더라도 큰 무리는 없어 보였기 때문이다. 그래도 '여러분을 위해 뒷문은 잠가 놓지 않겠습니다.'라는 말은 하지 않았기 때문에 천만다행이었다. 그런 말까지 했더라면, 우리 학교 티볼팀만이 간직해야 할 비밀이 제삼자에게 누설되는 꼴이 될 수도 있었기 때문이다.

실전에 닥쳐 비밀을 지켜보니 하나 됨이 더욱 실감 났다. 이런 체험을 함으로써 이제는 박누리 선생님도 티볼 선수들과 함께 하나의 큰 비밀을 간직하고 있는 것처럼 느껴졌다. 그런 까닭으로 박누리 선생님도 티볼 선수들과 함께 하나의 티볼팀으로 엮어 들기 시작했다. 이때부터는 선생님도 하나의 티볼팀이 된 느낌에 젖어 들어갔다.

9

한편, 박누리 선생님은 어머니의 안도감에 기대어 그 이전부터 마음에 품고 있던 의문들을 풀어 보려 한다. 학교에서 가져간 그 물건으로 무엇을 하고 있는지 알게 모르게 궁금하기도 했고 불안하기도 했기 때문이다. 그 때문인지, 퇴근 시간이 한참 지났는데도 그런 것에 신경 쓸 여유는 없었다.

"어머님 혹시, 그 물건으로 뭘 하고 있는지 관찰해 보셨나요?"

"예, 선생님! 무슨 말씀이신지."

어머니는 말끝은 흐렸지만, 선생님이 무슨 말씀을 하려고 하는지 감을 잡으신 듯, 안도감은 급격히 떨어졌다. 박누리 선생님은 어머니의 갑작스러운 태도 변화에 약간의 불안감을 느꼈지만 그래도 다시 한 번 재촉해 본다.

"작은 거라도 괜찮으니, 그동안 관찰한 게 있으시면…."

"글쎄요. 그게요."

어머니는 점점 더 말끝을 흐렸다. 어머니의 불분명한 태도는 선생님의 불안감을 더 크게 만들었다.

"괜찮습니다. 어머님! 솔직하게, 관찰한 대로…."

"그게요. 아무런 반응이…."

"예에? 아무런 반응이 없다고요?"

"예. 그러니까, 그냥 만지기만 할 뿐 다른 행동은 하질 않아요. 만지작거리기만 할 뿐."

"그래요?"

선생님은 놀라움을 금치 못했다. 어머니는 더듬더듬 말을 계속 이어 갔다. 더듬거리고는 있었지만 그래도 그런 말을 털어놓아 그런지 마음 만큼은 좀 더 시원해졌다. 그렇지만 그런 말을 들어 그런지 선생님의 마음은 점점 더 무거워졌다.

"그래도 그런 것까진 좋습니다. 이해할 수 있어요. 얼마든지요. 그래 요. 선생님! 이해하고말고요."

어머니의 목소리에는 이미 울먹이는 느낌이 배어 있었다. 그런 느낌 은 선생님의 마음을 더욱더 불안하게 만들었다.

"…"

"아무것도 하지 않고, 만지작거리고 그러면서도 뭐가 그리 좋은지, 희열에 가득 차 히죽대고…."

"그렇군요."

안타까운 마음으로 들어 주는 동안에도 선생님의 마음에는,

'결국, 연습을 위해 가져간 건 아니었구나!'

라는 의문이 들었고, 그런 의문은 다시 또 '허락도 없이'라는 말에 이 어지기 위한 손을 살짝 내밀었다. 어머니의 말을 들으면 들을수록, 새 겨보면 볼수록, 그런 엮임은 단단한 동아줄이 되어갔다.

그러는 사이에도,

"넋이 나간 사람처럼 히죽대는 모습이란! 차마 눈 뜨고 볼 수 없어

요. 선생님!"

이라는 말은 선생님의 마음에도 크나큰 걱정거리로 남겨졌다.

그뿐이 아니라,

"도저히 이해되지 않습니다. 선생님!"

이라는 말도, 어머님의 멍한 모습과 함께 전화선을 타고 전송되어 오는 듯 생생하게 그려지는 것이었다.

그 때문인지, 그런 그림을 그려 가는 선생님의 마음은 편치 않았다. 왠지 모를 불안감이 계속해서 밀려왔다. 너무도 많은 정보가 한꺼번에 밀려왔기 때문인지, 혼란스럽기도 했다. 그런 혼란스러움은 시간이 지나면 지날수록 커져만 갔다. 지금도 '넋이 나간 사람처럼 히죽대는 모습!'과 '연습을 위해 가져간 것이 아니다.', '오늘부터 뒷문은', '허락도 없이'라는 말들이 선생님의 머릿속을 휘저었고, 서로의 연결 고리를 찾아 헤매고 있었다.

말하자면 '이런 말들이 서로 어떻게 연결되는 것인가?' 등의 문제들이 선생님의 마음을 어지럽히고 있는 것이었다. 마음속에, 소리 없이 퍼져 가는 그와 같은 혼란스러움 때문인지, 수달이가 가져간 티볼 용품들은 '학교에서' 가져갔다고 하는 점부터 다시 한번 확실히 해두지 않으면 안 될 것 같았다.

그러고 보면, 학교에서 가져간 것이 아니라면 아무런 문제도 없을 테지만, 그런 것 같지는 않았기 때문에 담임교사로서는 이 점부터 확실히 해 두지 않으면 안 되었던 것이리라. 정말 가져가도 되는 것이었는지를. 혼란스러움을 피하고 의심의 핵심을 파헤쳐 보기 위해 박누리 선생님은 그동안 희미하게 느껴 왔던 어수선한 느낌이나 생각들을 처음부터 다시 정리해 보기로 한다. 그런데 이상하게도 이와 같은 사고의 과정은 다급하고 또 다급한 만큼 빠른 속도로 진행된다. 마치 한 시간은 족히 걸릴 생각들이 단 1초에 압축된 것처럼. 지금부터는 그 사고의 과정을 느린 속으로 하나하나 밝혀 본다.

　물건들은 모두 새것이긴 하지만 약간의 흠집이 있었다. 박누리 선생님은 '흠집이 있다.'라는 것을 근거로 그 물건들은 모두 '학교에서 가져간 것'으로 정리한다. 그다음은 어떤 식으로 가져갔는가 하는 것이 문제였다. 그리고 이 문제는 자연스럽게 '허락도 없이'라는 문제와 관련을 맺을 수밖에 없었고, 그중에서도 '빌려 간 것인가?' 아니면, '훔쳐 간 것인가?'라는 점에 그 초점을 두고 먼저 살펴보지 않으면 안 되었다.

　물론, 이 점이 교육적으로 볼 때는 가장 중요했고, 신중하게 살펴보지 않으면 안 될 문제이기도 했다. 사실, 가장 큰 쟁점이었고 핵심이었다. 또한, 이 문제는 이로 인해 그 아이뿐 아니라 주변의 누구에게든 억울한 일이 조금이라도 발생하면 절대 안 되는 문제이기도 했다. 왜냐하면, 이 문제에는 한 사람을, 아니 한 아이를 그것도 자신이 가르치고 있는 아이를 도둑으로 보느냐 아니냐의 문제가 달려 있었고, 그로 인한 피해도 그 아이의 주변으로 파급될 수 있었기 때문이다. 그 때문에 이처럼 철저한 생각과 정밀한 분석이 필요했는지도 모르겠다.

곰곰 생각해 보면, 이런 문제의식은 '오늘부터 뒷문은…'이라는 말에서 비롯된 것이었다. 이 말로부터 '혹시, 허락도 없이 가져간 건 아닐까?'라는 첫 의심이 확실한 모습으로 드러났기 때문이다.

　'오늘부터라고 말씀하셨어. 분명, 오늘부터라고…. 판단의 기준이 오늘부터라면, 처음 가져오기 시작한 것은 그 이전부터라는 말이 되는데….'

　그 이전에도 전화는 몇 번이나 왔었고 그때마다 티볼공이나 배트처럼 집에 이상한 물건이 있다고 했으니, 그 이전부터 가져갔던 것은 확실했기 때문이다.

　'그렇지. 그 이전부터 시작된 거야. 그때는 물론 대여일지를 만들어 놓기 이전이었고…. 그 일지도 오늘부터라도 말씀하셨으니까.'

　그동안 희미하게 느꼈던 의문이 이처럼 확연한 모습으로 드러나자 정체 모를 불안감은 커져만 간다. 그런 불안감 속에서도 '허락도 없이 가져갔을지도 모른다.'라는 의문을 다시 또 분석해 본다.

　'그렇다. 뒷문을 열어 놓기 이전부터, 즉 오늘부터 가져가도 좋다는 말이 나오기 훨씬 이전부터 가져가기 시작했다면 그것은 어떻게 되는가? 그때는 어떤 식으로 가져갔던 것일까?'

　이처럼 하나하나 따져 보니, '오늘부터'라는 말에는 다음과 같은 의문점이 들어 있었던 것이었다. 말하자면 '오늘부터'라는 말에 숨어 있던 또 다른 의문, 즉 '그 이전에는 어떻게?'라는 것을 깨닫게 되었고, 이제는 그 의문이 다시 또 '허락도 없이'라는 낱말과 서로 연결되었으며,

마침내 '그렇다면 그 이전에는? 허락도 없이 가져갔던 것이 아니었을까?'라는 형태로서, 아주 구체적인 모습으로 드러난 것이었다.

그동안은 어렴풋이 '뭔가를 놓치고 있다.'라고 느껴 왔는데, 그런 미지근한 기분도 어쩌면 이런 곳에서 비롯된 것이었는지도 모를 일이었다. 그리고 그런 느낌이 확실해졌기 때문에 미적지근한 기분을 풀어내기 위해, 진짜 그런 것인지 아닌지를 확인해 보고 싶어졌다. 이런 생각에서 다시 또 깊은 분석을 시도해 본다.

'그럼 그때는 티볼 선생님의 허락을 받고 가져갔던 것일까? 아니면, 허락도 없이 가져갔던 것일까? 만약 허락도 받지 않고 가져갔다면…. 그렇다. 그럴 수도 있어. 그럴 수도…. 허락을 받지 않고 몰래 가져갔을 수도 있는 일이지 않은가? 그때는 대여일지도 없었을 때였으니, 그것으로 대여 여부가 확인될 수 있는 것도 아닐 테고…. 그렇다면, 이 말은 그야말로 훔쳐 왔다는 말도 될 수 있을 것 같은데…. 지금까지도 돌려주지 않는 것을 보면, 그런 말로도 보이지 않을까?'

자세하게 분석하는 도중에도 마음에는,

'이런 분석이 과연 옳은 일인가? 계속해도 되는 걸까?'

라는 의심이 들었고, 그 의심은 좀 더 신중한 사고를 재촉했다.

'안 돼. 좀 더 신중하게 생각하지 않으면 안 돼. 정말, 신중하게 생각하지 않으면 안 되는 거야. 한 아이를 도둑으로 몰아갈 수는 없는 일이잖아!'

이번에는 좀 더 신중하게 생각을 해 봐야겠다고 마음먹었기 때문인지, 방금 들은 그 말이 또 마음에 걸렸다. 이를테면 '만지작거리기만 할 뿐 연습은 하지 않습니다.'라는 말도 그러했고, '연습을 위해 가져간 것이 아니었다.'라는 분석도 계속 마음에 걸리는 것이었다. 이런 까닭으로 이번에는 또 이 말을 '빌려 왔다.'라는 말과 관련하여 종이에 써 보기도 한다. 복잡하고 혼란스러웠기 때문에 사고의 과정을 정밀하게 살펴보려는 것이었다. 종이 위에 써 놓고 보니, 그 말은 '빌려 온 것은 연습하기 위한 것이었다.'라는 문장이 되었는데, 이 문장을 보더라도 문제는 있었다. 있기는 있는 것이었다.

왜냐하면, 이 말도 방금 어머니의 증언, 즉 '연습은 하지 않습니다.'라는 말로서 그 말의 그 뒷부분이 부정되었기 때문이다. 이런 점이 또 분석을 좀 더 정밀하게 이끌어 갔다. 문장의 구조로 볼 때 이 말의 뒷부분이 부정되면, 즉 누군가의 증언이나 사실 등에 의해 그 뒷부분이 부정되면 그 앞부분도 부정되는 것이었다. 그 때문에 '빌려 온 것'이라는 앞부분도 부정될 수밖에 없었다. 논리적으로 볼 때, 뒷부분이 부정될 때 앞부분이 부정되는 것은 타당했기 때문이다.[4] 그렇다면 이 말은 빌려 온 것이 아니라는 말이 되었고 그 말은 결국 빌려 오지 않았다는 뜻이 될 수밖에 없었다.

결론은 그렇게 나올 수밖에 없었다. 그렇다고 하여 지금까지의 추리

---

4) 논리학에서 보면, 조건문의 타당한 논증 중 하나는 그 문장의 뒷부분이 부정되면 앞부분이 부정되는 논증인데, 이를 '후건 부정법'이라 한다. 다른 하나는 앞부분을 긍정할 때 뒷부분을 긍정하는 논증인데, '전건 긍정법'이라 한다.

과정이나 결론에 오류가 있는 것도 아니었다. 그렇다면, 빌려 오지 않은 것이 타당한 결론이라면 이 말은 곧 '훔쳐 왔다.'라는 말이 될 수밖에 없는 것이었다. 그렇다고 하여 이 둘 사이에, 즉 이 둘의 중간에 다른 어떤 것이 들어 있는 것도 아니었고, 들어올 수도 없었다. 그렇다면 이 말은, 즉 빌려 오지 않았다는 말은 곧 훔쳐 왔다는 뜻이 될 수밖에 없었다. 그 때문에 훔쳐 왔다는 말도 타당한 결론으로 받아들일 수밖에 없는 것이었다.

'그래 맞아. 빌려 오지 않았다는 말은 곧 훔쳐 왔다는 뜻이지. 되새겨 보면 볼수록 옳은 말이었어. 옳은 말.'

이와 같은 분석과정을 통해 마침내, '빌려 온 것이 아니다. 허락도 없이 가져왔고, 그 말은 또 훔쳐 왔다는 말로 볼 수밖에 없다.'라는 최종적인 결론을 얻게 된다. 그동안 무엇인가를 놓친 듯 찜찜하기만 했는데, 이렇게 추리를 해 본 다음, 그 결과로서 타당한 결론을 얻고 보니, 마음은 왠지 시원해졌다. 그뿐이 아니었다. 그동안 무엇인가 놓친 것 같은 그 느낌도, 정체를 알 수 없는 그 불안감도 여기에 원인이 놓여 있는 것처럼 느껴졌기 때문인지, 더욱더 시원했다.

'오늘부터'라는 말에 숨어 있던, 아니 '그렇다면 그 이전에는'이란 말에서 비롯된 어렴풋한 의심의 정체가, 막연한 불안감의 핵심이 이렇게 드러나고 보니, 마음은 홀가분하기만 했다.

그렇지만 이런 기분도 오래가지는 않았다. 이 결론에 대한 반발심도 만만치만은 않았다. 시원하고 홀가분했지만, 긍정적인 결론을 얻은 것이 아니었기 때문이다. 결과적으로 보면 기대했던 바람직한 결론이 아니었기 때문이다. 이런 까닭으로 쉴 틈도 없이 선생님의 마음에는 그 결론을 부정해 보고 또 부정해 보고 싶은 마음이 다시 또 굴뚝같이 일어났다. 한 학생의, 그것도 자기 반 아이의 앞날이 걸린 문제인 만큼 신중에 신중을 기하지 않으면 안 될 것 같았기 때문이다.

그 때문인지, 의심이 또다시 일어났다. 결론뿐 아니라 그 과정도 몇 번씩이나 부정해 보고 또 부정해 본다. 이와 같은 과정은 새로운 진실이 밝혀질 때까지 무한정 계속될지도 모르는 일이었다. 아니, 지난번과 같은 '엉뚱한 봉변'을 겪지 않기 위해 이처럼 신중에 신중을 기하고 있었는지도 모르겠다. 그 때문인지, 마음속에는 다음과 같은 의문들이 계속해서 들었고 그때마다 또 다른 각도에서 생각을 굴려 본다.

'과연, 그런 것일까? 결론은 꼭 그렇게만 나올 수밖에 없는 것인가?'

이제부터는 '훔쳐 온 것이 아니다.'라는 쪽의 근거를 찾아본다. 말하자면, 훔쳐 오지 않았다는 가정에서 이쪽의 추리와 그에 따른 근거에 대해 정리를 해 보려는 것이었다.

'빌려 온 것이 아닐까? 맞아. 빌려 온 것일 수도 있지 않은가? 이를테면 빌려 오긴 빌려 왔지만, 빌려 온 건 맞지만 미처 빌려 간다는 말씀은 못 드리고…. 그때는 어떤 사정이 있어 말씀은 못 드렸고, 결국에는 못 드린 채 지금까지…. 그럴 수도 있지 않은가?'

이런 생각도 들었지만, 곰곰 생각해 보면 볼수록 이상했다.

'빌려 왔다면, 그것도 그와 같은 사정으로 특별히 빌려 왔다면, 그것으로 연습했어야 했는데…. 어렵게 빌려 온 만큼 그만큼 더 열심히 연

습했어야 마땅한 일인데, 사실은 그렇지도 않았고….'

생각해 보면 볼수록 이상하기만 했다. 편을 들어 주고 싶어도 결국에는 이처럼 앞뒤가 맞지 않았고 구질구질한 변명으로 끝을 맺는 것이었다. 이처럼 '훔쳐 오지 않았다.'라는 주장에 따른 근거를 찾아보려 했지만, 그것도 뜻대로 되지는 않는다. 추리라는 추리는 모두 그릇된 방향을 향해 나아갈 뿐 바른길은 찾지 못했다. 그때마다 벽에 부딪히고만 것이었다.

'연습은커녕 놀고만 있으니, 그것도 넋이 나간 사람처럼 히죽대며…. 이상하지 않은가?'

이런 사실들로 인해 빌려 왔다는 가설은 결국 힘없이 무너졌다.

'이 세상에 만지작거리고 히죽대기 위해 운동기구를 빌려 오는 사람이 있을까? 없다. 그런 사람은 없다. 주변을 아무리 둘러봐도 그런 사람은 찾아볼 수 없다. 특별한 사정이 없는 한 있을 까닭이 없지 않은가?'

생각을 굴려 보면 굴려 볼수록 빌려 왔다는 가설은 점점 더 알 수 없는 미궁으로 빠져들었고, 어둠에 휩싸였다.

이런저런 상황과 자료들을 모두 고려해 볼 때 내릴 수 있는 결론은 하나밖에 없었다. 이를테면 '훔쳐 온 거야. 허락도 받지 않고.'라는 결론밖에 없었다. 달갑지 않은 결론이었지만, 사실이었다. 인정하기는 싫었지만, 인정할 수밖에 없는 결론이었다. 이 외의 또 다른 결론은 찾아볼 수 없었다. 다른 길은 모두 막혀 버렸다. 논리적으로 보면 막다른 골목이라 하지 않을 수 없었다.

그 때문일까? 이 결론은 어찌해 볼 수 없는 사실로서 다가왔고, 그래서 그런지, 마음은 우울하고 답답하기만 했다. 이런 마음을 떨쳐 버리기 위함일까? 왠지는 모르겠지만, 그 결론에 대한 반발심이 다시 또 일어났다. 이상하게도 그 결론이 확실하게 여겨지면 여겨질수록 이전보다 훨씬 더 강한 반발심이 일어나는 것이었다. 심리적으로는 강한 반발심이 솟구쳤다. 논리적으로는 이해된다고 하더라도 심리적으로는 그렇지가 않은 것이었다. 그러고 보면 머릿속으로는 이해된다고 하더라도 마음으로는 받아들이고 싶지 않았던 것이리라.

　사실, 박누리 선생님의 마음속에 흐르고 있던 이와 같은 진실을 살짝 들여다보면, 이때 비로소 '처음부터 도둑질하고 있었던 거야.'라는 자각이 마음속 깊은 곳에 다가온 것이었다. 이제는 또 그런 진실을 받아들일 수 없었고, 도저히 용서할 수도 없는 것이었다. 그 때문에 화도 났다. 화가 났기 때문에 반발심도 한층 더 거세게 일어났던 것이리라. 이제는 또 그런 반발심이 선생님의 마음마저 괴롭히기 시작했다.

　'그럴 리가 없어. 빌려 온 것이겠지. 빌려 온 것.'

　이처럼, 심리적으로는 끊임없이 부정하고 싶어졌다. 별다른 이유는 없었다. 이와 같은 감정에 이유가 있다면 그것은 자기 반 아이를 아끼려는 마음이나, 그것이 아니라면 하나 됨 때문이었는지도 모르겠다. 어쩌면, 선생님도 같은 비밀을 함께 갖게 됨으로써 전에 느낀 그 하나 됨으로 인해 그런 것이었는지도 모를 일이었다.

　그런데 이번에는 좋은 것이 아니었다. 나쁜 것이었다. 나쁜 것으로

서, 바람직하지 않은 것으로서 하나 됨을 느끼고 있었기 때문에 더욱
더 반발하고 싶어졌는지도 모를 일이었다. 그리고 보면 죄의식을, 공
범과도 같은 죄의식을 느끼고 싶지 않다는 막연한 불안 심리가 마음의
가장 밑바닥에서 알게 모르게 작용하고 있었던 것이 아니었을까?

아니, 어쩌면 화가 남, 용서할 수 없음, 받아들일 수 없음, 반발심 등
의 감정들은 모두 이런 곳에 그 뿌리를 두고 일어나고 있는 일이었는
지도 모를 일이었다.

종합적으로 보면, 실패했다. 훔쳐 왔다는 결론을 부정하고 빌려왔다
는 근거를 찾아보려 했지만, 그것도 뜻대로 되지 않았다. 벽에 부딪히
고 어둠 속만 헤매는 꼴이 되고 말았다. 쓰디쓴 고통을 겪은 끝에 결국
모든 추리는 '훔쳐 왔다.'라는 결론으로 돌아왔다. 그 때문인지, '훔쳐
왔다.'라는 결론이 부정될 수 없는 바위처럼 보였다. 마음에 콱 박힌
채 꿈쩍도 하지 않는 단단한 바위처럼.

압축된 1초는 이런 식으로 지나갔고, 모든 생각과 분석이 '훔쳐 왔다.'
라는 결론에 도달했을 때 티볼 글러브에 관해서도 확인을 해 봐야겠다
는 생각이 불꽃처럼 일어났다.

'그것 역시 그런 것이 아닐까?'

마음은 어느새 이런 의문으로 점점 더 가득 차올랐다.

"어머님! 혹시, 그 글러브요?"

"예."

"그것도 쓰던 것인가요? 아니면, 새것인가요? 아니, 조금이라도 쓰던 흔적이 있는지 없는지 꼼꼼히 살펴봐 주실 수 있으신가요? 지금 바로 확인 가능하시다면 될 수 있는 한 빨리 확인을 좀 해 주세요."

"예, 꼼꼼히 확인해 봤는데 이 글러브도 역시 쓰던 흔적이 있네요. 새 것처럼 보이지만 잘 보면 쓰던 흔적이 있어요. 분명, 여러 군데 작은 흠집들이 보이네요. 선생님!"

"예, 잘 알겠습니다. 역시, 그렇군요."

이것으로 통화는 끝났다.

통화는 끝났지만, '넋이 나간 듯 히죽히죽 웃고'라는 말의 정체가 무엇인지는 알 수 없었다. 왜 그렇게 기뻐하고 있는지, 왜 그렇게 크나큰 기쁨에 도취하여 넋이 나간 모습을 하고 있는지, 그 원인에 대해서도 알지 못했다. 그렇다고 하여 어머님께 여쭤볼 틈도 없었다.

그보다는 그 티볼 글러브에 관한 생각부터 어떻게든 정리해 놓지 않으면 안 되었다. 그 글러브도 다른 것과 마찬가지로 몰래 가져간 것처럼 보였기 때문이다. 여러 가지 정황으로 볼 때 지금은 그렇게 볼 수밖에 없었다. 차근차근 따져 보면 티볼[5]이 '뉴-스포츠'로 시작된 지는 꽤

---

5) 대한민국에서는 1997년 티볼협회가 창립되었고, 2008년부터는 초등학교 5학년과 중학교 2학년 체육과 교육과정에 티볼 형 게임으로 편성되기 시작했다. 공식 명칭은 '티볼'또는 'T-볼'이라 하고 영문명은 'Tee Ball(T-Ball)'이다. 야구를 변형시킨 스포츠이며, 공을 티(tee) 위에 올려서 공을 치고 1, 2, 3루를 돌아 홈으로 들어오는 구기 종목이다.

오래되었으나, 그렇다고 하여 그 비품들마저 널리 알려지고 보급된 것은 아니었다. 티볼 글러브는, 보통의 아이들은 전혀 쓰지 않는 물건이었다. 그 대신 구하기 쉬운 야구 글러브를 쓰는 게 보통이었다. 그 때문에 수달이가 지금 가진 그 글러브도 개인적으로 샀다기보다는 학교 비품일 가능성이 더 크다고 하지 않을 수 없었다.

'그렇다면 그것 역시 그런 것 같은데….'

시간의 흐름과 더불어 이 생각도 점점 더 사실처럼 굳어졌다.

10

4월 25일.

아침 일찍 출근한 박누리 선생님은 '몰래 가져간 것이 분명하다.'라는 의문을 품은 채 운동장으로 나갔다.

'티볼공, 배트, 글러브…. 연습은커녕 만지작거리며 놀기만 하고 있을 뿐, 히죽히죽 웃어대면서….'

왜 그런지 그 이유는 알 수 없었지만, 이와 같은 생각을 떠올리며 늘 푸른 잎을 사랑하는 소나무 숲을 지나 운동장 쪽으로 발걸음을 옮겼다. 화단을 지나자 운동장 한쪽 구석에서 연습 중인 선수들의 모습이 보이기 시작했다. 연습하는 선수들을 세어 보니 14명이다. 15명이 선발된 것으로 기억되는데 그 기억이 옳다면 1명의 선수가 부족한 셈이었다.

'늦잠을 잔 것일까? 그럴 리는 없고, 그렇다면 벌써 잘린 거야.'

박누리 선생님은 혀끝을 끌끌 차며 선수들을 바라보았다. 선수들은 두 줄로 늘어서서 분주하게 공을 주고받고 있다. 쉴 새 없이 오고 가는 공에 선수들이 흘린 땀이 배어든다. 공을 주고받고 있는가 싶더니 어느새 각자 맡은 수비 위치로 분주하게 뛰어가고 있었다.

각자 주어진 위치에서 선수들은 허리를 약간 구부린 채 앞을 노려보고 있다. 그 눈빛은 '나에게 날아오면 어떡하지?'라는 겁먹은 눈빛이 아니라, '나에게 날아왔으면 정말 좋겠다.'라는 간절한 소망이 담긴 눈빛이었다. 그래서 그런지, 그 눈빛은 이기고자 하는 열망이 가득 담긴 희망의 빛이었다.

그런데 자세히 살펴보면 이상하게도 한 루[6]에 2명의 선수가 모여 있는 것이었다. 그것도 줄을 지어 늘어서 있는 것이다.

'이럴 수가! 수비수는 분명 한 루에 한 명일 텐데.'

눈을 크게 뜨고 다시 살펴보니 그 2명의 선수는 서로 번갈아 가며 연습하고 있는 것이었다. 그것도 아주 분주하게 움직이고 있다. 공 또한 쏜살같이 날아오기 때문에 이 정도의 속도라면 한 루에 2명이 아니라 3

---

6) 루(베이스)란 경기장에 그려진 다이아몬드의 각 꼭짓점을 말한다. 루는 본루(홈
    베이스)와 각루, 즉 1루(퍼스트 베이스), 2루(세컨드 베이스), 3루(서드 베이스)로
    구성된다. 본루에는 오각형의 흰색 루를 놓고, 1루에는 사각형의 흰색 수비루와
    빨간색의 주자루 2장을 놓는다. 파울라인을 기준으로 안쪽으로는 흰색을, 바깥쪽
    으로는 빨간색을 나란히 놓는다. 2, 3루에는 흰색을 놓는다. 타격을 한 타자는 1
    의 주자루와 2루, 3루, 본루를 차례로 밟아야 득점이 인정된다.

명이 있다 하더라도 가능하다는 느낌도 든다. 티볼 선생님이 마법의 라켓으로 쉴 새 없이 공을 퍽퍽 쳐 주었기 때문에 사실 그 선수들은 잠시도 놀고 있을 틈이 없었다.

'라켓의 위력이란 정말 대단하구나!'

박누리 선생님은 감탄의 말을 하늘 높이 날리며 수달이의 모습을 찾아보았지만 찾을 수가 없었다. 어제의 그 자리에 그 아이의 모습은 보이지 않는다.

'어느 쪽에 있을까?'

박누리 선생님이 운동장을 둘러보고 있는데 그 순간 2루에 넘어져 있는 어떤 선수의 모습이 눈에 들어왔다.

'설마! 오늘도, 한눈팔다 공에 맞아 넘어진 건 아니겠지.'

짙은 녹색의 인조 잔디에 잠을 자듯 누워 있는 그 선수의 모습을 가만히 살펴보니, 수달이었다. 지금까지 보여 줬던 애교스러운 모습들을 떠올리며 마음껏 웃을 준비를 하고는 수달이가 일어나기만을 기다렸다. 이번에는 '훔쳐 간 것이 아닐까?' 등과 같이, 입에도 담기조차 싫은 생각들은 모두 잊어버리고 한껏 웃어 보려 했으나, 그럴 수가 없었다.

이상하게도 수달이의 모습에서는 별다른 움직임이 느껴지지 않는다. 어찌 된 일인지, 좀처럼 일어날 기미가 보이지 않는 것이었다. 수달이는 한동안 쓰러져 있는가 싶더니 배를 움켜쥔 채 가까스로 일어났다. 걸음을 옮길 때는 다리도 약간 절고 있었다.

'다친 것일까?'

수달이는 한쪽 다리를 질질 끌며 티볼 선생님 앞으로 다가가고 있었다.

'크게 다치지 않았으면 좋으련만!'

박누리 선생님이 이런 걱정을 하고 있는데, 수달이의 모습이 보이지 않는다. 걱정하며 하늘 한 번 올려다본 바로 그 순간 그 모습을 놓쳤나 보다. 그 때문에 알 수 없게 된 것이었다. 마음을 가다듬어 잘 찾아보니 그제야 비로소 운동장 밖으로 느릿느릿 걸어가고 있는 수달이의 모습이 눈에 들어왔다.

'발목을 삔 것일까?'

한쪽 발을 질질 끌고 가는 것을 보니 그런 것도 같았다.

'보건실로 가고 있는 것일까? 그럼 나도 그쪽으로 가 볼까? 치료도 도와주고 얼마나 다쳤는지 확인도 좀 해 볼 겸.'

수달이가 뜻밖의 사고를 당했기 때문에 티볼 선생님을 만나려던 계획은 바뀌었다. 박누리 선생님은 보건실로 발걸음을 옮기게 되었고, 그날도 결국에는 티볼 선생님과의 면담은 이루어지지 않았다. 처음부터 빗나간 친절 통화처럼 티볼 선생님과의 면담도 이처럼 실패만 거듭했다. '감동을 드리겠습니다.'라는 말을 한 번도 할 수 없었던 것처럼, '드릴 말씀이 있는데요.'라는 말도 그러했다.

'기묘한 일도 다 있구나!'

박누리 선생님은 푸념 아닌 푸념을 하며 보건실 쪽으로 발걸음을 옮겼다. 서관 1층에 있는 보건실에 도착하여 수달이의 모습을 찾아보지만, 그 아이의 모습은 어디에도 없다. 그뿐이 아니다. 공교롭게도 오늘

따라 보건교사의 모습도 보이지 않는 것이었다.

'벌써 갔나? 그 사이에….'

박누리 선생님이 이런 생각을 하며 자기 반 교실인 6학년 1반으로 올라와 보았으나 그곳에도 없었다. 어느 구석에서도 수달이의 모습은 보이지 않는 것이었다.

그런데 그림자조차 보이지 않는 수달이의 모습은 선생님의 마음속에 작은 파문을 일으켰다. 콩닥콩닥! 가슴 뛰는 소리가 공기 중으로 울려 퍼졌다. 불안하기만 한 가슴을 쓸어안고 복도를 둘러본 다음, 다시 교실로 들어와 수업 준비를 하고 있는데, 땀을 뻘뻘 흘리며 수달이가 들어왔다.

9시 5분 전이다.

수업을 시작하려면 아직 5분 정도는 남아 있는 셈이었다. 선생님은 수달이를 불렀다.

"어디에 갔다 왔니?"

수달이는 대답을 못 하고 멍한 표정을 짓고 있다. 대답을 못 하기보다는 질문의 의도를 이해하지 못한 것 같았다.

그래서 이번에는,

"아까는 보건실에 간 거 같은데."

라고 말하자, 그제야 질문의 의도를 이해한 듯 또렷한 표정을 짓는 것이었다.

"보건실에 들러 치료받고 바로 다시 운동장으로 나갔는데요."

수달이는 아무렇지도 않은 표정으로 대답했다.

'분명, 보건실에는 아무도 없었는데….'

박누리 선생님의 마음에는 하나의 의문이 들었지만 그래도 일단은 수달이의 말을 믿어 보기로 한다. 그렇지만 웬일인지 가슴이 뛰기 시작했다. 그렇게 시작된 떨림은 진정될 기미가 보이지 않는다. 찜찜한 기분은 계속되었다. 오후 수업이 끝나고 퇴근 시간이 다 되어 가는데도 진정될 기미는 보이지 않는다.

'어쩔 수 없지. 본인이 그렇게 주장한다면….'

그렇지만 의심은 계속 쌓여만 갔다.

11

4월 26일 오후.

박누리 선생님은 수업 준비도 하고 그동안 미뤄 둔 '마을결합형 혁신학교' 업무도 처리하며 분주한 시간을 보냈다.

'전화가 오겠지. 어제 안 왔으니, 오늘은 꼭 올 거야. 화창한 봄날이다. 화창한 봄날! 좋은 날이구나.'

그러고 보니 4월도 다 지나가고 있었다.

'얼마 남지는 않았지만, 잘 지나가면 좋으련만!'

그렇지만 이런 생각도 곧,

'그 애는 왜 그렇게 만지작거리고만 하는 걸까?'

라는 생각으로 이어졌고, 다시 또 이런 생각으로 나아간다.

'도벽은 도벽인데, 이런 점을 보면 도벽이 아닌 듯 보이기도 하고….'

이런 생각이 들 때면 이상한 기분은 떨쳐 버릴 수 없게 된다. 기분 탓일까? 이번에는 복도 창문 사이로 어떤 사람의 그림자가 지나가는 것 같았다.

'올 때가 되었는데 혹시, 이 그림자가…. 설마! 아니겠지.'

요즘은 왠지 창문 너머로 들려오는 다급한 걸음걸이도 예사롭지 않게 느껴졌다.

'선생님은 아닌 거 같고. 혹시 옆 반에 상담 오신 어머님! 정말 그랬으면 좋겠는데….'

아니길 바라는 마음으로 복도 쪽을 바라보고 있는데 그 그림자는 교실 문 앞에서 더는 움직이지 않는 것이었다.

'벌써, 옆 반으로 들어가셨나! 제발, 그랬으면 좋겠는데…. 지난번에는 늦게까지 너무 힘들었어.'

어머니와의 전화상담도 지쳤는지, 제발 아니길 바라는 마음으로 불안감을 달래 보고 있는데 그때 마침,

"똑, 똑!"

하는 노크 소리가 들려왔다.

'옆 반에 노크하는 소리도 이렇게 크게 들리는구나!'

속으로는 크게 감탄하며 불안한 마음을 추스르고 있는데, 왠지 모르

게 이상했다. 옆 반이 아니었다. 옆 반이.

 '이러면 안 되는데…. 오늘은 상담 예약을 받은 적도 없는데….'

 선생님은 고개를 가로저으며 소리 나는 쪽을 물끄러미 바라본다. 그렇지만 입으로는,

 "네."

 라는 대답이 반사적으로 튀어나왔다.

 그 대답과 동시에 교실 문이 스르륵 열리더니 누군가가 들어왔다. 여성이다. 그렇지만 어찌나 성급하게 들어오던지 머리카락은 물론 어깨에 둘러멘 작은 가방마저 너울너울 춤을 추고 있다.

 예상치 못한 상황이었기 때문에 박누리 선생님은 그분이 누구인지 확인해 볼 겨를도 없이 그저 멍하니 바라만 보고 있었다. 그런데 그런 선생님과는 대조적으로 그분은 곧바로 가방을 열더니 봉투 1장을 꺼내 선생님 책상 위에 올려놓는 것이었다.

 '어! 네모 모양의 누런색이 비치잖아! 이것이 바로 그 유명한 촌지[7] 라는 것일까? 교무기획부장님이 청렴 연수 시간에 말씀하신 그 유명한…. 설마!'

 얼떨결이었지만 이런 호기심에도 젖어 본다. 그러나 그것도 잠시였을 뿐 곧바로 가슴이 조여드는 듯 심한 통증이 느껴졌다.

 "쿵! 쿵!"

 벌렁벌렁 가슴을 졸이면서도 속으로는,

---

7) 작은 정성이나 작은 뜻을 뜻하는 말이나, 여기에서는 뇌물이라는 뜻이다.

'어떻게 돌려 드려야 하나? 이 봉투는 뇌물인데, 그런 것은 한 푼이라도 받으면 안 된다고 하셨는데….'

라는 생각만이 앞서갔다.

'그렇지 않아도…. 아이들 문제만으로도 너무 힘든데, 이런 일까지 겹치면 너무도 곤란한데.'

힘들다는 생각이 드는데도, 한 번 풀리기 시작한 생각의 실타래는 멈춰지지 않는다. 멈춰지지 않았을 뿐 아니라 그 방향도 알 수 없는 방향으로 굴러갔다. 그야말로 엉뚱함의 연속이었지만 지금 왜 이런 생각들이 드는지는 알 수 없었다.

'역시, 연수의 효과는 대단해. 봉투만 봐도, 돈이 들어 있는 봉투만 봐도 가슴이 벌렁벌렁 뛰고 돌려줄 걸 먼저 생각나게 해 주다니…. 그때는 그런 말이 우습게만 들렸는데, 막상 닥쳐 보니 그렇지도 않고…. 그때는 그분의 독특한 말투조차 우습게만 보였는데…. 그리고 보면 어눌한 말투 속에 녹아 있는 참된 내용이 더 중요한 것처럼 보이기도 하고.'

별별 생각들이 한바탕 굴러갔다.

한편으로는 새로운 생각들도 흘러나왔다. 샘물은 퍼내면 퍼낼수록 맑은 물이 솟아나는 것일까? 맑은 물처럼 새로운 생각들이 방울방울 흘러나왔다.

'어떤 행동을 하는 데는 그럴 만한 의도가 있고 그럴 만한 사정이 있고 그럴 만한 까닭이 있지 않을까? 사람이라면 누구나 그 나름대로는 목적에 맞은 수단을 선택하려 하지 않을까? 와! 정말, 그럴듯해!'

좋은 생각도 막 흘러나오고 있는데 그때 마침 앞에 계신 이분이 누구라는 것을 깨달았다. 그분의 정체가 드러나자 박누리 선생님은 몹시 당황스러웠다. 그렇다고 하여 그런 내색을 할 수는 없었다.

'그렇다면 이 어머님도 어떤 의도나 목적이 있어 찾아오신 것은 아닐까? 아니면, 그 아이에게 말 못 할 어떤 일이 일어난 것일까? 그런 것도 아니라면, 그동안의 사정이 크게 바뀐 걸까? 지금까지는 전화로만 말씀하셨는데 몸소 찾아오신 것을 보면 분명 무엇인가 달라진 건 달라진 거 같은데…. 맞아! 분명, 달라졌어. 틀림없이 뭔가가 달라졌어.'

이번에는 이런 생각에서 어머니의 표정을 차근차근 살펴본다.

어머니는 종이쪽보다 더 창백한 얼굴을 하고 있었다. 그뿐이 아니었다. 옷차림도 그랬다. 평소에 입고 있는 옷차림 같았다. 그러고 보면 늘 입고 다니던 그 옷을 그대로 입은 채 달려온 것이 아니었을까? 그래서 그런지, 이 옷차림에도 사태의 매우 급함을 알려 주는 다급함이 묻어 있었다. 얼마나 심각한 표정을 짓고 있었으면 전에 뵌 적도 있는데 이렇게 못 알아봤을까?

한편, 이런 생각도 들었다.

'이 봉투에도 어떤 사연이 담겨 있는 것은 아닐까? 만약 이 봉투에 돈이 들어 있고, 그 돈이 그 애와 어떤 관계가 있는 것이라면 그때는 또 어떻게 되는가? 그런 것도 같은데…. 느낌이 영 안 좋아.'

눈앞에 닥친 의문들이 계속 굴러가는 한편, 그런 와중에도 박누리 선생님은 마음을 가라앉히며 자리에서 일어나 어머님께 앉을 자리를 권했다.

그런 다음,

"어머님! 이 봉투는 뭐죠?"

라는 질문으로 발문을 열었다.

"먼저 열어 보시지요."

어머니의 목소리에는 힘이 없었다. 박누리 선생님은 떨리는 손으로 봉투를 열어 본다.

'돈이잖아!'

정말 5만 원짜리 지폐 1장이 나왔다. 영문을 알 수 없는 지폐의 출현에 당황스럽기도 하고 얼떨떨하기도 했지만, 저도 모르게 '촌지구나!'라는 생각도 솟아났다.

떨리는 가슴을 진정시키고 정신을 가다듬어 생각에 생각을 다시 굴려 본다. 그러자 이번에는,

'아닐지도 몰라.'

라는 생각이 흘러나왔다.

'들어오자마자 내놓는 것을 보면 아닌 것도 같고, 새파랗게 질린 표정을 보더라도 그렇고…. 왠지 모르게 이 돈에는 말 못 할 어떤 사연이 있는 것도 같고, 혹시 그 아이와 어떤 관련이….'

촌지가 아니라는 근거를 찾아보니,

'역시, 아니구나!'

라는 확신마저 든다. 그리고 그런 확신은 '돌려주지 않아도 돼.'라는 안도감을 안겨 주었다.

'다행이다. 다행! 돌려주기 위해 애를 쓰지 않아도 되고, 돌려주지 못할 때는 그 즉시 교감 선생님이나 행정실에 신고해야 하는데, 그렇게 하지 않아도 되고…. 잘됐다. 잘됐어.'

지금의 시점에서 돌이켜보면, 봉투를 처음 내밀었을 때 '촌지는 절대 받지 않습니다.'라는 말로 거절하지 않은 것이 엄청 다행으로 여겨졌다. 무턱대고 촌지라는 말을 꺼냈고 돌려주려 했다면 얼마나 우습고, 어머님도 얼마나 난처했을까?

한편, 선생님의 마음에는 '아니라면, 이 봉투의 정체는 무엇일까?'라는 의문이 다시 또 솟아올랐다.

그러더니 곧,

'분명, 수달이와 어떤 관련이 있는 것처럼 보이는데.'

라는 생각으로 가득 찼다.

왠지 모를 불길함을 느끼며, 선생님은 조심스럽게,

"이게 무슨 돈이죠?"

라고 여쭤본다.

표정을 살펴보니, 소리 없는 눈물이 붉게 물든 이 어머니의 두 볼을 타고 하염없이 흘러내리고 있었다.

'역시, 사정이 달라졌기 때문에 몸소 찾아오신 것이구나. 그렇다면, 이제는 돈에도 손을 대고 있는 것일까? 이크! 큰일 났네.'

그러고 보면 상황이 크게 변한 것이었다. 지금까지는 어떤 물건을 몰래 가져왔는데, 이제는 그것이 금품이나 돈으로 바뀐 것이 아니었을까?

"이게, 이게 있었어요. 선생님!"

터져 나오려는 울음을 애써 참는 듯 어머니는 더듬거리기만 할 뿐 더는 말을 잇지 못했다.

"예, 어머님! 진정하시고 차근차근 말씀해 주세요."

"이게요. 책상에, 티볼 글러브 안을 들여다보니, 이런 게…."

어머니는 다시 또 울먹였다. 말도 제대로 못 하고, 손수건을 꺼내 눈물만을 닦는다.

"그렇군요. 그런 게 들어 있었군요."

박누리 선생님은 뭐라 위로의 말도 못 하고 어머님이 될 수 있는 한 빨리 진정되기만을 기다렸다.

한동안 말이 없던 어머니도 어느 정도 마음이 진정되었는지 고개를 들어 담임교사를 바라보더니 이렇게 말했다.

"선생님! 이런 게 그 글러브 안에 들어 있는데, 어디에서 난 건지 도저히 모르겠어요. 아무리 생각해 봐도."

박누리 선생님은,

'그런 건 수달이에게 물어보면 그게 제일 빠르지 않을까요?'

라는 대답을 하려다 그만둔다. 그 순간,

'솔직하게 털어 놓았다면 이렇게 달려오지도 않았겠지.'

라는 생각이 스쳐 지나갔기 때문이다.

"수달이는 저에게 아무런 말도 하지 않아요. 어떤 말도."

어머니는 선생님의 마음을 눈치챈 듯 이렇게 말했다.

"예, 그렇군요."

"말은커녕 근처에도 못 오게 해요. 방문도 꼭 걸어 잠그고."

'방문을 걸어 잠갔는데 어떻게 아셨나요? 들어가지도 못하셨을 텐데….'

선생님은 이 말을 하려다 그만둔다. 상황에 맞지 않는 대화로 여겨졌기 때문이다.

"꼭 걸어 잠근 채, 만지작거리며."

선생님은 다시 또,

'그렇죠. 그러면 지금도…. 지금도 만지면서 히죽히죽 웃기라도 하나요?'

라는 말도 하려다 그만둔다.

상황에 맞지 않게 앞서가는 것이나 기분을 헤아리지 못한 대꾸도 좋지 않은 대화라고 판단했기 때문이다.

"넋이 나간 사람처럼 히죽대며 웃기도 하고…."

'어머! 진짜잖아. 히죽대며 웃는 거. 지금도, 지금도….'

선생님은 깜짝 놀랐다. 그 때문인지 어쭙잖은 상상, 즉

'설마! 돈도 갖고 놀며 히죽대며 웃고 있지는 않겠지.'

라는 생각은 하지 않기로 했다. 그 대신,

'잘 들어 주는 편이 좋겠어. 그 원인이 뭔지 알려면 그편이 좋아.'

라고, 판단했기 때문인지 귀만 바짝 기울인다.

'더듬거리고는 있지만, 그 안에 든 진실이 더 중요한 것이니까.'

대화의 기본 원칙이 되살아났기 때문인지도 모르겠다.

"그러는가 싶으면…."

선생님은 새로운 말이 나오는가 싶어 귀를 기울이며 고개를 끄떡이는 한편, 어머니는 그동안 쌓인 것이 많았던지 상기된 표정으로 울먹이듯 더듬거리며 말을 이어 갔다.

"그러는가 싶으면 어떤 때는, 가끔은, 그러니까요, 특히 요즘에는 아주 가끔 화난 사람처럼 책상을 탕탕 치기도 하고."

들어 보면 들어 볼수록 수달이의 행동과 반응은 점점 더 알 수 없는 쪽으로 흘러간다.

그럴 때마다 선생님도 귀를 더 바짝 기울였고 놀라움이 섞인

"예?"

라는 말만 되풀이했다.

'히죽대며 웃는 증상이 더욱더 심해지고 있는 것이 아닐까? 이렇게…. 몸소 찾아오신 것을 보면, 수달이에게 무슨 일이 일어나고 있어. 정신적으로 이해할 수 없는 어떤 일이.'

그러고 보니, '지금도 만지작거리며 히죽히죽 웃고만 있다.'라는 말이 다시 또 마음에 걸렸다. 왠지 모를 불안감도 밀려왔다.

'그렇다면 그 점에 대해 좀 더 알아봐야 하지 않나?'

조사에 필요했기 때문인지, 선생님도 가끔은 확인하듯 다음과 같은

질문을 해 본다.

"어머님, 언제부터 그렇게 탕! 탕! 치는 반응을 보였나요?"

"오늘 오후에 그런 일이 있었어요."

"오늘 오후 몇 시쯤인가요?"

"예, 그러니까 한 3시 11분쯤, 그런 일이 있었던 것 같아요."

"그렇군요."

"네. 그래서 이렇게 허겁지겁 달려온 거예요."

"그렇군요."

"오늘은 좀 이상했어요. 오늘따라 특히 더 이상했어요."

"언제부터요? 아니, 오후 몇 시부터 그런 조짐을 느끼신 거죠?"

"집에 들어올 때부터인 것 같아요. 대략 오후 3시 10분으로 기억되는데⋯."

"예에? 그러면 그때부터 자세하게 말씀해 주세요."

"가방을 메고 집 안으로 들어오는데 아이의 안색이 말이 아니더군요. 새파랗게 질린 게 정말 이상했어요. 말도 없이 곧장 자기 방으로 들어가며 방문을 쾅 닫더니 더는 반응이 없어요. 그래서 방문에 귀를 대고 엿듣고 있는데, 글쎄요."

이 상황에서도 선생님은 '그래서요?'라는 말로서 재촉하려다 그만두고, 귀만 더 바짝 기울인다.

반면, 어머니는 이해가 되지 않는다는 표정으로 계속 말씀하셨다.

"미친 듯이 책상을 쾅! 쾅! 내리치는 소리가 들리는 거예요."

"그래서요?"

박누리 선생님도 더는 참을 수 없었는지 조금씩 재촉한다.

"방문은 잠겨 들어가지도 못하고, 들어가지 못하니까 왜 그런지 물어보지도 못하고."

"예에. 그러셨군요."

"하도 답답해서, 너무 답답해서 이렇게…."

어머니는 선생님을 바로 보지 못하고 고개를 숙인 채 눈물만 닦아냈다. 그렇지만,

'이 애마저 이러면…. 이러면 어떡하지. 동생인 소강이는 지금도….'

라는 생각에, 눈물이 다시 또 하염없이 흘러내리고 있었다.

"그러셨군요. 그런 일이 있으셨군요."

"무슨 일인지는 잘 모르겠지만 제 생각에는 이 돈과 관련이 있지 않나 싶어 이렇게 가져왔어요."

"그렇군요. 이 돈이 또 그런 일과 관련이 있는 것이었군요."

어느 정도는 예상했으나 놀라움도 적지는 않았다.

'진실은 이 돈에 숨어 있었구나. 이 돈이 어디에서 난 것인지 알아보기 위해 이렇게 오신 것이었구나.'

돈의 출처에 대해 생각하고 있는데, 그때 갑자기 하나의 생각이 스쳐 지나갔다. 이를테면,

'어제 어떤 선생님이 돈을 잃어버렸다고 하신 것도 같은데…. 그렇다면 그 돈이.'

라는 생각이 떠오른 것이었다. 가슴은 다시 또 뛰기 시작했다.

12

　박누리 선생님은 뛰는 가슴을 달래며 생각에 잠겼다. 그런 다음 잠시 이 돈의 출처를 어떤 선생님과 관련하여 살펴본다. 그 결과, 수달이의 글러브 안에 들어 있던 날짜와 어떤 선생님이 분실했다고 하는 날짜가 서로 일치하는 것이었다. 시간으로 보면 절묘했다. 이 두 사건의 관련성은 기막힌 우연이라 하기에는 너무도 절묘했고, 그 때문에 생각의 방향을 그쪽으로 잡아 본 것이었다.

　'정말 그런 것일까? 그 돈이 그곳으로…. 그 아이를 통해.'

　어느 정도 생각이 정리되자, 가슴은 왠지 모르게 다시 또 콩닥콩닥 뛰기 시작했다. 전에 느낀 의문들도 하나둘씩 다시 또 떠올랐다. 어제의 그 일도 뚜렷한 모습으로 떠올랐다.

　'그러고 보니 그러네. 이상하다.'

　다시 생각해 보니 이상하기만 했다. 어제는 수달이가 보건실에 가는 것 같아 따라가 보았는데, 아무도 없었기 때문이다.

　'그렇다면 보건실에 갔다 왔다는 말은 거짓말이 아니었을까? 아무래도 수상해. 그렇다면 보건실에는 가지 않았고, 그 대신 그 시간에 그 선생님의 교실에 간 것이 아닐까? 슬쩍하는 시간도 그리 오래 걸릴 것 같지도 않고, 마음만 먹으면 언제든지…. 그런 일은…. 언제든지 가능하지 않을까? 뒷문이 늘 열려 있으니까.'

가능할지도 모른다는 생각에 다다르자, 가슴은 주체할 수 없을 만큼 팔딱팔딱 뛰기 시작했다. 안색도 말이 아니었다. 점점 더 붉은색으로 물들어 갔다.

갑작스럽게 나빠진 선생님의 표정을 보고는 어머니도 걱정이 된 듯 이렇게 여쭤본다.

"선생님! 안색이 안 좋으신데…, 어디 불편한 곳이라도."

"아, 아닙니다. 어머님!"

입으로는 아무렇지도 않은 듯 대답하고 있었지만, 선생님의 마음에는 이런 생각이 흘러가고 있었다.

'정말, 그 시간에 그 선생님 교실에 들어갔고 그 선생님의 지갑에도 손을 댄 것이 아닐까?'

그렇지만 다행이라는 생각도 들었다. 방금만 해도 이 돈의 출처에 대해 아는 것이 없느냐고 물어보면 '어떡하나?' 하는 고민을 하고 있었는데, 그런 고민은 하지 않아도 되었기 때문이다. 그래서 표정을 밝게 바꿔 보려 한다.

선생님의 표정이 정상적으로 돌아온 것을 바라보며 어머니는,

"혹시, 짚이는 게 없으신지요?"

라고 말했다.

"아, 아닙니다. 어머님! 짚이는 것이라니요? 없어요. 없어."

들켜 버린 것일까? 뜨끔했다. 얼떨결이었지만 얼버무릴 수밖에 없었다. 그렇지만 가슴은 다시 뛰기 시작했고 안색도 다시 또 붉게 물들기 시작했다.

'어떻게 알아낸 것일까? 너무 큰 반응을 보였기 때문에 눈치를 챈 것은 아닐까?'

조마조마한 마음으로 어머니의 표정을 살펴보니 그 표정에는 어떤 변화도 보이지 않는다.

'휴! 다행이다. 하마터면, 들킬 뻔했어.'

놀란 마음을 추스르며 안심하고 있는데, 어머니는 다시 또,

"혹시, 아시는 거 있으면 시원하게 말씀해 주세요."

라고 말했다.

"아니요. 전, 아는 것이 없어요."

당황스러웠지만 다시 또 부정할 수밖에 없었다.

"정말 아무것도 모르시나요?"

"예, 정말 몰라요."

다시 또 이 말만 되풀이했다. 몇 번을 물어본다 해도, '돈의 액수가 일치하기 때문에 그 선생님의 돈을 슬쩍한 것인지도 모르겠어요. 없어진 날이나 시간도 비슷하고요.'라고 말할 수는 없는 일이었다. 그것은 우연의 일치일 뿐이었다. 우연의 일치는 심증만을 키워 줄 뿐 하려는 말의 근거는 될 수 없었다. 그렇지만, 모른다고 하는데도 어머니는 선생님의 표정에서 이상한 낌새를 느꼈는지, 계속 이런 말만 되풀이했다.

"아시는 것이 있으시면 조금만 가르쳐 주십시오."

"…."

"선생님! 우리 애가 잘못한 것이 있으면 선생님께서 바르게 고쳐 주셔야 하지 않겠습니까? 아시는 것이 있으면 좀."

"…."

"선생님! 저는 어떤 말을 들어도 좋습니다. 그 어떤 말을 들어도 좋다는 각오로 찾아왔어요. 그러니."

'정말 들킨 것일까? 그렇다고 하더라도 말씀드릴 수도 없고…. 심증만을 갖고 말했다간 오해받기 딱 좋은데…. 더군다나 처음 들어왔을 때의 그 창백함은 심상치 않은 것이었어.'

선생님은 그 어떤 대답도 드릴 수 없어 안절부절못했다. 선생님의 난처한 심정을 아는지 모르는지 어머니는 계속 재촉한다.

"어떤 말이라도 괜찮습니다. 선생님! 불확실한 말도 좋고, 그 어떤 말씀이라도 좋아요. 이 돈은 분명 어떤 아이의 돈이에요. 우리 반에 있는 어떤 아이의 돈을 그만 얼떨결에 가져온 것 같아요."

그렇다고 하여 이 순간에, 다음과 같이 말씀드릴 수도 없었다.

'어머님! 아닙니다. 그게 아니에요. 우리 반 아이들은 그렇게 큰돈은 가지고 다니지 않아요. 어쩌면, 그 돈은 선생님의 돈일지도 몰라요.'

박누리 선생님은 어머니의 잘못된 말을 모두 부정하고 자신의 올바른 추리를 말씀드리고 싶었지만, 꾹 참는다. 그런 말이 이 어머님께 가져다줄 충격과 불러일으킬 오해를 생각하면 더욱더 그럴 수밖에 없었다.

그뿐이 아니다. 그런 말은 어디까지나 선생님 자신의 추리, 즉 심증일 뿐이었다. 아직은 사실로서 밝혀진 것이 아니었기 때문에 더욱더 그럴 수밖에 없는 일이었다. 지난번에도 어떤 아이가 자신의 지갑을 몰래 가져가는 것을 보고, 그 학부모를 불러 그런 사실에 대해 말씀드린 적이 있었다. 그랬는데, 인정하기는커녕 우리 애를 도둑놈 취급하느냐고 하면서 오히려 화를 내며 펄쩍 뛰는 것이었다. 그때의 그 어처구니없는 모습을 떠올리며, 이번에는 절대 말씀드리지 않겠다는 다짐까지 해 본다.

물론 그때도,

'촬영한 것을 보여 드릴까?'

라는 생각도 있었다. 그렇지만 좋은 게 좋다고 그냥 꾹 참고 넘겼을 뿐이었다.

그때의 그 엉뚱한 봉변은 황당한 사건으로서 지금까지도 선생님의 기억 속에 뚜렷이 남아 있었다. 그러고 보면 수달이 어머니도 어떤 사정이 있었는지는 모르겠으나 이상하리만큼 집요했다. 그래서 그런지 한편으로는,

'다른 속사정이 있는 것이 아닐까?'

라는 생각도 들었다. 그렇지만 곧 사라졌다.

"선생님! 부탁입니다. 아는 것이 있으면 말씀해 주십시오."

박누리 선생님은 어떤 말도 할 수 없었다. 침묵은 금이라고 하더니 이런 상황에서는 아주 좋은 말이었다. 그러고 보면 불확실한 것에 대

해서는 침묵만큼 좋은 약도 없었다.

"그럼, 이 돈은 여기에 놓고 가겠습니다. 아시는 것이 있으면 알아서 처리해 주십시오. 미안하다는 말도 전해 주시고요. 저는 우리 아이에게 이런 돈을 준 적이 없고, 친척들로부터 받는 것을 본 적도 없거니와 친구들로부터 빌렸다는 말도 들어 본 적이 없어요. 저로서는 이해가 되지 않는 돈입니다. 그러니 집에 둘 수도 없고, 그렇다고 하여 다시 가져갈 수도 없어요. 선생님께서 보관해 두셨다가 잘 처리해 주시면 고맙겠습니다."

어머니는 정말 난감하다는 표정을 지으며 선생님께 그 돈의 처리를 부탁했다.

'하하! 이거구나. 이거였어. 오늘의 방문 목적은, 이렇게 찾아온 진짜 의도는…. 이거였어. 어떤 행동을 하는 데는 그럴 만한 이유나 목적이 있다고 하더니, 정말 그러네.'

선생님도 어머님이 오신 까닭을 좀 더 정확하게 이해한 듯 고개를 끄덕였다. 어머님의 마음도 이해는 되었지만, 그로 인해 짊어져야 할 부담감이나 불안감의 무게는 점점 더 늘어만 갔다. 그렇다고 모른 척할 수도 없는 노릇이었다.

"예, 그러면 일단은 맡아 둘게요. 돈을 잃어버렸다는 아이가 있으면, 알아보고 처리해 보겠습니다. 그러고 보니 누군가가 돈을 분실한 분이 있다는 말도 얼핏 들은 것 같고, 그러니 좀 더 알아본 다음 처리해 볼게요."

말을 마치자마자,

'분이라는 말만큼은 하지 않았으면 좋았을 것을.'

이라는 후회의 마음도 들었다.

그렇지만 어쩔 수 없었다. 어쩌면 넌지시 알려줄 필요도 있었기 때문에 이 말이 무심결에 흘러나왔는지도 모를 일이었다.

"그런 일도 있으셨군요. 그렇다면 어떤 아이인지, 아니 어떤 분인지는 모르겠지만 좀 더 알아보신 다음….

어머니는 또 말끝을 흐렸다. '아이'라는 말 다음에 '분'이라는 말을 할 때는 당황스러운 눈빛을 보였다. 그 낱말이 어머니의 마음에 걸렸는가 보다.

그뿐 아니라, 분이라면, 돈을 잃어버린 분이라는 말은 선생님 자신과 같거나 선생님보다 높으신 분을 이르는 말일 텐데, 그렇다면 혹시 선생님 중 어느 한 분이 아닐까? 하는 생각도 지나간 것처럼 보였다. 정말 이런 생각이 지나갔기 때문일까? 어머니의 얼굴은 화끈 달아오르더니 이내 곧 그 표정이 딱딱하게 굳어져 갔다.

이상하리만큼 창백해져 가는 어머니의 안색을 살펴보며, 박누리 선생님은,

"예, 그러면 제가 좀 더 알아보도록 하겠습니다."

라고 말하며, 처리를 수락했다.

박누리 선생님은 부담감이 잔뜩 들어 있는 그 봉투를 집어 든 다음 서랍에 넣고는 열쇠로 잠갔다. 돈이 든 그 봉투가 시야에서 사라져 그

런지, 어머니의 마음은 편안해진다. 표정도 밝아졌다.

'선생님! 고맙습니다. 저는 그 돈 때문에 어젯밤엔 한숨도 못 잤습니다. 가슴이 어찌나 벌렁벌렁하는지…. 하늘이라도 무너진 기분이었어요. 오늘은 더 그렇고요. 그런 걱정이 선생님 덕분에….'

어쩌면, 이런 생각들이 흘러갔기 때문인지도 모르겠다. 그와는 달리 박누리 선생님의 마음은 무겁기만 했다.

"예, 고맙습니다. 선생님!"

어머니는 홀가분한 마음으로 인사하며 급히 일어서려 한다.

'분명, 어떤 선생님과 관련이 있는 거 같은데…. 어쩜 좋아.'

부끄러움을 미처 떨쳐 버리지 못한 듯 빨리 그 자리를 피하고 싶은 마음만이 간절했다.

그와는 반대로 부담감이 늘어난 선생님은 어머니의 이런 심정을 모르는 바는 아니었지만, 확인을 좀 더 해 봐야 할 것이 남아 있는 듯 일어서려는 어머니를 붙잡으며 이렇게 말했다.

"어머님! 마지막으로 한 가지 더 여쭤봐도 될까요?"

어머니는 엉거주춤한 자세로 다시 자리에 앉았다.

"이 돈은 수달이에게서 받아온 것인가요?"

질문의 의도를 파악하지 못한 듯 어머니는 아무런 대답이 없었다. 선생님은 좀 더 자세하게 여쭤본다.

"그럼, 어머님! 이 돈은 수달이가 갖고 있던 바로 그 돈을 그대로 가져온 것인가요? 아니면, 어머님 지갑에서 다른 돈을 꺼내 온 것인가요?"

어머니는 여전히 왜 이런 질문을 하는지 이해하지 못한 듯 멍한 표정으로 선생님만을 바라본다. 속으로는,

'여전히 이상한 질문만 하시는 선생님이네. 그런 건 왜 또 물어보는 것일까?'

라는 생각이 흘러가고 있었다.

고마움의 다른 한쪽에서는 이런 의심도 계속 일어나고 있는 것이었다. 그렇지만 시간이 좀 지나자 달라졌다.

질문의 의도를 이해한 것인지, 체념한 것인지는 모르겠지만,

"이 돈은 제 지갑에서 꺼낸 것이에요."

라는 대답이 흘러나왔다.

"그렇군요."

"그 돈은 단지 똑같은 금액과 똑같은 지폐로만 맞춘 것이지요."

"예, 그렇군요."

"그러면 이 봉투는 어머님이…."

"아닙니다. 이 봉투도 그렇습니다. 그 봉투와 똑같은 것을 산 다음, 그 안에 돈도 똑같은 금액으로만 넣은 것이지요."

어머니의 대답을 듣고 선생님의 마음에는,

'봉투까지…. 그렇구나. 그렇다면 이것으로 확실해졌구나. 이 돈은 의심할 것도 없이 그분의 것이 분명하다.'

라는 확신이 생겨났다.

이와 같은 믿음 때문인지, 박누리 선생님도 어머님의 말씀에 다음과

같이 응답할 여유를 갖게 되었다.

"그렇군요. 그렇게 한 것이었군요. 이 돈도 그렇게…."

이 순간에도 대답은 이렇게 하고 있었지만, 그래도 그 돈과 그 봉투가 어떤 식으로 만들어진 것인지 이해를 했기 때문인지, 이런 생각이 흘러가고 있었다.

'그냥 그대로 가져온 줄 알았는데, 그런 게 아니었구나! 그러고 보니, 그러네. 의도적인 것은 아니었지만 이 돈과 이 봉투에는 그런 속임수도 들어 있었어.'

그뿐이 아니었다.

'그렇구나. 그래서 그 순간 진짜처럼 보였던 것이구나!'

이런 생각도 들었고, 다음과 같은 생각도 떠올랐다.

'그렇지. 그런 속임수를 응용하여…, 이렇게 적용해 보면…. 그렇구나! 좋아. 아주 좋아! 얼핏 봐서는 진짜와 구별하기 어렵겠어.'

너무 그럴듯한 생각이 떠올랐기 때문인지, 의미심장한 미소도 피어올랐다. 그러고 보면 그 미소에는 그것이 하나의 해결책이 될 수 있다는 막연한 희망도 들어 있는 것처럼 보였다.

"그럼, 이만."

어머니는 다시 또 일어서려 한다.

"어머님! 잠깐만요."

선생님은 또 다른 협조를 구하고자 했다. 그렇지만 어머니는, 볼일은 다 보았다는 태도로 의자에 앉을 뿐이었다.

"그럼, 집에 있는 공과 배트, 글러브도 가져올 수 있으신가요?"

선생님은 방금 떠오른 나름의 해결책을 실행에 옮기기 위해 이런 질문을 해 본 것이었다.

"그건 안 됩니다."

어머니는 단호한 표정으로 딱 잘라 말했다.

의외의 반응에 깜짝 놀란 선생님은 멍한 표정만 짓고 있다. 선생님의 당황스러운 표정을 바라보며 어머니는 부드러운 목소리로,

"선생님! 그건, 불가능해요. 하늘이 두 쪽 난다 해도 안 됩니다."

라고 덧붙였다.

"어머님! 그게 아니라, 돈을 돌려주려면 그 돈뿐 아니라 다른 것도 다 돌려주는 것이 좋을 것 같아서요. 임자를 찾아 주는 것이 그 주인뿐 아니라 수달이를 위해서도 좋지 않을까 해서요."

"선생님! 저도 그런 건 잘 알고 있고 마땅한 도리라고 생각합니다. 그렇지만 그것만은….."

어머니는 난감한 표정을 지으며 긴 한숨을 내쉬었다.

"안 되는 이유라도 있나요?"

어머니는 대답 대신 다시 또 긴 한숨을 내쉬었다. 떠올리고 싶지 않은 기억이지만, 자식의 증세가 다시 또 생각났던 것일까? 아니면, 일부러 대답하기 곤란한 질문만 골라 하는 것처럼 느껴졌기 때문일까? 어머니는 다시 또 긴 한숨을 내쉬더니 이렇게 말했다.

"선생님! 아까도 말씀드렸지만, 우리 애는 그 물건이 자기 것이든 남

의 것이든 상관없이 자기 손에 들어온 이상, 절대 못 만지게 합니다. 조금이라도 손을 대면 아주 난리가 나지요. 고래고래 고함을 질러 대질 않나…. 저로서는 어떻게 해 볼 도리가 없어서요."

"예, 그렇군요. 그래서 이 돈도 어머님 지갑에서…."

"그렇습니다. 제 지갑에서 꺼내 놓을 수밖에 없었어요."

어머님의 이 말을 듣고 선생님은 몹시 난감한 표정을 지었다. 그러더니 이내 곧 밝은 표정을 되살리며 한 가지 제안을 한다. 방금 해결책에 대한 어느 정도의 확신이 섰기 때문인지, 선생님은 다음과 같이 제안했다.

"그러면 어머님! 이렇게 해 주실 수는 없겠는지요?"

"어떻게요? 선생님! 방법만 알려 주시면 뭐든 다 할게요. 뭐든지요."

"예, 그러면 이렇게 해 주시면 어떨까요? 그 돈이나 봉투처럼 그 물건들도 그런 식으로 그것들과 똑같은 것들을 구매한 다음…. 그러면 저도 좀 어떻게 해 볼 수 있을 것 같은데요."

그러고 보면,

'그렇지. 그런 속임수를 응용하여 이렇게 적용하면…. 좋아.'

라는 생각이 이 제안에 큰 도움을 준 것 같았다.

그처럼 장난스러운 해결책이 이렇게 빨리 적용될 줄은 미처 몰랐지만, 이 상황에서는 해 볼 만하다는 생각도 들었다. 아니, 확신마저 드는 것이었다. 진짜를 되돌려 줄 수 없는 상황에서는 이 방법밖에 없었는지도 모르는 일이었다. 이 제안이 마음에 들었는지 어머니의 표정이 밝아졌다. 무엇인가 확신이 선 듯 어머니는 확고한 표정을 지었다. 속으로는 다음과 같은 생각들이 흘러가고 있었다.

'그런 거라면 얼마든지 가능하고…, 좋아요. 좋고말고요.

그래서 그동안 그 물건에 대해 꼬치꼬치 깨물었던 것이었구나!'

그러고 보니 많은 것들이 이해되는 것이었다.

'어떤 아이의 것이 아니라 선생님의 것이었기 때문에, 학교의 물건이 었기 때문에. 그래서 그동안 새것인지 아닌지 물어보며 확인해 보려 한 것이었고. 그토록 집요하게 물어본 것으로 봐서는 그런 게 틀림없 어. 그전부터도 이런 일일 거란 감을 잡고….'

담임 선생님을 오해하고 있었다는 것도 알게 되었다.

'그런 것도 모르고…. 무척 귀찮게만 여겼는데…. 방금만 해도 이상 한 선생님이란 말도 했는데…. 그 돈도 그러네. 새겨 보면 볼수록 그 돈은 어떤 선생님의 돈이 확실한데, 어쩌면, 티볼 선생님의 돈일지도 몰라. 이 돈도 그동안 가져온 티볼 용품처럼, 티볼 교실에서…. 어쩜 좋아.'

부끄러움뿐 아니라, 티볼 선생님께 죄송하다는 생각도 흘러갔다.

'이 모든 것이, 지금도 의식을 잃은 채 입원 중인 소강이 때문에 속이 너무 탄 나머지, 그런 오해마저….'

근본적인 원인이야 어디에 있든 간에, 생각해 보면 볼수록 더욱더 부끄러워졌다. 다른 한편으로는 홀가분하기도 했다. 그동안 찜찜하게 만 느껴졌던 오해가 모두 풀렸기 때문인지, 기분은 정말 좋아졌다. 한

점의 의혹도 느껴지지 않는다.

어머니는 그처럼 만족스러운 기분에 젖어 있기 때문인지, '아무튼, 알아서 잘 해결해 주시겠지.'라는 바람으로,

"아! 예에, 그런 말씀이라면⋯. 기꺼이."

라고 대답한다. 표정도 훨씬 더 밝아졌다.

"그리고 어머님! 이왕이면 앞으로 어떻게 될지는 모르겠습니다만, 혹시 새로운 것이 발견되면 그것도 좀⋯."

"예, 선생님! 그것도 그렇게 하겠습니다."

어머니는 이처럼 답변하고 있었지만, 앞으로도 이런 일이 계속될지 모른다고 생각했기 때문인지, 다시 또 불안감에 휩싸였다.

"고맙습니다. 그럼, 살펴 돌아가십시오."

이것으로 상담은 모두 끝났다. 홀가분한 마음으로 돌아가는 어머니를 바라보며 선생님도 퇴근 준비를 한다.

'정말, 우리 학교 선생님의 돈을 훔친 것일까?'

그 돈의 출처를 다시 또 의심해 보며 문단속을 끝마쳤다.

늦었다. 늦어도 너무 늦은 퇴근이 되고 말았지만, 교실 문을 나올 때는 하나의 결심이 서 있었다.

'안 되겠어. 이 문제부터 알아봐야지.'

한편 곰곰 생각해 보면, 해결된 것은 하나도 없었거니와 여전히 풀리지 않는 의문들만 계속하여 쌓여만 갔다. 그런 의문들은 '정체를 알

수 없는 희열'에서 비롯된 것으로서 오늘까지의 통화와 학부모 상담을 종합해 보면, 다음과 같았다.

그 아이는 '가져온 것을 쌓아 두고 때로는 꺼내 만져 보며 히죽히죽 웃고', '넋을 잃은 사람처럼', '미친 듯이 책상을 탕탕 치는' 상태로 발전해 있었다. 이런 점들이 알게 모르게 박누리 선생님의 마음에 걸렸다. 그 때문에 체한 것처럼 더부룩하기만 했다. 그러나 이런 것도 밖으로 드러난 현상의 한 부분이었는지도 모르는 일이었다.

'그로 인해 더 큰 일도 일어날 수 있지 않을까?'

왠지는 모르겠지만, 미래에는 짐작조차 할 수 없는 어떤 것이 기다리고 있는 것처럼 느껴졌다. 그뿐이 아니었다. 지금까지는 박누리 선생님뿐 아니라 누구도 그 원인에 대해서는 알지도 못했고, 그것이 가져올 결과에 대해서는 더더욱 그러했다. 이런 까닭으로, '왜, 이런 현상이 일어나고 있는 것일까?' 또는 '앞으로는 또 어떤 일이 일어닐까?'라는 물음에는 그 어떤 답도 주어져 있지 않았다.

제3장

수달로 불린 아이의 정체

1

4월 25일.

느릿느릿 발걸음을 옮겨 본다. 아니, 이런 모습으로 조심조심 가지 않으면 안 된다. 최소한 한쪽 발이라도 질질 끌며, 소나무 숲이 울창한 화단까지는 이런 식으로 가야 한다.

'이곳만 지나면 최대한 빨리 달려가야지.'

마음의 준비를 단단히 한 나는 화단의 좁은 길을 최대한 그럴듯한 연기를 하며 걸어갔다. 그렇다고 하여 너무 아픈 척하면 어색할 것 같아 일부러 표정 없는 얼굴로도 걸어 본다. 다행히도 주변에는 아이들이 없었다. 설사 있다 하더라도 그 아이들 또한 그 나름대로는 할 일이 많아 나의 이런 모습에는 신경도 쓰지 않을 것이 뻔했다. 그전에도 티볼 연습을 하는 도중 다친 척을 한 적이 여러 번 있었기 때문에 더욱더 그럴 것이 분명했다.

현관이 눈앞에 보였다. 이제 조금만 더 가면 된다. 그 문만 뚫어지게 바라보며 다리를 질질 끌고 가고 있는데, 좀 이상했다. 누군가가 마치 자신을 따라오는 것 같은 느낌이 자꾸 드는 것이었다. 내 뒤를 따라오는 어떤 사람의 모습이 현관의 유리문에 어렴풋이 비친 것도 같다. 계속 따라오는 그 느낌은 지금도 여전했다. 그렇다고 하여 뒤를 돌아볼 수도 없었다. 유리문에 비친 그 모습은 실루엣처럼 보였지만 누군가를 많이 닮아 있었고, 내 짐작이 옳다면 그분은 분명 나에게 아는 척하려 할 것이 뻔했기 때문이다.

'뒤를 돌아보는 순간 끝장이다. 나만의 비밀 계획은 물거품이 되고 만다. 얼마 만에 만든 기회인데, 이렇게 놓칠 수는 없지.'

마음에는 절대 뒤를 돌아봐서는 안 된다는 생각만이 가득했고, 그 생각에 떠밀리듯 현관 쪽을 향해 더욱 서둘러 다가갔다. 그분이 누구라는 짐작은 현관과의 거리가 가까워지면 가까워질수록 점점 더 확실한 그림으로 나타났다.

'그것 봐! 박누리 선생님이잖아!'

유리문에 비친 모습을 보니 어느새 나를 바짝 뒤쫓아 오고 있었다.

'이크! 큰일이다.'

위기감이 온몸을 덮쳤다. 마음마저 얼어붙는다.

'내 짐작이 맞았어.'

좋아할 겨를도 없고, 그렇다고 하여 '부축하러 온 것일까?'라는 물음
과 '그럴 거야.'란 답에 그분에 대한 고마움을 느낄 새도 없다.

위기상황이다. 머릿속은 온통,

'어떻게 하면 그분을 따돌릴 수 있을까?'

라는 생각만이 가득했다.

곧이어 어떻게든 따돌려야 한다는 부담감에 지배당해 버렸지만, 그
래도 차분하게 앞만 보고 걷다 보니 희망도 보였다.

'옳지. 그거야. 저 현관만 지나가면 뛰어갈 수 있어. 뛸 수 있다. 좋
아. 지금부터 준비한다. 달리기 실력을 보여 줘야지.'

뛸 준비를 단단히 하고 오직 앞만 보고 발걸음을 재촉했다.

'두 발짝만큼만 더 가면 돼. 유리문을 열자마자 행동 개시다. 행동 개시!'

드디어 현관의 문에 손이 닿았다.

그런데 이상하게도 나의 두 다리는 유리문을 통과하자마자 보건실
과는 정반대 방향으로 줄행랑을 놓기 시작했다.

'일단 화장실에 숨어든 다음 망을 보며 담임 선생님이 어느 방향으로
가는지 확인을 해 보지 않으면 안 된다.'

머릿속으로는 또 다른 계획을 세우며 뛰고 또 뛰었다. 화장실에 숨

어들어 숨을 죽인 채 눈만 삐죽 내밀고 바깥 상황을 살펴보고 있으려 니 잠시였지만 아주 조용했다.

'이야! 하마터면, 잡힐 뻔했어.'

안도의 한숨을 내쉬며 망을 계속 보다 보니 느긋한 발걸음으로 보건 실로 향하시는 선생님의 모습이 보였다. 아무런 의심도 없이, 저 멀리 사라지는 담임 선생님의 뒷모습을 바라보며 느긋한 마음으로 내가 쓸 수 있는 시간을 계산해 본다.

'선생님은 그대로 가시겠지. 그곳에서도 나를 찾아보려면 시간 좀 걸릴 테고…. 그렇다면 대략 5분 정도겠지.

그곳에서 다시 또 우리 반 교실로 가는 데도 2~3분 정도는 더 필요하 겠고, 그렇다면 7~8분의 여유는 있는 셈이구나.'

시간은 충분했다. 달리지 않고 빠른 걸음으로 걸어간다고 하더라도 누워서 떡 먹기였다. 그 교실의 뒷문은 우리들의 연습을 위해 늘 열려 있었기 때문이다.

물론 나를 위해서는 또 다른 목적으로 열려 있었지만.

2

4월 26일.

평소에는 아침 일찍 일어난다. 그렇지만 오늘은, 오늘만큼은 좀 늦게 일어났다. 어젯밤 늦게까지, 티볼 교실에서 몰래 가져온 지폐 한 장을 꺼내 만지작거리며 히죽히죽 웃고 있었기 때문이다. 만지기만 해도 왜 그렇게 기분이 좋은지 그 까닭은 알 수 없다. 티볼공, 티볼 배트, 티볼 글러브, 5만 원권 지폐 1장. 이런 것들이 나의 전리품이다. 물론 무한한 기쁨을 안겨 주는 보물이었지만.

사실은 그 보물과 함께 놀다 보니 시간 가는 줄 몰랐기 때문에 늦잠 잔 것이었다. 그렇다고 하여 헛된 시간을 보낸 것은 아니었다. 많이 만지고 논만큼 그만큼 더 티볼과 친해졌기 때문이다. 이런 것도 나만의 생각이겠지만, 사실이다.

솔직히 속마음을 털어 놓으면, 몰래 가져올 때의 쾌감도 쾌감이거니와 그런 식으로 가져와 만지작거리고 놀 때의 쾌감도 말로 표현할 수 없을 만큼 대단했다.

'이 세상에 이보다 좋고 편안함을 안겨 주는 것이 또 있을까?'

이 전리품들은 늘 나를 기쁘게 해 주었고 기분 좋게 해 주었을 뿐 아니라 놀다 보면 저도 모르게 하늘을 나는 듯한 기분으로 한 단계 끌어올려 주기도 했다. 물론 그런 때는 동생 일도, 그와 관련된 사고나 기억도 모두 저 멀리 사라진다. 그 때문에 쾌감은 하나의 쾌감에 또 하나의 쾌감을 더해 주는 것이 아니라 그 이상이었다. 1에 1을 더해 2가 되는 것이 아니라 2에 2를 곱해 4가 되는 것처럼 4배의 쾌감을 주었다.

물론 하늘을 나는 기분에 접어드는 때는 아마 2에 2를 곱한 다음 여기에 다시 또 2를 곱해 8이 되듯 8배의 쾌감을 가져다주는 때였다. 운

좋게 그럴 때도 가끔은 있었다. 아주 드문 경우였지만, 이것도 사실이다. 이런 계산법이 맞는지 안 맞는지, 난 모른다. 어떤 계산법인지 설명해 보라고 하면 하지도 못하겠지만 적어도 나에게는 이 계산법이 맞다. 나에게 일어나고 있는 현상을 설명하기에는 딱 좋다.

그리고 그 쾌감은 티볼과 티볼 선생님의 것을 슬쩍하는 것으로 조금씩 늘어나고 있으니 그저 고맙고 또 고마울 따름이다. 너무도 고마워, 나도 모르게 벌떡 일어나 "고맙습니다. 티볼 선생님!"이라는 인사라도 드리고 싶은 충동에 사로잡힐 때도 있다. 요즘에는 이와 같은 쾌감에 사로잡혀 꿈속을 노닐 듯 무척 기뻐 그런지 내 이름을 '수달'이라는 별명으로 부르더라도 화가 나지 않는다. 그런 일로 인해 복수하고 싶은 마음도 일어나지 않는다. 하긴, 그런 별난 호칭도 남다른 나의 감각 때문에 붙여진 것이었지만, 그중에서도 탐나는 것이 있으면 슬쩍하는 손놀림이 남달리 뛰어났기 때문에 붙여진 것이었지만.

이처럼 이 별명은 저도 모르게 몸에 붙어 버린 기술적인 특성을 잘 반영한 것이었기 때문에, 굳이 부정할 생각도 없었다. 부정하면 할수록 헛된 싸움만이 일어났고, 그 때문인지 그냥 참는 경우도 많았다. 참는다고 하더라도 나만이 가진 비밀 무기가 있었기 때문에 걱정할 것도 없었다. 참지 못할 정도의 모욕감이 느껴지면 그 친구의 것을, 그것도 그 친구가 가장 아끼는 것을 쥐도 새도 모르게 슬쩍하는 것으로서 은혜를 갚아 주면 그만이었으니까. 그것만으로도 복수는 충분했다. 그 때문에 이 별명에 대한 부정이나 그로 인해 생겨난 다툼은 해결책으로서 아무런 도움도 되지 않았다. 이런 까닭으로 언제부터인지는 모르겠지만 그런 헛된 싸움은 하지 않기로 했다.

내 이름은 진강이다. 성은 정씨, 이 둘을 합치면 정진강, 이것이 나의 본디 이름이다. 수달은 나의 애칭일 뿐이었다. 그런 별난 별명도 긍정적인 귀로 듣다 보니 애착이 생겨났다. 그 때문인지는 모르겠지만 나는 그 별명을 얼마 전부터 나의 애칭으로 삼아 보기로 한 것이었다.

오늘은 좀 늦게 일어났지만, 그렇다고 하여 아침 티볼 연습 시간에도 늦을 수는 없었다. 이런 사정으로 인해 아침밥도 먹는 둥 마는 둥 먹는 시늉만 내고 학교로 향했다.

본관 건물에 걸려 있는 시계를 보니 8시 25분이다.

'다행이다. 늦지 않아.'

그러고 보니 늦지 않은 것이 아니라 오히려 5분 일찍 온 것이었다.

"이야!"

기분마저 상쾌하다. 늦잠은 잤지만, 티볼 연습에는 늦지 않고 오히려 일찍 온 것을 다행으로 생각하며 운동장 한쪽 구석에 설치된 스탠드에 가방을 올려놓은 다음 운동장으로 뛰어갔다.

이른 아침이라 그런지, 선수들은 아직 1/3도 오지 않았다. 그렇지만 일찍 나온 선수들은 '아침 건강 달리기·걷기'를 하는 학생들과 활동 범위가 겹치지 않도록 운동장 한쪽 구석에 고깔을 놓고 있었다.

8시 30분이 되자 티볼 선생님께서 나타나셨다.

"모두 이쪽으로 모여."

모여든 선수들은 선생님 앞에 두 줄로 늘어선다.

"먼저 준비운동으로 운동장 두 바퀴를 돈 다음 스트레칭을 가볍게 하도록 합니다."

선생님의 명령이 떨어지자 선수들은 줄을 맞춰 달리기 시작했다. 구령에 맞춰 달린 다음 스트레칭을 하고 각자의 수비 위치에 맞는 개별 운동에 들어갔다. 그렇지만 난, 망설이며 머뭇거려야만 했다. 오늘은 어느 자리에 들어가 연습해야 할지 몰랐기 때문이다.

'지난번에는 3루에서, 어제는 2루에서 연습했으니 오늘은 1루를 보게 되려나?'

이런저런 추측을 하고 있는데 티볼 선생님의 우렁찬 목소리가 들려왔다.

"정진강! 오늘은 1루를 본다."

"앗싸!"

감탄사가 절로 나왔다. 방금 명령받은 바와 같이, 나는 "네."라는 대답 소리와 함께 1루로 뛰어가지 않으면 안 된다. 그리고 '오늘은'이라는 말로 보면 내일은 또 다른 위치에서 연습해야 할지도 모른다.

수비 위치가 계속 바뀌는 것을 보면 나에게만큼은 내일도 모레도 예정된 위치는 준비되어 있지 않은 것 같다.

'특별한 이유라도 있는 걸까? 설마! 너무 못해서…. 나를 세울 만한 곳이 없어서 땜 빵 식으로 이리저리 끌려다니고 있는 것은 아닐까?'

별별 추측을 다 하며 나는 1루를 향해 뛰어갔다. 1루에 서자마자 허리를 약간 구부린 자세로 왼손에 낀 글러브를 약간 들어 올리고 있는데, 공은 쉴 새 없이 날아왔다.

'오늘은 나의 기막힌 손놀림을 보여 드려야지.'

그래도 자랑하고 싶은 마음을 억누르며 날아오는 공을 잡아 보려 하지만, 공은 글러브에 닿는 순간 번번이 다시 팅겨 나가려 한다. 공의 속력은 생각보다 빨랐고 그 힘 또한 강하게 느껴졌다.

오늘 연습은 그리 어렵지 않아 보였다. 공을 쳐주면 그 공을 받은 다음, 주자가 1루에 뛰어 들어오기 전에 내가 먼저 그 루를 밟으면 그만이다. 이를테면 '누가 먼저 밟느냐?'라는 기술 연습일 뿐이었다.

선생님은 1루를 향해 공을 쳐줄 때도 있었지만 그런 공은 20개에 1개 꼴로 나올 뿐이었고, 나머지 19개는 다른 선수들에게 갔다. 다른 선수들이 그 공을 받아 1루로 힘껏 던져 주면 그 공을 받아 어떻게든 처리해야 했기 때문에 간단하게 보이지만 결코 쉬운 일은 아니었다.

오늘은 제2유격수[8] 쪽으로 가는 공을 집중적으로 연습해야 한다. 그쪽으로 공이 가면 그 선수가 그 공을 잡아 1루를 향해 던져 주게 되는데, 1루수인 나는 그 공을 받아 1루로 뛰어 들어오는 주자를 아웃시키지 않으면 안 된다.

그런데 1루에서 공을 받다 보니 여러 가지 공이 날아왔다. 높이 오는

---

8) 2루와 3루 사이에 자리 잡은 수비수를 말한다. 야구에서는 그냥 유격수라 한다. 반면 제1유격수는 1루와 2루 사이에 있는 수비수를 말한다.

공, 낮게 오는 공, 어떤 때는 땅볼로도 오고 어떤 때는 내 키를 넘는 공도 날아왔다. 1루는 처음이라 그런지 정신을 차릴 수가 없다. 연습도 안 되고 허둥대기만 했다. 그래도 열심히 연습하지 않으면 안 되었다.

물론 허둥대고 헤맬 때는 화도 났다.

'기술은 무슨 놈의 기술이야.'

때로는 푸념도 입가를 맴돌다 사라진다. 그럴 때마다,

"기술보다는 팀워크를 위해 하는 것이니 잘 안 된다고 하여 화를 내서는 안 된다."

라는 선생님의 말씀을 떠올리며 참고 또 참아 본다.

어떤 때는 연습에 최선을 다하는 것으로서 흥분된 마음을 위로하기도 했다. 이상하게도 어떤 때는,

'왜 안 오시는 걸까?'

라는 생가도 들었다.

그렇지만 왜 그런 생각이 드는지는 알 수 없었다.

'무슨 일이라도 있으신 것일까? 오늘, 아니, 지금이라도 나타나 주신다면 공중제비를 해서라도 1루수로서의 멋진 모습을 보여 드릴 텐데, 아쉽당!'

오늘도 이처럼 달콤한 생각을 떠올리며 담임 선생님이 오기만을 기다려 보지만, 그분의 모습은 보이지 않는다. 여기저기 찾아보지만, 그 어느 곳에서도 보이지 않는다.

이런 상황은 8시 55분까지 계속되었다.

"자! 그만 모여라!"

티볼 선생님의 고함이 들려왔다.

"오늘 연습은 이것으로 끝내도록 하겠습니다. 오늘도 고생 많았어요. 내일도 늦지 않도록 합니다."

말씀이 끝나자 평소처럼 해산하려 하는데 티볼 선생님의 목소리가 다시 또 들려왔다.

"오늘은 5교시를 하는 날이니, 5교시가 끝나면 선생님 교실로 모이기 바란다. 청소를 하더라도 대략 2시면 될 것 같은데, 그때까지는 모두 모이도록 해라."

'웬일일까? 혹시, 그 일 때문에?'

왠지 모를 걱정이 앞서기도 하는데,

"그만, 해산!"

이라는 말이 들려왔다.

선수들은 교실로 들어갔다. 당번 선수들만이 남아 장비를 정비하고는 그들도 곧바로 교실로 뛰어갔다.

3

왠지 모르게 가슴이 뛰는가 싶더니 춤을 추고 있다. 난 대강 짐작하고 있었다. 왜, 모이라고 하는지를. 이런 까닭으로 잔뜩 기대를 건 채 티볼 선생님 교실로 향했다.

'과연, 티볼 선생님은 어떻게 나오실까?'

추측만으로도 가슴은 마구 뛰었다.

'어떤 말씀을 하실까? 실망하게 하면 안 될 텐데. 테니스 라켓으로 정확하게 공을 날리는 것처럼 이 사건도 단칼에 급소를 찌르지는 않으실까?'

이런 기대도 해 본다. 사실, 큰 기대를 하고 있었기 때문에 수업도 제대로 못 받았고 점심밥도 먹는 둥 마는 둥 했다. 오늘은 점심뿐 아니라 아침도 거의 안 먹었는데 지금까지도 배가 부른 것을 보면, 너무 큰 기대를 하고 있었기 때문일까? 마음은 온통 기쁨으로 가득 차 있었다.

그리고 보면 먹지 않아도 배가 부르다고 말씀하시던 엄마의 말씀도 사실인 것 같다. 무엇이든 맛있게 먹고 있는 나를 보면 엄마는 늘 기쁨에 가득 찬 눈길로,

"엄만, 먹지 않아도 배가 부르단다."

라고 말씀하시곤 했다. 오늘 직접 체험을 해 보니 그 말이 더욱더 실감 났다.

이 사건에 큰 기대를 걸고 있는 만큼 그에 따른 준비도 철저히 해야 할 것 같았다.

'가장 중요한 것은 역시 표정이다. 그다음은 그에 알맞은 감탄사, 그리고 그다음은 그 상황에 적절한 동작이라 할 수 있지 않을까?'

오늘은 잔뜩 찌푸린 표정을 지어야 하겠지만, 사실 속으로는 엄청난

기쁨이 샘솟을 것으로 예측되기에 그런 것을 티 나지 않도록 처리하는 것이 무엇보다 중요할 것이다. 좀 더 깊이 있게 생각해 보면, 이런 기쁨은 자연스럽게 솟아나는 자연현상인데, 그런 감정을 억지로 막아 보려 하는 것이기에, 쉽지는 않을 것이리라. 그것도 정반대의 감정으로 억눌러 자연스럽게 표현해야 하는 것이기 때문에, 정말 어려운 일처럼 보인다. 그렇지만 난 이 일도 열심히 해 보기로 했다. 그럴듯한 연기를 해 보는 것도 그다지 나쁜 일은 아니라고 생각되었기 때문이다.

다행스럽게도 오늘은 아침도 점심도 먹는 둥 마는 둥 했기 때문에 힘이 없는 표정만으로도 시무룩한 표정 연기쯤은 충분히 해낼 수 있지 않을까? 그래도 왠지 그것만으로는 부족하다는 느낌도 들긴 든다. 그래서 난 상황에 따라 다른 애들처럼 동정의 감탄사를 날리기도 하고, 어처구니없는 표정으로 주변을 두리번거리는 동작도 표현해 볼 계획이다. 어려울 것도 없다. 어처구니없고 실망한 표정만 그럴듯하게, 다른 선수들과 비슷하게 해낼 수만 있다면 그만일 테니까. 몸짓도 그럴 것이다. 다른 아이들과 비슷하게 몸을 움직이기만 하면 들킬 위험성은 없어 보인다.

이런 것보다는 오히려 웃지 않으려 하는 것이 훨씬 더 힘든 일일지도 모른다. 왜냐하면, 다른 아이들의 놀란 표정을 보고, 더욱이 선생님의 심각한 표정을 보고 나도 모르게 히죽히죽 흘러나오는 웃음을 어떻게든 참지 않으면 안 될 테니 말이다. 그것도 아주 자연스럽게 참아 내지 않으면 안 될 것 같기 때문이다.

야멸찬 계획을 마음에 그리며 티볼 선생님 교실인 '교과실 3'에 도착해 보니, 옹기종기 모여 소곤대는 아이들의 모습이 보였다. 시계는 1시 57분을 가리키고 있는데 의자에 앉아 있는 선수들은 13명이다. 2명의 선수가 보이지 않았다.

4

티볼 선생님은 정확하게 2시 1분에 들어오셨다.

선생님은 교실을 쓱 둘러보며,

"아직도 1명이 오지 않았군. 그렇지만 시간이 되었으니 시작하겠다. 오늘은 먼저 두 가지를 안내하도록 한다."

라고 말씀하셨다.

말씀 중에도 선수 한 명 한 명을 차근차근 둘러보신다. 그러고 보면 뚫어질 정도로 한 사람씩 바라보며 그 사람의 눈동자와 눈을 맞추신다. 그래도 선생님의 말씀은 계속해서 들려왔다.

"먼저 치수를 재도록 하겠다. 여러분이 티볼 대회에 입고 나갈 우리 학교만의 단체복이니, 치수를 정확하게 말해 줬으면 좋겠다. 만약 자신의 치수를 잘 모르면 그때는 선생님이 도와주겠다."

내 옆에 앉은 학생이 질문이라도 하려는 듯,

"선생님!"

이라고 말했다.

"왜?"

"대회에 나갈 티볼 선수복은 학교에서 지급해 주시는 것인가요? 아니면, 옷값을 나중에 따로 내는 것인가요?"

"옷값은 걷지 않는다. 대회 참가를 위해 학교에서 무료로 지급하는 것이다. 좀 더 정확하게 말하자면 교육감 배 대회니까 교육청에서 지원해 주는 지원금으로 충당하게 된다."

"그럼, 그 돈으로 선생님께서 맞춰 주시는 것인가요?"

"그렇다. 그 때문에 오늘 이렇게 출전할 선수들을 불러 치수를 재고 있는 거다."

선생님의 말씀이 끝나자마자 질문을 한 그 친구가 느닷없이 벌떡 일어나더니 정중하게 90도로 허리를 굽히며,

"고맙습니다."

라는 인사를 하는 것이었다.

그 모습이 어찌나 엉뚱하고 우스웠는지, 선수들은 모두 웃음을 터뜨렸다. 그런 웃음만으로는 부족했는지 손뼉을 치며 환호성을 질러 대는 선수들도 있었다.

티볼 선생님께서는 이런 분위기에 기름을 들어붓듯,

"복장만이 아니다. 대회 장소로 이동하는 차량비, 시합 도중 마시게 될 음료수, 끝나고 나서 먹게 될 간식 등 모두 다 공짜로 지급된다."

라고 말씀하셨다.

그 때문에 느닷없이 일어나 인사하는 그 친구의 맹랑한 모습도 우습
기는 우스웠지만, 그보다는 오히려 공짜라는 말이 더 크게 작용하고
있었는지도 모를 일이다. 환호성은 더욱더 커져만 갔고 휘파람 소리까
지 들려왔다. 선수들의 처지에서 보면 당연했다. 공짜로 학교 마크가
찍힌 단체복을 입게 되고 공짜로 차도 타게 되고 공짜로 간식도 먹게
되고 공짜로 놀 수 있게 되었다는 것은 꿈같은 일일 수밖에 없었다. 그
때문에 '이 모든 것이 공짜다.'라는 생각이 이 선수들의 마음을 들뜨게
했고 흥분으로 활활 타오르게 한 것도 사실이다. 그 때문인지, 그 선수
들의 입가에는 웃음이 떠나지 않는다. 이런 분위기에 휩쓸려 나 또한
처음 의도와는 달리 점점 더 불타오르기 시작했다.

'선수로 뽑힌 것까지는 좋았는데, 그 비싼 옷값을 어떻게 말씀드려야
하나? 차비도 그렇거니와 먹을 것도 싸 달라고 해야 하나?'

나뿐 아니라 대부분의 선수가 이런 걱정을 하고 있던 차에 옆에 있
는 누군가가 대신 그런 질문을 해 준 덕분에 이 자리에 있는 선수들의
마음은 한결 홀가분해졌다. 한바탕 웃음이 지나가자 선생님께서는 종
이 한 장을 꺼내시더니 이름 옆에 치수를 써넣기 시작하셨다.

"5월 중순부터 시합이 시작되기 때문에 좀 더울 것으로 생각된다. 그
래서 한 치수 큰 것으로 주문하려 하니 나중에 받아 보고 좀 헐렁하다
고 하더라도 널리 이해해 주기 바란다. 그리고 '오월의 눈'이라는 말도
있듯 날씨가 갑자기 추워지는 수도 있으니, 이때는 속에 다른 옷을 받
쳐 입을 수도 있다. 이런 것도 이 선생님만의 오랜 경험에서 나온 배려

이니 널리 이해해 줬으면 좋겠다."

말씀을 마치신 선생님은 마지막 선수의 이름 옆에 치수를 써넣으셨다. 이때는 15명의 선수가 모두 와 있었다.

5

치수 기재를 마친 다음, 티볼 선생님께서는 목소리를 가다듬더니 이번에는 아주 정중한 어투로 다시 말씀하시기 시작했다. 변화된 어투 하나에 교실의 분위기도 확 달라졌다.

'한 치수 큰 것을 입으면 이상하지 않을까? 어릿광대처럼 보이는 거 아니야. 축 늘어진 옷자락을 보면 다른 학교 선수들이 놀릴 텐데, 어떡하지?'

별난 생각에 사로잡혀 있던 선수들도 입을 꾹 다물고는 선생님의 말씀에 귀를 기울이기 시작했다.

"이 모든 것이 다 여러분의 꿈을 이뤄 드리기 위한 것입니다. 여러분의 소중한 꿈을 이뤄 드리기 위해 하는 것이니, 자신의 기량을 마음껏 발휘해 주시고 후회 없는 시합을 해 준다면 그것으로 충분합니다. 선생님의 말뜻을 이해할 수 있겠습니까?"

그런데 이 말이 끝나자 "네."라는 대답과 함께 일어서려는 선수들도 있었다. 이 말과 함께 두 가지 안내사항이 모두 끝난 줄 알았기 때문이다.

그렇지만 난,

'하실 말씀이 한 가지 더 있지 않을까?'

라는 생각으로 느긋하게 앉아 있었다. 그렇지만 이런 짐작을 할 수 없었던 다른 선수들은 안내사항이 다 끝난 줄 알고 일어서려 했던 것이리라.

아니나 다를까, 선생님께서는 일어서는 선수들을 말리며,

"아직 끝나지 않았다. 모두 제자리에 앉아 있기 바란다."

라고 말씀하셨다. 그러고는 이렇게 덧붙였다.

"앉았으면 모두 눈을 감아라."

선수들은 자리에 앉은 채 말이 없었다. 변화된 분위기에 너무 민감하게 반응해서 그런지,

'무슨 일이 또 있나?'

라는 생각도 하지 못한 채, 멍하니 앉아만 있는 것이있다.

'언제 환호성을 질렀지.'

이런 의심이 들 정도로 교실은 고요했다. 방금과는 달리 선생님의 표정도 굳어져 있고 목소리 또한 낮은 톤으로 흘러나왔다.

"모두, 잘 들어 주기 바란다."

목소리는 아주 작고 낮게 깔렸지만, 그곳에 모인 선수들의 귀에는 아주 똑똑히 들려왔다. 그만큼 교실이 조용하기도 했지만, 그보다는 오히려 사태의 심각성에 직면해 있었기 때문인 것 같다.

그렇지만 나는 다른 선수들의 막연한 생각과는 달리,

'드디어 올 것이 왔구나!'

라는 것을 본능적으로 직감했다. 이런 느낌을 살려 나는 지그시 감은 눈을 살짝 떠 주변을 둘러보았다. 그랬더니 아무것도 모른 채 심각한 표정으로 눈을 꼭 감고 있는 선수들의 얼떨떨한 모습들이 들어왔고, 우습게만 여겨졌다.

그렇다고 하여 소리 내어 웃을 수도 없는 노릇이다. 그 때문에 눈을 꼭 감고 있는 선수들이나 이렇게 실눈을 뜬 채 그런 모습을 감상하고 있는 나 같은 놈이나 겉으로 나타난 표정은 똑같을 수밖에 없었다. 한쪽은 상황을 몰랐기 때문에, 다른 한쪽은 기쁨을 표현할 수 없었기 때문에 곤란하기는 이래저래 똑같을 수밖에 없었다. 그리고 보면 이와 같은 상황에 부닥칠 수도 있다는 것을 예측하고 그에 대해 준비해 두지 않았다면 나는 이번에도 또 어울리지 않는 웃음을 터뜨릴 뻔했다.

'준비하길 잘했어.'

자신을 기특하게 생각하며 또 다른 기대를 걸어 본다.

'이번에는 무슨 말씀을 하실까?'

들려올 말씀을 기대하며 티볼 선생님을 바라보고 있는데, 선생님께서는 책상 서랍에서 누런색 봉투 한 장을 꺼내셨다. 그러는가 싶더니 이렇게 말씀하셨다.

"모두 눈을 떠라."

갑자기 쏟아져 들어온 불빛에 눈이 부신 듯, 선수들은 다소 찡그린 표정을 지으며 주변을 두리번거렸다. 가늘게 뜬 그 선수들의 눈동자에는, '무슨 일이 일어난 거야? 저건 또 뭘까?' 등과 같은 의문으로 가득 차 있었다.

나도 다른 선수들처럼,

'뭔 봉투일까?'

라는 생각으로, 반은 심각한 표정으로 나머지 반은 호기심 어린 표정으로 티볼 선생님의 동작을 뚫어지게 바라봤다.

그러고는 '기대를 저버려서는 안 될 텐데.'라는 바람으로 선생님의 동작 하나하나에 신경을 곤두세워 살펴보았다. 밀려오는 엄청난 기쁨을 하나라도 놓치고 싶지 않았기 때문이다.

선생님께서는 무엇인가를 꺼내셨다. 그런 다음, 그 봉투를 두 손으로 높이 들어 보여 주시며 이렇게 말씀하셨다.

"너희들이 직접 확인을 해 보는 것도 좋을 것 같다. 한 사람씩 돌려보며 확인을 꼭 해 보도록 해라. 내용을 확인한 다음 뒷사람에게 넘겨주면 된다. 그리고 확인을 해 봐야 할 것은 투명비닐로 된 엘(L)자 파일 안에 들어 있기 때문에 꺼내지 않고도 확인할 수 있다. 그러니 굳이 꺼내지 않아도 된다."

밑도 끝도 없이 이런 말씀을 하시며 티볼 선생님께서는 그 봉투를 맨 앞에 있는 선수에게 넘겨주신다. 그 선수도 두 손으로 공손하게 받아들고는 안에 들어 있는 내용물을 꼼꼼하게 확인하고는 다시 또 정중하게 뒤에 있는 선수에게 넘겨주는 것이다. 이런 일은 마지막 선수까지 계속되었다. 주변을 둘러보니, 황당하기는 했지만 '필요하니까 하는 것이겠지.'라는 마음으로 모두 선생님의 말씀에 순순히 따르는 눈치였다. 이때는 나도 선생님의 의도를 이해할 수는 없었지만, 가슴은 마구 뛰었고, 왠지 모를 쾌감이 솟구쳐 올라왔다.

'역시, 기대한 것 이상이야.'

흥분으로 가득 찬 나만의 분위기에 젖어 들었고 그 오묘한 분위기를 즐기고 있는데, 선생님께서는 다시 또 그 봉투를 높이 들어 올리셨다. 그러더니,

"이 봉투의 수신인을 잘 봐라. 뒤에 있는 선수들에게는 잘 보이지 않을 것 같아 여기 맨 앞에 앉아 있는 이 선수에게 읽어 보도록 하겠다."

라고 말씀하시며, 그 선수에게 그 봉투를 다시 또 건네주셨다.

그 선수는 방금과 같이 두 손으로 공손하게 받은 다음,

"큼! 큼!"

하고, 목청을 한껏 돋우더니 어느새 큰 소리로 읽기 시작했다.

"수신인 동대문 경찰서장 귀하 서울특별시 동대문구….."

'동대문구'까지 읽자 선생님께서는,

"인제 그만 읽어도 좋다. 봉투는 이리 주고 너도 그만 자리에 앉도록 해라."

라고 말씀하셨다. 선수들을 향하여,

"엘자 파일 안에 든 서류의 내용을 모두 다 확인해 봤으면 그것도 이쪽으로 가져왔으면 좋겠다."

라고 말씀하시더니, 마지막으로 확인한 선수가 가져오기만을 기다

리신다.

엘자 파일을 회수하신 선생님께서는 그것을 다시 누런색 봉투에 넣으시며, 이번에도 정중한 어투로 이렇게 말씀하셨다.

"사실, 이 봉투는 방금 읽어 준 바와 같이 동대문 경찰서로 보내는 서류 봉투입니다."

'점점 재미있어지는데, 역시 티볼 선생님이셔. 티볼 배트 대신 테니스 라켓으로 연습을 시키더니, 도둑을 잡는 데도 남다른 방법이 있으신 걸까? 아니면, 경찰의 도움이라도 받아 보려는 속셈이실까?'

흥분으로 들뜬 분위기를 마음껏 즐기고 있는데, 아니나 다를까 선생님의 이런 말씀이 들려왔다.

"방금 여러분이 확인한 그 엘자 파일 안에는 여러분도 알다시피 종이 한 장이 들어 있습니다. 그런데 그 종이가 어떤 종이인지 여러분들도 궁금해할 것 같아 이렇게 말해 주는 것입니다만, 사실 그 종이에는 선생님의 책상과 서랍, '가방'을 만진 사람의 지문이 들어 있어요."

선생님은 말씀 도중 이런 것이 마치 지문이란 것을 알려 주시려는 듯 오른손을 들어 올려 엄지손가락을 보여 주셨다.

비로소 심상치 않은 기운을 느꼈는지, 선수들은 놀라움을 금치 못했다.

그제야 비로소 왜 그렇게 분위기가 엄격했는지 그 이유를 알게 된 것도 같다. 대다수의 선수는,

'도대체 누가 그런 짓을?'

이라는 생각으로 눈빛을 번뜩이며, 범인을 찾아보려는 듯 주변을 두리번거렸다. 그러더니 한두 명씩 질문도 시작했다.

"선생님!"

"왜?"

"뭘 잃어버리셨는데요?"

"그런 것은 왜 묻지?"

"그냥요."

"그래, 그러면 가르쳐 줄 수 없다."

'바보 같은 놈들. 내가 가르쳐 줄까? 사실, 그건 한 장이야. 딱 한 장. 5만 원짜리 지폐, 딱 한 장.'

나는 이런 말을 하고 싶었지만, 꾹 참고 선생님과 질문하고 있는 그 친구를 번갈아 바라보았다.

"왜요?"

"그걸 가르쳐 주면 범인이 아닌 사람이 '그만큼' 다시 갖다 놓을 수 있지 않을까?"

"그럴 리가 있겠어요?"

"그야 모르지. 세상일이란 그리 단순하지 않다."

나는 반항이라도 하듯, 다음과 같이 말하고 싶었다.

'단순하지 않은 게 아닙니다. 세상은 단순합니다. 그것도 무척 단순합니다. 그리고 그런 미친놈은 없습니다. 훔친 것을 다시 갖다 놓는 그런 쓸개 빠진 놈은 우리 선수 중에는 없습니다. 없어요.'

그렇지만 그 말도 꾹 참고 선생님만을 바라보았다. 보기만 해도 즐거웠다.

그런데 그때 누군가가 선생님을 부르는 소리가 다시 또 들려왔다. 선생님도 소리 나는 쪽을 바라보며,

"왜?"

라고 대답하셨다.

"그럼, 그 가방은 어디에 놓으셨나요?"

"그런 것은 왜 또 물어?"

"그냥요."

"그래, 그러면 가르쳐 줄 수 없다."

"왜요?"

"가방이 놓여 있던 위치를 가르쳐 주면 범인이 아닌 사람이 그곳에 와서 다시 또 훔쳐 갈까 봐 그런디."

뭐가 우스운지, 모두 킥킥대며 소리 내어 웃는다.

"그럴 리가 있겠어요. 저희는 걱정이 되어 여쭤본 것일 뿐이에요. 지금까지 선생님 가방이 어디에 있었는지도 몰랐다고요."

"그러니까, 더욱더 안 된다고 하는 거다."

"왜요?"

"아까도 말했지만, 가방이 있던 위치를 알려 주면 범인이 아닌 다른 사람들도 들어와 기웃거릴 수 있고, 그보다 더 중요한 것은 그런 고급 정보가 누설되면, 범인으로 의심받고 있는 사람 중 누가 진짜 범인인

지 구별해 낼 수 없게 된다."

"그래요?"

질문한 선수뿐 아니라 다른 선수들도 선생님의 말씀을 이해할 수 없다는 듯 고개를 갸우뚱했다.

"그렇다. 그러니 범인을 밝혀내는 단계에서 곤란을 겪게 된다. 범인과 피해자인 선생님만이 알고 있는 장소를 범인이 아닌 다른 사람도 알게 되면, 그로 인해 결국에는 범인과 범인이 아닌 사람이 구별되지 않을 수밖에 없고, 그러면 범인은 밝혀낼 수 없게 되는 거다. 그 때문에 안 된다고 하는 거야. 이제는 좀 이해할 수 있겠니?"

"잘 모르겠는데요."

전혀 이해할 수 없다는 듯, 그 선수는 고개를 가로저었다. 그러더니 두 손 들었다는 듯 손바닥을 편 다음 양옆으로 들어 올리는 시늉을 한다.

웃음을 꾹 참으며 이런 모습을 보고 있으려니, 난 또 다음과 같은 말이 하고 싶어졌다.

'야! 이 바보 같은 놈아! 내가 가르쳐 줄게. 선생님 가방은 책상 밑에 놓여 있었어. 그게 진실이야. 그리고 그걸 알고 있는 사람이 범인이고 모르는 사람은 범인이 아니고, 뭐 그런 말씀을 하는 거지. 그런데 범인도 아닌 사람이 그런 사실을 알게 되면 곤란하지 않겠어? 왜냐고? 왜냐하면, 그 사람이 장난삼아 자신이 범인이라고 거짓 자수를 할 경우, 그 자수는 분명 거짓 자수임에도 불구하고 거짓을 거짓으로 밝혀낼 수 없으니 곤란해질 수밖에. 쉽게 말하자면 이 경우에는 가방이 놓인 그 장소를 알고 있느냐 하는 것이 판단 기준이 되는 거야. 진범인지 가짜 범인인지를 가려내는 하나의 기준이…. 그런데 그걸 알려 주면 그 기준이 없어지는 꼴이 될 테니, 그러면 결국 진범으로 위장하여 진범처럼 행세하려는 가짜 범인을 가려낼 수 없게 되는 것이지. 그러니 곤란할 수밖에…. 그렇지 않을까?'

한바탕 시원하게 말해 주고 싶었지만, 그 말도 꾹 참고 선생님만을 바라보았다. 바라보기만 해도 즐겁고 또 즐거웠다. 그러고 보니 다른 선수들과 마찬가지로 호기심 어린 눈빛으로 흥미진진하게 흘러가는 대화를 묵묵히 지켜보는 재미도 쏠쏠했다.

"선생님!"

이번에는 옆에 있는 어떤 선수가 말했다.

"왜?"

"언제, 잊어버리셨어요?"

"그런 것은 또 왜 묻지?"

"그냥요."

"그래, 알았다. 그러면 가르쳐 줄 수 없다."

"왜요?"

"방금과 같은 이유에서 역시 알려줄 수 없다. 그런 고급정보를 지금 여기에서 알려 주면 진짜 범인을 밝혀내는 단계에서 정말 곤란해지기 때문이다."

곤란하다는 말을 듣고 난 또 이런 말을 해 주고 싶어졌다.

'이 바보 같은 놈아! 그걸 질문이라고 하냐? 그것도 내가 가르쳐 줄게. 놀라지 마. 어제 아침 8시 45분이야. 오늘은 4월 26일. 그리고 보면 사건은 4월 25일, 그것도 8시 45분에 일어났지.'

진실을 말해 주고 싶어 입은 근질근질했지만, 다시 또 참아 본다. 그 말만큼은 어떤 일이 일어난다 해도 해 줄 수 없는 말이었다. 그렇지만 속으로는 다음과 같은 생각들이 흘러가고 있었다.

'그건 역시 나만 알고 있는 사실이지. 피해자인 티볼 선생님도 그것만큼은 절대 알 수 없을걸. 범행 시각만큼은 범인이나 그 범행 현장을 본 사람만이 알 수 있는 사실이니까. 티볼 선생님이 모르시는 것도 당연하지 않겠어. 설사, 안다고 하더라도 그것은 어디까지나 대략적인 날짜나 대략적인 시간대에 불과할걸. 직접 지켜보지는 않았을 테니 정확한 범행 시각은 모를 수밖에 없고…. 그러니 잃어버린 그 시각도 모를 테고…. 모르기 때문에 알려줄 수도 없고…, 그렇잖아.'

이와 같은 것들도 마음 같아서는 시원하게 퍼붓고 싶었지만 참을 수밖에 없었다. 이 말 역시 하늘이 두 쪽 난다고 하더라도 해 줄 수는 없는 말이었다.

'그리고 보니 그러네. 앗싸! 위의 두 가지는 나도 선생님도 똑같이 알고 있는 사실이지만, 마지막 하나만은 나만 알고 있는 사실이잖아. 나만. 이야! 굉장한데…. 선생님도 모르는 사실을 나만 알고 있다니…. 큭!'

우월감에 젖어 있어 그런지 이전보다 더 큰 기쁨이 솟아올랐다. 기쁨은 주체할 수 없을 만큼 솟구쳤다. 그렇지만 하는 수 없었다. 나 또한 다른 선수들처럼 무덤덤하게 이 분위기를 지켜볼 뿐, 겉으로는 그 기쁨을 표현할 길이 없었다. 속으로는 너무너무 즐겁고 좋았지만.

6

'선생님의 말씀이 이처럼 재미있는 방향으로 흘러갈 줄 알았다면 잔뜩 찌푸린 표정 따위는 준비 안 해도 되는 건데.'

후회 아닌 후회도 들고 아쉽기도 했다. 이 마음을 조금이라도 달래보기 위해,

'옳지, 좋아! 어떻게 나오시는지 보고 싶나.'

라는 생각에서 하나의 질문을 해 보기로 했다.

"선생님!"

"왜? 우리 진강이도 선생님께 할 말이 있었구나."

"예, 선생님!"

선생님께서는 '어서 말해 보렴.'이라는 말씀을 하시려는 듯 나의 두 눈동자를 바라보며 고개만 위아래로 끄덕이셨다.

"선생님! 그런데요. 이렇게 이 자리에서 '돈'을 잃어버렸다고 말씀하시는 것은 모두 우리 선수들을 의심해서 그러는 거 아닌가요?"

질문을 다 들으신 선생님께서는 한동안 아무런 말씀도 하지 않으셨다. 그 침묵은 좀 오래갔다.

'고민에 빠지신 것일까?'

그런데 이상하게도 선생님은 깊은 생각을 하시면서도 내 얼굴만을 빤히 바라보는 것이었다.

'왜 나만 빤히 쳐다보는 것일까?'

갑작스럽게 티볼 선생님의 집중적인 시선을 받아 그런지, 괜한 불안감이 스며들기 시작했다.

'말을 잘못 꺼냈나?'

기분마저 이상해졌다. 묘하게 흘러가는 나의 마음을 읽으셨는지, 선생님께서는,

"여기 있는 이 선생님은 여러분을 의심하기 때문에 이런 말을 하는 것이 아니다."

라고, 단정적으로 말씀하셨다.

'말을 잘못 꺼낸 것 같아 걱정을 많이 했는데, 다행이다. 다행!'

마음을 진정시키는 한편, 그래도 다시 또 용기를 내어 이렇게 말씀드려 보았다.

"그럼 왜 그런 말씀을 하시는지 가르쳐 주시면 좋겠는데요?"

선생님께서는,

"그렇구나! 우리 진강이가 참 좋은 질문을 했구나. 그럼 지금부터는 그에 관한 설명을 해 줄 테니, 잘 듣고 앞으로는 오해하는 일이 없도록

해라.”

라고 말씀하시며, 선수들을 또다시 둘러보셨다.

모두 침묵을 지키며 선생님의 말씀에 귀를 기울였다.

“여러분을 의심하기 때문에 이러는 것이 아니라, 오히려 그 반대다. 말하자면 선생님은 여러분을 의심하지 않기 때문에 이러는 것이다. 이 점을 특히 잘 이해해 주기 바란다.”

주변을 둘러보니 모두가,

‘도저히 못 알아듣겠는데요. 좀 더 쉽게 설명해 주실 수 없으신가요?’

라는, 간절한 소망의 눈빛을 던지며 귀를 더 바짝 기울이고 있었다.

“굳이 말하자면, 여러분을 의심하지 않기 때문에 지금 이렇게 설명을 해 주는 것이고, 나중에는 다 알려질 수도 있겠지만, 그렇다고 하더라도 그때는 그때고, 지금은 지금이다. 그러니 여기 있는 우리 선수들에게만큼은 우리 팀의 감독으로서 직접 알려 주는 것이 도리일 것 같고…. 그리고 이 기회를 거울삼아 우리가 좀 더 주의를 기울여보자는 예방 교육 차원에서 이렇게 일부러 시간을 내어 설명해 주는 것이다. 그러니 이런 설명도 다시는 이런 일이 일어나지 않도록 하려면 꼭 필요한 조치라고 보는데, 그렇지 않을까? 이런 이유로 인해 설명해 주는 것이니, 모두 잘 듣고 이해해 줬으면 좋겠다.”

티볼 선생님의 말씀을 의심스럽게 듣던 중,

‘이건 거짓말이다. 속셈은 따로 있다.’

라고 생각한 나는 그분의 진짜 의도가 무엇인지 알고 싶어졌다. 다시 또 질문해 보기로 했다. 이를테면 다음과 같은 질문을 해 본 것이다.

"선생님! 그게 아니라, 이런 말씀을 하시는 진짜 이유가 뭔지 알려주시면 안 될까요? 그것이 궁금해서 그래요. 선생님! 그 이유를 알아야 우리도 선생님을 도와드릴 수 있지 않겠어요?"

그런데 티볼 선생님은 이 질문에 관한 대답은 하지 않으셨다. 그러더니 나를 보며 대뜸 이렇게 말씀하시는 것이 아닌가?

"역시, 우리 진강이의 질문은 정말 날카로운데, 너 혹시 뭐 알고 있는 것이라도 있니? 뭔가 아는 것이 있으니까 그런 질문 하는 거 아냐?"

'엥! 이건 또 뭔 소리야? 벌써 들킨 거야?'

사실, 난 그 말을 듣고 하늘이라도 무너진 듯 깜짝 놀랐다. 들켜버린 줄 알고, 말이다. 등에서는 땀방울이 맺히고 있었지만, 그런 걸 느낄 새도 없었다. 더욱이 당황한 표정을 지어서는 안 되겠다고 생각했기에, 짐짓 침착한 목소리로 다음과 같이 얼렁뚱땅 얼버무려 버렸다.

"제, 제가 뭐 아는 게 있겠어요? 아는 것이 없으니, 이런 질문도 드리는 게 아닐까요?"

나의 어설픈 변명을 들은 선생님께서는,

"그렇지? 우리 진강이가 알 까닭이 없겠지?"

라고, 말씀하셨다. 그러면서도 왠지 모르게 꿰뚫어 보는 그 특유한 눈빛을 반짝이며 고개를 갸우뚱하신다. 말씀과는 정반대로 마치 다 알고 있다는 듯이.

몹시 당황한 나는 다시 또 마음을 추슬렀다. 결국에는,

'저 눈빛은 무엇을 뜻하는 걸까? 아까부터 좀 이상하긴 한데, 혹시 내가⋯, 실수라도 한 건 아닐까? 그럴 리가 없는데, 그럴 리가.'

라는 생각으로, 애써 무덤덤한 반응을 내보이며 은근슬쩍 넘어가려 했다.

'나의 연기에 넘어간 것일까?'

그렇지만 선생님께서는 여전히 의심스러운 눈빛으로 나를 뚫어지게 바라보며,

"역시, 우리 진강이가 제일 똑똑하구나. 추리력도 대단하고 앞으로도 선생님, 많이 도와주길 바란다."

라는 말씀으로 격려를 해 주신다. 도와달라는 말을 특히 강조하시면서.

아무래도 이상하다. 생각해 보면 볼수록 이상했다.

등에서는 긴장감으로 얼룩진 땀방울이 흘러내리고 있었지만,

'이 말이 칭찬일까?'

라는 생각도 들었고,

'도와 달라고! 무얼?'

이라는 의문도 마음속 깊은 곳을 향해 계속 파고든다. 그러면서도 들통나지 않으려면 대답만큼은 잘해야 할 것 같았다.

"예, 선생님! 많이 도와드리고 연습도 많이 하겠습니다."

대답과 동시에 최대한 허리를 굽혀 인사도 꾸벅 해 본다. 입가에는 멋쩍은 웃음도 지으면서. 나의 어색한 말과 멋쩍은 행동이 통했는지,

선생님께서는 고맙다는 표시로 고개를 끄덕이셨다. 그와 함께 나를 향했던 끈적끈적한 시선도 마침내 그 빛을 잃은 듯 보였다.

'휴! 살았다.'

길고 긴 변명 끝에, 비로소 통한 것 같다는 안도감이 온몸에 울려 퍼졌다. 선생님께서도 다른 선수들을 바라보며 다시 또 큰 소리로 말씀하시기 시작했다.

"여러분 잘 들으십시오. 이 부분이 가장 중요합니다. 진강이가 말한 대로 진짜 이유는 여러분을 걱정하고 있어서 그렇습니다. 아까도 말했지만 여기 있는 이 봉투에는 범인의 지문이 들어 있습니다. 이 봉투를 경찰서에 보내면, 경찰서에서는 지문조회를 통해 선생님의 책상과 서랍, 가방을 만진 사람이 누구인지를 밝혀내게 됩니다. 그뿐 아니라, 그 결과를 우리 학교에 통보해 주게 되어 있어요. 그리고 일정 기간이 지나면 그쪽에서 보내준 검사 결과를 받아 보게 될 텐데, 글쎄, 그 사람이 그러니까, 그 범인이 우리 티볼팀 안에 있다고 하면 어떻게 되겠습니까? 우리 선수 중에 있다고 생각해 보십시오. 그러면 그보다 더 창피스럽고 그보다 더 명예롭지 못한 일도 없을 것입니다. 물론 여러분은 이 대목에서 '역시 우리를 의심하고 있었구나.'라고 생각할지도 모르겠습니다만 그것은 방금 말한 바와 같이 오해일 수밖에 없습니다. 결코, 그런 것이 아니기 때문이죠. 그 때문에 이 자리에서 그런 것이 아님을 다시 한번 이렇게 밝혀드립니다. 여기 있는 이 선생님은 사실, 외부인의 소행으로 보고 있으니까요."

이 말을 듣고 난 또 피식 웃을 뻔했다. 특히, '외부인'이라는 말을 듣고 나도 모르게 웃음이 또 튀어나오려 했기 때문이다. 방금 극도의 긴장감이 풀어졌기 때문인지도 모르겠다.

또 이런 생각이 떠올랐다.

'외부인? 아닌데…. 선생님!'

잘못 짚으셨다는 생각에 "크! 큭!" 하며 웃기도 했고,

'그건, 제가 그런 건데요. 제가…. 제가요.'

라는 말도 속으로는 여러 번 외쳐 봤다. 그렇지만 한편으로는,

'왜 이런 말씀을 하시는 걸까?'

라는 생각도 들었고,

'정말, 외부인의 소행으로 보시는 것일까?'

라는 의심도 일어났다.

'힝! 그럴 리가 없는데.'

다시 또 의심하고 있는 사이에도, 선생님의 말씀은 진지했고 또 근엄하게 들려왔다.

"그동안 여러분이 쉽게 장비를 빌려 갈 수 있도록 뒷문을 살짝 열어 놓았기 때문에 비겁하게도 범인은 그 틈을 노렸다고 봅니다. 말하자면 우리가 아침 일찍 연습하고 있는 바로 그 시각에 외부인이 몰래 들어왔고 선생님 '가방'에도 손을 댔다고 보는 것이지요."

선생님은 정말 화가 난다는 표정으로 이렇게 말씀하시며 선수들의 표정을 살펴보신다. 그런 다음 목소리에 힘을 주어 다시 또 이렇게 말

씀하셨다.

"여러분이 땀을 흘리며 한창 연습하고 있을 때, 선생님도 여러분과 함께 피땀 흘려 지도하고 있을 때, 그 틈을 그분이 노렸다고 보는 겁니다. 그리고 보면 이 얼마나 파렴치한 행동일까요? 이 얼마나 야비한 행동일까요? 여러분들도 생각해 보십시오. 이는 우리만의 비밀을 악용하여 크나큰 범죄를 저지른 것입니다. 이와 같은 범죄행위는, 절대 그대로 둘 수 없는 일이지요. 그래서 그에 따른 대가를 치르게 하려는 것이고, 그 때문에 범인의 지문을 채취하여 경찰서에 보내고자 하는 것입니다."

선생님은 용서할 수 없다는 듯 분노에 찬 어투로 말씀하셨다. 그리고는 단호한 표정으로 다시 또 선수들을 둘러보신다.

모두들 아무런 말이 없다. 그렇지만 그들도 속으로는 선생님처럼 커다란 분노를 느끼고 있는 것이었다. 그리고 보면 알게 모르게 선생님과 선수들이 하나로 뭉쳐졌기 때문이었는지도 모를 일이다.

"그런데 아까도 말했지만, 만에 하나 그것이 우리 티볼 선수의 소행으로 밝혀진다면 그보다 더 명예롭지 못한 일은 없을 것이기에, 여러분의 무죄를 먼저 확인해 봐야 하고, 그 때문에 이렇게 또 이런 절차를 거칠 수밖에 없는 것입니다. 처음부터 외부인이 아니라 여러분의 소행으로 여겼다면 이 선생님이 이런 식으로 대처하겠습니까? 잘 생각해 보십시오. 우리 티볼팀의 명예는 우리가 힘을 합쳐 지켜 내지 않으면 안 되는 것입니다. 우리가 먼저 우리의 명예를 지켜 내지 않는다면 그 누가 지켜 주겠습니까? 그렇지 않습니까?"

길고 긴 설명이셨다. 아무런 대답이 없자 이렇게 또 덧붙이셨다. 그러고 보니 꾸벅꾸벅 졸고 있는 아이들도 많았다.

'이렇게 재미있는 말씀을 하시는데, 졸고 있다니!'

한심한 놈들이란 생각도 들었지만, 저 선수들로서는 그럴 만하다는 생각도 들었다.

"그 때문에 이렇게 시간을 내어 설명을 자세하게 해 주는 것이고 그와 동시에 여러분의 알리바이, 즉 무죄를 증명할 기회를 먼저 주고자 하는 것입니다. 이와 같은 이유에서 이 선생님은 여러분에게 종이 한 장과 봉투 한 개를 나누어주도록 하겠습니다. 이 종이에는 어제, 그러니까 4월 25일 등교한 시각부터 하교할 때까지, 어디에서 무엇을 어떻게 했는지 써 주십시오. 시간의 흐름이나 장소의 이동이 잘 나타나도록 작성한 다음, 그 종이를 그 봉투에 잘 넣어 제출해 주시기 바랍니다."

이제는 다소 누그러진 선생님의 말씀을 들으며, 나는 속으로 이런 생각을 해 본다.

'히히, 그렇구나! 외부인을 왜 끄집어냈는지는 모르겠지만 이거였구나! 자수할 기회를 슬쩍 주려는 것이구나!'

이때 한 가지 의문이 생겨났다. '외부인의 소행'이라는 말과 '우리에게 자수할 기회를 주는 것'은 서로 맞지 않는 말이었기 때문이다.

다른 한편으로는 엄청난 쾌감도 솟구쳐 올라왔다. 왜냐하면, 범행 시각은 역시 나만이 알고 있는 사실이었기 때문이다.

'크윽 큭! 역시 예상대로야. 언제 없어졌는지 모르니까 등교한 시각부터 하교할 때까지 쓰라고 하시는 거야. 안다면 꼭 짚었겠지. 그러니까 등교 시각부터 9시까지라고 말씀하셨을 텐데⋯. 그렇지 않을까? 이야!'

우월감과 나만의 비밀 등으로 인해 나는 무한히 샘솟는 쾌감에 도취하여 어찌할 바를 몰랐다. 그렇다고 하여 이 상황에서 기분 내키는 대로 춤이라도 추며 히죽히죽 웃고 있으면 그것 또한 미친놈처럼 보일까 봐 그럴 수도 없었다. 춤이라도 추고 싶을 만큼 몸은 정말 근질근질했지만 하는 수 없이, 들뜬 마음을 진정시키기 위해 온갖 안간힘을 쓰고 있는데, 다시 또 티볼 선생님의 말씀이 들려왔다.

"선생님은 여러분이 쓴 것을 읽어 보고, 우리 선수 중에는 범인이 없다는 것을 확인해 본 다음, 즉 여러 번의 검토 끝에 우리 선수들의 소행이 아니라는 것이 최종적으로 확인되면, 그때는 이 봉투를 곧장 경찰서로 발송하도록 하겠습니다. 아주 과감하게 우체통 속에 집어넣을 예정이에요.

그러니 오늘 나누어 준 이 종이는 내일 그러니까, 4월 27일까지, 좀 더 정확하게 말하자면 4월 27일 16시 40분까지, 선생님 교실에 갖다 놓기 바랍니다. 그리고 작성하는 데 한 가지 주의할 점이 있다면, 무기명으로 해야 하는 만큼, 본인의 이름을 절대 써서는 안 된다고 하는 것입니다. 본인을 알아볼 수 있는 어떤 표식을 해 놓는 것도 물론 안 됩니다. 그렇지만 여기에 한 가지 더 덧붙여 말해 보면 자수하는 의미에서 반성문을 대신 써 와도 좋아요. 그리고 가장 중요한 것이 있다면 여기 있는 선수들은 모두 다 제출해야 한다고 하는 것입니다. 한 사람도 빠짐없이, 모두….

그리고 반성문을 써서 제출한다면 언제 어디에서 무엇을 어떻게 가져갔는지, 무엇을 잘못했는지 그리고 앞으로는 어떻게 행동할 것인지 등에 대해 자세히 써야 한다고 하는 것입니다. 자세하게 쓰면 쓸수록 좋아요. 그리고 그렇게 써야 인정을 해 줍니다. 그렇지 않으면 안 됩니다. 그러니까 그런 것이 하나라도 빠져 있거나 사실과 다른 것이 어느 한 곳이라도 발견된다면 범인으로 인정할 수도 없고 자신의 잘못을 반성했다고도 볼 수 없어서 안 된다고 하는 겁니다."

길고 긴 말씀이셨다. 끝났는가 싶으면 다시 또 말씀하신다.

"그리고 또 한 가지, 쓸데없는 걱정일지도 모르겠지만 이것 또한 매우 중요한 것이니 잘 들어 주기 바랍니다. 범행과 관련된 사실들은 모두 범인과 피해자인 선생님만이 알고 있는 것이기 때문에, 범인도 아니면서 일부러 범인 대신 거짓 자수를 한다거나 마치 자신이 범인인 것처럼 장난칠 생각은 아예 하지 않는 것이 좋아요. 그리고 내일은 선생님이 점심 먹고 바로 출장 갈 예정입니다. 12시 50분 이후에는 학교에 없어요. 그렇지만 뒷문은 예전처럼 열어 놓도록 하겠습니다. 아니, 정확하게 말하자면 닫아만 놓은 상태에서 잠가 놓지 않는 것일 뿐입니다.

그러고 보면 이것도 예전과 똑같아요. 변한 것은 없습니다. 물론 이것도 역시 우리만의 비밀이니, 다른 사람에게는 절대 알려 주면 안 됩니다.

그러니 여러분은, 문이 잠겨 있으면 어떡하나? 하는 걱정은 하지 말고, 언제든지 들어와 지금 나누어 드린 이 종이와 이 종이를 넣은 이 봉투를 선생님 책상 위에 있는 이 상자에 넣어 주면 되겠어요. 봉투를 여기에 집어넣는 것으로서 여러분이 해야 할 일은 모두 끝납니다. 아시겠죠?"

이 말을 끝으로 티볼 선생님은 무죄증명을 위한 종이와 봉투를 나누어 주셨고, 그 봉투를 넣을 큰 상자도 보여 주셨다. 그런 다음, 여기에 넣으라는 듯 손으로 직접 넣는 시범을 보이며 교탁 위에 올려놓으셨다. 마지막까지 다 들은 후에야 몇몇 선수들은 왜 처음 세 가지 질문에 대해 답변하지 않으셨는지, 그 이유를 조금은 이해한 듯 고개를 끄덕였다.

별것도 아니었다. 아주 간단한 이치였다. 선생님 말씀대로 그 세 가지 중 어느 것 하나라도 알려 주면 진범을 밝혀내는 데 곤란했기 때문이다. 어느 것 하나라도 누설되면 진범과 가짜 범인을 구별해 낼 수 없게 되고, 그러면 진범은 영영 밝혀내지 못하게 되는 것이다. 또한, 진범을 밝혀내지 못한다면 당연히 이와 같은 일은 계속 되풀이될 수밖에 없을 테고…. 그러니 최소한 진범이 밝혀지기 전까지는 가르쳐 줄 수 없는 것이었다. 어느 것 하나라도.

논리적으로 따져 보면 이 정도겠지만 그래도 그런 것만으로도 정말 굉장한 것이라 하지 않을 수 없었다. 현실적으로도 그러했다. 이 아이 중에는 그 세 가지 중 어느 것 하나라도 악용하려 드는 아이가 단 한 명도 없다고는 할 수 없었다. 만약 그럴 가능성이 0.01%라도 있다면 그 또한 경계하지 않을 수 없는 일이지 않겠는가?

이를테면, 미운 놈을 모함하기 위해 장난삼아 그럴 수 있고, 좀 더 깊이 생각해 보면 티볼 선생님의 기분을 맞춰 주기 위해, 사건을 일찌감치 끝맺음하기 위해 또는 선생님의 반응을 떠보기 위해 거짓으로 자수하거나 거짓 반성문을 작성하여 제출하고 싶은 선수도 있을 수 있는 일이었다.

누구인지는 밝힐 수 없지만, 이 중에도 분명 있을 것이다. 어떻게 되는지 알아보기 위해 지금 당장이라도 거짓 반성문을 써서 제출해 보고 싶은 마음이 굴뚝같은 아이가 분명 있을 수 있는 것이다. 다양한 성격의 아이들이 모인 우리 티볼팀이고 보면 이런 일을 일으키지 않는다는 보장도 없지 않은가? 그 때문에 그와 같은 조치도 이런 상황에서는 꼭 필요하다고 봐야 하시 않을까? 그런 것을 미리 방지하기 위해 이렇게 입막음을 한 것이 아니었을까? 그뿐이다. 그와 같은 사정을 잘 알고 있었기에 우리들의 그런 질문에도 일체 답변하지 않으셨을 테고, 그것도 의도적으로 그리고 전략적으로 그렇게 했는지도 모르는 일이었다.

그런데 이상하게도 이런 것들에 대해 하나하나 되새겨 보면 볼수록 선생님의 말씀에는 말로 표현할 수 없는 기막힌 속임수가 숨겨져 있는 것만 같았다. 하시는 말씀을 곰곰 들여다보면 볼수록 그런 속임수가 조금씩, 아주 조금씩 느껴지는 것이었다. 실은, 느껴지는 것 같은 것이 아니라, 느껴졌다. 왠지 모르게 있는 듯 없는 듯 아주 희미하게 느껴졌다. 그런 느낌은 지금도, 지금도 계속되고 있다. 그렇지만 이런 것에 대해 신경을 쓰지 않았다면, 더욱이 세심한 주의를 기울이지 않는다면, 특히 범인의 입장이 되어 보지 않는다면 느껴지지 않았을 것이 분명했다. 사실, 나도 그랬으니까. 처음에는 전혀 느끼지 못했으니까. 그러니 아무것도 모르는 보통의 선수들이라면 느끼지 못하는 것도 당연한 일이 아니었을까?

그렇지만 난 선생님의 말씀에는 어떤 속임수도 들어 있다는 것을 어렴풋이 꿰뚫어 보고는 무척 놀랐다. 이것만큼은 사실이다. 그뿐이 아니었다. 그런 놀라움은 선생님이 설치해 놓은 그 속임수를 되새겨 보면 볼수록 더욱더 커져만 갔다. 특히, '외부인의 소행'이라는 말을 통해 놀라움은 더욱더 그 극을 향해 달려갔다. 왜냐하면, 아까도 잠시 느낀 것이었지만, 그것을 좀 더 분석해 보면 볼수록 외부인의 소행으로 보면서도 우리에게 자수할 기회를 슬쩍 주려는 것은 점점 더 앞뒤가 맞지 않는 말로 여겨졌기 때문이다.

그 때문인지, 그 생각만이 자꾸 떠올랐고 그다음에는,

'그럼 왜 그런 말을 꺼내셨을까? 어떤 의도에서….'

라는 생각이 흘러갔다. 이런 생각들이 이내 곧 내 마음을 다시 또 가득 채워나갔다. 이런 의문들이 풀리지 않는 수수께끼처럼 흘러가고 또 흘러갔다.

물론, 그와 더불어 폭풍과도 같은 쾌감이 밀려온 것도 사실이다. 좋다. 춤이라도 추고 싶을 만큼 좋다. 있다. 속임수는 분명 있다. 그리고 보면 티볼 선생님께서는 '외부인의 소행'이라는 말에 무엇인가 보이지 않는 비밀을 감춰 놓으신 것만큼은 틀림없었다. 틀림없이 감춰 놓으셨다.

'그렇다면, 내가 범인이라는 것이 들통나지 않으려면 이 비밀만큼은 풀지 않으면 안 된다. 꼭 풀어내지 않으면….'

꼭 풀어야 한다는 절박감 때문일까? 다시 또 여러 가지 생각들을 굴려 보고 또 굴려 본다. 어쩌면 그 비밀이 풀릴 때까지 굴리고 또 굴렸을지도 모를 일이다.

'하나의 의문에 빠지면 그 의문에, 만족할 만한 답을 얻을 때까지 헤어나지 못하고 빠져드는 것이 또한 나만의 버릇이고 보면…. 물론, 나만의 괴로움에서 벗어나려면…. 물론 이런 생각에 빠져드는 것도 좋은 방법이긴 하지만….'

사실을 말하자면, 나에게는, 나에게만큼은 이런 생각에, 아니 이런 쾌감에 빠져드는 것만큼 좋은 것도 없었다.

'가만있어 봐! 느낌이 온 것도 같은데…. 정말 대단하시구나! 티볼 선생님은…. 진짜 범인을 몰래 찾아내기 위해 이런 기막힌 속임수를 쓰시다니! 모함을 위한 장난 자수나 거짓 자수, 대신 자수, 무마용 자수 등을 차단하기 위해 이런 생각을 해내시다니!'

너무 감탄했기 때문인지, '정말 존경스럽습니다. 티볼 선생님!'이라는 인사라도 드리고 싶은 충동에 사로잡혔다.

그때 갑자기 이런 생각이 떠올랐던 것이었다. 말하자면, 그 생각이란 '기막힌 속임수'라는 말에서 비롯된 것으로서, '외부인의 소행으로 본다.'라는 그 말도 결국에는 '그 자체가 하나의 기막힌 속임수가 아닌가?'라는 점을 알아낸 것이었다.

쉽게 말하자면, '선생님의 의도는 우리들의 생각을 엉뚱한 쪽으로, 마치 외부인의 소행인 것처럼 그쪽으로 몰고 가려고 일부러 그 말을 끌어들인 것이 아닌가?'라는 점을 마침내 찾아낸 것이었다.

'만약 그 말이 이처럼 일부러 끌어들인 말이라고 한다면 진실은 그 반대일 수도 있지 않을까? 그럴 수도 있다. 그 반대의 것이 선생님이 말씀하시고자 한 본심일지도. 티볼 선생님의 본심!'

그 때문인지, 그 말을 되새겨 보면 볼수록 그런 의심만이 더욱더 깊어만 갔다.

'실제로는 너희 중에 진범이 있다고 말하고 싶어 한 것이 아닌가?'

의심이 들기 시작하자 다시 또 가슴은 두근거리기 시작했다.

'곰곰 생각해 보면 볼수록 우리를 의심하고 있는 눈치야. 겉으로는 그럴듯하게 포장하여 외부인의 소행으로 말하고 있지만, 더욱이 우리가 아니라고 강조하여 말하고는 있지만 실은 그 반대일지도 모른다.'

어설프게나마 선생님의 속마음이 보였기 때문인지, 우리를 의심하고 있다는 생각도 더는 떨쳐버릴 수 없을 만큼 마음속 깊이 파고든다.

'속으로는 우리를, 속으로는, 속으로는….'

선생님의 속마음을 계속 분석하고 있는데, 좀 이상했다. 이와 같은 분석을 부정하기라도 하듯 고개는 자꾸 옆으로만 돌아간다. 왠지 모르게 이상한 느낌이 계속 드는 것이었다.

'우리를? 아니지. 우리가 아닐지도 모른다. 우리가….'

갑자기 아니라는 생각이 솟구쳐 올라왔다. 이런 생각이 마음속에 들기 시작하자 가슴은 다시 또 뛰기 시작했다. 벌렁벌렁할 정도로 마구 뛴다. 등에 땀이 또 솟아난다.

'설마! 아니겠지. 날, 의식해서 그런 말을…. 아니겠지.'

지금까지의 분석 결과를 부정하며 뛰는 가슴을 달래보려고 애를 쓰고 있는데, 이번에도 선생님은 나의 표정만을 뚫어지게 바라보며 말씀하신다.

"진강아! 한 가지 물어봐도 될까?"

아무런 대답도 못 하고 난 그저 멍하니 있을 수밖에 없었는데, 정체 모를 불안감이 주저하는 기색 속으로 퍼져 나간다.

'이크! 그런 거야. 날 또 의심해서? 그렇다면 정말 내가 한 짓이 탄로 난 것일까? 이번에는 진짜로 탄로 난 것이 아닐까?'

등줄기를 타고 흐르는 땀방울과 함께 난 그만 자포자기의 심정에 빠져들었다. 그래도 그런 마음을 계속 감추고 추슬러 본다. 부정하고 또 부정하면서.

'그럴 리 없어. 절대 그럴 리 없어. 정신 차려! 정신!'

한편으로는 이상하기도 했다. 왜냐하면, 그 반대의 감정도 있었기 때문이다. 잘 찾아보면 불안감과는 정반대의 감정도 살아 숨 쉬고 있다. 그런데 그 감정도 만만치는 않다. 그 감정이란 다름 아닌 쾌감이었기 때문이다. 알 수 없는 감정이 샘솟는다. 정체를 알 수 없는 그 쾌감, 즉 처음부터 기대해 마지않던 그 쾌감이 다시 또 불붙기 시작했다. 이번 것은 아까보다 훨씬 더 큰 것이다. 비교도 되지 않을 만큼.

예상치도 못한 쾌감이 다시 또 찾아왔기에 이런 의문도 든다.

'이 감정의 정체는 도대체 무엇일까? 이 순간 왜 이런 감정이 일어나고 있는 것일까?'

그렇지만 사실을 말하자면, 좋다. 말로 표현할 수 없을 만큼 아주 좋다. 마음속 깊은 곳에서 솟아나고 있는 이 쾌감, 이번에는 이처럼 불안하기만 한 마음속에 있는 듯 없는 듯 깃들어 있는 이 쾌감이 또 좋은 것이다.

콩닥콩닥 뛰는 이 느낌이 너무 좋다. 말로 표현할 수 없을 만큼 좋다. 이유는 알 수 없다. 그렇지만 오싹오싹 다가오는 그 느낌이란 그야말로 말로 다 표현할 수 없을 만큼 최고라 하지 않을 수 없었다. 그러고 보면 이유 없이 좋은 것, 이것이 바로 이 감정의 정체인지도 모르겠다.

그렇다고 하여 그 느낌을 이 자리에서 겉으로 표현할 수는 없었다. 이유 없이 좋다고 하여 이유 없이 표현할 수는 없는 일이다. 그런 것은 미친 사람이나 하는 짓이니까. 그 때문에, 다 좋은데 아쉬운 것이 있다면 그것은 이처럼 좋은 기분을 겉으로는 표현할 수 없다는 점이었다.

어쩔 수 없이 나는 아무런 말도 못 하고 멍한 표정으로 가만히 있을 수밖에 없었다. 너무도 멍한 표정을 짓고 있었기 때문인지, 아니면 나를 배려했기 때문인지는 모르겠지만, 선생님은,

"아니다. 다른 아이들이 다 돌아가면 그때 잠깐 날 좀 보고 가거라."

라고 말씀하셨다.

시간이 지나자 정신이 좀 들었는지,

'무슨 일로 그러시는 걸까?'

라는 생각이 들었다. 그러다가도 곧,

'다른 아이들을 다 보내는 것을 보면 아무래도 들킨 거 같은데, 뭔가 좀 이상해.'

라는 생각 때문인지, 자포자기의 수렁으로 뚝 떨어지는 느낌도 든다.

그러는가 싶으면 다시 또 제정신이 돌아왔고, 그 때문인지,

'혹시 말실수 땜에…, 덜미가 잡힌 건 아닐까?'

라는 생각이 들기도 했다.

이 짧은 시간에도 마음에는 제정신의 생각들과 제정신이 아닌 생각들이 오락가락하는 가운데 거친 소용돌이를 숨 가쁘게 몰아치고 있었다. 그렇지만 결국 제정신의 생각이 자포자기의 마음을 누르고 깊고 어두운 수렁 속을 헤집고 나온 듯 기쁘고 즐겁다. 좋다. 너무 좋다.

'아무튼, 정신만 바짝 차리면 돼. 정진강! 넌 할 수 있어. 아자! 아자! 아자! 진짜 강하다는 것이 바로 너의 이름이다. 정진강이란 그런 뜻을 가진 이름이다. 그런 뜻. 그러니, 힘내라 힘! 힘!'

나는 이런 말로서 나에게 주문을 걸며 떨리는 그 마음을 진정시켜보려고 온갖 애를 다 썼다. 그때 선생님의 말씀이 또 들려왔다.

"자! 그러면, 이만 해산!"

선수들은 모두 하교했다.

7

나 또한 모른 척하고,

'집으로 돌아갈까?'

라는 생각도 해 보았으나, 그만두고 티볼 선생님을 향해 다가갔다. 이 순간 도망치게 되면 더 큰 의심을 받게 될지도 모르고, 그뿐 아니라 더 큰 쾌감을, 오싹하는 그 기분을 영영 잃어버릴지도 모르는 일이었다.

'자연스러움이 최고야. 아무렇지도 않은 듯 태연하게 행동하는 것이 가장 좋아.'

다시 또 주문을 걸며 선생님 앞으로 좀 더 바짝 다가갔다.

선생님은 선수들이 다 나간 것을 확인하시고는,

"진강아! 한 가지 물어볼 것이 있는데, 솔직하게 답변해 줬으면 좋겠다."

라고 말씀하시면서 심각한 표정을 지으셨다.

그러는가 싶더니 대뜸,

"어떻게 알았지?"

라고 물어보시는 것이었다. 얼떨결에 난,

"뭘요?"

라고, 대답해 보기는 해 보지만 떨리는 가슴은 멈춰지지 않는다. 그러면서도,

'최고야. 최고. 이 쾌감! 그야말로 최고야. 최고.'

라는 감정이 계속 솟아 올라왔다.

선생님은 들뜬 나의 눈동자를 똑바로 바라보며 이렇게 말씀하셨다.

"선생님은 단지 '선생님의 가방을 만진 사람이 있다.'라고만 했는데, 넌 그 말을 그렇게 하지 않고 '돈을 잃어버렸다고…, 돈을….'이라고 말한 것 같은데, 그 말은 결국 너도 뭔가를 알고 있다는 것이고… 뭔가 좀 아는 것이 있으니까 그런 말도 할 수 있을 것 같은데, 그렇지 않니?"

이 말을 듣고 깜짝 놀란 나는 '캬!'라는 감탄사만을 몇 번이나 날렸는지 모른다. 속으로 날렸지만 말이다. 말문이 막혀 입술이 떨어지지 않는다.

온몸의 세포가 바짝 긴장하여 쪼그라들고, 등줄기에서는 식은땀이 흘러내린다. 당했다는 찜찜한 기분으로 한동안 그냥 서 있을 수밖에 없었는데, 선생님께서는 점점 더 창백해져 가는 나의 멍한 표정을 바라보며, 다시 또 이렇게 말씀하시는 것이었다. 들통났으니 어서 빨리 인정하는 것이 좋다는 표정으로, 어떤 특정 낱말을 강조하시면서.

"다시 한번 잘 생각해 봐. 넌, 그때 잃어버린 것이 선생님의 '가방'이 아니라 '돈'이라고 딱 잘라 말하지 않았니?"

할 말이 없었다. 사실이었기 때문이다. 그렇지만 인정할 수는 없었다. 아무런 말이 없자, 선생님은 눈빛을 반짝이시며 다시 또 말씀하시는 것이었다.

"그런데 선생님은 지금까지 돈을 잃어버렸다고 말한 적이 한 번도 없는데."

선생님은 점점 더 강하게 밀어붙이듯 말씀하시며, 나를 빤히 바라보기도 하고 고개를 가로젓기도 하신다. 그래도 내가 한동안 아무런 반응을 보이지 않자 선생님께서는 친절하게도 '돈'이라는 그 낱말만을 뽑아내어 다시 또 좀 더 정확하게 짚어 주셨다.

"그러니까, 그 돈이라는 말이, 마음에 좀 걸리는구나!"

걱정된다는 표정으로,

"이를 어떻게 받아들여야 할지 모르겠다."

라는 말을 덧붙이시더니 고개를 또 갸우뚱하신다. 그것도 아주 심각한 표정으로. 궁지에 몰린 나는 새파랗게 질렸지만, 그와는 반대로 나의 심장은 터질 듯한 쾌감으로 꽉 차올랐다. 그리고 그 마음의 어느 한쪽 구석에서는 이런 생각도 솟아났다.

'최고야 최고, 멋져, 정말 멋져. 그와 같이, 아주 작은 실마리 하나로 범인을 알아채시다니. 대단하시구나!'

그렇지만 이런 쾌감을 솔직하게 털어놓을 수는 없었다. 다 좋은데 이것은 좀 아쉬웠다. 한편으로는 다시 또 '이크! 걸렸구나. 걸렸어.'라는 불안감이 나를 엄습하기도 했고, '뭔가, 실수한 것 같더니만, 이거였구나. 이거.'라는 깨달음도 들었고, 아쉬움도 밀려왔다. 그렇지만 이런 감정들은 이내 곧 사라졌고 하나의 쾌감만이 계속해서 솟구쳐 올라왔다. 그렇지만 난 주체할 수 없을 만큼 솟구쳐 올라오는 쾌감을 가까스로 억눌러야 했다. 잘될지는 모르겠지만, 일단은 오리발부터 내밀어 볼 계획이다. 선생님께는 죄송한 일이었지만, 위기를 모면하려면 오리발도 어쩔 수 없었다.

"제가요?"

아닌 척하며 다시 여쭤본다.

"그래, 넌 분명 그렇게 말했다."

선생님의 말씀은 단호했다.

"그래요? 기억이 잘 안 나는데요."

급한 대로 기억이 나지 않는다는 시치미도 떼 본다.

"넌, 분명 그렇게 말했다. '돈이 없어졌다.'리고. 그런데 그런 사실은 범인과 이 선생님만이 알고 있는 것인데…."

티볼 선생님은 고개를 여러 차례 갸우뚱하신다. 이제는 오리발을 내미는 것도 변명으로 여겨질 것 같아 그만두기로 했다. 그 대신 그냥 선생님의 얼굴만을 멍하니 바라보며 얼렁뚱땅 넘겨보려 했다. 그렇지만 선생님은 잠깐 생각에 잠긴 나를 보며 다시 또,

"너 또한 없어진 것이 바로 '돈'이라고 하는 것을 정확하게 알고 있으니…. 이상하다."

라고 말씀하시며, 이상야릇한 미소를 지으신다. 그래도 내가 아무런

반응을 보이지 않자 다음과 같이 말씀하셨다.

"그렇다고 널, 범인으로 볼 수도 없고…. 선생님으로서는 당황스럽기만 하구나!"

말씀을 마치신 선생님은 정말 난감한 표정을 지으셨다.

'그런 거였구나! 지금까지 느낀 불안감은. 그동안 줄곧 나만을 째려보는 그 눈빛이 왠지 모르게 불길하게만 여겨졌는데, 그 느낌의 정체는…, 선생님의 의심스러운 눈길은 그런 거였어. 아니지, 아니야. 바꿔 말해 보면, 반대로 말해 보면, 긍정적으로 바꿔 말해 보면 무한히 샘솟는 기쁨의 근원은…, 무한한 쾌감의 근원은 바로 그거였어. 그거, 나의 실수. 그 모든 것이 나의 실수에서 비롯된 거였구나! 역시, 한마디 말로서 눈치를! 돈! 그 한마디 말로서 다 눈치를 채신 거야. 너무 앞서가다 보니 이런 실수를 또 하는구나. 이런 실수를. 일이 이렇게 될 줄 알았다면 그냥 가방이란 말을 썼으면 좋았을 텐데…. 히잉! 요 입이 방정이야. 요 입이. 그런 말실수를 하는 요 입이.

아니, 아니지. 입이 아니라 요 머리지. 그러고 보면 늘 한발 앞서가려는 요놈의 짐작이 문제였어. 요놈의 짐작. 정말 미워 죽겠네. 아니지. 그것도 아니지. 이번에는 넘겨짚은 것이 아니라 사실에서 나온 말이잖아. 사실에서, 그 돈을 쓱 했다는 사실에서. 그렇지만 잘 됐다. 어디에서 돈이라는 말이 나왔는지는 모르겠지만….

이젠 어쩔 수 없다. 엎질러진 물이다. 엎질러진 물! 덕분에 잘됐어. 선생님이 갖고 계신 비밀 카드가 무엇인지 알게 되었으니, 오히려 잘

된 일이야. 잘된 일! 긍정적으로 생각해 보면. 그걸 알게 된 이상, 방법은 하나밖에 없다. 딱 하나밖에…, 도망가는 수밖에…. 있을 거야. 도망가는 방법이, 분명…. 짐작으로 인해 함정에 빠졌다면…. 하는 수 없지. 다시 또 그 짐작을 이용하는 수밖에, 그걸 이용하여 탈출하는 수밖에….

그러고 보면, 가방이란 말도 결국은 함정이었어. 함정! 그래서 돈이라는 말 대신 일부러 가방이란 말을 쓰신 거였구나. 나처럼 얼떨결에 가방이란 말 대신 돈이란 말을 툭 내뱉는 녀석을 찾아내기 위해. 걸려든 줄도 모른 체 잘난 척하며 떠벌리는 그런 놈을 알아내려고. 그런 거였어. 그처럼 위험천만한 먹이를 덥석 물다니…. 바보 같군! 그렇지만 이처럼 하나하나 생각해 보면 볼수록 굉장하단 말이야. 그렇다면 옳지, 좋아. 어쩔 수 없다. 이번에야말로 나만의 능력을 보여 드리지. 좋아. 아주 좋아. 진짜 능력을….'

마음이 정해지자 일종의 안도감이 찾아왔다. 그뿐이 아니었다. 도전해 보고자 하는 용기도 솟는다. 그러면서도 한편으로는 고맙다는 마음도 일어났다.

'이렇게 직접 말씀을 해 주시니, 오히려 도망가기는 쉬운데.'

이런 생각도 들고, 다음과 같은 생각도 든다.

'이것은 마치, 이쪽을 공격하려고 하니 빨리 저쪽으로 피하십시오. 라는 식이잖아!'

이번에는 매우 진지한 표정을 지은 다음, 이렇게 말씀드려 보았다.

"그거요? 그건 제가 범인이기 때문에 아는 것이 아니라 주고받는 대화를 듣고 넘겨짚은 겁니다. 넘겨짚은 거….."

그런데 이 말을 듣고 선생님은 약간의 호기심을 보이셨다. 통한 것일까? 그렇지만 그리 큰 반응은 없으셨다.

'그렇다면 좋아.'

이와 같은 마음에서 이번에도,

"일종의 짐작이지요. 짐작!"

이라는 말로서 다시 또 밀어보았다.

그런데 이 말을 듣고 이제는 선생님도 이해가 좀 되는 듯, 아니 어쩌면 억지로 이해를 하고 싶으신 듯,

"그래? 짐작! 넘겨짚은 거?"

라고 말씀하시며, 정말 호기심 어린 눈빛으로 나를 바라보신다.

"예. 짐작!"

들뜬 마음으로 좀 더 용기를 내 밀어보았다. 그랬더니 티볼 선생님은 이렇게 말씀하셨다.

"그렇구나! 그럼, 너의 그 짐작에 대해 좀 더 알기 쉽게 설명을 해 줬으면 좋겠구나. 어떤 짐작인지 몹시 궁금하기도 하고."

통한 것 같아 안도감이 좀 더 들었지만 막막하기도 했다. 얼떨결에 말은 그렇게 하였으나 정작 무엇을 어떻게 짐작한 것인지는 사실, 생각해 보지 않았기 때문이다. 이런 까닭으로 지금도 당황스럽기는 말로다 표현할 수 없지만, 우선은 목소리부터 가다듬고 다시 또 밀어보기

로 했다.

"그러니까 그러니까요. 앞에서요. 어떤 애가 이런 질문을 하지 않으셨나요? 그러니까요. '뭘 잃어버리셨죠?'라는 질문을요?"

선생님의 표정을 보니 더욱더 귀를 기울이는 모습이 뚜렷했다. 이제는 자신 있게 말씀드려도 될 것 같은 느낌이 들어 좀 더 적극적으로 밀어 봐도 될 것 같았다. 먹이를 문 것 같아 좀 더 구체적인 말을 사용하여 아주 깊이 찔러 보기로 한 것이었다.

"아무튼, 그런 질문을 한 것 같은데요. 그 질문에 대해 선생님께서는 '그걸 가르쳐 주면 범인이 아닌 사람도 그만큼, 아니 좀 더 정확하게 말씀드리면, 그 금액만큼이라는 표현을 쓰신 것 같은데요. 그러니까요. 그 금액만큼 다시 갖다 놓지 않을까?'라고 대답하셨기 때문에, 전 그 대목에서 '없어진 것이 바로 돈이구나.'라고 넘겨짚은 겁니다. 이런 까닭으로 돈이 없어졌다고 하는 것을 알아낸 것이고요. 이처럼 돈이 없어졌다고 하는 것을 짐작을 통해 알아낸 것입니다. 짐작을 통해서요. 짐작을."

허겁지겁 말씀드리고 있는데, 이마에서는 이유를 알 수 없는 땀방울이 송골송골 맺힌다. 긴장한 탓일까? 굵은 놈은 이미 두 볼을 타고 흘러내린다. 흐물흐물하고 근질근질하다.

'땀을 흘려서는 안 되는데, 땀을 흘려서는….'

이런 생각도 들었지만, 생각대로 되는 일은 아니었다.

그렇다고 이 상황에서 '저의 짐작이 맞죠?'라는 말로서 우쭐대는 것도 어색하여 그만두기로 했다. 그 대신 다소 억울하다는 표정으로 티볼 선생님만을 바라보았다. 그랬더니 이번에는 티볼 선생님이, 입가에 다시 또 이상야릇한 미소를 짓고는 나의 두 눈동자를 그윽한 눈빛으로 바라보며,

"그런 거였어. 기특하긴!"

이라고, 말씀하시더니 큰 소리로 웃으신다.

그러는가 싶더니, 이번에도,

"그런 거였구나! 그런 거. 짐작. 짐작이란 말이지. 짐작."

짐작이란 말을 여러 번 하시더니, 다시 또 소리 내어 아주 크게 웃으셨다. 계속 웃기만 하신다.

"홍! 흐홍! 흐훗흐!"

그러더니 내 등을 툭툭 치며 다독거려 주셨다.

그러면서도 다시 또,

"짐작이란 말이지. 짐작. '뭘', '그만큼' 그러니까 '그 금액만큼'이란 말로서 넘겨짚은 거란 말이지. 그 금액만큼! 금액! 만큼!"

이라고, 말씀하시더니 결국에는 이런 말로서 말씀을 마치셨다.

"으흠! 절묘하구나!"

그 순간 '통한 것일까?'라는 의문이 스쳐 지나갔다.

'제발, 그랬으면 좋으련만!'

나는 간절한 소망을 눈빛에 실어 티볼 선생님을 다시 바라보고 또 바라보았다. 그렇지만 이상하다. 가슴은 콩닥콩닥 뛰고 있는데 그렇

게 뛰고 있는 가슴으로 집채만 한 쾌감이 밀려온다. 최고다. 긴장감이 풀렸기 때문인지 다시 또 밀려오고 또 밀려온다.

그렇지만 티볼 선생님은 무척 태연한 표정으로 나를 바라보며,

"알았다. 인제 그만, 돌아가도 좋다."

라고 말씀하셨다. 그러면서도 왠지 그 표정은 어둡고 점점 더 차갑게 굳어져만 갔다. 선생님과는 달리, 선생님의 표정을 살피지 못한 나는 단지 들려오는 그 말만을 듣고 너무 기쁜 나머지,

'이야! 해냈다!'

라는 환호성을 지를 뻔했다.

그렇지만 이 기쁨도 꾹 참을 수밖에 없었다. 표현할 수가 없었다. 속으로는 무척 기뻤지만. 그래서 그런지, 이런 생각들이 또 흘러간다.

'최고야. 멋져. 가슴 떨리는 위기, 그걸 제압한 기막힌 짐작, 최고의 말발! 위기 탈출 성공! 오! 예스. 그 결과 니에게 주어진 최고의 선물, 그 이름은 쾌감! 쾌감이다. 결국, 구멍을 찾아낸 거야. 빠져나갈 구멍을….'

나는 나 자신을 칭찬하고 격려하며 기쁨을 머금은 표정으로 교실 문을 나왔다. 그렇지만 그런 기쁨도, 그런 기쁨을 가져온 짐작도 잠시였다. 문을 나오자마자 난 또 무엇인가 이상한 낌새를 느꼈다. 알 수 없는 불길함이라고 해야 할까? 아니면, 풀리지 않은 어색함이라고 해야 할까? 그런 느낌이 다시 또 밀려왔다. 그리고 보면 이 문제는 이것으로 끝난 것이 아니라 시작이었는지도…. 새로운 문제의 시작! 그럴지도

모르는 일이었다. 풀리지 않은 수수께끼는 지금도 계속되고 있다는 느낌이 든다.

어딘지 모르게 뒤끝이 깔끔하지는 않다.

'특히, 이상야릇하게 보이는 그 미소는 뭘까?'

그러고 보니 '짐작이란 말이지. 짐작.'이라는 말도 여러 번 반복했고, 그다음의 큰 웃음소리도 수상했다. 감탄의 뜻으로 웃은 것이 아닌지도 모를 일이었고, 일부러 그런 웃음을 터트렸다는 느낌이 좀 더 강했다.

그 때문인지, 어색하기만 한 그 웃음이 다시 또 떠올랐다. 그뿐이 아니었다. 알았다는 말도 그러했다. 그 말에도 왠지 모를 어색함이 배어 있었다.

'뭘 알았다는 말인가? 도대체, 뭘?

그렇다면, 해소되지 않고 그렇다고 풀리지도 않은 그 어색함의 정체는 뭘까? 어디에서 오는 걸까?'

이런 생각이 떠나질 않는다. 사실, 이런 생각으로 골머리를 앓고 있었기 때문에 결국 이날 나는 여전히 풀리지 않은 그 수수께끼에 사로잡힌 채 하교할 수밖에 없었다. 집으로 돌아오면서는 지문에 대해서도 다시 또 생각해 보았다. 그 문제 역시 나로서는 잘 이해되지 않는 문제였다.

그런데 지문에 대해 나름의 생각이 어느 정도 정리되고, 현관문을 여는 순간 하나의 생각이 떠올랐다. 그렇게 떠오른 생각 덕분인지, 오후 내내 나를 괴롭혀 온, 아니지 이 경우에는 나를 즐겁게 해 준 그 수수께끼의 정체가 그 모습을 드러내기 시작했다.

'이럴 수가!'

깜짝 놀라 입만 벌어졌다. 얼굴이 화끈 달아오르기 시작했고 어찌할 바를 몰랐다. 그렇지만 그런 나의 속마음을 알 길 없는 남들이, 특히 엄마가 이와 같은 내 모습을 보았다면, 새파랗게 질린 낯빛으로 봤을 것이고, '일 좀 내겠구나!'라고 생각할 만큼 심각하게 봤을 것이다.

현관 앞에는 사실 엄마가 서 계셨는데 나의 이런 모습을 보고는 놀라움을 금치 못하셨다. 그토록 놀란 표정도 처음이었다. 역시 그랬다. 짐작대로였다. 그렇지만 나는 모른 척했다. 전봇대처럼 서 계신 엄마의 놀란 모습도 보는 둥 마는 둥 바라보다 이내 곧 내 방을 향해 성큼성큼 걸어갔다. 그러고는,

"꽝"

하는 소리가 날 정도로 있는 힘껏 문을 닫아 버렸다.

방문 잠그는 소리가 귀에 따갑게 들려왔다. 그 소리가 예상 밖으로 너무 컸기 때문에 지금도 문 뒤에 멍하니 서 계실 엄마의 귀에도 그렇게 들렸을 것이다. 그 때문인지, 아까 엄마의 그 놀란 표정이 다시 또 떠올랐다.

그렇지만 나는 그것도 모른 척하고 가방을 집어 던진 다음 또 한 차례,

"이럴 수가! 이럴 수가!"

라고 울부짖었다. 그런 다음,

"쾅! 쾅!"

하는 소리가 날 정도로 책상을 세게 내리쳤다. 물론 이 소리도 방 밖에 있던 엄마의 귀에도 아주 크게 들렸을 것이다.

그렇지만 그런 것에 신경 쓸 여유는 없었다. 이 순간에도 정리되지 않은 여러 가지 생각들이 급히 몰아치며 내 마음을 휘젓고 있었다.

8

너무 기쁘다. 겉으로는 험악한 표정을 짓고 있었지만, 마음에서는 그 반대의 현상이 일어나고 있었다. 알 수 없는 쾌감이 솟구쳐 올라온 것이었다. 이처럼 방 안에서는 방 밖에 있던 사람, 즉 엄마가 소리만 듣고 상상해 본 것과는 전혀 다른 상황이 벌어지고 있었다. 닥치는 대로 내리치고 있었지만, 그것은 어디까지나 북받치는 기쁨을 주체할 수 없어 나타났던 행동이다. 어찌해 볼 수 없는 기쁨과 설렘으로 인해 애꿎은 책상만을 망가질 정도로 있는 힘껏 내리쳤을 뿐이다.

현관문을 열고 들어올 때 나의 얼굴빛이 사색이 될 정도로 놀란 것도 사실이었지만, 알고 보면 그것도 잠시였다. 방문을 열고 들어가는 순간 그 놀라움은 감탄으로 돌변했고, 그로 인해 생겨난 기쁨을 주체할 길 없어 책상을 치는 것으로 대신했을 뿐이다. 사실을 말하자면, 하나의 깨달음을 얻은 순간 내 마음이 싹 바뀐 것이었다. 놀라움은 감탄으로 돌변했고 엄청난 기쁨이 솟아올랐던 것이었다.

그만큼 그 깨달음은 엄청난 것이었고, 그로 인해 마음속에 뒤엉켜 있던 수수께끼도 모두 풀려나갔다. 물론, 풀리지 않던 그 어색함이 사라지게 된 것도 실은 그 때문이기도 했다.

'그런 거였구나! 아주 교묘해. 그렇지만 굉장하서! 최고야. 최고의, 최고의 최고⋯. 이 말이 무한정 계속되더라도 괜찮을 만큼 아주 훌륭한 속임수야. 역시, 티볼 선생님이셔. 티볼 선생님! 우리를 의심하지 않는다고 말해 놓고⋯. 결국엔 의심하고 있었어. 외부인의 소행! 아닌데요. 히히⋯. 뭔가 좀 어색하다 했더니, 그건 역시 최고의 속임수였어. 아까는 그냥 아니라는 느낌이 들 뿐이었는데, 실은 그것도 내가 범인이었기 때문에 어렴풋이 눈치를 챈 것에 불과했는데⋯.'

이는 마치 장님이 얼떨결에 문고리를 잡은 것처럼 막연한 느낌이나 짐작에 불과했는데, 그랬는데⋯. 이번에는 좀 달랐다. 증거를 찾아냈다. 속임수였다는 바로 그 증거를. 방금 난 그 증거를 찾아낸 것이었다.

'이야! 그 누구도 찾아내지 못한 증거를, 확실한 증거를 끈질긴 생각 끝에 찾아냈다. 마침내, 찾아냈다고⋯. 앗싸! 지문이다. 지문, 새로운 지문, 새로운 지문의 채취! 이것이 정답이다. 정답. 히히! 크크! 크으크! 캬!'

마침내 찾아낸 것이었다. 생각해 보면 볼수록 외부인의 소행이 아니라 우리 중에 범인이 있다는 증거로서 이보다 더 확실한 것도 없었다.

책상을 치는 것만으로는 부족했다. 덩실덩실 춤이라도 추고 싶어졌다. 그 때문인지, 어제의 그 전리품인 5만 원짜리 지폐를 글러브에서 빼낸 다음 뽀뽀하는 시늉도 해 본다. 마음의 여유가 생겨 그런지, 천천히 즐기고 싶은 마음도 생겨났다. 모든 것이 아름답게 느껴졌다.

'어쩌면 이렇게 예쁘고 귀여울까? 외부인의 소행! 히히히. 그럼 나도 외부인? 그렇게 되는 거야, 크큭! 아니지, 배신했으니 이제부터 난, 외부인이 되는 걸까? 그러면 티볼팀에서도 쫓겨나게 되는 것이 아닐까? 쫓겨나게…. 그러면 안 되는데, 그것만은 제발 용서해 주세요. 제발요. 선생님! 히히! 크큭!'

이런저런 생각에 재미있기도 하고 불안감에 젖어 들기도 하는데, 좀 이상했다. 그 지폐에서 무슨 냄새가 나는 것도 같았다. 그런 의심 때문인지, 이번에는 그 지폐를 다시 창가로 가져가 높이 쳐들고는 지면을 뚫어지게 살펴보기도 하고 다시 또 냄새도 맡아보았다. 그렇지만 얼룩도 보이지 않고 냄새도 나지 않는다.

'그나저나 여기에도 지문이란 것이 묻어 있는 것일까? 그렇겠지. 엘자 파일에도 똑같은 놈이 묻어 있겠지. 히히히. 외부인의 소행! 아닌 거 같은데요. 일부러 그쪽으로 끌고 가려고…. 그러면서도 속으로는 우리를…. 크큭! 재밌당! 그렇지만, 그래도 여기 있는 이 종이 한 장이 이렇게 큰 즐거움을 가져다줄 줄이야!'

이번에는 그 지폐를 봉투에 넣은 다음 글러브가 아닌 책상 서랍 속에 잘 넣어 두었다.

돌이켜보면 나만 남겨 놓고 말한 것도 수상했다. 무심코 던진 말은 아닌 것 같다. 의도적이란 느낌이 팍팍 든다.

'그러고 보면 내가 범인이란 것을 눈치챈 것이 아닐까? 돈…. 금액만 큼…. 이런 말을 할 때의 그 이상야릇한 미소, 그리고 그다음에 그토록 크게 웃던 그 웃음소리는 선생님의 속마음, 이를테면 범인을 찾아냈다는 그 마음을 감추려고 일부러 그런 것이 아니었을까?'

선생님의 미소가 점점 더 의심스럽게 생각되는 것이었다. 그 속에 흐르고 있는 진실이 잘 파악되지 않았기 때문이다. 그러니까 그 웃음소리는 마치 진실을 파악했고, 그런 진실을 감추기 위한 허탈한 웃음처럼 보이는 것이었다.

'진실은 반대이다. 그런 말도 있지 않은가? 그러니까 사정에 따라서는 반대일 수도 있지 않을까? 분명해. 속으로는 분명 정반대로 생각하고 계신 거야.'

이번에는 티볼 배트를 집어 들고 휘둘렀다.

'어! 이상하다. 등이 좀 아픈 것 같기도 하고.'

그렇지만 그런 것에 아랑곳하지 않고 이번에는 조금 더 세게 배트를 휘둘러본다. 너무 세게 휘둘러 그런지 바람 소리가 났다.

'이걸 가져올 때만 해도 그런 눈치는 못 채셨는데….'

다시 또 그 배트를 휘둘러 본다.

'전리품이 좋긴 좋구나!'

다 휘두른 다음 배트는 처음 있던 곳에 넣어 두었다. 기분이 너무 좋았기 때문일까? 아니면 외부인의 소행이란 말속에 감춰진 속임수를 풀어냈기 때문일까? 이번에는 선생님의 눈이 되어 그 관점에서 생각해 보고 싶어졌다. 티볼 선생님은 왜 그토록 외부인의 소행으로 돌리려고 했는지 그 의도가 무척 궁금했기 때문이다. 갑자기 왜 이런 생각이 들게 되었는지는 모르겠지만, 실은 이런 생각을 통해 티볼 선생님의 본심을 나름 깨닫게 된 것도 사실이다.

'혹시, 선생님의 의도는 이런 것이 아닐까? 가방이라는 말 대신 돈이라는 말로서 내가 범인이라고 하는 것을 넌지시 확인시켜 주는 것. 그와 동시에 빨리 도망갈 수 있도록 그 길도 터 주고…. 그럴지도 모른다. 그 이상야릇한 미소도 그렇고, 그 반성문도 그렇다. 은근히 자수하는 게 어때? 이런 의미이지 않았을까? 곰곰 생각해 보면, 반성문을 써낼 기회를 공개적으로, 그렇지만 알게 모르게 슬쩍 알려줬던 것도 다그 때문이었는지도 모를 일이었다.

자수하라는 의미였다. 이를테면 반성문을 제출해도 좋다는 말에는 그런 기회를 줄 때 받는 것도 좋을 것 같은데…. 이런 의미가 담겨 있던 것이 아니었을까? 이를 좀 더 깊이 있게 생각해 보면 그게 바로 선생님의 본심인지도 모른다. 누가 알겠는가? 그게 진짜 속마음이었는지도…. 우리를 의심하지 않는 척하며 외부인의 소행으로 돌리고는 있었지만, 실은 우리 중에 범인이 있고 그 범인에게 반성할 기회를 주기 위함이었는지도….

말하자면 아무도 모르게 자수를 권하고 반성문을 쓰게 하는 것, 아무도 눈치채지 못하게 하면서도 범인에게만큼은 눈치채게 하여 자수하게 하고 반성할 기회를 주는 것. 그것이 바로 티볼 선생님의 본심이었는지도….'

선생님의 속마음이 어렴풋이 보였기 때문인지,

'그게 바로 외부인의 소행이란 말을 끌어들인 진짜 이유였어.'

라는 생각도 들었고, 어느새

'그래 맞아. 그게 바로 본심이었어. 그래 맞아. 그게 바로 진짜 의도였는지도 몰라. 진짜 의도.'

라는 확신이 마음속 깊은 곳에 자리를 잡아 나갔다.

'이제야 확실해졌구나!'

처음에는 '외부인의 소행'이라는 말과 '우리에게 자수할 기회'를 주는 것이 어색하게만 여겨졌고, 그동안 서로 어떻게 연결되는지도 잘 몰랐는데, 이처럼 끈질기게 물고 늘어지다 보니 좀 더 분명해졌다.

'결국, 티볼 선생님은 아무도 모르게 자수할 기회를 주려고 일부러 외부인의 소행이라는 말을 끄집어내셨던 거야. 이것이 정답이다. 범인이 자연스럽게 반성할 수 있도록…. 들통 나서 공개되고, 그 결과 놀림이나 따돌림을 당하게 되면 어떡하지 하는 걱정에서…. 그리고 이 모든 것은 우리 중에 있을지도 모르는 범인을 위한 배려에서 나온 것인지도 모른다. 그뿐이 아니라, 그보다 더 큰 이유가 있었는지도 모른다. 이를테면 이 말도 팀워크를 위한 전략에서 나왔던 것이었는지도…. 그렇지. 팀의 처지에서 보면, 그럴 수도…. 왜냐하면, 그러니까 그 이유는…. 이를 정반대로 생각해 보면 쉽게 이해될 수 있지 않을까?

만약, 처음부터 '우리 중에 범인이 있다.'라고 선포했다면, 어떻게 되었을까? 보나 마나 그 범인을 찾아내기 위해 날뛰었을 것이고, 그렇게 되면 범인도 잡지 못할 뿐 아니라 그 범인이 잡힐 때까지 서로를 의심스러운 눈으로 볼 테니, 그런 의심 속에서 우리 팀의 팀워크도 깨질 것은 뻔한 일이지 않았을까? 그 때문에 이런 점까지 생각하신 티볼 선생님은 의도적으로, 더 크게 보면 전략적으로 외부인의 소행으로 돌려 버리셨던 거야. 외부인의 소행으로 말이야. 아까도 보지 않았던가? 분노에 찬 그 눈길을. 처음에는 서로를 바라보다가 나중에는 모두 창밖을 보지 않았던가? 창밖을.

그렇다. 그러면서도 모두가 창문 너머에 있을지도 모르는 그 도둑놈을 향해 하나같이 분노를 느끼고 있었어. 하나같이…. 그렇구나! 그런 의도가 숨어 있었구나! 외부인의 소행이란 말 속에는 그런 의도도 숨어 있었어.'

끈질긴 분석 끝에 숨은 의도가 조금이나마 보였기 때문인지 시원했다. 풀리지 않던 의문이 그래도 많이 풀렸기 때문이다.

'속임수는 속임수였지만 기막힌 속임수! 정말 멋진 속임수였어. 우리 중에 있을 범인도 배려하고, 팀워크도 다지고, 반성할 기회도 주고, 더는 분실되지 않도록 도난 예방 교육도 하고, 놀림이나 따돌림 등도 예방하고…. 멋진데! 이런 것이 정말 배려를 위한 속임수라고 하는 것일까? 그렇다면 그런 것이 전부 범인이나 팀을 위한 배려에서 나온 것이었을까? 우리 중에 있는 범인, 우리 티볼팀을 위한 배려…. 아니지, 아니야. 이 경우에는 그 범인이 나니까, 그리고 나 또한 그 팀에 속해 있으니 결국은 나를 위한 배려가 되겠지. 그렇다면 그 말이 정말 나를 위한 배려에서 나왔다고 봐야 할까? 과연, 나를 위해….'

이처럼, 그런 속임수가 결국에는 나를 위한 배려였다고 생각하니, 갑자기 머릿속이 멍해졌다. 노려볼 때는 정말 죽는 줄 알았는데, 식은 땀도 줄줄 흘렸는데, 그런 것들이 결국에는 나를 위한 배려였다니 놀라울 뿐이었다.

한편 나는 이런 고민에도 휩싸였다. 배려에 대해 생각해 보면 볼수록 그 배려는 나를 위해 그런 것일 수도 있었고, 아닐 수도 있었다. 배려도 배려였지만, 어느 쪽에 진실이 있는지는 종잡을 수 없었지만, 그로 인해 곤란하게 된 것만큼은 사실이다. 곤란해도 너무 곤란하게 되었다.

'자수하면 끝장이고…. 하지 않으면 지문 채취 봉투를 경찰서에 보낼 테고…. 그러면 강제로 밝혀지게 되겠지. 이렇게 보면 또 너무 치밀하시고…. 어떻게 하면 좋을까?'

곤란했다. 어찌할 바를 모르겠다. 그래도 한 가지 확실한 것이 있었다면, 그것은 이것으로써 선생님의 본심을 어느 정도는 알게 되었다는 사실이다. 본심이 어디에 있는지는 이해할 수 있겠는데, 그렇다고 하더라도 지금은 그런 본심을 받아들이기도 어려웠다. 난처하기 이를 데

없다. 좀 더 생각해 보지 않으면 안 되었다.

'칫! 생각지도 못한 곳에 숨겨 놓았다니…. 본심도 배려도 범인인 나만이 알 수 있는 그런 곳에….'

그뿐이 아니다. 그때의 그 "홍! 흐흥! 흐흣흐."라는 웃음도 이제는 정말 수상하게만 여겨졌다.

'그 웃음도 자수하지 않으면 이 봉투를 바로 경찰서로 보내 확인을 해 볼 수밖에 없다는 협박이 아니었을까? 부드러운 협박! 그런 것도 있지 않을까?'

아무튼, 지금으로서는 그 웃음도, 그중에서도 그 웃음의 뒷부분이, 뒤끝이 자꾸만 마음에 걸렸다. 웃을 때의 그 표정도, 그 눈빛도 좀 이상하게만 보였다. 그 때문일까? 왠지 모르게 이제는 그 웃음이 '아하! 요놈 봐라. 그럼 어디, 어떻게 나오는지 두고 보자.'라는 뜻으로 다가왔다.

'이런 점에서 보면 기막힌 속임수를 쓰신 것 같다. 아닌 것 같으면 그런 것 같고, 그런 것 같으면 또 아닌 것 같다. 이렇게 보면 이렇게 보이고 저렇게 보면 또 저렇게 보이고, 바로 보면 바로 보이고 반대로 보면 또 반대로도 보인다. 그렇다면 나 또한 티볼 선생님이 숨겨 놓은 기막힌 속임수를 이렇게도 보고 저렇게도 보고 바로도 보고 반대로도 볼 수밖에 없지 않을까?'

결국, 나는 수없이 많은 고민 끝에 반대로 풀어 보기로 했다. 그렇게 풀어 본 결과 마침내 하나의 정답을 찾아냈다. 처지를 바꿔 정반대로 풀어 본 결과 그런 말들 속에 담겨 있던 티볼 선생님의 본심을 깨닫게 된 것이었다.

이제 나에게는 '그 본심을 받아들여야 할까? 아니면, 거부해도 좋은 가?'라는 문제만이 남아 있었다.

'아이고 등이야. 점점 더 아픈 듯도 하고….'

왠지 모를 아픔 덕분인지, 또 하나의 생각이 떠올랐다.

'마지막으로는 내 등을 툭툭 치며 다독거려 주셨지. 그러고 보면 그 것도 역시 어서 용기를 내라는 거였어. 어서 자수하는 것이 좋다고 마지막으로 용기를 북돋아 주신 거야. 그것은 분명, 그런 뜻일 거야.'

그렇다면 마지막으로 말씀하신 "으흠! 그것 또한 절묘하구나!"라는 말도 '으흠! 어림없지. 그런 말로써 교묘하게 빠져나가려고 하는 거 같은데, 그런 엉성한 짐작으로는 낚이지 않는다.'라는 뜻으로 하신 말씀이 아니었을까?

그 때문에 티볼 선생님은, "짐작이구나! 짐작. 넘겨짚은 거."라는 말을 여러 차례 날리셨고, 마지막으로는 "뭘, 그만큼, 그 금액만큼."이란 말로서 끝을 맺으셨는지도 모를 일이었다.

'믿기지도 않으니, 다 알고 있으니 그런 쓸데없는 말장난은 더는 하지 말라는 뜻으로서 그렇게 말씀하셨던 것이었는지도…. 아니지. 그러고 보니 그 금액만큼, 금액만큼? 금액? 만큼? 금액? 이상하다. 느낌이 안 좋아. 느낌이…. 그렇다면 또 어떤 말실수라도 한 것이 아닐까? 그렇다면 이 말도 돈과 같은 말…. 그런 말이 아니었을까?'

금액이란 말이 또 마음에 걸렸다. 그때를 뒤돌아보면 볼수록 '금액'과 같이, 아니 '그 금액만큼'처럼 구체적인 말씀은 하지 않으셨던 것 같다. 이런 생각이 들자 가슴은 다시 또 뛰기 시작했다.

다시 만났을 때 불쑥, 아니면 나만 또 몰래 부른 다음,

'난 그때 그 금액만큼이란 말만큼은 하지 않았다. 잘 생각해봐. 그렇지 않니?'

라고 말씀하신다면, 그때는 또 어떻게 대답하면 좋을까? 마음은 벌써 이런 걱정으로 꽉 차올랐다.

'아까도 돈이란 말 때문에 곤욕을 치렀는데, 다시 또 이 말 때문에 말려들게 되면 그땐 정말 힘들어지는데….'

떨떠름한 기분을 떨쳐 버리기 위해 생각을 바꿔 보기도 했다.

'처음으로 이걸 가져왔을 때는 전혀 눈치를 못 채셨는데….'

이번에는 공도 꺼내 글러브로 던지며 받아 본다. 이런 동작도 여러 차례 해 본다. 그러면서도 방금 푼 지문에 대한 퍼즐도 다시 또 되짚어 본다. 기분을 좀 더 내리려면 이 방법이 가장 좋았다. 그리고 보면 이 방법만큼 좋은 것도 없었다. 되새겨 보면 볼수록 그 지문도 기막힌 수법은 틀림없었다.

'정반대로 숨겨 놓고, 정반대로 말씀하셨으니 알아낼 수가 있나! 그렇지만, 난 알아냈다. 마침내 알아낸 거야. 우리 중에 범인이 있다고 생각하는 증거를, 그것도 아주 확실한 증거를. 알고 보면 굉장하서! 정말 굉장하서!'

생각해 보면 볼수록 감탄사만 절로 흘러나왔다. 이와 같은 생각들을 굴리고 또 굴리며 다시 글러브의 공을 꺼내 다시 글러브로 던져 넣는 동작을 해 본다.

뒤돌아보면 이런 일들은 모두 티볼 선생님이 뒷문을 몰래 열어 놓기 이전부터 시작된 일이었다.

'하긴, 뒷문을 열어 놓든 잠가 놓든 나에게는, 적어도 나에게만큼은 전혀 상관없는 일이었지만….'

오래전에 일어났던 일들을 떠올리며 다시 또 글러브의 공을 꺼내 글러브 안에 던져 넣는다. 난 정말 그 지문에도, 그뿐 아니라 또 다른 지문의 채취에도 속을 뻔했다. 깊이 있게 하나하나 짚어 보지 않았다면 감쪽같이 당했을 것이다. 글러브에서 공을 꺼내 다시 던져 넣는다. 처음에는 엘자 파일을 건네주며 그것두 투명 엘자 파일을 건네주며 확인을 해 보라고 해서 정말 그런 줄로만 알고 있었다.

그 안에 지문이 들어 있으니, 그것도 범인의 지문이 들어 있으니 꼭 확인해 보라고 해서 그런 것으로만 알고 있었는데, 실은 그런 것이 아니었다. 그 순간 누가 상상이나 했을까? 그곳에도 감쪽같은 속임수가 들어 있었다고 하는 것을. 이를테면 새로운 지문도 몰래 채취하고 있었다는 사실을. 이번에는 다시 또 그 5만 원짜리 지폐를 꺼내고는 창가로 가져가 그 지폐에도 지문이 묻어 있는지 확인을 해 본다.

'하긴, 범인의 지문이 들어 있다는 말도 거짓말은 아니었지만…. 그렇지만, 그렇게 할 수밖에 없었던 진짜 이유는, 진짜 목적은 우리 선수들의 지문을 모두 채취하기 위한 것이 아니었을까? 그래서 두 번, 세 번 거듭해서 강조할 수밖에 없었고, 그래서 한 사람도 빠짐없이 확인해 보라고 한 것이었고….'

선생님의 처지에서 보면, 우리 중 어느 한 사람의 지문이라도 빠트리게 되면 안 되었기 때문에 그렇게 할 수밖에 없었던 것이리라.

'틀림없어. 그래서 그때 그렇게 하셨던 거야.'

그 5만 원짜리 지폐는 다시 책상 서랍 속에 넣어 두었다.

'선생님은 이미 알고 계셨던 거야. 주민등록증이 발급되지 않는 우리 아이들의 지문은 보관되어 있지 않다고 하는 것을. 그 때문에 범인의 지문뿐 아니라 그 지문과 비교해 볼 지문으로서 우리들의 지문도 필요했다는 것을. 결국은 우리들의 지문을 얻기 위해…. 히히. 그렇다. 우리 중에 범인이 있다는 것을 확인해 보기 위해서는, 그리고 그 사람이 누구인지를 밝혀내기 위해서는…. 우리들의 지문이 꼭 필요했던 거야. 우리 모두의 지문이 꼭 필요했어!'

글러브도 공도 배트도 모두 정리하기 시작했다. 생각해 보면 언제인가 엄마의 주민등록증을 보며 뒷면에 붙어 있는 것이 무엇인지 여쭤보길 잘한 것 같았다. 달팽이처럼 생긴 것이 좀 징그럽긴 했지만, 그것이 곧 지문이라는 것을 그때 알게 된 것이었지만 말이다. 사람마다 다르고 똑같은 것이 하나도 없다는 것도 덤으로 알게 되었고…. 이런 것도 우연이라면 우연이겠지만 그런 우연을 통해 얻은 그와 같은 지식이 없었다면 나도 감쪽같이 속을 수밖에 없었을 것이다.

풀리지 않던 의문들을 어느 정도 정리한 다음, 방금 정리하기 시작한 글러브와 공, 배트 등을 모두 책상 위나 옆으로 치웠다. 그때 이런 생각도 솟구쳐 올라왔다.

'그 봉투는…. 보내도 상관없다. 곰곰 생각해 보면, 자수하지 않으면, 기회를 줬는데도 스스로 반성할 기미를 보이지 않는다면 지문 검사를 통해 범인을 밝혀내고 그럼으로써 강제로라도 반성할 기회를 주고자 하시는 듯한데…. 그렇다고 해도 어쩔 수 없다. 이제는 좋다. 이제는…. 경찰서로 보내든 어디로 보내든 상관없어.'

결국, 난 선생님의 본심을 알고 있으면서도 거부해 보기로 했다. 그 때문인지 마음은 벌써 그쪽으로 흘러간다.

'나에게는 그럴 만한 이유가 있고, 그것도 피치 못할 이유가 있다. 그 때문에 어쩔 수 없다. 결과를 기다릴 뿐, 피할 생각은 없다. 오히려 잘된 일인지도 모른다. 잘된 일인지도…. 지금도 누워 있는 동생을 생각하면…. 더욱더 그런지도.'

나는 또 5만 원짜리 지폐를 꺼내려다 그것도 그만두었다. 마음속에 걸려 있던 의문들이 모두 풀렸기 때문인지, 한 점의 어색함도 느껴지지 않았다. 나는 기쁨에 찬 표정으로 어슬렁어슬렁 거실로 나왔다.

거실을 찬찬히 둘러봐도 어머니의 모습은 보이지 않는다.

'어디에 계시는 것일까? 주방에도 안 계셨는데. 시장에 가신 것 같지도 않고, 그렇다고 설마! 그럴 리가 없다. 담임 선생님을 만나 보러 갈 까닭이 없어. 아니지, 아니야. 절대 그럴 만한 분이 아니야. 그렇구나! 병원에 가신 것이구나. 이맘때면 엄마는 매일같이 동생의 상태를 살피기 위해 병원에 가시잖아. 소강이는 정신을 차렸을까? 깨어나면 제일 먼저 사과를 해야 할 텐데…. 걱정이다. 그런 게 두려워 지금까지 한 번도….'

이런 걱정을 하고 있는데, 왠지 모르게 아까 그 돈이 수상했다. 냄새가 나는 것도 같았다. 아까는 나지 않았는데.

'근데 아까, 그 5만 원짜리 지폐는 좀 이상했어. 그러니까 뭐라 할까, 뭐가 묻어 있는 것처럼 냄새가 나는 것 같기도 하고…. 설마! 그 냄새가, 그곳에서 나는 그 냄새가 엄마의, 우리 엄마의 향수 냄새?'

가슴은 다시 또 뛰기 시작했다.

'그렇다면, 그것은 곧 엄마가 내 책상을 뒤져 봤다는 확실한 증거이지 않을까? 설마! 그럴 리가.'

불안했다. 다시 또 낯빛이 급격히 변했다. 나는 급히 내 방으로 뛰어들어가 책상 서랍을 확 잡아 뺐다. 그리고는 그 5만 원짜리 지폐를 다시 꺼내 코에 갖다 대고 냄새를 맡아 보았다. 아까보다는 좀 더 신경 써서 맡아 보고 또 맡아 보았다.

'냄새가 나는 듯한데…. 이상하다. 분명 누군가가 들어온 것 같기도 하고…. 이 돈도 만져 본 것 같기도 하고….'

의심스러웠다. 고개를 옆으로 돌려보기도 하고 갸우뚱해 보기도 한다. 그런 다음 다시 또 그 지폐를 뚫어지게 쳐다보고 냄새도 맡아 본다. 맡아 보고 또 맡아 보니, 정말 향수 냄새가 났다.

'엄마는 이 돈이 어디에서 난 것일까? 훔친 것은 아닐까? 이런 걱정을 하며 꽤 오랫동안 이 돈을 만지고 계셨던 것이 아닐까?'

생각해 보면 볼수록 엄마가 몹시 수상하게만 여겨졌다.

'그렇다면, 혹시 이 돈 때문에 그리고 아까, 집에 들어올 때의 내 표정과 내 방에서 난 쾅! 쾅! 하는 소리만 듣고 곧장 학교로 달려간 것이 아닐까? 너무 놀란 나머지, 곧장 학교로…. 그리고 보면 그럴 수도 있겠는데…. 그리고 보면.'

생각이 여기까지 미치자,

"아뿔싸!"

라는 소리가 저로 모르게 흘러나왔다.

9

오늘도 난 아침 일찍 일어나 학교로 향했다.

'연습을 잘해야지.'

티볼 연습을 위한 마음도 있지만, 그 마음의 바로 옆에는,

'오늘은 뭘 가져올까?'

라는 마음도 붙어 있다.

운동장에 나가 보니 8시 25분이다. 어느 때처럼 스탠드에 가방을 벗어 놓은 다음 티볼 선수들이 모여 있는 운동장 한쪽 구석으로 뛰어갔다.

8시 29분이 되자, 티볼 선생님께서 나타나셨다. 그 시간이 되면 어김없이 나타나신다. 여느 때와 같이 오늘도 운동장을 가볍게 돈 다음 스트레칭으로 몸을 풀고 각자의 위치에서 연습하게 될 것이다. 스트레칭이 끝날 무렵이면, '오늘은 어느 곳에서 연습하게 될까?'라는 기대심리와 '나에게는 왜 정해진 자리가 없을까?'라는 불안 심리가 늘 엇갈린다.

'오늘은 어느 위치로 가게 될까?'

오늘도 이런 생각을 하고 있는데,

"진강이만 남고 모두 각자의 위치로 들어간다."

라는 말이 들려왔다.

다른 선수들은 모두 자신감에 찬 모습으로 각자의 위치로 뛰어 들어갔다. 그 모습이 너무 부러워 그들을 한참 바라보고 있던 나는 용기를 내어 선생님께 여쭤보았다.

"선생님!"

"왜?"

"저는 오늘?"

"넌, 오늘 주자 연습을 한다. 5학년 선수들과 함께."

'5학년과 함께'라는 말을 듣고 후보 선수로 떨어진 느낌도 들었지만, 그래도 꾹 참아 본다.

그러자 그때,

"참지 못하면 큰 그릇이 될 수 없다."

라는 선생님의 말씀이 떠올랐다. 그 말과 함께 이런 말씀도 덧붙이셨던 것 같다.

"참고 견딘 만큼 여러분의 마음도 성숙해지고, 성숙해진 만큼 큰 선수도 될 수 있다. 기술만 갖고서는 안 된다. 크게 보고 과감하게 행동하라. 그렇지 않으면 절대 큰 선수는 될 수 없다. 큰 선수가 되고 싶으면 먼저 그 마음부터 크게, 아주 크게 넓히도록 해라."

'칫! 이 순간에 그 말이 떠오를 게 뭐람!'

불평하면서도 그 마음을 추스르며,

"주자 연습이요?"

라고, 다시 또 여쭤보았다.

"그렇다. 선생님이 공을 처 주면 1루로 힘껏 달리기만 하면 된다."

"아아, 네."

"그렇지만 명심해라. 수비선수보다 먼저 들어가야 사는 거야. 그 때문에 온 힘을 다해 뛰지 않으면 안 된다."

"네. 잘 알겠습니다. 선생님!"

"오늘의 목표는 전력 질주하는 법이다. 어떤 일이 일어나더라도 무조건 뛰어야 한다. 우물쭈물하면 그것은 곧 아웃을 의미하기 때문에 연습을 통해 숙달시키지 않으면 안 된다."

"네."

"그러면 여기에 서 있다가 선생님이 공을 치면 달리도록 해라."

"예."

힘없는 대답이 나왔다. 대답은 했지만, 의문점들은 여전히 남아 있었다. 그중 하나는 '치지도 않고 달리라는 말인가?'였다.

주저하고 있는 나의 표정에서 이와 같은 낌새를 느끼셨는지, 티볼 선생님께서는,

"타격은 하지 않아도 된다. 오늘은 뛰는 연습만 한다."

라고 말씀하시는 것이었다.

"예."

다시 또 힘없는 대답만이 흘러나왔다. 축 처진 나의 모습이 안타까웠는지 티볼 선생님께서는 다시 또 설명해 주시며 내 마음을 다독거려 주셨다.

"타격하고 뛰면 오히려 연습이 안 된다. 친 공을 보려고 하는 것이 사람의 당연한 마음이다. 그런 마음, 즉 친 공을 확인해 보려는 마음은 1루까지 달리는 데는 방해가 된다. 그런 미련을 끊어 버리기 위해 공은 치지 않는 것이니, 이 점을 잘 이해해 주기 바란다. 친 공에 신경 쓰지 말고 무조건 달려 1루까지만 출루하는 법을 익히는 것이 오늘 너의 목표다."

"넵!"

이번에는 힘을 주어 큰 소리로 대답했다.

그렇지만 또 다른 의문, 즉

'이제 그런 것은 알겠는데요. 그래도 혼자 뛰면 너무 힘들 텐데요.'

라는 생각을 하고 있는데, 이 마음을 어떻게 아셨는지 이에 관해서도 설명하듯 이렇게 말씀하셨다.

"너 혼자만 뛰는 것은 아니다. 본루(홈)에서 1루로는 3명이 번갈아 뛰고 2루에서도 똑같다. 3명이 번갈아 뛰는 연습을 하고 있으니, 그리 힘들지는 않을 거다."

"예. 그럼, 저는 오늘 홈에서 1루로 전력 질주하는 법을 배우도록 하겠습니다."

"좋아. 그럼, 준비해라."

말씀이 끝나자마자 테니스 라켓을 들더니 공을 퍽퍽 쳐 주기 시작하셨다. 첫 번째 공은 땅볼이었다. 나는 앞만 보고 뛰었고, 그와 동시에 2루에 있던 주자도 3루를 향해 뛰고 있는 모습이 보였다. 공이 들어오는 것보다 내가 먼저 달려 들어가 1루를 밟았다.

"살았다. 살았어. 오! 예스."

그야말로 기분 좋은 출루였다.

두 번째 공은 외야의 뜬공이었다. 홈에 있는 다른 선수가 1루를 향해 뛰었고, 2루에 있는 선수는 뛰지 않는다. 수비수가 그 공을 받게 되면 다시 본디의 위치로 돌아와야 했기 때문이다.

'제법인데! 나도 2루에서 연습하게 되면 저기 있는 저 5학년 선수처럼 상황에 맞게 움직여야 하겠지.'

상황 판단의 중요성을 되새기며 다시 홈으로 걸어 들어오고 있는데 티볼 선생님의 고함이 들려왔다.

"뭘 꾸물거려. 정진강!"

빨리 뛰어 들어오라는 신호였다. 1루까지 힘껏 뛰고 나면 홈으로 다시 가볍게 뛰어 돌아와야 하는 것이 오늘의 연습 규칙이었다. 그뿐 아니라, 그러고 보면 '연습 시간이 짧은 대신 강도 높은 연습을 하자.'는 것이 이 티볼 선생님만의 연습방침이기도 했다.

'오늘은 오셨으면…, 전력 질주하는 모습도 보여 드리고 정 안되면 슬라이딩을 해서라도 출루하는 나만의 멋진 모습도 보여 드리고 싶었는데.'

홈으로 뛰어 들어오면서도 이와 같은 생각을 떠올리며 담임 선생님을 찾아보지만, 그분의 모습은 보이지 않는다.

'이상하다. 어제도 오지 않으셨는데 무슨 일이라도 있으신 것일까?'

이번에는 담임 선생님을 걱정하며 대기열에서 기다리고 있는데 벌써 나의 차례가 돌아왔다. 라켓이 바람을 가르는가 싶더니 어느새 공은 3루 쪽을 향해 날아간다. 물론 나의 몸도 "픽!" 하는 소리와 함께 반사적으로 뛰어나갔다. 이럴 때는 몸이 절로 움직이기 때문에 나의 발도 나의 발이 아닌 듯 느껴진다.

그런데 어찌 된 일인지 3루를 향해 뻗어간 공이 벌써 1루를 향해 날아간다. 직선으로 날아가는 그 공의 빠른 움직임이 나의 눈에도 선명하게 보였다.

'앗! 이건, 레이저 송구다.'

예전과는 달리 이번에는 3루수가 빨랫줄보다 더 빠르다는 레이저 송구를 날린 것이었다.

'이크! 아웃 되겠는데…. 에라, 모르겠다.'

자포자기의 심정으로 빠져든 바로 그 순간 이상하게도 몸은 또 절로 굽어지고 두 팔은 앞으로 쭉 뻗어 나간다. 쭉 펴진 두 손은 미끄러지듯 1루를 덮었다. 슬라이딩이 나온 것이었다.

'크큭! 살았다. 아슬아슬했어.'

출루의 기쁨을 맛보고 있는데 이번에는 티볼 선생님께서 직접 1루 쪽을 향해 걸어 나오시는 모습이 보였다.

'어! 이상하다.'

그뿐 아니라, 잘했다는 말과 함께 넘어진 나의 몸을 일으켜 세워 줄 줄 알았는데, 그런 것도 아니었다. 칭찬해 주려는 낌새는 전혀 보이지 않는다. 나는 그저 고개만을 가까스로 들어 올려 멍하니 신생님만을 바라보고 있는데, 웬일인지 그 표정이 심상치 않으셨다. 아니나 다를까, 예상치 못한 티볼 선생님의 험상궂은 표정이 나의 눈에 파고들기 시작했다.

그 때문일까? 그 순간 왠지 모르게,

'내가 또 뭘 잘못했나?'

라는 생각이 솟아올랐다.

그런데 이상하게도 티볼 선생님은 왕방울만 한 눈동자를 멀뚱멀뚱 뜬 채 어쩔 줄 몰라 하는 나의 어벙한 모습을 바라보며 아무런 말씀이 없으셨다. 가끔 혀를 끌끌 차고 고개도 갸우뚱하신다. 바로 그때 하나의 생각이 떠올랐다. '슬라이딩 금지'라는 규칙이다. 이는 티볼만의 규칙으로서 아웃으로 처리하게 되어 있었다.

'왜 그런 규칙이 있다는 것을 잊어버린 것일까?'

3루수의 레이저 송구는 나의 머릿속에 있는 규칙을 마비시켰고, 그 결과 그 규칙도 마비되어 제 기능을 발휘하지 못했던 것이 아니었을까? 그런데 그렇게 마비된 그 규칙이 선생님의 험악한 표정으로 인해 풀려났던 것이었는지도 모른다. 굳이 설명하자면, 티볼 선생님을 바라본 바로 그 순간 '1루를 지나가는 직선 질주는 허용되지만, 슬라이딩은 절대 안 된다. 어느 루든 슬라이딩은.'이라는 규칙이 바람처럼 스쳐 지나간 것이었다.

부끄러웠다. 얼마나 창피한지 고개를 들 수조차 없었다. 주변에 있는 5학년 후배 선수들도 나를 보고 있는 듯 느껴졌고, 그들이 쏘아대는 따끔따끔한 시선이 느껴질 때마다, 좀 더 단단하게 뭉쳐지는 부끄러움의 무게를 견디지 못한 나의 아둔한 머리는 점점 더 바닥을 향해 내려갔다. 그런데 바로 그때,

"다친 곳은 없니?"

라는 티볼 선생님의 다정한 목소리가 들려왔다. 그 목소리에는 걱정하는 기색도 배어 있었다.

의외였다.

'슬라이딩하면 안 돼!'

정신을 차리도록 혼내는 말이 들려올 줄 알았는데 그런 것이 아니었다. 좀 이상하다는 생각이 또 들었다.

예상치 못한 티볼 선생님의 반응에 혼란을 느낀 나는,

'에라, 모르겠다. 그냥 이대로 있자. 무슨 일인지는 모르겠지만 이대로…'

라는 생각으로 계속 쓰러져 있기로 했다.

티볼 선생님은 그런 나에게 점점 더 가까이 다가오시더니 내 몸을 일으켜 세우려는 듯 몸을 앞으로 구부리셨다.

이상한 낌새를 느낀 나는,

'앗! 위험해. 더는 안 되겠어.'

라는 생각으로 마지못해 일어나는 시늉도 해 보았다.

그런데 이것은 또 어찌 된 일인가? 손바닥과 무릎이 긁혀 있고 그곳에서는 피가 흐르고 있지 않은가? 그제야 비로소 깨달았다. 왜, 티볼 선생님이 나에게 오셨는지를.

10

보건실로 가면서도 방금 일어난 일을 되새겨 본다.

나는 "견딜 만합니다."라는 말로서 극구 사양해 보았지만, 그럴 때마다 티볼 선생님도 만만치는 않으셨다. 티볼 선생님도, "몸이 더 중요하다."라고 말씀하시며, 꼭 보건실에 다녀오라고 하신다. 얼마나 간곡하게 말씀하시던지 거의 강요 수준에 가까울 정도였다.

물론, 이 말을 듣고 속으로는 무척 기뻤다. 이 또한 부정할 수 없는 사실이다. 그렇지만 솔직히 말해 보면, 그때 나의 마음을 날아갈 듯 기쁨으로 가득 차게 한 것은 선생님의 그런 말씀이 아니었다.

죄송한 일이지만 기쁨의 원천은 다른 곳에 있었다. 나를 아껴주는 선생님의 마음도 마음이지만 그보다는 오히려 쓰윽 할 기회를 얻었기 때문이다.

허락받은 절도, 이런 말이 있는지 없는지는 알 수 없으나 방금의 상황은 바로 그런 상황이었다. 왠지는 모르겠지만 이미 나의 마음은 그렇게 받아들이고 있었다.

'이 얼마나 멋진 상황인가?'

보건실을 향해 발걸음을 옮겨 본다. 좋다. 날아갈 것만 같다. 옮기면 옮길수록 지난번의 그 일이 다시 또 생각났다.

그때는 정말 담임 선생님께 들킬까 봐 무척 걱정했는데, 오늘은 느낌이 또 달랐다. 유리문을 아무리 들여다보더라도 그곳에는 떳떳하고 당당한 나의 멋진 모습만이 있었다. 담임 선생님의 모습은 보이지 않는다. 그분과 비슷한 모습도 보이지 않는 것이다. 남들이 볼 때는 당돌할 정도로 건방진 나의 모습만이, 점점 더 유리문을 향해 다가오고 있었다.

'오늘만큼은 오지 않으셨으면 좋겠다. 사람의 마음은 갈대라고 하더니, 이렇게 금방 그 마음이 바뀔 수 있다는 말인가? 아까는, 다치기 전까지만 해도 오기만을 기다리고 또 기다렸는데, 이제는 또 이렇게 오지 않기만을 바라고 있다니…. 오늘은 어떤 상태로 되어 있을까?'

마음은 벌써 기대감에 벅찼고, 이런 생각만으로도 짜릿한 기분에 휩싸였다.

아니, 오금이 저려 걸음도 제대로 걸을 수 없을 만큼 즐겁다고 해야 할까? 즐거웠다. 즐겁고 또 즐거웠다. 그렇지만 다른 아이들이 이런 나의 모습을 보았다면,

'얼마나 많이 다쳤으면 저렇게 걸음도 제대로 못 걸을까?'

라는 생각으로 동정의 눈길을 보냈을 것이다. 그만큼 겉으로 보이는 나의 모습은 고통으로 일그러져 있었다. 그렇지만 밖으로 나타난 그런 모습과는 달리 나의 마음은, 속마음은 온통 기쁨으로 가득 차 있었다.

그뿐이 아니다. 오늘만큼은, 절도를 허락받은 오늘만큼은 느긋했다. 아무런 일도 없었다는 듯 티볼 선생님 교실을 방문한 다음 다시 또 느긋하게 보건실에 들르면 그것으로 그만이었으니까.

피는 조금씩 흘러나오고 있었지만 그렇다고 그 정도로서 의심받지는 않을 것이다. 의심을 받는다고 하더라도 적당하게 위장하면 그만이다. 그런 것이 통하지 않을 때는 볼 일이 있어 들른 것처럼 말만 잘하면 그것으로 그만이었다.

난 정말 들뜬 마음으로 티볼 선생님 교실인 교과실 3 앞에 서서 문에 걸려 있는 열쇠를 보고는 예상대로 좀 달라졌다고 생각했다. 처음에는

정말 그렇게 생각했다.

그런데 그게 아니었다. 자세히 살펴보니 달라진 것은 없었다. 걸려 있는 열쇠도 번호 열쇠로서 옛날 그대로가 아닌가?

'그래도 열쇠 번호만큼은 달라졌겠지.'

설마 하는 생각으로 시험 삼아 번호를 눌러 보았다. 그런데 그 번호도 옛날 그대로가 아닌가? 그러고 보면 달라진 것은 하나도 없는 것이다.

'그럴 리가 없는데…. 달라져야 하는데, 달라져야.'

초조함이 밀려왔다. 이번에는 이런 초조함에 이끌려 뒷문 쪽으로 다가가 이 문도 시험 삼아 열어 보았다. 이것은 또 웬일인가? 이 문 역시 아무런 저항 없이 스르륵 열리는 것이 아닌가?

'엉! 뭐야? 보안이 강화된 줄 알았는데…. 아니, 강화되어 있어야 하는 건데, 강화되어야…. 뭐야? 시시하게.'

처음부터 그 사건 이후 보안이 강화되었을 것으로 예상했기 때문인지, 실망감이 밀려왔다. 그뿐이 아니다. 예전과 똑같은 모습에 왠지 모를 불안감도 들고 당황스럽기도 한 것이었다.

그래도 난 혼란스러운 마음을 추슬러,

'하긴! 그럴 수도 있지.'

라는 생각도 해 보았다. 그렇지만 곧 그 생각도 바뀌었다.

이를테면 이런 생각이 든 것이다.

'예전 그대로의 모습을 하고 있는데, 이것은 이렇게 해야만 하는 특

별한 이유라도 있는 것이 아닐까?'

솔직히 말하자면, 이런 생각이 그 순간 나를 엄습한 것이었다. 그런데 바로 그때 티볼 선생님이 예전에 하신 말씀, 즉 '세상일은 그렇게 단순하지 않다.'라는 말도 함께 떠올랐다.

하필이면 왜 지금 그런 말이 떠오른 것일까? 아무리 생각해 봐도 그 이유는 알 수 없었다. 그래도 나는 두근거리는 가슴을 부여잡고 초조함과 설명 불가능한 기쁨에 휩싸인 채 뒷문을 통해 교실 안으로 들어갔다. 뒷문을 통과할 때는 이런 생각도 얼핏 들었다.

'티볼 선생님에게 있어서는 지갑의 돈보다 선수들의 연습이 더 중요하신 것일까? 선수들의 연습이…'

이번에도 선생님의 마음을 헤아리며 선생님 책상 밑을 보니 가방도 그대로 놓여 있는 것이 아닌가? 예전에 있던 그 위치 그대로, 아무런 일도 없었다는 듯, 아주 의연할 정도로 당당하게…

그렇지만 나는 두리번거리는 기색도 없이, 물론 한 치의 주저함도 없이 티볼 선생님의 가방에서 지갑을 꺼냈다. 생각해 보면 지갑 역시 예전과 똑같은 곳에 들어 있었다.

지갑을 열어 보니 이번에도 5만 원짜리 지폐 1장, 만 원짜리 지폐 몇 장과 5천 원짜리 지폐 5장 그리고 천 원짜리 지폐 5장이 들어 있었다.

'칫! 돈도 예전 그대로잖아.'

지갑에서 5천 원짜리 지폐 2장만을 꺼낸 다음, 지갑은 원래의 상태대로 다시 넣어 두었다. 그런 다음, 난 아무런 일도 없었다는 듯 유유

한 표정으로 뒷문을 나와 보건실로 향했다.

이상하게도 복도를 지나고 계단을 오를 때는,

'왜, 달라진 것이 없을까?'

라는 생각만이 솟구쳤다.

'5만 원짜리 지폐 1장을 가져왔을 때는 정말 대단한 기세를 보이셨는데, 이번에도 제발, 그런 일이 일어난다면 얼마나 좋을까?'

또 한 번의 작은 소망을 가슴 가득 품은 채 보건실로 가고 있는데 불길한 생각이 들기 시작했다.

'함정이다. 함정!'

가슴이 다시 또 두근거렸다. 이것이 바로 진짜 범인이 다시 올 줄 알고 파 놓은 함정이란 것이었을까?

'으으윽!'

다시 또 고통이 찾아왔고 불안감도 찾아왔고, 그렇지만 그러는 가운데 아주 조금씩 쾌감도 솟아났다.

'보기 좋게 걸려든 것일까?'

불안감이 밀려왔다. 쾌감도 밀려왔고 불안감도 또 물밀 듯 밀려온다. 그런데 혼란스러운 감정들이 한바탕 번갈아 지나가자, 이번에는 하나의 쾌감만이 마음속에 가득 차올랐다.

'그럴지도 모르겠다.'

포기하는 마음이 들자, 마음은 진정되었고 그때부터는 쾌감만이 나의 마음을 지배하기 시작했다. 즐거운 마음으로 집으로 돌아와서는 서랍 안에 있는 5만 원짜리 지폐 옆에 5천 원짜리 지폐 2장을 가지런히 놓았다. 보기만 해도 흐뭇하고 벅차오르는 기쁨은 감출 수가 없다. 이 세상에서 이보다 더 좋을 수는 없었다.

11

오랜만에 늦잠을 잤다. 어제의 그 흥분이 가라앉지 않아 잠을 설쳤기 때문이다. 부스스한 얼굴로 학교의 정문을 지나갔다. 화단의 연못을 지나면서 건물에 붙어 있는 시계를 슬쩍 봤더니 8시 25분이다. 다행이다. 아침밥을 급히 먹고 뛰어와서 그런지 티볼 연습 시간에는 늦지 않았다. 어느 때와 같이 가방을 스탠드에 벗어 놓고는 운동장 쪽을 향해 뛰어갔다. 그런데 고깔이 운동장 한쪽 구석에 설치되어 있지 않고 중앙에 놓여 있었다. 오늘은 운동장의 절반을 이용하여 연습하려는 것이 아닐까?

8시 31분이 되자 티볼 선생님이 나타나셨는데, 그 모습 또한 평소와 다름없었다.

'달라져야 하는데, 달라져야. 덫에 걸려든 것이라면 분명 티볼 선생님의 표정이나 몸짓에 달라진 점이 나타날 것도 같은데….'

그렇지만 아무리 찾아봐도 달라진 점은 찾아낼 수 없었다.

선수들과 함께 운동장을 뛰면서도 마음속에 떠오르는 생각은 오직

하나였다.

'덫이라도 좋지만, 당분간은 아니었으면….'

마음에는 온통 이런 생각뿐이었다.

'피할 생각은 없다. 언제인가 그날은 꼭 올 테니까. 그날이, 들통 날 그날이 오기만을 기다릴 뿐이다. 매를 맞고 싶은 그 소망을 들어줄 사람이 꼭 나타나지 않을까? 누군가는 회초리를 들고…. 언젠가는 꼭 올 것이다.'

언제부터인지는 모르겠지만 나의 마음속에는 나도 모르게 이런 생각이 깃들어 있었다.

운동장을 한 바퀴 돈 다음 스트레칭을 마치자,

'언제까지 이렇게 돌아다녀야 하나?'

라는 생각이 들었다.

정해지지 않은 수비 위치에 불평도 해 보지만,

'곧 알맞은 위치가 정해지겠지. 그동안 열심히 해 왔으니 나에게 꼭 맞는 자리가 있을 거야.'

라는 긍정적인 생각도 해 본다.

바로 그때 티볼 선생님의 말씀이 들려왔다. 선생님은,

"오늘은 실전처럼 연습하겠다."

라고 말씀하신 끝에,

"정진강! 넌, 오늘 본루수[9]를 본다."

---

9) 본루수는 본루에서 수비하는 수비수를 말한다. 야구에서는 포수라 한다.

라고 덧붙였다. 이런 말씀을 하신 후 선생님은 모두를 향하여,

"자! 그럼, 각자 위치로!"

라고 말씀하셨다.

선생님의 명령이 떨어지자마자 선수들은 모두 글러브를 들고 각자의 위치로 뛰어갔다. 나도 글러브를 들고 뛰어가려 했으나 곧 멈추었다. 본루의 루는 티볼 선생님과 선수들이 지금까지 모여 있던 이곳에 놓여 있었기 때문이다. 이른바 '홈'이라고 하는 곳이 바로 본루였고, 본루수가 지켜 내야 할 수비 위치였다. 본루수의 자리, 즉 홈에 서서 운동장에 흩어져 있는 선수들을 바라보니 운동장의 상황이 한눈에 들어왔다.

그뿐이 아니다. 녹색의 푸르름을 자랑하는 인조 잔디 위에 그물처럼 배치된 선수들의 늠름한 모습에서는 긴장감도 느껴졌다. 도끼눈을 뜬 채 홈을 노려보며 "아자! 아자!"를 외쳐 대는 고함에는 승리를 향한 열정도 느껴졌고, 든든하다는 생각도 솟아올랐다.

질서 정연하게 배치된 우리 선수들의 모습은 마치 큰 물고기의 날쌘 움직임을 노려보는 어부처럼 보였다. 큰 물고기의 행방을 주시하며 부릅뜬 두 눈에서는 아침의 태양처럼 밝고 맑은 빛이 흘러나와 사방으로 퍼져 나간다. 그 때문인지, 승리를 향한 선수들의 함성과 밝고 맑은 눈빛으로 가득 찬 운동장은 말로 다 표현할 수 없을 만큼 장관이다.

아침 햇살에 빛나는 선수들의 크나큰 열정은 더욱더 장엄한 광경을 연출해 내고 있었다. 이 모습이야말로 우리 선수들만이 만들어 낼 수 있는 감동적인 한 폭의 그림이며, 살아 움직이는 한 폭의 풍경화 그 자

체였다. 예상치 못한 풍경에 감동했기 때문인지, 운동장은 승리를 위한 함성과 눈빛에 지배당하고 있다는 느낌으로 꽉 차 있었다. 지금까지 티볼 선생님은 이처럼 멋진 모습을 만들기 위해 우리 선수들 한 명한 명을, 우리 팀을 지도해 오신 것일까?

'본루수를 맡다 보니….'

맡은 위치에 따라 시야가 확 달라졌고 새로운 마음도 생겨났다.

'홈에 서서 보니…. 이럴 수가!'

지켜 내야 할 수비 위치에 따라 마음가짐도 달라지다니 정말 놀라웠다.

너무도 놀랐기 때문일까? 그때 갑자기,

'본루수를 하고 싶다. 앞으로도 계속해서 본루수를 맡아 홈을 지켜 낼 수만 있다면 이보다 더 큰 보람이 없을 텐데.'

라는 생각도 절로 솟아났다.

'나에게는 본루수가 제격이야. 본루수가.'

내 마음은 어느새 본루수라도 된 것처럼 우쭐한 기분으로 가득 찼다.

'지금까지 맡아 본 것 중 제일 마음에 들어. 마음에.'

본루수의 매력에 푹 빠진 나는 저도 모르게 깜짝 놀랐다. 이번에는 내 마음의 한쪽 구석에 억눌려 있던,

'아니! 이게 무슨 꿍꿍이지.'

라는 생각이 툭 튀어나왔기 때문이다.

'쓸데없는 생각을 하다니. 도둑은 도둑다운 생각을 해야지. 도둑다

운 생각을. 본루수는 무슨 얼어 죽을 놈의 본루수야.'

한 번 든 이 생각은 이내 곧 나의 마음을 지배하기 시작했다.

그렇다고 하여 이런 부질없는 생각을 하고 있을 때는 아닌 것 같았다. 더군다나 수비 위치는 나만의 상상으로, 더욱이 나만의 바람대로 될 수 있는 문제도 아니었다.

정신을 차려 보니, 그 순간 3루에 있던 선수가 홈으로 뛰어 들어오는 것이 보였다.

'연습이 벌써 시작된 거야?'

살짝 놀란 마음을 추스르며 글러브를 높이 들고 앞을 바라보니, 제2 유격수가 던진 공이 홈을 향해 빠른 속도로 날아오는 것이었다.

'누가 더 빠를까? 아니, 어느 것이 더 빠를까?'

그리고 보면 불난 집 불구경하듯 이런 것을 느긋하게 즐기고 있을 때는 아니었다.

'앗! 태그[10]다. 태그를 해야 해. 태그를. 공을 잡아 홈으로 들어오는 선수를 태그 하여 아웃시키지 않으면 안 된다.'

잡아야만 한다는 생각이 번개처럼 지나갔다. 그렇지만 해야 할 일은 알겠는데, 어떻게 하는지도 알겠는데, 손과 발은 생각대로 움직이지 않는다. 허우적대고 허둥대기만 한다.

'어떻게 해야 하나?'

---

10) 손이나 글러브로 공을 잡은 다음 몸을 루에 대는 일 또는 공이나 공이 든 글러브를 주자에게 대는 일을 말한다.

당황스러웠지만, 시간이 좀 지나자,

'부질없는 생각 말고 공의 움직임만 똑바로 바라봐!'

라는 티볼 선생님의 말씀이 생각났다.

말씀대로 공만 똑바로 바라보니 공은 글러브 안으로 쏜살처럼 꽂혀 들어온다. 약간 일그러진 타원형의 공이 나의 심장을 향해 점점 더 깊이 파고드는 것이다.

'공이 들어오면 곧바로 손을 오므려야 한다. 공이 다시 튕겨 나가지 않도록, 이렇게 그렇지. 이런 식으로…. 탄력을 생각해서, 좋아. 이렇게. 날아오는 달걀을 잡을 때처럼 이렇게, 깨지지 않도록 이렇게 뒤로 약간 당기며 그렇지. 그렇게…, 좋아.'

글러브를 향해 총알처럼 빠른 속도로 들어오는 그 짧은 순간에도, 이처럼 내 글러브를 잡은 채 하나하나 설명을 해 주시던 티볼 선생님의 말씀이 순간적으로 지나갔다.

그뿐이 아니다. 한편으로는,

'다 잡은 물고기를 놓칠 수는 없지.'

라는 생각도 들고, 웬일인지 이 생각은 사라지지 않는다.

오히려 활력을 얻은 듯 점점 더 무서운 기세로 마음속 깊은 곳을 향해 파고들어 오는 것이었다.

세차게 파고드는 과정에서, 어느 한순간 그 생각은 '이 선수를 잡아 보겠다.'라는 굳은 의지로 바뀌었고, 이제는 '꼭 잡지 않으면 안 된다.'라는 강박 관념으로 더욱더 굳어져 갔다.

그 때문인지, 졸지에 '무리한 시도를 하더라도 반드시 잡지 않으면 안 된다.'라는 나만의 투지에 불이 붙게 되었다.

누군가가 이런 말을 한 것 같다.

"기회는 한 번뿐이다."

아주 좋은 말이었다. 그 때문에 모처럼 찾아온 이놈의 대어를 더더욱 놓칠 수는 없었다. 이처럼, 반은 강한 의지에 힘입어, 나머지 반은 강박 관념에 눌려 나는 그만 공을 꽉 움켜잡은 그 글러브로 태그를 시도하려 했다. 이렇게 하여 나만의 투지는 더한층 불타올랐다.

한편 홈으로 달려 들어오는 그 선수도 그 기세만큼은 만만치가 않다. 그 모습을 바라보니 먹이를 쫓아가는 멧돼지처럼 저돌적으로 달려 들어 물고 늘어질 기세였다.

'이크! 부딪히겠는데…. 에라! 모르겠다. 될 대로 돼라.'

이젠 어쩔 수 없다는 생각도 들고, 그 생각은 또 다음과 같은 오기로 이어졌다.

'이왕 부딪힐 바에야, 적극적으로 한번 해 보자. 질 수는 없지. 이 몸이 누구신데…. 양보란 있을 수 없다.'

이와 같은 오기 때문일까? 온몸의 세포가 요동치며 팔뚝에는 솜털이 돋아났다. 여기에 격렬한 투지가 더해지자 몸과 마음은 절로 움직인다. 잡고자 하는 의지만으로도 고개는 홈으로 돌아가고 몸통 또한 그쪽을 향해 돌아갔다. 태그를 위해 공을 잡은 글러브를 홈에 갖다 대는 바로 그 순간 손목에 심한 통증이 느껴졌다. 가슴과 턱에서도 느껴진다.

홈으로 돌진한 그 선수도 나와 같은 정도의 아픔을 느꼈을까? 그 선수도 발등으로 나의 손목과 가슴 그리고 턱을 순서대로 걷어차는가 싶더니 앞으로 넘어지며 데굴데굴 굴러가는 모습이 나의 눈에도 뚜렷이 들어왔기 때문이다. 이런 순간만큼은 '양보를 해야지.'라는 말이 통하지 않는다. 시합 때는 당연하고 연습을 할 때도 그럴 것이겠지만.

그리고 보면 '양보'라는 말은 모두 '비겁하다.'라는 말과 통하는 말이었다. 그렇다. '양보'라는 말은 이 두 선수에게도 그런 뜻으로 여겨졌기 때문에 격렬한 부딪힘은 당연했고 피할 수 없는 일이었다.

"우리에게 있어 양보란 정정당당한 자세로 시합에 임하는 것일 뿐이다. 비겁하지 않게 싸우고, 지더라도 비굴하지 않게 지고, 상대방이 약하다고 하여 놀려먹지 않고, 약한 상대방을 봐주는 것은 그 팀 전체를 욕보이는 것이기에 절대 그런 행동은 하지 않고…. 오직 규칙과 실력으로만 정정당당하게 싸운다. 이것 외에 양보란 있을 수 없다."

'정정당당한 플레이란 무엇인가?'에 대해 열변을 토하시던 티볼 선생님의 말씀이 떠오르다가 끊기고 끊기는가 싶으면 다시 또 떠올랐다. 그 말씀은 '티볼과 인성교육'에 관한 수업 내용 중 하나로서 첫 시간에 해 주신 티볼 강의였는데, 왜 지금 그것이 가물가물하게 떠올랐다가 사라지는 것일까?

그 와중에도 주변의 경치는 절로 지나간다. 이상하다. 어딘지 모르게 이상하다. 무엇인지는 몰라도 어색하다. 그렇다고 하여 나의 두 발이 움직이는 것 같지는 않았다. 그런데도 스탠드는 옆으로 지나가고 나무들도 발이 달렸는지 울창한 소나무 숲 옆으로 지나간다. 하다못해 연못 위에 설치된 우정교도 옆으로 지나간다. 물론 그 위로 구름도 지나갔다.

고개를 돌려 앞을 보니 머리카락이 보인다. 이는 분명 누군가의 머리카락이다. 가슴에서는 따뜻한 온기도 느껴진다. 편안하다. 이상하리만큼 편안하다.

그때였다. 그때 비로소 알게 된 것이다. 왜 편안했는지를.

'아! 누군가가 나를 업고 가는 중이구나!'

그다음은 더욱더 황당했다.

'어떻게 된 거야? 어떻게?'

상황에 대한 자각과 그 자각에 따른 놀라움이 스며들자 몹시 당황스러웠고, 갑자기 일어나고 싶어졌다.

그 때문일까? 나는 정말 나도 모르게 '어디 한번 일어나 보자.'라는 충동에 못 이겨 벌떡 일어나고 말았다.

그 바람에 나를 업고 가던 덩치 큰 그 선수도 깜짝 놀랐고 앞서가던 티볼 선생님도 놀라신 것 같았다.

보건실에 들러 진단도 받고 응급처치도 받았다.

"잠시 기절한 것은 사실이나 크게 다친 곳이 없으니, 오늘은 푹 쉬고 내일부터는 다시 연습하더라도 큰 무리는 없을 것 같아요."

보건 선생님으로부터 간단한 타박상이라는 말을 듣고는 모두 기쁜 마음으로 다시 또 운동장을 향해 후다닥 뛰어나왔다.

'크큭! 다행이다.'

나와 부딪힌 아이도 크게 다치지 않았기에 그것도 다행이었다.

'별일도 다 있네. 기절하다니…. 기절을.'

이런저런 생각과 안도감에 젖어 나무 그늘에서 쉬며 다른 선수들이 연습하고 있는 모습을 지켜보고 있는데, 그때 마침 티볼 선생님의 말씀이 들려오기 시작했다.

"오늘은 이것으로 연습을 마치도록 하겠다. 앞으로는 실전에서 본격적으로 뛸 수 있도록 몸을 조심하기 바란다. 시합을 포함하여 연습 이외의 일이나 사건, 사고 등으로 다친 선수는 선수 될 자격이 없다. 자기 몸도 돌보지 못하는 사람이 어찌 팀을 보살필 것이며 다른 선수들과 함께 호흡을 맞춰 시합할 수 있겠는가?

팀워크란 이런 것이다. 서로의 마음을 배려하고 서로의 몸을 아껴주고 서로의 부족한 기술을 채워 줌으로써 우리로서의 하나가 되는 것을 말한다. 그렇지만 그러기 위해서는 먼저 자기 몸은 자기 스스로가 지켜 내지 않으면 안 된다. 남의 신세만 지는 사람이 어떻게 옆의 동료를 도와줄 수 있겠는가? 그 때문에 자기 몸도 돌보지 못하는 선수는 선수될 자격이 없다고 하는 것이다.

이런 점을 잘 헤아려 우리 선수들은 우선 자기 몸부터 보호하도록 해라. 그것이 바로 여러분이 늘 지켜나가지 않으면 안 될 선결 조건이다. 그 때문에 말하지 않더라도 각자의 마음속에 새겨두고 하루하루 지켜 나갈 수 있도록 노력해 주기 바란다. 알겠나?"

"네."

'크킄! 이것도 다행이다. 연습 중에 다쳐.'

속으로는 좋아하고 있는데 그때 바로 이런 말씀이 들려왔다.

"연습할 때도 마찬가지다."

'이잉!'

바로 마음을 들켜 버렸다.

"여러분도 잘 알겠지만 '시합이나 연습 외의 사건이나 사고로 다쳐서는 안 된다.'라는 말은 '시합 때나 연습할 때는 다쳐도 좋다.'라는 뜻이 결코 아니다. 괜한 오해는 하지 않도록 해라. 그러니 시합 중이나 연습 중에도 다치지 않도록 조심하고 또 조심하기 바란다. 너무 과격한 몸싸움으로 인해 다치게 되고, 부상이 심해 실전에 참여하지 못하게 된다면 이 또한 억울한 일이지 않겠는가?"

아무런 말이 없지만 모두들 수긍하는 듯 고개를 끄덕인다.

"사실, 선수에게 있어 이보다 더 억울한 일은 없다. 너희들도 이 점을 명심하여 다치는 일이 없도록 해라. 출전하고 싶으면 몸부터 보호하는 것이 좋다."

모두들 말이 없다. 그렇지만 난 속으로,

'다쳐서 출전하지 못한다면 그건 정말 억울한 일이죠. 너무 억울해서 밤새도록 소리 없이 울은 적도 있는 걸요.'

라는 말을 몇 번이고 해 본다.

분한 마음이 풀릴 때까지 해 보지만, 어쩔 수 없다. 다치면 그만이다. 오늘도 위험할 뻔했지만 그래도 다행이었다.

다행이란 생각이 들어 그런지, 이번에는 또,

'오늘도 안 오시려나?'

라는 생각에 빠져들었고, 그럴 때는 티볼 선생님의 말씀도 귀에 들어오지 않는다.

아무리 찾아봐도 담임 선생님의 모습이 보이지 않자 그제야 티볼 선생님의 말씀도 다시 또 조금씩 들려오기 시작했다.

"오늘도 점심 맛있게 먹고 지난번처럼 12시 50분까지 모이도록 한다. 물론 모이는 곳도 바로 선생님 교실이다."

모이라는 말을 듣자 나의 가슴은 다시 또 뛰기 시작했다. 마음만 팔딱팔딱 뛰는 것이 아니라 심장도 마구 뛰는 듯 갑자기 기운이 온몸으로 쫙 뻗어 가는 느낌이다.

'이야!'

겉으로는 아픈 척하면서도 속으로는 쾌재를 불러 본다. 생각해 보면 그렇다. 이보다 더 기쁜 소식이 어디에 있겠는가? 이 한마디 말로써 나의 아픔은 모두 날아갔다.

'신기한 일도 다 있네. 약이 따로 없어요, 없어. 티볼 선생님의 이런 말씀보다 더 잘 듣는 약은 없어요. 이 세상에는. 크크!'

잠시 후, "해산!"이라는 말과 함께 모두가 자기 교실로 올라갔다.

난 너무 기쁜 나머지 넋을 잃고 기쁨에 취해 있는데,

"진강아! 넌, 왜 안 올라가니?"

라는 티볼 선생님의 말씀이 들려왔다.

"예, 갑자기 손목에 통증이 와서요."

아픔을 핑계 삼아 기쁨을 감춰본다. 통한 것일까? 통했으면 좋으련만!

"지금도 많이 아픈가 보구나!"

통한 것 같았다.

'크큭! 다행이다.'

그렇다고 이 상황에서는 '무척 기뻐요.'라든지, '너무 기뻐 갈 곳을 잃었어요.' 등등, 기쁜 마음을 그대로 드러낼 수도 없었다. 삶의 활력은 넘쳐흐르고 있었지만, 지금은 때가 아닌 만큼 참는 수밖에 없었다.

'이상하다. 전에는 매일같이 오시더니….'

12

오늘도 역시 너무 기쁜 나머지 점심도 제대로 못 먹었다. 먹지 않아도 배는 불렀다. 12시 40분이 되자 다른 아이들도 일어났기 때문에 나 또한 그 아이들을 따라 나갔다. 속으로는 춤을 추고 싶을 정도로 기뻤지만, 겉으로는 시무룩하고 담담한 표정으로 티볼 선생님 교실로 향했다.

티볼 선생님 교실은 서관 2층에 있었기에 계단을 내려와 복도를 지나가고 있는데 벌써 교실로 들어가는 선수들도 보였다. 교실이 가까워질수록 술렁이는 소리도 들려왔다.

"네가 제일 잘 어울리는데…."

이런 말도 들려오고,

"넌, 꼭 어릿광대 같아."

라는 말도 들려왔다. 그다음에는 이런 말도 들려왔다.

"우린 이번에 실컷 웃자. 더는 웃음이란 웃음이 나오지 않을 때까지."

누군가가 제멋대로 떠들어 대는 말을 듣고 난,

'훗흐으음! 우리들의 티볼 단체복이 나온 것이구나!'

라고 짐작했다. 좀 더 가까이 다가가니,

"야! 이것도 작전이야. 작전! 이것이야말로 우리들의 숨겨진 작전이지."

라는 말도 들려왔다.

'별놈의 작전도 다 있네!'

소리가 들려오는 쪽을 향해 가까이 다가가니 탈의실에서 옷을 자랑삼아 입어 보고 있는 두 명의 선수가 보였다.

"엉? 작전이라고?"

"그럼, 이런 것도 작전이지."

"그래?"

이해가 잘되지 않는 듯 다시 물어본다.

"그건 맞아. 똑똑한 사람만이 알아볼 수 있는 비밀작전인 셈이지. 비밀작전!"

"비밀작전, 그건 또 뭔데?"

여전히 못 알아듣는 것 같았다.

"그러니까 너 같은 바보는 모르는 게 당연해."

"뭐? 바보라고."

바보라 불린 그 친구는 화가 좀 난 것 같았다.

"화만 내지 말고 잘 들어 봐."

이처럼, 이 선수는 바보라고 놀린 것을 무마하는 한편 생각을 좀 굴리는 듯 심각한 표정을 짓더니 계속해서 이렇게 말했다.

"잘 들어봐. 그러니까, 그러니까 말이야. 우리의 어릿광대 같은 단체복을 보고 우리가 웃은 것처럼 상대 팀도 웃는다는 거지. 분명 우리의 옷차림을 보고 웃지 않을까? 그렇지. 그러니까 그렇다는 거지. 그러면서도 속으로는 무척 좋아하지 않을까?"

이 말을 듣고 나는,

'옷이 좀 큰 것을 그렇게 표현하고 있구나. 어릿광대 같다는 말은 분명 그런 의미겠지. 그렇다면 그다음에는 어떤 말이 나올까?'

라는 호기심에 이끌려 대화를 계속 들어 보기로 했다.

"무척 좋아한다고, 왜?"

이런 질문을 하는 것을 보면 바보라 불린 그 친구는 여전히 말귀를 못 알아듣는 것 같았다.

그런데도 그 선수는 정말 흥이 났던지 자신만의 생각을 신명 나게 떠들어 대고 있다.

"그럼 좋아하지. 왜냐하면, 우리 팀의 어릿광대 같은 옷차림을 보고 우리 팀은 실력이 없는 팀이라고 얕볼 테니까. 분명 시합도 하기 전에 이긴 것과 다름없다고 큰소리치면서도 속으로는 무척 좋아할 게 뻔해. 무척 좋아할 거라고."

이 말을 듣고 바보라 불린 그 친구가 이번에는,

"아니지, 무척 좋아하는 게 아니겠지."

라고 말하며 말꼬리를 잡고 늘어졌다.

"아니야. 왜?"

"이럴 때는 무척 좋아하는 게 아니라 '무척 비웃겠지.'라고 말해야 할 것 같은데, 어릿광대 같은 놈들이라고 욕하면서 말이야."

바보라 불린 그 친구는 말꼬리를 잡은 것에 그럴듯한 이유를 대는 것이었다.

'이런 말도 할 줄 아는 것을 보면 진짜 바보는 아닌 것도 같은데….'

진짜 바보는 아니라는 생각도 들었다.

이번에는 이 선수도 어떤 말이 나올지 궁금한 듯,

"그럴지도 모르지."

라고 말하며, 슬쩍 맞장구를 쳐 주는 것이었다.

기분을 슬쩍 맞춰 주는 그 선수를 보며, 나는 다음과 같은 분석을 해 본다.

'무척 좋아한다는 말도 맞아. 이 말은 지네들이 지네들 편에서 말하고 있는 것이고 또 지네들이 이길 것을 예상하고 하는 말이니 기분이 엄청 좋을 수밖에…. 그리고 비웃는다고 하는 말도 맞아. 이 말은 지네들이 우리를 보고 하는 말이고, 우리가 어릿광대 같은 모습을 하고 있으니 비웃을 수밖에…. 그것도 엄청 많이 비웃겠지. 이처럼 이 말은 이 상황에서는 좀 애매하게 쓰이고 있으니 어떻게 바라보고 어떻게 해석하느냐에 따라 둘 다 맞는 말이 될 수도 있고…. 그런데 너희들처럼 그 뜻이 서로 통하지 않으면 둘 다 맞지 않는 말이 될 수도 있을 뿐 아니라 괜한 오해를 불러일으킬 수도 있지. 그렇지 않을까?'

사실 나는 이런 생각으로 그 아이들의 대화에 끼어들고 싶었지만, 그것도 그만두었다.

그런데 자기 말을 인정해 줘 그런지, 바보라 불린 그 친구는,

"그 말 말고도 '비웃으며 무척 경멸할지도 몰라.'라는 말도 괜찮은 것 같은데, 그렇지 않을까?"

라고 말하며 한술 더 뜨고 나왔다.

이번에도 또 그 선수는,

"듣고 보니 그러네. 그럴 듯한데 그럴 듯해."

라고 말하며, 완전히 넘어가는 척하고 있다. 그리고 보면 일부러 그러는 것 같았다.

그렇지만 그런 줄도 모르는 그 친구는, 그러니까 바보라 불린 그 친구는 더욱더 신이 나서 떠들어 댄다.

"어릿광대 같은 복장으로 티볼의 명예를 더럽혔다고 생각한다면 분

명 그럴 것 같아. 어쩌면 경멸하는 것 이상일지도 몰라. 업신여기며 손가락질을 할지도 모르는 일이라고."

이런 말을 하며, 몹시 아쉬운 표정을 짓기도 하고 화가 난 표정을 짓기도 한다.

그렇지만 그런 바보 같은 모습을 지켜보는 그 선수는 못마땅한 표정을 지었다. 마침내,

"네 말에도 일리는 있다."

라고 말하며, 말싸움이 싫은지 끝까지 보조를 맞춰 주는 것으로서 끝내려 한다. 의미 없는 대화로 여겨진 것 같았다.

무심코 들려오는 이 두 친구의 대화를 듣고 난 다시 또 생각에 잠겼다.

'어릿광대 같은 단체복, 무척 좋아하겠지, 아니 오히려 경멸할지도 몰라, 손가락질할지도 모른다.' 등과 같은 말들을 되새겨 보며, '우리의 단체복이 과연 그 정도일까?'라는 의구심도 가져 본다. 그렇지만 다음과 같은 생각도 들었다.

'농담이겠지. 왜냐하면, 우리 선수들만의 습성과 날씨, 학교의 특성을 모두 살려 주문했다고 하셨으니 틀림없어. 우리 팀의 단체복은 가장 멋질 거야.'

그 때문인지, 그 선수들에게도 정말 잘 어울린다고 말해 주고 싶은 충동에도 사로잡혔지만, 꾹 참아 본다. 그런데 그렇게 끝난 줄 알았던 그 선수들의 대화가 다시 또 들려오기 시작했다. 잘 들어보니 바보로 놀림당한 그 친구의 목소리였다.

"근데 말이야. 물어볼 게 있는데….."

"뭔데? 암튼, 뭐든 물어봐. 뭐든."

"방금 말한 것과 아까 말한 그 작전, 그러니까 광대작전인지 비밀작
전인지는 모르겠지만 그 작전과는 어떤 관계가 있는지 모르겠어. 그
둘의 연결 고리를 못 찾겠거든."

이 말을 듣고 난 또,

'이잉! 그런 것도 모르다니! 정말 바보 같은 놈도 다 있구나.'

라고 생각했다.

어처구니없는 표정을 지으면서도 이 두 녀석의 대화가 어떻게 이어
질지 궁금하여 다시 또 귀를 기울여 보았다.

"우리의 겉만 보고 웃거나 어릿광대들의 재롱잔치로 판단하는 그런
팀이 있다면, 그 팀은 실전에서 우리 팀의 실력이 의외로 대단한 것을
보면 놀라 나자빠질 것이 분명하고, 시합도 하기 전에 이겼다고 큰소
리친다면 실제 시합에 들어가서는 아예 처음부터 열심히 하지 않을 테
고, 그러니 그런 것들이 우리 팀에게는 유리하게 작용하지 않을까?"

"그건 알겠는데 그건 그렇고…. 그거하고 우리의 유니폼하고 그리고
또 그렇지, 우리의 비밀작전과는 어떤 관계가 있느냐고 묻고 있는 거야."

바로라고 불린 그 친구는 이렇게 계속 물어본다. 그래도 그 선수가
대답해 주지 않자 다시 또 계속해서 말했다.

"난 정말 어떤 관계가 있는지 모르겠어. 내 머리로는 이해가 안 돼.
어릿광대, 유니폼, 비밀작전 그리고 광대작전인지 뭔지 하는 말들이

따로따로 놀고 헷갈려 죽겠어. 정리를 좀 해 주면 안 될까?"

이런 말을 하는 것을 볼 때는 정말 바보로 놀림당할 만하다는 생각도 들었다.

그렇지만 그 선수는 이 물음에 곧바로 대답해 주지 않는다. 다소 심각한 듯 물어보는 바보 같은 그 친구를 향해 확인이라도 하고 싶은 것처럼 다시 또 물어본다.

"정말, 몰라서 묻는 거야? 어떤 관계가 있는지."

"응. 몰라. 난 몰라."

시치미를 떼는 것인지, 장난을 치자는 것인지는 모르겠지만 바보로 불린 그 친구도 이렇게 딱 잘라 대답했다.

"정말 몰라?"

다시 또 확인해 보려는 것 같았다.

"응. 몰라. 아까도 말했지만, 모른다고 했잖아."

이 말을 듣고 나는 피식 웃었다.

'바보들의 대화도 재밌긴 재밌네.'라는 호기심도 들었고, 다른 한편으로는 '이 바보 같은 놈들이 원인과 결과 관계를 알맞게 끄집어낼 수 있을까?'라는 의구심도 들었다.

이와 같은 자극에 힘입어 난 계속해서 이 바보들의 대화에 귀를 기울여 보기로 했다.

"그건 말이야."

그 선수는 좀 깊이 생각하는 척하며 제법 심각한 것처럼 말한다.

"뭔데?"

바보로 불린 그 친구는 몹시 궁금하다는 듯 호기심 어린 표정으로 그 친구의 얼굴만 뚫어지게 바라보고 있다.

"그건, 말이야. 그러니까."

질질 끌기만 할 뿐 대답은 해 주지 않는다. 초조함만 더욱더 증폭시키려는 속셈처럼 보였다.

'어서 말해 봐.'

재촉하고 싶은 듯 바보로 불린 그 친구는 목을 길게 빼고 그 선수의 얼굴만을 바라본다.

그런데 그 선수는 이런 모습을 더 즐기고 싶은 듯 다음과 같은 말을 마지막 말로 던졌다.

"그건, 나도 몰라. 메롱!"

작전이란 말을 처음 꺼낸 그 선수는 알려 줄 것처럼 하다가 결국에는 알려 주지 않는 것이었다.

그러고는 도망친다. 약만 바짝 올려놓고는 재빨리 도망치는 것이다. 책상과 의자 사이를 돌아다니기도 하고 그러더니 곧 복도로 뛰쳐나갔다.

'메롱'이란 말을 듣고 화가 났는지, 아니면 그 말을 빌미로 자기도 장난치고 싶은 것인지, 어느 쪽이 옳은지는 모르겠지만 이번에도 바보로 놀림당한 그 친구는 방금 그 선수를 잡기 위해 똑같이 뛰쳐나갔다.

'정말 어이없다. 이 녀석들.'

뛰쳐나가는 녀석들을 멍하니 바라만 보고 있는데, 들릴 듯 말 듯

"나 잡아 봐라."

라는 말만이 들려왔다.

그런데 그 말도 점점 더 멀어지더니 이제는 그런 소리조차 들려오지 않는다.

'역시, 바보 같은 놈들이군! 저런 놈들과 팀워크를 이루어야 한다니! 한심하구나.'

마음속으로는 이런 생각들이 흘러가고 있었다. 그렇지만 한편으로는 그 녀석들이 하다만 대화도 계속되고 있었다.

'우리 팀의 어릿광대 같은 모습은 상대 팀을 방심하게 만들고, 그렇게 하려고 일부러 큼지막하고 어릿광대 같은 단체복을 주문했다. 그것이 바로 우리의 유니폼에 숨겨져 있는 비밀작전이고, 그런 작전을 통해 승리를 거둔다고 하는 것이 그 작전의 목적이 아닐까?'

나는 이런 식으로 정리를 해 보았다. 그러고는 그 작전의 이름도 생각해 본다.

'그러니 굳이 그 작전에 이름을 붙여 보면 광대작전이 좋겠지, 이 말도 덤으로 해 주면 아주 좋은, 아주 재미있는 대화가 될 것도 같은데, 그러면 어릿광대, 유니폼, 비밀작전, 광대작전이란 말도 한 줄로 쫙 정리되고…. 좋잖아.'

뒤죽박죽이던 생각들이 한 줄로 정리될 때마다 아쉬움에 혀를 끌끌 차기도 했다.

그뿐이 아니다. 한 번 흐르기 시작한 생각은 계속 흘러간다. 기존의 생각들이 마무리되기도 하고 새로운 생각들이 시작되기도 한다. 그러다가 때로는 전혀 다른 방향으로도 흘러갔다.

'혹시, 장난치고 싶어 일부러 그런 말을….'

이런 생각도 흘러갔고,

'장난도 장난이지만 그런 장난 속에는 이미 답을 알고 있으면서도 숨긴 채 스스로 알아내게 하려는 의도에서 그런 말을 한 건 아닐까?'

라는 생각도 흘러갔다.

그 선수 중 먼저 '메롱' 하고 놀리면서 달아난 아이의 말을 잘 분석해 보면 그런 의미도 들어 있는 것처럼 느껴졌기 때문이다.

그때 마침 티볼 선생님께서 나를 부르는 소리가 들려왔다.

나는 "네."라는 대답과 함께 선생님 앞으로 달리듯 빠른 걸음으로 다가갔다. 가는 도중 망각의 강을 건너 그런지, 지금까지 흐르던 생각들이 하나둘씩 희미해지더니 어디론가 사라지고 보이지 않는다.

기억에 남아 있는 것은 없었다. 그래도 남아 있는 것이 있었다면 그것은 '광대작전'이라는 말이었을 뿐….

13

왠지 모를 불안감과 두근거리는 마음을 가까스로 진정시키며, 나는 티볼 선생님을 향해 나아갔다. 그런 다음 선생님 앞에 당당하게 서 본다. 그런데 나아가며 살펴봐도, 바로 앞에 서서 살펴봐도 티볼 선생님의 표정에는 아무런 기색도 나타나 있지 않았다.

'아니야. 분명 어제의 그 일을 말씀하시겠지. 분명 말씀하실 거야. 이 옷을 다 나누어 준 다음에는 지난번처럼…. 크! 크! 모든 선수를 불러 놓고….'

두근두근하는 가슴을 움켜잡고 쾌감을 느껴 볼 만반의 준비를 하고 서 있는데 어느새 두 손에는 우리 팀의 단체복이 놓여 있었다. 그것도 상의와 하의 각각 1벌씩.

"자! 두 장인지 확인했으면, 너도 여기에 받았다는 표시로 이름을 쓴 다음 탈의실로 가서 입어 보고 오너라."

"네."

"잘 어울리면 좋을 텐데."

선생님의 말씀을 듣고, 그 순간 왜 '어릿광대처럼요?'라는 생각이 떠올랐는지는 모르겠다. 이런 생각이 들자 이번에는 '티볼 하는 어릿광대'뿐 아니라 '어릿광대 티볼 군단 마침내 우승!'이라는 별난 상상도 솟아올랐다.

탈의실로 이동하면서도 어릿광대에 관한 생각을 계속해서 그런지, 그 '광대작전'이라는 말이 다시 또 떠올랐다. 그러나 그 말도 탈의실에 도착하여 새 옷을 입고 거울에 비쳐 본 순간 희미한 꼬리만 남겨 놓은 채 어디론가 사라졌는지 더는 보이지 않는다.

생각해 보면 '어릿광대'나 '비밀작전'이란 말도 그 선수들이 서로의 옷이 잘 맞는지 안 맞는지 감상하며 너무 기쁜 나머지 일부러 꾸며낸 말이었는지도 모르겠다.

옷은 잘 어울렸고 멋진 유니폼이라는 생각이 저도 모르게 솟아올랐다. 조금 큰 것은 사실이었으나 활동하기에는 오히려 그런 편이 더 좋을 것 같았고, 무엇보다도 통풍이 잘될 것 같아 더욱더 좋아 보였다.

'작년에는 너무 꼭 끼고 땀이 많이 나 고생 많았는데….'

이처럼, 이번의 유니폼은 별로 좋지 않았던 작년의 유니폼과 비교되어 그런지 한층 더 시원하게 느껴졌다.

'등번호도 참 좋은데, 5번이라고 쓰여 있잖아. 5번, 그 수는 한마디로 말해 완벽하다는 거지. 완벽하다는 거. 생각해 보니 그러네. 그 녀석들 등에도 숫자가 있는 듯 보였는데, 맞아. 그 선수는 2번이고 바보라 놀림당한 그 친구는 10번이었어. 그런데 그 10번 놈은 좀 마음에 걸려. 바보 같고 우둔하고 고집도 센 것처럼 보이고 감정적인 것도 같고…. 엉뚱한 상상력도 풍부한 듯하고…. 왠지는 모르겠지만, 그런 점이 좀 마음에 걸리는데….'

자못 심각한 표정도 지어 본다. 그렇지만 그런 것도 잠시였다.

'에라 모르겠다. 그건 그렇고…. 참, 멋지긴 멋지구나!'

입가에는 어느새 맑은 미소가 피어올랐다.

'선생님 말씀이 맞긴 맞는가 보다. 경험이 많다고 하시더니.'

입어 본 다음, 상쾌한 기분으로 다시 티볼 선생님 교실로 돌아왔는데 느낌이 좀 이상했다. 선수들을 둘러보니 다들 자기 자리에 앉아 눈을 감고 있다.

'이야! 드디어, 시작되는구나! 내 예상이 딱 맞았어. 이런 쇼를 예상할 수 있는 사람은 나밖에 없을걸. 나밖에. 히히…. 크큭!'

나는 '유일하게 알 수 있는 사람은 범인과 피해자일 뿐이다.'라는 티볼 선생님의 말씀을 떠올리며 내 자리를 향해 걸어갔다.

자리에 앉아 말없이 바라보고만 있지만, 기분은 더할 나위 없이 좋다. 기쁨으로 가득 차 있다. 정말 좋다. 아쉬움이 있었다면 그것은 이런 느낌을 밖으로 표현해서는 안 된다는 것이었다. 더욱더 괴로운 것은 그런 감정을 참아야 한다는 것뿐 아니라 180도 회전시켜 무표정한 표정을 짓거나 시무룩한 표정으로 바꿔 표현해야 한다는 것, 바로 그것이었다. 그렇지만 속으로는 끝없이 샘솟는 기쁨을 마음껏 즐기며 기대한 말씀이 들려오기만을 기다렸다. 그때 마침 티볼 선생님의 말씀이 들려오기 시작했다.

"자! 이제 그만. 눈은 떠도 좋다."

'엉?'

"너희들이 기뻐하는 것도 선생님은 다 이해한다. 이렇게 멋진 옷을 공짜로 얻었고, 그뿐 아니라 그 옷을 입고 대회에도 나가게 되었으니 그보다 더 기쁜 일은 없을 거다."

'엥?'

서론이 너무 길다.

"그렇지만 그런 기쁨은 잠시 접어 두고 선생님의 말씀에 귀를 기울이기 바란다."

'이야! 이제야 비로소 제대로 나오시려나 본데.'

나는 말로 표현할 수 없을 만큼 큰 기대감에 몹시 흥분되었다. 그렇지만 그것도 잠시였다. 곧바로 '분위기가 좀 이상하다.'라는 느낌이 조금씩 들기 시작했기 때문이다.

"자! 그러면 서로를 한 번 바라보기 바란다. 뭐가 보이는지 말해 볼 사람?"

바로 그때 어떤 선수가 벌떡 일어나더니 이런 말을 내던졌다.

"더러운 코딱지가 보이는데요."

그 바람에 침묵에 휩싸인 교실에는 시끌벅적한 웃음이 한 차례 지나갔다.

"자! 그만 흥분하고 앉아요. 앉아. 그런 농담 말고 이번에는 제대로 말해 볼 사람?"

"멋진 유니폼을 입고 있는 친구의 얼굴이 보입니다."

이번에는 굵직하면서도 정중한 목소리로 또박또박 발표하는 소리가 들려왔다. 이 말도 잘 들어 보면 일부러 그러는 것 같았다.

"친구의 얼굴도 중요하지만, 이 시간에 전달하고자 하는 내용은 그게 아니다. 멋진 유니폼은 맞았다. 누가 좀 더 자세하게 말해 볼 사람?"

"번호가 쓰여 있습니다."

"그렇지. 잘 말해 주었다. 그러면 그 번호가 뭔지 아는 사람?"

"각자에게 부여된 번호입니다. 다른 사람과 구별하기 위해서요."

"그렇다. 그 이유까지 잘 말해 주었다. 자! 그러면 우리들의 무지를 깨우쳐 주기 위해 발표를 잘해 준 그 친구들에게 우리 모두 박수를 한 번 쳐 주자. 격려의 박수를!"

그 순간,

"짝! 짝! 짝!"

하는 소리가 들려왔다. 그 소리를 듣고 티볼 선생님의 표정에는 웃음이 감돌았다.

"한번 치라고 했는데, 한 번이 몇 번인지 모르는 학생들이 있는 것 같아요."

선생님은 이렇게 말씀하시더니,

"자! 그러면 정신 차려 한 번만 쳐 보겠습니다. 박수 시작!"

이라고 말씀하셨다. 이번에는,

"짝!"

하는 소리만이 울려 퍼졌다. 똑같은 시간에 동시에 울려 놀랐는지 모두가 서로의 얼굴만을 바라보며 미소 짓는다.

"그러면 이번에는 그 번호가 무엇을 뜻하는지 아는 사람?"

모두들 말이 없다. 그러나 고요한 침묵 속에서도 대부분의 선수는,

'번호면 그냥 번호지. 거기에 뜻은 무슨 뜻이 있겠어요?'

라는 생각을 하는 것 같았다. 그중에는 이런 생각을 하는 선수도 있는 것 같았다.

'개인을 식별할 수 있으면 그것으로 충분하지. 거기에 뭐, 또 다른 뜻

이 들어 있기는 있는 거야.'

한때는 나도,

'개인과 관련된 뭔가를 말씀하시려는 듯한데, 그게 뭘까?'

라는 생각을 해 보기도 했다. 그렇지만 정리되지 않은 그런 생각을 무턱대고 발표할 수는 없었다.

손을 드는 학생이 한 명도 없는 것을 확인하자 선생님은 분위기를 싹 바꿔 낮은 목소리로 말씀하시기 시작했다.

"그 번호는 그 팀에 속해 있는 개인을 식별하기 위한 것이기도 하지만, 그와 동시에 개인의 기량이 그만큼 중요하다고 하는 것을 보여 주기 위한 것이기도 합니다."

나는 이 말을 듣고 고개를 숙일 수밖에 없었다.

'그렇구나! 개개인의 기량에 대해 말씀하시려는 것이었구나. 그렇지만, 이런 것은 내 예상과는 전혀 다른 것이잖아. 억!'

실망감이 밀려왔다. 상처받은 마음을 추스르기 위해 눈을 감았다.

"선생님이 지금 말하고 있는 말뜻을 잘 이해할 수 있겠습니까?"

"네."

시원한 대답이 들려왔다.

"자! 그러면 이번에는 상대방의 등을 한 번 보십시오. 무엇이 보이십니까?"

"등번호와 학교 이름입니다."

다시 또 누군가의 대답이 시원하게 들려왔다. 호기심이 다시 발동했고 그 바람에 감겼던 눈에도 빛이 조금씩 들어왔다.

"등번호도 앞의 번호와 같습니다. 그 의미는 똑같아요. 그렇다면 학교 이름은 왜 넣었을까요?"

주변을 둘러보니 대부분의 선수는,

'그야 뭐, 뻔한 거 아니겠어요? 당연히 다른 학교와 구별하기 위해 그런 것이겠죠. 그렇죠?'

라는 생각을 하는 듯 눈만 뚱그렇게 뜨고 있다.

그러는 가운데 어떤 친구가 벌떡 일어나더니,

"우리 학교의 이름을 널리 알리기 위해 넣은 것입니다."

라고 발표했다.

그런데 그 순간 자신의 예상과는 좀 다른 대답을 들어 그런지, 피식 웃는 선수도 있었다. 그러고 보니 그 친구는 아까 '나 잡아 봐라.'라는 어릿광대 놀이를 할 때, 메롱 하며 도망가던 아이를 쫓아갔던 바로 그 친구였다. 등번호 10번.

바보라고 놀림당한 그 10번 친구는 여전히 이상한 표정만 짓고 있다. 그리고 그 친구의 표정으로 그 마음을 추측해 보면, '어릿광대 티볼 군단 코믹 쇼를 널리 알리기 위해'라는 말을 떠올리고 있었는지도 모를 일이었다.

그뿐이 아니다. 이번에는 자제력이 부족했는지 키득거리며 웃고 있다. 마치 주책없는 상상, 즉 '손에는 파란색의 글러브를 낀 어릿광대들이 너울너울 춤을 추는 운동장의 우스꽝스러운 모습'이라도 상상하고 있는 것이 아닐까? 정말 그런 것이었을까? 느닷없이, "크윽! 크윽!" 하는 웃음을 터트렸다.

갑작스럽게 터져 나온 웃음소리에 어이가 없다는 듯 티볼 선생님의 시선은 그쪽으로 옮겨졌고, 그 입술은 무엇인가를 꼭 깨문 듯 더는 아무런 말씀이 없으셨다. 눈을 똥그랗게 뜨고는 고개를 갸우뚱하며 그 선수만을 뚫어지게 바라보고 있는 것이었다.

그런 시간이 의외로 좀 길게 흘러갔다. 이제는 다른 선수들도 모두 그 친구가 왜 웃는지 모른다는 눈치를 보이며 그쪽을 향해 뜨거운 눈총을 마구 쏘아댄다.

따가운 시선을 너무 많이 느꼈는지 그 친구만의 공허한 웃음은 곧 사라졌고, 빳빳하기만 하던 그의 고개도 점점 더 수그러들더니 마침내 저 바닥으로 떨어졌다.

'바보 같은 놈! 저놈은 자기 혼자만의 상상에 빠져 헤어나질 못하는 놈이구나!'

나도 이런 생각으로 그 친구를 뚫어지게 바라보고 있었다.

선생님께서는 고개를 들지 못하는 그 친구에게서 눈을 뗀 다음 다른 선수들을 둘러보며 다시 또 말씀을 시작하셨다.

"그렇습니다. 우리 학교를 널리 알리기도 하고, 다른 학교와 구별하기 위한 것이기도 합니다. 그렇지만 그것은 어디까지는 다른 학교와 비교를 해 볼 때 그런 것이고, 우리 학교 선수들에게 있어서는 또 다른 의미가 있게 됩니다."

이 말을 듣고,

'이번에도 또 다른 의미가 있는 거야. 또 다른 의미가.'

라는 생각을 하며, 이맛살을 찌푸리는 선수도 있었다.

그렇지만 대부분의 선수는,

'어떤 의미가 들어 있는 것일까? 약간의 농담도 허용치 않는 너무 살벌한 분위기를 보면 분명 중요한 의미가 들어 있는 것도 같은데.'

라는 생각을 하는 듯했다. 물론 나도 그런 생각을 하고 있었지만.

그런데 그때 마침,

'아까는 개인을 말했으니 이번에는 단체가 아닐까? 그렇다면, 팀워크?'

라는 생각이 떠올랐다.

그렇지만 손을 들고 발표할 기분은 내키지 않는다. 선생님의 말씀은 나의 기대와는 전혀 다른 방향으로만 흘러가고 있었기 때문이다. 하는 수 없이 나 또한 다른 선수들처럼 선생님만 물끄러미 바라보기도 했고, 의미 없이 흘러가는 대화에 귀를 기울이는 척하기도 했다. 이런 식으로 어정쩡한 기분을 달래 보는 수밖에 없었다.

14

서로의 얼굴만을 바라보는 시간이 꽤 오랫동안 흘러갔다. 그렇지만 두리번거리기만 할 뿐 발표하려는 기색은 전혀 보이지 않는다.

선생님의 말씀이 다시 또 잔잔하고 정중하게 들려왔다.

"학교 이름이 우리에게 주는 의미는 바로 한 팀이라고 하는 것입니다. 잘 보십시오. 우리들의 등에는 모두 서울푸른솔초등학교라는 글씨가 새겨져 있습니다. 그것도 같은 색, 같은 크기, 같은 모양으로 쓰여 있습니다. 모두가 같은 팀에 속해 있고, 같은 팀에 속해 있어서 한팀이고, 한 팀이기 때문에 한마음 한뜻으로 움직여야 한다는 것입니다. 모두가 한 몸처럼 움직여야 한다는 뜻이지요. 어려운 일이겠지만 꾸준한 연습을 통하여 마치 한 사람이 움직이는 수준에 도달해야 한다는 뜻입니다."

티볼 선생님은 선수들의 반응을 살피듯 쓰윽 둘러보신다.

'내 말을 이해하고 있는 것일까?'

이런 생각으로 한 사람 한 사람의 눈동자를 바라보는 것 같았다.

"그렇습니다. 마치 한 몸처럼 일사불란하게 움직일 수 있을 때 우리는 승리할 수 있는 것입니다. 팔과 다리가 따로따로 논다면 공을 잡을 수 없는 것처럼 우리 팀도 이와 다르지 않습니다. 간단한 예를 하나 들어 보면, 그렇습니다. 제2유격수와 1루수가 따로따로 논다면, 그러니까 제2유격수가 공을 잡아 1루로 던졌는데, 그 순간 1루수가 그 유격수를 보지 않고 외야수를 보고 있다면 어떻게 되겠습니까?"

질문 아닌 질문을 받고 다들 속으로는,

'그야 뻔하죠. 1루수는 제2유격수가 던진 공에 맞아 나자빠지겠죠.

그러는 사이에 상대편 주자는 1루를 밟은 다음 2루로, 2를 돌아 3루로, 3루를 돌면 다시 또 홈으로 뛰려 하지 않을까요?'

라고, 대답 아닌 대답도 해 보는 것 같다.

"그렇습니다. 그와 같은 실수 하나로 아쉬운 1점을 내어 주게 되는 것이지요. 그와 같은 실수를 많이 하면 할수록 더 많은 점수를 내어 주게 되고, 그 결과 우리 팀은 패배의 아픔만 맛보게 되겠지요. 그렇지 않겠습니까?"

이번에는 모두들 아무런 말이 없다. 그렇지만 작년에, 시합에 참여했던 선수들에게는 무엇인가 느낌이 있는 것 같았다. 울상을 짓고 있었기 때문이다. 사실, 작년에 일어났던 쓰디쓴 기억에 나 또한 이맛살을 찌푸렸다. 하나의 잘못된 송구가 귀중하기만 한 1점을 내어 주게 될 줄은 꿈조차 꿀 수 없었던 일이었다.

'눈을 마주친 다음 던졌어야 했는데…. 아무리 급했어도.'

지난날의 잘못을 되새겨 보면 볼수록 후회스러웠고 바보 같은 짓만 한 것 같아 기분마저 우울해졌다.

"그렇습니다. 패배의 주된 원인은, 궁극적으로 볼 때는 모두가 한마음, 한뜻, 한 몸처럼 움직이지 않기 때문입니다. 그 때문에 한마음으로 한 몸처럼 움직일 수 없다면 승리는 있을 수 없습니다. 그 때문에 한 팀이라고 하는 것은 그만큼 소중한 것이고, 개개인의 기량보다 더 중요하다고 할 수 있습니다. 그렇다고 개인의 기량이 중요하지 않다고 말하는 것은 아니니, 주의해서 잘 새겨듣기 바랍니다."

모두들 고개를 끄덕인다. 그런데 좀 더 자세히 살펴보면 아래위로 심하게 끄덕이고 있는 선수들도 있었다. 졸고 있는 것일까?

그렇지만 그런 것에는 아랑곳하지 않는 듯 선생님의 말씀은 계속 이어졌다.

"그와 같이 개개 선수들의 힘을 하나로 모아 하나의 팀으로 묶어 주는 중심점이 바로 우리 학교 이름이죠. 서울푸른솔초등학교. 이 선생님은 여러분의 감독으로서 그렇게 보고 있고, 그렇게 가르치고 있고, 또 그렇게 움직일 수 있도록 연습시키고 있습니다. 그 때문에 우리는 우리 학교를, 아니 우리 학교의 명예를 우리 팀의 중심으로 삼아 하나가 되지 않으면 안 될 것입니다. 나 자신의 명예를 세우고, 그와 더불어 우리 팀의 명예도 드높이고, 여기에서 한 발 더 나아가 우리 학교의 명예를 드날리기 위해서는 서로의 등에 새겨진 이 글자를 보며 한마음 한 몸이 될 수 있도록 노력하지 않으면 안 되는 것입니다. 그러니 아침에 하는 단체 연습도, 오후에 하는 개인적인 연습도 게을리해서는 안 될 것입니다."

대부분의 선수는,

'그런 것이구나! 그런 의미가 들어 있구나!'

라는 감탄사를 날리며, 선생님의 깊은 뜻을 헤아려 보는 것 같았다. 그렇지만 그중에는,

'실전에서도 이와 같은 생각이 나기는 나는 걸까?'

라는 생각으로, 선생님의 말씀을 의심해 보는 선수도 있었다.

이런 부정적인 생각에 답변이라도 하듯 티볼 선생님은 더욱더 목소리를 높여 말씀하셨다.

"실전에 들어가면 몹시 떨립니다. 마음도 떨리고 몸도 떨리고 떨릴 수 있는 것은 모두 다 떨립니다. 그 결과 개다리춤이 자동으로 흘러나오기도 하죠."

'개다리춤'이라는 말에 자극을 받았는지 몇몇 선수들은 웃음을 참지 못하고 입을 벌려 낄낄대며 웃는다.

'덜거덕덜거덕 이빨 부딪치는 소리는 안 났나요?'

그중에는 이런 질문을 하고 싶은 친구도 있는 것 같다.

그러고 보니 등번호 10번이다. 이 친구는 이번에도,

'이빨은 덜거덕 다리는 덜덜덜, 개다리춤을 추며 덜거덕덜거덕 덜덜덜 떨고 있는 어릿광대의 우스꽝스러운 모습'을 상상하며 다시 또 '크윽 큭!' 웃을 준비를 하고 있었는지도 모를 일이었다.

그렇지만 몇몇 선수들은 그렇지도 않다. 창백했다. 이도 꼭 깨물고 입술도 꼭 오므린다. 작년 시합에서 개다리춤을 춘 기억이 떠올랐기 때문일까?

"절로 나오는 개다리춤 때문에 공도 못 잡고 던지지도 못합니다. 그렇지만 그럴 때 가장 큰 힘이 되어 주는 것이 바로 나의 앞에 있는 선수입니다. 그중에서도 그 선수의 등에 쓰인 바로 이 글자입니다. '서울 푸른솔초등학교'라고 하는 글자지요. 여러분도 그때가 되면 바로 느껴 볼 수 있을 것입니다. 그리 오래 걸리지는 않을 겁니다. 한 팀이라고 하는 것이 얼마나 큰 힘이 되는지를. 기대해 보십시오."

5학년 선수들은 '진짜 그럴까?'라는 의심의 눈초리로 보려 했고, 6학년 선수들의 모습을 살펴보기 위해 여기저기 두리번거린다.

그렇지만 곧 조용해졌다. 진지하기만 한 6학년 선수들의 침묵에 압도되어 버린 듯하다.

"그 때문에 이 글자, 즉 '서울푸른솔초등학교'라고 하는 이 글자는 다른 학교와 구별하기 위한 기능도 하지만, 그것은 어디까지나 대외적일 뿐이고, 우리에게는 꿈과 희망뿐 아니라 가장 어려운 시기에 가장 큰 용기를 북돋아 줄 수 있는 낱말이기도 합니다. 그 때문에 가장 사랑해야 하는 낱말이기도 하고, 일명 개다리춤을 멈추게 해 줄 특효약이기도 하지요. 여기 있는 이 선생님은 그런 뜻이 담겨 있다고 보는데, 여러분은 어떻게 생각하십니까? 그렇다는 생각이 들지 않습니까?"

"네."

시무룩한 대답이 들려왔다. 아직은 '특효약'이라는 말이 마음에 다가오지 않은 듯 대답 소리는 작기만 했다.

"선생님의 생각에 동의한다면 이번에는 큰소리로 대답해 보기로 합니다. 그렇지 않습니까?"

모두들,

"넵!"

이라고 대답했다. 우렁찬 대답이 흘러나왔다. 그 바람에 잠꼬대하던 친구들도 잠이 깬 듯하다. 눈을 비비며 두리번거리는 모습이 보인다.

나 또한 '네.'라고 대답하면서도 속으로는,

'왜 자꾸 이런 말씀만 하실까? 슬슬 나올 때도 된 것 같은데.'

라는 생각을 하며, 마지막 기대를 걸어 본다.

'아직도 희망은 있다.'

끝까지 포기하지 않기로 한 것이었다. 선수들의 시원한 대답을 들은 선생님은 밑도 끝도 없이 이런 말씀으로 마무리를 하셨다.

"자! 오늘은 이것으로 교육을 마치도록 하겠다. 해산!"

'어? 뭐야? 이게, 아닌데…. 어떻게 된 거지? 어떻게 된 거야. 이건 정말 아닌데. 티볼 선생님! 이게 아니에요. 이게.'

그 순간 나는 자리에서 벌떡 일어나 '이게 아니잖아요? 이게.'라는 항의를 크게, 그것도 아주 크게 하고 싶었다. 그렇지만, 이런 생각에 도취하여 갈피도 못 잡고 저 혼자만의 흥분도 참지 못해 정말 벌떡 일어서려고 하는데, 왜 그런지는 모르겠지만 그 순간에도 티볼 선생님의 목소리가 다시 또 희미하게 들려왔다.

'그러면 그렇지. 선수들을 다시 불러들이려나 보다. 지난번에도 그랬잖아. 지난번에도.'

흥분한 마음을 추스르며 잔뜩 기대하고 있는데, 이상했다. 정말 이상했다.

하도 이상하여 귀를 기울여 들어 보니,

"정진강!"

이라는 소리만이 들려오는 것이었다. 그것도 아주 희미하게 들려온

다. 얼떨결에 난,

"네?"

라고 대답할 수밖에 없었다.

그랬더니, 티볼 선생님께서는 입가에 미소를 머금고는 이렇게 말씀하시는 것이었다.

"시간 좀 내줄 수 있을까?"

무슨 영문인지 몰라,

"네?"

라고만 대답했다. 그렇지만 속으로는,

'이건 아닌데.'

라는 생각만이 감돈다.

'뭔가 다른 말씀이 있겠지.'

그렇지만 시간이 아무리 지나가도 말씀이 없으셨다.

'그런 것이 아니라면. 설마! 맞짱을. 나만 남으라는 말은…. 그런 뜻인가?'

한 가닥의 기대와 한 가닥의 의문이 서로 교차하는 가운데 난 그저 멍하니 선생님만 바라보고 있었다. 그렇지만 혼란스러운 나의 마음을 아시는지 모르시는지 티볼 선생님은 그윽한 눈빛으로 내 눈동자만 뚫어지게 바라보며 이런 말씀을 하신다.

"너희 반 선생님께는 양해를 구해 놓았다. 6교시가 끝나면 선생님 교실에 다시 또 들러 줬으면 좋겠다. 물론 그때쯤이면 어머님께도 연락이 갔을 거다. 티볼 선생님과 상의할 일이 있어 조금 늦는다고. 그러니 네가 걱정할 것은 없을 것 같은데 와줄 수 있겠니?"

'그렇다. 이 말은 분명 맞짱 뜨자는 말씀이다. 맞짱! 나만 혼자 오라고 하는 것을 보면 확실하다. 확실해. 이번에는 전체를 상대로 하는 것이 아니라 나하고만 1대 1로 해 보자는 것이다. 1대 1로.'

이런 판단이 서는 순간 나의 가슴은 터질 것만 같았다. 마구 뛰는 정도가 아니라 그러다가 곧 멎어 버릴 듯한 기분마저 든다.

'맞짱이라 맞짱! 하는 수 없지, 멋진 쇼는 포기하는 수밖에. 그 맛도 쏠쏠하긴 쏠쏠하지만, 어쩔 수 없지.'

처음의 내 예상은 빗나갔다. "뻥" 하는 소리와 함께 터져 버렸다. 그렇지만 대답은 해야 했다. 아쉬운 마음을 가까스로 추스르며 "예."라고만 했다. 시무룩한 대답만이 흘러나올 수밖에 없었다.

그렇지만, 나의 속마음도 모른 채 마지못해 대답하는 나의 목소리만 듣고 판단해야 하는 티볼 선생님은 다소 실망스러운 표정을 지으신다. 방과 후에 만나자고 하는 것을 싫어하는 것으로 여기셨는가 보다.

그렇지만 나의 마음에는 이미 하나의 결론이 내려져 있었다.

'맞짱이다. 맞짱! 좋다. 그런 기회라도 얻었으니, 참 좋아.'

사실을 말하자면 좋은 정도가 아니라 최고였다. 이보다 더 좋을 수는 없었다.

'맞짱이다. 맞짱! 좋지. 오히려 잘 되었다. 잘 되었어. 그런 것이구나. 그런 거. 남겨 둘 필요도, 다시 오라고 말할 필요도 없는 거야. 관계없는 놈들은 모두⋯. 결국, 범인이 누구인지 알아내셨음이 틀림없다. 그 때문에 다른 선수들은 있을 필요도, 올 필요도 없게 된 것이다. 더욱이 그 범인이 나라는 것도 이미 알고 있었기 때문에 나만 다시 오라고 한 것이 아닐까? 분명하다. 분명해.'

그러나 한편으로는,

'올 때가 왔다!'

라는 생각도 들었다. 왜냐하면, 또 다른 느낌이 왔기 때문이다.

'그런 거였어. 그것도 결국은 함정이었어. 함정! 그 전과 달라진 게 없다 했더니⋯. 열쇠도, 뒷문도⋯.'

15

'정말로 덫에 걸린 것일까? 도망칠까?'

그렇지만 이런 생각 속에는,

'언제까지 도망칠 순 없지 않은가? 아무리 도망친다고 하더라도 꼬리가 길면 밟히듯 그리 오래 버티진 못할 듯한데.'

라는 생각도 들어 있던 것 같다.

그렇기 때문일까? 이런 때가 오면 하나의 생각이 내 마음을 비집고 점점 더 위로 솟아 나오려 한다.

말하자면,

'오히려 잘 되었다. 기쁨과 즐거움에 미쳐 버리는 것도 좋지만, 언제인가는…, 언제인가는 벌을 달게 받아야 하지 않겠는가? 그날이 의외로 조금 앞당겨졌을 뿐이다.'

라는 생각이, 마음의 밑바닥에서 꿈틀대며 솟아 나오려는 것이다.

1시에 시작된 오후 수업이 5, 6교시를 무사히 지나 2시 30분에 정확히 끝나자, 이와 같은 생각을 떠올리며 나는 티볼 선생님 교실을 향해 발걸음을 옮겨갔다. 무겁기만 하다. 발걸음도 그렇고 마음도 그렇다.

'마음의 준비를 해야 할 때가 되었구나. 되었어.'

마음속으로는 비장한 각오로서 심호흡을 한 차례 한 다음, 교실 문 앞에 서서,

"똑, 똑"

하는 노크를 두 번 했다.

그러자 교실 안쪽에서 발소리가 점점 더 크게 들려오는가 싶더니, 스르륵 문이 열렸다.

"어서 들어오너라."

그런데 이상하게도 나를 맞이하는 선생님의 목소리에서는 예전과 크게 달라진 것을 느낄 수 없었다.

"여기에 앉아라."

선생님은 이 말과 함께 앞자리에 있는 의자를 빼 주시더니 곧 자리에 앉으셨다. 자리에 앉자마자 새로운 생각이 나의 마음에 흘러갔다. 그러고 보니 무겁기만 한 마음은 저 구석으로 사라졌는지 보이지 않는다.

'드디어 시작되는구나! 재밌겠는데.'

예측 불가능한 기대감으로 마음은 불길처럼 타오르기도 하고,

'오리발을 내밀어 볼까?'

라는 생각도 슬슬 고개를 내밀기 시작했다.

서로 다른 마음이 교차하고 있어 그런지, 얼굴이 화끈 달아오르기도 했고 그러는가 싶으면 급격히 저하되어 창백해지기도 했다.

종잡을 수 없는 나의 표정을 바라보며 티볼 선생님께서는 아주 조심스럽게 말문을 여셨다.

"진강아!"

"네."

대답은 거의 무의식적으로 나왔다. 티볼 선생님께서는,

"아주 많은 생각을 해 봤는데."

라는 말씀을 하시고는 잠시 하시던 말씀을 멈추셨다.

난 너무 초조한 나머지 '빨리 좀 말씀해 주세요. 답답해 죽겠어요.'라는 말을 하려다가 꾹 참고, 다시 또 '다 알고 있으니 시간 끌지 않으셔도 돼요.'라는 말도 하려다가 그 말도 그만두었다.

갈등은 여전했다.

'도망칠까? 아니면, 자수할까?'

고민이 계속 소용돌이치며 나를 괴롭히고 있다.

그런데 이와 같은 나의 마음을 알 길 없는 티볼 선생님께서는 이상하게도 어렵게, 매우 어렵게 이런 말씀을 꺼내셨다.

"선생님도 많이, 아주 많이 생각해 봤는데….'

"네에."

마지못해 대답은 해 보지만, 그 목소리에는 힘이 없다.

"그래도 너의 생각을, 조금이라도 들어 보는 게 좋겠다 싶어 이렇게 물어보는 것인데 솔직하게 답변해 줬으면 좋겠다."

"…."

"솔직한 답변만이 너에게도 도움이 될 수 있다고 생각된다. 그러니 신중하게, 될 수 있으면 아주 신중하게 대답해 줬으면 좋겠구나."

"…."

아무런 대답도 못 했다. 아니, 할 수가 없었다. 대강 짐작은 하고 있었지만, 아직은 뭘 물어보는지도 모를 뿐 아니라, 설사 그 사건에 관해 물어본다고 하더라도 마음의 결정을 내리지 못한 상태였기 때문이다.

티볼 선생님도 나름의 사정이 있으신 것 같았다. 그것이 무엇인지는 모르겠지만, 있기는 있는 것 같았다. 지금이라도 "네."라는 대답을 해 드린다면, 아니 좀 더 적극적으로 나왔다면 그다음 말씀을 꺼내셨을 것도 같았는데 말이다.

아무런 대답도 없고 시무룩한 표정만 짓고 있었기 때문인지 선생님은 선뜻 그다음 말을 잇지 못하셨다. 그러면서도 속으로는,

'녀석 참 이상하다. 아까 옷을 나눠 줬을 때도 시무룩한 표정만 짓고 있더니, 무슨 일이 있나?'

라는 생각을 하고 계시는 듯 고개만 계속해서 갸우뚱하신다.

어색한 시간만이 흘러간다. 그러는 가운데 어떤 변화가 일어났다. 마음속에 하나의 판단이 선 것이었다. 나의 마음속에 매를 맞아도 좋다는 각오가 섰기 때문인지, 비장한 각오도 솟아났고 또 그런 진지함이 표정으로도 나타난 것 같다. 그와 같은 태도 변화에 어떤 느낌을 받았기 때문일까? 이제는 선생님께서도 자신감 있는 태도를 보이며 말씀하신다.

"네가 본루수를 맡아 줬으면 좋겠다."

이 말을 듣고 난 또 겨우,

"예?"

라는 말을 했을 뿐이다.

더는 말을 이어 갈 수가 없었다. 그런 중에도 속으로는 수없이 많은 생각이 의미 없이 흘러갔다.

'무슨 말이지. 느닷없이 본루수라니? 엥? 그럼, 그게 또 아닌 거야. 내가 분명 티볼 선생님 가방에서, 가방 속의 그 지갑에서 1만 원을, 그것도 5천 원짜리 지폐 2장을…. 그게 아닌 거야. 그런 말씀을 하려고 하신 게 아닌 거야. 으윽! 오늘 아침에도 내 책상 속에 있는 지폐 3장을 확인하고 나왔는데, 5만 원짜리 1장과 5천 원짜리 2장을…. 어제도 뒷문은 열려 있었는데, 그건 함정이었잖아. 함정! 선생님! 함정이지 않으셨어요? 함정? 그런데 이제는 본루수라니요? 선생님! 그게 아니잖아요. 지금은 그 함정에 대해 말씀하셔야 하잖아요. 예? 본루수라니요? 선생님! 저는 지금 무슨 말씀을 하시는지 모르겠어요. 그러니 제발 함

정이었다고 말씀해 주세요. 함정이었다고…. 덫에 걸린 거라고….'

몹시 혼란스러웠다. 울부짖고 싶었다. 엉엉 울고 싶은 마음을 가까스로 참고 또 참으며, 속으로는 뒤엉킨 생각들을 정리해 본다.

새로운 결과를 기대하며, 한편으로는 자신을 부른 이유가 고작 본루수를 맡기기 위한 것이었는지에 대해서도 의심하고 또 의심하며, 정리해 본다.

'그렇다면…. 나의 짐작이 또 빗나갔단 말인가? 이번에도 또 들키지 않고 넘어가는 것인가?'

티볼 선생님께서는 믿기지 않는다는 나의 표정만을 찬찬히 살피시며 부드러운 목소리로 말씀을 계속 이어 나가셨다.

"본루수 말이다. 본루수…."

어리둥절하고 있는 나에게 티볼 선생님께서는 계속 본루수에 관한 말씀만 하신다.

이제는 나도 그만 포기하고 표정을 가다듬어,

"본루수요?"

라는 말을 해 보았다. 진짜인지 다시 또 확인해 보고 싶었다.

그렇다고 이 자리에서 대뜸,

'이 자리는 5천 원짜리 지폐 2장을 훔친 범인이 누구인지 확인을 해 보려 한 거 아니었어요?'

라고, 말할 수도 없었다. 마음은 굴뚝같지만 어쩔 수 없다.

"지난번에 널 보니 너의 눈빛이 예사롭지 않던데, 그 눈빛은 뭐랄까,

난 꼭 본루수를 하고 싶다는 그런 눈빛 같던데…. 아니었어?"

물론 그때 나의 눈이 빛나고 마음이 들뜨고 시야가 확 트인 것도 사실이었다. 이후로도 티볼 선생님은 여전히 본루수에 관한 말씀만 하셨다. 결국, 나의 예상은 완전히 빗나가고 말았다. 그러고 보면 그때 나타난 나의 비장한 각오도, 진지함도 선생님의 눈에는 본루수를 맡고 싶다는 열망이나 책임감으로 비친 것이 아니었을까?

16

이제부터는 선생님의 질문에,

"아! 예에."

라는 대답과 함께 긍정적인 대답과 적극적인 표정을 지어 보기로 했다.

"그때는 홈을 향해 질주하는 주자와 부딪혀 몸을 좀 다치긴 했지만, 그래도 선생님은 그 모습에서 너의 새로운 면모를 봤다. 몸을 아끼지 않고 정정당당하게 맞서려는 너의 투지를 봤다고 해야 할까? 아니면, 한 점도 내주지 않으려는 너만의 강한 의지를 봤다고 해야 할까? 아무튼, 그때 너의 모습에서 그런 것을 느꼈단다."

처음 본루수라는 말을 듣고 내가 무척 실망했다고 느끼셨는지, 나를 설득시키기 위한 티볼 선생님의 설명은 이처럼 한없이 길게 이어졌다.

"예, 그때는 저도 모르게⋯."

이제는 나도 '함정'에 대한 것은 깨끗이 잊고 본루수, 즉 내가 서야 할 위치에 대해서만 생각해 보기로 했다. 솔직히 말하자면 나는 본루수를 맡아 달라는 티볼 선생님의 제안을 받고, 실은 무척 기뻤기 때문이다.

"그동안 네가 고생을 많이 한 것은 사실이지만, 솔직하게 말한다면, 네게 가장 알맞은 자리를 찾아 주려고 일부러 이 자리 저 자리를 경험하게 한 것이란다."

"예에."

하나의 깨달음이 다가왔다. 그 덕분인지, 그다음부터는 그 이전에 보지 못했던 진실이 조금씩 보이기 시작했다.

'그래서 그렇게 매일같이 자릴 바꿔 준 것이었구나. 괜히 걱정했네. 그런 것도 모르고 난 너무 못해 그런 줄 알고 있었는데⋯.'

그렇지만 이런 생각 때문인지 오히려 티볼 선생님이 살짝 미워졌다.

"그리고 또 한 가지는, 본루수를 맡으려면 1루, 2루, 3루뿐 아니라 유격수나 외야수 등의 위치에 대해서도 잘 알고 있어야 하는데, 그런 것을 알기 위해서는 직접 경험을 해 보는 것보다 더 좋은 것이 없단다. 그래서 그렇게 자리를 많이 옮겨 다닐 수밖에 없었지."

이 말을 듣고 나는,

'티볼 선생님! 그런 의도였다면, 미리 알려 주셨으면 더 좋았을 텐데요.'

라는 말을 하려다가 그 말도 그만두었다.

이제는 아무리 찾아봐도 보이지 않는다. 본루수에 대한 말만 하다 보니 5천 원짜리 절도 사건에 관한 생각은 어디론지 사라지고 없었다. 이 교실에 들어오기 전까지만 해도, 아니 본루수에 관한 이야기를 막 시작할 때만 해도 그렇게 나를 괴롭혀 왔던 그 생각도, 그 고민도, 맞짱 뜰 그 각오도 사라지고 보이지 않는 것이다. 그와 같은 고민과 갈등들이 모두 사라졌기 때문인지, 홀가분하다. 표정도 훨씬 더 밝아졌다. 그렇지만 아직도 나의 기분이 풀리지 않았다고 느꼈는지 티볼 선생님의 말씀은 여전히 길게 이어졌다.

"그런 말을 해 주지 않았던 이유는 따로 있다. 이를테면 이런 것이지. 결국에는 그렇게 미리 말해 주는 것이 아무런 도움이 되지 않는다는 거다. 너에게만 그런 것이 아니라 우리 팀에게도 그렇기 때문이다. 쉽게 말하자면 선생님의 의도를 미리 알려 주면 너의 진짜 실력을 파악해 낼 수 없을 뿐 아니라 그렇게 되면 너에게 알맞은 사리도 찾아 줄 수 없고, 찾아 주지 못하면 그 피해는 결국 너뿐 아니라 팀 전체로 퍼질 수도 있다. 그 때문에 그렇게 할 수밖에 없었다. 그런데 그런 이유로 인해 너 또한 고생이 많았다. 그동안 잘 참고 견뎌 줘서 고맙다. 조금은 선생님의 고충도 이해해 줬으면 좋겠다. 그렇게 해 줄 수 있지?"

선생님의 설명을 듣고 어느 정도 기분이 풀려 그런지, 이런저런 생각들이 흘러갔다. 여러 가지 생각들이 춤을 추고 있었다.

그런데 바로 그때,

'거부해 볼까?'

라는 생각이 솟구쳐 올라왔다.

'거부한다면 어떤 반응을 보이실까? 어떤 말씀을 해 주실까? 설마! 금전 도난 사건을 언급하지 않는 것은…. 궁지에 몰리셨을 때, 지금처럼 반항적으로 나올 때 비밀 카드로 내보이기 위해 그런 건 아니겠지? 혹시, 그런 때 쓰려고 하는 건지 아닌지 이번에 한 번 떠보는 것도 좋을 것 같은데…. 아니지. 아니지. 그러면 더욱더 좋고 잔뜩 기대하고 왔는데 아무런 소득도 없이…. 그냥 돌아갈 순 없지. 아까는 살짝 미워지기도 했는데, 이참에 약을 좀 올려드리는 것도 나쁘진 않을 듯하고….'

많은 생각 끝에,

'좋아. 그러면 과감하게 거부해 보자.'

라고 결심한 다음, 도전해 보기로 했다.

"선생님!"

"왜?"

"아무래도…. 전…."

짐짓 머뭇거리는 척해 본다.

"그래, 어서 말해 봐라."

"아무래도 전 적임자가 아닌 듯합니다."

"그래. 예의상 그렇게 거절하지 않아도 된다."

"선생님! 예의상 그런 것이 아니라 진짜예요."

"진짜라고?"

선생님은 초조한 빛을 보이셨다.

"예, 진짭니다."

자못 진지한 표정도 취해 본다.

"아니다. 그럴 까닭이 없다. 너보다 더 나은 적임자는 없다. 그동안의 관찰 결과와 티볼을 지도해 본 경험으로 판단해 보건대, 너만큼 잘 해낼 사람도 없다. 확신한다. 확신해. 이 선생님은."

"그래도….."

속으로는 좋으면서도 다시 또 머뭇거리며 자신 없는 모습을 다시 또 보여 주고 싶어졌다.

"걱정할 건 없다. 자신감을 가져라. 그것이 가장 중요하다. 자신감을 느끼기 위해 지금까지 고생, 고생하며 이 자리 저 자리 마다하지 않고 맹연습을 해 오지 않았느냐? 그렇지 않니?"

뒤로 물러서면 물러설수록 선생님은 반대로 나를 향해 더 바싹 다가오며 설득하셨다.

"예, 그러면….."

선생님의 성의에 감동한 척하기도 하고 마지못해 해 보겠다는 뜻을 살짝 내비쳐 보기도 했다.

곰곰 생각해 보니, 선생님의 제안은 진심에서 우러나온 것일 뿐 아니라 그동안의 면밀한 관찰 결과와 실력으로 뽑았다는 것도 느껴졌다. 그런 느낌 때문일까? 그런 것까지 거부할 수는 없었다.

"그리고 한 가지 더 말해 줄 것이 있는데."

이제는 '그게 뭔데요?'라는 질문을 입에 머금고 티볼 선생님의 모습만을 바라보고 있는데, 선생님께서는 부리부리한 두 눈으로 나의 두 손만 뚫어지게 바라보며 말씀하신다.

"그것은 너의 기량이다."

"기량이요?"

"그렇다. 쉽게 말하자면 개인기지."

"개인기요?"

"그렇다. 개인기, 그러니까 너의 손놀림이 보통 아닌 것 같아 그런다."

"그래요?"

손놀림이라는 말에 뜨끔했지만, 칭찬의 말로 들으니 그 말도 여간 기쁘지 않았다. 그런 말을 들어 그런지, 입가에는 환한 웃음꽃도 피어올랐다.

"그렇다. 그러고 보면 그뿐이 아니다."

이 말을 듣고 너무 기쁜 나머지, '또 있어요?'라는 말을 하려다 그만두었다. 선생님께서는 기쁨에 찬 나의 표정을 살피시며 다음과 같은 말씀을 해 주셨기 때문이다.

"틈을 보는 눈이 너무 좋아. 네가 가진 가장 큰 장점을 말해 보면, 이 둘을 다 갖췄다는 거다. 그것은 곧 본루수로서 갖추어야 할 가장 큰 조건들을 모두 갖췄다는 말과도 통한다. 여기에 그동안의 연습이 효과를 본다면 더는 바랄 것이 없다."

"그러면, 제가 최고의 본루수란 말이죠?"

"그렇다."

아무런 말도 하지 않고 그저 생각해 보는 척해 본다.

물론 속으로는 무척 기뻤다. 왜냐하면, 이보다 더 칭찬하는 말은 지금까지 들어 본 적도 없거니와 나의 기량을 이처럼 정확하게 파악하고 있는 선생님을 만나 본 적도 없었기 때문이다.

학생을 보는 눈이 정확하실 뿐 아니라 그 학생이 가진 재주와 능력을 제대로 파악하고 잘 가꿔 주기 위해 노력하시는 티볼 선생님을 다시 또 바라보고 있는데, 왠지 모를 존경심이 솟아오른다.

그뿐이 아니다. 학생 개개인의 사정 및 크나큰 배려가 남달랐고, 선수들과 팀 간의 조화, 즉 팀워크를 위해 큰 노력을 하셨기 때문에 늘 믿음이 가는 것이었다. 그런 선생님의 부탁을 어떻게 거절할 수 있을까? 그 때문인지, 다시 또 이런 생각이 들었다.

'기분이 너무 좋아 그런 걸까? 이 교실에 다시 들어올 때는 정말 비장한 각오까지 하고 들어왔는데….'

피식하는 웃음만이 나왔다. 그러는 가운데 이상하게도 이번에는 내 자랑을 하고 싶은 마음도 솟구쳤다. 너무도 큰 칭찬을 받았기 때문이었는지도 모르겠다.

'제 별명이 뭔지 아세요. 수달이에요. 수달! 틈을 잘 보고 몸의 놀림이 날쌔고 뛰어나다고 소문난 그 수달이 나의 별명이라고요. 천연기념물

로 지정된 그 수달[11]이 바로 제 별명이라니까요. 제 별명. 크킄!'

이와 같은 나의 별명으로 우쭐한 기분을 내보이고 싶었지만, 그것도 그만두기로 했다. 주책없이 나서는 것도 좋지 않은 것처럼 보였기 때문이다.

그런데 그때 갑자기 또 다른 느낌이 들었다. 그 느낌은 뭐라고 할 수 있을까? 마치, '뭔가 좀 이상한 것 같기도 하다.'는 느낌이 드는 것이었다. 그래서 그런지, 그 느낌은 곧바로 '틈을 잘 보고 손놀림이 좋다.'라는 생각으로 이어졌고, 결국에는 '그러므로 남의 물건을 쓱 하는 것도 식은 죽 먹기다.'라는 결론을 끌어내기에 이르렀다.

'역시, 날 의심하고 있는 거야. 혹시, 더욱 가까이 두고 지켜보자는 속셈이 아닐까? 아주 가까이 잡아 두면서 좀 더 두고 보자. 꼬리가 잡힐 때까지.'

티볼 선생님은 보는 눈도 좋고, 관찰력도 남다르고 아니 그 정도가 아니라 아주 뛰어났고, 속마음도 깊고 넓으셨다. 그 때문인지, 이런 말씀을 하시는 선생님의 의도를 종잡을 수는 없었다. 그뿐이 아니다. 선

---

11) 형태는 족제비와 비슷하지만, 훨씬 더 크고 수중생활에 알맞다. 머리는 원형이고, 코는 둥글며, 눈은 작고, 귀는 짧다. 꼬리는 둥글며 끝으로 갈수록 가늘다. 네 다리는 짧고 발가락은 발톱까지 물갈퀴로 되어 있어 헤엄을 잘 친다. 유럽·북아프리카·아시아에 널리 분포한다. 한국의 경우 과거에는 전국적으로 볼 수 있었으나 가죽을 얻을 목적으로 마구 잡고 하천의 황폐화로 그 수가 줄었다. 1982. 11. 16., 천연기념물 제330호로 지정되었고, 2012. 7. 27. 멸종위기 야생생물 1급으로 지정되어 보호받고 있다. [출처: 네이버 지식백과] 수달(두산백과)

생님이 날 의심하기 때문에 그 의도를 종잡을 수 없는 것인지, 아니면 내가 의심하고 있어서 선생님의 의도를 잘못 파악하고 있는 것인지, 어느 쪽이 옳은지도 판단이 서지 않는 것이다. 아까도 그랬는데, 진실을 진실로 보지 못하고 의심만 했는데…. 지금도 그런 것이 아닐까? 그렇지만, 그렇지만…. 정말 이상했다. 칭찬이라 하더라도, 아무리 좋은 칭찬도 지금과 같은 때는 듣기에 따라서는 칭찬이 아닌 말로 들릴 수 있는 것이 아닐까? 그렇지만, 이런 생각들은 마음의 한쪽 구석에 접어 두기로 하고 더는 생각하지 않기로 했다. 소용없는 일이다. 이 순간에는 아무짝에도 쓸모없는 생각일 뿐이었기 때문이다.

마지막 말로서,

"예. 그럼, 더욱 열심히 노력해 보겠습니다."

라는 말만 티볼 교실에 남겨 놓은 채 그 교실을 나왔다.

복도를 지나갈 때는,

'분명, 내가 가져왔는데…. 왜, 그런 것에 대해서는 아무런 말씀도 하지 않으실까?'

라는 생각이 들기도 했다.

'끝내 한 말씀도 안 하시네….'

지난번과는 너무도 다르게 전개되는 상황 때문에 나는 아무런 갈피도 잡을 수 없었다.

'함정이 아니었나?'

어리둥절한 마음으로 하교했다.

17

그 이후로도 연습은 변함없이 계속되었다. 그렇다고 훔치는 행위를 그만둔 것도 아니다. 훔치는 행동은 나 자신만의 힘으로 그만둘 수 있는 성질이 아니었다. 나도 모르게 일어나는 행동이었으니까. 나의 별난 행동에 따른 티볼 선생님의 남다른 반응은 찾아볼 수 없었다. 아쉽게도 그런 모습은 두 번 다시 나타나지 않았다.

그러나 이것만큼은 사실이다. 그 이후로는 티볼 선생님 교실에서 무엇을 하나씩 가져올 때마다 그 교실의 보안상태는 조금씩 변하기 시작했다는 것. 그것도 아주 조금씩 강화되어 가고 있었다는 것, 그것만큼은 확실했다.

이를테면 가방도 평소에 있었던 자리에 있지 않았고, 하나였던 번호 열쇠도 2개, 3개로 늘어났다는 것이었다. 그렇지만 그렇게 늘어난들 어떤 어려움이 생긴 것도 아니었다. 전화한다든지, 친구를 좀 이용한다든지 아니면, 매일 같이 조금씩 시간을 투자하여 번호를 눌러 보다 보면 그깟 비밀번호쯤은 쉽게 알아낼 수 있는 일이었으니까.

생각해 보면 그와 같은 변화는 나에게, 친구들보다 손놀림이 훨씬 더 좋았던 나에게는 아주 작은 자극에 불과했다. 그렇지만 그 정도만으로도 나의 호기심과 도전 의식을 불러일으키기에는 충분했다. 그 때문에 보안의 점진적인 강화는 오히려 즐거움으로 다가왔고, 그런 점에서 보면 티볼 교실과 티볼 선생님만이 나에게 줄 수 있는 또 하나의 아기자기한 선물과도 같은 것이었다.

그와 같은 즐거움에 티볼 선생님의 별난 반응이 더해졌다면 그보다 더 좋을 수는 없었겠지만, 그와 같은 반응은 더는 나타나지 않았다. 아쉬운 점이 있다면 그것이다. 그것이 가장 아쉬웠다.

큰 기대를 하고 있어 그런지,

'왜 반응이 없을까? 전에는 그러지 않으셨는데.'

라는 것이 또 하나의 고민거리로 다가왔다. 별꼴이었지만, 이것도 사실이다.

더욱이 요즘에는,

'지문 검사 결과가 나왔을 텐데…. 아니, 나왔어도 한참 전에 나와야 했는데…. 왜, 반응이 없을까?'

라는 생각만이 든다. 그런 까닭으로 여기에 마지막 기대를 걸어 보기로 했다. 결과가 어떻게 나오든.

그런데 없다. 오리발을 내밀 각오를 하면서 아무리 기다려 봐도 반응이 없다. 요즘에는 이런 생각에 빠져들 때가 더 많았다.

'분명 나에게 뭔가 할 말이 있으실 텐데…. 이상하다.'

지문은 하나였다. 티볼 선생님의 가방에 묻어 있는 지문과 투명 엘자 파일에 찍혀 있는 지문이 서로 일치하는 것은. 나의 지문, 이것이 정답이다. 정답. 그런데 없다. 이와 같은 까닭으로 티볼 선생님만의 색다른 반응을 기대하며 기다리고 또 기다려 보지만 아무런 기미도 보이지 않는다. 며칠이 지나고 또 며칠이 지나가도 시간만이 흘러갔을 뿐 기다리는 소식은 들려오지 않는 것이다.

그러던 어느 날 나는 보았다. 무엇인가를 봤다. 나만의 볼 일이 있어 티볼 선생님 교실로 들어가려고 하는데 그 교실에서 나오는 어떤 선생님을 보고만 것이었다. 지금 다시 생각해 보면 봐서는 안 될 것을 본 것도 같다. 그분은 내가 잘 알고 있는 어떤 분을 쏙 빼닮았기 때문이다. 정말 어이가 없다. 그분의 뒷모습만 물끄러미 바라보고 있는데 이런저런 생각들이 스쳐 지나갔다.

'아니, 이 시간에는…. 나를 보러 오던 시간인데…. 설마! 선생님도 나처럼 도둑질을. 헐! 그래서 그동안 한 번도 운동장에 안 나오셨던 것일까?'

이 세상에는 도저히 이해할 수 없는 일들뿐이었다.

제4장

백청수 선생님과 별난 아이

1

"이제야 비로소 은혜를 갚을 때가 왔습니다. 작년에 당했던 그 수모에 대한 은혜를 고스란히 돌려줘야 할 때가 되었습니다."

'은혜를 갚을 때가 왔다.'라는 말에 공감하듯 고개를 끄덕이는 선수들도 꽤 많았다.

"작년에 출전한 선수들은 분위기를 느껴 봤겠지만, 사실 우리 학교 선수들이 가장 큰 인기를 누렸습니다. 다른 학교 선수들이 우리 학교 선수들만 보면 징그러울 정도로 좋아하고 환호성을 질러 대는 바람에 모두들 몸 둘 바를 몰랐을 겁니다."

'지난번에도 말했지만 좋아한다는 말은 경멸한다는 뜻이었지.'

이런 말을 떠올리며 피식 웃는 선수도 있었다. 등번호는 2번이다. 그 선수는,

'그렇다면 환호성을 질러댔다는 말은 야유를 퍼부었다는 뜻으로 봐야 하지 않을까?'

라는 생각을 하고 있는지, 고개를 숙인 채 또 웃는다.

그렇지만 그 웃음은 이전의 웃음과는 달랐다. 쓴웃음을 내뱉은 듯 얼굴 근육은 일그러져 있었다. 우리 팀을 보고 비웃는 듯 미소 짓던 다른 학교 선수들의 야비한 모습을 떠올리며 분노에 몸을 떠는 선수들도 있었다. 물론 진강이도 이런 부류에 속했다.

이와 같은 분노에 대답이라도 하듯 선생님께서는 한층 더 높아진 목소리로 힘차게 말씀하셨다.

"그러나 달라졌습니다. 우리 팀은 달라졌어요. 우리 팀은 이제 가장 미워하는 팀이 되었습니다. 가장 경계해야 할 팀이 되었어요. 그 이름만 들어도 두려움을 느낄 정도로 막강한 팀이 되었다고 해야 옳은 것 같습니다."

선수들의 입가에는 미소가 번지기 시작했다. 그동안 고생도 많았지만, 그와 같은 고생 덕분에 강팀이 되었다고 생각하니 뿌듯한 것이었다.

"축제의 시간이 다가왔습니다. 이 축제를 올해는 우리의 것으로 만들어 봅시다. 우리의 것으로 만들어 마음껏 즐겨 봅시다. 할 수 있겠습니까?"

"넵!"

힘찬 대답과 함께 입가에 번지기 시작한 미소는 온몸을 타고 흐르는 듯 몸을 부르르 떠는 선수들도 있었다.

'축제다. 축제! 우리들의 마지막 축제! 그 시간이 돌아왔다.'

진강이의 마음에도 이런 생각이 떠올랐는지 온몸이 떨렸다.

'달라졌어. 작년에는 우울하기만 했는데, 올해는 완전 축제 분위기야. 대단하다!'

대부분의 선수는 이렇게 느끼고 있었다. 또한 '대회'가 아니라 '축제'라는 말로 인해 그 선수들의 마음가짐도 크게 달라졌다. 그 때문인지, 이런 분위기에 젖어 옆의 선수들과 시선을 교환하기도 하고 이를 드러내며 씩 웃기도 한다. 분위기는 점점 더 '잘할 수 있다. 이건 우리들의 축제야. 마음껏 즐겨 보자.'라는 쪽으로 무르익었고, 그에 따라 선수들의 눈동자는 더욱더 불타오르기 시작했다.

"이것으로 준비는 모두 끝났습니다. 이제는 패배의 아픔을 딛고 축제를 즐기는 일만 남았습니다. 여러분이 얼마나 잘 즐기느냐에 따라 우리 팀의 승패도 결정될 것입니다. 대회 일정은 어제 발표한 대진표를 참고해 주시고, 연습 또한 계속할 예정이니 대회 마지막 날까지 게을리하지 않기 바랍니다. 끝까지, 포기하지 말고, 최선을 다했을 때 나타나는 가장 아름다운 모습을 보여 주기 바랍니다. 알겠습니까?"

"예."

늠름하게 대답하는 선수들의 모습을 바라보니 백청수 선생님의 마음은 흐뭇하기만 했다.

"자! 오늘 연습은 이것으로 그만, 해산!"

선수들은 연습 도구들을 챙겨 교실로 올라갔고 선생님도 테니스 라켓을 들고는 교실로 향했다.

백청수(남, 47세) 선생님은 푸른솔초의 교무기획부장으로서 뜻한 바가 있어 올해에는 이렇게 티볼팀을 운영하고 있었다. 가르치는 과목은 3학년과 6학년 도덕이다. 그래서 그런지, 티볼 선생님이나 그냥 부장님 또는 도덕 선생님으로 불릴 때도 많다. 어떤 관계이냐에 따라 달랐다.

2

교실 앞 복도에는 아무도 없다. 문 앞에 서서 문고리에 걸려있는 번호 열쇠를 바라보니 그것도 그대로 매달려 있었다.

그러나 백청수 선생님은,

'그분이 오늘도 방문하셨을까?'

라는 생각으로 문짝 위를 올려다본다. 이것도 얼마 전부터 생겨난 습관이다.

'오늘도 역시 방문하셨군!'

찢어져 있는 종이쪽을 확인하고는 이맛살을 찌푸렸다. 문을 연 흔적을 알아보기 위해 문짝의 맨 윗부분과 문설주에 걸쳐 종이쪽을 붙여 놓았는데, 이것이 오늘도 두 조각으로 찢어져 있었기 때문이다.

'도대체 누가? 아니 어쩌면, 어느 분이 들어온 것일까?'

백청수 선생님은 이런 생각을 하며 오늘도 늘 하는 것처럼 번호 열쇠를 해제한 다음 교실 안으로 들어갔다. 들어가서는 제일 먼저 스마트폰으로 사진을 찍는다. 교실 앞에 있는 티볼 장비들과 사물함, 책상 위, 아래, 서랍, 옷장 등의 사진을 몇 장씩 찍고 또 찍는다. 능숙한 솜씨로 사진을 찍고 저장한 다음에는 교실 뒤쪽으로 다가가 뒷문을 조금 열어 놓는다. 이 교실로 공부하러 오는 3학년 아이들은 뒷문이 닫혀 있으면 잠겨 있는 줄 알고 열려고 하지 않는다. 더군다나 선생님의 허락도 없이 연다고 하는 것은 있을 수 없는 일이기도 했다.

1교시는 3학년 도덕 수업이다. 9시가 되자, 담임교사의 인솔하에 3학년 1반 학생들이 도착하여 뒷문을 살짝 열더니 얼굴만 빼죽 내밀었다. 그리고 이 아이들의 초롱초롱한 눈에는 들어가도 좋은지 허락을 받으려는 눈빛으로 가득했다.

그런데 그 눈빛에 접촉하는 순간 정전기라도 일어난 듯 하나의 생각이 불꽃을 일으키며 선생님의 머릿속에서 빠져나갔다. 아주 안 좋은 생각이.

기억나지는 않지만 애써 그 생각을 되살려 보면, 그것은 아마도,

'오늘은 무엇이 없어졌을까? 확인을 좀 해 봐야지.'

라는 생각이었는지도 모르겠다.

그리고 이때부터는 선생님도 그처럼 안 좋은 생각들은 모두 잊고 허락의 뜻으로 고개를 끄덕이며 아이들을 반갑게 맞이할 수 있게 된다. 물론, 담임교사와도 인사를 나눈다. 이런 인사를 기점으로 하여 담임교사는 자기 반 교실로 돌아가고, 그 대신 교과전담 교사인 백청수 선생님의 수업이 시작되는 것이다. 아이들의 좌석 배치는 본디의 자기 반과 같다. 그 때문에 이 교실에서도 자기 반에 앉아 있을 때와 똑같은 위치에 앉아 공부하게 된다. 아이들이 모두 앉으면 학급회장의 구령에 맞춰 선생님께 인사하고, 인사가 끝나면 수업은 곧바로 시작된다. 그런데 오늘따라 웬일인지 수업이 시작되자마자 선생님 책상 앞에 앉은 어떤 학생이 선생님 책상 위에 놓인 번호 열쇠를 발견하고는 얼른 집어 드는 것이었다.

'그건 만지면 안 돼.'

선생님이 이런 말을 하려고 하는데, 그 학생이 먼저,

"선생님! 이 번호 열쇠 갖고 놀아도 돼요?"

라고 말하는 것이었다.

"수업 중에는 선생님 물건 만지면 안 돼요. 선생님 말씀 잘 듣고 공부 열심히 하도록 하세요."

안내는 해 보지만 아무런 소용이 없다. 이미 톡 튀어나온 번호들은

그 학생의 손아귀에서 꾹꾹 눌러지고 있었다.

'확! 뺏어 버릴까?'

강압적으로 회수할 생각도 해 보지만, 웬일인지 선생님은 그만두기로 한다. 하나의 생각이 스치고 지나갔기 때문이다.

'몇 분 몇 초 만에 번호를 알아낼 수 있을까?'

실은 이런 의도가 있었기 때문에 그 학생을 보다가도 가끔은 시선을 딴 곳으로 돌리는 것이었다.

그러고는 아무 일도 없었다는 듯 다른 학생들을 바라보며 수업을 계속 진행하신다.

"오늘도 형이 오기만을 기다렸지만 끝내 오지 않았다. 어제는 형이 같이 놀아 줘서 참 좋았는데, 오늘은 왜 안 오는 것일까? 이 구절에서 동생의 어떤 마음이 잘 나타나 있는지 서로 이야기를 나눠 봅시다."

이와 같은 말을 하면서도, 선생님은 힐끔힐끔 아까 그 학생의 손놀림을 바라보곤 했다.

그런데 그 학생도 수업에는 관심이 없다는 듯 계속 열쇠 번호만 맞추고 있다. 그런데 가만히 그 학생을 들여다보면 그 손놀림이 무시할 수 없을 만큼 아주 빨랐다. 눈빛도 예사롭지 않다.

'조금만 더, 조금만 더 하면 될 것 같은데.'

오기라도 난 듯 도무지 포기할 줄 모른다. 시간은 흘러간다. 그렇지만 알아내는 데는 좀 더 많은 시간이 필요한 것 같았다.

백청수 선생님이,

"여러분들도 여기에 나오는 이 어린이처럼 형이 오기만을."

이라는 말을 하려고 하는데, 그 학생이 번호 열쇠를 선생님 책상 위에 다시 올려놓는 모습이 보였다.

'열었군! 그것도 초등학교 3학년이.'

속으로는 무척 감탄하며, 걸린 시간을 계산해 보니 대략 5분 정도였다. 그 후로도 '빠르군! 빨라.'라는 말을 여러 번 날렸지만, 입안에서만 맴돌았을 뿐 입 밖으로 나오지는 않았다.

'그렇다면…. 6학년이라면….'

물론, 백청수 선생님이 이런 생각을 안 해 본 것은 아니었다. 그러나 그런 생각은 뒤로 미뤄 둔 채 호기심에 가득 찬 아이들을 바라보며 수업에만 열중하신다. 호기심이 충족되었기 때문인지, 그 학생도 이제는 수업에만 전념하게 되었고, 수업도 별일 없이 막바지 단계로 접어들었다.

"여러분들도 이 어린이와 같은 처지에 놓여 있다고 생각해 봅니다. 이와 같은 문제 상황에 놓여 있다고 생각하고 각자 하나씩 질문을 만들고, 그런 질문을 왜 만들었는지 그 이유도 써 봅시다."

선생님이 이런 말을 하고 있을 때 번호 열쇠를 갖고 놀던 아까 그 학생이 질문하려는 듯 손을 번쩍 들었다.

"선생님! 질문 있는데요."

"뭔데?"

"그걸 꼭 해야 하나요?"

"그럼, 꼭 해야지."

"왜요?"

"스스로 질문을 만들고 왜 그런 질문을 만들었는지, 그리고 그 해결 방법이 무엇인지 등을 찾아보는 과정에서 도덕적인 상상력과 도덕적인 사고력이 크게 발달하기 때문이지."

"그뿐인가요?"

"그 밖에도 여러 가지가 있어요. 그중에서도 특히 도덕적인 판단력이 크게 좋아진단다."

"그래요?"

"그럼."

"제 생각에는 너무 어려운 것 같은데요."

"그러면 예를 들어 설명해 보겠다. 이를테면, 형과 동생이 우애 있게 잘 지내려면 어떻게 하는 것이 좋은가? 이런 질문을 만들어 보는 거예요."

"선생님!"

"왜?"

"그런 게 아니라, 형이 없어서요."

"그렇구나."

대답은 이렇게 했지만, 마음에는

'그러고 보니 그렇군! 형이 없는 아이들이나, 동생이 없는 아이들을 위한 대책을 세워야겠어. 이런 아이들을 위해 서로 다른 학년의 아이들을 묶어 이런 프로그램을 만들면⋯. 그렇지. 좋아.'

라는 생각이 흘러가고 있었다.

그때 다시 또 그 학생이 다급한 목소리로 말했다.

"선생님! 수업 시간, 다 끝난 것 같은데요."

"조금만 더 하면 안 될까? 설명을 좀 더 해야 할 것 같은데, 그래야 숙제도 내줄…."

숙제라는 말 때문인지, 그 학생의 말은 점점 더 빨라졌다.

"저희도 우리 반 교실까지 가려면 너무 멀어서요. 그리고 좀 바빠서요. 지금 끝내 주셔야 볼일도 좀 볼 수 있고 다음 수업 준비도 할 수 있고 쉴 수도 있어요."

"정말 그렇게 바빠?"

"예."

이번에는 모두들 크게 대답했다.

"놀고 싶어 그런 건 아니지?"

"그럼요. 우린 놀 시간 없어요. 선생님!"

"그래, 알았다."

"예, 고맙습니다."

"그럼, 이상으로 수업을 마칩니다."

아이들을 바라보며 수업이 끝났음을 선언한 백청수 선생님은 '질문이 있는 교실'과 관련하여 질문 만들기 숙제를 내려다 그만둔다. 그렇지만 다음 시간에는 꼭 내야겠다고 마음먹는다.

숙제가 없는 것을 알자 아이들은 모두 싱글벙글 웃었다. 그 웃음에는 '오늘도 좀 놀 수 있겠어.'라는 의미도 담겨 있는 듯 다소 들뜬 웃음처럼 보였다.

끝인사를 한 다음 선생님은 학생들과 함께 뒷문으로 나갔다. 학생들을 인솔하여 담임 선생님께 데려다준 다음 백청수 선생님은 주머니에서 무엇인가를 찾는다. 스마트폰이다.

그런데 그 스마트폰을 열어 보더니 고개를 갸우뚱하면서도 화면만 뚫어질 정도로 바라본다.

'이상하다. 뭔가 좀 달라진 것 같은데….'

3

오늘도 날씨는 맑고 깨끗했다. 축복받은 날이다. 연습을 마친 선생님은 선수들을 불러 놓고 이런 말씀을 하셨다.

"축제의 날이 다가왔습니다. 내일입니다. 내일이 바로 대회 첫날입니다. 이날을 위해 우리는 지금까지 어려움을 마다하지 않고 매일 아침 맹연습을 해 왔습니다. 연습을 통해 개인적인 기량을 많이 높였을 뿐 아니라 그 과정에서 우리는 하나의 팀이라고 하는 것을 뼈저리게 느껴 봤을 것입니다. 이와 같은 연습이 과연 효과가 있을 것인가? 이렇게 의심하는 선수들도 있겠지만 그런 의문은 내일 우리의 첫 시합을 통해 자기 자신이 직접 그 답을 확인해 볼 수 있을 겁니다. 그 효과는 자신만이 가장 확실하게 느껴 볼 수 있고 그 답도 자신만이 확인해 볼 수 있는 것이니까요."

'정말 사람마다 다른 것일까?'

의문을 품는 선수도 있었다. 그렇지만 그 선수도,

'난 정말 열심히 했으니 좋은 결과가 나올 거야.'

라는 생각으로 자신을 위로한다.

"쉽게 말하자면 열심히 한 정도에 따라 효과는 다르게 나타난다는 말입니다. 정말 열심히 한 선수는 자기 능력의 120%를 발휘하는 환상적인 체험을 해 볼 수 있겠지만, 그렇지 않은 선수는 40%도 발휘하지 못한 채 덜덜덜 떨고 있을 겁니다. 연습의 중요성을 깨닫지 못하고 게으름만 피워 온 벌로서 일명 개다리춤이나 추고 있겠죠. 그렇지 않겠습니까?"

선수들은 대답 대신 모두들 한바탕 웃는다. 개다리춤이라는 말 때문이다. 그렇지만 5학년 선수들은 걱정하는 기색이 역력했다.

"그렇다고 하더라도 걱정하지 않아도 됩니다. 그런 것에 대비하여 연습을 꽤 오랫동안 해 오지 않았습니까? 지난번에도 말한 바 있듯 서로를 믿고 의지함으로써 두려움을 극복해 낼 수 있고, 더 나아가서는 티볼 대회가 아니라 이것이 곧 우리들의 축제임을 깨닫게 될 것입니다."

이 말을 듣고,

'나도 개다리춤이나 추고 있으면 어떡하지?'

라는 걱정을 하고 있던 선수들의 표정이 다소 밝아졌다.

"그럼 이만. 오늘은 일찍 자고 몸을 잘 보호하도록 해라. 내일의 첫 축제를 망치고 싶지 않다면, 알겠나?"

선생님의 힘 있는 목소리에 부응하듯 선수들도 일제히,

"넵!"

이라는 힘찬 대답과 함께 자기 교실로 뛰어 들어갔다.

선수들이 모두 들어간 것을 확인하자 선생님도 교실을 향해 걸어갔다. 본관의 시계는 8시 57분을 가리키고 있었다. 교실 열쇠는 어제와 다름없이 잠겨 있었다. 그러나 문 위에 붙여 놓은 종이쪽은 또 찢어져 있었다.

'오늘도 방문하셨군!'

씁쓸한 표정으로 번호를 눌렀다. 교실로 들어가며,

'누가 이런 짓을?'

이라는 생각으로 스마트폰을 꺼내 보고 있는데,

"똑! 똑!"

하는 소리가 들려왔다.

'아차! 뒷문을 안 열어 놓았군!'

급히 뒷문으로 걸어가 문을 열어 준다. 잠가 놓지 않아도 닫혀 있으면 열려고 하지 않는 것은 6학년 학생들도 마찬가지였다.

'앞으로는 좀 잠가 놓아 볼까? 잠가 놓는다면 그 시기는 언제쯤이 좋을까? 아무튼, 언젠가는 잠가 놓지 않으면….'

그런데 이와 같은 생각을 해 보는 것과 동시에 아까의 그 씁쓸한 기분도 깨끗이 사라진다. 그 덕분인지 이번 도덕 수업도 6학년 1반 학생들을 반갑게 맞이하는 것으로 시작되었고, 별문제 없이 마무리 단계로 접어들었다.

"그러면 이번에는 형의 처지에서 문제를 만들기 바랍니다. 종일 동생과 놀아 주면 나만의 자유시간은 없어진다. 나도 나만의 시간을 갖고 싶다. 그러나 그렇게 되면 동생은."

선생님이 이런 말로 끝맺음을 하려고 하는데, 앞에 앉아 있는 어떤 학생이 선생님의 책상 위로 손을 뻗는 모습이 보였다.

기찬이였다. 그 아이의 손에는 번호 열쇠가 쥐어져 있었다. 그러는가 싶더니 곧바로 열쇠의 번호를 꾹꾹 눌러 나간다.

'무얼 하려고?'

이런 생각에 앞서 '어!'하는 감탄사가 먼저 툭 튀어나왔다.

누르는 속도는 말 못 할 정도로 빨랐다. 게임 수준을 방불케 하는 손놀림에 선생님도 넋을 잃은 듯 잠시 말씀을 멈추셨다. 선생님의 말씀이 중단되자 옆에 있는 몇몇 학생들의 시선도 일제히 선생님의 시선을 따라 그 아이 쪽으로 옮겨졌다.

옆 짝이 기찬이의 옆구리를 툭툭 치며,

"야! 뭐해? 공부 안 하고."

라는 말을 해 보지만, 그 아이는 들은 척도 하지 않는다.

너무 신기해서 그런지, 걸리는 시간을 재어 보기 위해 그러는지는 모르겠지만 선생님도 아무런 말씀이 없으셨다.

　오히려 기찬이의 옆 짝인 진강이를 말리듯 검지를 입에 대고는 "쉬!"라는 시늉을 하신다.

　진강이도 선생님을 바라보며,

　'이 애의 실력으로는 3분 걸립니다. 딱 3분.'

　이라는 말을 해 드리고 싶었지만, 꾹 참는다. 중요한 순간에 끼어드는 것도 예의는 아니었기 때문이다.

　손가락의 움직임이 없는 것을 확인하자 선생님은 다시 또 학생들을 둘러보며 말씀하셨다.

　"동생과 형, 형과 동생. 이 두 사람이, 그러니까 형제간에 사이좋게 지내려면 어떻게 해야 할까요? 이 문제에 대해 형의 처지에서 질문을 만들고, 그 질문을 만든 이유도 쓰고, 그 질문에 대한 가능한 답도 자신의 경험에 비추어 찾아보기 바랍니다."

　이때는 이미 3분 3초 걸린 것을 자랑스럽게 생각하고 있던 기찬이도 만족스러운 표정으로 선생님의 말씀에 귀를 기울이고 있었다.

　선생님이 내주시는 과제를 들으며,

　'동생이 없는데… 어떡하지?'

　라는 생각도 들었지만, 곧 사라졌다.

　'없다는 핑계를 대면, 숙제는 안 해도 되지 않을까?'

　질문할까 망설였지만 그만둔다.

　한편 진강이는 기찬이의 솜씨를 보면서 피식 웃고 있었다.

'그 정도로는 아직 멀었다. 날 따라오려면 말이야. 히히!'

자신의 실력과 비교를 하고 있던 것은 아니었을까? 마치 그런 비교라도 하고 있었다는 듯 여러 차례 고개를 가로저었다.

"콩 꼬투리 시간에 동생들과 함께 이야기를 나눠 보도록 하겠습니다. 자신의 처지에서 솔직한 자료를 준비해 주시기 바랍니다."

선생님은 이 말을 끝으로 수업을 마치셨다. 인사를 마친 학생들은 두 줄로 뒤에 선 다음 자기 교실을 향해 출발했다. 학생들이 복도를 지나 모두 6학년 1반 교실로 들어가는 것을 확인한 백청수 선생님은 다시 자기 교실로 발걸음을 돌렸다. 이날도 선생님은 돌아오는 길에 주머니에서 스마트폰을 꺼냈다. 잠시 열어 보고는 고개를 갸우뚱하더니 다시 주머니에 넣는다. 그렇지만 속으로는 이런 생각들이 흘러가고 있었다.

'이상하다. 비슷하긴 하지만 그렇다고 똑같은 것도 아니고, 놓인 위치도 조금 다르고….'

4

교실로 돌아온 백청수 선생님은 스마트폰을 다시 꺼냈다. 다행히도 오늘은 2교시 수업이 없었다. 비어 있는 시간이다. 이번에는 느긋하게 대조해 볼 수 있을 것 같았다. 선생님은 찍어 놓은 사진들을 꺼내 놓고 하나하나 점검에 들어갔다. 이런 것도 따지고 보면 4월 26일 이후 생겨난 습관이다. 그리고 그 전날인 4월 25일 저녁때 일어났던 일만 생각하면 지금도 황당하다.

사실, 그날은 '어울림의 미학 공부 모임'이 있는 날이었다. 그 모임의 회원인 백청수 선생님도 그날 모임에 참석하여 공부를 마친 다음 회비를 내기 위해 지갑을 열어 보았더니, 없었다. 보이지 않는 것이었다. 회비가 없어진 것을 알게 된 그때의 그 당황스러움이란 말로 다 표현할 수 없을 만큼 충격적이었다.

'분명, 은행에서 5만 원권 지폐 1장을 찾아 봉투에 넣은 다음 다시 이 지갑 속에….'

떨리는 손놀림으로 지갑을 열어 보고 또 열어 보았지만, 회비를 넣어 둔 봉투는 끝내 찾지 못했다. 황당한 마음을 억누르며 볼일을 보는 척 화장실에 들어간 다음 가방 속의 물건들을 모두 꺼내 놓고 샅샅이 찾아보았지만, 역시 찾지 못했다. 그런데 이상하게도 그 봉투는 며칠 후에 발견되었다. 그것도 책상 속에 넣어져 있는 것이었다. 책상 서랍 안쪽 깊숙한 곳에 숨겨져 있는 봉투를 발견하고는 바로 열어 보았더니 그 안에 그 돈이 들어 있는 것이 아닌가?

봉투를 발견한 그 순간에는,

'정말, 우리 선수들의 소행이란 말인가!'

라는 생각이 스쳐 지나갔다. 그다음에는,

'그렇다면 반성문은 왜 제출하지 않았을까?'

라는 의문이 조금씩 들기 시작했다.

'이런 점으로 봐서는 또 우리 선수들이 아닌 것도 같고….'

그때는 분명 "그날 겪은 일을 시간 순서에 따라 쓴 다음", 아니면 그 대신 "자수하는 의미에서 반성문을 내도 좋다."라고 말했는데, 반성문은 없고 돈 봉투만이 이렇게 들어 있었기 때문에, 이해가 되지 않았던 것이었다. 외부인도 아니고 우리 선수들의 소행도 아니라면 결론은 하나밖에 없었다. 착각했다는 것이었다.

이를테면, 그날 그 봉투를 지갑이나 가방 속에 넣어둔 것이 아니라 사실은 책상 서랍 속에 넣어 두었다. 이곳에 꼭, 꼭 넣어 두었는데 그 사실을 그만 깜빡했다는 것. 그렇지만 그런 '착각'도 믿을 만한 것은 못 되었다. 의심스럽기는 마찬가지였다. 의심해서 그런지, 이번에는 그런 쪽으로만 생각이 떠올랐다.

'누군가가 가져간 것이 분명하다.'

그리고 그다음에는 그와 관련된 걱정도 들었다.

왜냐하면, 그 순간,

'서류는 이미 보냈는데, 경찰서로 보내 버렸는데.'

라는 기억도 되살아났기 때문이다. 그다음에는,

'우리 선수 중에 있는 줄 알았다면 좀 더 기다려 보는 것도 좋았을 텐데.'

라는 후회마저 드는 것이었다.

그렇지만 곧,

'그렇다고 하더라도 괜찮다. 우리 선수들과는 관계가 없도록 해 놨으니…'

라는 생각도 들었고, 아래와 같은 생각도 들었다.

'지금의 상황으로 봐서는 정말 외부인의 소행인지도 모를 일이고…'

그런데 이번에는 이런 생각 덕분인지, 이후로는 그것과 관련된 걱정이 모두 사라졌고 편안함만이 그 자리를 차지하게 되었다. 도난당한 그 봉투를 되찾게 되어 기뻤지만, 그렇다고 그때의 그 황당함이 사라진 것은 아니었다. 아직도 마음의 한구석에는, '착각일 리가 없어.'라는 의문만이 남아 있다. 그 때문인지, 그 '착각'했다는 것을 부정하고 싶은 마음이 다시 또 시작되었다. 왠지 모르게 반박하고 싶은 마음이 자꾸 드는 것이었다.

'건망증이 아무리 심하더라도…. 그런 것을 착각할 리는 없어. 착각이 아니야. 이건, 결코 아니라고…'

생각해 보면 볼수록 아니었다. 왜냐하면, 그 돈은 회비를 내기 위해 찾아온 것으로서 찾자마자 봉투에 넣었고, 그 봉투를 또 지갑 속에 넣었고, 그 지갑을 다시 또 가방 속에 넣어 둔 것이었기 때문이다. 그 봉투가 책상 서랍으로 들어갈 까닭이 없었다.

이와 같은 이유로,

'누군가가 가져간 거야.'

라는 결론은 더는 부정할 수 없을 만큼 분명해졌다.

그래서 그런 것일까? 바로 그 순간,

'앗! 그래, 바로 그거야. 다시 갖다 놓은 거.'

라는 생각이 저도 모르게 툭 튀어나왔다.

그런데 이상하게도 그다음에는 모든 생각이 그쪽으로만 굴러갔다. 끝없이 굴러갔다.

'가져간 것을 다시 갖다 놓은 것일까? 그렇다. 누군가가 다시 갖다 놓은 거야. 갖다 놓기는 놓았는데 본디의 그 자리에 놓은 것이 아니라 다른 곳에 갖다 놓은 것이라고. 가방이 아니라 이 책상 서랍에 갖다 놓은 것이지.'

되돌아온 것에 대해 생각하고 있는데, 바로 그 순간

'그렇다. 그렇다면, 다른 사람이 또 있을 수 있다.'

라는 생각이 다시 또 불꽃처럼 솟구쳐 올라왔다. 그러더니 이 생각도 곧 돌덩이처럼 굳어지며 계속해서 굴러가고 또 굴러갔다.

'그 때문에, 그러니까 그분은 처음 있던 자리를 모르니까 어디에 놓을지 몰랐겠고, 아무 데나 그냥 놓고 가면 이상하게 보일 수도 있고, 다른 사람이 가져갈 수도 있으니… 아예 이렇게 깊이, 아주 깊은 곳에 숨겨 놓은 거야. 숨겨 놓은 거. 틀림없다. 틀림없어. 나의 기억 속에서 잊힐 때쯤 발견하게 하여 정말 착각한 것처럼 만들려고 일부러 아주 깊은 곳에 감춰 둔 것이, 틀림없다. 그리고 보면 참으로 기발한 발상이군! 감쪽같이 속을 뻔했어.'

이처럼 지난 일을 되짚어 보는 것도 의미가 없지는 않았다. 그때의 그 도난 사건을 되짚어 보는 과정에서 새로운 것을 알아냈기 때문이다. 말하자면,

　'또 다른 사람이 있을 수 있다. 범인 말고 또 다른 사람이.'

　라는 것을 찾아냈기 때문이다.

　그런데 이처럼 전혀 새로운 결론을 얻고 난 다음부터는 어떤 변화가 일어났다. 이때부터는 보는 눈이 조금씩 달라진 것이었다. 이를테면 무엇인가 눈여겨보지 않으면 안 되었고, 당연하다고 생각되는 것도 한 번쯤은 의심해 보지 않으면 안 되었다. 그리고 그런 의심 때문인지, 아니면 그와 같이 의심스러운 눈으로 봐서 그런지는 모르겠지만, 그때부터는 무엇인가가 조금씩 달라진 것처럼 보이기 시작했다. 이때부터는 정말 지갑이나 가방뿐 아니라 교실 안에 있는 물건들과 티볼 장비들이 조금씩 달라진 것처럼 보이는 것이었다.

　또한, 긴가민가한 상황에서 '착각한 거야.'라는 엉뚱한 결론을 두 번 다시 내리지 않으려면 촬영을 해 두는 수밖에 없었다. 증거들을 확보한 다음 그 증거들의 무게에 의해 냉철한 판단을 내리지 않으면 안 되었던 것이었다. 그리고 보면 저울에 의해 그 물건의 무게가 정확하게 확인되듯 촬영으로 그 물건의 유무나 놓였던 위치도 정확하게 확인되길 바라며, 백청수 선생님은 그동안 그런 습관이 들 정도로 촬영을 계속해 온 것이었는지도 모르는 일이었다.

5

오늘도 여느 때처럼 선생님은 스마트폰을 꺼냈다. 한 장면 한 장면 넘기면서 실물과 비교를 해 본다. 차이가 있는지 차근차근 확인해 나갔다.

'어제는 모자가 보이지 않더니, 오늘은 여기 이렇게….'

어제 찍어 놓은 사진을 불러 낸 다음 모자가 있는 곳을 다시 또 검사해 본다.

'이것 봐! 여기 이 사진에는 분명 없는 것으로 찍혀 있잖아.'

백청수 선생님은 하나하나 꼼꼼하게 검사하며 확인한다. 그와 동시에 다시 또 사진을 찍고 또 찍어 놓는 것이다. 그런 다음에는, 없어졌다 다시 나타난 그 모자에 대해서도 점점 더 자세히 살펴보는 것이었다.

'역시 그렇군! 이것도 어제 누군가가 가져간 다음 오늘 다시 이렇게 갖다 놓은 거야.'

확신이 서자 선생님은 점점 더 정밀검사에 들어갔다. 장갑을 낀 손으로 모자를 들어 올려 여기저기 살펴본 다음 최종적으로는 창이 있는 부분을 유심히 살펴본다.

'여기 이 부분에 학교 마크가 있어야 하는데…. 이것도 없군!

이것도 역시 똑같아 보이지만 우리 학교 물건은 아니야.'

정밀검사 결과 '아니다.'라고 확신하게 된 선생님은 그 모자를 비닐봉지에 넣었다. 그러고는 한 장의 서류, 즉 없어진 날짜와 다시 가져온 날짜, 특징으로서 상태와 특이사항 등을 표시한 종이도 그 봉지에 함께 넣어 별도의 보관 장소로 옮긴다.

'이것으로 벌써 여섯 개째군!'

되돌아온 것을 확인한 선생님은 모자가 든 봉지를 보관 상자에 넣은 다음, 순서대로 정리했다. 그런 다음 다른 모자들도 모두 살펴본다. 다 살펴본 다음에는,

"10번 모자가 없어졌군!"

이라고 중얼거렸다.

'하긴, 제일 바깥쪽에 있었으니, 그걸 슬쩍 가져간 것이겠지.'

없어진 까닭을 생각하며, 다시 또 그 모자들을 모두 순서대로 촬영한다. 그다음에는 아까 그 종이 서류에 없어진 것이 10번 모자라는 표식을 해 놓는다. 그다음에는 핸드폰에 저장된 것을 다시 또 컴퓨터로 옮기고 혼동되지 않도록 날짜별로 정리를 해 놓는 것이었다. 그와 같은 일련의 작업이 모두 끝나면 이번에는 분실 여부에 대한 목록 작성에 들어간다.

사실, 이 목록도 처음에는 '계속하다 보면 일종의 규칙이나 패턴을 찾아낼 수 있지 않을까?'라는 바람에서 시작한 것이었다. 그러던 것이 오늘은 운 좋게도 무엇인가를 찾아냈다. 표를 작성하던 중 하나의 패턴과 특이한 점을 발견하게 된 것이었다.

그리고 보면, 매일매일 파일과 수기 등 이중으로 문서를 만들다 보니 어느새 일정한 패턴이 그 모습을 드러내기 시작한 것이리라. 날이

거듭됨에 따라 하나의 윤곽을 그리기 시작했고 오늘 마침내 확실히 드러낸 것이었는지도…. 그렇지만, 패턴이라 하더라도 그리 대단한 것이 아니었다. 단지, 티볼공, 배트, 글러브, 5만 원권 지폐 1장, 5천 원권 지폐 2장, 모자 등이 쓰여 있기는 쓰여 있는데 두 번씩 쓰여 있다는 것일 뿐이었다. 그 때문에 그 패턴이란 단지 분실된 날에는 분실된 목록에, 되돌아온 날에는 되돌아온 목록에 쓰여 있다는 점에 불과했다. 단순하기 짝이 없는 패턴이었지만 그래도 간과해서는 안 될 것이 하나 있었는데, 그것은 특징란에 들어 있는 내용이었다.

그리고 그 특징란은 다시 또 '상태'와 '특이사항'으로 나누어져 있었는데, 상태란에는 대부분 '새것'으로 표시되었던 반면, 특이사항란에는 '일부러 흠집을 낸 흔적이 있음'이란 말이 쓰여 있었다. 오늘 작성해 놓은 모자에만 그런 말들이 쓰여 있는 것이 아니라, 그동안 계속해서 작성해 놓은 다른 것들에도 모두 그러했다. 이를테면 티볼공도 그러했고, 배트도 그러했고, 그뿐 아니라 글러브도, 5만 원권 지폐도, 5천 원권 지폐 등도 모두 그러했다. 아마도 똑같이 반복되는 내용을 보고 무엇인가를 깨달은 것이리라.

무엇인가가 이상하다고 하는 것을 확실히 알아챘는지, 선생님은 곧바로 이에 대한 정밀 분석에 들어갔다. 그 모습을 잘 살펴보면 큰맘 먹고 그 목록에 나타나 있는 패턴과 특징을 서로 연결하여 어떻게 된 일인지, 그 까닭에 대해 분석하려 하는 것 같았다.

정말 이상했다. 가져간 것을 다시 갖다 놓은 것은 분명한 것 같은데, 이상하게도 같은 것이 아니었다. 돌아온 물건들을 보면 분명 새것은 새것이었지만 꼭 그런 것만은 아니었기 때문이다.

'이상하다. 마치 쓰던 물건처럼 보이도록 흠집을 낸 것 같단 말이야.'

이처럼, 분석하면서도 여전히 또 다른 의문에 휩싸였다. 본디의 물건을 그대로 갖다 놓은 것이 아니었기 때문이다.

'왜, 아닐까?'

실은, 이 점이 가장 궁금한 점이었다. 분실되었다든지, 심하게 파손된 경우가 아니라면 본디의 물건을 그대로 갖다 놓아야 정상인데 그렇지 않았기 때문이다. 아무리 봐도 그렇게 하는 이유를 알 수 없었다. 그 때문에,

'그러면 왜, 새것을 쓰던 물건처럼 보이도록 일부러 흠집을 낼 필요가 있었을까? 왜, 그래야만 했을까?'

라는 의문이 들었고, 그 의문을 풀기 위해, 선생님은 온 정신을 그곳에 쏟아부었다.

오늘도 그러했다. 그 모자도 그냥 갖다 놓으면 될 것 같은데, 심하게 때가 묻어 있다거나 땀이 배어 있다면 세탁을 해서 가져오면 될 텐데, 그렇지가 않았다.

그 때문인지,

'굳이 새것을…'

이란 생각에 고개를 갸우뚱한다.

'그렇다면 혹시, 전부터 여기 있던 것처럼 보이려고 일부러 그런 짓을 한 것이 아닐까?

새것을 산 후 일부러 더럽히고 흠집을 내어 마치 없어진 것과 똑같은 것처럼 보이게 한 것은…. 그전부터 여기 있던 물건으로 꾸미려고 일부러 그런 짓을 한 것이 아니었을까?'

냄새가 났다. 수상한 냄새가, 그런 냄새가 나는 것이다.

'그렇지만 왜? 왜, 그럴 필요가 있었을까? 그냥 갖다 놓으면 되는데, 같은 사람이라면 그럴 필요도 없는데, 같은 사람이라면…. 같은 사람?'

분석하면서도 고개를 갸우뚱하기도 하고, 천장을 쳐다보며 생각해 보기도 하고, 고개를 숙인 채 걸어가며 생각에 잠기기도 한다. 그러면 그럴수록 한 가지 계속되는 의문도 나타났다. 그 의문이란 바로 그동안 풀리지 않던 수수께끼였다.

'똑같은 패턴으로 반복되는 것을 보면 우리 선수 중 손버릇이 나쁜 아이가 있다. 분명하다. 이것만큼은 분명하고 확실하다.'

이런 느낌이 자꾸 드는 것이었다.

'그런데 왜 같은 물건이 아닐까? 없어진 것과 다시 돌아온 것이 똑같은 물건이어야 하는데…. 왜, 아닐까?'

이것이 가장 큰 문제였다. 이런 의문에 빠져 그 생각에만 몰입해 있을 때 마침 하나의 생각이 스쳐 지나갔다.

'새것을 헌것처럼 꾸몄다면…. 그렇다면 먼저 새것을 샀고, 그것을 다시 헌 것처럼 꾸몄다는 말인데…. 이 말은 또 똑같은 물건이 두 개라는 뜻도 되잖아. 똑같은 것이 두 개.

그렇다면 그럴 수도 있겠는데, 그러니까, 한 개는 본디 훔쳐 간 사람이 갖고 있고, 다른 하나는 그 주변에 있는 어떤 사람이 똑같은 것을 사들이고…, 산 것을 그대로 갖다 놓는 것이 아니라, 때를 묻히고 흠집을 내어 훔쳐 온 것과 비슷한 상태로 만든 다음…, 그것을 다시 또 여기에 갖다 놓는다? 그럴 가능성도 있잖아. 그럴 가능성도….'

분석하면 할수록 이상하기도 했고 재미있다는 생각도 들었다. 그런 호기심에 이끌려 분석을 계속해 본다.

'그렇게 해야만 하는 것도 따지고 보면 훔쳐 간 사람이 그 물건을 순순히 내놓지 않고 있는 것일 것이다. 그렇게 순순히 내놓았다면 굳이 새것을 살 필요도 없었을 것이고 또 흠집을 낼 필요도 없었을 것이다. 그런데 그렇게 하지 않고, 새것에 흠집을 내 다시 가져오고 있다면…. 그것이 곧 내놓지 않고 있다는 증거이지 않을까? 분명, 그대로 갖고 있는 것이다. 틀림없어. 훔쳐 간 사람이 갖고 있는 거야.

훔쳐 간 사람이 그것으로 연습을 하든 뭘 하든 그런 것은 아직 모르겠지만, 갖고 있는 것만큼은 확실하다. 그리고 그 물건이 훔쳐 온 물건이라고 하는 것을 알고 있었기 때문에 다시 그 자리에 갖다 놓을 필요가 있었고, 새것을 그대로 갖다 놓으면 너무 쉽게 들통날 것이기 때문에 일부러 흠집을 내어 갖다 놓은 것이겠고. 그래서…, 같은 것이 아니었구나! 억지로 헌것처럼 꾸민 흔적이 있는 것이었구나.'

분석하는 도중 새로운 무엇인가가 또 떠올랐다. 아주 중요한 무엇인가가, 이전에는 생각해 보지도 못했던 어떤 것이.

'그렇지. 맞아. 그 말이 맞아. 그리고 또 그 말이 맞는다면, 이런 일을 하는 데는 사람도 한 사람이 더 필요하다. 훔쳐 오는 사람 말고도, 훔쳐 온 걸 다시 갖다 놓을 사람이…. 그렇지 않을까? 이를 다시 정리해 보면, 필요한 물건도 두 개, 필요한 사람도 두 사람, 즉 훔쳐 온 물건 1개, 그와 비슷하게 만든 다음 다시 갖다 놓을 물건 1개, 훔쳐 오는 사람 1명, 그와 비슷한 것을 만든 다음 그것을 다시 갖다 놓을 사람 1명. 그렇다. 그럴 수도 있다. 그럴 수도…. 왜냐하면, 훔쳐 온 사람이 새것을 산 다음 그것을 쓰던 것처럼 꾸며 다시 갖다 놓을 리는 없지 않은가?'

분석해 보면 볼수록 훔쳐 온 사람 이외에 다른 사람이 또 있다고 볼 수밖에 없었다.

'그렇다. 생각해 보면 볼수록 본인이 다시 갖다 놓지 않는 이상, 본인을 대신하여 그런 일을 해 줄 사람으로서 한 명이 더 있어야만 한다.'

이와 같은 까닭으로, 이런 일을 하는 데는 훔쳐 오는 사람뿐 아니라 그 외에도 갖다 놓을 사람으로 한 명이 더 필요하다고 하는 것도 기정사실처럼 굳어져 갔다.

'그러면 왜 그렇게 했을까? 왜 새것을 헌것처럼 만들어야만 했을까? 어떤 이유에서…. 그리고 보면 이런 것도 훔쳐 온 사실을 감추고, 그뿐 아니라 그런 비밀이 들통나지 않도록 하려고, 일부러 그와 같은 흠집을 낸 것이 아닐까? 그렇다. 그럴지도 모른다. 그런 이유에서 그렇게 한 것인지도…. 좀 더 분석해 보면 이런 목적을, 이런 비밀을 하루라도

더 유지해 나가려면 그런 속임수도 어쩔 수 없는 일이 아니었을까?'

아무리 생각을 해 봐도, 물건은 하나 더 필요했고 사람은 한 사람 더 필요할 수밖에 없었다. 또한, 분석의 결과 '하나 더'는 알겠는데, 물론 그 이유도 대략은 짐작하겠는데, '한 사람 더'의 정체는 누구인지 알 수 없었다. 선생님은 그 점에 대해서도 분석을 해 본다.

'곰곰 생각해 보면 이 두 사람은, 그러니까 훔쳐 오는 사람과 다시 갖다 놓는 사람은 서로 다른 사람이고, 아주 친한 사람일 것이다. 그것도 아주 가까이 있는 사람. 그 물건이 훔쳐 온 물건이라는 것도 알고 있어야 할 뿐 아니라 훔쳐 오는 그 아이의 속사정, 즉 왜 훔쳐 오고 있고, 왜 돌려주려 하지 않는지, 그런 이유도 훤히 알고 있는 사람이어야 할 것이다. 그렇다면 간단하다. 지금까지 말한 조건을 두루 갖춘 사람이 누구인지를 찾아내는 것은 어렵지 않은 일이다. 그런 분은 딱 한 분밖에 없다. 어머니이다. 그렇다. 그 아이의 어머님밖에 없다.'

이 문제도 그 아이의 주변에서 찾아보는 것이 어쩌면 당연한 일이었는지도 모르겠다. 생각해 보면 볼수록 그럴듯하게 보였다.

'좀 더 생각해 보면, 그 사람은 그 물건이 어떤 물건인지 잘 알 수 있는 위치에 있는 사람이어야 하고, 그것을 살 만큼의 돈을 가진 사람이지 않으면 안 된다. 여기에 한 가지 조건을 더해 보자면, 그분은 산 것에 흠집을 똑같은 모양으로, 아니 적어도 비슷하게 내어 줄 수 있는 사람, 그런 사람이지 않으면 안 될 것이다. 현실적으로 생각해 볼 때 이와 같은 조건을, 최소한 이와 같은 조건을 두루 갖추고 있는 사람으로서 가장 적합한 사람은 그 아이의 어머님이지 않을까? 그렇다. 분명하다. 이 세 가지 조건을 충족시킬 수 있는 분은 그 어머님밖에 없다.'

하나의 확신이 들자, 이번에는 그것을 바탕으로 그 반대로도 생각을 해 본다.

'설마! 외부 사람이 그런 일을…. 그런 일은 불가능하다. 외부인이 몰래 그 아이의 방에 들어와 그런 일을 할 수 있다고는 볼 수 없는 일이다. 그럴만한 이유도 없을 뿐 아니라 그럴 만한 시간도 틈도 없을 것이 분명하다. 그렇다. 그런 것이었어. 분명히.'

이번에는 이것을 이전의 사건들과도 연결하여 생각해 본다.

'지금까지는 돈 봉투만이 그런 것으로 생각해 왔는데…. 돈 봉투만이 누군가가 다시 갖다 놓은 것으로 생각하고 있었는데…. 그런 것이 아니었어. 다른 것들도, 다른 물건들도 그런 것이었어. 그런 것. 다시 갖다 놓은 것이었어.'

그러고 보면 '착각했다.'라는 말에서 얻은 실마리, 즉 '다시 갖다 놓았다. 또 다른 사람이 있다.'라는 말이 알게 모르게 크게 작용한 것 같았다. 그런데 이번에는 그곳에서 한 발 더 앞으로 나아간 것인지도 모르겠다. 그 때문인지, 이런 의문과 그에 따른 분석 결과는 더 이상의 의심도 없이 돌덩이처럼 단단하게 굳어져 갔다.

그래도 좀 이상했다. 아무래도 이상한 것이었다. 아직도 해결되지 않은 문제가 더 남아 있는 것 같았다. 하나의 문제가 더….

이와 같은 느낌이 들었기 때문일까? 바로 그다음 순간,

'그런 일을 하는 데 필요한 사람은 한 사람이 아닐지도 모른다.'

라는 생각이 불꽃처럼 떠올랐다.

'그런 일, 즉 갖다 놓는 일을 할 사람으로서 그 한 사람 말고도 다른 한 사람이 더 필요할지도…. 그렇다. 좀 더 생각해 보면 갖다 놓을 사람으로서 한 사람이 더 필요한지도…. 그렇다, 방금 분석한 대로 그 한 사람은 어머님이 분명하겠지만, 그렇다고 하여 그 어머님이 학교까지, 아니 이 교실까지 들어왔을까? 학교 보안관도 있고, 더군다나 이 교실의 문도 이렇게 잠겨 있었을 텐데….'

현실적으로 볼 때, 그 어머님이 그 물건을 갖다 놓기 위해 이 교실까지 들어오는 일은 불가능한 것처럼 보였다. 그 때문에 선생님은 이 점에 대해서도 좀 더 분석해 보지 않으면 안 되었다.

'어머니는 이처럼 학교에도, 이 교실에도 마음대로 드나들 수 없고, 드나들 수 없기에 그분과 티볼 교실을 서로 연결해 줄 사람이 더 있지 않으면 안 된다. 그렇다. 그 때문에, 그 어머님이 이 티볼 교실에 들어왔다고 보는 데는 무리가 따를 수밖에 없다. 또 그 때문에 이런 일을 현실적으로 가능케 하려면, 그 어머님 말고도 또 다른 사람이 적어도 한 명 더 필요하다고 볼 수밖에 없지 않은가?'

분석이 여기에 이르자 선생님은,

'어머님 외에 또 다른 사람이 있다.'

라는 생각을 더는 떨쳐 버릴 수 없게 된다.

그러고 보면 '그 아이-그 아이의 어머니-학교의 누군가-티볼 교실' 중에서 '어머니와 티볼 교실'을 연결해 줄 사람, 즉 '학교의 누군가'를 찾아볼 수밖에 없었다. 학교에 근무하는 분으로서 그런 역할을 해 줄 수 있는 분을.

이렇게 하여 백청수 선생님은, '학교에 있는 누군가는 누구일까?'라는 물음에 대한 답을 찾기 위해 또 분석하지 않으면 안 되었다.

'그런 협조자로서 가장 적합한 인물이 있다면 누구일까? 그러고 보면 그분은 분명 우리 학교의 직원이지 않으면 안 된다. 그리고 그분은 그 아이나 어머님, 티볼 교실뿐 아니라 백청수 선생님까지도 동시에 잘 알고 있는 분, 그런 분이지 않으면 안 될 것이다. 그렇다면 이런 조건을 두루 갖춘 분으로서 가장 적합한 사람은 아마도 선생님일 것이다. 그렇다면? 선생님 중에서도, 그런 조건이라면…. 그분밖에 없는데, 그 선생님밖에…. 그분 한 분밖에 없는데…. 그렇다고 설마! 우리 학교의 직원 중에, 그러니까 교사들 외에 그 아이나 그 어머님의 친척이 있는 것은 아니겠지.'

분석하면 할수록 떠오르는 인물이 한 분 있기는 있었다. 그렇지만 과연 그분이 그랬을까? 이런 생각을 해 보면 또 의심스러웠다.

'하긴, 요즘 그 선생님이 안 보이긴 안 보이던데…. 그렇게 매일 같이 운동장에 나오시더니 요즘엔 통 안 보이고, 안 나오시던데…. 그 시간에…. 가능성은 충분하지만….'

이런 생각을 하면 또 의심이 드는 것이었다. 해결되지 않는 점이 있었기 때문이다.

'그렇다고 하더라도, 그럴 리가 없다. 그러려면 어머님과 그 선생님이 아주 밀접한 협력 관계를 구축했다는 말이 되는데, 협력 관계를.'

밀접한 협력 관계가 구축되지 않았다면 그 선생님이 그런 일을 할 까닭은 없어 보였기 때문이다. 이 점에 대해서도 생각을 해 봐야 했다.

'밀접한 협력 관계를 구축하기 위해 어떤 일을 했을까? 비밀문서라도 주고받은 것일까?'

이와 같은 생각을 해 보니, 다시 또 벽에 부딪힌 기분이 들었다. 그럴 가능성에 대해 부정하면서도 한편으로는 긍정적인 측면에서도 분석해 본다. 분석 결과, 그럴 가능성을 전적으로 배제할 수는 없었지만 그렇다고 하여 확실한 것도 없었다. 확실한 것이 있었다면, 그것은 범인을 몰래 돕고 있는 협조자로서 공범이 있다는 것뿐이었다.

이를테면, 그 아이와 티볼 교실 사이에서 중게 역할을 하는 사람이 최소한 2명은 있다는 것이었다. 한 분은 어머님이고 다른 한 분은 선생님일 텐데, 이 두 분의 협력 관계가 어떻게 해서 생겨난 것인지가 확실치 않았기 때문에 이렇게 다시 또 문제가 되는 것이었다. 이 점에 대해서도 백청수 선생님은 분석해 보려 한다. 이번에는 '그 두 분 사이에 어떻게 그런 밀접한 협력 관계가 가능한가?'라는 점에 초점을 두고 집중적인 분석을 해 보려 하는 것이다.

먼저, '계획적이고 의도적인 협조도 있겠지만, 의도하지 않은, 즉 우연적인 것도 얼마든지 가능하다.'라는 것부터 검토하려 한다. 아무리 생각해 봐도, 계획적인 것으로는 보이지 않았기 때문에 우연적인 것을 먼저 검토해 보려 한 것이었다.

'가령, 서로의 목적이 알게 모르게 일치한다면 어떻게 되는 것일까? 굳이 말로 표현하지 않더라도… 눈빛만으로도 그 목적이 서로 통하고 알 수 있다면, 눈치만으로도 가능하지 않을까? 그렇지만 그렇지는 않을 것이다. 아무리 가깝다고 하더라도 어머니와 선생님이 눈빛으로 통할 그럴 사이는 아닌 것 같은데…. 그렇다. 우연한 공모, 그런 것은 아닐 것이다. 그렇다면 간단한 부탁이나 도움을 요청했다면 어떻게 될까? 이 경우에는 그럴 수도 있다. 그럴 수도…. 그 아이가 처해 있는 어쩔 수 없는 처지에 대해 어느 정도 이해하고 있고, 걱정도 되고…. 더군다나 그 아이를 바른길로 이끌어 주려는 목적도 서로 같다면 어떻게 되는 것일까? 어떤 이유인지는 모르겠지만 자식을 위해 학부모가 선생님께 부탁했든, 반 아이를 위해 선생님이 학부모님께 부탁했든, 아니면 이 둘이 서로 합쳐진, 그런 경우일지도 모른다.'

사정이 이와 같다면 주고받는 전화 통화를 통해서도, 아니 그보다는 적어도 한 번쯤은 학부모 상담을 통해 서로의 의사를 알아보고…, 가능할지도 모르는 일이었다. 부탁 한마디만으로도 협력은 얼마든지 가능한 일이었는지도. 그 때문인지, 선생님의 생각은 그쪽으로만 흘러간다.

'그렇다. 똑같은 문제의식과 그로 인해 말 못 할 어떤 비밀을 공유하게 되었고, 서로에게 하나 됨을 느끼게 되었다면, 그 문제를 풀기 위해 서로에게 어떤 도움을 요청할 수도 있고, 그런 것을 또 쉽게 들어줄 수도 있는 일이지 않았을까? 그렇다. 가능하다. 교육을 위해서는 이런 일도 때로는 얼마든지 가능하지 않을까? 그러고 보면, 하나 됨을 느끼고 있다면 서로를 바라보는 눈빛과 간단한 부탁만으로도 그와 같은 협력 관계의 구축은 얼마든지 가능한 일이다. 더군다나 병적인 어떤 일과 관련이 있고, 그 병의 치료를 위한 하나의 방편으로써 그런 일도 필요하다고 판단했다면, 더욱더 그럴지도 모른다.'

많은 생각이 흘러가고 있었지만, 어느 것이 옳은지는 알 수 없었다. 그렇지만 분석 결과, 두 명 아니 그 이상의 사람들이 관련되어 있다는 것만큼은 확실해졌다.

6

좀 더 생각해 보면 공모를 했든 안 했든 그 문제는 지금의 시점에서 보면 그리 중요한 것이 아니었다. 그 때문에 더는 생각하지 않기로 했다. 이제부터는, '그 아이 쪽은 어떠한가?'라는 문제에 온 힘을 집중해 보려 한다.

'그 아이는 누구일까? 열쇠 번호는 어떻게 알아냈을까? 아까도 봤지만 3학년 학생은 5분 정도 걸렸고 6학년은 3분 정도 걸렸는데, 정말 그런 식으로 이 교실의 자물쇠를 열고 들어온 것일까?'

이와 같은 추측을 하다가도 곧 다른 생각으로 바뀌기도 했다.

'그럴 리가 없다. 최소한 3분 정도는 걸리는데, 그건 모험이다. 만약 어떤 아이가 남의 반 교실 앞에 서서 비밀번호를 찾기 위해 열쇠를 만지작거리고 있다면 어떻게 보일까? 의심받지 않을까? 그런 곳에 서 있다는 것, 그 자체만으로도 도둑으로 몰릴 가능성이 있고, 그 때문에 그런 일은 거의 불가능하다고 봐야 할 것 같은데….'

분석은 퇴근 후에도 계속되었다. 버스 안에서도 이것에 대해서만 몰두했다.

'도둑으로 오해받는다면 아니, 들킬 가능성이 조금이라도 있다면 그런 위험을 무릅쓰고 교실 앞에서, 그것도 등교하는 학생들이 자주 지나가는 이 교실 앞에 서서 그런 짓을 하고 있을 리가 없다. 그렇지만 기찬이의 손놀림은 볼 만했어.'

분석 중 다른 생각이 또 떠올랐는지 절로 웃음꽃이 피어오른다. 그러다가 또 다른 생각으로 이어지기도 한다.

'가만있어 봐. 그때 진강이는 기찬이를 거들떠보지도 않았고…. 큰 관심을 보이지도 않던데…. 끝난 다음에는 피식 웃었던 것 같기도 하고…. 그러면 혹시, 진강이도 실력이 꽤 대단한 것이 아닐까? 날 따라오려면 아직 멀었구나! 자신의 실력과 비교하며 비웃고 있었던 것은 아닐까? 티볼 연습을 할 때의 그 손놀림을 보면 보통이 아니던데, 그런 솜씨라면 기찬이를 능가할 수도 있지 않을까? 아침에 연습할 때 가끔 없어졌다가 다시 나타나는 것도 마음에 걸리고. 물론 화장실에 간다느니 보건실에 간다느니 별별 이유를 다 대고 결국에는 갔다 오기는 갔다 오지만. 무엇인가가 수상하다. 수상해.'

그러던 중 아주 오래전에 있었던 일도 떠올랐다.

'특히, 지난번에는 화장실을 간다고 하면서 늦게 돌아왔던 것도 같고, 그때는 대수롭지 않게 넘겼는데 지금 다시 생각해 보니 의심스러워. 아무래도 의심스러워. 그렇다면 그 아이는 다시 봐야 하지 않을까?'

지난 일들을 되새기며, 버스에서 내려 집으로 들어서려 하는데 그때 마침 스마트폰이 울렸다. 모르는 번호였다.

'누구일까?'

전화를 받아 보니,

"선생님! 저는 선생님께 도덕 수업을 받는 3학년 1반 모래인데요."

라는 말이 들려왔다.

"모래?"

"예, 강모래요. 강모래."

"으응, 그래. 모래구나. 모래. 웬일로?"

"선생님께 부탁이 있어서요."

"뭔데 그러나?"

"선생님! 죄송하지만 교실 열쇠 번호 좀 알려 주세요."

"그건 좀 곤란한데."

"교실에 중요한 것을 놓고 와서 꼭 가져가야 하는데요."

"그런 것이라면 너희 반 선생님께 전화해야 하지 않겠니?"

"그렇기는 한데요. 우리 반에 놓고 온 것이 아니라 선생님 반 교실에 놓고 와서요. 오늘 4교시 도덕 시간에 깜빡하고 책상 속에…."

"그렇구나. 네 사정도 딱하기는 하지만 그렇다고 하더라도 선생님도 말 못 할 사정이 있어서 비밀번호를 알려 주는 것은 정말 곤란하단다. 내일 가져가면 안 되겠니?"

"네. 오늘 꼭 써야 할 일이 있어서요. 그리고 좀 비싼 거여서요."

"뭔데 그러느냐?"

"스마트폰이요."

"그렇구나. 그거 참 곤란하게 되었구나."

"예, 선생님 죄송한데 꼭 좀 가르쳐 주세요."

학생의 딱한 사정을 듣고도 아무런 대답을 못 한다. 그러고 보면 좀 더 깊은 생각을 해 보려는 것 같다.

'안 가르쳐 주면 그 애가 곤란할 것 같고, 가르쳐 주면 비밀번호가 누설될 것 같고. 설마! 누설이야 하겠어. 3학년 아이인데, 성실한 학생이고 모범 학생인데.'

고민하고 있는데 다시 또 그 학생의 목소리가 들려왔다.

"선생님! 제발 좀 가르쳐 주세요. 다른 사람에게는 절대 가르쳐 주지 않을게요."

"그래, 그렇구나. 선생님께도 생각할 시간을 좀 주렴."

"예."

"그런데 선생님 전화번호는 어떻게 알았니?"

"담임 선생님을 통해서요."

"그렇구나. 그럼 왜 학교에 하지 않고 담임 선생님께 했니?"

"저도 처음에는 학교에 전화했는데요. 오늘따라 아무도 받지 않아 담임 선생님께 드렸더니 선생님 전화번호를 가르쳐 주셨어요. 그래서 이렇게…."

"그렇구나. 그러면 비밀번호를 가르쳐 줄 테니 잠시만 기다려라. 그리고 가르쳐 주는 대신 선생님과 한 가지 약속을 좀 해야 하는데, 그렇게 해 줄 수 있겠니?"

"네. 선생님!"

"그럼 좋다. 가르쳐 주마. 번호는 1238이란다. 네가 아까 말한 대로 다른 사람에게는 어떤 경우라도 가르쳐 줘서는 안 된다. 이것이 바로 선생님과의 약속이다. 지킬 수 있겠지?"

"네. 그럼요."

"번호는 절대 누설하지 않는다고 하는 것이 약속인데, 정말 잘 지킬 수 있지?"

"물론이죠."

"다른 사람들도 그 번호를 알게 된다면 자물쇠를 채운 의미가 없어지는 것이니, 다른 사람에게 가르쳐 주면 절대 안 된다."

"예, 선생님! 아까 제가 말씀드린 대로 절대, 절대, 절대로 가르쳐 주지 않을게요. 믿어 주십시오. 선생님! 가장 친한 친구가 가르쳐 달라고 해도 절대로, 절대 알려 주지 않을 테니, 걱정 안 하셔도 돼요. 약속할 게요. 약속!"

"착하구나. 그럼, 약속한 거다."

"예."

"스마트폰을 찾은 다음에는 다시 문을 잘 잠그고 가야 한다. 그런 것도 잘 알고 있지?"

"예. 알고 있어요. 문단속 하나만은 걱정하지 마십시오. 제가 이래 봬도 우리 반 학급회장으로서 우리 반 문단속은 제가 다 알아서 해요. 그러니 걱정하지 마세요."

"그러냐? 대단하구나! 우리 모래만큼은 믿을 만하구나."

"예, 고맙습니다. 선생님! 믿어 주셔서."

"우리 모래는 인사성도 밝고 말도 참 예쁘게 하는구나."

"예, 그러면 선생님! 오늘도⋯."

"오늘도 뭐, 할 말이 또 남아 있니?"

"남아 있는 것은 아니고요. 오늘도 고마워서요. 선생님께 고맙고 또 고마워 이렇게 또 인사를 드리고 싶어서요."

"알았다. 선생님도 고맙다. 인사를 잘해 줘서⋯. 이만 끊자."

"예, 선생님. 실은 오늘 학교에서 전화만 받았어도 선생님께 전화할 필요는 없었는데, 오늘따라 받질 않아 이렇게 되고 말았어요."

"그러니, 그렇구나. 알았으니 이젠 그만 끊어요."

"예."

바로 그때 어떤 생각이 스쳐 지나갔다. 백청수 선생님은 전화를 끊으려던 바로 그 손가락을 멈췄다.

"잠깐! 모래야, 잠깐만!"

"예."

"확인해 볼 것이 있어 그러는데 솔직하게 대답해 줄 수 있겠니?"

"뭔데요? 말씀만 하세요. 뭐든지 가르쳐 드릴게요."

"방금 넌, 학교에서 받질 않아 선생님께 드렸다고 했는데, 그러면 학교에 전화하면 비밀번호를 금방 가르쳐 주니?"

"그럼요. 선생님! 바로 가르쳐 주던데요."

"그렇구나! 그런 것이었구나!"

"예. 바로…."

한동안 말이 없었다. 백청수 선생님은,

'그렇구나. 학교에서는 그렇게 하는구나. 지금까지 그렇게 하고 있었어.'

라는 생각을 하고 있다.

그리고 보면 그동안 퇴근 후에는 당직 기사가 직접 열어 주는 줄 알고 있었는데 그렇지 않다고 하는 것을 깨닫게 된 것이었다.

"그런데 오늘은 그분이 받질 않아…."

"그래 알았다. 고맙다. 그럼, 일 잘 보고 돌아가렴."

"네."

이 말과 함께 전화는 끊어졌다. 이것으로 하나의 의문이 풀렸다는 것도 직감했다.

'그런 것이었군! 그러고 보면 누군가가 우리 교실에 처음 들어왔을 때는 그렇게 해서 알아낸 것이었는지도, 이렇게 한 통의 전화만으로도…. 오늘처럼 퇴근 시간에 맞춰 중요한 물건을 놓고 왔다고 하면, 그것도 관련된 학생이 그랬다고 하면 비밀번호를 가르쳐 줬던 거야. 너무도 쉽게…. 그다음에는 연습을 위해 뒷문을 열어 놓겠다고 약속했고, 또 실제로 열어 놓았으니 더욱더 쉽게 들어올 수 있었고, 들어와서는 가방, 지갑, 책상 서랍, 옷장, 사물함 등에도 제 맘대로 접근할 수 있었고…. 그러면 그다음에는 어떻게 들어왔을까? 번호 열쇠도 다른 것으로 바꿨는데 그것도 두 번, 세 번 바꾸지 않았던가? 그리고 그 번호는 학교에 신고된 것도 아니었기 때문에 그것만큼은 학교에서도 잘 모르는 번호였을 텐데…. 이상하다. 그것도 그런 것이었군! 그런 식이었어.

그러고 보면 얼마 전에 걸려온 전화는 분명 그런 의미가 들어 있었던 거야. 방과후교육을 관리하는 코디 선생님과 기찬이로부터 열쇠 번호를 알려 달라는 전화가 오지 않았던가? 그것도 역시 퇴근 시간이었어. 퇴근 시간. 그렇다면 두 번째 열쇠 번호는 코디 선생님께 전화해서 알아낸 것일 테고…, 세 번째 번호는 가장 친한 친구인 기찬이를 통해 알아낸 것일 가능성이 큰 것도 같고….

그렇구나! 틀림없어. 방금 통화에서도 그러지 않았던가? 가장 친한 친구에게도 가르쳐 주지 않겠다고 몇 번이나 말하지 않았던가? '절대'라는 말은 3번이나 썼고 '절대로'는 2번이나 썼다. 합치면 5번이나 되는데, 너무 많지 않은가? 그리고 '약속'이라는 말도 2번씩이나 썼고. 그렇게까지 말할 필요가 없었는데도 불구하고, 그렇게 필요 이상 많은 말을 반복했다는 것은 강조한다는 것이고, 필요 이상 강조한다고 하는 것은 사실 정반대라는 뜻도 포함되어 있지 않을까? 말하자면 평소에는 너무도 쉽게 가르쳐 준다는 뜻이…. 너무도 쉽게 가르쳐 줬기 때문에 그렇게 말해야 할 필요가 있었던 것이 아니었을까? 다섯 번씩이나 같은 말을 되풀이한 것으로 봐서는 친한 친구가 묻지 않아도 자기가 먼저 말을 꺼낸 다음 가르쳐 줄 것도 같고….

이를테면 도덕 수업에 올 때 이 교실에 들어오면서 자랑스럽게 말할지도 모른다. "나, 이 교실 열쇠 번호 안다. 넌, 모르지?" 이런 말을 하며 잘난 척을 할 수도 있다는 것이다. 물론 모래는 그렇지 않으셨시만, 약속했으니까. 그러지는 않겠지. 그렇지만 약속을 하지 않았다면, 모래가 아닌 기찬이라면, 그 아이가 특별히 부탁한 것이라면 사정은 충분히 달라질 수 있는 것이 아닐까?'

그리고 보면 비밀번호는 이런 식으로 전화 통화를 통해 알려진 것이 확실했다. 비밀번호 문제는 이와 같은 식으로 푸는 것이 가장 자연스러운 것처럼 보였다.

'상황으로 보더라도 딱 들어맞고, 심리적으로 보더라도 그렇고…. 바보 같군! 지금까지 정말 바보 같은 짓만 했구나. 열쇠를 바꾸는 등

별별 짓을 다 해 봐도 결국에는 아무런 소용도 없었어. 그렇다고 혼자서만 잘 관리한다고 해서 되는 일도 아니었고. 열쇠 관리는 하나의 팀이나 가족처럼 다 같이 해야 하는 것이었어. 그렇게 해야 하는…. 그렇다면 몸에 지니고 다니든지 들고 다닐 수밖에…. 귀중하면 할수록 어쩔 수 없다. 현실이 그렇다면 어쩔 수 없는 일이지 않겠는가?'

분석을 정리하며, 선생님은 집으로 들어갔다.

7

5월 12일.

"오늘은 축제 두 번째 날이다. 준비는 다 되었나?"

"예."

늠름하게 대답하는 선수들의 이마에서는 땀방울이 흘러내렸다. 붉게 얼룩진 진강이의 얼굴에서도 땀방울이 흘렀고, 지난번 시합에서 소리를 너무 많이 질러 그런지 목소리도 약간 쉰 것 같았다.

오늘도 실전을 대비한 연습이라 그런지 선수들의 표정에는 긴장감이 감돌고 있었다.

"오늘 우리와 대적할 팀에 대해 간략하게 설명하겠다. 우리가 상대해야 할 두 팀은 지난번의 그 팀들과는 차원이 다르다. 오늘은 아마도 버거운 경기가 될 거다. 그렇지만 우리는 이 또한 넘지 않으면 안 된

다. 쉬운 상대이든, 어려운 상대이든 넘지 않으면 한 발도 앞으로 나아
갈 수 없다.”

'흥! 오늘이라고 별수 있겠어. 그전 팀들보다 좀 나은 정도겠지. 오
늘도 뭐, 두 팀 다 22대 7 정도로 이겨 줄까?'

속으로는 이처럼 큰소리치는 선수도 있었다.

'지난번의 두 팀은 정말 형편없었어. 우리 팀이 23대 4, 21대 6으로
이겼잖아. 실력 차가 크게 날 줄 알았다면 살살 하는 건데.'

지난번의 시합을 떠올려 보는 선수도 있었다. 그 선수는,

'선생님 말씀대로 살살 하면 상대 팀을 욕보이는 것일까? 정말, 그런
것일까? 내 생각에는 그 반대일 거 같은데…. 실력대로 밀어붙여 큰 점
수 차로 이기는 게 오히려 더 욕보이는 거 같은데, 그렇지 않을까?'

라는 생각으로 고개를 갸우뚱하기도 한다. 진강이도,

'지난번에는 소릴 너무 질러 목이 쉬었어. 이번에도 그렇게 질러 대
야 할까?'

라는 생각으로 귀를 기울이고 있었다.

“오늘 우리 팀이 싸워 이겨야 할 두 팀 중 새밭초는 강팀이 아니다.
그러나 다른 한 팀은 그렇지가 않다. 이를테면 동서초는 너희들이 그
렇게 만만하게 볼 상대는 아니라는 뜻이다. 그 팀은 아주 우수한 팀이
다. 우리 팀도 작년에는 그 팀에게 형편없이 졌다. 부끄러운 일이지만
사실이다. 그것도 23대 7로 깨졌다. 작년에 출전 경험이 있는 선수들
은 잘 알고 있을 것이다. 그 팀이 얼마나 팀워크와 공격력이 좋았던 팀

인지를."

진강이도 그 팀을 떠올렸는지 이맛살을 찌푸렸다.

'너무 얍삽하게 했던 팀!'

시간이 지날수록 이와 같은 생각으로 얼굴을 구기는 선수들이 좀 더 늘어났다.

"그러나 우리는 그 팀 또한 그렇게 두려워할 필요는 없다. 우리도 이제는 강팀이 되었기 때문이다. 우리도 이제는 다른 팀이 만만하게 보고 좋아하는 그런 약팀이 아니라, 버겁게 보고 미워하는 팀이 되었다. 그뿐이 아니다. 우리가 오늘 그 팀을 누른다면 더욱더 미워하고 두려워하는 팀이 될 수 있다. 그렇지만 그런 것은 어디까지나 너희들이 자신의 기량을 마음껏 발휘할 수 있을 때 가능한 일이다. 그렇지 않겠는가?"

모두들 '그렇습니다.'라는 말을 하고 싶은 듯 고개를 끄덕였다.

"가능성은 충분하다. 그러니 기죽지 말고 우리도 할 수 있다는 자신감으로 당당하게 싸우도록 해라. 알겠냐?"

"넵!"

이때는 두려운 기색을 보였던 선수들도 조금은 자신감이 붙은 듯 큰소리로 대답했다.

"자! 그러면 오늘도 수업 잘 받고 점심도 잔뜩 먹고 지난번처럼 14시 50분까지 후문 앞에 모이도록 해라. 인원 점검이 끝나면 교장 선생님 앞에서 간단한 출전의식을 거행한 다음 곧바로 출발하도록 하겠다. 그러니 늦지 않도록."

"선생님!"

"왜?"

"오늘도 이동은 지난번처럼 하나요?"

"그렇다. 오늘도 우리는 버스로 이동한다. 몸을 풀 시간이 없기에 버스를 타고 이동한 후 강석초 근처에서 내린 다음 가볍게 걷는 것으로 대신하고자 한다. 물론 강석초에 도착하자마자 지난번과 같이 연습을 좀 하도록 하겠다. 또 다른 질문 있는 사람?"

"선생님!"

"옷은 꼭 단체복을 입어야 하나요?"

"그렇다. 지난번에도 말했지만, 우리 학교 단체복, 즉 학교에서 지급한 것이 아니면 안 된다. 입지 않으면 자격 미달로 실격이다. 그 자체로 몰수 패를 당하도록 규정되어 있어서 단체복은 꼭 입고 오도록 해라."

"어제 세탁을 해서 그러는데요. 혹시 못 입고 오면 어떡하나요?"

"어떡하긴 뭘 어떻게 하겠니? 잘 가져와서, 그곳에서 또 잘 말린 다음, 그런 다음 또 잘 입으면 된다."

백청수 선생님은 농담 삼아 하는 말처럼 '잘'이라는 말을 세 번씩이나 반복하셨다.

"아! 에에."

"아무튼, 입고 있으면 된다."

"그러면 선생님! 시합에 참여하지 않는 선수가 5명이나 있는데, 그 선수의 것을 잠시 빌려 입어도 되나요?"

"되긴 되겠지만 위생적인 문제가 발생할 것도 같은데."

"괜찮아요. 우리는 모두 친구들인데…."

이런 말을 하며 옆의 선수들을 바라보았지만, 동의해 주는 선수는 한 명도 없었다. 모두들 못마땅한 듯 얼굴을 찌푸렸다.

"그래, 그렇구나. 그렇지만, 넌 괜찮을지 모르겠지만 선생님의 마음은 그렇게 편하지는 않구나. 여기 있는 이 선생님의 편치 않은 마음도 널리 이해해 줬으면 좋겠다."

"네."

처음 질문한 그 선수는 기어드는 듯한 대답과 함께 고개를 숙였다.

"그러면 다른 질문?"

"…."

"없으면, 그만 해산!"

모두들 교실로 들어갔다. 선생님도 상쾌한 기분으로 올라가셨다.

8

교실 앞에 멈춰 서서 선생님은 문에 걸려 있는 번호 열쇠를 살펴본다. 별 이상은 없는 것 같다.

그렇지만 문 위를 보더니,

"오늘도 다녀가셨군!"

이라고 중얼거렸다.

교실로 들어가서는 변함없이 스마트폰을 꺼내 놓은 다음 현장과 비교를 해 본다. 별다른 변화를 발견하지 못한 듯 계속해서 고개만 갸우뚱했다.

'그간의 패턴대로라면 오늘은 없어지는 날인데, 뭐가 없어졌을까?'

이것저것 찾아보지만 없어진 것을 알아내지는 못했다.

'이상하다. 오늘은 정말 없어진 것이 없을까? 공, 배트, 글러브, 5만 원권 지폐, 5천 원권 지폐 2장, 그리고 모자, 그렇지 지금까지 가져간 것이 그 아이가 한 짓이라면 모자 앞에 학교에서 지급한 단체복 상의와 하의도 있겠지. 그리고 그다음이 모자가 되겠지. 그렇다면 그다음은 무엇일까? 티볼과 관련된 물품이 아니라면 내 물건 중 어느 하나일 텐데…. 그 아이에게 더 필요한 것이 무엇일까? 루, 공을 올려놓는 배팅 티, 티볼 책, 그 밖에도 티볼과 관련된 다른 서적. 설마!'

선생님은 이런 생각으로 하나하나 점검해 보았지만 달라진 것은 없었다. 몇 번을 확인해 봐도 그대로였다.

그 때문에 오전 시간은,

'도대체 무얼 가져갔을까? 필요한 것이 과연 무엇일까?'

라는 생각에 휩싸인 채 지나갔다.

점심시간도, 오후 시간도 그런 생각 속에 지나갔다. 지금까지 그런 생각에 휩싸여 있어 그런지, 이제는 무엇인가 균형이 깨진 기분마저 들었다. 어디인지는 모르겠지만 아주 작은 구멍이 뚫린 듯 허전한 기분마저 드는 것이었다. 그뿐이 아니라, 선수들과도 약간의 거리감이 느껴지기 시작했다. 그동안은 100%의 신뢰감을 느꼈다면, 지금은 99.99%로서 0.01% 어긋난 느낌이다.

'그런 거리감은 불안감이나 불안정감 등과 같은 말로도 바꿔볼 수 있을 것 같은데. 이를테면 오늘은 0.01%의 불안감이 생겨났다고 볼 수 있지 않을까? 그렇다. 0.01%의 왠지 모를 불안감이 감돌고 있고, 0.01%는 안정되어 있지 않고 들떠 있는 기분. 그러네. 바로 그런 기분!'

그렇지만 이보다 더 두렵고 무서운 것이 있었다면 그것은 그로 인해 신뢰감에 구멍이 생겨났다는 사실이다. 그 구멍은 사건이 거듭됨에 따라 점점 더 커져만 가고 있다는 느낌도 들었다.

그뿐 아니라, 커져만 가는 그 구멍을 보고 있으면, 언제인가는 그 구멍으로 그동안 쌓아 놓은 모든 것들이 송두리째 빨려들어 갈 것만 같은 그런 불길함도 느껴졌다. 그리고 보면 아주 무서운 구멍이다. 불안감을 유발하는 아주 무서운 구멍!

그렇지만 이때만 해도 그런 느낌이 조금, 아주 조금 들었을 뿐, 얼마 후 그런 일이 실제 일어날 것이라고는 상상조차 하지 못했다. 그리고 그와 같은 구멍이 뚫렸다는 것을 처음 알게 된 것은 출발 바로 직전이었다. 말하자면 출발 바로 전에 선수들에 대한 신뢰감이 0.01% 무너지는 하나의 사건이 일어난 것이었다. 하나의 황당한 사건이.

백청수 선생님은 늘 출발 30분 전부터 출전 준비를 한다. 이날도 선생님은 14시 20분부터 출전 준비를 시작했다. 대회에 나갈 준비라고 해도 그리 대단한 것은 없었다. 티볼공 2개와 배트 1개, 글러브 5개 정도로만 준비하는 것이 전부였다.

그렇지만 이보다 더 중요한 것은, 아니 이보다 더 중요하고 중요한 것이 있었다면, 그것은 그날의 출전선수명단[12]이었다. 이는 '상대 팀의 실력을 고려하여 어떤 선수를 어느 타격 순서에 집어넣어야 하는가?'라는 문제였고, 좀 더 중요한 것은 '수비선수를 어떤 자리에 어떻게 배치해야 하는가?'라는 문제였다. 물론 이런 것도 상대 팀의 전력을 고려하여 며칠 동안 생각에 생각을 거듭한 끝에 거의 마무리 단계에 들어가 있었다.

그런데 대진표와 출전 선수, 타격 순서, 수비 위치 및 교체 선수 명부가 들어 있는 가방을 옷장에 넣어 두었는데, 그 가방을 꺼내려고 옷장의 문을 열려고 하는 순간 예기치 않은 문제가 발생했다.

'분명 여기에 열쇠를 놓아두었는데….'

넣어 두었다고 생각되는 책상 서랍의 이곳저곳을 아무리 찾아봐도 옷장의 열쇠는 보이지 않았다.

'하하.'

잠시나마 웃어 보지만, 백청수 선생님의 마음에 뚫린 불신의 구멍은

---

12) 감독은 경기 시작 10분 전에 두 통의 출전선수명단(타격 순서)을 제출한다. 주심은 그 두 통이 서로 같은지를 확인한 다음, 한 통은 본인이 갖고 있고 다른 한 통은 상대 팀 감독에 건네준다. 이로써 타격 순서가 확정된다.

자신도 모르게 조금씩 커졌다.

'오늘은 이거였군! 고맙게도 옷장 열쇠를 가져가셨군! 어떡하지? 가방이 이 안에 들어 있는데, 간식비와 차비도 그 가방 안에 들어 있는데…. 안 가져갈 수도 없고.'

모여야 할 시간은 다가오고 난감하기 이를 데 없었다. 일단 옷장을 열어도 보고 흔들어도 보았다. 그래도 열리지 않자 발로도 차 보았다. 그렇지만 이런 식으로 간단히 열릴 옷장이 아니었다.

출발 시각은 점점 더 닥쳐오고 문은 열리지도 않고…. 초조한 마음은 극을 향해 달려갔다. 그러는 가운데 하나의 생각이 떠올랐다.

'어쩔 수 없군! 강제로 여는 수밖에.'

선생님은 책상 서랍 속에 넣어 둔 드라이버 두 개를 꺼냈다.

'미안한 일이지만 어쩔 수 없다.'

백청수 선생님은 길고 튼튼한 드라이버 두 개를 X자 모양으로 교차시켜 옷장의 틈 사이로 조금씩 밀어 넣었다. 최대한 열쇠 구멍 가까이 밀어 넣은 다음 있는 힘껏 밀고 당기면서 그 간격을 최대한 벌렸다. 그런데 이것은 또 웬일일까?

'이렇게 쉽게 열리다니!'

힘을 주자 경첩이 양옆으로 조금씩 밀려나고 문짝도 조금씩 휘어지며 그 간격이 점점 더 크게 벌어지더니 마침내 옷장의 경첩이 너덜거리며 문이 열린 것이었다. 열린 문을 보니, 기쁘기도 했지만 황당하기도 했다. 경첩이 생각보다 너무 쉽게 망가지며 너무 쉽게 열렸기 때문이다.

'믿을 만한 게 하나도 없군! 힘을 좀 주는 것만으로도 이렇게 쉽게 열리다니…. 하긴, 두께 2㎝도 안 되는 합성 목재에 경첩을 아무리 단단히 고정해 봤자 그게 얼마나 단단하겠어. 단단할 것으로 생각하고 있는 사람이 바보일 뿐이지. 교실의 번호 열쇠도 그렇거니와 이 옷장의 경첩도 그렇고. 그렇다면 책상 서랍의 자물쇠도 보나 마나 그렇겠지.'

지금까지 얼마나 튼튼한지 확인도 해 보지 않고 겉만 보고 안전할 것으로 믿어 왔던 자신이 정말 한심하기도 했다. 그렇지만 선생님은 그런 부끄러움을 뒤로한 채 가방을 메고 허겁지겁 뛰어갔다. 그러고 보면 그런 감정을 느낄 새도 없었던 것 같다. 그렇지만 이 사건으로 인해 신뢰감이 떨어진 것만큼은 사실이다. 사실, 신뢰감은 0.01% 어긋나 100%에서 99.99%로 떨어졌다.

9

대회 장소인 강석초에 도착하여 첫 시합은 간단하게 이겼다. 예상한 대로였다. 23대 5로 새밭초는 맥없이 무너졌다.

첫 번째 시합이 끝난 후 잠시 휴식을 취한 다음 곧바로 선수들을 불러 모았다.

"그러면 지금부터 오늘의 두 번째 출전 선수 명단을 발표하겠다. 잘 듣고 자신이 맡은 역할을 충실히 이행하도록 하고, 방금의 시합은 모두 잊도록 하고 새로운 마음으로 새롭게 시작하도록 해라.”

‘이번에도 쉽게 이길 수 있는 거 아냐?’

헛된 망상에 들떠 있는 선수도 있었다.

“새로운 팀을 만났으니 새로운 마음가짐이 필요하다. 아침에도 말했지만, 동서초는 그리 만만한 팀이 아니다. 그 때문에 다시 또 강조하는 것이니 잘 새겨듣도록 해라.”

“예.”

“여기 있는 15명의 선수 중 운동장에서 뛸 수 있는 선수는 10명뿐이다.[13] 개인의 실력뿐 아니라 상대 팀과의 전력을 비교하여 10명을 선발하고 타격 순서를 정하는 것이니, 선발 선수로 뽑히지 않았다고 해서 실망하지 않도록 해라. 한 경기를 승리로 이끌기 위해서는 선발 선수뿐 아니라 중계 선수, 마무리 선수 모두 다 중요하다. 그리고 이런 것보다 좀 더 중요한 것은 자신이 맡은 역할을 충실히 이행하여 팀 전체의 전력을 높여 줘야 한다는 점이다. 그렇지 않으면 그 팀은 무너지기 쉽다. 무너지면 다시 일어나기 어렵고, 일어나지 못하면 지는 것이다. 이 점을 명심하도록 해라. 한 사람이 갈고닦은 기량도 물론 중요하지만, 그보다 더 중요한 것은 팀의 전력이고 팀워크다. 쉽게 말하자면 팀플레이를 잘해야 이길 수 있다는 말이다. 알겠나?”

“네.”

---

13) 티볼 경기에서 한 팀의 등록선수(엔트리)는 주장, 부주장을 포함하여 15명 이내로 구성하며, 시합에 참여하는 선수는 10명으로 한다.

"그리고 한 사람의 뛰어난 곡예사보다는 보잘것없는 것처럼 보이는 어릿광대의 역할이 더 중요하다고 하는 것을 잊지 않도록."

"예에?"

이해가 되지 않는다는 듯한 선수들의 표정을 보고는 다시 또 설명하셨다.

"서커스의 흥행을 좌우하는 데는 곡예사도 물론 중요한 역할을 하지만 그보다 더 중요한 역할을 하는 것은 보이지 않는 곳에서 묵묵히 자신의 역할을 충실히 수행하는 어릿광대이다. 그는 서커스 전체의 분위기를 띄워 성공으로 이끌기 위해 자신을 희생할 줄 안다. 그뿐 아니라, 즐길 줄도 안다. 말하자면 팀 전체를 위해 희생하고 그런 희생을 희생으로 생각하지 않고, 그런 희생마저도 기꺼이 받아들여 즐길 줄 알고 있기 때문이다. 그런 점에서 보면 곡예사보다 더 훌륭하다고도 할 수 있다. 그러니 너희들도 이 어릿광대처럼 행동해야 할 것이다. 딤의 승리를 위해 보이지 않는 희생으로, 그 희생마저도 기꺼이 받아들이고 즐김으로써 결국에는 우리 팀을 승리로 이끌어 주었으면 좋겠다. 그러니 너희들도 어릿광대의 정신으로 모두가 한마음, 한 뜻, 한 몸처럼 행동해라. 그리고 즐겨라. 어릿광대 이상으로 시합을 즐겨라. 너희들이 충분히 즐길 수 있을 때 우리 팀도 승리할 수 있다. 알겠나?"

"네."

모두가 단단한 각오로 힘차게 대답했다.

그렇지만 어릿광대라는 말에 키득키득 웃으려는 선수들도 있었다.

그 선수들은 얼마 전 옷을 나누어 줄 때 나누었던 '광대작전'이란 말을 생각해 내고는 그렇게 웃으려 했는지도 모르겠다.

그리고 어떤 선수는 어릿광대에서 참된 강함과 진정한 승자의 모습을 보았기 때문인지,

'어릿광대가 그렇게 훌륭한 사람이었어. 미처 몰라뵈어 죄송합니다. 나도 이참에 어릿광대가 되어 보겠습니다. 어릿광대, 아자!'

라는 생각으로 마음을 새롭게 다지며 각오를 단단히 하고 있다. 다름 아닌 진강이었다.

"자! 그러면 우선 선발 선수부터 발표하도록 하겠다."

듣고 보니 5번이다. 자신의 등번호 그대로였다. 진강이는 속으로 쾌재를 부르면서도 타격 순서에 따른 역할을 다시 또 되새겨본다.

'1번 타자는, 타격은 별로라도 빠른 발로서 무조건 출루해야 하고, 2번 타자는 1번 타자를 2루나 3루로 밀어주고 자신도 무조건 출루해야 하며, 3번 타자는 희생타로서 1번, 2번 선수를 각각 2루나 3루로 밀어줘야 한다. 그러면 적어도 1, 2명의 선수가 출루한 가운데 4번 타자가 홈런이나 최소한 장타를 때려 점수를 낸다. 4번 타자가 실패하더라도 5번에 홈런 타자를 배치했으니 걱정할 것은 없다. 이런 식으로 최소한 2점또는 3점을 확보하고, 6번 선수부터 10번 선수까지도 이와 같은 식으로 2점에서 3점을 더 확보한다. 그래서 한 회에 적어도 4점에서 6점을 낼수 있다면, 승리를 확신해도 좋다.'

선생님께서는 이런 식으로 누누이 말씀하셨다. 진강이가 이런 생각

을 하는 사이에도 선생님의 말씀은 계속되었다.

"자! 그러면 타격 순서에 따른 역할을 다시 한번 말해 주겠다. 오늘은 특히 강팀을 맞이하여 팀플레이가 중요한 만큼 자신의 역할에 더욱 충실해야 한다. 오늘은 12점만 내더라도 이길 가능성이 크다. 그렇게 하려면 한 회당 최소한 4점은 내야 한다. 그런 점수를 내기 위한 작전이니 잘 새겨듣도록 해라."

"네."

"6번 선수는 2번 선수처럼 앞의 선수를 밀어주며 자신도 무조건 출루해야 하고, 7번은 3번처럼 희생타를 치면 된다. 그러나 8, 9, 10번의 역할은 이 경기를 대비하여 살짝 바꿨으니 잘 듣도록 해라. 그러니까, 8번과 9번은 앞의 4번과 5번의 역할을 한다. 마지막 10번은 장타 정도 때릴 선수로 배치했다. 마지막 3회 때 마지막 선수인 10번 선수가 만루 홈런을 때려 역전한다는 것은, 너희들에게는 너무 무모한 플레이로 보이기 때문이다. 차라리 8번, 9번 타자가 안심하고 장타나 홈런을 칠 수 있도록 심리적으로 뒷받침을 해 주고, 그 선수들이 무사히 홈에 들어올 수 있도록 안타 하나 때려 줄 수 있으면, 그것으로 충분하다고 판단했다. 그 때문에 기존 작전의 8번 선수를 10번으로 그 역할을 바꾼 것이니, 잘 이해해 주기 바란다."

선생님은 이렇게 말씀하시며 10번 선수를 격려하셨다.

"그리고 보통은 10명의 선수 중 가장 못 하는 선수를 3번과 7번에 배치하게 되는데, 우리 팀은 그렇지가 않다. 여자 선수들 3명 중 2명이,

희생정신이 가장 강하기 때문에 그 선수들로 배치했다. 그 역할이 중요하다고 판단했기 때문이다. 사실 그 선수들의 희생 플레이가 없으면 이길 수가 없다. 그 때문에 어떤 때는 잘할 수 있음에도 불구하고 일부러 못하는 척해야 할 때도 있다. 그런 점에서 보면 서커스의 어릿광대와도 같은 역할이다. 때로는 일부러 실수하여 흥을 돋워야 하는 것처럼, 3번과 7번 선수도 팀의 승리를 위해서는 자기 앞의 선수들이 잘 살아나갈 수 있도록 희생타를 때려야 할 때도 있기 때문이다. 그런 점을 보면, 승패를 좌우할 만큼 중요한 역할이라 하지 않을 수 없다. 물론 이와 같은 역할은 4번이나 5번 선수 못지않게 중요한 역할이다. 그 때문에 여러 선수 앞에서 그 중요성을 다시 한번 말해 주는 것이고 또 이렇게 여러 사람 앞에서 격려도 해 주는 것이다."

모두들,

'3번과 7번 선수에게 그렇게 중요한 역할이 주어져 있었어.'

라는 생각에 놀라움을 금치 못했다. 그러면서도 그중 어떤 선수는 속으로,

'에구! 몰라뵈어 죄송합니다.'

라는 야유를 퍼붓고 있는 선수도 있었다.

그렇지만 선생님은 마치 이 선수를 겨냥이라도 한 듯 더욱더 큰 소리로 말씀하셨다.

"그러니 너희들도 그 역할이 중요하지 않다고 여겨 실망하지 말고 자신감을 가져라. 이처럼, 너희들에게도 너희들만이 수행해야 할 중요한

역할이 있다. 그러니 그런 걸 늘 명심하고 그러면서도 서커스의 어릿광대처럼 항상 웃음을 잃지 말고 축제를 마음껏 즐기길 바란다. 잘난 척하는 사람이 잘하는 것이 아니라 역할에 충실한 선수가 잘하는 것임을 늘 명심하도록 해라."

선생님께서는 3번과 7번 선수를 바라보며 격려를 해 주셨다. 그 선수들도 큰 힘을 얻었다는 듯 고개를 끄덕였다.

그다음에는 11번부터 15번까지의 중계 선수들과 마무리 선수들을 불러 말씀하셨다.

"너희들도 역할이 있다. 잘 들어라."

"네."

"너희들도 선수다. 응원도 중요하지만, 그보다 더 중요한 것이 있다."

나머지 선수들도 귀를 기울인다.

"뭔데요?"

"너희들은 1루 옆에서 딱 두 가지만 지켜보고 있다가 상대 팀 반칙인 것 같으면 선생님께[14] 달려와 알려 줘야 한다."

"예."

"하나는 우리 선수가 먼저 루를 밟았는지 공이 먼저 들어왔는지, 늘 확인해야 한다. 그리고 공이 먼저 들어왔다고 하더라도 1루수가 루를 밟고 있었는지, 아니면 밟지 않은 상태에서 받았는지도 확인을 꼭 해야

---

14) 프로테스트(항의)는 심판의 판정에 항의하는 것을 말한다. 주장과 부주장만이 할 수 있다. 단, 초등학교 대회에서는 감독(교사) 1명까지 허용된다.

한다. 밟지 않은 상태에서 받았다면 공이 먼저 들어왔어도 우리 팀 선수는 산 것이다. 그런데도 그런 걸 못 본 심판이 아웃으로 선언하면 안 되기 때문에 너희들에게 부탁하는 것이니 이런 점을 잘 살펴보도록 해라.”

“예.”

“그다음은, 이건 매우 중요한 것인데 정말 잘해야 한다. 뭐냐 하면, 우리의 3번 선수와 6, 7번 선수가 여자 선수이기 때문에 상대 팀 수비수들이 전진 수비할 가능성이 크다. 전진 수비를 하게 되면 대부분의 팀은 1루와 3루를 잇는 대각선을 넘어 홈 쪽으로 조금이라도 들어오게 되어 있다. 물론 너희들도 잘 알다시피 그건 반칙이다. 대각선을 넘어오면 수비 반칙이 되는 거다.[15] 그런데 때로는 심판들이 그런 것을 못 보고 주의하라고 경고하지 않는 때도 있다. 심판들도 사람이기 때문에 어쩔 수 없다고는 하지만, 가만히 있을 때는, 그러니까 그런 수비 반칙을 반칙으로 선언하지 않을 때는 그것으로 인해 우리 팀이 질 수도 있다.”

진강이도 입술을 찡그렸다. 아마도,

‘그렇지. 작년에도 그 팀은 그런 반칙을 했음에도 불구하고 아주 뻔뻔스럽게 나왔지.’

라는 생각이 떠오른 것 같았다.

‘이번에는 제대로 잡아 보자.’

오기가 솟아난 듯 두 주먹을 불끈 쥐어 본다.

---

15) 수비수는 타격 전에 1루와 3루를 직선으로 잇는 가상의 연장선 안에 들어와 수비할 수 없다.

"그러니까 너희들의 도움이 필요하다. 그럴 때는 너희들도 선생님께 달려와 그런 반칙을 알려 줘야 한다. 물론 선생님도 지켜보고 있겠지만 선생님은 홈 쪽에 서서 바라보고 있어서 잘 안 보인다. 그 때문에 너희들의 도움이 더욱더 필요하다. 너희들은 단지 다 같이 지켜보고 있다가 선생님께 넘어왔다고 말해 주기만 하면 된다. 그러면 선생님이 심판에게 말할 테니까. 좀 더 생각해 보면 이와 같은 조치도 공정한 경기를 위한 것이니 '고자질한다.'라고 생각하지 말고, 더욱이 '너무 치사한 거 아냐?'라고도 생각하지 않기 바란다. 잘 생각해 보면 치사한 쪽은 저쪽 팀이니, 잘 협조해 줬으면 좋겠다."

"그런데 선생님!"

백청수 선생님은 '왜?'라는 말을 하려는 듯한 표정으로 소리 나는 쪽을 바라본다.

"말로 해서 동할까요? 그 팀은 워낙 야비한 팀인데…."

"그렇게 보이니?"

"예."

"그렇게 보일 수도 있겠지만 곰곰 생각해 보면 우리의 잘못도 있다. 결국, 우리 팀이 정당하게 항의를 하지 않으니 저쪽 팀이 그렇게 나올 수도 있는 일이니까."

"그러면 이번에는 다른 방법이라도 있나요?"

"그래서 이번에는 우리 팀도 준비를 좀 했다."

질문한 선수도 '그게 뭔데요?'라는 질문을 하려는 듯 고개를 쭉 내밀었다. 궁금하기는 궁금했는가 보다.

"말로서 통하지 않으면 그때는 그에 따른 증거를 제시하면 된다. 그럴 때를 대비해 준비해 둔 것이 있다. 촬영이다. 우리도 하나하나 놓치지 않고 촬영을 하고 있다. 다른 선생님께는 1루에서 동영상 촬영을 해 달라고 부탁해 두었으니, 만약의 경우 심판과 시비판정이 붙게 되더라도 촬영한 그 동영상을 보여 주면 그만이다. 그러니 너희들은 그런 것에 대해 신경 쓰지 않아도 된다."

"네. 그렇군요."

"질문 있는 사람?"

"선생님!"

"왜?"

"화장실 갔다 와도 돼요?"

"좋다. 그러면 화장실 볼 사람은 보고 오도록 하고 다른 사람은 각자의 위치로 들어간다."

모든 작전은 전달되었고 선수들은 자기 위치로 들어갔다. 선생님도 출전선수명단을 적은 종이 2장을 심판에게 제출했다.

10

시작을 알리는 호각 소리와 함께 선수들은 모두 경기장으로 모여들었다. 각 팀 선수들이 하나의 원을 그리며 양편으로 늘어서면 서로 인사를 주고받게 된다. 이때만큼은 양 팀 모두 90도 정도로 허리를 숙여 정중하게 인사를 한다. 그러면 심판[16], 그중에서도 주심이 자기소개를 간단하게 하고 그다음에는 루심 및 기록원도 소개하고 각 팀의 감독들도 소개한다. 그것이 끝나면 경기 규칙에 대해 안내한 다음, 주의사항 및 안전 등에 대해서도 간단하게 설명한다. 그다음에는 공격할 팀과 수비할 팀을 정하게 된다.

"자! 그러면 동전으로 공격과 수비를 결정하도록 하겠습니다. 각 팀의 주장은 앞으로 나와 주십시오."

푸른솔초 주장인 진강이도 심판 앞으로 나갔다. 첫 출전 전날, 모두가 모인 자리에서 만장일치로 주장으로 선출되었기 때문이다. 그 당시, '다른 선수들로부터 인정받았구나. 그 결과 캡틴으로 뽑힌 거야.'라는 것까지는 좋았으나 그다음은 그리 좋은 것만은 아니었다. 알게 모르게 밀려오는 막중한 책임감은 감당하기 어렵게만 느껴졌기 때문이다.

동료 선수들의 신뢰 속에 열심히 해 보기로 한 진강이는 오늘도 이 자리의 대표로서 당당하게 서 본다.

"앞면 뒷면 중 선택하십시오."

---

16) 심판은 주심과 루심 각 1명(계2명)으로 구성된다. 물론 경기에 따라서는 최소 1인제, 최대 4인제로 운영될 수 있다. 주심은 타자의 정면 앞에 서서 경기를 시작하고 끝내는 등 경기 전반을 운영하며, 주로 본루와 3루 쪽 주변의 플레이를 판정한다. 루심은 1루수 후방 파울라인에 위치하며 1루와 2루 쪽 주변의 플레이를 판정한다. 기록원은 1명으로서 경기 내용을 기록한다.

진강이가 앞면을 선택하자 주심은 동전을 공중으로 던졌다. 몇 바퀴 회전한 다음 주심의 손바닥에 떨어진 동전은 앞면이다. 기대한 대로였다.

"공격 수비 중 어느 쪽을 선택하겠습니까?"

질문을 받은 진강이는 잠시 자기 팀 선수들을 둘러보더니,

"수비를 선택하겠습니다."

라고 대답한다.

선수들의 눈빛도 그렇거니와 다들 아주 작은 소리로 "수비! 수비! 수비!"를 외치고 있었기 때문이다. 물론, 이전의 대회나 학교에서의 연습 게임에서도 먼저 수비를 선택했을 때 더 많이 승리했다는 것도 이런 결정에 한몫했다.

"자! 그러면 양 팀 선수들! 잘 들으세요. 푸른솔초는 수비하고 동서초는 공격합니다. 다 아시겠지만, 아웃과 관계없이 1번부터 10번까지, 순차대로 공격합니다.[17] 마지막 10번 선수의 공격이 끝나면 공격과 수비는 서로 교대하고, 그다음 회에서는 교대하기 전의 바로 그 상황에서 다시 시작합니다. 그리고 본 경기는 정식 구장이 아니라 학교 운동장에서 하는 만큼 그에 따른 제한사항도 잘 알고 있어야 합니다. 저기 저쪽

---

17) 정식 시합은 10명 전원타격제로 운영한다. 10명 모두 타격을 끝냈을 때 공격과 수비를 바꾸는 것이다. 규정 횟수(정식 회수는 3회~5회)를 끝냈을 때 득점이 많은 팀이 승자가 된다. 각 회가 끝났을 때, 잔루 주자는 다음 회에서 그대로 이어진다. 1, 2루에 잔루 주자가 있었다면 그다음 회는 1, 2루 주자가 있는 상태에서 시작하는 것이다(잔루인정제). 물론, 정식 시합이 아닐 때는 '7명타격제'나 '쓰리 아웃제' 등의 방법으로 운영할 수 있다.

을 보십시오. 고깔이 보일 텐데, 공이 뜬 상태에서 그곳을 넘어가야 홈
런으로 인정받게 됩니다. 물론 땅볼로 넘어갈 때는 2루타로 인정됩니
다. 이 점도 참고로 해 주시면 경기 운영에 큰 도움이 될 것 같습니다.
공격과 수비는 각각 3회까지만 진행하기 때문에 이 점도 잘 기억해 주
시고, 모래흙이 깔린 운동장에서 하는 만큼 다치지 않도록 주의해 주십
시오. 그러면 양 팀 모두에게 행운이 있기를 바랍니다. 공격팀은 선수
대기 라인 안쪽으로, 수비팀은 운동장으로 이동하여 주십시오."

규칙과 주의사항에 대한 심판의 설명이 끝나자 선수들은 각자의 수
비 위치로 이동하기 시작했다. 진강이도 마음을 다지며 자신의 수비 위
치인 홈으로 들어갔다. 그렇지만 가슴은 몹시 뛰었다.

각자의 수비 위치[18]에서 자리를 잡고는 홈을 바라본다.

'드디어 시작이구나!'

---

18) 수비수는 10명이다. 홈인 본루를 지키는 본
루수, 본루에서 봤을 때 오른쪽에 있는 1루
를 지키는 1루수, 2루를 지키는 2루수, 3루
를 지키는 3루수, 그리고 1루와 2루 사이를
지키는 제1유격수, 2루와 3루 사이를 지키
는 제2유격수, 그리고 외야수로 구성된다.
3루수 쪽 뒤를 지키는 외야수를 좌익수라
하며, 그 오른쪽 옆을 지키는 외야수를 제1
중견수, 그 옆은 제2중견수라 한다. 그리고
그 오른쪽 옆, 즉 1루 쪽 뒤를 지키는 외야
수가 우익수이다.

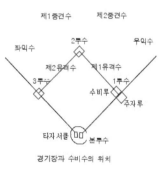

경기장과 수비수의 위치

떨리는 마음을 달래며, 진강이가 공을 배팅 티[19] 위에 올려놓자 동서초의 1번 타자[20]가 타자서클[21] 안에 들어왔다.

진강이는 타자의 정면 쪽 타자서클 바깥에 허리를 약간 구부린 자세로 서서는 타자와 티를 번갈아 노려본다. 그러자 주심이 공을 든 오른손을 머리 높이까지 들어 올린 다음 타자와 수비수의 준비 상태를 확인하더니 큰소리로, "플레이볼!"[22]을 외쳤다. 이는 경기의 시작을 알리는 신호로서, 지금부터는 공격을 시작해도 좋다는 뜻이다.

플레이볼 선언을 확인한 타자는 배트를 어깨 위에서 티를 향해 있는 힘껏 내리쳤다. 그렇지만 티 위에 있던 공은 약간 빗맞은 듯 3루 쪽을 향해 굴러갔다. 3루수와 제2유격수가 동시에 나오는데 제2유격수가 처리할 듯 보였다. 그런데 그 유격수가 글러브를 너무 높게 댔기 때문인지

---

19) 공을 올려놓는 막대 모양의 고무(우레탄) 티를 말한다. 허리 높이에서 칠 수 있도록 높이를 조절할 수 있고, 끝부분은 공을 올려놓을 수 있도록 접시 모양으로 되어 있다. 배트가 공에 맞지 않고 티에 맞아 공이 떨어질 때도 유효 타격으로 간주하기 때문에 타자는 1루를 향해 뛰지 않으면 안 된다. 물론 떨어진 공이 경기장 밖으로 나가면 파울이 선언되지만, 경기장 밖으로 나오기 전에, 즉 떨어지자마자 본루수가 그 공을 잡아 타자를 태그아웃시키려 하므로 특히 조심하지 않으면 안 된다. 공이 떨어지면 파울 선언이 있기 전에는 무조건 뛰는 것이 좋다. 물론 배팅 티만 쳤을 때는 유효타격이 아닌 스트라이크로 인정되지만, 구별이 잘 안 되기 때문에 일단은 뛰고 보는 것이 좋다는 뜻이다.

20) '타자'는 타자서클 안에서 타격하는 선수를 말한다.

21) 타자서클이란 본루를 원의 중심으로 한 반지름 3m의 원 안쪽을 말한다.

22) 한 게임의 시작은 주심의 '시합 개시(플레이볼)'선언으로 시작되고, '시합 종료(게임셋)'선언으로 그 게임은 끝이 난다.

공은 글러브에 들어오지 않았고 통, 통 튕기며 계속해서 굴러만 간다.

그러는 사이 타자주자[23]는 1루를 돌아 2루를 향해 달린다. 좌익수가 허겁지겁 달려와 가까스로 공은 잡았으나 주춤한다. 그 좌익수가 공을 2루로 던질까 말까 망설이는 가운데 주자는 다시 또 3루를 향해 달린다. 좌익수가 이번에는 3루로 공을 던졌으나 늦었다. 주자와 공이 동시에 들어오는 바람에 세이프가 선언되었다.

푸른솔초 선수들은 모두 멍하니 제2유격수와 좌익수만을 바라보고 있다. 그 눈빛에는,

'1루에서 아웃시켰어야 했는데.'

라는 생각만이 가득했다. 속으로는,

'3루까지 뛴 거야. 우리 팀은 2루까지도 못 갈 텐데, 대단하다!'

라는 생각으로 다소 놀란 표정을 짓기도 했다.

백청수 선생님도,

'아니, 이 공은…. 제2유격수가 아닌데, 그러면 1루로 던지기도 힘들고…. 그럴 바에야, 차라리 3루수가 바로 잡아 던졌더라면….'

라는 생각으로 아쉬움을 달래 본다.

진강이가 다시 또 티 위에 공을 올려놓았다. 수비수들은 아직도 허리를 편 채 멍하니 보고만 있다. 진강이의 마음속에 '첫 타자를 잡지 못하면 승률은 66.6%로 떨어진다.'라는 선생님의 말씀이 떠올랐다가 사라

---

23) 타격이 끝나면 그때는 타자라 하지 않고 '타자주자'라 한다. 이 이야기의 이 다음부터는 타자를 생략하고 '주자'로만 쓴다.

진다.

'이번에는 잘해 봐야지.'

마음을 가다듬어 운동장의 자기 팀을 바라보지만 사기는 크게 떨어진 듯 힘은 없어 보인다. 두 손을 번쩍 들어 "아자!"도 외쳐 보지만, 그것도 아무런 소용이 없었다.

그때 갑자기 등 뒤에서,

"허리 숙여! 자세가 너무 높다."

라는 말이 귀청을 때린 것도 같다. 선생님 쪽을 보니, 선생님은 고함이라도 치듯 선수들을 향해 허리를 숙이라는 손짓을 하는 것이었다.

"괜찮아. 지나간 것은 모두 잊고 지금부터 다시 시작한다. 허리 숙여! 자세 낮춰!"

말귀를 알아들었던지, 그제야 선수들도 무릎을 약간 굽히고 허리도 약간 구부린다. 타석에 들어선 2번 선수의 움직임에 주의를 기울이며 움직이기 시작했다.

수비수들의 준비 상태를 확인한 심판이 "플레이!"를 선언했다.[24] 공은 빗맞았고 3루 쪽으로 굴러갔다. 3루수와 제2유격수가 다시 또 동시

---

24) 주심의 플레이 선언으로 경기는 다시 시작되고 '시합 진행(볼인플레이)'상태로 들어간다. 이때부터 타자와 주자는 유효한 플레이를 할 수 있다. 플레이 중 다음과 같은 경우 즉, 무효타격, 반칙타격, 파울볼, 타격 방해, 주루방해, 수비 방해, 타임이 선언된 때 등의 경우, 심판은 양손을 90도로 접어 어깨 위로 들어 올려 '시합 정지(볼데드)'를 선언하게 된다. 물론, 플레이(볼) 선언 이전이나 볼데드 이후에 이루어진 플레이는 모두 무효이며, 그에 따른 벌칙이 부과되기도 한다.

에 나온다. 주춤하다 3루수가 공을 잡아 홈으로 던졌으나 3루 주자는 이미 본루를 밟은 상태로서 득점이 선언되었다.

진강이는 공을 잡아 홈으로 들어오는 주자를 태그하려 했으나 늦은 상태였고, 이번에는 다시 1루로 공을 던지려 했으나 2번 주자는 이미 1루를 돌아 2루를 향해 뛰고 있다. 하는 수 없이 2루를 향해 힘껏 던졌으나 2루에서도 역시 세이프가 선언되었다.

'이잉! 틈만 나면 뛰는구나.'

번개처럼 진강이의 머릿속을 스쳐 갔다.

'작년 상황과 똑같잖아. 작년에도 이처럼 빠른 발과 약삭빠른 눈치에 당했는데.'

작년의 악몽이 어느새 고개를 들기 시작했다. 그다음에는,

'두 번째 타자를 잡지 못하면 승률은 33.3%로 떨어진다.'

라는 말이 다시 또 떠올랐다.

그런데 이번에는 이 말이 사라지지 않고 진강이의 마음을 짓누르기 시작한다. 초조함도 밀려왔다.

"괜찮아. 이제부터 시작이다. 이제 겨우 2번 타자가 나갔을 뿐이야. 힘내라 힘!"

힘찬 응원이 들려왔지만, 진강이의 귀에는 들어오지 않는다.

백청수 선생님도 진행 상황을 지켜보며,

'아니, 이 공은 3루수가 아니라 제2유격수의 공인데…. 또 꼬였잖아.'

라는 생각을 해 보지만, 어쩔 수 없다. 그보다는 꺾인 사기를 올려 주

는 편이 더 급했다.

지금의 상황에서는 아웃시킬 수 있다는 자신감을 불어넣어 주는 것이 더 중요하다고 판단했기 때문인지, 벌떡 일어선 선생님은 운동장의 선수들을 향해 검지를 하늘 높이 올리며,

"하나만 잡아. 하나만! 일단 한 명만 잡아라. 그러면 돼!"

라는 말이라도 하려는 듯, 손을 마구 흔들어 대는 것이었다.

수신호의 뜻을 알아들었기 때문인지, 힘을 얻은 푸른솔초 선수들은 다시 또 무릎을 굽히고 허리를 숙인 다음 정면을 노려본다.

긴장감이 고조된다. 그런데 3번 타자가 여자 선수인 것을 알자 푸른솔초 수비수들은 앞으로 한 발씩 슬금슬금 나온다. 자신도 모르게 전진 수비를 하려는 듯 1루와 3루를 잇는 가상의 대각선을 넘어오는 것이었다.

백청수 선생님은 깜짝 놀랐다. 수비수가 그 대각선을 넘으면 반칙일 뿐 아니라 동서초의 3번은 여자 선수라고 하더라도 그리 만만한 선수는 아니었기 때문이다. 운동장 쪽으로 나아가, 뒤로 물러서라는 뜻으로서 손등으로 수비수들을 뒤로 미는 시늉을 했다.

수비수들은 주춤하며 뒤로 물러선다. 물러서긴 했지만, 제지를 당한 제2유격수와 제1유격수, 3루수, 2루수, 1루수는 입이 주먹만 하게 나왔다. 기가 꺾인 듯 어깨 또한 축 늘어졌다. 타석에 들어선 동서초 3번 타자는 심판의 신호와 함께 배트를 어깨 위에서 힘껏 내리쳤다. 2루 쪽을 향해 공이 굴러간다. 1루와 3루를 잇는 대각선 근처에 있던 제2 유격수가 재빨리 공을 잡아 3루로 던지려 하였으나 늦은 것을 알자 그

만두고 대신 1루로 던졌다. 1루에서는 아웃이 선언되었다.

'다행이다. 이젠 됐어. 됐다.'

본루수인 진강이도 한숨을 돌리고 있는데, 이상하다. 무엇인가가 좀 이상하다. 움직임이 있는 듯한 느낌이다. 아니나 다를까, 찾아보니 지금도 뛰고 있는 주자가 보였다. 1루수가 공을 잡은 다음 망설이는 기미를 느꼈는지, 방금 3루까지 진출한 주자가 홈으로 뛰어 들어오는 것이었다. 당황한 1루수는 본루를 향해 공을 던졌지만, 그곳에 있던 진강이는 공을 잡지 못했다. 악송구가 나온 것이다.

공은 진강이의 키를 훌쩍 뛰어넘어 뒤 담장을 넘어갔고 주자는 여유 있게 홈으로 들어왔다. 점수판을 보니 동서초는 2점, 푸른솔초는 0점이다. 동서초는 3명의 타자 중 2명이 득점했고 1명은 희생타였다. 푸른솔초 선수들을 보니 잔뜩 긴장한 표정이 역력했고 이마의 땀은 두 볼을 타고 줄줄 흘러내린다. 모두가 할 일을 잊은 듯 넝하니 서로의 얼굴만 바라보고 있다.

'이 난국을 어떻게 풀어 가야 할까?'

팀의 주장인 진강이도, 감독인 백청수 선생님에게도 막막하기는 마찬가지였다. 느리고 둔한 팀이 발 빠르고 눈치 빠른 강적을 만나 대적하기란 쉬운 일이 아니었다. 그뿐이 아니다. 너무 긴장한 탓인지 제2 유격수와 3루수는 서로 엇박자만 주고받고 있었다. 그 때문인지 수비는 계속 꼬여만 갔다.

11

출발하기 전 교실에서부터 걸리기 시작한 마법은 아직도 풀리지 않은 것 같다. 아니, 좀 더 정확하게 말한다면 그 마법은 오늘 아침부터 누군가가 걸어 놓은 주문이라고 해야 옳은지도 모르겠다.

뜻하지 않은 주문에 걸려 벌어지기 시작한 불신의 틈은 시간의 흐름과 더불어 더욱더 커져만 갔다. 그리고 그 틈은 출전 준비를 할 때 최고조에 달했던 것 같은데…. 그때를 되돌아보면 볼수록 눈앞이 캄캄하고 아찔하기만 하다.

옷장을 부순 다음, 가까스로 가방을 꺼내 어깨에 둘러메고 허둥지둥 후문으로 나갔더니, 선수들을 격려하고 계신 교장 선생님의 모습이 보였다. 그런데 민망하게도 선수들은 듣는 둥 마는 둥 하고 있고 줄도 서지 않은 채 자기들끼리만 웅성거리고 있었다.

그렇지만 본디의 계획은 그런 것이 아니었다. 여유 있게 나간 다음 선수들을 반갑게 맞이하여 정렬시키고, 준비물도 확인한 다음 교장 선생님께 멋진 인사를 드리는 것이었다.

그런데 이상한 주문에 걸린 탓에 이 또한 물거품이 되고 말았다. 물거품이 된 정도가 아니라 아예 망쳤다고 해도 좋은 수준이었다. 허둥대는 가운데 당당한 출정식도 연기처럼 날아갔고 선수들의 마음에는 어느새 무질서가 자리를 잡아 가고 있었다. 허황한 꿈만 춤을 추듯 너울거렸다.

대회 장소인 강석초로 이동하는 버스 안에서도 마찬가지였다. 선수들을 모두 태운 다음 버스비를 계산했더니 이미 중·고등학생 요금으로 찍혀 좀 더 비싼 요금을 내야 했다.

항의하려 했으나 결국은 못 했다. 머리를 긁적이며,

"앞으로 이런 경우에는, 미리 초등학생이라는 말씀을 해 주셔야 할인된 요금으로 처리됩니다."

라고 말하는 운전기사를 바라보고는 할 말을 잊었다.

그뿐이 아니었다. 뭐라 말도 못 하고 입술만 꼭 다문 채 선수들에게 자리를 잡아 주며 앉혀 주고 있는데 버스는 승객의 안전은 고려하지도 않은 채 냅다 달리기만 하는 것이었다.

순식간에 중심을 잃어버린 나는 몇몇 선수들과 함께 덜컹거리는 버스 안에서 흔들리는 대로 몸을 맡긴 채 서서 살 수밖에 없었는데, 이번에는 또 대낮부터 약주를 거나하게 드신 어떤 할아버지와 말싸움을 할 뻔하기도 했다.

출발 직전에 차에 매달리다시피 하여 승차한 어떤 고주망태 할아버지가 있었다.

그 할아버지는 우리 선수들이 앉아 있는 모습을 보더니 대뜸,

"노약자석도 못 읽어? 눈이 달렸으면 이걸 읽어 봐. 이걸."

이라고 말하며 화를 내는 것이었다.

그것도 꾹 참을 수밖에 없었다. 어찌 되었든 어르신과 다투는 모습

을 아이들에게 보일 수는 없는 일이었다.

이 할아버지에게도 우리 선수들이 중·고등학생으로 오해를 받았다고 생각하니 화가 나기도 했다. 그렇지만 큰 시합을 앞에 두고 언성을 높이는 것은 더욱더 좋지 않을 것 같아 꾹 참고, 진강이를 바라보며 눈짓으로 '네가 좀 양보해라.'라는 신호를 보냈다.

속뜻을 알아들었는지 진강이가 벌떡 일어나려 하는데, 그때 갑자기 버스가 급정거하는 것이었다. 그 바람에 그 아이는 앞으로 튕겨 나갔고 통로에 서 있던 나와 정면충돌하고 말았다. 그리 아픈 것은 아니었으나 그렇다고 기분 좋은 것도 아니었다.

'진강이도 다치지 않고 다른 아이들도 다치지 않아 다행이야.'

가까스로 마음을 진정시키며 그 할아버지를 다시 봤더니, 그분은 아무런 일도 없었다는 듯 코를 드르렁거리며 자고 있는 것이었다.

'크윽!'

대회가 열리는 강석초에 도착해서도 그러했다.

버스에서 내려 빠른 걸음으로 걸어와 자리를 잡은 다음 운동장 한쪽 모퉁이에 모여 공을 던지고 받는 연습을 하려 했으나 그것도 못 했다. 둥그렇게 모여 스트레칭을 하려고 하는 바로 그 순간 그 학교의 방과후학교 선생님이 오시더니, 이렇게 말하는 것이었다.

"죄송합니다만 여기는 지금 수업 중입니다. 다른 곳에 가서 해 주시면 안 될까요?"

이런 것까지는 그래도 좋았다.

그런데 문제는 그곳 외에는 마땅히 연습할 만한 곳이 한 군데도 남아 있지 않았다는 데 있었다. 할 만한 곳을 찾아 돌아다니기만 했을 뿐, 결국에는 한 자락도 하지 못했다. 그래서 그런지 우리 선수들은 몸에 힘이 잔뜩 들어가 있었고, 사막과도 같은 운동장에 전봇대가 서 있는 것처럼 뻣뻣하기만 했다.

출전선수명단을 작성할 때만 해도 그러했다. 선발 선수와 교체 선수 명단을 작성하기 위해 가방에서 선수목록과 예상 작전을 적어놓은 종이를 찾아보았으나, 그것도 보이지 않는 것이었다.

'분명, 이 가방에⋯. 여기에 넣어 두었는데⋯.'

찾아보고 또 찾아봐도 보이지 않았다. 끝내 찾지 못했다. 그러고 보면 허둥대다 착각한 것이었는지도 모르겠다. 가방 속에 넣어 둔 것으로 착각했고, 그 때문에 그 가방만을 찾기 위해 더욱더 기를 쓰고 찾으려 했었는지도 모르는 일이었다.

결국에는 선수 명단도 허둥대며 작성할 수밖에 없었고, 그런 까닭으로 그동안 고심한 노력도 물거품처럼 사라지고 말았다. 그래도 그 순간 나름 심혈을 기울여 작성한 선수 명단을 심판에게 제출하고 돌아와 보니, 목도 마르고 허탈감이 밀려왔다.

목도 축이고 마음도 가다듬기 위해 보조감독이 준비해 온 캔 커피를 꺼내 마시는데, 너무 급히 들이마셔서 그런지 콜록콜록 기침만이 나왔다. 목구멍이 아닌 숨구멍으로 넘어갔던 것일까?

문제는 그뿐이 아니었다. 그 바람에 커피 액체가 흘러내려 옷에 묻었고, 묻은 그 모양대로 얼룩지는 것이었다.

공교롭게도 그날따라 눈에 잘 띄도록 상의, 하의 모두 흰 옷을 입고 있었는데, 그 옷에 점점이 누런 얼룩이 배어들고 묻어나왔다.

그런 것을 알면서도 보고만 있을 수밖에 없었다. 그러고 보면 여간 창피한 것이 아니었다.

이런 일로 인한 우울한 마음도 마음이거니와 그처럼 우스꽝스러운 모습으로 소릴 질러 대고 있었으니 볼만했을 것이다.

감독으로서의 체면이 이만저만 구겨진 것이 아니었다. 꼴사나운 그 모습은 분명 주변 사람의 아니꼬운 시선을 끌었음이 틀림없다.

그런 가운데도,

"허리 숙여! 자세 낮춰!"

라는 말을, 속으로는 목청껏 질러 대며 춤을 추듯 움직이고 있었으니, 그런 모습을 옆에서 보고 있던 사람들이라면 혀를 찼을 것이 분명했다.

오늘은 나도 선수들과 마찬가지로 긴장했다. 긴장한 것만큼은 사실이다. 초반부터 우리 선수들의 몸과 마음이 모두 얼어붙었고 수비도 꼬였다. 당황스러웠다. 그 때문인지, 좋지 않은 내 모습을 보고 욕을 하고 있는지 동정을 하고 있는지, 실은 그런 것을 느낄 틈도 없었다.

'이제는 좋다. 그런 것은 아무래도 좋다.'

지금은 이런 생각뿐이다. 지금의 이 난관을 극복할 수만 있다면 그런 것쯤은 얼마든지 참을 수 있다. 상황은 불리하고 너무도 안 좋다.

그렇다고 하더라도 동서초의 3번 타자를 아웃시켰으니, 그것을 위안 삼아 다시 또 마음을 가다듬어 본다.

"정신 차려! 뒤로 좀 더 물러나! 뒤로! 뒤로!"

백청수 선생님은 이런 고함이라도 치듯 손을 높이 처든 다음 뒤로 물러가라는 신호를 계속해서 보냈다. 본루수인 진강이는 선생님의 열정적인 모습에 용기를 되찾은 듯 "아자!"를 외치며 공을 배팅 티 위에 올려놓는다.

4번 타자는 주심의 수신호도 보지 않고 "플레이"라는 말도 떨어지기 전에 공을 쳤다. 우익수 쪽으로 날아간 공은 담장을 훌쩍 넘어갔다.

'홈런이구나!'

푸른솔초 수비수들은 모두 이런 생각을 한 듯 기가 죽었고 "으윽!" 하는 한숨과 함께 어깨도 축 늘어졌다.

그런데 그때 갑자기 "파울"이라는 주심의 판정 소리가 들려왔다.

"휴!"

한숨과 함께 축 늘어졌던 수비수들의 어깨는 다시 올라갔다.

파울 선언으로, '심판의 신호와 함께 시작하지 않으면 파울이 선언된다.'라는 티볼 규칙을 깨달았기 때문인지, 4번 타자는 부끄러움에 주눅이 든 것 같다. 이번에는 공이 빗맞아 높이 떴고, 그 공을 2루수가 잡아냈다.

그다음 5번 선수는 홈런을 쳐 1점을 더 올려 3점이 되었고, 6번과 7

번 선수가 각각 1, 2루로 출루한 가운데 8번 선수가 나왔는데 병살타를 쳤다. 그 바람에 타자와 1루에 있던 주자가 아웃되었고 2루에 있던 주자는 3루로 뛴 다음 그곳에 머물러 있다. 9번 선수의 안타로 3루에 있던 주자가 홈으로 들어와 1점을 더 추가시켜 동서초는 4점이 되었고, 타자는 2루에 머물러 있다. 마지막 10번 선수는 제2중건수 쪽으로 안타를 쳤다. 2루에 있던 주자는 홈으로 들어와 1점을 추가했고, 타자는 3루까지 진출했다. 이것으로 공격이 모두 끝났다. 길게만 느껴진 1회초는 이렇게 끝났다. 동서초는 5점을 얻었고 잔루는 3루였다.

12

"자! 이제는 우리 팀의 공격이다. 우리도 최소한 5점은 따야 한다. 5점을 딸 수 없다면 적어도 4점은 따야 2회나 3회에서 따라잡을 수 있다. 그러니 꼭 4점 이상은 딸 수 있도록 노력하자."

"네."

"선생님! 우리 팀은 이전 팀들과는 1회에서 6점이나 7점은 얻었습니다. 8점을 얻는 적도 있고요. 자신 있습니다."

힘차게 말하는 선수가 있어 바라보니 진강이다. 그래도 그는 주장으로서 자신감을 잃지 않은 모양이다.

"좋다. 너희들도 충분히 할 수 있다. 너희들의 기량도 늘었거니와 우리 팀의 작전도 만만치는 않다. 작전대로만 된다면 우리도 역시 매회 5점 이상은 딸 수 있다. 걱정하지 말고 너무 긴장하지 말고 게임을 즐겨라. 지금은 너무 얼어붙었어. 그래서는 아무것도 안 돼. 자! 모두들, 긴장 풀어."

"네."

그렇지만 선수들의 대답에는 힘이 없었다. 이 대답에서 선생님은 왠지 모를 찬 기운을 느꼈다. 그러고 보면 선생님의 말씀이나 격려로서 풀릴 수 있는 긴장감은 아니었던 것 같다. 초반에 너무 놀란 탓일까? 얼어붙어 그런지, 이처럼 선수들의 대답에서도 찬 기운이 느껴질 정도였고, 긴장된 몸과 마음은 아직도 풀어지지 않은 것 같다. 선생님도 왠지 모를 불길함을 감춰 보지만, 감추었다고 해서 될 일은 아닌 것 같다.

그래도 용기를 내어 선수들을 바라보며,

"자! 그러면 우리만의 하니 됨을 위해 다시 시삭해 보자."

라는 제의를 해 본다.

선생님의 제의에 따라 선수들은 한곳에 모여 '시작!'이라는 주장의 선창에 따라 모두들 자기 팀의 구호인 '당당하게 싸우자. 푸른솔초 아자! 아자!'를 목청껏 외쳤다.

그런 다음, 1번 타자는 타석으로 향했고 나머지 선수들은 대기석으로 들어갔다. 1번 선수는 선생님을 바라보며 작전을 여쭤본다. 선생님도 1번 타자의 눈을 바라보며 작전대로 하라는 뜻으로 고개를 끄덕였다. 1번 타자도 '알겠습니다.'라는 뜻으로 고개만 숙여 인사한 다음 배트를 어깨 위로 치켜올렸다.

배팅 티 위에 공이 올라왔다. 주심의 수신호와 함께 그 말도 들려온다.

"플레이!"

드디어 시작이다.

1번 타자는 어깨에 힘이 너무 들어간 듯 휘두르는 배트가 무겁게만 느껴졌다. 배트를 스쳐 간 공은 긴장감이 실려 그런지 3루 쪽을 향해 땅볼로 굴러간다. 기대한 타구가 아니었기 때문인지, 타자는 뛰지도 않고 그저 굴러가는 공만 멍하니 바라보며 어쩔 줄 몰라 한다.

"달려! 뭐 해."

이런 말을 하려는 선생님의 몸짓을 보았는지, 그제야 달리기 시작했다. 동서초의 수비수 중 3루에 있던 3루수가 달려 나와 공을 잡더니 곧바로 1루를 향해 던졌다. 공은 직선으로 날아간다.

'앗! 저 공은…. 윽!'

감탄사가 절로 나올 정도로 빠른 공이다. 1번 타자는 중간도 못 뛰었는데 벌써 아웃이 선언되었다. 1번 선수는 힘없이 대기석으로 들어왔고 2번 선수가 배트를 들고 나간다. 그런데 타석으로 향하다가 멈춰섰다. 선생님과 눈이 마주치자 주저하는 기색이 역력했다.

그러나 곧,

"3루와 제2유격수 쪽으로 보내라. 땅볼 아니면 제2유격수의 키를 살짝 넘기는 공이면 더욱 좋다."

라는 말을 듣고는 다소 안심한 듯 자신 있게 타석으로 향했다.

그러는가 싶더니 이번에도 또 뒤를 돌아보며 선생님과 동료 선수들을 향해 V자 표시를 하더니 하얀 이를 드러내며 씩 웃는 것이다. 그런 다음 타석에 들어섰다.

배트를 어깨 위로 올리며,

'이번에는 꼭 출루해야 할 텐데, 상대 팀의 수비가 워낙 좋아 가능할지 모르겠다.'

라는 생각을 해 보지만, 자신감은 없어 보인다.

자신감이 떨어져 그런지 마음은 불안했고 다리도 왠지 모르게 조금씩 떨려 왔다.

"플레이!"

시작해도 좋다는 주심의 말이 떨어지자마자, 푸른솔초 2번 타자는 어깨 위로 들어 올린 배트를 있는 힘껏 내리쳤다. 땅볼이다. 공은 3루쪽으로 굴러간다. 주자는 배트를 놓자마자 1루를 향해 뛰어갔다. 그런데 이번에도 동서초의 3루수가 뛰어나와 공을 잡더니 1루를 향해 힘껏 던졌다.

'레이저 송구잖아. 그렇지만 내가 더 빠를걸!'

꼭 살아야 한다는 마음으로 앞만 보고 달리고 있는데 때마침 날아온 공은 2번 타자의 등 뒤로 지나가는 것이 아닌가?

'그러면 그렇지. 세이프, 세이프야! 봤지! 이 형님의 달리기 실력을. 이래 봬도 우리 팀에서는 제일 빠르다고. 제일 빨라.'

2번 타자는 '살았다!'라는 기쁨과 함께 앞으로 쭉 달려 나갔다.

그런데 좀 이상했다. 당연히 들려야 할 함성이 들리지 않는 것이다. 그제야 무엇인가 놓친 기분이 들기 시작했다.

'아뿔싸!'

"아웃!"

청천벽력처럼 이런 말만이 가슴속 깊이 파고든다. 그러고 보면 2번 타자는 공보다 먼저 들어왔으나 1루의 빨간색 주자루를 밟지 않고 그냥 지나간 것이었다.[25] 그 결과 아웃으로 선언된 것이었다. 억울했지만, 규칙을 어긴 이상 어쩔 수 없었다. 그뿐이 아니었다. 어찌 된 일인지 배트도 타자서클 밖으로 나와 있었다. 그 때문에 푸른솔초는 경고도 받아야 했다.

2번 타자는 어이없는 아웃을 당해 대기석으로 터벅터벅 들어왔다. 들어오긴 들어왔지만 구겨진 체면만큼은 어찌해 볼 수 없는 듯 고개를 푹 숙인 채 길고 긴 침묵에 들어갔다.

여기저기에서 야유하는 소리도 들려왔고 그 소리와 함께 손가락질도 날아오는 듯했다. 한동안 그러는가 싶더니 이번에는 길고 긴 한숨만이 새어 나왔다. 그로 인해 떨어진 팀의 사기는 더욱더 떨어졌다. 땅바닥을 향해 곤두박질쳤다.

---

25) 1루의 주자루를 밟지 않은 것만으로는 아웃이 아니다. 다시 돌아가 밟으면 그만이다. 이런 경우 주자를 아웃시키려면 공을 잡은 후 1루(수비루)를 밟거나 공으로 주자를 쫓아가 태그해야 한다.

그러는 가운데 3번 타자가 타석에 들어왔다. 대기석에서는 응원도 없고 아무런 소리도 들려오지 않는다. 기대도 걸지 않는 것이다. 허탈한 분위기는 더욱더 퍼져 나갔다. 그러고 보니 여자 선수였다.

상대 팀도 여자 선수가 나온 줄 알고 전진 수비를 하려 한다. 수비수들은 1루와 3루를 잇는 대각선을 넘어와서는 안 되는데도 불구하고 슬금슬금 앞으로 나온다. 넘었는지, 넘지 않았는지는 모르겠지만 상대 팀의 이와 같은 규칙 위반에 대해 정밀하게 살펴보려는 사람은 없다. 푸른솔초에서는 그렇게 하려고 하는 사람이 보이지 않는다. 단 한 명도 없었다.

3번 타자도 아무런 반응 없이 1루 쪽의 땅볼을 치고는 1루를 향해 달렸다. 본루수가 달려와 공을 잡더니, 바로 1루를 향해 힘껏 뛰어간다. 그러더니 타자를 쫓아가 공으로 등을 대는 것이다. 태그였다. 바로 아웃이 신언되있다.

3명의 선수가 모두 아웃된 가운데 4번 타자가 나왔다. 그래도 그 선수의 모습은 당당하기만 했다.

선생님 쪽을 바라보며 선생님과 눈이 마주치자,

'알겠습니다. 제가 한 번 돌파구를 마련해 보겠습니다.'

라는 말을 하려는 듯, 아니 그런 말을 하고 싶다는 듯 고개를 끄덕였다.

'내가 한 번 보여 주지. 땅볼이 뭐야. 땅볼이. 이번에는 빨랫줄 타구를 확실히 보여 주지!'

자신감이 넘치는 밝은 웃음이 이 선수의 얼굴에서 떠나지 않는다. 당당한 모습으로 타석에 들어선 4번 타자는 배트를 한 손으로 든 다음 운동장 쪽을 향해 하늘 높이 들어 올리더니, 머리 위쪽으로 한 바퀴 돌린다. 마치 홈런을 치겠다는 신호를 보내려는 것 같다. 4번 타자의 심상치 않은 기세를 보고는 동서초의 수비수들도 한 발씩 뒤로 물러났다. 장타에 대비하는 모습이다.

"플레이!"

주심의 플레이 선언과 함께 배트는 바람을 가르며 앞으로 나아갔다. 그러나 바람만 갈랐을 뿐 공에는 맞지 않는다.

모두들 키득키득 웃는 가운데 다시 또,

"플레이!"

라는 말이 들려왔다.

이번에는 신중을 기하려는 듯 보인다. 어깨 위에서 배트를 살살 가져와 티에 대 보기도 하고 공에 대 보기도 한다.[26] 그러더니 뚫어지게 공을 보며 고개를 갸우뚱한다. 이런 동작을 3번 정도 하더니, 마침내 공을 향해 배트를 있는 힘껏 날렸다.

티 위에 있던 공은 날아오는 배트에 맞아 푹 패는가 싶더니 이내 곧 그 탄력을 받아 하늘 높이 쭉 뻗어 나간다. 동서초의 수비수들도 고개를 들어 하늘 높이 뜬 공만 쳐다본다. 대기석에 앉아 있던 푸른솔초 선

---

26) 타자는 플레이(볼) 선언 이후 10초 안에 공격해야 한다. 10초가 지나면 스트라이크로 인정되고, 스트라이크와 파울을 합쳐 셋이면 아웃된다. 또한, 타자는 타격할 때 주축이 되는 발을 2보 이상 움직이면 안 된다. 이 경우에도 스트라이크로 인정된다.

수들도 모두 앞으로 나와 하늘 높이 올라가는 공만 바라보는 것이었다. 그런 가운데 그 공은 오른쪽 담장을 훌쩍 넘어갔다.

일제히 "와!" 하는 함성이 들려왔다.

심판도 오른손을 머리 위로 높이 들어 올리더니 빙글빙글 돌리고 있다. 검지만 편 손은 하늘 높이 큰 원을 그리며 천천히 돌아간다. 홈런이라는 뜻이다. 4번 타자는 1루와 2루, 3루를 돌아 홈으로 들어왔다. 본루를 밟자 점수판의 푸른솔초 란에 1점이 올라갔다. 점수는 5대 1이다. 선수 대기석으로 들어오는 4번 타자는 동료 선수들이 내민 손을 일일이 치며 서로를 격려하며 좋아한다. 그러는가 싶더니 어느새 다른 한쪽에서 웅성거리는 소리가 들려오기 시작했다.

잘 들어 보면 그 소리는 모두,

"야! 너만 그때 1루만 밟았어도, 지금은 2점이 되는 건데⋯."

라는 내용으로 모이는 것 같다.

대어를 잡다 놓친 듯 기쁨보다는 아쉬움에 혀를 차는 가운데 5번 타자가 나왔다. 마침내 푸른솔초의 주장인 정진강이 타석에 당당하게 등장한 것이었다.

"정진강! 정진강! 홈런 타자, 정진강!"

응원도 대단하다. 이런 기대에 부응이라도 하듯 진강이도 배트를 한 손으로 들더니 운동장 쪽을 향해 하늘 높이 쳐들었다. 그러는가 싶더니 어느새 배트를 두 바퀴 돌리더니, 이번에는 어깨 위로 들어 올려 공을 칠 준비를 한다.

"플레이!"

주심의 플레이 선언이 들려오자, 진강이도 앞의 4번 타자처럼 배트를 천천히 내리더니 공에 갖다 대는 예비 동작을 여러 번 되풀이 한다. 그러는가 싶더니 어느새 공이 저 푸른 하늘을 향해 날아간다. 하늘 높이 오르더니 우측 담장을 훌쩍 넘어갔다. 선수들의 기대에 힘입어 또다시 홈런이 나온 것이었다. 진강이가 여유 있게 홈에 들어왔기 때문에 푸른 솔초의 점수는 2점으로 올라갔다. 점수는 5대 2가 되었다.

그런데 또다시 웅성거리는 소리가 들려왔다. 잘 들어 보면 그런 말들은 모두,

'너만 그때 아웃되지만 않았어도, 우리 팀은 3점인데.'

라는 말로 모아졌다. 그때마다 2번 선수는 고개를 들지 못한 채 바닥만을 바라보고 있다.

홈런의 기쁨보다는 아쉬움이 더 큰 것 같다. 그리고 보면 이 팀은 동료 선수에 대한 배려나 격려보다는 점수에 대한 욕심이 좀 더 앞서가고 있던 것이 아니었을까? 주자가 없는 가운데 6번 타자로서 여자 선수가 나왔으나 뜬 공으로 아웃되었다. 7번 타자도 여자 선수로서 1루 쪽으로 공을 쳤으나 본루수에게 잡혀 바로 태그 아웃되었다.

8번 선수는 홈런 타자였지만 공을 친 다음 배트를 냅다 던지고 가는 바람에 그 자리에서 바로 아웃이 선언되었다.[27] 배트가 타자서클 밖으

---

27) 타자가 타격 후 배트를 타자서클 밖으로 던졌을 때는 해당 팀에게 첫 번째는 경고, 두 번째부터는 모두 아웃으로 처리한다.

로 나간 것이 2번 타자에 이어 두 번째였기 때문이다. 타구 된 공도 뜬 공으로서 제1중견수에게 잡혔다. 다시 또 주자가 없는 가운데 9번 홈런 타자가 나왔고 홈런 타자답게 깨끗한 홈런을 쳤다. 1점 홈런이다. 푸른 솔초는 1점을 또 추가시켰다. 5대 3이다.

3점으로 따라붙었지만 아쉬움은 여전히 남아 있었다.

'너만 그때 살았어도.'

아쉽다는 미련을 아직도 버리지 못했나 보다. 마지막 10번 타자는 타석에 들어서자마자 다리를 후들후들 떠는 가운데 공의 밑 부분을 맞힌다. 공이 높이 뜬다. 공은 잡혔고 아웃이 선언되었다. 아웃과 동시에 화가 불끈 치밀어 오르는가 싶더니 어느새 '너만 그때'라는 아쉬움이 이 선수의 마음속에서는 점점 더 커져만 갔다.

1회 말이 끝난 상황을 비교해 보면 동서초 대 푸른솔초는 5대 3이다. 푸른솔초가 엄청난 열세에 몰려 있는 셈이었다. 이와 같은 상황은 2회에도 계속되었다. 동서초는 2회 초의 공격으로 4점을 얻어 9점으로 달아났고 푸른솔초도 똑같은 4점을 얻어 7점으로 따라붙었다. 그렇지만 점수는 9대 7로서 푸른솔초가 여전히 2점 뒤져 있었다.

그러나 2회만 떼어 놓고 본다면 두 팀 모두 대등한 경기를 한 셈이었다. 이런 대등함이 푸른솔초의 선수들에게는 큰 힘을 안겨 주었다. 동서초의 공격력과 수비력은 많이 꺾였지만, 푸른솔초는 많이 되살아났다. 3회 초는 동서초도 지치고 공격이 먹히지 않는지 2점밖에 얻지

못했다. 결국, 그 팀의 최종 득점이 11점, 잔루는 3루였다. [28)]

이제는 푸른솔초의 3회 말, 마지막 공격만이 남아 있었다. 이번에 만약 5점을 얻는다면 푸른솔초가 이기는 것이다. 그렇지만 4점을 얻고 3루까지 출루하게 되면 동점이고 그 이하면 지게 된다. 푸른솔초는 1회 말에 3점을, 2회 말에는 4점을 얻었기에 이와 같은 추세로 나아간다면, 이번 회에는 5점을 얻을 수 있고 그렇다면 이길 수도 있는 상황이다.

다시 말해 회가 거듭될수록 1점씩 올라가는 상승세를 유지할 수 있다면 합계 12점으로서 승산은 충분한 셈이었다. 잘만 한다면 역전도 가능하지 않을까?

역전도 가능하다는 가슴 벅찬 기대를 품고 푸른솔초 1번 타자가 타석에 들어왔으나 아쉽게도 땅볼로 아웃되었다.

한풀 꺾였다고는 하지만 동서초의 수비는 만만치가 않았다. 2번 타자는 제2유격수의 키를 넘기는 안타를 쳤다. 힘껏 달린 결과 1루까지 출루했다. 3번 타자의 희생타에 힘입어 2루까지 갔고, 4번 타자가 2루타를 쳐 타자는 2루에 머물렀다. 그렇지만 그 덕분에 2루에 있던 주자는 3루를 돌아 홈까지 들어왔다. 역시 빠른 발이라 하지 않을 수 없었다.

2번 선수의 선전으로 귀중한 1점을 얻어 푸른솔초는 8점으로 올라갔다. 점수는 11대 8이 되었으나 큰 반응은 없었다. 1점을 추가시켰지만

---

28) 티볼에서는 잔루도 중요하다. 2회는 1회 때 잔루에 있던 선수는 그대로 그 루에서 시작하기 때문이다. 또한, 마지막에 승부를 가를 때도 이용된다. 최종 점수가 같을 때는 잔루에서 앞선 팀이 이기게 된다.

'너만 그때' 사건으로 인해 큰 반응은 얻지 못한 것이었다. 그 때문인지 그 2번 선수의 어깨는 여전히 축 처져 있었다.

5번 타자인 진강이는 이번에도 2점 홈런을 쳤다. 2루에 있던 주자도 함께 들어온 덕분에 2점을 더 올려 점수는 11대 10이 되었다. 이렇게 하여 푸른솔초는 동서초를 바짝 쫓아갔다. 6번부터 시작되는 후반부의 선수들도 전반부의 선수들처럼 3점을, 아니 2점만 내더라도 푸른솔초는 승리하게 된다.

상황은 점점 좋아지고 있었다. 그야말로 어려운 상대를 만나 가까스로 이길 수도 있는, 즉 '역전승도 정말 가능하다.'라는 그런 상황이 전개된 것이다. 그렇지만 이와 같은 흥분 속에서도 아쉬움은 여전히 남아 있었다. 그 때문인지 '너만 그때 살았어도.'라는 아쉬움이 다시 또 슬금슬금 고개를 들기 시작했다.

그런 가운데 6번 타자가 안타를 쳐 1루까지 출루했다. 동섬 주자가 나간 것이다. 그리고 보면 타격과 달리기 등이 뛰어난 여자 선수였다.

흥분된 분위기는 점점 더 고조되고 있다. 그야말로 꿈과 같은 상황이라 하지 않을 수 없었다. 관중석에 앉아 응원하던 학부모들이나 선생님들은 모두 나와 타석만 뚫어지게 바라보며 응원하고 있다. 그 응원에는 승리를 향한 소망도 희망도 열망도 그리고 승리의 기쁨도 이미 실려 있는 듯 우렁차기만 했다.

그와 같은 응원과 함성 속에 푸른솔초 7번 타자는 희생타를 쳐 아웃되었으나, 1루 주자는 2루까지 진출했다. 이와 같은 2루까지의 진출도 여자 선수인 7번 타자의 희생타에 힘입어 얻어진 성과였다. 그리고 보면 선생님과 팀의 뜻을 잘 이해하고 그대로 따라 준 덕분이었다. 비록 아웃되긴 했지만, 그 7번 선수는 훌륭한 선수라 하지 않을 수 없었다. 물론 3번 선수도 훌륭한 선수였지만.

한편 2루에 주자가 나가 있는 이 상황에서는 8번이나 9번 타자 중 한 명만이라도 홈런을 친다면 2점 홈런이 된다. 그러면 2점을 얻게 되고 푸른솔초는 12점이 되어 승리하는 것이다. 그것도 짜릿한 역전승을. 역전승! 이런 것도 모두 알고 있는 듯 푸른솔초 응원단과 선수들의 들뜬 기분은 최고조를 향해 달려갔다.

그런데 타석에 들어선 8번 타자는 '기필코 이겨야 한다.'라는 부담감을 느꼈기 때문인지 뜬공을 쳤고, 우익수에게 잡혀 아웃된다. 한껏 부푼 희망이 반으로 줄어들고, 반면 아쉬움은 두 배로 늘어났다. 외야로 공이 날아갔기 때문에 2루에 있는 6번 선수는 태그 업[29]을 한 후 3루로 뛸 수도 있는 상황인데도 뛰지 못한다. 그대로 2루에 머물러 있다. 그러고 보면 아웃될 가능성이 더 크다고 판단했기 때문에 함부로 뛸 수 없었던 모양이다. 아쉽게도 말이다.

이번에는 9번 타자가 타석에 들어섰지만, 마음이 온통 '우리 팀이 이기면 얼마나 좋을까?'라는 희망에 들떠 있어 그런지, 공도 못 맞히고 헛스윙만 한다. 두 번째 공도 그랬다. 홈런이나 장타만을 노려 그런지 자

---

29) 타자가 친 공이 뜬공일 때, 루에 있는 주자는 루를 밟은 상태에서 수비팀이 그 공을 잡는 순간 다음 루를 향해 달려가는 동작을 말한다.

세만 컸지 정확성은 떨어졌다.

이번에는 또 어깨에 힘이 잔뜩 들어갔기 때문인지 내리친 배트가 공의 아래쪽에 빗맞으며 공은 하늘 높이 뻗어 올라갔다. 결국, 타구 된 그 공도 뜬공이 되어 제2중견수 쪽으로 날아갔고 이내 곧 잡혔다. 타자에게는 아웃이 선언되었고 2루에 있던 주자는 3루로 뛰지 못했다. 반으로 줄어든 희망은 다시 또 그 반으로 줄어들고 그 대신 아쉬움은 다시 또 두 배로 늘어났다.

동서초의 수비에는 흔들림이 없었다. 이와 같은 위기 상황에서도 흐트러짐은 전혀 보이지 않는다. 처음부터 끝까지 흔들림 없는 수비를 보여 주고 있다. 상대 팀이라 하지만 이런 모습은 정말 훌륭하다고 하지 않을 수 없었다. 제2중견수가 잡은 이번 공도 재빨리 3루로 던지는 바람에 2루에 있던 주자는 한 발짝도 뛰지 못했는데, 이는 레이저 송구가 두려웠기 때문이다. 기대를 건 8번, 9번 타자의 불발로 운동장에 나와 있는 학부모님들이나 선수들의 실망은 이만저만이 아니었다. 그래도 마지막 10번 타순에 장타를 칠 수 있는 선수를 배치했기 때문에 아직도 희망은 남아 있었다.

그렇지만 그렇지도 않았다. 실제로는 그렇지가 않은 것이다. 그 선수가 어떤 선수인지 다들 알고 있는 듯 그리 큰 기대는 걸지 않는 분위기가 감돌고 있었다. 그래도 혹시나 하는 마음에서 희망의 끈은 놓고 있지 않지만, 그 10번 선수가 미덥지 못한 것은 사실이다. 선수들은 다들 울상을 짓고 있었다. 이제는 '졌구나!'라는 탄식 소리마저 흘러나오고 있다.

푹 꺼진 분위기 속에 10번 타자가 마침내 타자서클 안에 들어왔다. 그렇지만 등번호는 10번이 아니었다. 15번이다. 대타였다. 그러고 보면 마무리 선수로서 15번 선수가 대타로 나온 것이었다. 마지막 공격 선수로서 15번 선수가 대타로 나온 것을 알자 모두가 일어났다. 여기저기에서 환영의 박수가 터져 나오고 휘파람도 들려왔다. 한 가닥의 희망이 보인 듯 분위기는 다시 또 고조되기 시작했다.

다행히 그 선수가 홈런을 쳐 준다면 11대 12로서 역전승을 하게 되겠지만, 3루타를 치게 되면 11대 11, 잔루는 3루로서 동점이 된다. 그때는 승자 승의 원칙에[30] 따라 양 팀의 승패를 따져 보거나 득점 수를 계산해 봐야 하는 상황이 전개될 수도 있다. 물론 2루타나 1루 안타를 치게 되면 지게 된다. 그 때문에 어떻게든 이런 상황만큼은 피하고 싶은 것이 푸른솔초의 심정이었다.

타석에서 자리를 잡은 그 15번 선수는,

"너도 충분히 장타를 칠 수 있다. 이 상황에서는 수비수도 흔들릴 수 있으니 될 수 있으면 큰 공을 치는 것이 좋다. 긴장 풀고 못 쳐도 좋으니 한 방 멋지게 날리고 와."

라는, 선생님의 말씀을 떠올려 본다. 발에 힘을 준 다음 고개를 들어 운동장을 바라본다.

---

30) 두 팀의 최종 점수가 같을 경우, 두 팀의 전적을 비교하여 승리한 팀을 더 높은 순위로 결정하는 순위 결정방식을 말한다.

넓디넓은 운동장에는 동서초 수비수들이 늘어서 있다. 그런데 그 모습은 마치 울창한 숲이나 잘 쌓은 성벽처럼 보였다. 어느 한 곳도 허술한 구멍은 보이지 않는다.

'거미줄이잖아! 겹겹이 처진 거미줄.'

철벽 수비라는 생각이 절로 들었고, 그런 생각이 들 때마다 숨은 '컥! 컥!' 막혀 왔다.

'정말 대단하구나!'

선생님 말씀대로 큰 것을 노리는 수밖에 없었다.

'보라! 빈 곳은 저기 저곳뿐, 저 푸른 하늘에만 수비수가 없어. 거미줄에 걸리지 않으려면 저곳밖에 없다. 저기 저곳밖에….'

굳게 다문 입술을 보니 결심이 선 것 같다.

동서초 본루수가 공을 티 위에 올려놓자 수신호와 함께,

"플레이!"

라는 주심의 말이 들려왔다.

푸른솔초의 마지막 타자는 배트를 어깨 위로 들어 올리더니 온 힘을 다해 내리쳤다. 배트에 맞은 공은 하늘 높이 날아갔다. 제1중견수 쪽을 향해 계속 뻗어 나간다.

그 순간 그 선수의 마음속에는,

'해냈다.'

라는 생각도 들었다.

그런데 그 생각도 잠시였을 뿐, 쭉쭉 뻗어 올라가던 공은 조금씩 힘

을 잃더니 포물선을 그리며 땅으로 떨어지기 시작했다. 동서초의 제1 중견수가 그 공을 따라갔으나 어느새 보기 좋게 미끄러졌다. 보기에는 멋진 슬라이딩 수비를 한 것 같은데… 공도 잡지 못한 것 같은데, 아니 근처에도 못 미친 것 같은데…. 그 때문인지, 땅바닥에 엎드린 채 그 수비수는 움직이지 않는다. 그 이후로도 움직임은 느껴지지 않았다.

그렇지만, 시간이 좀 지나자 이 선수의 어깨가 들썩였다. 가끔은, 아주 가끔은 들썩들썩 움직이고 있다는 느낌이 드는 것이었다. 울고 있던 것일까? 공을 잡지 못했기 때문에, 졌다고 판단했기 때문에. 아니면, 웃고 있던 것일까? 키득 키득! 왠지는 모르겠지만 그런 느낌도 드는 것이었다.

한편 맨땅으로 곤두박질친 공은 계속해서 통통 튀며 굴러만 갔다. 그런데 아무리 굴러가도 동서초의 수비수는 그 공을 잡지 않고 바라만 보고 있다. 좌익수와 제2중견수에 이어 뒤늦게 2루수와 우익수도 달려왔지만, 그들 역시 바라만 보고 있다. 동서초 수비수들의 움직임에는 웬일인지 그 공을 잡으려는 기색이 보이지 않는다. 데굴데굴 굴러가고 있는 그 공에는 아예 접근조차 하려 하지 않는다. 그러고 보면 모두,

'어디까지 굴러갈까?'

라는 생각으로 지켜만 보고 있는 것 같다.

그러는 가운데 2루에 있던 푸른솔초 6번 주자는 공이 땅에 떨어진 것을 확인하자마자 3루를 돌아 홈으로 느긋하게 들어왔다. 환호성이 하늘을 찌른다.

1점을 추가시켜 이제는 11대 11 동점이다. 동점! 15번 대타자도 1루를 밟고 2루를 돌아 3루를 향해 뛰고 있다. 그렇지만 뒤를 돌아봐도 공은 날아오지 않는다.

'레이저 송구라고 하더니, 어떻게 된 걸까?'

아무리 뒤를 돌아보고 또 돌아봐도 공은 여전히 날아오지 않는 것이다. 공이 날아오지 않자 푸른솔초 15번 타자는 3루를 돌아 다시 또 홈을 향해 힘껏 뛰었다. 뛰어 들어오는 도중에도 공은 날아오지 않았다.

'내야 홈런이다. 이겼다. 조금만 더 뛰면 이기는 거야. 이기는 거.'

푸른솔초 15번 선수는 이와 같은 말만 되새기며 열심히 뛰고 또 뛰어 마침내 본루를 밟았다.

"이겼다."

이 말을 외치려고 하는 바로 그 순간 어디에선가,

"2루타!"

라는 말이 들려왔다. 루심이 2루타를 선언한 것이었다.

경기는 그 말과 함께 끝났다.

동서초 선수들이 질러 대는 승리의 함성이 운동장을 가득 메웠다. 그들은 운동장을 방방 뜨며 고래고래 소리를 질러 댄다.

공을 잡지 못해 엎드려 있던 제1중견수도 일어났다. 벌떡 일어나더니 글러브를 벗어 하늘 높이 던졌다. 모자도 벗더니 그것도 하늘 높이 날린다. 그럴듯한 공중제비도 한 차례 한 다음 다른 선수들과 함께 얼싸안고 좋아라고 뛰어다닌다.

"우리가 이겼다."

승리의 함성으로 펄쩍펄쩍 뛰며 환호성을 질러 대는 동서초 선수들을 바라보며, 진강이도 다른 선수들처럼 넋이 나간 듯 그 자리에 주저앉았다.

13

"왜, 우리가 진 거야?"

"나도 잘 모르겠어. 굴러가던 공이 결국엔 2루타가 되었다는 것만 겨우 알아들었어."

아직도 이해되지 않는 듯, 이와 같은 대화들이 응원석에 앉아 있는 학생들과 학부모님들, 대기석에 있는 교체 선수들과 선생님들 사이에서 오갔다.

"그러면 빨리 선언을 하든지."

"그러게 말이야. 홈까지 다 들어왔는데 그제야 2루타를 선언하는 건 또 뭐야?"

"좀 이상하지?"

"그래, 이상해. 심판이 계속 저쪽 편만 드는 것 같아."

"그래, 맞아. 나도 그렇게 생각했어."

"맞아, 맞아. 편파적이라고 편파적."

여기저기에서 볼멘소리들만 흘러나왔다.

"진 건 확실한 것 같은데."

"얼마나 속상하면, 우리 아이들이 모두 저렇게 운동장에 엎드린 채 일어나질 않을까요?"

안타깝고 어처구니없는 것은 학부모들도 마찬가지였다. 그들도 왜 졌는지 이해하지 못하는 것 같았다. 이와 같은 의문에 대답이라도 하듯 이런 대화가 들려왔다.

"마지막으로 친 그 공이 2루타로 선언되었으니 11대 11, 동점이라 하더라도 저쪽 팀은 잔루가 3루이고 우리 팀은 2루이니 1루 뒤지잖아. 그러니까 진 거지. 그것도 1루 차로."

"동점인 상황에서는 잔루로 계산하여 승부를 가르는 거야?"

"이 대회 운영규칙으로는 그렇게 되어 있대. 그런 점이 야구와 크게 다른 점이라고 말씀하신 것도 같고…. 아무든, 그러니까 최선을 다해 끝까지 싸우지 않으면 안 된다고 하셨어."

"그러면 왜 마지막으로 친 것은 2루타로 판정된 거야. 계속해서 굴러가기만 했잖아. 사실, 난 그게 더 궁금해."

"그건 나도 잘 모르겠는데."

관람석에서 주고받는 대화를 듣고 있던 선생님도 대화에 끼어들고 싶었지만, 꾹 참아 본다. 그러자 이런 말이 들려왔다.

"야구에서도 규칙을 보면 공이 운동장을 맞고 밖으로 나갈 때는 2루타가 선언되잖아, 그치?"

"그렇지. 그건 2루타지. 그렇지만 그건 야구 규칙이잖아."

"맞아. 야구 규칙이지. 그런데 그 규칙은 티볼에서도 그대로 적용된다고 하던데, 그래서 2루타로 선언된 것 같아."

"그렇지만 아까 그 공은 굴러갔잖아. 담장도 없고."

"그건 그래. 그렇지만 저쪽을 봐. 저쪽 바깥쪽으로 고깔을 세워 놓은 거, 보여?"

"응. 그러고 보니 보이네. 흰색 선도 희미하게 보이고."

"보이지?"

"응."

"그게 바로 홈런 라인을 그어 놓은 거야. 공이 뜬 상태로 그 선을 넘어가면 홈런이 되는 거고, 그렇지 않고 땅볼로 튕기거나 굴러 넘어가면 2루타로 선언되는 거지."

"그래서 그렇구나. 공이 구르고 굴러 결국 그 선을 넘어가게 되었고, 넘어가는 것을 끝까지 지켜본 다음 그제야 비로소 2루타로 선언한 거였구나."

"그래 맞아. 그래서 좀 늦어졌는지도 모르겠어. 공이 나가지도 않았는데, 나갈 것이라는 추측만으로 선언할 수는 없는 일이거든. 예상으로 판정할 수는 없는 일이지."

"그렇구나. 이제야 좀 이해가 되네. 그렇지만 좀 억울하다. 그 라인을 넘지 않고 그대로 멈췄으면 내야 홈런인데 말이야."

"그렇지. 좀 아쉽긴 아쉽지."

"아쉬운 정도가 아니라 매우 아쉽다. 아주 많이."

"그러고 보면 상대 팀도 그리 만만치만은 않은 선수들이지. 그 상황에서 공을 잡지 않고 그렇게 밖으로 굴러가기만을 기다리는 것을 보면, 보통내기들은 아니야."

"맞아. 나도 그때는 상대편이 실수해서 '우리 편이 이겼구나!'라고 생각했는데, 실은 그게 아니었어."

"그러면 넌, 왜 그 선수들이 공을 안 잡았다고 생각하니? 보통의 선수들이라면 집어서 던졌을 텐데…."

"글쎄. 왜 안 잡았을까?"

질문을 받은 그 아이는 대답 대신 질문 아닌 질문을 던진 채 한동안 깊은 생각에 잠긴 듯 말이 없었다. 그러더니 고개를 가로저으며 다시 또 다음과 같이 말한다.

"아무리 생각해 봐도 모르겠는데 그런 것까지는."

"다시 또 실수할까 봐 그런 거 아닐까?"

"다시 또 실수하다니, 어떤 실수를?"

"그러니까 굴러오는 공을 잡으려다 잘못하여 놓칠 수도 있는 일 아니겠어?"

"그야, 그렇지. 그런 실수를 할 수도 있지."

"그리고 주자는 이미 2루를 돌아 3루로 뛰고 있는데, 어설프게 공을 잘못 던지게 되면 3루수가 실수를 할 수도 있고, 그렇게 되면 주자는 또 홈으로 뛰지 않을까? 그러면 그때는 정말 완벽한 내야 홈런이 되는 거지."

"그렇구나! 모두가 긴장하고 있으니 그럴 수도 있겠는데."

"그렇지? 그런 모험을 하기보다는 공이 계속 굴러 홈런 라인을 넘어가기만 하면 인정 2루타로서 볼데드[31]가 선언되고, 그러면 모든 플레이가 그것으로 끝나거든. 그러니 그게 더 안전하다는 거야. 그렇지 않을까?"

"그렇구나. 맞아. 그러니까 네 말은, 그런 순간에도 저 팀은 위험천만한 모험보다는 안전한 플레이를 선택했다는 거구나."

"바로 그거야. 그러니까 저쪽 선수들은 보통내기가 아니라는 거야. 매우 급한 순간에도 그런 것까지 계산하며 경기에 임하고 있으니까. 그리고 말이야, 아까 그 제1중견수. 그 선수는 공을 잡기 위해 넘어진 것이 아니라 일부러 슬라이딩한 것 같은데, 일부러."

"정말?"

"그러고 보면 공이 나갈 줄 예상하고 일부러 안 잡은 거지. 잡는 척만 했을 뿐, 그 때문에 넘어지면서도 속으로는 너무 좋아 엎드려 키득키득 웃고 있다는 느낌도 들었고."

"설마! 그렇게까지."

"설마가 아니야. 그때 그 선수의 어깰 보니 들썩들썩하던데 뭘, 그건

---

31) 타자가 아웃되거나 출루하여 더 이상 움직임이 없을 때 또는 다른 주자들도 베이스에서 더 이상 움직이지 않으면, 심판은 두 손을 들어 '볼데드'를 선언하게 된다. 이것은 한 선수의 플레이가 모두 끝났음을 선언한 것이므로 이후 진행된 플레이는 모두 무효이며, 본디의 자리로 돌아가야 한다. 이와 반대되는 개념이 '볼인플레이'이다. 이 상태에서만 유효한 플레이를 할 수 있다.

분명 웃고 있었다는 증거지. 저쪽 팀이라면 그러고도 남아."

"그래 맞아. 그러고 보니 그런 것도 같다. 그리고 좀 더 생각해 보면 저쪽 팀은 마치 규칙에 끌려가는 것이 아니라 규칙을 적절하게 이용하는 것 같더라고. 왠지 모르게 그런 느낌이 들어."

"그렇지. 그 때문에 규칙을 잘 아는 것도 엄청나게 큰 도움이 된다는 거 아니겠어?"

"두말하면 잔소리지. 규칙도 모르면서 어떻게 경기를 하겠어."

"그래도 그 정도는 보통의 정도가 아니라 깊이 연구하고 계산해야만 알아낼 수 있는 거야. 우리는 그런 것에 대해 한 번도 깊이 있게 따져 본 적이 없잖아."

"그건 그래. 그러고 보니 우리 팀은 그런 상황을 예상하고 연습한 적이 한 번도 없네."

"그러니까 저쪽 팀은 대단하다는 거야."

"그런 걸 갖고 뭘 그렇게 대단하다고 생각하니? 저건 실력이 아니라 꼼수라고, 꼼수. 분명 꼼수야. 한마디로 말해 비겁한 플레이지. 비겁한 플레이."

"난 저게 꼼수인지 실력인지 모르겠다. 안 좋게 보면 꼼수고 좋게 보면 저런 것도 실력이 아니겠어?"

"하긴, 그렇지. 그렇게 보면 그럴 수도 있겠다."

선생님도 묵묵히 주변에서 들려오는 이와 같은 대화를 듣고 있는데, 이번에는 한쪽 구석에서 옥신각신하는 소리가 들려왔다. 아까 그 2번 선수와 이에 맞서는 상대 선수였다. 그런데 이번에 들린 그 소리는 귀에 거슬릴 정도로 제법 컸다.

"야! 너만 그때 1루만 밟았어도 1점은 그냥 따는 거였는데…."

"왜 또 꺼내는 거야."

2번 선수는 귀찮다는 듯 말했다.

"왜 꺼내긴, 아쉬워서 그러지."

그러고 보면 '너만 그때 그러지 않았어도…. 난 그저 아쉬워서 그러는 것일 뿐이야.'라는 논쟁이 다시 불붙은 것이었다.

"그건, 나도 마찬가지거든. 나 또한 아쉽고 또 아쉬워. 그렇지만 나만, 실수한 건 아니야. 나만 잘못한 것은 더더욱 아니라고."

2번 선수도 언성을 높였다.

"무슨 소리야. 너만 그때 그러니까 너만 그때 그러지 않으면 이번 시합도 이긴 거였거든. 그러니까 너의 실수가 가장 크다고 하는 거야. 너의 실수가. 그러니까 너의 실수가 가장 크다고, 가장 커?"

화가 났기 때문인지, 상대 선수도 지지 않고 목소리만 더욱더 높였다.

"그건 또 무슨 소리야. 크든 작든 실수는 실수지. 실수에 큰 실수 작은 실수가 어디 있어? 실수라고 하면 다 같은 실수일 뿐이야. 너처럼 큰 실수 작은 실수 따질 건 또 뭐야, 뭐냐고?"

더욱 화가 난 2번 선수도 지지 않고 언성을 더 높였다.

"따지기는 내가 언제 따졌다고 그래. 따진 것이 아니라 아까워서 그러는 거야. 아까워서. 그리고 넌, 실수해서는 안 될 것을 실수했잖아. 실수할 게 따로 있지. 그런 걸 실수하냐?"

상대 선수도 이제는 빈정대듯 말한다.

"그건 알고 있는데, 이제는 그만 좀 하면 안 될까? 듣기 싫거든."

"나도 그러고 싶진 않은데, 속상해서 그러는 거야. 싸우려고 그러는 게 아니라고."

"네 마음은 잘 이해하지만 나도 그때 발이 꼬여 루를 밟지 못한 것일 뿐이야. 얼마나 긴장했으면 발이 꼬였겠냐?"

"아무리 발이 꼬였어도 그렇지. 루를 안 밟고 지나가는 선수는 본 적이 없어. 본 적이."

상대 선수의 언성이 다시 높아졌다.

"그래, 미안하다. 내가 잘못한 것에 대해서는 깨끗이 인정할게. 그리고…."

"그리고 뭘? 인정했으면 됐지. 뭐 또 할 말 있어?"

"그래, 있다. 이제 나처럼 실수로 인해 루를 안 밟고 뛰쳐나가는 선수를 봤으니, 어디에서도 볼 수 없는 아주 진귀한 구경을 한 셈 치고, 앞으로는 나에게 이런 일로 두 번 다시 시비 걸지 않았으면 좋겠다."

"내가 뭘, 무슨 시비를 걸었다는 거야. 난, 그저…."

"그렇지, 넌 또 '난 그저 속상해서 그러는 거야.'라고 말하려고 그러지? 그렇지만 너의 그런 말버릇이 곧 개인적인 화풀이라고 하는 거 알아 몰라. 속상한 척하면서 은근히 화를 내고 싸움을 걸고 그러면서도 그러지 말라고 하면 '내가 언제 그랬어. 난 그저 속상해서 그런 거야. 시비를 건 게 아니야.'라고 말하면서 은근슬쩍 빠져나가려고 하는데 그게 가장 나쁘다고 하는 거야. 그러면서도 '난 그저, 난 그저, 너만 그때, 너만 그때'라는 말만 늘어놓는데, 그것도 아주 병적으로 늘어놓는데, 너 혹시 그런 것도 일종의 병이라고 하는 거 알아 몰라? 모르겠지. 넌 모를 거다. 모르니깐 그런 말을 하겠지."

너무 속상해서 그런지 이번에는 2번 선수가 화를 크게 내며 빈정대듯 쏘아붙였다.

그러고 보면 말다툼의 상대방인 10번 선수가 대답이나 변명할 틈은 조금도 주지 않는 것 같았다.

"난, 그저 속상해서 그러는 것일 뿐인데."

등번호 10번 선수는 이런 말을 하며 억울하다는 표정을 짓는다.

"그것 봐! 넌 또 그러잖아. 난, 그저 속상해서 그런다고. '난 그저'라는 말이나 '너만 그때'라는 말 좀 제발 그만하면 안 되겠니? 무척 듣기 싫거든. 제발 그만했으면 좋겠다. 제발 그만했으면."

머리를 쥐어뜯으며 2번 선수는 다시 또 이렇게 길고 긴 푸념을 늘어놓았다.

"오해는 하지 마. 난 그저 속상해서…. 시비를 걸려고 한 건 아니야. 난 그저, 그러니까 너만 그때…."

정말 억울하다는 듯 10번 선수는 이렇게 변명하고 또 변명했다.

"도저히 안 되겠는데, '난 그저, 너만 그때'라는 병이 걸려도 단단히 걸렸어."

2번 선수는 마침내 이런 말을 하며 토라졌다. 그러더니 그 2번 선수는 더는 말이 없다.

"난 그저…."

이제는 10번 선수도 말을 잇지 못하고 울먹인다.

"야! 너희 둘 다 그만 좀 해라. 둘 다 잘한 건 없으니, 그만하는 것이 좋겠다. 그리고 너 10번, 너도 잘한 건 없잖아? 너도 그때, 1회 말에서는 개다리춤을 추며 친 공이 뜬 공으로 바로 아웃되었고, 2회 말에는 잘난 척하려고 무리하게 질주했잖아. 그 때문에 런다운[32]에 걸려 보기 좋게 아웃된 것으로 알고 있는데…. 그러니 너도 속상해할 것 없고 남 탓할 것도 없으니, 그만 좀 해라. 그만 좀."

옆에서 보고 있던 진강이도 참다못해 마침내 이 두 선수의 대화에 끼어들어 말려 본다.

"난 그저 속상해서."

이런 말로써 주장인 진강이에게도 변명을 하려다가 그만둔 그 10번 선수의 마음속에는 다음과 같은 생각들이 흘러간다.

'하긴, 그래. 맞아. 나도 그때 런다운에만 걸리지 않았어도 1점은 더 따는 건데, 그러면 우리 팀이 이길 수도 있었고…. 그러면 나 또한 억울하게 교체되지도 않았을 텐데. 히잉! 히잉! 크윽! 좋은 기회를 놓쳤어.

---

32) 루와 루 사이에 주자를 끼워 넣고 여러 명의 수비수가 이쪽저쪽으로 쫓는 플레이를 말한다. 3루 주자가 홈으로 들어올 시간을 벌기 위해 주로 사용한다.

좋은 기회를. 정말 좋은 기회였는데.'

패배의 아쉬움은 계속 흘러갔고 그 정도도 더욱더 심해지고 있었다.

'녀석들만 아니었어도, 특히 3루수를 보던 그 녀석만 아니었어도 1점 은 더 따는 건데…. 1점. 1점. 1점. 으윽! 그나저나 저 녀석은 주장이면 주장이지, 왜 또 생트집이야. 내가 언제 개다리춤을 췄다고, 마음만 조 금 떨린 걸 갖고…. 끄윽!'

그런데 이번에는 진강이에 대한 원망뿐 아니라 2번 선수에 대한 아 쉬움, 3회 말에서 교체당했을 때의 그 모욕감, 상대 팀과 상대 팀 3루 수에 대한 분노와 적개심 등이 한꺼번에 끓어오른 것 같다.

10번 선수의 얼굴이 급격히 붉어지더니 마침내 불타오르기 시작했 다. 그뿐이 아니다. 이번에는 벌겋게 충혈이 된 두 눈을 부릅뜨고는 진 강이를 노려보며 주먹을 불끈 쥔 채 온몸을 부르르 떨고 있다.

그 모습을 지켜본 진강이도 당황하여 어찌할 바를 몰라 눈만 깜빡이 고 있는데, 그때 마침,

"모여라!"

라는 선생님의 말씀이 들려왔다.

'그러고 보니 이놈들이 다 그놈들이구나! 얼마 전에 우리들의 멋진 단체복을 나누어 줄 때 비밀작전이니 광대작전이니 떠들어대며, 나 잡 아 봐라 하던 놈들! 그놈들이잖아, 그놈들. 저 10번 놈은 그때 놀림당 한 바로 그 바보란 놈이잖아! 어쩐지 뭔가 좀 부족한 거 같더니만…. 티볼에 관한 이론 교육시간이나 인성교육 시간에는 꾸벅꾸벅 졸기만

하고…. 느닷없이 키득키득 쳐 웃기나 하고…. 그래서 그런 걸까? 지면 또 이렇게 못 참고 남 탓이나 하며 괴팍한 성질만 고스란히 드러내는구나. 그 때문에 그런 거였구나! 마지막 3회 말에 저 녀석 대신 15번 선수를 대타로 쓴 데는 다 그럴 만한 이유가 있었어. 그럴 만한 이유가….'

진강이는 감정을 다스리지 못하고 남 탓만 하는 10번 선수의 어처구니없는 말과 행동에 씁쓸하게 혀를 차며 짐을 꾸렸다.

다른 선수들도 짐을 챙겨 선생님이 있는 곳으로 모여들었다.

14

"훌륭한 팀은 남 탓을 하지 않습니다. 훌륭한 팀은 상대 팀을 욕하지도 않습니다. 좋은 인성을 갖춘 선수는 동료 선수의 실수를 비난하지 않습니다. 바른 인격을 갖춘 선수는 상대 팀 선수를 비난하지 않습니다. 훌륭한 팀이나 됨됨이가 바른 선수는 인정합니다. 비난하기에 앞서 인정할 줄 압니다. 그 때문에 자신의 실수를 인정하고 자신의 잘못을 인정합니다. 자기 팀의 부족한 실력을 인정합니다. 그리고 위로합니다. 위로할 줄 압니다. 서로의 실수 속에서 자신의 실수를 인정하고 더 큰 힘을 내자고 외칩니다. 그럼으로써 새롭게 태어납니다. 실수를 발판삼아, 고통을 바탕삼아 마음을 새롭게 다지는 것이지요. 실력을 다시 갈고닦는 것입니다. 그럼으로써 어떤 비바람이나 눈보라에도 흔들리지 않을 만큼 아주 큰 나무를 향해 한 발, 한 발 더 가까이 다가갑니다."

말씀하시는 중에도 아까 티격태격하던 그 선수들을 바라보니 두 선수 모두 고개를 숙이고 있다. 숙인 채 말이 없다.

"그렇습니다. 경기하다 보면 이길 때도 있고 질 때도 있습니다. 졌다고 하여 그 원인을 다른 사람에게서 찾지 말고 자기 자신에게서 먼저 찾아봅니다. 다른 팀에서 찾지 말고 우리 팀에서 먼저 찾아봅시다. 남 탓을 한다고 해서 다른 팀을 욕한다고 해서 내 실력이 느는 것은 아닙니다. 우리 팀의 실력이 느는 것은 더더욱 아니기 때문입니다. 남 탓이나 하고 상대 팀 탓이나 하고 심판 탓을 한다고 해서 우리 팀이 이기는 것도 절대 아닙니다. 그 때문에 그런 것은 전혀 도움이 되지 않습니다. 여러분 자신을 위해서도, 우리 팀을 위해서도 도움이 되지 않아요."

지금까지 남 탓만 하려던 다른 선수들도 이제는 고개를 숙인 채 말이 없다.

"졌다는 것은 단지 부족하다는 것을 보여 줄 뿐입니다. 그만큼 우리 선수들과 우리 팀의 실력이 부족하다고 하는 것을 사실 그대로 보여 줄 뿐입니다. 그런데 그런 것을 인정하지 않고 똑바로 보지 못하고, 남 탓으로만 돌리려고 하는 것은 우리에게는 스포츠 정신도 없다는 것을 보여 줄 뿐 아니라 자신의 인격도 그만큼 성숙하지 못했음을 보여 주고 있는 것입니다. 쉽게 말하자면 사람 됨됨이가 덜 되었기 때문에 그런 행동을 하는 것이지요."

여기까지 말씀하신 백청수 선생님은 말씀을 잠시 멈추셨다. 선수들을 쭉 둘러보시더니 다시 계속 이어 나가셨다.

"그 때문에 앞으로는 그런 짓, 즉 실패의 원인을 남 탓으로 돌리고 자신만 쏙 빠져나가려는 그런 파렴치한 말이나 행동 등은 절대 해서는 안 될 것입니다. 더욱이 같은 팀 안에서 서로 싸우거나 아니면, 다른 학교 선수들과 시비가 붙는 일이 있다면 그보다 더 부끄러운 일도 없어요. 이 점을 우리 선수들은 명심하고 또 명심하여 더는 부끄러운 짓은 하지 않기 바랍니다. 선생님이 이렇게 안내하고 간곡하게 당부했는데도 불구하고 불미스러운 행동을 그치지 않고 계속한다면 어쩔 수 없습니다. 그때는 이 선생님도 어쩔 수 없어요. 미안한 일이지만, 선수 선발 때 받은 서약서 및 푸른솔초 티볼팀 운영 규정에 따라 그 선수는 우리 팀의 선수 명단에서 제외하도록 하겠습니다. 알겠습니까?"

선생님의 말씀은 단호하고 엄숙했다. 모두들,

"네."

라고 대답했다. 그러나 그 목소리에는 힘이 들어 있지 않았다.

"그러면 오늘 출전하기 바로 전에 교장 선생님께서 여러분에게 하셨던 격려 말씀을 다시 한번 잘 생각해 보기 바랍니다. 여러분의 늠름한 모습을 대견스럽게 바라보며 교장 선생님께서는 경기를 즐기라고 말씀하셨습니다. 게임을 하듯 시합을 즐기라고…. 이기면 이기는 대로, 지면 지는 대로 그 모든 것이 여러분에게는 더없이 소중한 추억이 된다고 말입니다. '좋은 추억을 많이 만들어 오라.'는 교장 선생님의 말씀이 지금도 이 선생님의 귓전을 맴돌며 생생하게 되살아나고 있는데, 여러분은 어떻습니까? 지금 여러분의 모습을 되돌아보십시오. 여러분은 지금, 이 순간에도 그렇게 하고 있습니까? 지면 지는 대로 즐기고 있습니까? 어릿광대처럼 즐기면서 하나의 좋은 추억으로 만들어 가고 있다고 말할 수 있겠습니까?"

그렇지만 일그러진 그 표정을 보니 대부분의 선수가,

'졌는데 어떻게 좋은 추억이 될 수 있겠습니까?'

라는 생각을 하는 것 같았다. 그중에는 하늘만 바라보며,

'이길 수 있었는데…. 정말 아쉽다.'

라는 생각으로 멍하니 있는 선수도 있었다.

'아! 이것이 바로 진 것이구나!'

눈을 감은 채 깊은 생각에 잠겨 있는 선수도 있었다.

'선생님! 이건, 축제가 아닙니다. 축제가 아니라 지옥입니다. 지옥이 따로 없다니까요. 이기고 있을 때는 축제라 할 수 있겠지만 질 때는, 그것도 1루 차로 허무하게 질 때는 그야말로 지옥입니다. 그러니 이점도 꼭 알아주십시오. 지옥도 있다는 것을요.'

힘든 경기였던 만큼 이런 말을 하고 싶은 선수도 있는 것 같다.

'선생님! 이런 말씀을 하시는 것은 우리를 두 번 죽이시는 겁니다. 시합에 지고 선생님께 꾸중 듣고…. 그러면 도대체 우리 보고 어쩌라는 겁니까?'

패배에 대한 불평을 늘어놓고 싶은 선수도 있는 것 같았다.

'이 은혜는 꼭 갚아 주지. 실력을 좀 더 키워 꼼수가 아닌 정정당당한 방법으로 꼼짝 못 하게 하고 말 테다.'

물론 비장한 각오로 마음을 다시 잘 다지고 있는 선수도 있었다.

진강이를 보니 그 아이도 이와 같은 생각을 하는 듯 두 주먹을 불끈 쥐고 있다. 입술에는 힘이 들어가 있고 부릅뜬 두 눈에서는 소리 없는 눈물만이 주르륵 흘러내리고 있었다. 억울함이 눈물이 되어 흘러내리고 있었는지도 모른다.

"그렇습니다. 잘 생각해 보십시오. 당당하게 싸웠음에도 불구하고 졌다면, 최선을 다해 싸웠는데도 졌다면 그것으로 충분하지 않겠습니까? 그것만으로도 훌륭하고 나름 좋은 추억이 되지 않을까요?"

모두들 고개를 숙인 채 대답하는 선수는 한 명도 없었다.

"선생님이 볼 때는 최선을 다하는 곳에 아름다움이 있고 그곳에 즐거움이 있다고 봅니다. 이기는 것만이 좋은 것은 결코 아닙니다. 이기는 것만이 능사는 아닙니다."

'아무리 그래도…. 이기기 위해 나간 것이 아니겠어요?'

속으로는 반항하듯 고개를 갸우뚱하는 선수도 있는 듯했다.

"이겼을 때 기뻐하는 것은 쉬운 일입니다. 물론 졌을 때 화를 내는 것도 쉬운 일입니다. 그러나 이겼을 때 상대 팀의 슬픔을 헤아려 자제할 줄 알고, 졌을 때 화를 참고 자기 팀의 슬픔을 헤아려 서로의 아픈 마음을 위로할 줄 알고 격려하는 것은 그리 쉬운 일이 아닙니다."

선생님도 힘이 드시는지 잠시 쉬며 선수들의 반응을 살피셨다.

"그러면 잘 생각해 보십시오. 선생님이 볼 때는, 서로의 잘못을 인정하고 자신의 실수를 인정하는 가운데 더 큰 발전이 있고 더 큰 추억거리가 만들어진다고 봅니다. 그곳에는 아픔뿐 아니라 그 아픔을 함께한 친구가 있고 그 친구와의 우정이 깃들어 있기 때문이지요. 그렇게 했을 때, 그리고 그 때문에 먼 훗날에도 이날의 아픔과 위로는 참된 우정으로 굳어지고 그렇게 기억되며 그럼으로써 더욱더 아름다운 추억으로 고이 간직될 수 있는 것이 아닐까요?"

'하긴, 싸운다고 해결되는 것은 없지. 시합에서도 지고 친구들하고는 티격태격 싸우고…. 역시 말이 안 되는구나. 그리고 보면 바보 같은 짓만 했어. 바보 같은 짓만!'

선수들의 표정을 바라보니 이런 생각을 하는 선수들이 좀 더 늘어난 것 같았다.

'좀, 부끄러운걸. 나도 모르게 남 탓으로만 떠넘기려 했으니…. 창피한 일이야. 창피한 일.'

"지금부터라도 교장 선생님의 말씀을 잘 새겨듣고 실천해 봅니다. 화풀이는 하지 말고 안으로 조용히 삭이십시오. 밑거름되도록."

선생님은 이런 말을 하며 아까 그 선수를 바라보았다. 그렇지만 그 선수는,

'그렇게 하기는 쉽지 않아요. 선생님!'

이라는 말을 하고 싶은 듯 얼굴을 찡그리고 있다. 아직도 분이 덜 풀

린 것 같았다.

"그러면 이 선생님은, 지금부터는 서로의 아픔을 위로하는 가운데 그 아픔마저 아름다운 추억으로 극복해 낼 수 있기를 기대해 봅니다."

선생님께서는 이와 같은 말씀을 하시고는 잠시 쉬며 선수들을 둘러보셨다. 이번에는 무엇인가 중요한 말씀이라도 하시려는 듯 아주 심각한 표정으로 진지하게 말씀하셨다.

"져 보지 않고 이길 수는 없습니다. 그런데 지금이 딱 좋은 시기라고 봅니다. 진 경험을 해 볼 수 있는 가장 좋은 때라는 말입니다. 이를테면, 선생님이 하고자 하는 말뜻은 그렇습니다. 일부러 질 필요는 없겠지만 오늘처럼 최선을 다했는데도 졌다면 그런 패배는 값진 것이라는 겁니다. 그런 경험이 여러분에게는 꼭 필요하다는 뜻이지요. 그러고 보면 여러분은, 그동안 연속된 승리에 너무 들떠 있었습니다. 연속된 승리에서 자신을 뒤돌아보지 않고 단지 승리의 단물만을 빨아먹었을 뿐입니다. 그 때문에 그와 같은 얄팍한 승리감에만 도취하여 있었을 뿐 진정한 승자는 되지 못했습니다."

대부분의 선수는,

'그 말씀도 맞아요.'

라는 생각으로 고개를 숙이고 있다. 그래서 그런지 선생님의 목소리에는 더욱더 힘이 들어갔다.

"말하자면 여러분은 지금까지 한껏 부풀어 오른 고무풍선처럼 허황한 꿈만 꾸고 있었다는 것입니다. 이처럼 방만한 마음에, 허황한 마음에 따끔한 침을 놔 주는 것도 진정한 승자가 되기 위해서는 좋은 일이 되지 않겠습니까? 그 때문에 이번 시합이, 그것도 졌다는 경험이 여러 분에게는 그야말로 아주 좋은 기회가 될 것으로 생각됩니다. 우리 팀의 약점도 점검해 볼 수 있을 뿐 아니라 자신의 약점도 다시 한번 뼈저리게 느껴 볼 좋은 기회가 될 것으로 생각되고, 더 나아가서는 이것이야말로 진정한 승자가 갖추어야 할 인성이나 기량을 배울 수 있는 아주 좋은 기회가 될 수 있다고 보이기 때문입니다."

'맞아. 그러고 보니 내가 그렇게 실력이 없다는 것을 처음 느낀 시합이었어. 이 시합은….'

새삼스럽게 자신의 실력을 솔직하게 깨달은 선수들도 있었다.

진강이도 팀의 주장으로서 침통한 표정을 짓고 있었지만,

'우리의 약점이 고스란히 드러난 경기였어.'

라는 점만큼은 인정하지 않을 수 없다는 듯 입술을 꼭 깨물었다.

"그래서 하는 말인데, 오늘은 집에 가서 푹 쉬고 내일까지 우리 팀의 약점 1개와 자신의 약점 1개씩 알아 오도록 합니다. 그런 약점을 알고, 그런 약점을 제일 먼저 극복해 낼 수 있을 때 우리는 좀 더 강해질 수 있다고 봅니다. 그렇지 않겠습니까?"

아무런 대답이 없었다. 그렇지만,

'오늘도 숙제를 내 주시는 거야.'

라는 생각을 하는 선수도 있었다.

어떤 선수는 자신의 초라한 모습이 보기 싫은지 자꾸 옆의 선수만

바라본다. 그 선수는 아직도,

'너 때문에 졌잖아. 난 잘못한 것도 없고 약점도 없는데, 어떡하지?'

라는, 미련을 떨쳐 버리지 못한 듯 뚱한 표정만 짓고 있다. 그러고 보니 그 10번 선수의 표정은 지금도 여전했다.

"눈물을 흘리지 않으려면, 피눈물을 흘리지 않으려면 자신의 약점부터 하나둘씩 극복해 나가도록 합니다. 자신의 기량뿐 아니라 인성적인 측면에서도 그렇습니다. 부족한 점을 극복함으로써 마음을 단단히 다지고 바르게 쓸 수 있을 때 비로소 우리에게는 더 큰 승리의 길이, 진정한 승자의 길이, 더 큰 영광의 길이 열릴 것입니다. 그러니 지금부터는 크게 보고, 과감하게 행동하기 바랍니다."

희망의 빛이 아직도 남아 있다고 느꼈는지 조금씩 선생님의 말씀에 귀를 기울이는 선수들이 늘어났다. 이런 반응에 부응하듯 선생님은 목소리를 좀 더 높여 말씀하시기 시작했다.

"티볼 대회는 아직도 끝나지 않았습니다."

선수들은 그 희망의 빛을 보려는 듯 고개를 들고 눈을 크게 떴다.

"아직도, 대회는 끝나지 않았고 아직도, 우승의 길은 남아 있습니다. 이 경기에서 패했다고 하여 모든 것을 잃은 것이 아닙니다."

선수들은 크나큰 희망의 빛을 받아 다시 용기가 솟는 듯 선생님만을 뚫어지게 바라보고 있다. 10번 선수의 표정도 밝아졌다. 그렇지만 다시 또 힘이 들어간 듯 온몸을 부르르 떨고 있었다.

"그리고 그 길은 우리 팀이, 우리 선수들 각자가 얼마나 많은 약점을 극복해 낼 수 있느냐에 달려있다고 봅니다. 아시겠습니까?"

"넵!"

힘찬 대답이 들려왔다. 그 대답 속에는 크나큰 희망이 들어 있었다. 그런데 그 희망은 허황한 꿈이 아니라 아픔과 고통을 딛고 일어선 참된 희망처럼 보였다. 그런 희망의 빛을 보며 선생님은 마지막 말씀을 하셨다.

"자! 그럼, 이제부터는 짐을 정리하여 학교로 돌아간다."

15

학교로 향하는 버스 안에서도 오늘 일어난 일들이 떠올랐다. 눈으로는 선수들을 바라보면서도 속으로는 아침부터 일어난 일들과 방금 끝난 경기를 분석하고 있었다.

학교에 도착하여 선수들을 집으로 돌려보낸 다음에도 마찬가지였다. 교실에 들러 장비를 제자리에 정리한 다음에도 똑같은 생각들만이 또다시 떠올랐다. 틈만 나면 어느새 그런 생각들이 영화의 필름처럼 돌아가고 있었다.

그 영화는 도난당한 옷장 열쇠로부터 시작된다. 그런 식으로 시작되는 그 영화는 이상한 마법에 걸린 푸른솔초 티볼팀이 수없이 많은 우여곡절 끝에 결국에는 티볼 대회에서 참패로 끝나는 그런 줄거리로 되어 있다.

되돌려 보면 볼수록 이번 경기는 동서초가 잘한 점도 있었지만, 우리 팀의 약점이 그대로 드러난 경기였다. 그중에서도 강팀에 대한 두려움이 가장 큰 문제였다. 그와 같은 선입견이 우리 팀의 실력을 크게 떨어뜨리고 있다.

초반전의 열세도 문제는 문제였다. 처음의 1번, 2번 타자를 잡지 못했기 때문에 그다음부터는 주눅이 들어 실력도 제대로 발휘하지 못한다. 왜 그런지, 주된 원인은 찾아볼 수 없었다. 별다른 원인은 보이지 않는다. 작은 것이라 하더라도 그 원인이 될 만한 것을 찾아볼 때, 그 원인은 단 하나밖에 없었다. 공교롭게도 운동장의 재질이 문제였다. 운동장의 재질이.

푸른솔초는 인조 잔디가 깔린 운동장인 반면, 지금 경기를 하고 있는 강석초는 모래흙이 깔린 운동장이다. 그로 인해 우리 선수들은 연습할 때의 감각과는 전혀 다른 감각으로 경기를 하는 것이었다. 이는 마치 독감을 앓고 있는 상태에서 초반전의 경기를 진행하는 것과도 같았다. 그 때문에 이 문제 또한 어떻게든 해결되지 않으면 안 될 것이다.

더욱이 이 대회의 마지막 경기는 강석초와 대결하고, 경기 장소도 모래흙인 이 운동장으로 지정되어 있기에, 이 문제는 시급히 해결하지 않으면 안 되는 것이다. 하루빨리 해결되지 않으면 안 되는…. 그러고 보면 그 팀은 동서초와는 달리 홈그라운드라는 이점마저 있는 것이다. 이 점도 간과할 수 없고, 극복하지 않으면 안 되는 문제였다. 그뿐이 아니다. 그 팀은 지금까지의 전적으로 볼 때 4승 전승을 기록하고 있을 만큼 강팀이다. 그 때문에 앞으로는 이 점도 고려하여 연습하지 않으면 안 된다.

한편 그동안의 승패와 전적으로 볼 때, 푸른솔초는 3승 1패로서 나머지 두 경기에서 모두 이길 때는 5승 1패가 된다. 반면 강석초는 동서초를 이기면 5승이 되고, 마지막 경기 상대인 푸른솔초마저 이기면 6승, 즉 6전 전승이 되어 당연히 우승하게 된다.

그렇지만 그 팀이 마지막 경기에서 푸른솔초에게 지면 그렇지가 않았다. 말하자면, 그 팀도 역시 5승 1패가 되고, 그러면 푸른솔초와 전적이 똑같아지기 때문이다. 두 팀 모두 5승 1패로서 동률이 되는 것이다.

그리고 그 경우에는 승자 승의 원칙에 따라 푸른솔초가 이기게 된다. 말하자면 다 같은 5승 1패이지만, 푸른솔초가 강석초를 이겼기 때문에 그로 인해 최종적으로는 푸른솔초가 순위에서 우위를 차지하기 때문에 이기게 되는 것이다. 이 대회의 운영규칙으로 볼 때는 말이다.

결론적으로 볼 때, 푸른솔초는 무조건 나머지 2경기를 이겨야 본선에 진출할 수 있고, 그렇게 되려면 또 초반전의 부진을 극복하지 않으면 안 되는 것이다. 그리고 그 초반전의 부진을 극복하려면 운동장의 문제를 또 해결하지 않으면 안 되고, 아까 말한 강팀, 즉 강석초에 대한 두려움도 극복해야만 한다. 또한, 홈그라운드의 이점마저 무력화시키지 않으면 안 되는 것이다.

이런 점들을 고려하여 종합적으로 살펴보면, 물리적인 문제뿐 아니라 정신적인 문제도 극복하지 않으면 승산이 없다는 결론이 나온다. 현재로서는 이 이외의 또 다른 결론이란 결론은 나올 수도 없고, 있을 수도 없는 것처럼 보인다.

그리고 이 두 문제를 한꺼번에 해결하는 수밖에 없고 그 방법도 하나밖에 없는 것처럼 보였다. 이를테면 모래흙이 깔린 운동장을 빌려 연습하고 그와 같은 연습을 통해 약점을 한꺼번에 극복해 나가는 것, 연습을 통하여 적응력을 키우고 인성교육을 통하여 정신력도 강화하는 것, 그것밖에 없는 것이다.

그리고 보면 결승전이 얼마 남아 있지는 않지만, 이 기간을 아주 잘 이용해야 할 것이다. 조직적이고 체계적인 연습을 통해 실력과 정신력을 한층 더 높이 올려놓지 않으면 안 되는 것이다. 오늘 경기뿐 아니라 앞으로 하게 될 강석초와의 경기, 대처 방안 등에 대한 분석을 마친 선생님의 마음에는 이런 생각이 들었다.

'그래 맞아. 그러려면 우선은 독감 예방주사를 놓는 것부터 시작하지 않으면 안 되겠어.'

그렇다고 하더라도 좀 더 다른 관점에서 분석해 보면, 문제는 이것만이 아니었다. 이것으로써 문제는 끝나지 않는 것이었다. 이제부터는 감독 선생님과 선수들 간에 벌어진 0.01%의 틈을 메우지 않으면 안된다. 어떻게든 금이 간 신뢰성을 극복하지 않는다면 승산은 없었다. 이 문제를 좀 더 구체적으로 말하자면, 백청수 선생님의 마음속에 그리고 어떤 선수의 마음속에 생긴 틈을 메워나가지 않으면 안 되는 것이었다. 그리고 보면 이 문제도 더는 간과하거나 내버려 둘 수 없는 상태에 다다른 것이었다.

정확히 말하자면, 오늘 오후, 즉 동서초와의 시합 이후 이 문제는 크게 나빠졌다. 최고조에 달한 기분마저 들었고, 그 때문에 어떻게든 이 문제도 해결하지 않으면 안 된다. 더는 안 되는 것이다. 더는. 이 영화를 돌려보며 분석을 해 보면 해 볼수록, 그뿐 아니라 그동안의 연습과 이 시합의 결과를 서로 연결하여 분석하면 할수록 이런 생각은 깊어만 간다. 심지어는 정신 사납게 꿈틀대며 설쳐 대고 있는 느낌마저 든다.

오늘 아침부터 일어난 일만 보더라도 그러했다. 열쇠 도난 사건을 보더라도, 그 일만 떼어 놓고 보면 작은 일처럼 보이지만, 그로 인해 시작된 연쇄반응은 끊임없이 이어졌다. 그 결과, 결국에는 중요한 시합마저 망쳐 버리는 꼴이 되고 말았다.

그런데 이 대회를 더 이상 망치지 않으려면 마지막 경기가 끝나기 전에 이 문제도 해결되지 않으면 안 된다. 이 문제가 해결되지 않는다면 승산은 없다 해도 결코 지나친 말이 아니었다.

물론, 남들이 보면,

"별 이상한 곳에서 원인을 다 찾는구나. 지면 다 그러는 거야?"

라는 말로서 욕을 할지도 모르겠지만, 사실이다.

논리적으로 따져 보더라도 이 문제는 "까마귀 날자 배 떨어진 꼴"이다. 아무리 분석해 본들, 열쇠 도난 사건과 오늘의 패배 사이에는 어떤 인과관계도 찾아볼 수 없다. 논리적인 인과관계는 없다. 그러므로 열쇠가 없어졌기 때문에 시합을 망쳤다고는 볼 수 없다.

그러나 심리적으로 보면 그렇지도 않았다. 논리적인 인과관계는 없다 하더라도 심리적으로 볼 때는 그렇지가 않은 것이다. 백청수 선생님의 마음에서는 전혀 그렇지 않은 것이었다. 오히려 그 때문에 이 문제는 더욱더 심각한 문제였는지도 모른다. 어느 정도 심각했는가 하면, 선생님이 시합에 전념할 수 없을 만큼, 그만큼, 아니 그 이상으로 심각했다.

사실을 사실대로 말해 보면 다음과 같다. 심리적인 측면에서 보면, 열쇠 도난 사건뿐 아니라 그동안 일어난 연속적인 도난 사건들과 그에 따른 의문점들이 경기의 집중력을 떨어뜨리고 있었다.

그 때문에 이와 같은 도난 사건들의 연속적인 면에서 보면 이 두 사건은, 별개의 문제가 아니었고 별개의 문제로도 볼 수 없었다. 심리적으로는 서로 이어져 있는 것이었다. 그것도 엄청 밀접한 관계로 단단하게 엮여 있는 것이었다.

이와 같은 까닭으로, 백청수 선생님의 마음속을 좀 더 자세하게 들여다보면 심리적인 관련성을 좀 더 쉽게 찾아볼 수 있을지도 모르겠다. 실은 다음과 같은 현상들이 요즘 들어서는 더욱더 자주 일어나고 있었다.

이를테면 경기를 진행하고 있는 도중에도,

'누가? 왜, 티볼 장비를 가져가는 것일까? 오늘은 왜 열쇠인가? 가져

갔으면 가져갔지, 왜 다시 갖다 놓는 것일까? 그리고 조금 다른 것을 갖다 놓는 이유는 무엇일까?'

라는 의문들이 떠오르는 것이었다. 그뿐이 아니라, 이와 같은 의문들을 묻고 따지고 풀어 보고 싶은 마음도 굴뚝같이 일어나고 있었다.

이와 같은 의문들이 솟구쳐 올라오는 것도 좋긴 좋은데, 문제는 방금 말한 바와 같이, 경기하는 도중에도 솟아난다고 하는 것이었다. 가끔은, 아주 가끔은 이런 의문들이 자신도 모르게 솟아올라오는데, 그때는 또 그 때문에 경기에 온 힘을 집중하지 못하는 것이었다.

무의식 속에 있던 이런 의문들이 의식의 세계로 툭 튀어나올 때면 그때부터는 그 생각에만 매달리게 된다. 그러니 집중력이 떨어질 수밖에 없었고 경기에도 전념할 수 없게 되는 것이었다. 더욱이, 이런 의문들은 의도하지 않아도 일어나는 일들이었기 때문에 일단 일어났다고 하면 여간 곤란한 것이 아니었다.

백청수 선생님도 많이 지쳤기 때문인지 이제는 틈만 나면 이런 의문들이 솟아 나오려 한다. 그것도 무의식중에 절로 떠오르곤 한다. 그때는, 그럴 때는 정말 손쓸 방도가 없다. 손쓸 방도가….

16

한편, 이 문제는 처지를 바꿔 생각해 볼 필요가 있는지도 모르겠다.

이 문제는 개인적인 문제나 당사자의 처지에서 바라볼 필요가 있는 문제로도 볼 수 있었기 때문이다. 팀에 속해 있는 선수 개개인의 관점에서 말이다. 이는 팀을 팀으로 보는 것도 중요하지만, 팀을 구성하고 있는 것은 개개인이므로, 그 관점에서도 바라볼 필요가 있다는 뜻이다.

그리고 그 관점에서 보면, 개개인의 선수가 가진 문제들은 도외시될 수 없는 문제들이다. 그러므로 개인적인 문제를 배제한 채 팀워크만을 기계적으로 만들어 간다는 것은 정말 말도 안 되는 소리일 수밖에 없었다. 현실적으로 보더라도 그렇다.

예를 들면 집안에 큰일이 있는데, 개인적으로 꼭 해결해야만 할 큰 고민이 있는데, 이를 무시한 채 팀워크만을 강요한다고 하는 것은 역시 문제가 있는 것이었다. 그런 문제를 말로 표현하지 않더라도 문제는 있는 것이다. 선수들이 어리고 어린 초등학교 아이들이고 보면 말로 털어놓지 못한 채 혼자서만 끙끙대고 있었는지도 모르는 일이었다.

백청수 선생님의 마음에도 이와 같은 생각이 들었기 때문인지, 이제부터는 이와 같은 관점에서도 이 문제를 분석해 보려 하는 것이었다.

'개인의 관점에서 보면, 단체보다는 개인적인 문제가 우선시 될 수밖에 없다. 단체의 측면에서 보면, 0.01%의 문제이겠지만 개인의 측면에서 보면 그렇지도 않다. 그 문제는 그 당사자에게는 99.99%의 문제이지 않을까? 자신의 두뇌를 고갈시키고 심장을 압박하는 매우 심각한 문제일 수 있지 않겠는가? 그 때문에 개인적인 고민이나 갈등, 인성적인 특성이나 개성, 가정 사정이나 가정불화, 악화된 대인관계나 불협

화음 등을 도외시한 채 단체의 입장만 무조건 강요한다고 하는 것에는 한계가 따르기 마련이다. 결과적으로 보면 무리일 수밖에 없다. 역시, 그중에서도 그 선수 나름의 고민만큼은 결코 무시할 수 없는 일이다. 지금까지의 경기 분석 결과를 보면, 작년까지 우리 학교가 11패를 해야 했던 가장 큰 이유도 바로 여기에 있지 않았던가? 똑같은 치욕을 두 번 다시 겪을 수는 없는 일!'

그 때문에 경기 도중에도 그런 생각들이 백청수 선생님의 마음에 계속 떠오른 것이리라. 이는 그 선수만이 처해 있는 특수한 문제를 풀어줘야 한다는 일종의 암시였는지도 모른다. 그렇게 볼 수도 있지 않았을까?

그러고 보면, 이 문제는 더 늦기 전에 해결해 주는 것이 좋다는 하나의 예지였는지도 모를 일이었다. 백청수 선생님은 폭넓은 분석 끝에 감독으로서 어떻게 해서든 이 문제를 해결하지 않으면 안 되겠다는 결심을 하게 된다.

물론 범인도 곧 밝혀질 것 같다. 분석을 좀 더 해 나가다 보면, 아니 좀 더 기다려 보면 범인뿐 아니라 그 범인을 돕고 있는 협조자도 나타날 것이다. 어쩌면, 기다리는 가운데 스스로 찾아올지도 모르는 일이다. 물론 지금까지의 자료와 관찰, 그와 같은 자료들에 입각한 추리의 결과 진짜 범인은 그 아이로 예측되었다. 아니, 자료와 추리의 과정이 모두 타당하다면 그 아이가 진범이다. 그 아이밖에 없었다.

그러니까 지금까지의 논리적인 분석 결과나 타당한 결론은 모두 '진강'이를 진범으로 지목하고 있었다. 그전부터도 '돈', '금액' 등의 말로부터 희미하게는 그 아이일 것으로 예측은 하고 있었지만, 그 때문에 멀리하지 않고 오히려 더욱 가까이 두고 싶어 했고, 실제로도 가까이 두고 관찰하며, 그 해결 방법을 찾으려 한 적도 한두 번이 아니었다.

또한, 이 문제는 이와는 반대로, 그와 같은 일로 인해 그 아이를 범인으로 지목한 후 내버려 두거나 멀리하게 되면 긍정적인 효과보다는 부정적인 효과가 더 크게 나타날 수 있는 문제이기도 했다.

한 예로서, 우선 푸른솔초의 티볼팀이 무너질 수도 있고, 좀 더 크게 보면 그 아이의 바람직한 인성이나 인격 형성에 큰 상처를 안겨 줄 수 있는 문제이기도 했다. 바람직한 인성을 함양하는 데 지장을 초래한다면 이보다 더 큰 문제도 없었다. 실은, 이 점이 교육적인 면에서 볼 때뿐 아니라 장기적인 안목으로 볼 때도 가장 큰 문제였다. 그 때문에, 문제를 해결하는 데도 백청수 선생님은 인격을 손상하지 않는 범위 안에서 바른 인성을 되찾고 아름답게 가꿔 줄 방법을 모색하려 했던 것이었다.

그리고 이와 같은 생각에서, 선생님은 추리의 결론이 옳다 하더라도, 그 결론을 잘못 공표하거나 공개될 경우 그것이 가져올 수도 있는 가장 비극적인 결과만은 피하려 했던 것이었다. 이런 분석에서 백청수 선생님은 그 자신이 좀 손해를 보더라도, 힘들다 하더라도, 그 아이를 좀 더 가까이 두고 지켜보려 했고, 그와 동시에 해결책도 함께 찾아보고 함께 풀어 가는 것이 좋다고 판단했다. 그 때문에 지금까지는 또 그렇게 해 왔던 것이었다.

추리의 과정이나 결론이 아무리 옳다고 하더라도, 그 결론이 가져올 결과를 예측해 볼 때, 부정적인 효과가 더 크다면, 아니 당사자에게 치명적인 상처를 줄 위험성이 조금이라도 있다면, 그것은 옳지 않은 것이었다. 그때는 당연히 다른 방법을 찾아봐야 하는 것이었다.

쉽게 말하자면, 옳다는 것을 고지식하게 주장하기보다는 상황에 맞는 방법을 다시 찾아보는 것이 더 좋다는 것이었다. 넓고 큰 안목에서 당사자에게 가장 좋은 방법을 다시 찾아볼 수밖에 없는 것이었다. 옳음이 중요한 것은 사실이나 그렇다고 하여 그것만을 전부로 볼 수도 없는 노릇이었다. 그뿐 아니라, 옳음에 기초를 두고 있는 합리성만을 만능으로 볼 수도 없는 일이었다. 세상에는 이보다 더 중요하고 더 큰 가치를 갖는 것이 얼마든지 있을 수 있기 때문이다. 다원화된 사회라면 더욱더 그럴 것이고, 학교 교육을 담당하고 있는 선생님의 측면에서 볼 때도 그럴 것임이 틀림없었다. 특히, 티볼을 통해 더 큰 꿈을 심어 주고 그런 꿈을 가꿔 주고 그럼으로써 더불어 살아가는 삶의 지혜를 키워 주려는 백청수 선생님의 처지에서 보면, 더욱더 그럴 수밖에 없는 일이었다.

한편, 이 문제에 흥미로운 점이 있었다면 그것은 다시 돌아온다고 하는 점이었다. 학교의 물건을 몰래 가져가는 것으로 끝나는 것이 아니라, 그다음 날이나 그다음 다음 날에는 다시 또 본디의 자리로 돌아온다고 하는 점, 바로 그 점이었을 텐데. 이 점도 생각해 보면 볼수록 묘미 중의 묘미였다.

물론, 이보다 좀 더 흥미로운 점이 있었다면, 그것은 되돌아오기는 되돌아오는데 조금씩 다른 것이 되돌아온다고 하는 점이었다. 얼마 전에는 그렇게 하는 이유도, 그 목적도 알아냈다. 그뿐 아니라, '보이지 않는 협조자가 둘씩이나 있다.'라는 가설도 세워 봤고, 그 가설에 따라 그분들이 누구인지도 밝혀냈다. 지금은 단지 기다리고 있을 뿐이다. 그분들이 스스로 나타나기만을.

그런데 문제는 진강이에게 있었다. 그 아이의 문제를 깊이 있게 분석해 보고 생각해 보면 볼수록 이 문제는,

'그 아이의 의지와는 관계없이 일어나고 있는 것이 아닌가?'

라는 생각이 드는 것이다. 왜 그런지, 그 이유는 잘 모르겠지만 이런 생각이 자꾸만 드는 것이있다.

이를테면 그 아이의 그런 행동은 본인의 의지와는 관계가 없다는 것인데…. 본인의 의지와는 관계없이 일어나고 있는 일, 좀 더 쉽게 말해 보면, 일부러 그런 짓을 하는 것이 아니라고 하는 점이었다.

'도벽이 있어 그러는 것도 아닐 뿐 아니라 돈이 필요해 그러는 것도 아닐 것이다. 물론, 나에게 어떤 원한 감정이 있어 그에 대한 보복으로서 그런 짓을 하는 것은 더더욱 아닐 것이다.'

백청수 선생님도 처음에는 그와 같은 생각도 해 보았다. 그렇지만 자료를 분석해 보면 볼수록 그런 것이 아니라고 하는 점이 좀 더 확실하

게 드러나는 것이었다.

돈 문제만 보더라도 그러했다. 돈이 필요했기 때문에 선생님의 지갑에서 돈을 꺼냈다면 더 많은 액수를 가져갔을 수도 있었을 텐데, 그렇지가 않은 것이었다. 당연히 그럴 수 있는 상황이었음에도 실제로는 그렇게 하지 않는 것이었다. 물론 돈이 필요해서 가져갔다면 다시 갖다 놓는 그런 일은 절대 없을 것이다.

이처럼, 사건들을 하나하나 분석해 보고 자료를 정리하고 있을 때 새로운 생각이 다시 또 떠올랐다. 이른바 '관계없다.'라는 가설이다. 이를테면, 그 아이의 문제는 '상대방, 즉 티볼 선생님이나 티볼과는 관계없다.'라는 가설이었다. 그리고 보면 '그 아이의 의지와는 관계없이 일어나고 있다.'라는 말에 착안하여 '~는 관계없다.'라는 말을 좀 더 폭넓게 응용해 본 것이었는지도 모를 일이다.

물론 새로운 가설에 기초한 추리도 해 보았다. 외부요인을 모두 찾아보았으나 찾을 수 없었기 때문에 이번에는 그 시선을 안쪽으로 돌려 본 것이었는데, 마침 이런 생각이 흘러나온 것이었다.

'관계없다면 즉, 티볼 쪽이 원인을 제공한 것이 아니라면, 진강이 쪽에 원인이 있는 것은 아닐까? 그 아이에게 무슨 병이라도 아니면, 말 못할 사정이라도 있는 것이 아닐까?'

처음 이 생각을 떠올리게 된 계기 역시 티볼 경기에 있었다. 말하자면 티볼 경기를 분석하고 연구하던 끝에 서로 연결되고 떠올랐던 생각이다. 아니, 어쩌면 티볼 경기만의 기묘한 승패 결정 방법에서 하나의 실마리를 얻은 것이었는지도 모른다.

티볼 경기가 갖는 가장 기묘한 점은 투수가 없다는 점이었다. 그 때문에 승패를 가르는 최초의 원인은 상대 팀 쪽에 있는 것이 아니라 자기 팀 쪽에 있다 해도 지나친 말은 아니었다. 결코, 상대 팀에 있는 것이 아니었다. 어디까지나 자기 팀 쪽에 놓여 있는 것이었다. 이런 점에서 보면 티볼은 자기 팀의 실력만으로도 얼마든지 이길 수 있는 종목이었다.

이 말은 극단적인 말로 바꿔 보면, '상대 팀의 실력과 관계없는 승패도 얼마든지 가능하다.'라는 말이 될 수도 있었다. 한 예로서, 10명의 선수가 매회 모두 홈런을 치면 1회당 최대 10점을 얻을 수 있고, 경기를 3회까지만 운영할 경우이겠지만, 최대 30점까지 얻을 수 있는 것이다. 물론 그 점수를 얻는다면 무조건 승리하고, 그런 점수에 가까이 가면 갈수록 승리할 확률은 그만큼 높아진다. 이와 같은 논리를 좀 더 밀고 나아가다 보면 결국 티볼 경기는 홈런 타자가 많은 쪽이 유리하다는 것도 일리 있는 말이었다.

그런데 백청수 선생님의 경우에는 이와 같은 티볼 경기의 분석이 티볼로 끝난 것이 아니라 진강이라는 아이의 문제로 옮겨 분석하기에 이르렀고, 그 결과 문제 해결을 위한 실마리도 찾게 된 것이었다. 그리고 보면 이것으로써 또 다른 길이, 이 문제를 새로운 관점에서 바라볼 수 있는 또 다른 길이 열린 셈이었는지도 모르겠다.

'그렇지. 그렇군! 그러고 보면…, 티볼의 홈런처럼 이 문제, 즉 진강이와 관련된 도난 사건들은 모두 상대방, 즉 피해자인 나나 티볼과는 관계없이 이루어지고 있었던 일이었는지도 몰라.'

선생님은 또 이런 쪽으로 깊이 있는 분석을 해 본다.

'그렇다면…, 이 사건의 원인은 나나 티볼 장비들, 티볼 경기 쪽에 있는 것이 아니라 그 자신이나 그 자신 쪽에 있었던 것이 아닐까? 그 아이 쪽에 있었는지도 모른다. 아무튼, 이쪽은 아니다. 그렇다고 하더라도 전혀 무관한 것이 아니었는지도 모른다. 티볼 쪽은 티볼 경기의 상대방처럼 간접적으로만 관련되어 있었는지도…. 자신이 겪었던 어떤 사건으로 인해 어쩔 수 없이 티볼과 관련을 맺고 있었는지도…. 그 역은 아닐 것이다. 티볼 쪽에 주된 원인이 있는 것은 아닐 거야. 그렇다. 그럴 것이다.'

백청수 선생님은 이제 원인은 아니었다고 하더라도 해결책 쪽은 어떤지, 그쪽에 대해서도 분석을 해 본다.

'주된 원인은 없다 하더라도 해결책은, 해결책으로서는 어떨까? 해결책의 측면에서 보면, 하나의 해결책으로서 그러니까 그동안 그 아이는 구원을 요청하고 있었던 것이 아니었을까? 이를테면, 나를 좀 구해 달라는 하나의 외침, 그런 것이 아니었을까? 그와 같은 구원의 외침으로서 물건을 하나씩 가져갔던 것이 아니었을까? 나를 좀 더 관심 있게 지켜봐 달라는 하나의 신호로서….'

이와 같은 추리의 과정에 보듯, 백청수 선생님은 '관계없다'라는 가설에 기초하여 결국 이 문제를 다음과 같이 정리하게 이른다.

'주된 원인은 그 아이 쪽에 있다. 티볼 쪽은 아니다. 그렇지만 그전에도 그랬지만 지금, 이 순간에도 그 아이는 누군가에게 구원을 요청하고 있다. 그것만큼은 틀림없다.'

상대 팀이 없다면 경기 그 자체가 불가능하듯, 경기하려면 상대 팀이 필요하듯…. 해결책을 위한 수단으로, 구원을 위한 하나의 신호로써 티볼과 관련을 맺고 있었는지도 모를 일이었다.

어쩌면, 그 아이 나름의 SOS[33]를 보내고 있었는지도 모를 일이었기 때문에, 선생님은 수첩을 꺼내더니 도난 목록 밑에 이렇게 적어 놓는다.

'그 아이 쪽의 문제 - SOS?'

이와 같은 분석 때문일까?

'티볼과는 관계없다면 그걸로, 학교에서 몰래 가져간 그 물건으로 뭘 하는 것일까?'

또다시 이 문제가 마음에 걸리기 시작했다.

17

한편, 정리한 서류를 넣기 위해 책상 서랍을 열었는데 그 안에 들어 있는 어떤 것을 발견하고는 깜짝 놀란다.

---

33) 선박이나 항공기가 위기에 처했을 때, 무선 통신 장치로 구조를 요청하기 위해 보내는 신호이다. 조난 신호, 긴급지원요청 또는 긴급구조요청을 말한다.

'아니, 여기에, 이런 것이 여기에 있을 리가 없는데.'

백청수 선생님은 스마트폰을 꺼내 전에 찍어 놓은 사진을 찾아본다. 수없이 많은 사진 중에서 오늘 오후 출발 직전에 찍어놓은 사진 한 장을 골라냈다.

'이것 봐. 분명, 여기에는 찍혀 있지 않잖아. 그런데 오늘은 왜 여기에 이런 것이, 그것도 5천 원권 2장이 들어 있는 것일까? 그것도 지난번처럼 이렇게 깊숙한 곳에⋯. 꼭꼭 숨겨진 채. 진강이는 그 시간에 강석초에서 경기하고 있었는데. 그렇다면⋯, 다시 갖다 놓는 사람은 진강이가 될 수는 없고 다른 어떤 사람이 될 수밖에 없는데. 그렇다면, 협조자는, 그중에서도 학교에 있는 협조자는 오늘 경기장에 오지 않은 어떤 분일 것이고⋯. 그러니까, 오지 않은 분 중 어느 한 사람이 될 수밖에 없지 않은가? 이것으로 좀 더 확실해졌군! 그분은 오늘 5, 6학년 선생님들, 그중에서도 6학년 담임교사 중 유일하게 오지 않은 분, 바로 그분밖에 없네. 6학년 1반 담임교사. 즉, 정진강 학생의 담임교사!'

이처럼, 생각을 되새기며 의자에서 일어나 집으로 가려고 하는데 교탁 위에 놓인 누런색 봉투가 보였다. 이것도 오늘 오후 이 교실을 나올 때는 없었던 물건이다.

'별일도 다 있군! 오늘따라, 세 차례나 누군가가 이 교실에 몰래 들어오다니.'

얼핏 발신인을 살펴보니 경찰서라는 낱말이 눈에 들어왔다.

'지문 감식 결과가 나온 것이 아닐까?'

백청수 선생님은,

'수신인을 학교장으로 하지 않고 내 이름으로 하기를 잘했어.'

라는 생각으로 봉투를 얼른 집어 들었다. 한쪽 끝을 뜯어낸 다음 내용물을 꺼냈다.

'아니, 이럴 수가!'

결과지를 보고는 깜짝 놀란다.

'이 이름은…. 학생 이름이 아니잖아. 이런! 바보 같은 일이!'

그곳에 쓰여 있는 의외의 결과를 보고는 믿을 수 없다는 듯 선생님의 눈동자는 점점 더 커져만 갔다. 그곳에는 학생의 이름이 아닌 어떤 선생님의 이름이 쓰여 있었기 때문이다.

'검사 결과에 오류가 있을 리는 없고….'

선생님은 고개를 갸우뚱하며 교실 문을 나왔다. 아무리 생각을 해 봐도, 어떻게 된 영문인지는 도무지 알 길이 없었나. 그렇지만 이내 곧 이런 생각이 들었다. 무엇인가 또 다른 감이 온 것이었다.

'이분이 바로 그분이었군!'

마침내 학교 안에서 범인을 돕고 있던 협조자를 찾아낸 것이었다.

그러고 보면 기대한 결과가 나온 것은 아니었지만, 생각의 방향을 살짝 바꿔 보면, 그보다 더 큰 것을 알게 된 것인지도 모를 일이다. 그 선생님에 대해 품어 왔던 의문이 이로써 풀렸기 때문이다.

'그 선생님이 이 교실에 들어왔다는 증거로서, 우리 학교에 근무하고 있는 협조자였다는 증거로써 이보다 더 확실한 것도 없군! 감식 결과를 보더라도 그렇고, 이 서류를 보더라도 그렇고. 아이들에게만 나누어 줬던 이 서류에 그 선생님의 지문이…. 그렇지 않고서야…. 여기 이 서류에, 이 교실 안에 있던 이 서류에, 바뀐 흔적이 엿보이는 이 서류에 그 선생님의 지문이 찍힐 까닭이 없지 않은가? 이 교실에 들어오지 않았다면….'

그렇다. 백청수 선생님은 경찰서로 보낼 서류를 그 선생님이 이 교실에 몰래 들어와 슬쩍 바꿔치기한 것이 아닌가 하는 생각을 해 본 것이었다. 그렇지 않고서야 그런 결과는 나올 수 없는 일이었다.

'그렇다면 이제부터는 뒷문도 꼭꼭 잠그고 교실 열쇠도, 번호도 좀 더 어려운 것으로, 바꿀 때가 된 것 같군!'

제5장

어머니와 아들

1

5월 15일 오후 방과 후 시간.

"어머님! 이런 일을 하는 데도 이젠 한계에 다다른 것 같아요."

"선생님! 조금만 더 도와주십시오."

"새로운 방법을 찾아보는 것이 좋을 것 같은데요."

"선생님, 부탁입니다. 적어도 티볼 대회가 끝날 때까지 만이라도 기다려 주십시오."

"더는 무리라고 봅니다."

"선생님!"

"티볼 선생님의 움직임도 심상치는 않습니다. 벌써 눈치를 채고 있는지도 몰라요."

"그래도 조금만 더."

"어머님!"

"예."

"차라리 모든 걸 털어놓고 상의를 해 보는 것이 좋지 않을까요? 이번 기회에 털어놓는 것이."

"안 됩니다. 그것만은 안 됩니다."

"아! 그렇군요. 그러면 왜 안 되는지 그 이유라도…."

"그것도 지금은 말할 수 없어요."

대화는 겉돌기만 했다.

"어머님! 저의 고충도 생각해 주셨으면 고맙겠는데요."

"죄송합니다."

"물건을 다시 갖다 놓을 때마다 조마조마하고."

"그 점에 대해서는 뭐라 드릴 말씀이 없습니다."

"그뿐 아니라 어떤 때는 번호 열쇠가 바뀌는 바람에 골탕을 먹은 적도 한두 번이 아니에요."

"그러셨군요. 그런 일도 있으셨군요."

"다행히도 그때마다 번호를 어떻게든 알아 오긴 했지만요. 더는 무리라고 봐요. 어떤 때는 그 선생님만의 개인 열쇠를 사용하실 때도 있어 들어가지 못할 때도 있었어요."

"…"

"무엇보다도 이제는 양심에 걸려 못하겠습니다. 티볼 선생님을 뵐 면목이 없어요. 더는 무립니다."

"…"

"무엇보다도 제가 이런 생각을 하게 된 데는 이런 것이 진강이에게 전혀 도움이 되지 않는다고 판단했기 때문이에요. 더는 도움이 되지 않는다고 보는데요."

"그렇군요. 그런 판단을 하고 계셨군요."

"그렇습니다. 저도 어머님의 마음은 충분히 이해하지만 더는 무리에요. 무리! 자녀의 앞날을 위해 더는 안 된다고 봅니다."

"그렇지만 선생님! 우리 애한테는 아무런 문제가 없습니다. 단지, 얼마 전부터 못된 버릇이 든 것일 뿐이에요."

"저는 그렇게 보지 않아요. 어머님! 얼마 전이라고는 하지만 벌써 한 달 하고도 보름이 지났어요. 아니, 어쩌면 그 이전부터 조금씩 일어나고 있었던 일이었는지도 모를 일이에요."

"아닙니다. 우리 애는 아무런 문제가 없습니다. 그것만은 믿어 주십시오."

"대체로 이런 경우에는 믿기지도 않고, 믿고 싶지도 않은 것이 부모의 마음이라고 생각해요. 그 때문에 저도 담임교사로서 말씀드리기조차 조심스러워요."

"우리 애는 모범생입니다. 공부도 잘하고 티볼도 잘하고…. 그렇다고 하죠. 선생님도 아시겠지만, 이번 티볼 대회에서도 우리 진강이가 팀의 주장으로서 우리 팀을 승리로 이끌었다고 하던데, 그런 애가 그럴 리가 없어요."

"그건 맞아요. 진강이가 공부도 잘하고 티볼 대회를 승리로 이끄는데 큰 공헌을 한 것도 모두 사실이고 모두 맞습니다. 어머님 말씀이 모두 맞아요. 그렇지만 그 문제와 이 문제는 서로 다르다고 생각해요. 그러니 어머님도 이 문제는 별도의 문제로 생각하고 새로운 해결책을 찾아보는 것이 좋을 듯합니다. 그렇지 않을까요?"

"…."

어머니는 말이 없으나,

'우리 애는 정말 아무런 문제가 없는데.'

라는 생각을 하고 있다. 선생님 말씀을 듣고,

'정말 그런 것일까?'

라는 생각도 들었지만, 그런 것도 잠시였다. 다시 또,

'아니야, 잠시 나쁜 손버릇이 붙은 것일 뿐이야.'

라는 생각으로 돌아왔다.

'혹시, 우리 애를 도벽 쪽으로 몰아가려고만 하시는 건 아니겠지? 그러면 안 되는데, 그것만은….'

불안감을 느꼈기 때문인지, 어머니의 표정은 더욱더 어두워졌다. 그

러고 보면,

'안 됩니다. 선생님! 작은 애는 아직도 누워 있는데, 이 애마저 이러면 어떡하라고….'

라는 걱정이 크게 작용하고 있었던 것 같다. 이와 같은 불신이나 걱정 때문인지 어머니는 더는 말이 없었다.

한편 박누리 선생님은,

'이상하다. 안색이 안 좋으셔. 안 좋아도 너무 안 좋으셔.'

라는 생각을 하고 있는데, 그때 마침 복도를 지나가는 발소리가 들려왔다.

왜 그런지는 모르겠으나 그 소리가 의외로 무척 크게 들린다. 그뿐 아니라, 복도의 창문으로 어슴푸레 비쳐 들어오는 그 모습도 어디에서 많이 본 듯한 모습이 아닌가?

'뜨악! 티볼 선생님이다. 범노 제 말 하면 온다더니. 어떤 일로…. 혹시, 그 일 때문에….'

불안감을 느꼈기 때문인지 박누리 선생님의 마음은 마구 뛰었다. 그렇지만 조금 지나자 티볼 선생님의 모습은 더는 보이지 않고 발소리도 들려오지 않는다. 그냥 지나가신 것일까? 박누리 선생님은 지치고 놀란 가슴을 가까스로 진정시키며 이런 말로 말을 끝맺었다.

"어머님! 그러면 오늘은 이만하고 그 문제에 대해서는 좀 더 생각해 본 다음 다시 또 상담하는 것이 좋을 것 같아요."

사실, 선생님은 이처럼 말하면서도 속으로는 다음과 같은 생각이 흘러가고 있었다.

'어머님! 이런 일이 발전하면 걷잡을 수 없어요. 이제는 학급 친구들의 선을 넘어 동네 상점이나 슈퍼마켓의 물건을 가져올 수도 있어요. 그런 점도 생각해 보셔야 할 것 같은데, 그런 일까지 발생하면 정말 곤란해요.'

그렇지만 이런 말을 할 수는 없었다. 이 말이 도움이 되기는커녕 오히려 어머니를 더 자극할 뿐이라고 판단했기 때문이다. 그렇지만, 사실을 말하자면 친구들의 물건을 슬쩍 가져가는 것은 지금도 반에서 일어나고 있는 일이었을 뿐 아니라 그 범위도 점점 더 확대되어 가고 있었다. 장난의 수준을 넘은 지 오래였고, 그래서 그런지 큰 문제로 터져 나올 가능성도 매우 컸다. 지금은 언제 어떤 식으로 터져 나오느냐 하는 문제만을 남겨 놓은 듯 불안하기만 했다. 그렇지만 이처럼 심각한 현실이 이 어머니에게는 와닿지 않는 듯 한사코 부정하려고만 한다. 속으로는 어떤 생각을 하고 있는지는 모르겠지만 겉으로 볼 때는 그렇게만 보였다.

그뿐이 아니다. 부정하면서도 왠지 모르게 겉으로 흐르는 분위기는 너무 어둡고 무거웠다. 창백하기만 한 어머니의 안색을 살펴보고 있으려니, 박누리 선생님의 마음에는,

'뭔 일이 또 있는 걸까?'

라는 의문마저 들었다.

"예. 선생님, 고맙습니다. 여러모로 신경 쓰게 해 드려 죄송합니다.

그렇지만 선생님! 이것만은 부탁드립니다. 우리 애는 그저 일시적으로 그러는 겁니다. 잠시 나타난 현상에 불과하다는 것을 꼭 기억해 주시기 바랍니다."

"예, 일시적…. 잠시…. 그렇군요."

"예, 그럼 이만."

이 말을 마지막으로 어머니는 돌아갔다.

"휴!"

상담은 마쳤지만, 한숨만 터져 나올 뿐 이렇다 할 해결책은 없었다. 늘 이런 일의 반복이다.

'일시적…, 잠시…. 아닌 것 같은데요.'

박누리 선생님은 이런 생각으로 고개를 가로저어 본다.

결심해야 할 때가 온 것 같다. 더는 견딜 수 없을 만큼 부담감의 무게는 늘어만 갔다.

2

누군가가 지켜보고 있다는 느낌이 든다. 아니나 다를까, 대문을 열고 안으로 들어가려 하는데 자신을 부르는 목소리가 들려왔다.

"저어."

"예에."

들릴까 말까 한 작은 소리로 대답하며 뒤돌아보지만, 아는 사람은 없다. 다시 또 들어가려 하는데 이번에는 제법 큰 소리가 들려왔다.

"저어, 아줌마!"

소리 나는 쪽을 바라보니 앞에는 어떤 남자가 서 있었다.

"예에."

대답하기는 대답해 보지만 긴가민가하여 오른손을 들어 검지로 자신의 몸을 가리키며,

"저, 말인가요?"

라고, 다시 물어본다.

"네, 아줌마요."

갸름하게 생긴 사람이 앞으로 성큼성큼 다가오더니 어머니 앞에 사진 두 장을 내밀었다.

"이게 무슨 사진이죠?"

"확인을 좀 부탁합니다. 여기에 찍힌 이 학생이 댁의 아드님인지 아닌지 확인을 좀 해 주시기 바랍니다."

사진 두 장을 받아든 진강이 어머니는 사진 속의 얼굴과 체격뿐 아니라 동작 등을 하나하나 차근차근 살펴본다. 속으로는,

'이 사람은 누구일까?'

라는 생각을 해 본다. 그런데 바로 그때,

"저는 큰길 건너편에 있는 대형 상점을 운영하는 사람인데요."

라는 말이 들려왔다.

'물건은 안 팔고…. 이딴 사진은?'

궁금하기도 했지만 내색하지 않고 사진만을 뚫어지게 바라보고 있는데 또 이런 말소리가 들려왔다.

"이 댁의 아드님이 맞죠?"

"네, 그런 것 같습니다만."

못마땅한 어투로 대답하며,

'이 사람이 왜 온 걸까?'

라는 생각을 하고 있는데, 또 이런 말소리가 들려왔다.

"이 집을 찾는 데 시간이 좀 걸렸습니다."

그 남자는 이렇게 말하며 의미심장한 미소를 짓는다.

"네에."

어머니는 대답도 제대로 못 한다.

"한두 번도 아니고…, 이러면 정말 곤란합니다. 제가 직접 본 것만 해도 세 번 이상이 넘습니다."

이 말을 듣고,

'뭐가 세 번이라는 거예요?'

라는 질문을 하려고 하는데, 그 말도 하지 못했다.

"경찰서로 가려다 그만뒀습니다."

그 남자는 이런 말을 하며 이번에는,

"헤, 헤"

하고 히죽히죽 웃는다. 정말 듣기 싫고 기분 나쁜 웃음이다. 역겨운 마음에 어머니의 표정은 일그러졌다.

"다 같이 자식을 키우는 처지에서 차마 그렇게 할 수는 없고…, 그러니까 뭐, 벌써 딱지를 붙일 수는 없는 일 아니겠습니까?"

이 말을 듣고,

'지금 뭔 말을 하는 거야?'

라는 생각으로 다시 또 사진을 들여다본다.

그런데 그곳에는 물건을 집어 든 진강이가 무엇인가를 벗겨내는 장면이 찍혀 있는 것이었다. 불길함을 느꼈는지 불안감은 점점 더 커져만 갔다. 속으로는,

'아니야. 아니야. 그럴 리가 없어. 그럴 리가.'

라고, 부정하고 또 부정해 본다.

어머니의 마음이 흔들리고 있는 것을 느꼈는지 상점 주인이라고 말한 그 남자도 어머니를 바라보며 이렇게 말했다.

"맞아요. 그러면 그 사진을 좀 자세히 봐 주십시오. 그 사진은 물건에 붙어 있는 바코드를 뜯어내는 장면이죠. 구별되십니까?"

'아닌 것 같은데요. 그냥 구경하는 거 아닌가요? 물건에 뭐가 묻어 그러는 것일 수도 있고.'

어머니는 또다시 항변하려 했으나, 어찌 된 일인지 그 말도 입 밖으로는 나오지 않는다.

"물론 그렇게도 보일 수 있습니다. 그렇지만 그건 CCTV의 한 장면을 캡처하여 프린트한 것입니다. 녹화된 것을 돌려보면 좀 더 정확하

겠지요."

이 말을 듣고 진강이 어머니는 상점 주인의 말을 그대로 인정하고 믿을 수밖에 없었다. 그리고 또 다른 사진에는 그 물건을 가방에 넣는 모습이 담겨 있었다. 상점의 물건을 몰래 가져오는 장면이 고스란히 찍힌 것이었다. 이 어머니가 느낀 불길함의 정체는 바로 도둑질이었다. 어머니의 표정이 점점 더 붉어지더니 이내 곧 어두워졌다.

'이를 어쩌지? 이젠 상점의 물건까지….'

정말 놀랍기도 하고 믿기지도 않아 긴 한숨만 내쉬며 겨우 마음을 추스르고 있는데 또 이런 말소리가 희미하게 들려왔다.

"30배로 물어 주셔야 하겠습니다."

"30배요?"

깜짝 놀란 어머니의 마음에는,

'기가 막혀!'

라는 생각이 불쑥 솟아올랐다.

놀란 가슴은 아직도 벌떡벌떡 뛰고 있지만, 입으로는 아무런 말도 흘러나오지 않는다.

"그럼, 이 사진과 녹화물을 들고 경찰서로 갈까요? 한두 번도 아니고…, 상습적이지 않습니까? 상습적."

짜증이 섞인 목소리를 듣고,

'우리 애는 절대 그럴 애가 아니에요.'

라는 항변을 되풀이해 보지만, 그뿐이다. 증거를 앞에 두고 그런 말은 할 수가 없는 것이다. 그래서 그런지 그런 말들은 머릿속에서만 맴돌았을 뿐 입 밖으로는 터져 나오지 않았다.

가까스로 마음을 진정시키며,

'분명, 오해예요. 뭔가 사정이 있을 수도, 아니 꼭 있을 테니 기다려 보지 않을래요?'

라는 말을 하려고 하는데, 그런 말은 할 틈도 없이 곧바로 이런 말이 들려왔다.

"사정이고 뭐고 들어 볼 시간 없어요. 열 번을 훔쳤든 한 번을 훔쳤든 훔친 건 훔친 거고, 훔쳤다는 사실에는 변함이 없습니다. 모두 절도죄로 처벌받기 마련이죠. 절도죄로."

'절도죄'를 유난히 강조하는 말을 듣고 울컥하는 마음이 다시 또 끓어올랐다. 그래서 그런지,

'우리 애는 도둑놈이 아니야. 도둑놈이.'

라는 말을 한바탕 퍼붓고 싶었지만, 그럴 수도 없었다.

집 앞에서 큰소리를 지를 수도 없고, 소리를 지른다고 해결될 일도 아니었다. 상점 주인인지, 주인을 가장한 사기꾼인지는 모르겠으나 그 이상야릇한 미소를 보면 보통 사람은 아닌 것 같았다. 그 때문인지, 왠지 모르게 좀 이상하다는 느낌도 자꾸 든다.

'지금, 날 협박하시는 거예요?'

하다못해 이런 말도 하려 하지만, 그 말 또한 마음먹은 대로 되지는 않는다. 그때 또 이런 말이 들려왔다. 이쪽에서 말할 틈은 좀처럼 주어

지지 않는다.

"지금 당장….."

크지 않은 목소리였지만 그 소리에는 힘이 들어가 있었다.

"예?"

"30배, 물어 주지 않으면 신고하겠습니다."

신고라는 말을 듣고 어머니도 화가 치밀어 그런지,

'그럼, 신고하려면 해 보시죠?'

라는 말을 하려다가 가까스로 참아 본다.

그러고 보면 어느 순간이든 자식의 문제를 놓고 될 대로 되라는 식
으로 나올 수는 없는 일이었다.

"30만 원으로 아드님의 버릇을 고쳐 보시든, 아니면 딱지를 사 붙여
주시든 그건 어머님 마음이겠지만 빨리 결정해 주십시오. 저도 바쁜
놈이라."

신경질적으로 나오는 상대방의 태도에 약이 바짝 오른 어머니는 자
신의 그런 마음을 가까스로 억누르며,

'어떡하지? 어쩜 좋아.'

라는 생각으로 먼 하늘만 멍하니 바라본다.

그러는 가운데 어떤 말이 또 들려왔다. 희미하게, 이번에는 아주 희
미하게 들려온다.

"현찰로 주지 않으면 그만 가 보겠습니다."

생각할 틈은 조금도 주어지지 않는다. 결국에는,

'결론은 돈이었군! 돈!'

이라는 생각을 하고 있는데, 더는 아무런 말도 들려오지 않는다.

멍한 상태로 초점 없이 하늘만 바라보고 있는데, 정신을 차려보니 상점 주인으로 속인 그 남자는 벌써 저 멀리 걸어가는 것이었다.

'안 되는데, 가면 안 되는데….'

지금도 멍하기는 마찬가지였지만, 그런 상태에서도 이런 생각이 들었는지 힘을 내어 그 남자를 불러 본다. 그렇지만 큰 소리는 나오지 않았다.

"아저씨! 아저씨! 잠깐만요."

발등에 떨어진 불은 끄고 보는 수밖에 없었다. 결국, 30만 원을 물어주는 것으로서 마무리를 지었다.

'이 일을 어떡하나? 티볼 장비에 이어 선생님의 지갑까지, 친구들뿐 아니라 상점의 물건까지…. 어떡하지? 작은 애는 지금도 누워만 있는데, 눈도 못 뜨고. 얼마 전까지만 해도 이 애는 모범생이었는데.'

지난날을 생각하면 할수록 한숨만 절로 흘러나왔다. 지금의 상태를 생각하면 또 하늘이 무너지는 느낌만 들 뿐, 이렇다 할 해결책은 떠오르지 않는다. 솔직하게 말하자면, 왜 그러는지 그 원인조차 알 수 없었다. 아니, 좀 더 솔직하게 말하자면, 놀란 가슴을 진정시키기에도 급급했다.

'엄마로서 자식의 문제에 대해 그 원인조차 모르다니!'

분한 마음도 생겨났다. 그런 자신에게 화도 났다. 언제부터 그랬던

것이었을까? 가까스로 마음을 진정시켜 곰곰 생각해 보면 오늘 찾아
간 학부모 상담도 심상치는 않았다. 그 때문인지 선생님의 모습만이
계속해서 떠오른다.

'분명, 무슨 말씀을 하시려는 눈치였는데….'

마지막의 석연치 않은 모습이 떠올랐기 때문인지,

'너무 조급하게 내 생각만을 강요하려 한 것이 아니었을까?'

라는 후회의 물결도 밀려왔다.

'진실은 보지 못하고 보고 싶은 것만, 그것도 내가 보고 싶은 것만 골
라 보려 했기 때문에 일이 이렇게 되어 버린 것이 아니었을까?'

집으로 들어간 후에는 이런 생각만이 들었고 그때마다 선생님의 모
습이 다시 또 떠올랐다.

'말씀대로 솔직하게 털어놓고 상담을 받아 보는 것이….'

이런 생각만이 가득했다.

그뿐이 아니다. 방금 일도 그러했다.

'이런 일이 이번 한 번으로 끝나지는 않을 것 같은데, 그렇다고 이런
일이 일어날 때마다 계속 변상만 해 줄 수도 없는 일이고.'

그리고 보니 얼마 전의 일도 떠올랐다. 진강이의 친구라고 하면서
한 통의 전화가 걸려 온 적이 있었다. 그때는 대수롭지 않게 넘겼는데
지금 다시 생각해 보니 그 일도 그냥 넘길 일은 아니었다.

그때 그 애는 이렇게 말하고 있었는데….

"전, 기찬인데요. 진강이 친구 기찬이요. 진강이가 내 물건을 말도

없이 가져가는 바람에 이렇게 전화를 드렸습니다."

그렇지만 그때도,

"가져간 물건이라면 곧 돌려주겠지."

라는 말로서 대수롭지 않게 넘겨 버린 것이었다.

"진강이 어머님! 돌려 달라고 말하고 또 말하고 또 말을 해도 들은 척도 하지 않아요. 돌려주기는커녕 오히려 화만 내요. 이젠 저도 참을 수가 없어 이렇게 전화를 드렸습니다."

기찬이는 정말 진지하게 부탁하고 있었는데, 그런데도 그때는 그 아이의 진지함이 절실하게 다가오지 않았던 것이었다. 감각이 없었기 때문일까? 그때는, 미안하다는 말도 못 했다. 그러기는커녕 대뜸 이렇게 말해 버리고 말았다.

"돌려주라고 할게. 기다려 봐!"

귀찮다는 생각에 대충 말한 다음 끊어버린 것이었다.

지금까지도 그때의 그 통화에 대해서는 누구에게도 말한 적이 없었다. 물론, 진강이에게도 못했다. 못한 것이 아니라 별일 아니라고 생각했기 때문에 일부러 하지 않은 것이었다.

'그랬는데, 설마! 그때도…. 아니지, 어쩌면 그 이전부터도….'

곰곰 되새겨 보면 지금까지 줄곧 별일이 아니라고 생각했기 때문에 그런 식으로 해 왔던 것 같았다. 우리 애는 그럴 리가 없다고 생각했기 때문에, 아니 어쩌면 듣고 싶은 것만 골라 들으려 했기 때문에 정말 아무런 느낌도, 아무런 감각도 없었던 것이 아니었을까? 그때도 그 친구

뿐 아니라 다른 친구들의 물건도 몰래 가져왔을 텐데, 그런 가능성에 대해서는 전혀 예측도 하지 못했다. 하물며 상점은 더더욱 그럴 수밖에 없는 일이었다. 이제 다시 돌이켜 생각해 보니 제 생각에만 갇혀 있었고 동생 일에 넋을 뺏긴 결과, 결국 이런 사건마저 일어나게 된 것이었다.

3

"박 선생님! 오늘은 시간 좀 있나요?"

"예. 오늘은 괜찮을 것 같아요."

"지난번에 왔을 때는 손님이 계신 것 같아 그냥 돌아갔습니다. 너무 진지하게 학부모와 상담하는 모습을 보니 방해하고 싶은 마음이 없어지더군요."

'역시, 그때 그분은 티볼 선생님이셨구나!'

박누리 선생님은 이런 생각을 떠올리며,

"예. 그러셨군요."

라고 대답해 본다. 그렇지만 곧,

'혹시, 그 일 때문에.'

라는 생각이 떠올랐는지, 마음은 조마조마하다.

"상담은 잘 끝내셨나요? 그날은 땀을 많이 흘리시던데….."

'마음을 떠보려고 오신 듯도 하고, 왠지 자꾸 걸리는데.'

다시 또 콩닥콩닥 뛰기 시작했다. 이런 마음을 아시는지 백청수 선생님은 이런 말씀을 꺼내셨다.

"다름이 아니라 선생님께서도 아시겠지만…."

'이크! 올 것이 왔구나.'

가슴은 더욱더 뛰었다.

'그 일로 오시려면 좀 더 일찍 오시지. 하필이면 이때 오셔서 가슴을 졸이게 만드시나. 에구!'

마음을 졸이며 자신만의 생각에 빠져 있는데, 백청수 선생님은 이런 말씀을 하신다.

"지난번 토론이 있는 교직원 회의에서 말씀드린 바와 같이."

'토론이 있는, 교직원 회의. 헐! 이 일이 언제 직원회의까지 알려지게 되었을까?'

얼굴이 화끈거리며 달아오르기 시작했다. 그러는 가운데 백청수 선생님의 말씀이 다시 또 들려왔다.

"형제가 없는 아이들이나 형제간의 우애를 돈독히 하기 위해 마련된 콩 꼬투리 프로그램에 대해 의논하려고 찾아왔습니다."

"예에."

겉으로는 태연하게 대답하고 있었지만 속으로는,

'그러시면 그렇다고 진작 말씀하시지.'

라는 생각이 흘러가고 있었다.

발갛게 달아오른 열기를 식히고 있는데, 백청수 선생님의 이런 말씀
이 다시 또 들려왔다.

"6학년 1반 5번 정진강 어린이와 5학년 1반 5번 그리고 4학년, 3학
년, 2학년, 1학년 1반의 각 5번 어린이들이 한 모둠이 되어 우애에 대
한 열띤 토론을 벌이는 동시에 형제간의 다툼이나 불화에 대해서도 자
신의 경험과 처지에서 거리낌 없이 말해 보는 시간을 가져 보고자 합
니다."

"예."

대답과 동시에 이런 생각이 되살아났다.

'아! 맞아. 우리 학교에는 그런 프로그램이 있었지. 얼마 전, 직원회
의에서 그런 연수도 해 주신 것 같은데….'

그때의 기억을 더듬고 있는데, 백청수 선생님의 말씀이 또 들려왔다.

"그러니까 내가, 6학년 노력과 3학년 도덕을 맡고 있어서 각 학년 1
번에서 5번 꼬투리 모임은 우리 반 교실에서 열리도록 계획되어 있어
요. 그래서 선생님께 의논을 드리려고 찾아왔습니다."

"예. 그러고 보니 그러네요. 각 학년 각 1반 1번에서 5번에 해당하는
어린이들은 부장님 교실에 모이기로 되어 있죠?"

"예, 그렇습니다."

'그렇구나! 그런 일로 오셨구나!'

안도의 한숨을 내쉬며, 이때부터는 궁금한 점에 대해 여쭤보려 한다.

"우리 반에 오셔서 특별히 상의할 일이라도."

마음에 담고 있던 질문을 드렸더니, 이번에는 백청수 선생님이 긴 한숨을 내쉬며 잠시 말씀을 멈추시더니 천장만을 바라본다. 한동안 그러더니 어렵게 이런 말씀을 꺼내셨다.

"진강이, 말인데요."

"예. 진강이에게 무슨 일이라도."

"무슨 일이라기보다는."

"예."

"뭔가 좀 이상해서요. 아니, 무슨 문제가 있나 해서요."

"없는데요. 진강이에게는…. 아무런 문제가 없는데요."

박누리 선생님은 담임교사로서 일단은 이렇게 말씀드려 보았다.

"진짜, 아무런 문제가 없나요?"

고개를 갸우뚱하며 백청수 선생님은 미심쩍은 표정으로 확인하듯 다시 물었다.

"예."

털어놓고 싶은 마음은 굴뚝같았지만, 지금의 상황에서는 아니라고 부정해 본다. 자기 반 학생의 신상정보나 비밀을 유출해서는 안 된다고 판단했기 때문이다.

"그렇다면 다행이고요. 다름이 아니라, 이번 콩 꼬투리 프로그램을 운영하는 데 필요한 정보를 수집하고 있는데."

이렇게 말한 백청수 선생님은,

'분명, 무슨 문제가 있을 텐데.'

라는 의문을 가지면서도 그런 것은 조금도 내색하지 않는다. 그러면서도 다른 문제를 끄집어냈다. 주의를 슬쩍 다른 곳으로 돌려놓으려는 것이었다.

덤덤하게 넘어가는 백청수 선생님의 담담한 모습을 보며,

'이참에 말씀드릴 걸 그랬나.'

라는 생각이 박누리 선생님의 마음에 가득 찼다.

그렇지만 문제가 없다고 답변한 이상 그 일은 이제 어쩔 수 없는 일이 되어 버리고 말았다.

'냄새를 맡으신 듯 보이는데, 혹시 지문을 바꿔 놓은 것도 알고 계신 것이 아닐까?'

의구심이 한 번 들기 시작하자 가슴은 더욱더 뛰기 시작했다. 그렇지만 그런 기미도 이제부터는 겉으로 드러나지 않도록 힘쓰지 않으면 안 되었다.

그 때문인지, 박누리 선생님은 아무렇지도 않다는 듯 시치미를 떼야 했고, 그런 의도에서 이번에는,

"예. 수업에 필요한 정보를 수집하신다고요?"

라고, 다시 또 여쭤본다.

"예. 선생님도 알다시피, 토론 주제가 아이들의 실생활과 관련되어 있어서, 그와 관련하여 실제로 일어난 형제간의 다툼이나 불화 등을 조사하고 있습니다. 어렵겠지만 협조를 해 주셨으면 해서요."

이 말을 듣고 박누리 선생님의 마음에는,

'아! 정말 그런 일로 오셨구나.'

라는 생각이 들었다. 그런 생각이 굳어짐에 따라 안도감도 조금은 솟아올랐다. 그러나 백청수 선생님의 마음에는,

'오늘도 안 되겠어. 분위기가 영 좋지 않아. 지난번 학부모 상담 때도 그랬는데.'

라는 생각이 들었는지 뒤로 물러난다.

'목마른 사람이 우물을 파겠지.'

4

"자! 이제 마지막 시합만이 남아 있다. 어제는 참 잘했다. 우리 팀도 이제는 어제의 승리로 4승 1패가 되었다. 물론 강석초는 5승이다. 지난번 시합에서 강석초가 동서초를 이겼기 때문이다. 그래서 현재는 동서초도 4승 1패다."

백청수 선생님의 말씀을 듣고 모두들,

'강석초는 정말 강팀이구나!'

라는 생각을 하고 있다.

"그렇지만 지난번에도 말한 바와 같이 우리 팀이 강석초를 이긴다면 우리가 우승하게 된다. 다 같은 5승 1패지만, 승자 승의 원칙에 따라 우리 팀이 이기게 되는 것이다."

그러나 선수들의 표정은 밝지 않았다. '이길 수 있다.'라는 자신감보다는 '꼭 이겨야 한다.'라는 강박 관념 때문인지, 표정은 점점 더 굳어져 갔다.

　그뿐이 아니다. '이길 수 있을까?'라는 의구심에 고개를 가로젓는 선수들도 늘어났다.

　한편 이렇게 생각하는 선수도 있었다.

　'우리 팀을 동서초가 이겼고, 그 동서초를 강석초가 이겼는데, 그 강석초를 우리 팀이 마지막 남은 경기에서 이기게 되면 서로 물고 물리는 꼴이 되어 승자 승의 원칙으로서는 승패를 가릴 수 없지 않은가? 이럴 때는 어떻게 되는 걸까?'

　진강이도 이런 계산을 해 본 듯 고개를 갸우뚱했다. 이런 궁금증을 간파한 듯 선생님은 이렇게 말씀하셨다.

　"우리에게도 승산은 있다. 승자 승의 원칙이라 하나라도 서로 물고 물리는 때도 있다. 이 대회에서 보면 동서초가 마지막 경기에서 이길 경우가 그런 경우이다. 동서초도 다른 학교를 이겨 올라오면, 푸른솔초와 강석초, 동서초가 모두 5승 1패가 되어 서로 물고 물리는데, 그때는 그 팀들만의 득점 수로 계산한다. 물론 득점에서 실점을 뺀 순수 득점으로 계산하는 것이니, 큰 점수 차로 이긴 우리 팀이 좀 더 유리하기는 유리하다. 지금으로서는 좀 더 유리하다고 보기 때문에 큰 걱정은 하지 않아도 될 것 같다."

　선생님의 말씀을 듣고 궁금증이 풀린 듯 '그렇구나!'라는 생각으로 모두가 고개를 끄덕였다.

'하! 하! 그래서 경기할 때마다 최선을 다하라고 하셨구나!'

시합 전에 늘 하시던 말씀이 기억난 듯 고개를 또 끄덕인다.

"또한, 이 경우는 어디까지나 동서초가 나머지 경기에서 이길 때를 가정하고 하는 말인데, 사실 그 팀은 이길 확률이 그리 높지 않다. 그래서 그 팀은 2패로 전락할 가능성도 크긴 크지만 그렇다고 장담할 수 없는 것이 시합이다."

그렇지만 대부분의 선수는 지난번의 패배가 생각났는지 이런 마음뿐이다.

'장담할 수는 없다 하더라도, 우리 팀은 강석초를 이기고 동서초는 지면 좋겠어요. 그러면 맞물리지도 않고…, 결국에는 승자 승의 원칙에 따라 우리 팀이 우승하게 되는 거잖아요.'

작은 바람으로 반짝이는 선수들의 눈동자를 바라보며 티볼 선생님은 말씀을 계속하셨다.

"그 때문에 안심할 수는 없다. 공은 둥글고, 둥글어서 어디로 튈지 모른다. 더욱이 시합이란 이기기를 바란다고 하여 이기는 것이 아니라 최선을 다한 팀이 이길 수 있는 것이다. 그 때문에 요행으로 이길 생각은 아예 하지 말고 한 경기, 한 경기에 최선을 다해 싸우도록, 알겠나?"

"넵!"

힘찬 대답과 함께 선수들은 두 주먹을 불끈 쥐었다.

"어떤 시합이든, 어떤 경우이든 최선을 다하지 않으면 안 된다. 그리고 최선을 다해 정정당당하게 싸우는 것이 바로 우리 팀이 추구하는 목표이기도 하다. 그리고 승리는 그 결과로서 주어지는 하나의 선물일 뿐이다. 이 대회에 출전한 우리 팀의 최종 목표는 승리만이 아니다. 그보다 훨씬 크고 귀중한 것이다. 한없이 크고 귀중한 것을 얻기 위해 우리 팀은 수단과 방법을 가리지 않고 싸우는 것이 아니라 정정당당한 방법으로 최선을 다해 싸우는 것이다.

그리고 승리란 그렇게 싸운 결과 그 보답으로서 얻어지는 하나의 선물이라고 하는 점을 잊지 않기 바란다. 그 때문에 그 선물에만 목을 매고 달려들면 안 된다. 그러다 보면 스포츠 정신을 잃게 되고, 이 대회에 참가한 참가 정신뿐 아니라 자신의 인성에도 흠집이 생긴다. 이 점이 바로 여러분이 경계하고 또 경계하지 않으면 안 되는 부분이다. 그러고 보면 이 점이 바로 가장 중요한 부분이라 하지 않을 수 없다."

선수 중에는,

'인성을 강조하다 보면 또 지는 거 아냐?'

라고 의심하는 선수도 있었다.

"그러면, 최선을 다해 정정당당하게 싸우려면 어떻게 해야 하는가? 이번에는 이 점에 대해 말해 줄 테니 잘 듣기 바란다. 최선을 다해 싸우려면, 우선 여러분 자신에게 있는 개인적인 약점과 우리 팀이 가진 집단적인 약점을 극복하지 않으면 안 된다. 물론 인성적인 측면에서도 자신의 마음을 갈고 닦아 바르게 쓰지 않으면 안 될 것이다. 감정에 치우치지 않고 그런 마음을 잘 다스리는 것도 몸에 붙은 기량을 펴는 것

못지않게 중요한 일이니까."

'그렇다. 마음이다. 마음을 다스리는 것! 나에겐 이것이 부족했어.'

자신의 마음을 들여다보며 고개를 끄덕이는 선수도 있었다.

'이것이 부족해서 그런 걸까? 시합에만 나가면 마음이 떨리고, 그 바람에 다리도 후들거리는 것 같고…. 이참에 나약한 마음을 좀 더 강하게 키워야겠어.'

마음을 새롭게 먹어 보는 선수도 있었다.

선생님은 이런 말을 하며 등번호 10번 선수를 바라보니 그 선수도 고개를 위아래로 끄덕이고 있다. 그것도 아주 심하게 끄덕이는 것이었다. 그 때문에 그 모습만으로는 이해하는 것인지 졸고 있는 것인지 구분이 되지 않는다. 후자인 것 같았지만.

10번 선수를 눈여겨본 선생님은 혀를 끌끌 차면서도 속으로는 이 선수만을 위한 특별 상담을 생각해 보는 한편, 다시 또 선수들의 초롱초롱한 눈동자를 바라보며 배에 힘을 주며 말씀하셨다.

"최선을 다한다는 말은 약점을 극복한다는 말과도 같다. 그 때문에 나의 몸과 마음, 우리 팀에 있는 약점을 극복하는 일은 매우 중요하다. 그러니까 여러분도 성실한 태도로서 하나씩 그런 약점을 극복해 나갈 수 있도록…. 알겠나?"

"예."

"그리고 그런 약점들을 얼마나 많이 극복했느냐에 따라 그 결과로 주어지는 선물도 달라진다. 어제의 시합으로 판단하건대, 우리들의 약점이 많이 극복된 것처럼 보이지만 그래도 그것만으로는 부족하다. 강석초는 어제의 그 팀보다 훨씬 더 강하다. 그 때문에 좀 더 많이, 아니 지 아주 많이 다듬지 않으면 안 된다. 아직도 우리 선수들의 칼날과 우리 팀의 칼날은 무디기만 하다. 둘 다 날카롭게 갈고 닦아야 할 부분들이 너무 많다. 우리 모두 조금만 더 노력하여 좀 더 정교하게 갈고 닦아 보자."

선생님의 말씀을 듣고 진강이도 이런 생각을 하며 주먹을 불끈 쥐어 본다. 큰 다짐이라도 하듯.

'하긴, 우리의 칼날은 좀 그래. 약팀에는 잘 들지만, 강팀에게는 너무 약해. 그러니 단단하고 예리하게 갈고 닦을 필요가 있어. 강팀에게도 먹힐 수 있는 그런 칼날을 준비해 보자.'

"대회는 아직도 끝나지 않았다. 그리고 져 보지 않은 팀은 이기지도 못한다. 팔을 뻗은 상태에서 날리는 주먹은 세지 않다. 좀 더 세게 치려면 팔을 굽히는 과정이 꼭 필요하다. 대회에서도 마찬가지다. 지난번에도 말한 바와 같이, 일부러 질 필요는 없겠지만 최선을 다한 결과, 그 결과로서 진 것은 가치 있는 패배라는 말이다. 팔을 굽혔다 펴면서 내지르는 주먹이 센 것처럼 우리의 시합도 그렇다. 우리도 지난번 시합에서 진 경험을 발판삼아 최선을 다하도록 하자. 이 대회가 끝날 때까지, 알겠나?"

"넵!"

"그리고 현지 적응을 위해 우리도 이제부터는 강석초 운동장처럼 맨

땅에서 연습하는 만큼 다치지 않도록."

"넵!"

"그리고 오늘부터는 수비 강화를 위해 우리 팀만의 특별 훈련을 하도록 하겠다. 상대편의 주자를 루에 묶어 두지 않고서는 이길 수 없다. 더 이상의 출루나 질주를 하지 못하도록 하려면 단단한 방어선을 구축하지 않으면 안 된다. 특별 훈련을 통해 우리 팀만의 방어선을 구축해 보도록 하겠다. 그렇게 할 수 있겠나?"

"넵."

"그동안 우리 팀이 해 온 수비 진형을 분석해 보면, 한 겹이었다. 그 한 겹이 뚫리기만 하면 공은 무한정 굴러갔다. 그 틈을 이용하여 상대 팀 타자나 주자는 어렵지 않게 1루나 2루, 3루로 뛰어갈 수 있었다. 심지어는 홈까지 제집 드나들 듯 어렵지 않게 드나들었다. 이런 형태로는 절대 이길 수 없다. 이런 것 또한 이번 시합을 통해 뼈저리게 느껴 봤을 것으로 생각된다. 그런 약점은 반드시 보완하지 않으면 안 된다. 그 때문에 그런 약점을 보완하기 위한 전략이니 잘 듣고 따라 주기 바란다."

"선생님! 그러면, 어떤 방법으로 하실 생각인가요?"

"좋다. 좋은 질문이다. 그러면 지금부터는 그 방법에 관해 설명해 줄 테니, 잘 듣고 꼭 실천하기를 바란다. 방법은 아주 간단하다. 앞 사람의 수비 실수를 뒷사람이 처리하는 방식이다. 뒷사람도 못 하면 그 뒷사람이나 옆 사람이 처리하면 된다. 말하지만 서로의 실수를 보완하여 결국에는 최소한의 실수로 최소한의 점수만을 내 주자는 전략이다. 공이 빠져나가지 못하도록 두 겹, 세 겹의 수비 체계를 구축하는 것이다. 쉽게 말하자면 지금까지의 그물망 형태의 수비 진형을 바꿔 여러 겹의 거미줄을 친다고 생각하면 될 것 같다. 한 번 붙으면 절대 빠져나가지 못하는 거미줄 형태의 수비 진형이 바로 우리 팀이 새로 구축하고자 하는 수비 형태다. 그것으로도 안 된다면 어쩔 수 없는 일이겠지만 그래도 그것은 나중의 일이다. 지금은 연습 중이고⋯. 그러니 최선을 다해 준비할 필요가 있다. 우리는 모두 이를 목표 삼아 좀 더 분발해 보도록 하자."

"넵!"

힘찬 대답이 들려왔고, 그런 대답에 선생님도 힘이 솟았다.

"그러면 좋다. 아예 이참에 여기에서 우리의 수비 목표를 좀 더 확실하게 설명해 주도록 하겠다. 너희들에게는 그런 것이 좀 더 도움이 될 것 같다."

백청수 선생님은 선수들의 눈동자를 바라본나. 선수들의 눈빛은 여느 때 보다 더 밝은 빛을 내고 있었다.

"그렇다. 말하자면 우리의 목표는 서로의 실수를 신속하게 만회하여 결국에는 실수도 실수처럼 보이지 않을 때까지 연습하는 것이다. 누구의 잘못을 탓하기 이전에 그 실수를 만회하면 서로의 관계도 좋아질 것으로 생각된다. 시합에서도 이기고, 그와 더불어 그렇게 하는 가운데 대인관계도 더 좋게 개선함으로써 인성적인 측면에서도 우수한 팀을 구축해 가는 것이다. 서로의 실수를 '탓하는 관계'를 뛰어넘어 서로의 실수를 보완해 줌으로써 '도움을 주는 관계'로 그 관계를 전환하려 하는 것이다. 선생님이 보건대, 우리 팀의 약점은 아직도 서로를 믿지 못하는 데 있다. 그 때문에 도움을 주는 관계를 확실히 구축하여 서로에 대한 불신을 극복하고 하나의 팀으로서, 믿음에 기반을 둔 하나의 팀으로서 다시 태어나려 하는 것이다. 그리고 이것이 바로 우리가, 우리 팀이 구축하고자 하는 최종 목표인데…. 그러면 이 선생님이 말하고자 하는 말뜻을 잘 이해할 수 있겠냐?"

"넵!"

"그러면 좋다. 그러면 다시 한번 묻겠다. 지금부터 여러분은 서로 힘을 합쳐 이 목표를 향해 매진할 수 있겠습니까?"

"네."

"우리만의 최종 목표를 위해 온 힘을 다할 자신이 있습니까?"

"넵!"

"좋다. 그럼, 이만 해산!"

선수들은 모두 각자의 교실로 올라갔다. 계단을 오를 적마다,

'관계의 전환이 잘 될까?'

라는 의구심을 품고 한 칸씩 올라가는 선수도 있었다. 그 선수의 마음을 좀 더 들여다보면 이런 의구심으로 가득 차 있었다.

"~때문에, 특히 '너 때문에'라는 말 대신 '~덕분에[34]'라는 말을 더 많이

---

34) 한국인은 덕을 큰 덕, 어질 덕으로 새겨왔다. '~덕분에'나 '~덕택에'라는 말에 잘 나타나 있듯, 한국말에서 덕이란 '살리는 힘'을 말한다. 덕분에는 살리는 힘을 나누어 받았다는 뜻이고, 덕택에는 그 힘을 철철 넘치도록 받는다는 뜻이다. 이와 같은 뜻을 가진 덕은 '저'에서 '우리', 즉 큰 나로 나아가는 바탕이 된다. 나는 남에

써야 한다고 마지막 말로서 말씀하신 것 같은데, 그것도 우리만의 목표 달성을 위해서는 특히 그 말을 더 많이 써야 한다고 하면서 말이야. 그렇지만 그게 잘될까?"

그렇지만 그렇지 않은 선수들도 있었다. 대부분의 선수는 이런 희망을 가슴 가득 품고 올라가고 있었다. "네 덕분에 이길 수 있었어. 고맙다.'라는 말을 할 수 있으면 얼마나 좋을까?" 물론 진강이도 이런 선수 중 한 사람이다. 백청수 선생님도 장비를 정리하여 교실로 올라갔다.

복도에 서서 문 위를 올려다보고는 백청수 선생님은 의미심장한 미소를 짓는다.

'찢어지지 않았군!'

문 위에 붙여 놓은 종이쪽을 떼어 내며,

'역시, 가끔은 개인 열쇠를 쓰는 것도 좋은 일이야.'

라고 생각하며 다시 또 흐뭇한 미소를 지었다.

그러고 보면 이번에는 학교에 신고하지 않은 열쇠를 이용하여 교실 문을 잠가 놓은 것이었다. 번호를 알고 있지 않은 이상 학생이든 교사이든 그 누구도 들어갈 수 없었던 것이 아니었을까? 물론 공식적으로는 학교에 신고된 번호 열쇠를 썼지만 다른 사람이 들어올 필요가 없을 때는 뒷문도 잠그고 개인 열쇠를 썼을 뿐 아니라 그 열쇠 번호도 주

게 좋은 것을 베풀고 알아줌을 통해 나를 넘어 남과 함께 어울려 우리를 이룸으로써 큰 나로 나아갈 수 있다.

기적으로 바뀠다.

이런 식으로 문단속을 철저히 한지도 벌써 며칠이 지났다. 그런 것이 효과가 있었던 것일까? 허락도 없이 들어온 흔적을 이제는 찾아볼 수가 없었다. 이런 조치를 하게 된 것도 언제까지나 무턱대고 기다릴 수만은 없었기 때문이다.

'문을 꼭꼭 잠가 놓으면 어떤 변화가 일어나겠지. 좀 더 기다려보면 목마른 사람이 나타나겠지. 우물을 파고자 하는 사람이 분명 나타날 거야. 진강이는 아닐 테고, 그렇다고 진강이 어머니도 아닐 테고…. 근거는 확실하지만…. 그분을 과연 협조자라고 할 수 있을까?'

어떤 선생님을 마음에 그리며, 백청수 선생님은 문을 열고 안으로 들어갔다. 그런데 들어가려고 하는 바로 그 순간,

"부장님!"

하는 소리도 함께 들려오는 것이었다.

'누굴까? 이 시간에, 설마! 우물을 파려는 사람?'

왔구나 하는 생각으로 뒤돌아본 백청수 선생님은 저도 모르게 반가운 웃음꽃이 얼굴 가득 피어났다.

'역시, 짐작이 옳았군! 드디어 나타나셨구나.'

5

"부장님! 수업이 없으시면 잠깐 상담을 좀 드릴까 하는데요."

"오늘은 1, 2교시 모두 수업이 없는 날이긴 합니다만…."

"지난번의 일이 마음에 걸려 찾아왔어요."

"지난번의 일이라니요?"

백청수 선생님은 아무것도 모르는 척 시치미를 뗐다. 그렇다고 별다른 이유가 있는 것은 아니다. 단지 진실을 듣고 싶어 다시 물어봤을 뿐이다.

"진강이에 대한 것인데요. 아니, 정확하게 말하자면 진강이의 신상 문제에 관한 것이에요."

"아! 그 문제요."

"예, 지난번에 꼬투리 프로그램과 관련하여 진강이의 개인적인 문제, 즉 형제간의 다툼과 관련된 문제가 있는지 없는지 하는 것 말이에요."

"맞아요. 바로 그 문제였죠."

"그 문제에 대해 의논을 좀 드리려고 찾아왔어요."

"그 문제라면 좋습니다. 어떤 문제라도 좋으니 마음을 터놓고 이야기를 나눠 봅시다."

그렇지만 왠지 모르게 박누리 선생님은 이런 말을 불쑥 꺼냈다.

"그런데요. 진강이의 문제를 이야기하기에 앞서 죄송하다는 말씀을 먼저 드리고 싶어서요."

"죄송하다니요?"

"허락도 없이 들어오고 서류 봉투에 든 지문도…."

'역시 그랬군. 그래서 경찰서에 의뢰한 지문 감식 결과 보고서에는 진강이가 아닌 박누리 선생님의 이름이 쓰여 있었던 것이구나.'

속으로는 이런 생각을 하면서도 백청수 선생님은 시치미를 떼며 이렇게 말했다.

"그런 일이 있었나요? 전혀 몰랐습니다."

"실은, 진강이가 슬쩍 가져온 돈 봉투를 다시 갖다 놓으려고 하는데 또 어떤 봉투가 있었어요. 누런색의 봉투였는데 수신인을 보니 경찰서로 되어 있고…, 혹시나 하는 마음에서…. 결국에는 제 지문으로 바꿔 놓은 것이었어요. 투명 엘자 파일 안에 있던 그거 말이에요."

"그러셨군요. 그렇게 된 일이었군요."

"이미 알고 계실 것으로 생각됩니다만, 진강이가 가져간 그 티볼용품들도 제가 다시 다 갖다 놓은 것이었고요. 이것은 진강이가 마지막으로 가져온 것이라고 하면서 그 애 어머님이 전해 달라고 해서 이렇게 가져왔어요."

미안한 마음이 가득 담긴 박누리 선생님의 손에는 티볼책 1권이 쥐어져 있었다. 속으로는,

'저는 그냥 잘해 보려고 그렇게 한 것일 뿐인데, 일이 이렇게 복잡하게 되어 죄송합니다.'

라는 생각이 흘러가고 있었다.

백청수 선생님은 그 책을 받아들며,

'그동안 작성해 온 목록을 보여 드릴까?'

라는 생각도 해 보지만, 그만둔다. 때가 아니라고 판단했기 때문이다. 이 순간 그 목록을 보여 주며, 다음과 같이 말할 수는 없었다.

'어쩐지 조금씩 다르다 싶었는데 역시 범인은 진강이와 그 어머님 그리고 박 선생님이셨군요. 그러고 보면 선생님도 공범이셨어요. 공범! 6학년 1반 담임교사인 박누리 선생님도 그동안 범인을 몰래 돕고 있던 협조자였어요.'

그러고 보면 이 모든 사실을 알고 있으면서도, 더욱이 확실한 증거를 확보해 놓고 있으면서도, 백청수 선생님은 미소를 지으며 다음과 같은 말로 얼버무렸다. 어쩌면, 제자를 보호하려는 박누리 선생님의 마음을 이해했기 때문인지도 모르겠다.

"그렇군요. 그런 일도…. 그렇지만 그런 것에 대해 전 그동안 아무것도 몰랐습니다."

서로의 마음이 통했기 때문인지, 솔직하게 다 털어놓고 싶은 마음이 있었기 때문인지, 아니면 잘해 보려고 하는 마음이 더 강했기 때문인지는 모르겠지만, 박누리 선생님은 그동안 겪었던 어려움을 다 털어놓았다. 그리고 그렇게 다 털어놓음으로써 거리낌 없이 말할 수 있는 분위기도 만들어졌다.

6

"아이도 아이지만, 학부모님과의 상담도 이제는 지쳤어요. 부장님! 이 문제를 해결할 수 있는 어떤 좋은 방법이 없을까요? 너무 힘이 들어서요."

"그럼, 한 가지 물어봐도 될까요?"

"예, 물어보세요."

"학부모 상담은 잘 진행되고 있나요? 솔직하게 답변해 주시면 그 아이 문제를 해결하는 데도 큰 도움이 될 것 같은데요."

"잘 안 돼요. 자꾸 겉돌고 있다는 느낌이에요."

"겉돌고 있다면? 구체적으로 어떤 의미에서 그런 말씀을 하시는 것인가요?"

"예. 슬쩍 가져온 것만 인정하고 돌려줬으면 좋겠다고 부탁할 뿐, 그 이외의 것은 일체 인정하지 않아요."

백청수 선생님은 박누리 선생님의 솔직한 마음을 듣고,

'그것도 그런 것이었군! 의도적인 것이 아니라 단순한 부탁과 그걸 그냥 들어주는 관계였군! 상황에 따라 다를 수도 있겠지만.'

이라는 답을 얻어 그런지, 무척 시원했다. 한편으로는 궁금한 것이 더 남아 있는 듯 다음과 같은 질문을 계속해 본다.

"그 이외의 것이라면 어떤 것을 말하는 것인지 좀 더 구체적으로 말씀해 주시겠어요? 어렵게 생각할 것은 없어요. 그냥 느끼신 대로 말씀해 주시면 됩니다."

"제가 볼 때는 도벽 같은데요. 인정하려 하지 않아요."

"예에."

"우리 애는 정상이라고만 할 뿐 다른 말은 일체 하려고 하지도 않고 들으려고도 하지 않아요. 그러면서도 이렇게 덧붙여 말하기도 하고요."

백청수 선생님은 말없이 고개만 끄덕이며 귀를 기울였다.

"일시적으로 그러는 것일 뿐 습관이나 도벽이 붙은 것은 절대 아니라고요. 그런 것은 절대 아니라는 거예요."

"그렇군요. 일단은, 부정하고 보는 것이군요."

"그렇긴 그래요. 부정하긴 하는데 그 부정이 본능적으로 그렇게 하는 것인지, 의도적으로 그렇게 하는 것인지, 아니면 놀라서 그렇게 하는 것인지, 저로서는 구분도 되지 않고요."

"그런 상황이라면 대부분은 본능적으로 부정한다고 봅니다. 나의 교직 경험으로 볼 때는 그럴 수 있다고 봅니다. 멀쩡하던 자녀에게 이상 현상이 갑자기 나타나면, 놀라 저도 모르게 그런 반응을 보이기도 하고요."

"그렇군요. 놀라셨을 가능성도 크군요. 멀쩡하던 아이가 갑자기 달라진 모습을 보이면 당황스럽기도 하겠네요."

"그렇습니다. 사람의 습관이나 성격은 하루아침에 변할 만큼 그렇게 변덕스러운 게 아닌데, 그런 현상이 갑자기 나타나게 되면…."

"그렇군요. 정말 당황스럽겠는데요. 그러다 보니 판단력이 흐려졌을 수도 있고….”

“그렇습니다. 지금은 그렇다고 보는 것이 좋을 것 같습니다. 그리고 또 한 가지 ‘일시적’이라는 말도 잘 새겨들어야 합니다.”

“예?”

“어머님들이 말하는 일시적이란 말의 뜻과 선생님들이 보는 일시적이란 말의 뜻이 조금 다를 수 있습니다. 이를테면 선생님들은 일정 기간 반복적으로 나타나면 도벽으로 보고 지도하려 하지만 어머님들은 그렇지 않아요. 6개월이든 1년이든 기간과는 관계없이 일시적이라는 말을 쓰려고 하는 경향이 있어서 그렇게 쓰려고 하는 어머님들의 그 마음도 헤아려 드리지 않으면 안 됩니다. 우리도 그런 점에 주의하여 조심스럽게 접근하지 않으면 안 되고요.”

“그렇군요.”

대답과 동시에 속으로는 이런 생각이 흘러가고 있었다.

‘그래서 그 어머님도…. 그렇구나. 두 달이 훨씬 넘은 듯 보이는데, 한사코 일시적이라고만 고집하려 드는 것을 보면…. 그런 것도 같고.’

“그러니 어떤 말씀이든 어머님의 처지에서 들어드리고 그 대신 문제의 본질만은 정확하게 파악해 두는 것이 더 좋을 때도 있으니, 이 점도 참고로 해 주시면 훨씬 더 도움이 될 것 같습니다.”

“예. 그러면 저도 그렇게 해 보겠습니다. 일단 귀를 열고 들어 보도록 하겠습니다.”

문제의 본질이란 말을 들어 그런지, 박누리 선생님의 마음에도 이런 생각이 흘러갔다.

'그렇지. 나도 어머님의 말씀 속에 숨어 있는 진실은… 놓치고 있었던 것이 아니었을까?'

"예, 그러면 그건 그렇게 정리하도록 하고…. 또 한 가지 궁금한 것이 있는데…."

듣고 말하는 도중에도 백청수 선생님은 어머님의 상황에 대해 들은 대로 간단하게 메모를 해 둔다. 이번에는 '초기 반응'이라고 쓴 다음, '좀 더 객관적인 사실을 알려 드릴 필요가 있다.'라는 말도 추가시켰다.

"예."

"도벽이든 뭐든 좋습니다. 그러면 그 아이의 그런 행동은 티볼과 관련해서만 일어나는 현상인가요? 아니면, 교실에서도 그런가요?"

"학기 초에는 그런 일이 없었는데 요즘에는 부쩍 늘었어요. 사실 그때는 부장님 교실에 있는 것만 슬쩍 가져온 것처럼 보였는데, 요즘에는 우리 반 아이들의 것도 몰래 가져가요. 저에게 신고 접수된 것만 해도 몇 건 있거든요."

"그러면 학급 친구들의 것은 언제부터 가져오기 시작했는지 그것도 좀 잘 생각해 보십시오. 그 시점이 중요합니다."

"며칠 전으로 생각되는데요."

"며칠 전이요?"

"예, 며칠 전. 뭔가 짚이는 것이라도 있나요?"

"글쎄요. 아마도 그 일과 관련이 있는 것 같기도 하고."

"그 일이라니요?"

"아무도 들어오지 못하도록 우리 반 열쇠를 개인 열쇠로 바꿨거든요. 그것도 네 자리에서 다섯 자리 번호로…. 그뿐 아니라 요일별로 서로 다른 열쇠를 쓰기도 했는데, 그게 벌써 며칠 된 것 같아서요."

"그래요? 그런 일이 있으셨어요?"

박누리 선생님도 열쇠가 안 열려 한바탕 곤욕을 치렀기 때문에 잘 알고 있으면서도 짐짓 모른 척을 해 본다. 별다른 이유는 없는 것 같다.

"아! 맞아요. 동서초와의 경기가 있던 그다음 날부터인 것 같습니다. 그날은 황당한 일을 너무 많이 당하는 바람에 그다음 날 바로 뒷문도 잠그고 번호 열쇠도 바꿨거든요. 아무도 모르는 것으로요."

"그래서 그런가요? 얼마 전부터 진강이가 안절부절못하더라고요. 전 그저 경기에서 져 그런 줄로만 알고 있었는데, 그게 아니었군요. 또 다른 일이 있었군요."

"예. 그렇습니다. 그런 일도 있었습니다. 그런 일도. 그러면 그때 그 아이의 표정은 어떻던가요?"

"큰 변화는 없었지만 그래도 불안해한다거나 들떠 있던 것만큼은 사실이에요. 왠지 히죽대며 웃고 다닌 것도 같고, 호기심에 찬 얼굴로 뭔가 골똘히 생각하며 다닌 것처럼 보이기도 했고요."

"그 외에, 다른 변화는 없었나요?"

"없기는요. 말도 마세요. 부장님! 그다음부터는 반 아이들로부터 물건이 없어졌다는 신고가 들어오기 시작했어요. 그전에는 한 건도 없었는데 요즘에는 매일같이 한두 건씩 들어와요."

"그렇군요. 그러면 활동무대가 우리 반에서 선생님 반으로 옮겨 간 것 같은데요. 그리고 보면 우리 반의 보안을 철통같이 한 결과 그런 부작용이 일어난 것 같습니다."

"듣고 보니 그럴지도 모르겠네요."

"혹시, 어머님으로부터는 어떤 말씀이 없으셨나요?"

"어떤 말씀이라니요?"

"반에서 물건을 가져왔다는 그런 말씀 말입니다."

"전혀 없어요. 그런 말은 한 번도 들어 보지 못했어요."

"전혀 없다는 말은 사건이 없어서 없다는 말인가요? 아니면, 많이 있는 데도 말로만 없다고 하는 것인가요?"

"아무래도 후자로 봐야겠죠? 제 생각에는 그런 것처럼 보여요."

"그렇군요."

"왜냐하면, 우리 반에서 없어지는 물건들이 그렇게 많은 데도 어머님이 모를 리는 없다고 보는데요."

"그러면 그렇게 생각하는 근거라도 있나요?"

"예, 있어요. 확실한 근거가 있습니다. 부장님! 그 아이는 그렇게 가져간 것을 집에 쌓아 두고 감상하는 버릇이 있다고 하던데요. 그러니, 같은 집에 함께 사는 사람이라면 모를 리가 없어요. 모를 리가."

이런 말을 하며, 손도 못 대게 한다고 말하던 어머님의 황당한 표정을 떠올려 본 박누리 선생님은 진강이의 그런 행동이 이해되지 않는다는 듯 몹시 의아한 눈빛을 보인다. 만지면서 히죽대는 진강이의 모습이 떠올랐는지 이번에는 고개를 가로저었다.

그렇다고 하여,

'그런 버릇 때문에, 어머님께 똑같은 것을 구매하여 비슷하게 만든 다음 다시 보내 달라고 한 것이었어요.'

라는 말을 할 수는 없는 일이었다.

"예, 그렇군요. 그러면 그렇게 보는 것이 옳겠군요."

백청수 선생님은 이렇게 맞장구를 쳤다. 도난 목록 밑에는 그 아이의 상태에 대해 간단하게 적은 다음 '집에 쌓아 두고 감상함. 참으로 특이한 버릇!'이라는 말도 추가시킨다. 그렇지만 속으로는 이런 생각을 해 본다.

'그동안 그것으로 집에서 무얼 하나 무척 궁금했는데, 감상하고 있었군! 감상하고. 집에 쌓아둔 채 들여다보고 또 꺼내 만져 보고 집어넣고 꺼내 보고.'

그러면서도,

'그렇다면 연습은 어떻게 된 것일까?'

라는 생각 때문인지, 이해되지 않는다는 듯 고개를 갸우뚱한다. 그러는 가운데 이번에는 새로운 생각이 떠올랐다.

'그래 맞아! 그럴 수도 있겠는데, 그럴 수도…. 감상하면서 갖고 놀고, 갖고 놀면서 좋아하고…. 그래 맞아. 그다음은…. 그럴 수도 있겠어. 그럴 수도…. 히죽히죽 웃어 대며….'

특이한 행동에 따른 또 다른 무엇인가가 떠올랐기 때문인지, 백청수 선생님의 표정은 갑자기 어두워지기 시작했다.

"부장님! 혹시 뭐 다른, 그 밖에도 미심쩍은 것이라도…."

박누리 선생님은 이런 말을 하면서도

'놀며 히죽대는 것을 눈치채셨나?'

라는 생각을 얼핏 해 본다.

"아, 아닙니다. 별일 아닙니다."

말끝을 흐린 백청수 선생님의 낯빛은 왠지 모르게 점점 더 흐려졌다. 마치 중요한 문제가 있다는 듯이.

"부장님! 뭔가, 마음에 걸리는 것이라도."

"아, 아닙니다. 별일 아닙니다. 그 외에도 그냥 동네에서 무슨 일이 일어나지는 않나 해서요. 동네에서…. 혹시 반 아이들이나 다른 학부모님들이 그런 것에 대해 어떤 말을 하지는 않던가요?"

백청수 선생님은 무엇인가 걸리는 것이 있었지만, 더는 내색하지 않고 대화의 방향을 슬쩍 다른 곳으로 돌렸다.

그렇지만,

'심각한데.'

라는 생각 때문인지, 표정은 더욱더 어두워졌다.

이번에는 수첩을 보며 '특이한 버릇!' 밑에 '만지면서 히죽히죽'이란 낱말을 덧붙인 다음 물음표를 하고 별표도 다섯 개 정도 그려 넣는다. 마음에는,

'좀 더 확인해 봐야겠다. 안 되겠어.'

라는 생각이 솟아올랐다.

"아까도 말씀드렸지만, 어머님은 전혀 없고요. 실은 일체 언급하려 들지 않아 잘 모르겠어요. 그리고 아이들도 그렇다고 봐요."

"하긴, 그러겠네요. 어머님은 감추고 싶어 말하지 않으려 할 테고, 아이들은 몰라서 말을 못 하겠는데요."

"예, 맞습니다. 부장님! 아이들도 다들 나름대로는 바쁘게 살아가고 있어서 같은 반 친구라도 잘 몰라요. 절친이 아니라면 모른다고 봐야 하죠."

"그렇겠죠. 같은 학원이라도 다니면서 옆에서 눈여겨 지켜보지 않으면 알 수 없는 일이기도 하겠네요. 하긴, 요즘의 어떤 아이들은 보통의 어른들보다 더 바쁘다고 하니까 그런 것도 당연하겠는데요."

"그런데 부장님! 그런 것은 또 왜 질문을 하셨는지요? 혹시, 그것도 뭔가 짚이는 게 있으신 건가요?"

"짚이는 것이 아니라 경향성 때문에 그렇습니다. 교실에서도 그런 일이 벌어지고 있다면 분명 동네 슈퍼나 상점으로도 확대될 수 있거든요. 그렇지 않다고는 장담 못 해요."

"그럴까요?"

"지금은 아니더라도 앞으로는 어떻게 될지 모르는 일이고요. 그러니 지금이라도 그 아이의 활동 범위를 정확하게 파악해 놓는 것이 매우 중요하다고 봅니다."

"그렇군요. 활동 범위! 그런 것이 있었군요."

무엇인가 감이 온 듯 박누리 선생님은 고개를 여러 차례 끄덕였다.

"그렇습니다. 활동 범위라고 하는 것이 있습니다. 그런 것도 그 아이로 봐서는 활동 범위이고, 우리와 같은 교사의 처지에서 보면 대처 범위가 되겠지요. 대처 범위!"

"그러네요. 부장님! 그러면 부장님께서는 우리 진강이가 동네에서도 그럴 것으로 생각하고 계신 것처럼 보이는데, 그렇게 생각하는 특별한 이유라도 있나요?"

"뭔가 이해할 만한 이유가 있어 이런 말을 하는 것은 아닙니다. 다만…."

"다만…."

박누리 선생님은 궁금한 표정을 짓는다.

"나는 단지, 집에 쌓아 두고 감상하는 버릇이 있다는 말이 좀 마음에 걸려 그러는 겁니다. 그리고 현재 어느 범위에서 일을 벌이고 있는지 궁금하기도 하고요."

"아! 그러시군요. 활동 범위는 잘 몰라도 일단 제가 알기로는 우리 반에서 벗어난 것은 아닌 것 같아요."

"그렇군요. 그러면 천만다행이고요. 앞으로도 진강이의 활동 범위 파악에 좀 더 신경을 써 주시기 바랍니다. 같은 반 친구들이나 다른 반이라 하더라도 친한 친구를 불러 부탁하면 됩니다. 그건 그리 어려운 일이 아닙니다."

"예, 그럼, 그것은 그렇게 해 보겠습니다. 그런데 아까 말씀하신 것은 뭐가 뭔지 모르겠는데, 그것에 대해서도 좀 더 말씀해 주시면 안 될까요? 마음에 걸리는 게 무엇인지?"

"아! 그것 말이군요. 집에 쌓아 놓고 감상한다고 하는 그 말, 말인가요?"

"예. 그래요. 부장님! 듣고 보니 저도 마음에 걸려서요."

박누리 선생님은 그동안 궁금하게 여겼던 '놀면서 히죽대는 모습'을 다시 또 떠올려 본다. 지금까지도 그 말은 풀리지 않은 수수께끼처럼 마음 한구석에 꼭꼭 묶여 있었던 말이었다.

아니 어쩌면, 그 아이의 이와 같은 이상 행동은 이 어머님이 이 학교를 처음 방문한 그날부터 갖게 된 의문이었는지도 모른다.

"집에 쌓아 놓고 본다면, 더군다나 감상한다고 하면 그렇습니다. 감상한다고 하면 그래요. 그 맥락을 잘 살펴보고 분석해 보면 그렇습니다. 그러니까…. 그런데 이런 말을 해도 될지 모르겠습니다만."

백청수 선생님은 왠지 말을 선뜻 꺼내지 못하고 머뭇거렸다. 낯빛이 점점 더 흐려졌던 것도 실은 '감상한다.'라고 하는 바로 그 말 때문이기도 했다.

그러고 보면 그 말은 왠지 그에게만큼은 아주 심각한 말이었던 것 같다. 그 때문인지, 그 말이 또 그동안의 짐작과 분석을 불러일으켰다.

"뭐든 괜찮아요. 부장님! 괜찮습니다. 괜찮아요."

문제 해결의 실마리가 보였기 때문인지, 박누리 선생님은 큰 호기심을 보인다.

"그러면 좋습니다. 말씀드리죠. 제가 볼 때는 그렇습니다. 집에 감춰 놓고 시간이 있을 때 꺼내 만지고 만지면서 감상하고 갖고 놀면서 즐기는 것 같은 느낌이 자꾸 드는데…. 그렇다면 그것은 그 아이의 행동이 단순한 손버릇이나 도벽이 아닐 수도 있다는 것입니다."

대화하는 도중에도 백청수 선생님의 표정은 여전히 심각했다. 그러고 보면 '단순한 도벽이 아닐 수 있다.'라고 판단했기 때문에, 별표를 그렇게 많이 해야 했고 확인을 좀 더 해 봐야겠다는 다짐까지 했는지도 모르겠다.

"예. 그런 점에서…. 마음에 걸리신 거였군요."

백청수 선생님의 말씀에 긍정하면서도 박누리 선생님은,

'히죽대는 것에, 뭔가 아시는 게 있는 건 아닐까?'

라는 생각으로 귀를 더 바짝 기울인다.

"예, 그렇습니다. 나만의 생각일지도 모르겠습니다만, 아무튼 그렇습니다."

"그렇군요. 듣고 보니 그럴 수도 있겠는데요. 도벽이라 하면 남의 물건을 훔친 다음 자기 물건처럼 쓰는 것이 보통인데…. 그렇지 않은가요? 부장님!"

"그렇습니다. 바로 그 점입니다. 자기 물건처럼 쓰는 것이 보통이고 그 때문에 자기에게 꼭 필요한 것이나 돈이 될 만한 것을 가져가고…. 그렇지 않은가요?"

"그렇죠? 보통은 그렇다고 보는데요."

"그렇습니다. 선생님! 그런 것이 바로 도벽이 있는 학생들의 일반적인 특징이지요. 그런데 그 아이는 그렇지 않다는 겁니다."

"그러면 부장님 말씀은 도벽이 아니라는 말씀이신가요?

"글쎄요."

다소 애매한 대답이다.

"아니, 그렇게 봐야 한다고 지금 말씀하시는 거죠?"

"그러니까, 이 순간 나는 도벽이라든지 도벽으로 봐서는 안 된다고 말씀드리고자 하는 것이 아니라, 일반적인 도벽과는 뭔가 좀 다른 점이 있지 않나 하는 점을 말씀드리고자 하는 것입니다."

"그럼, 부장님이 볼 때 이 경우는 단순한 손버릇이나 도벽과는 무엇인가 다른 점이 있다는 그런 말씀이신가요?"

"그렇습니다. 바로 그렇습니다. 나는 좀 다른 점을 느꼈습니다."

"구체적으로 어떤 점에서 그런지…."

"아까 말한, 그러니까 갖고 놀면서 좋아한다고 하는 것 말고 또 다른 점을 말해 보면 그렇습니다. 이것도 물론 나의 개인적인 생각입니다만 그래도 여기에서 말해 보면 그렇습니다. 가장 다른 점은 그런 행동을 함으로써 잡히기를 바라는 것 같기도 하고, 잡혀서 혼나고 싶다거나 벌을 받고 싶은 것이 아닌가? 이런 느낌도 든다는 겁니다."

말을 하면서도 백청수 선생님은 가끔 지난번에 써 놓은 낱말들을 힐끔힐끔 들여다본다. SOS란 낱말도 보인다. 그런데 바로 그때,

'그래 맞아. 티볼 쪽은 아니었어. 그 애 쪽에 있는 문제였지. 해결책으로서의 요청이었던가? 그 아이만의 SOS!'

라는 생각이 다시 떠올랐다. 왠지 모를 자신감도 솟아오른다.

"예?"

한편 박누리 선생님은 백청수 선생님의 말씀을 듣고 깜짝 놀란다. 왜냐하면, 도벽과는 너무나도 다른 특징을 말하고 있었기 때문이다. 실은, 그 순간 그런 말을 들으리라고는 상상조차 못 했다. 그리고 그런 놀라움을 금치 못한 또 다른 이유는 진강이에 대한 정보와 지식에 있었다.

그동안 박누리 선생님은 백청수 부장님이 진강이에 대해 그렇게 많은 정보를 갖고 있지 않다고 생각해 왔는데, 막상 듣고 보니 그런 것도 아니었다. 그 때문인지, 더욱더 놀랄 수밖에 없었다. 그렇지만 그런 설명을 듣고서야 백청수 선생님의 낯빛이 왜 그렇게 흐려졌는지, 그 이유를 조금은 알게 된 것 같았다.

'그러고 보니 그때, 그러니까 없어진 그 돈이 다시 돌아온 걸 발견한 그 이후부터 이미 도벽과는 다른 어떤 것을 느끼신 것이 아닐까?'

박누리 선생님이 생각에 잠긴 사이에도 백청수 선생님의 말씀은 계속 이어졌다.

"왠지는 모르겠지만 자꾸 그런 생각이 들어요."

"예? 그럴 리가요."

"이를테면 내 말은, 내 말뜻은 지금까지 우리 반 티볼 교실에서 일어난 일들을 분석해 보면 그럴 수도 있다는 겁니다. 그러니까 그렇게 분석을 해 본 결과, 그 아이의 행동은 일반적인 도벽과는 큰 차이를 보인다는 것을 알게 되었다는 겁니다."

깊은 분석에 감탄하면서도 박누리 선생님의 마음에는,

'그동안 부장님도 진강이에 대한 자료를 모아 놓으셨고 그런 자료를 자세하게 분석하고 계셨구나.'

라는 생각이 얼핏 들었다. 이번에는,

'그렇다면 벌써 히죽대는 것도 알고 계신 것이 아닐까? 그 때문에 도벽과는 좀 다른 뭔가를 찾아내셨고….'

라는 생각이 들어 그런지, 다음과 같은 질문을 해 보기도 한다.

"그러니까 부장님 말씀은, 진강이와 관련된 여러 가지 자료들을 분석한 바에 따르면 그 아이는 일반적인 도벽 현상과는 달리, 아니 그런 현상뿐 아니라 잡히기를 바라고 처벌받기도 바란다는, 그런 뜻이라는 거죠?"

질문하면서도 속으로는,

'역시 짐작대로야. 그동안…. 그러셨구나.'

라는 생각이 흘러갔다.

"그렇습니다. 지금까지 모은 자료들을 하나하나 분석을 해 볼 때는 그렇다는 겁니다. 처벌받으려고 일부러 그러는 것 같다는 분석 결과가 나왔어요."

말하는 도중에도 백청수 선생님은 그 자신조차도 믿기지 않는다는 듯 좀 의아한 표정을 짓는다.

"예에."

"그 때문에 손버릇이나 도벽과는 구별해 보려고 하는 것이고, 그뿐 아니라 도벽과는 구별되는 점이 있다는 관점에서 볼 때 이것은 질병의 한 종류로 봐야 하지 않을까 하는 생각도 듭니다. 왜냐하면, 기존의 것들과는 좀 다른 점이 있어서 그렇습니다."

백청수 선생님은 '질병'이란 말을 꺼낸 다음에는 그동안의 분석 결과에 힘을 얻은 듯 좀 더 자신감을 되찾았다. 좀 더 적극적인 태도를 보이기 시작한다.

박누리 선생님은 깜짝 놀랐지만, 궁금한 것이 있어 좀 더 들어 보려한다. '히죽대는 모습의 정체가 밝혀질지도 몰라.'라는 기대감도 있었지만, 한편으로는 들을수록 점점 더 깊은 수렁으로 빠져드는 묘한 기분도 들었다.

그러면서도 더는 수렁에 빠지지 않으려는 듯, 잠시 눈을 감고 깊은 생각에 잠겼다. 지금까지 진행된 대화의 흐름을 정리하려는 것 같다.

'단순 도벽이 아니기에 기존의 것들과는 구별할 필요가 있다는 것까지는 이해하겠는데, 이번에는 그걸 병으로 보아야 한다고 말하고 있으니… 이건 정말 너무 하신 것이 아닐까? 아니면, 넋이 나간 듯 넋 놓고 있는 것을 이미 알고 계신 것일까? 그런 의미에서 그것도 일종의 병이라고….'

정리되었는지, 이제는 담담한 표정으로 부장님의 말씀에 귀를 기울이며, 적극적인 질문도 해 보려 한다.

"병이라면, 무슨 병이라 할 수 있을까요?"

"약물 의존이나 알코올 의존처럼 이것도 역시 그와 같은 의존증으로 봐야 하지 않을까요? 지금으로서는 그쪽으로 봐야…."

"그래요?"

"현재로서는 그렇습니다. 굳이, 적당한 낱말을 찾아봐야 한다면 '절도 의존증'이라 할 수 있을 것 같습니다. 절도 의존증!"

말하는 도중에도 백청수 선생님은 '만지면서 히죽히죽'이란 낱말 밑으로 긴 화살표를 긋더니, 그 끝에 '절도 의존증'이라는 낱말을 써넣는다. 그 옆에는 다시 또 물음표를 치고 별표도 5개 정도 그려 넣는다. 그러고는 그 낱말의 둘레에 큰 원을 그려나갔다.

"…"

반면 박누리 선생님은 주저하는 듯하면서도 거리낌 없는 부장님의 말씀에 많이 놀랐는지 말문이 막혔다. 속으로는 이런 생각이 흘러가고 있었다.

'병이라니…. 그것도 절도 의존증이라니…. 난, 그동안 별난 도둑이라고만 생각해 왔는데….'

지금까지의 생각과는 좀 다르고, 낯설게만 느껴지는 그 낱말이 이해되지 않는다는 듯 고개를 가로저었다.

황당했지만, 이번에도 부장님의 다음 말씀을 듣기 위해 귀를 기울여 본다. 물론 이번에도 '도벽과는 다른 점이 있습니다.'처럼 부장님의 단정적인 말과 거침없는 분석에 기대를 걸고.

그런 기대감 때문인지,

'이 문제는 새로운 관점에서…, 새롭게 보는 것도 좋을 것 같다.'

라는 생각도 조금씩 들기 시작했다.

"믿기지 않는 것도 당연합니다. 나 또한 의사는 아니기에 굳이 내 생각을 강요할 필요도 없고요. 물론 이런 말들이 그 아이에 대한 의사의 진단이나 소견과 같은 것은 더더욱 아닙니다."

"아아, 예에."

"자칫 잘못하면 이 말로 인해 그 아이에 대한 편견이나 선입견을 품게 될 수도 있습니다. 나는 이 점이 가장 우려됩니다. 그 때문에 이런 말을 하다가도 머뭇거리고 주저하게 됩니다. 이 문제는 한 아이의 미래와도 관련된 일일 수 있으니까요. 그 때문에 선생님도 이 말로 인해 어떤 편견이나 선입견을 품지 않도록 주의해서 들어 주시면 더욱 고맙겠습니다. 편견 없이, 편안하게…."

"네. 알겠습니다."

"그래서 그러는데, 선생님의 도움이 좀 필요합니다. 부탁할 게 있는데 도와주실 수 있나요?"

"…."

"다름이 아니라 자료가 좀 더 필요해서 그럽니다."

"예, 그러시군요. 그런 일이라면…."

"왜냐하면, 지금의 단계에서는 도벽으로 보든 절도 의존증으로 보든 뒤로 보든 상관은 없겠지만, 그 아이의 상태를 정확하게 분석해 보려면 좀 더 많은 자료가 필요해서 그럽니다. 그동안 나도 나름대로 수집한 자료들과 경험한 것들을 토대로 말씀드리는 것인데, 그것만으로는 부족한 점이 많습니다. 그 때문에 선생님이 가진 자료들도 공유할 수 있다면 좀 더 정확한 분석을 해 볼 수도 있을 것 같은데, 협조를 구할 수 있을까요?"

"예, 그래야죠. 당연히 그래야죠."

자료가 왜 필요한지 이해를 해서 그런지, 이제는 박누리 선생님도 적극적인 태도를 보이며 협조적으로 나왔다.

"고맙습니다."

"그러면 어떤 자료들이 필요한가요? 저도 좀 준비해 보겠어요."

적극적으로 나오는 박누리 선생님께 백청수 선생님은 필요한 자료를 부탁했다. 그런 다음에는 다시 만날 날짜와 장소를 의논하여 정했다.

'희망이 보이는 듯도 하고 황당하기도 하고…. 히죽대며 노는 것이 병이라니….'

생각은 서로 엇갈렸지만 그래도 박누리 선생님의 마음에는 왠지 모를 안도감이 찾아왔다.

'그래도 오길 잘했다. 잘했어!'

박누리 선생님은 만족스럽게 웃으며 교실을 나왔다. 속으로는 이런 기대도 해 본다.

'절도 의존증이든 별난 도둑이든 뭐가 뭔지는 모르겠지만…. 자료가 많이 모이면 모일수록 좀 더 정확한 분석이 나오겠지.'

교실로 올라가는 도중에도,

'절도 의존증? 기회가 되면 좀 더 여쭤봐야겠어. 어쩌면 히죽대는 병의 정체가 밝혀질지도….'

라는 생각만이 마음속에 더욱더 파고들었다.

7

5월 19일.

"그동안 너무 힘드셨죠?"

"갈수록 힘이 듭니다."

무척 힘든지, 박누리 선생님의 어깨는 축 늘어져 있다.

"우리 반 교실도 문단속을 철저히 하다 보니 없어지는 것은 없어 좋은데 그 아이와는 좀 멀어지는 듯한 느낌이 듭니다."

"그렇군요."

"그전에는 많은 장비와 개인적인 물건들이 없어졌고, 그로 인해 팀워크와 신뢰성에 약간의 틈이 벌어졌음을 느꼈습니다. 그 틈은 0.01% 정도의 아주 작은 것이었지만 그래도 힘들더군요. 그런 틈이 점점 더 벌어져 결국에는 시합도 제대로 못 했습니다."

패배했던 동서초와의 시합을 떠올리며 백청수 선생님은 한바탕 웃으셨다. 호탕하게 웃는 웃음소리를 듣고 박누리 선생님은 마음이 편안해졌다. 같은 고통을 당했다는 의식 때문일까? 덕택에 마음을 털어놓고 의논해 보고 싶은 마음이 생겨났다.

"부장님도 그런 경험이 있으셨군요."

"예, 그렇습니다. 변명처럼 들릴지도 모르겠습니다만, 나도 이번 기회에 아주 좋은 경험을 했습니다. 아주 좋은 경험을."

그러면서 다시 또 한바탕 크게 웃으셨다.

그렇지만 박누리 선생님은 몹시 힘이 드는 듯 아무런 반응이 없다. 길고 긴 한숨 소리만 간간이 들려올 뿐이었다.

그런데 그 한숨 소리가 심상치 않다고 느끼셨는지 백청수 선생님은 이렇게 물어본다.

"선생님도 혹시 이와 같은 경험을?"

"솔직히 말씀드리면 저도 지금 그런 틈을 느끼고 있어요."

박누리 선생님의 표정은 어두웠다.

"생각해 보면 교실에서의 생활도 수업도 아이들과 하나 됨을 느껴야 제대로 될 수 있는 것인데, 이런 일이 자꾸 일어나고 그런 틈이 벌써 벌어졌다면 많이 힘드시겠습니다."

"노골적으로 말해 너무 힘들어요. 학생들 간의 다툼이나 불화 때문에 발생하는 스트레스가 말이 아니에요. 학교에도 오기 싫고 오죽하면 병가[35]를 내고 싶은 마음밖에 없을까요."

"그렇겠죠. 맞아요. 그럴 겁니다. 나도 그런 틈으로 인해 하나 됨이 깨지고 팀워크도 되지 않아요. 그래서 이제는 좀 더 적극적으로 해결해 보려고 나선 것인데 선생님이야 오죽하겠습니까? 종일 같이 수업하고 생활하고 있는데 그런 틈으로 인해 안심할 수 없다면 불안해서 어떻게 견뎌 낼 수 있겠습니까?"

"그러네요. 당해 보니 정말 견디기 힘들어요. 서로를 믿지 못한다고 하는 것은 단지 못 믿는다는 것만이 아니라 종일, 한시도 경계를 풀지 못한다는 것이고, 늘 긴장하고 있어야 한다는 뜻이라고 하는 것을 이제 야 알게 되었어요. 이제야 깨닫게 되었어요. 부장님!"

"그렇습니다. 늘 경계해야 하고 조심해야 하고 왠지 불안하고 그래서 늘 신경을 써야 하고…. 한마디로 말해 쉴 수 없다는 뜻이죠. 그러다 보 니 무척 피곤하죠. 종일 불필요한 신경을 써야 하니 이만저만 피곤한 것이 아닙니다. 그렇습니다. 그러다 자칫 잘못하면 신경쇠약에 걸립니 다. 노이로제 증상[36]이 나타날 수도 있어요. 그 때문에 조심하지 않으 면 안 됩니다. 정신적인 공황[37] 상태에 빠질 수도 있고 몸이 지쳐 퍼질 수도 있습니다. 날씨는 점점 더워지고 몸은 갈수록 피곤하고, 그로 인

---

35) 병가란 질병으로 인한 휴가를 말한다.

36) 심리적인 원인에 의하여 정신 증상이나 신체 증상이 나타나는 병을 말한다. 주 로 두통, 가슴 두근거림, 불면 등의 증상을 보인다.

37) 두려움이나 공포로 갑자기 생기는 심리적인 불안 상태를 말한다.

해 그와 같은 증상이 나타날 수 있어요. 그러니 앞으로는 그런 점도 잘 살펴봐야 할 것 같습니다. 선생님이 건강해야 아이들도 보살필 수 있고 그 아이도 바른길로 이끌어 갈 수 있지 않겠습니까?"

"예, 저도 그런 점을 가장 우려하고 있어요. 요즘 들어 엄청 많은 피로감을 느껴요. 예전보다 10배 아니, 20배가 넘는 스트레스를 받는 느낌이에요. 그래서 저도 그런 점을 무척 걱정하고 있어요."

박누리 선생님의 표정은 몹시 지쳐 보였다. 그렇지만 '말이 씨가 되면 어떡하나?'라는 마음에서 '이러다 정말 쓰러지면 어떡하죠?'라는 말만큼은 차마 입에 담지 못한다.

"그렇군요. 조심하셔야 합니다. 조심하고 또 조심하셔야 합니다. 그리고 이 문제도 빨리 해결되지 않으면 안 됩니다. 그 아이도 그 아이 나름대로는 괴롭고 힘들겠지만, 주변의 사람들도 그리 편한 것만은 아닙니다. 그 아이 주변의 사람들도 늘 불안에 떨어야 하고 그러다 보니 그 불안감이나 피로감이란 말로 다 표현할 수 없을 만큼 아주 큰 것이고…, 그렇습니다. 그리고 그런 피로감은 저도 모르는 사이에 쌓이는 것이기 때문에 특히 신경 써서 조심하지 않으면 안 되고…, 그렇습니다. 그 때문에 무섭기도 한 것이지요."

"부장님! 그래도 부장님 덕분에 많은 위로를 받았어요. 고맙습니다."

"그래요?"

"네. 혼자 고민하는 것보다는 그래도 경험이 많은 부장님과 의논도 하고 해결책도 찾아보게 되어 무척 마음이 편하고 든든해요. 든든해."

"고맙습니다. 위로를 받고 편안함을 느끼셨다니 다행입니다. 사실, 그런 편안함과 안정감이 없으면 교육은 이루어지지 않습니다. 선생님도 하루빨리 그런 안정감을 되찾아야 할 텐데요."

"그러게요. 꼭 그렇게 되었으면 좋겠어요."

"그렇죠. 그렇게 하려면 이 문제를 해결하지 않으면 안 될 것 같습니다."

"예, 맞아요."

"선생님도 경험을 해 보셔서 잘 아시겠지만, 이와 같은 문제는 아주 작은 문제처럼 보이지만 결코 작은 문제가 아닙니다. 해결해야 할 문제일 뿐 아니라 해결되지 않으면 안 될 문제이기도 합니다. 그리고 이제는 때가 된 것 같습니다. 해결해 볼 수 있는 때가 되었다고 봅니다. 더는 그 아이 주변의 사람들이 피해를 볼 수도 없거니와 그런 것 또한 그 아이 본인을 위해서도 좋지 않다고 봅니다. 그런데 어떻게 보면 그 아이 본인이 가장 큰 피해자라고 볼 수도 있습니다. 내 말은 본인이 가장 괴로워한다고 볼 수도 있다는 그런 뜻입니다. 거꾸로 생각해 보면 그렇지 않을까요? 그 아이의 처지에서 바라보면…."

"그 아이의 처지에서 바라본다고요?"

"네. 그렇습니다. 처지를 바꿔 그 아이의 처지에서 보면 그렇다는 것이고 또 그런 처지에서 보면 그 아이는 얼마나 괴로울까요? 그 아이가 그러고 싶어 그러는 것도 아닐 텐데 말이에요."

"그 아이의 처지에서 보면 그럴 수도 있겠네요. 진강이의 처지에서 보면 무척 괴로울 수도 있겠는데요."

한 번도 진강이의 처지에서 생각해 보지 못한 박누리 선생님은 신선한 충격을 받은 것처럼 보였다. 속으로는,

'그러고 싶어 그러는 것이 아니다.'

라는 말이 마음에 걸리는 듯 그 말만 계속 생각났다.

그뿐이 아니다.

'그렇다면…, 히죽대는 것도 역시 그 아이의 의지와는 관계없이 일어나는 것일까?'

새로운 의문점도 들었다. 그 때문인지, 부장님의 말씀에 마음이 더욱 끌렸다.

"그 아이가 내색하지는 않지만, 속으로는 무척 괴롭고 엄청 많은 고민 속에서 하루하루를 살아가고 있을 수도 있습니다. 그런데 말입니다. 본인이 그러고 싶어 그러는 것이 아니라고 한다면, 본인의 의지와는 관계없이, 그러니까 어쩔 수 없이 그러는 것이라고 한다면, 어떻게 될까요? 이를테면 이런 현상도 역시 알코올 의존이나 담배 중독, 본드 흡입처럼 안 하고 싶어도 안 할 수 없는 그런 성질의 것이라고 한다면 어떻게 될까요? 안 되는 일인 줄 알면서도 어쩔 수 없이 해야 해서, 그런 것에서 오는 죄책감은 또 얼마나 클까요? 그로 인해 얼마나 괴로울까요? 또 얼마나 힘들어할까요? 그런 면에서 본다면 본인이 가장 힘들고 가장 괴롭고 죄책감 또한 많이 느끼고 있다고 보는 것도 이 문제를 해결하는 데 있어 놓쳐서는 안 될 점이라고 봅니다."

"그렇군요. 부장님! 그런데 저는 지금까지 그런 점은, 그런 점에 대해서는 미처 생각해 보지 못했어요."

박누리 선생님의 마음에는,

'저는 저만 그렇게 힘든 줄 알았는데, 그런 것이 아니었군요. 정말 당사자의 처지에서는 생각도 못 해 보고….'

라는 생각도 들고, 다음과 같은 생각도 흘러갔다.

'그렇지. 그리고 보면 그러고 싶어 그러는 게 아니라는 의미는 이미 중독 증세나 의존 증세를 보인다는 것을 염두에 두고 하는 말인지도 몰라. 그리고 보면 부장님도 알고 계셨던 거야. 히죽대고 있는 것을…. 그렇다면 스스로 해결해 볼 수 있는 단계는 이미 지난 것이 아닐까?'

이런저런 생각들이 한바탕 흘러가는 가운데,

'지금쯤 어머님은 어떻게 지내고 계실까?'

라는 의문도 일어났다. 이런 마음을 어떻게 알았을까? 백청수 선생님은 불쑥 이런 말을 꺼내셨다.

"지금쯤은 진강이 어머님도 그럴 겁니다. 확실히 인식하고 있을 뿐아니라 주변 사람들로부터 시달림을 받고 있을 것으로 예상합니다. 어쩌면 이미 몇십만 원의 배상금을 물어줬을 수도 있고요. 애써 부정하고는 있지만 부정한다고 해서 해결된 것은 아니니까요. 그리고 이 문제는 문제의 근원에서 비롯된 문제성이 제거되지 않는 이상 해결되지 않는다고 봅니다."

"과연 그럴까요?"

박누리 선생님은 의심스러운 듯 다시 여쭤보았다.

"그럴 것으로 생각됩니다. 지금도 그 아이의 책상 위에 쌓인 것을 보며 한숨만 내쉬고 있을지도 모를 일입니다."

"그렇군요. 그리고 보면 모두들 힘들어하시는군요."

"그렇습니다. 모두들 힘들어하고 괴로워하고 있습니다. 선생님도 그렇지 않습니까?"

"…."

박누리 선생님은 대답 대신 고개만을 끄덕였다.

"예. 그럴 겁니다. 그 때문에 선생님도 선생님 수업을 위해, 그뿐 아니라 생활지도를 위해서도 이 문제는 하루빨리 해결되어야 한다고 생각합니다. 나도 마찬가집니다. 우리 학교 티볼팀을 위해서도 그렇습니다. 하나 됨을 저해하는, 팀워크를 저해하는 요인을 찾아내어 하루빨리 해결하지 않으면 안 됩니다. 개인이 가진 문제나 갈등을 등한시하거나 도외시해서는 하나 됨도 팀워크도 이룩해 낼 수 없으니까요."

"그렇군요."

"그뿐이 아닙니다. 그 아이의 처지에서도 그렇습니다. 그 아이 또한 그 자신의 본 모습에서 벗어나 있다고 봅니다. 그 때문에 그 아이도 하나 됨을 느끼지 못하고 있을 겁니다. 지금쯤은 그 아이도 '내가 왜 이럴까? 전에는 이러지 않았는데.'라는 생각으로 고민에 빠져 있을 수도 있어요."

"그렇군요. 그런 점에서도 그렇군요. 예외일 수 없는 것이군요."

"그렇습니다. 그 아이도 예외일 수는 없습니다. 그뿐 아니라 고통에서도, 자기 자신과 하나 됨을 느끼지 못한다고 하는 점에서도 예외일 수는 없다고 봅니다. 그리고 선생님도 그렇습니다. 이처럼, 그 자신의 본 모습에서 벗어나 있다고 하는 점에서 보면 선생님도 마찬가지라고 봅니다. 아니, 선생님뿐 아니라 선생님의 반 아이들도 그렇고 우리 티볼팀도 그렇고 나 또한 그렇습니다. 그동안 이룩해 온 조화나 균형이 무너졌기 때문에 모두들 그 자신의 본 모습에서 조금씩은, 아주 조금씩은 벗어나 있는 것이지요. 그리고 그 느낌이란 마치, 창문이나 미닫이문의 바퀴가 레일에서 약간 벗어난 상태에서 움직이고 있다는 그런 느낌이라 할 수 있지 않을까요. 움직이긴 움직이지만, 본디의 상태대로 잘 움직이지 않는 그런 느낌이라는 것이지요. 삐거덕거리긴 하지만, 붙어 있기는 하지만, 다소 위험스럽기도 하지만…. 아무튼, 다들 그런 느낌을 받았을 것으로 생각됩니다."

"예, 맞습니다. 뭔가 좀 안 맞는다는 그 느낌! 맞아요. 부장님!"

"그렇습니다. 그리고 그와 같은 일탈 현상, 그러니까 약간 좀 안 맞는다거나 들떠 있다는 그런 느낌 때문에, 아무튼 그런 느낌 때문에 얼마나 큰 피해를 보았는지도 모두들 뼈저리게 느껴봤을 것으로 생각됩니다. 아까도 말한 바 있지만 나도 동서초와의 경기에서 그런 느낌을 아주 뼈저리게 느꼈습니다. 그 덕분에 아주 좋은 경험이 되었습니다만 뼈아픈 경험이기도 했습니다. 선생님도 지금과 같은 상태라면 학급 생활은 말이 아닐 것 같은데요."

"예, 맞습니다. 그래요. 우리 반도⋯."

"그럴 겁니다. 그렇지만 힘내세요."

백청수 선생님은 이렇게 말하며,

'그래도 문이 떨어져 와장창 깨지기 전에 빨리 수습을 해야 할 텐데요.'

라는 말도 하려다 그만둔다.

"예."

"그러면 좋습니다. 우리 함께 해결책을 찾아봅시다. 그와 같은 일탈 현상을 극복하려는 방안을 찾아봅시다."

"예. 부장님! 하루빨리 그 아이만의 본 모습을 되찾아 줘야 할 것 같아요."

잘 들어 보면, 이제는 박누리 선생님도 백청수 부장님의 뜻을 이해한 듯 '본 모습'이라는 말을 사용하고 있다.

"예, 맞습니다. 그리고 그동안 선생님이 경험한 사정 이야기를 모두 듣고 보니 공감대는 충분히 이루어졌다고 봅니다. 이제는 서로 마음을 터놓고 대화하고 그러는 가운데 그 원인을 찾아볼 수 있는 분위기가 이루어진 것 같습니다. 그러면 지난번에 부탁드린 자료는 가져왔나요?"

"예, 우선 여기에 학교생활기록부 자료가 있습니다."

"그러면 그 자료부터 꼼꼼히 살펴보기로 합시다."

자료를 건네받은 백청수 선생님은 학교생활기록부를 검토하기 시작했다. 그러면서도 '본 모습을 되찾아 줘야죠.'라는 말에서 마침내 박누리 선생님과 하나 됨을 느낀 듯 기분도 좋아졌고 힘도 솟았다.

8

"여기 이 부분을 잘 보십시오."

백청수 선생님은 우선 학교생활기록부의 행동발달 및 종합의견란을 가리키며 계속해서 말했다.

"5학년 때까지 각 과목의 성적이 모두 우수하다고 되어 있고 교우 관계도 원만하다고 쓰어 있습니다."

"저도 그 부분을 검토해 봤는데 도벽과 관련된 말은 한마디도 찾아볼 수 없었어요."

박누리 선생님도 백청수 선생님의 의견에 동의했다.

"그렇다면 5학년 말까지는, 정확하게 말하자면 종합의견을 쓰는 때는 늦어도 2월 초나 중순쯤이고 아무리 늦어도 종업식을 하기 전까지는 써야 하니, 대략 2월 15일 전까지는 도벽과 관련된 증상이 나타나지 않았다고 봐도 될 것 같습니다."

"그러면 이 자료에 의하면 도벽이든 절도 의존증이든 그런 증상이 시작된 것은 2월 중순 이후라는 것이군요."

"그렇습니다. 그러면 6학년이 된 다음 3월 초에 바로 작성한 학생상담 자료나 보건 상담 자료를 좀 보도록 합시다. 보건 상담 자료도 준비가 되었나요?"

"예. 그 자료도 가져왔어요. 보건 선생님께 말씀드려 양해를 구한 다음 복사를 해 왔습니다."

박누리 선생님은 두 장의 종이를 책상 위에 올려놓는다.

"그러면 선생님은 학생상담 자료를 검토해 주시고 나는 보건 상담 자료를 검토해 보도록 하겠습니다. 작성 날짜를 보면 둘 다 3월 9일 이전에 작성된 것으로 되어 있습니다. 그 때문에 선생님께서 담임을 맡기 이전의 상황에 대해 잘 알 수 있을 것으로 생각됩니다."

"그런데 부장님! 학생상담 자료에도 별다른 내용은 없습니다. 특기 사항을 보면 올해는 티볼을 열심히 해서 꼭 우승하고 싶다는 것밖에 없어요. 대인관계나 사회성, 도벽, 다툼 등에 관한 언급도 일체 찾아볼 수 없고요."

박누리 선생님은 학생상담 자료를 백청수 선생님께 보여 드린다.

백청수 선생님도 자료를 보더니,

"그렇군요."

라고 말한다. 그런 다음,

"보건 상담 자료에도 별다른 내용은 없습니다. 몸과 마음이 모두 건강하고 큰 병을 앓은 적도 없고…."

라고 말하며, 그 자료를 책상 위에 올려놓았다.

"그렇다면 부장님! 학기 초까지도, 적어도 3월 9일 이전까지는 별다른 증상이 없었다고 봐도 되지 않을까요?"

"그렇게 봐도 될 것 같습니다. 그리고 어쩌면 이 시기는 잠복기나 초기로서 증상이 겉으로 드러나지 않았을 수도 있고요."

"예. 그렇게 해석해 볼 수도 있겠군요."

"그렇습니다. 증상이 겉으로 드러나기 시작한 것은 4월 초로 봐야 하니까요. 그전까지는 잠복기로 보는 것이 옳지 않을까요?"

"그렇다면 부장님! 이런 증상이 처음 나타난 시기는 3월을 전후한 시기로 봐야 한다는 뜻인가요?"

"그렇습니다. 그 시작은 3월을 전후한 시기나 2월 말로 봐야 하고, 또한 그 시기에 어떤 사건이 일어났다고 보는 것입니다."

"그렇군요. 그럼, 부장님 생각은 그런 증상의 시작과 어떤 사건의 발생은 서로 맞물려 있다는 그런 말씀이신가요?"

"그렇습니다. 바로 그겁니다. 그것도 아주 밀접한 관련을 맺고 있다고 봅니다. 그런 증상의 원인이 될 만큼 말입니다."

"그렇군요."

"그래서 그런 증상의 시작을 찾은 것이고, 그 시작점 근처에 어떤 사건이 일어났을 것으로 예측한 것이고, 그 때문에 지금까지 이렇게 그 시기를 애타게 찾던 중입니다. 될 수 있으면 아주 정확한 시기를요."

"그런 것이었군요. 이제야 좀 이해가 됩니다. 부장님! 그래야만 그 사건을 찾기도 쉽고…."

"그렇습니다. 이제 그 시기를 3월을 전후한 시기나 2월 말로 추정하고 있어서, 어떤 사건의 발생 시기도 그쯤으로 보고 있는 것입니다. 어쩌면, 3월 초보다는 2월 말, 즉 학년 말 방학 중에 어떤 일이 일어났는지도 모릅니다. 나는 그럴 가능성이 좀 더 크다고 봅니다. 아직 밝혀지지는 않았지만, 앞으로는 이 점을 집중적으로 밝혀내야 하겠지만 지금으로서는 그런 느낌이 듭니다."

"부장님! 부장님 말씀은 2월 말이나 3월 초에 어떤 사건, 즉 아주 큰 사건이 일어났다는 그런 뜻인가요?"

"그렇습니다. 잊으려 해도 잊히지 않는 그런 사건이 일어났을 수도 있다는 것입니다. 그런데 그런 것도 그 아이의 처지에서 보면 그야말로 충격적인 어떤 사건이 되겠지요."

"그렇다면, 그다음은 그 사건이 원인이 되어 남의 물건을 몰래 가져오는 그런 버릇도 생겨났다는 그런 것으로 연결되는 것인가요?"

"예, 그렇습니다. 그럴 가능성이 크다고 봅니다."

"그렇군요."

박누리 선생님은 몹시 의외라는 듯 고개를 갸우뚱했다.

'과연 충격을 받아 그로 인해 도벽이 생겨날 수 있을까? 아니, 정말 잊지 못할 충격이 히죽대는 병으로 발전할 수 있는 걸까?'

속으로는 이런 의문을 계속 되새겨 본다. 그때 다음과 같은 생각이 떠올랐다.

'그러고 보면 그럴 수도 있는 것 같고, 어떤 트라우마[38], 그러니까 어

---

38) 정신에 지속적인 영향을 주는 격렬한 감정적 충격을 말한다. 여러 가지 정신 장애의 원인이 될 수 있다.

떤 사건으로 인해 강렬한 정신적 충격을 받은 후 그에 따른 후유증을 앓게 되고 시달리다 보니, 그걸 잊기 위해 남의 물건을 하나둘씩 훔치기 시작했다는 기사를 본 것도 같고.'

이번에는 그런 것도 가능하다는 생각이 들어 그런지 좀 더 적극적인 태도를 보이기 시작했다.

"그럼, 이번에는 형제 관계를 살펴볼까요?"

"예. 형제관계란에는 동생이 한 명 있는 것으로 되어 있습니다. 3학년 1반에 재학 중인데 이름은 정소강이라고 되어 있네요."

"정소강이요?"

백청수 선생님은 좀 놀랍다는 표정을 짓는다. 그러고는,

"내가 지금 3학년 1반 도덕을 맡고 있는데 3월 초에 담임교사들로부터 넘겨받은 학생명단에는 그런 이름이 없던데요."

라고 덧붙이며, 3학년 1반 학생명단을 책상 위에 올려놓았다.

"그래요? 그럴 리가 없을 텐데요."

"그러면 3학년 1반 담임 선생님께 알아보도록 합시다. 잠시만 기다려 보십시오."

빨리 알아보려는 듯 백청수 선생님은 곧바로 전화기를 들었다.

"예, 감사합니다. 감동을 드리고자 하는 3학년 1반 담임교사 정소리입니다. 무엇을 도와드릴까요?"

백청수 선생님은,

'연수받은 대로 전화를 잘 받으시네요.'

라는 생각으로 용건만 간단하게 말씀드렸다.

"저는 도덕 교과를 맡은 교무부장입니다. 뭐 좀 여쭤볼 게 있어서요. 혹시, 선생님 반에 정소강이라는 학생이 있나 해서 전화를 드렸습니다. 학기 초에 받은 명단에는 없는데 확인을 좀 부탁드립니다."

"그런가요?"

이 말만을 남기고는 잠시 생각에 잠기신 듯 더는 아무런 말씀도 들려오지 않는다.

"수행평가를 해야 하는데 정확한 학생명단이 필요해서요."

"아! 그 학생 말이군요. 난 또 누구라고."

그제야 왜 빠지었는지 생각이 난 듯 3학년 1반 선생님은 계속 말씀을 이어 나가셨다.

"맞아요. 정소강! 우리 반 학생이 맞아요."

"그 학생이 왜, 선생님께서 주신 명단에는 없는지….'"

"그 학생은 3월 초부터 학교에 안 나왔어요."

"그럼, 장기결석 중인가요?"

"예, 그렇습니다. 장기적으로 병원에 입원해야 한다고 말씀하시면서 진단서를 가져왔어요. 그것도 꽤 오래된 것 같은데요. 지금이 5월 중순이니, 이젠 거의 3개월이 되어 가는 것 같아요. 출석 일수 2/3를 채우지 못하면 곤란할 것 같은데, 걱정이에요."

"그렇군요. 그리고 보니, 그렇군요. 그러면 6월 이전에는 병이 나아야 할 텐데요."

"그렇습니다. 5월 말이나 늦어도 6월 초에는 학교에 나왔으면 좋겠습니다. 그러면 유급[39]도 되지 않고 그냥 계속 수업에 들어가면 되니까요."

"그렇습니다. 그 때문에 저도 그 부모님께 전화는 드리고 있는데 큰 차도는 없다고 하네요."

"그러면 왜 입원을 했는지, 혹시 알고 계시나요?"

"구체적인 것은 잘 모릅니다. 어머님도 그런 것에 대해서는 전혀 말씀을 안 하시고…."

"예, 그렇군요. 그럼 학교에 제출된 진단서는 갖고 계시는가요?"

"예, 보관하고는 있습니다."

"그러면 저도 좀 그것을 볼 수 있을까요?"

"예, 언제 한 번 교실에 들러 주세요."

"예, 고맙습니다."

"예, 감사합니다. 오늘도 오늘 하루 잘 보내기를 바랍니다."

전화를 마친 백청수 선생님은,

'끝맺음도 확실하군! 상대방을 배려한 전화 예절이라. 기분이 좋구나!'

라는 생각을 해 본다. 그러면서도 한편으로는 박누리 선생님께 미안한 마음도 솟아올랐다.

---

39) 위의 학년으로 진급하지 못하고 그 학년에 그대로 남게 되는 것을 말한다.

백청수 선생님은 길어진 통화에 대해 미안하다고 말한 다음,

"동생과 관련이 있을지도 모르겠습니다."

라는 말을 조심스럽게 꺼낸다.

"동생과 다투기라도 한 것인가요?"

"아직은 잘 모르겠습니다. 동생이 병원에 입원하고 있다고 합니다. 학기 초부터요. 어쩌면 그 이전부터였는지도 모르겠습니다. 그런 것도 진단서를 보면 알 수 있겠지요. 입원 날짜와 병명이 나와 있으니 그것을 확인해 보면 될 것 같습니다."

"그렇군요. 그러면 그 진단서는 갖고 계신다고 하나요?"

"예, 갖고 있다고 합니다. 그러니 3학년 1반 선생님께 부탁하여 진단서를 본 다음 다시 의논하는 것이 좋을 것 같습니다."

"예. 잘 알겠습니다."

박누리 선생님은 갖고 온 자료를 모두 정리하고 모임 날짜를 정한 다음 교실로 돌아갔다.

9

5월 22일.

"진단서에는 머리와 팔을 다친 것으로 나와 있습니다. 그렇게 다친 날짜도 2월 25일로 되어 있고요."

"그렇군요. 2월 25일. 그러면 그 상처는 넘어져서 생긴 것일까요? 아니면, 떨어져서 생긴 것일까요?"

"그런 것까지는 아직 잘 모르겠습니다. 관련된 분에게 직접 여쭤보는 것이 좋을 것 같습니다. 혹시 학부모 상담이나 학생상담에서 들어본 적은 없으신가요?"

질문을 받은 박누리 선생님은 3월 말과 4월 중순에 실시된 학부모 상담 때의 기억을 되짚어 보며 고개를 갸우뚱했다.

"상담은 했지만, 그런 것에 대해서는 전혀 언급된 적이 없었어요."

"하긴, 가정사에 대해 시시콜콜 여쭤보는 것도 그렇겠고."

백청수 선생님은 답답하다는 듯 천장을 바라보며 한숨 돌린다.

"맞아요. 부장님! 동생과 관련된 일이다 보니, 더욱더 그랬을 거예요. 저도 그런 것에 대해 어떤 눈치라도 챘다면 질문을 드려 봤을 수도 있었을 텐데, 그때민 해도 진깅이에게 어떤 문제가 일어난 것도 아니어서."

박누리 선생님은 이렇게 말하고 있었지만, 마음에는 다음과 같은 생각이 떠오르고 있었다.

'그래서 그랬나. 처음 면담할 때는 표정이 너무 어두웠고, 전화 통화할 때는 또 유난스러울 정도로 조급한 것처럼 보였는데…. 그리고 보면 그런 것이 모두 동생이 다친 것 때문에 그랬던 것일까?'

"그렇죠. 그때만 하더라도 그 아이만의 별난 행동들이 밖으로 나타난 것이 아니어서 그런 감을 잡는다는 것 자체가 어려웠을 겁니다."

"예, 그렇습니다."

"그럼, 이렇게 정리해 보겠습니다. 동생이 다쳤는데 지금까지도 계속 입원하고 있는 것을 보면 그 일과 어느 정도는, 아니 어쩌면 그 일 때문인지도 모르겠습니다. 그 때문에, '원인은 동생이 다친 일과 관련되어 있다.'라는 가설을 세워 보려 합니다. 왜냐하면, 시기상으로 딱 맞고, 그 아이의 증상 또한 그 사건 이후로 나타나기 시작했고, 그 이후 점점 더 깊어지고 넓어지는 형태로 나아가고 있어서 그렇습니다. 분석해 보면 볼수록 그런 과정을 밟고 있는 것으로 보입니다."

"그렇군요. 부장님은 그 사건이 일어난 시점부터 알게 모르게 시작된 것이 지금은 걷잡을 수 없을 만큼 확대되었다고 보는 것이군요."

그러면서도 속으로는 이런 생각들이 떠오르고 있었다.

'그렇구나! 그런 일 때문에 그동안 그 어머님의 행동도 불안하게 보였던 것이구나. 유별나다 했더니, 그런 행동 속에는 그럴만한 속사정이 숨겨져 있는 것이었어. 그런 진실을 보지 못한 탓에 대화도 약간은 겉돈 거였고…'

한편으로는 다음과 같은 생각도 떠올랐다.

'그리고 보면, 그럴지도 모르겠어. 어머님도 그 정도의 충격을 받았다면…, 그 여파가 진강이에게는 더욱더 컸을 것이고…. 그것이 원인이 되어 남의 물건에 손을 대기 시작했을지도.'

따져 본 결과를 되새기며 고개를 갸우뚱하기도 하고 끄덕이기도 한다.

"그렇습니다. 그렇게 시작된 이 문제는 지금까지도 계속되면서 본인이나 가정이나 학급뿐 아니라 티볼 대회에도 안 좋은 영향을 끼치고 있다고 봐야 할 것 같습니다."

"예, 맞아요. 이제는 그 활동 범위도, 부장님 말씀처럼 대처 범위도 친구들뿐 아니라 동네까지도 그 반경을 넓혀야 할 것 같고요."

"예, 맞습니다. 지금쯤은 그럴 것으로 예상합니다."

"그런데 부장님! 이런 질문을 드려도 될까요?"

"어떤 질문을?"

"부장님께서는 지난번에 이런 경우는 도벽보다는 절도 의존증으로 보는 것이 좋을 것 같다고 말씀하셨는데, 그러면 그렇게 봐야만 하는 특별한 이유라도 있나요. 아니면, 그렇게 볼 때 더 나은 점이라도 있기는 있는 것인가요?"

이런 질문을 하는 것을 보면 지금까지도 박누리 선생님의 마음에는,

'히주대는 현상이 절도 의존증의 증세란 말인가?'

라는 의구심이 계속 남아 있었던 것 같다.

"그렇군요. 선생님도 그런 것이 이해도 되지 않았고 그래서 그동안 그렇게 궁금해하신 거였군요?"

"예, 도벽과 다르다는 것은 좀 이해를 하겠는데, 절도 의존증이란 말은 너무 생소하고 들어 본 적도 없고, 그래서 그런지 자꾸 마음에 걸려서요. 저는 그동안 별스럽긴 해도, 그저 별난 도둑이나 별난 도벽이지 않을까? 그런 정도로만 생각해 왔거든요."

"글쎄요. 그렇게 볼 수도 있겠지만, 그러면 그런 것에 관해 설명을

좀 해 보도록 하겠습니다. 그러고 보면 그런 것에 관한 배경지식이 좀 더 필요한 것 같군요."

"예, 그렇게 해 주시면 더욱 좋고요. 아무래도 서로에게 공유된 것이 있어야 할 것 같아서요."

"그렇군요. 공유된 것! 그러니까 서로 공감하고 이해하지 못한다면 아무런 의미도 찾아낼 수 없겠지요?"

"그렇습니다. 부장님! 절도든 별난 도둑이든 절도 의존증이든 그런 것에 대해 어느 정도 공유되고 그럼으로써 공감하고 이해된 것이 없다면 대화는 서로 겉돌 뿐이라고 봅니다."

"그러면 먼저 그런 것에 대한 내 생각부터 말해 보겠습니다. 지금부터는 좀 더 공감하고 좀 더 이해할 수 있도록, 절도와 관련된 것부터 하나하나 차근차근 생각을 나눠 봅시다."

"넵!"

박누리 선생님도 만족스러운 듯 힘차게 대답했다.

"그러면 우선 어떻게 보는가에 대한 것부터 설명해 보겠습니다. 이 경우는 물론, 도벽으로 보든 절도로 보든 병적 도벽으로 보든 큰 문제는 없을지도 모르겠습니다. 초기 증세이기 때문에 어느 쪽으로 보든 그렇다는 겁니다. 그렇지만 우리는 교육전문가이기 때문에 교육적인 면에서 접근해야 하고, 그런 면에서 좀 더 깊이 있게 분석을 해 보면 좀 다를 수도 있습니다."

"그렇지만 전, 어떻게 다르다는 것인지 전혀 이해되지 않아요. 부장님! 그 말씀은 곧 지난번에 말씀하신 것 외에 또 다른 특징들이 있다는 그런 말씀이신가요? 그러면 그런 것에 대해서도 좀 더 쉽게 설명을 해 주시고."

"그러면 좋습니다. 질문을 받았으니 나름대로 분석한 것을 바탕으로 답변해 보도록 하겠습니다. 그리고 그렇게 보는 이유에 대해서도 말씀 드리지요."

"…."

박누리 선생님은 아무런 말도 하지 않지만, 무척 궁금하다는 표정이다. 속으로는 이런 생각도 해 본다.

'그렇다면, 그런 분석이 히죽대는 이 문제를 해결하는 데 도움이 되지 않을까? 이유는 모르겠지만 그럴지도 몰라.'

"이 낱말들의 가장 큰 차이점은 관점이라고 봅니다. 그러니까 똑같은 것을 어떤 측면에서 보느냐 하는 문제이고, 그다음은 그것을 어떻게 볼 것인가 하는 문제인 것 같습니다. 그 때문에 도벽이라 하면 도덕적인 면에서 본 것으로 볼 수 있고, 절도라고 하면 법적인 면에서 그리고 병적 도벽은 의학적인 면에서 본 것으로 볼 수 있을 것 같습니다. 그렇지 않을까요?"

"듣고 보니 그런 것 같네요."

"물론 이 낱말들이 가진 공통적인 특징은 허락 없이 남의 물건을 가져오는 것이지만 그런 행위를 하는 정도나 성질에서도 차이가 있을 수 있고, 실은 그런 차이가 있어서 그에 따른 해결책도 크게 다르다고 봅니다. 또한, 우리는 교육전문가이기 때문에 우선은 교육적인 면에서 봐야 하고, 때로는 또 다른 면에서 본 것을 고려하여 보충할 필요가 있다고 봅니다."

박누리 선생님은 '역시, 같은 것이지만 해결책에서 차이가 나기 때문에 그렇게 보고자 했던 것이구나!'라는 점을 깨닫게 된다. 이제는 이 세 낱말에 대해 좀 더 구체적인 내용을 들어 보고 싶은 호기심도 생겨났다.

"그러면 부장님! 먼저, 교육적인 측면에서 분석해 보면 이 세 낱말 중 어느 것이 해당할까요?"

"예, 아주 좋은 질문을 하셨습니다. 교육적인 면에서 본다면, 우선 도벽이라는 낱말이 이에 해당하지 않을까 생각됩니다. 훔치는 습관이나 버릇을 말하는 것이지요."

"그렇군요. 그러니까 손버릇, 좋지 않은 손버릇이나 습관, 저도 그렇게 생각하고 있었어요."

"그렇습니다. 그렇지만 그런 것이 지나쳐 자신을 통제할 수 없게 된다면 문제는 매우 심각하다고 봐야 할 것 같습니다. 그때는 교육적인 면에서 습관이나 버릇을 바로잡아 주기 위해 노력한다고 해서 해결될 것 같지는 않습니다. 그 때문에 교육을 통해서는 훔치는 버릇이나 습관이 상습적인 차원으로 넘어가기 전에 바로잡아 줄 필요가 있다고 봅니다. 상습적인 절도 행위나 병적 도벽 등의 차원으로 넘어간다면 교육적인 방법으로는 감당하기 어렵습니다. 그 때문에 그런 수준으로 올라가기 전에 그런 버릇을 바로잡을 수 있도록 돕는 것이 가장 중요하다고 봅니다. 그것도 빠르면 빠를수록 좋겠지요."

"그렇군요. 그런 것도 있었군요."

"그렇습니다. 절도 행위로 인해 경찰서에 신고 접수되면 그에 따른 법적인 책임이 뒤따를 수 있고, 병적 도벽으로 판단되면 의료상의 치료행위가 뒤따를 수밖에 없을 것으로 보입니다."

"네."

"그렇습니다. 이처럼 같은 행위라 하더라도 그 행위를 하는 정도나 수준에 따라 봐야 할 점도 달라지고, 성질도 달라질 뿐 아니라 그에 따른 해결책도 크게 달라질 수밖에 없다고 봅니다."

"그렇군요. 부장님 말씀 잘 들었습니다. 그리고 이 문제를 좀 더 세분화하는 것이 좀 놀랍기도 하지만, 듣고 보니 신선한 충격으로 다가오네요."

"그런가요? 그렇다면 다행입니다. 훔치는 행위를 어떤 식으로 볼 것인가? 이런 것도 중요하지만, 그것 외에 그런 행위를 하는 정도나 수준에 따라 분류를 해 보는 것도 좋다고 봅니다. 그럴 때는 아까도 잠시 언급한 바와 같이, 그런 행위를 좋지 않은 손버릇이나 도벽, 단순 절도나 상습적인 절도, 단순 도벽이나 병적 도벽, 절도 중독증 등으로 나누어 볼 수 있을 것 같습니다. 물론 이보다 좀 더 세분화시켜 볼 수도 있겠지만, 그래도 그런 것은 전문적일 테고, 이 문제를 푸는 데 필요한 것도 아닐 것 같아 여기에서는 이 정도로만 하고, 더는 언급하지 않도록 하겠습니다."

"예, 그럴 필요도 없겠지요. 절도와 관련된 배경 지식은 그 정도면 충분한 것처럼 보여요. 그러면 부장님! 부장님께서는 아까도 말씀하셨지만, 진강이의 문제를 절도 의존증 쪽으로 보려고 하시는 것 같은데 그렇게 볼 만한 어떤 이유라도 있나요?"

"객관적으로 타당한 이유는 없습니다. 단지, 저만의 개인적인 분석일 뿐입니다. 그 때문에 우선은 수집된 자료들에 대해 나름의 분석을 해 본 결과 그 증상이 절도 의존증과 일치했다고 하는 점부터 알려 드립니다. 그리고 '절도 의존증'이란 낱말에도 주의를 좀 해야 할 것 같습니다. 우리에게 있어 그런 말은 너무 생소한 말일 뿐 아니라 의학적으로 볼 때도 그런 말은 아직 없는 것으로 알고 있습니다. 그런 만큼 그 낱말도 공식적으로는 언급될 수 없는 말인 것 같습니다. 그러니 그런 점에도 주의를 기울여 주시면 고맙겠습니다."

"듣고 보니 그건 그러네요. 그렇지만 부장님! 이 자리는 법정이나 병원처럼 공적인 자리는 아니라고 봅니다. 그러니 공식적인 것은 필요없다고 보는데요."

"맞습니다. 그렇습니다. 물론 그런 것은 아닙니다."

"저는 단지 부장님의 개인적인 의견을 여쭤보고 싶을 뿐입니다. 다른 뜻은 없어요. 부장님께서는 절도 의존증이 기존의 도벽들과는 좀 다르다고 하셨기에 어떤 점이 다른지, 그 점이 가장 궁금해서 드리는 말입니다. 실은 그런 낱말보다는 그 낱말에 담겨 있는 내용이 더 궁금해서 그럽니다. 그래서 다시 여쭤보는 것이기도 하고요."

그러면서도 속으로는,

'별난 도벽도 좋지만, 해결책을 찾는 데는 큰 도움이 되지 않을 듯 보이기도 하고.'

라는 생각이 들었는지, 절도 의존증 쪽에 좀 더 큰 관심을 보이기 시작했다.

"그렇군요."

"그런데 부장님! 이런 것도 있지 않을까요? 이를테면 도벽과 별반 차이가 없다면 절도 의존증이라는 낱말을 끌어들일 필요는 없다고 보는데요. 그러면 혼란만 일어나지 않을까요? 그런 생각도 들긴 드는데…."

"그럴 수도 있습니다. 맞습니다."

"그렇지만 지는 부정님을 믿어요. 절도 의존증이란 말로서 그와 같은 혼란을 불러일으킬 분이 아니라고 하는 것을요. 그 때문에 그 말에는 분명 뭔가 다른 점이 있다고 생각했고, 그 때문에 그런 점에 관해 이야기를 듣고 싶은 것이기도 하고요."

"그렇습니까?"

"그렇습니다. 부장님!"

"그렇군요. 그리고 보면 선생님도 관심이 많으시군요. 나도 얼마 전에 보건 선생님께 문의를 해 봤는데 그분도 아직 그런 말은 들어 본 적이 없다고 하네요. 그렇지만 꽤 흥미를 보인 것만은 사실입니다. 일리 있다고 하면서 고개를 끄덕였습니다. 그러고 보면 우리 주변에도 이런 증상이 알게 모르게 있기는 있는 것 같습니다. 물론, 선진국에서는 이와 같은 증상이 많이 있는지 절도 의존증이란 낱말을 쓰고 있더군요. 그리고 그 증상에 관해서도 소개를 하고 있고요."

"그러셨군요. 보건 선생님도⋯. 선진국에서도⋯. 그렇군요. 그래서 그런 말을⋯."

"그렇습니다."

"실은 저도 그렇게 봤습니다. 저도 부장님의 말씀이 정말 그럴듯해 보였거든요. 그리고 그 말에는 진강이를 위한 해결책도 들어 있지 않을까? 이런 희망도 품어 보았어요. 그래서 다시 여쭤보는 것이기도 하고요."

"그렇습니까?"

"그렇습니다. 부장님!"

"그러면 말씀을 드리지요. 설명이 좀 길어지더라도 이해 바랍니다."

"예."

"일반적으로 볼 때 도벽이라 하면 충동적으로 남의 물건을 훔치는 것을 말합니다. 그런 것이 지나치면 병적인 증상이 나타날 수 있는데 이를 병적 도벽이라는 말로써 표현하기도 합니다. 그런데 도벽은 충동성에 기반을 두고 있고 긴장감을 비롯하여 궁극적으로는 기쁨과 쾌감, 안도감을 추구하려고 하는 데 그 목적을 두고 있다고 합니다. 그 반면, 절도 의존증은 그렇지 않다는 것입니다. 절도 의존증에는 그런 점도 있기는 있지만, 그것으로 끝나는 것이 아니라 여기에 한두 가지가 더 추가되어 있습니다. 그중 하나는 벌을 받기 위해 그런 행동을 한다는 것입니다. 말하자면 벌을 받으려는 목적으로 그런 행동을 한다는 뜻이지요. 그리고 그런 점에서 보면 절도는 하나의 수단이라는 겁니다. 쉽게 말하자면 절도 의존증에서 볼 때 절도의 목적은, '의존'이라는 말에 잘 나타나 있는 것처럼 물건을 훔치는 것이 주된 목적이 아니라는 것이죠. 더 큰 어떤 목적을 이루기 위한 하나의 수단일 뿐 그 자체로서는 결코 목적이 될 수 없다는 뜻입니다. 그 때문에 바로 이 점에서, 그러니까 행위를 하는 목적에서 절도와는 크게 다른 점이 있다고 보는 것입니다."

"절도가 목적이 아니라고요? 훔치는 것이 목적이 아니라고요?"

"예, 그렇습니다. 절도는 목적이 아니라 수단이라는 겁니다. 어디까지나 수단이라는 것이고, 그런 수단을 통해 이루고자 하는 목적은 따로 있다고 합니다. 그 목적이 뭔지는 몰라도, 개인마다 다르겠지만, 따로 있다고 하는 것만큼은 확실하죠."

"그래요? 그 때문에 목적에서 크게 다르다고 하는 것이군요."

"그렇습니다. 바로 그렇습니다. 그 때문에 그런 점에 대해 잘 이해하지 않으면 안 됩니다. 그런 점을 이해하지 못한다면 앞으로 하게 될 설명도 이해하기는 쉽지 않을 겁니다. 그 때문에 예를 들어 좀 더 쉽게 설명해 보도록 하겠습니다. 잘 들어 보십시오."

"예."

이해가 좀 되는 듯 박누리 선생님은 고개를 끄덕였다.

"가령, 누군가가 죄를 지었는데 그 죄가 너무 커 그 죄에 대한 벌이나 책임을 다 질 수도 없고, 그렇다고 아무런 책임도 지지 않고 넘어가는 것도 양심에 걸리기 때문에 작은 죄를 또 짓는 것입니다. 말하자면 큰 죄를 대신할 작은 죄를 또 짓고 그에 따른 작은 벌을 받거나 작은 책임을 지는 것으로서 본디의 큰 죄에 대해 속죄를 하려고 하는 것이지요. 그러니까, 이와 같은 심리 현상이라고 해야 할까요? 비유가 적절한지 아닌지는 잘 모르겠습니다만, 절도 의존증은 이와 같은 현상을 말하고 있습니다. 말하자면 이런 심리 현상을 가리키고 있는 것이죠. 남의 물건을 훔치는 죄를 짓고 그 죄에 대한 벌을 받음으로써 본디의 다른 어떤 큰 죄에 대한 속죄를 대신하려고 하는 것이지요. 그리고 보면 작은 죄로서 큰 죄를 대신 갚으려고 하는 그런 심리라고 해야 할까요. 아무튼, 그런 심리가 바탕에 깔려 있고 또 그런 점이 있어서 단순 도벽이나 상습적인 절도, 병적 도벽이나 절도 중독증과는 좀 구별해서 보려고 하는 것 같습니다."

"예, 아주 잘 들었습니다. 말씀은 아주 길게 했지만 간추려서 말해 보면 벌을 받고 싶다는 점에서 크게 다른 점이 있다고 하는 것이군요. 그리고 그런 행위를 하게 만든 원인행위는 따로 있다. 그러니까 더 큰 죄가, 이를테면 그런 죄책감을 느끼게 된 아주 큰 사건 같은 것이."

"예. 그렇습니다. 바로 그겁니다. 그리고 보니 요점을 아주 잘 파악하셨습니다. 그리고 그다음 말도 아주 잘 짚어 주셨습니다. 그렇습니다. 그와 같은 두 가지 점에서 크게 다르다고 보는 겁니다. 목적에서, 말하자면 '벌을 받고 싶다.'라고 하는 목적에서 그리고 '그렇게 만든 원인행위가 따로 있다.'라고 하는 점에서 크게 다른 것이지요. 이처럼, 추구하는 목적과 그렇게 된 원인에서 크게 다른 점이 있어서, 그 이름도 다르게 붙여진 것 같습니다. 그리고 나는 아까도 말한 바와 같이 진강이의 문제도 이와 다르지 않다고 봤습니다. 그 때문에 지금까지 쭉 그 문제를 그런 면에서 바라본 것이었고, 그런 면에서 봤기 때문에 '그렇게 된 원인행위로서 어떤 큰 사건이 있었던 것은 아닌가?' 하는 추리도 할 수 있었고, 그런 추리 덕분에 그 아이에게 일어났던 일들에 대해서도 객관적인 자료를 통해 알아보고자 했던 것입니다."

"그렇군요. 그래서 여러 가지 자료들이 필요했던 것이군요. 저는 그런 줄도 모르고…."

들으면 들을수록 그럴듯하면서도 한편으로는 혼란스러웠다. 박누리 선생님은 백청수 선생님의 의견을 존중하고 싶으면서도 선뜻 그렇게 하지 못한다.

혼란스럽기도 하고 그런가 싶으면 해결책을 향해 한 발 더 가까이 다가가 있었다. 그러면서도 뭐가 뭔지 모르겠다는 그런 느낌만큼은 감출 수 없다는 듯 이제는 계속 의미심장한 미소만을 짓고 있다.

'그나저나 부장님 말씀대로 히죽대는 것이 절도 의존증의 증상이라면 병원에 가 봐야 하는 것이 아닌가? 그러면 안 되는데 어떡하지?'

걱정도 살짝 든다. 실은 이런 걱정 때문에 백청수 선생님의 의견을 존중하고 싶지 않은지도 모르겠다. 그렇지만 그런 걱정도 곧 다음과 같은 생각으로 바뀌어 갔다.

'중독된 것도 아니고 지금은 단지 초기 상태이고…. 그렇다고 하더라도 요즘처럼 정신병이 난무하는 시대에 그런 증상이 없다고 단정하는 것도 위험하고…. 초기 상태라는 말로 봐서는 빨리 대처해 보자는 그런 뜻이겠지. 원인을 찾고 그것만 제거되면….'

희망적인 생각이 솟아올랐기 때문인지 밝은 미소가 떠올랐다. 어쩌면 그 원인을 찾아낼 수 있을 것 같다는 생각이 크나큰 안도감을 주고 있었는지도 모를 일이었다.

10

"부장님은 '벌을 받고 싶다.'라고 하는 점에서 크게 다르다고 하셨는데, 그럼 진강이의 문제도 그렇게 봐야 할까요?"

"그렇습니다. 방금 말한 바와 같이, 내가 보는 견해로는 그 아이의 문제도 절도 의존증으로 가정하고 그에 따른 해결책을 찾아봐야 한다고 봅니다."

"그렇게 볼 만한 어떤 근거라도 있나요? 저로서는 도벽과 크게 다른 점을 발견할 수가 없어서요. 별스럽기는 하지만 그렇다고 그 정도로 심한 것처럼 보이는 것도 아니고…. 더군다나 '벌을 받고 싶다.'라고 느겨 본 적이 한 번도 없어서요. 그런 낌새는 전혀 느껴 보지 못했거든요."

박누리 선생님도 이제는 이처럼 '벌을 받고 싶다.'라는 점에 초점을 두고 진강이의 문제에 접근하려 하지만 여전히 혼란스럽기만 했다. 계속 말을 이어 갔다.

"부장님께서는 그럼, 그런 낌새를 조금이라도 느끼셨는지요?"

"그렇습니다. 나는 그런 낌새를 좀 알아챘는데…. 그렇군요. 선생님은 그렇지가 못했군요."

"네."

"그렇군요. 그렇지만 당연합니다. 어찌 보면, 느끼지 못한 것이 오히려 당연한 일이었는지도 모릅니다. 그러니 그런 것에는 마음 쓰지 않아도 됩니다."

"예."

"사실, 그런 것을 느끼기는 쉽지 않습니다. 우선은 선생님의 마음속에 그런 것에 대한 개념이 없었기 때문에 뭐가 뭔지 몰랐겠고, 뭐가 뭔지 몰랐으니 관찰 기준도 만들어 볼 수 없었고, 그러니 안 보였을 수밖에 없습니다. 느끼지 못한 것도 당연한 일입니다."

"그렇군요. 개념도…, 기준도 없었으니…. 그렇군요."

"그러면 어쩔 수 없이 내가 느끼고 분석한 것을 갖고 설명해 보겠습니다. 그편이 좀 더 이해하기 쉬울 듯합니다."

"그렇게 해 주시면 고맙고요. 그러면 저도 부장님의 견해에 좀 더 가까이 다가갈 수 있고 공감할 수도 있을 것 같아요."

"예, 좋습니다. 선생님도 알다시피 진강이가 우리 티볼 교실에서 가져간 것은 무척 많습니다. 정확하게 말하자면 선생님이 다시 가져온 것만큼 많다고 해야 할까요? 적어도 그 정도는 될 것으로 생각됩니다. 그런데 그런 물품들을 잘 분석해 보면 그곳에서 하나의 실마리를 찾아볼 수 있을 것 같아요. 그러니까 내 말은 그 물품들을 들여다보거나 어떤 기준을 갖고 분석해 보면 그 속에서 그 실마리도 찾아낼 수 있다는 그런 뜻입니다."

백청수 선생님은 그동안 작성해 놓은 수첩 즉, 도난 목록과 그동안의 분석 결과를 적어 놓은 수첩을 마침내 꺼내 놓는다.

그곳에는 티볼공, 배트, 글러브, 5만 원권 지폐 1장, 5천 원권 지폐 2장, 모자, 옷장 열쇠, 티볼책 등이 날짜순으로 정리되어 있었다. 도난 목록 하단에는 학교 지급 품목 즉, 단체복 상의와 하의 등도 기록되어 있었다.

목록을 본 박누리 선생님은 자신이 예상한 것과 큰 차이를 느끼지 못했다. 자신이 다시 가져다 놓은 것이 순서대로 2번씩 기록되어 있다는 느낌을 받았을 뿐이다. 다만, 지급품으로서 단체복이 더 들어 있다는 것만큼은 좀 달랐다.

그렇지만 그 목록을 계속 들여다보니,

'참 많이 가져왔네.'

라는 생각도 든다.

'언제부터 이렇게 꼼꼼하게 정리해 놓으셨을까?'

치밀한 정리와 예리한 분석에 놀랍기도 하고, 한편으로는

'어쩐지. 자신 있게, 거침없이 말씀하신다 했더니, 이렇게 믿는 구석이 있으셨구나!'

라는 감탄의 말도 절로 솟아올랐다. 목록의 하단에 쓰여 있는 것을 보고는,

'SOS란 뭘까? 도움을 요청하는 것일까?'

라는 생각도 해 본다.

박누리 선생님의 이런 마음을 읽었는지, 백청수 선생님은 벌써 그 표를 가리키며 이런 말씀을 꺼내셨다.

"우선 이 목록의 물품들은 크게 둘로 나누어 볼 수 있습니다."

"둘로요? 둘로 나눈다면 그 기준은 뭘로 하셨는지요?"

"그렇군요. 잘 말해 줬습니다. 분류하려면 기준이 먼저 필요하겠죠?"

"예."

"사실, 나도 처음에는 그냥 들여다보기만 했는데, 계속해서 들여다보고 또 들여다보는 과정에서 뭔가 좀 이상한 것 같아 기준을 세워 보려 했으나, 그 또한 처음이라 잘되지 않더군요. 그래서 우선 생각나는 대로 여러 가지 기준을 적고 또 적다 보니 어느새 '티볼 연습을 위해 가져갔다.'라는 것을 찾아냈습니다. 그래서 그것을 기준으로 삼은 다음, 그 기준에 따라 연습을 위해 가져갔다고 '볼 수 있는 것'과 '그렇지 않은 것'으로 나누어 보았어요. 그다음에는 그런 나눔에 따른 분석을 시도

해 본 것입니다."

"그렇군요. 그러면 부장님이 세운 기준에 따라 티볼 연습을 위해 필요한 것을 이 목록에서 고른다면 티볼공, 배트, 글러브밖에 없는 것 같은데요."

"그렇습니다. 나도 그렇게 분류했습니다. 그랬더니 이번에는 이상하게도 '그렇다면, 그 나머지는 왜 가져갔을까?'라는 의문이 남지 뭡니까."

"그렇군요. 5만 원권 지폐 1장, 5천 원권 지폐 2장, 모자, 옷장 열쇠, 티볼책 등인데 이런 것이 과연 연습에 꼭 필요한 것인지 아닌지를 생각해 볼 때 꼭 필요하다고는 볼 수 없는 것들이군요."

"그렇습니다. 모자 역시 그렇습니다. 없어도 그만 있어도 그만인 것처럼 보입니다. 학교에서 무료로 지급한 단체복 상·하의를 모두 입고 여기에 모자를 쓰고 연습한다면 그럴듯한 기분은 좀 더 낼 수 있겠지만 그것도 그뿐이지 그 이상은 아닙니다. 티볼책도 그렇습니다. 이 책은 국어나 수학과 같은 종류의 교재가 아닙니다. 말하자면 이 책은 지도자용으로서 연습을 시키는 지도 교사에게 필요한 책이지, 배우는 학생들에게 필요한 것은 아니라는 뜻입니다."

"그러고 보니 그렇군요."

"더욱더 이해할 수 없는 것은 5만 원권 지폐 1장과 5천 원권 지폐 2장 그리고 옷장 열쇠입니다."

"그러네요. 그러면 여기에는 어떤 뜻이 들어 있나요? 제가 볼 때도 보통의 아이들은 지갑에 있는 돈이란 돈은 모두 다 가져가지, 일부는 남겨 놓고 일부만 가져가지는 않는데요."

"카드와 신분증을 제외하면 돈이란 돈은 모두 다 가져가는 것이 도벽이 있는 아이들의 수법인데…. 10원도 남김없이…, 그렇죠?"

"그렇습니다. 부장님! 저도 이미 한 번 털려 봐서…, 맞습니다. 맞아요. 부장님! 그렇습니다. 그래요."

박누리 선생님은 학기 초에 당한 지갑 도난 사건뿐 아니라 그에 따른 엉뚱한 봉변마저 다시 또 생각난 듯 이맛살을 찌푸렸다.

"그렇죠? 그게 그런 아이들의 일반적인 특징이지요. 그렇지만 이 경우는 다릅니다. 그러니까 이 경우는 좀 달라도 엄청 다르다고 하는 겁니다. 그 때문에 더욱더 이상하게 생각된 것이기도 하고요."

"그렇군요. 그러네요. 그런 면에서 보면 또 그러네요. 그리고 그런 점은 저의 경우와도 무척 다르네요."

"그렇습니다. 다를 겁니다. 다를 거예요. 나도 그러했으니까요. 그 당시 내 지갑에는 5만 원권 지폐 1장과 만 원권 몇 장 그리고 천원 권도 몇 장 들어 있었는데, 오직 5만 원권 지폐 1장만 없어졌습니다. 그것도 봉투에 따로 넣어 둔 것으로요. 그다음에는 5천 원권 2장만 없어졌고요."

"예. 그래요?"

"그렇습니다. 처음에는 귀신에게 홀린 듯 어리둥절하기만 했습니다. 이런 점에 대해 정말 어떻게 해석해야 할지 전혀 갈피조차 못 잡겠더군요. 심지어는 돈을 잘못 둔 것이 아닌가? 하는 착각도 들었습니다."

"그렇군요. 그런 점에서 보면 보통의 도둑이나 도벽이 있는 아이들과는 전혀 다르네요. 분명 다른 점이 있네요."

"그렇죠. 선생님도 이 점을 보면 확연히 다르다고 하는 것을 인정하시겠죠?"

"예. 인정합니다."

"그래서 그런 겁니다. 이를테면 이 문제는 이때부터 일반적인 도벽과는 좀 다른 시각에서 보지 않으면 안 되겠다고 생각했던 겁니다. 그뿐 아니라 바로 여기에서, 그러니까 바로 이런 점에 착안하여 지금까지의 생각들을 새로운 방향으로 바꿔 보기로 했던 것이기도 하고요."

"그렇군요. 부장님께는 역시 그런 계기가 있었군요."

"그렇습니다. 살다 보니 그런 일도 다 있습니다. 그런데 글쎄, 생각을 바꿔 보니 문제가 하나둘씩 풀리기 시작하더군요. 그래서 이번에는 문제를 바라보는 틀을 아예 통째로 바꿔 보니, 그동안 수수께끼로 남아 있던 문제들도 술술 풀리기 시작하는 겁니다. 물론 열쇠를 가져간 것도 그때부터는 조금씩 이해가 되기 시작하더군요."

"열쇠요?"

"그렇습니다. 열쇠! 옷장 열쇠!"

"열쇠는 아! 그렇지, 열쇠는요. 부장님! 돈을 훔치러 왔다가 서랍이나 옷장 속에 넣어 둔 지갑에 돈이 없으니 화가 나서 가져간 것이 아니었을까요?"

이처럼 말하며 박누리 선생님은 오랜만에 의기양양한 표정을 짓는다.

"그럴지도 모르겠습니다. 나도, 처음에는 선생님처럼 그렇게도 생각해 봤어요. 지갑에 돈이 없어 화가 나서 골탕 먹이려고 일부러 가져갔다고."

"그럼, 고의로 가져간 것이 아닌가요? 화가 나서….."

"곰곰 생각해 보면 그렇지는 않은 것 같습니다. 고의성은 없었다고 봅니다. 사실, 내가 그 당시 골탕 먹고 엄청난 곤경에 처하고 곤란함을 느낀 것도 사실입니다. 그렇지만 그것은 어디까지나 내 처지에서 볼 때 그런 것일 뿐이고, 내 처지에서 봤을 때의 느낌일 뿐이라는 겁니다. 결국은 그뿐이지요. 화가 난 내 처지에서 봤을 때 그렇다는 겁니다. 그런데 그 처지를 바꿔 그 아이의 편에서 보면, 그러니까 그 아이의 처지에서 분석해 보면 그렇지 않다는 겁니다. 그 아이에게 있어서는 그리고 그 당시의 그 상황에서는 열쇠가 아니었어도 괜찮았다고 하는 것입니다. 열쇠가 아니라, 볼펜이든 뭐든 아무런 상관이 없었다는 겁니다. 가령, 그때 이 티볼책을 가져갔어도 괜찮았다고 하는 겁니다. 그뿐 아니라, 이를테면 그때 이 책을 먼저 가져가고 그다음에 이 모자를, 그리고 그다음에 이 열쇠를 가져갔어도 괜찮았다고 하는 것입니다. 그 당시 그 아이에게는 그것이 열쇠가 아니라 다른 어떤 것이 되었든 그것은 전혀 관계가 없었다는 겁니다."

"그래요?"

박누리 선생님은 믿기지 않는다는 표정으로 백청수 선생님을 바라보며 고개를 가로젓는다.

"예, 그렇습니다. 다만, 그것으로 인해 선생님께 약간의 손해만 끼칠 수 있다면 어느 것이나 괜찮았다고 하는 겁니다. 그전에 다른 것을 가져갔을 때 끼쳤던 바로 그만큼의 손해를 끼칠 수 있다면, 아니 어쩌면 이 표현보다는 다음과 같은 표현이 더 어울릴지도 모르겠습니다. 그러니까 어느 정도의 관심을 끌 수만 있다면 그것으로 그만이었다는 겁니다. 그 때문에 그 아이에게 어떤 의도가 있어 그랬던 것이 아니라 그냥 그때 그곳에 열쇠가 있었기 때문에 그것을 가져갔다고 봐야 한다는 뜻이지요."

"그렇군요. 부장님 말씀을 듣고 보니 그럴 수도 있겠네요. 진강이의 처지에서 보면⋯. 관심만 끌 수 있다면, 그것으로 충분했던 것이군요."

"그렇습니다. 진강이는 내 물건 중 어느 하나만을 가져갈 수 있었으면 그것으로 그만이고 그것으로 충분했던 겁니다. 그리고 그것으로 인해 들키고, 들켜서 혼나고 아니면 그에 합당한 벌만 받을 수 있다면 그것으로 좋았던 것입니다. 그 당시 그 아이에게 필요한 것이 있었다면, 그 아이에게 어떤 의도가 있었다면 그것은 그런 벌을 받기 위한 기회였다고 봅니다. 그런 기회만을 노린 것이 전부였다고 여겨집니다."

"그렇군요. 그래서 그런 것이었군요. 지갑에 아무리 많은 돈이 들어 있다 하더라도 한 장이나 두 장 정도만 가져간 것도 실은 그 때문이었군요."

"그렇습니다. 바로 그겁니다. 티볼책, 모자뿐 아니라 공, 배트, 글러브도 그렇습니다. 그런 것 역시 연습을 위해 가져간 것이 아니라 관심을 끌기 위해 가져간 것일 뿐입니다. 관심을 끌고, 그 결과 들키고 그로 인해 그에 따른 벌을 받고 싶어 가져간 것일 뿐입니다. 나는 여기에 그와 같은 행동의 주목적이 있었다고 봅니다. 그런데 그것으로 연습도 하고 갖고 놀면서 즐거움을 얻었다면 그것은 그에 따른 부산물이었겠죠. 가져갈 때의 쾌감도 있었을 것이고 성공했을 때의 짜릿함도 있었을 텐데…. 괴로움에서도 벗어나고…. 그렇지만 이런 것이 결코 주목적은 아니었다고 봅니다. 부산물이었을 뿐입니다. 그 때문에 이 둘을 서로 바꾸려 한다거나 혼동하면 안 될 것 같습니다."

"그래요?"

박누리 선생님은 이 대목에서도 믿기지 않는다는 듯, 다시 또 의문에 가득 찬 표정을 짓는다. 이런 생각이 흘러간다.

'히죽대는 것도 그러면 결국에는 괴로움에서 벗어나기 위한 행동이었을까? 그리고 그 밑바닥에는 벌을 받고, 속죄하고 싶은 마음이 놓여 있고….'

"그렇습니다. 나 또한 너무 이상해서 얼마 전에 진강이와 좀 친하다고 하는 선수들을 불러 놓고 물어봤습니다. 진강이의 실력에 대한 평가뿐 아니라 친구들로부터 받는 신뢰나 인망도 알아볼 겸 해서요."

박누리 선생님은 아무런 대꾸도 하지 않았지만, 그 표정을 보니 호기심에 가득 찬 표정을 짓고 있었다.

"그랬더니 그 친구들이 사실, 나의 기대와는 달리 아주 딴소리만을 늘어놓는 바람에 무척 놀랐습니다. 그 친구들이 하는 말을 요약해 보면 그렇습니다. 진강이는 실력도 좋고 인망도 좋고 다 좋은데 연습은 하나도 안 한다는 겁니다. 더욱이 집에 틀어박혀 밖으로는 한 발짝도 나오지 않는다고…. 그뿐 아니라 집에서도 혼자만 방에 틀어박혀 있는데, 하는 짓을 보면 히죽히죽 웃고 있을 뿐이라고 합니다. 연습도 안 하고 나오지도 않고…. 히죽히죽….”

백청수 선생님은 어이없는 표정을 지으며 한숨을 길게 내쉬었다. 그동안 무척 궁금하게 생각되었던 것이 이렇게 시시한 것으로 밝혀졌기 때문인지, 한동안 종잡을 수 없는 표정을 짓고 있었다. 그렇지만 속으로는 그 당시의 느낌을 떠올려 본다.

그 당시 백청수 선생님은 그 친구들이 하는 말을 듣고,

‘확실하군! 확실해. 이것으로써 확실해졌다. 절도 의존증이. 히죽히죽 웃는 증세가 사실이라니, 이것만은 아니길 바라고 또 바랐건만…. 이젠, 어쩔 수 없다!’

라는 결론을 내린 바 있었고, 지금은 또 그때 얻은 결론에 따라 말하고 있는 것이었다.

“정말 그래요?”

“정말, 그렇습니다. 사실입니다. 도난당한 물건을 찾으러 그 집을 직접 찾아갔던 그 친구들의 말을 그대로 인용해 보면 그렇습니다. 만지작거리고 히죽히죽 웃고 그러는가 싶으면 또 다른 것을 꺼내 만지면서 히죽히죽 웃고 그러기를 몇 번씩이나 되풀이한다고 하더군요.”

백청수 선생님은 다시 또 긴 한숨을 내쉬었다. 긴 한숨만 내쉴 뿐 다음과 같은 말은 차마 하지 못한다.

'미친놈이 따로 없다고 하던데요. 그놈보다 더한 놈도 없고, 그러다가 마지막에는 울고불고 화를 내기도 하고…. 아마, 지금쯤은 자책 증세를 보일지도 몰라요.'

"아! 그래요? 정말 그래요?"

박누리 선생님은 정말 못 믿겠다는 듯 '정말 그래요?'라는 말만을 되풀이하며 백청수 선생님만 뚫어지게 바라보았다. 그렇지만 속으로는 이런 생각들이 흘러가고 있었다.

'그렇구나! 부장님도 느끼고 계셨구나. 히죽히죽…. 이런 말은 어머님으로부터도 많이 들었는데…. 그런데 그 말이 그러고 보니 이렇게 연결되는 거였어. 절도 의존증의 증세로…. 그뿐 아니라 그 원인으로서 동생이 다쳤다고 하는 큰 사건이 있었고, 그로 인해 죄책감이 생겨났고 그 죄책감에서 벗어나기 위한 행동으로써 남의 물건을 몰래 하나씩 가져오게 되었고…. 그렇게 가져오면 또 집에서 갖고 놀면서 히죽히죽…. 어쩔 수 없는 괴로움에서 조금이라도 벗어나고 싶은 마음에서 그런 행동을 했고…. 그러면서도 다른 한편으로는 관심을 끌고 들키고 그 결과 벌을 받고 매를 맞고 싶은 그날이 오기만을 기다리고…. 그렇게 연결되는 거였어. 그렇게.'

이런 생각 때문일까? 조금씩 안도감이 들기도 했고 '가엾어라.'라는 동정심도 일어났다. 그 아이의 처지에서 봐야겠다는 생각도 점점 더 굳어져 갔다.

그뿐이 아니다. 그동안 소화되지 않은 체증이 한꺼번에 내려간 느낌이다. 뻥 뚫린 듯 시원했다. 이제는 '히죽히죽'이나 '별스럽다.'라는 말도 깨끗이 소화된 것 같다. 그 때문인지, 다음과 같은 생각도 들었다.

'그래서 그러셨던 거구나! 관련된 자료도 모으시고 나름대로 분석도 해 보시고…. 그러셨던 거야! 난 단지…, 뜬금없이 절도 의존증이란 말을 꺼내셨기에 이상하다고만 여겼는데…. 이상한 쪽으로만 몰고 가려고 하는 것이 아닌가? 이런 생각까지 해 봤는데…. 그런데 그게 아니라, 부장님은 한발 앞서 나름대로 분석도 해 보셨고 확인도 해 보셨고 해결책도 찾아보셨구나.'

백청수 선생님의 마음을 이해하게 되자, 더욱더 귀를 기울이며 공감하기 시작했다.

"그렇습니다. 그 친구들의 말이 옳다면 말입니다. 그 때문에 티볼공이나 배트, 글러브도 날 좀 화나게 하려고 일부러 가져간 것일 뿐 다른 뜻은 없었다고 봅니다."

이런 말을 하는 도중에도 백청수 선생님의 마음에는 이런 생각이 흘러가고 있었다.

'지금에 와서 생각해 보면, 그런 행동들이 모두 나에게 보낸 도움의 요청이기도 했습니다. 그 아이 나름의 SOS, 그런 거였어요. 그 속에 담긴 뜻을 얼마 전에야 겨우 풀어냈지요.'

"그렇군요. 그렇게 해석을 해야겠군요. 이제부터는 저도 제 처지가 아니라 진강이의 입장에서 좀 더 깊이 있게 봐야겠어요."

처지를 바꿔 보는 순간, 바로 그 순간부터는 박누리 선생님의 마음에도 그동안 막혀 있던 이해의 물결이 흐르기 시작했다. 백청수 선생님뿐 아니라 진강이에 관하여도 서로의 마음을 이해할 공감의 기반이 마련된 것이었다.

"그러면 혹시 선생님도 교실에서 이와 같은 것을 느끼지 못하셨는지요? 이번에는 진강이의 입장에서 잘 생각해 보십시오."

"예, 그러면 그렇게 해 볼게요."

"이를테면 큰 물건을 건드리기보다는 작은 물건을 건드리고 반 아이들의 물건을 가져갈 때도 아주 작은 물건만 가져가고, 작은 문제만 만들고 그런 것이 또 문제시되어 선생님께 혼나길 바라는 그런 느낌을 받으신 적은 없었는지요?"

"그러고 보니 그런 것도 같네요. 도난 사건들이 접수되기는 많이 접수되었는데 아주 큰 것은 없었던 것 같아요. 지금 다시 생각해 보니 그러네요. 생각해 보면 볼수록 그렇게 보이네요."

박누리 선생님도 진강이의 행동이 다소 이해가 되는 듯 고개를 끄덕였다. 비로소 그동안 의문에 싸였던 진강이의 행동들이 왜 그래야만 했는지, 그 이유를 알게 된 것 같다.

"그럴 겁니다. 곰곰 생각해 보면 그럴 겁니다. 아까도 말한 바와 같이, 그 아이의 행동에는 훔칠 때의 긴장감이나 성공했을 때의 쾌감을 추구하는 면도 있기는 있지만, 그것이 전부는 아니라는 겁니다. 좀 더 생각해 보면 들키고 싶고, 들켜서 혼나고 싶은 마음도 들어 있다고 하는 것입니다. 그 때문에 아주 큰 것은 못 훔치고 아니 이 경우에는 못 훔치는 것이 아니라 일부러 안 훔치는 것이겠지만 말입니다."

"그렇군요. 그러고 보니 그렇군요. 그렇다면 부장님! 더 큰 죄는 뭘까요? 벌을 받고 싶어 한다고 하는 것은 이미 지은 큰 죄를 대신 갚는 것으로서의 속죄라고 말씀하셨는데…."

"그렇습니다. 바로 그렇습니다. 이미 더 큰 죄가 있었다는 것이죠. 아니면, 더 큰 잘못이라고 해도 좋을 것 같습니다. 물론 그런 것도 그 아이의 처지에서 봤을 때 그렇다는 겁니다. 그리고 그것을 뭐라 하든 상관은 없겠지만 나는 그런 것이 있었다고 가정했고, 그런 가정에 따라 그런 일을 저질렀다고 여길 만한 사건도 이제는 찾아낸 것 같습니다. 감당하기 어려울 만큼 크나큰 죄의식을 느낄 만한 사건을 말이에요. 선생님도 어느 정도는 짐작하고 있으리라 생각됩니다만, 그 사건은 아마도 동생과 관련된 것 같아요. 물론 그 사건이, 동생이 다친 것이 구체적으로 어떤 것인지 그 내용은 잘 모르겠습니다만 생각해 보면 볼수록 그렇다는 확신이 듭니다."

"예에? 그렇군요. 지금도 입원 중인 동생과 관련된 사건이었군요. 그러니까 입원하게 된 원인이나 계기라고 할까요?"

사실, 박누리 선생님도 어느 정도는 짐작하고 있었다. 그렇지만 이렇게 다시 또 듣고 보니 놀라움도 적지 않다. 한편으로는 믿기지 않을 만큼 엉뚱하다는 생각도 들었지만, 이런 의문도 든다.

'그 말은 곧 진강이 때문에 동생이 다쳤다는 그런 말인가요? 그래서 그런 죄의식이 생겨났고, 그런 죄의식 때문에 또 그런 버릇이 생겨났다는.'

박누리 선생님의 의문에 답변이라도 하듯 백청수 선생님은 진단서를 보여 주며 이렇게 말했다.

"바로 그겁니다. 3학년 1반 선생님으로부터 건네받은 이 진단서를 보면, 동생은 머리를 다쳐 지금까지도 입원 중입니다. 그러니까, 진강이가 동생에게 직접적인 피해를 줬을 수도 있고, 아니면 간접적인 피해를 줬을 수도 있다는 것입니다. 그런 것도 아니라면, 모른 척했다든지 옆에 있어 주지 못해 미안하다든지, 그런 간접적인 형태일 수도 있다고 봅니다. 이런 것 중 어느 것인지는 모르겠지만, 본인에게 직접 들어 보면 더욱더 좋겠지만, 지금으로서는 그럴 수도 없고⋯. 아무튼, 동생과 관련된 것만큼은 확실한 것 같습니다."

"예, 그렇군요. 설마 했는데."

"구체적인 상황은 잘 모르겠습니다만 이런 것 중 어느 하나로 인해 심한 죄책감에 시달리게 되었다고 하는 것이 나의 분석입니다. 이것이 바로 이 문제에 대한 원인으로서 지금까지 제가 추적해 온 것이었고, 그와 같이 끈질긴 추적 끝에 찾아낸 결론이기도 합니다."

"결국, 부장님의 말씀은 동생이 다친 것에 진강이가 어떤 형태로든 관련되어 있고 그로 인해 죄책감도 생겨났고, 또 속죄하려는 마음에서 물건을 훔쳤고⋯."

"그렇습니다. 바로 그겁니다. 좀 과장해서 말한다면 훔치는 것도 훔치는 것이지만 그것으로 인해, 이를테면 그런 것을 계기로 진지하게 벌을 받고 싶어 한다는 것입니다. 벌을 달게 받아야 비로소 속죄도 할 수 있으니까요. 좀 더 정확하게 말한다면 벌을 달게 받는 것이 곧 속죄, 말하자면 큰 죄에 대한 속죄라고 생각하고 있어서 그렇다는 겁니다."

이 말을 듣고 박누리 선생님의 마음에는 다음과 같은 의문이 들었다.

'그렇다면 차라리 동생에게 미안하다고 하면 되지, 그렇지 않을까? 왜, 그렇게 힘든 방법으로 속죄하려고 하는 걸까?'

이 생각에 따라,

"부장님! 그러면 동생과 그냥 화해하면 안 될까요?"

라는 질문도 해 본다.

"그건 좀 어려울 것 같습니다."

"그래요?"

"왜냐하면, 그 애는 그렇게 생각하고 있지 않기 때문에 그렇습니다."

"그렇군요. 그 애는 그렇게 단순한 문제로 보지 않는군요."

"그렇습니다."

"네에. 부장님! 그러면 그건 일반 아이들과는 좀 다른 거군요."

"그렇습니다. 그래서 아니, 그 때문에 일반적인 방법이 통하지 않는다고 봐야 할 것 같습니다."

"그러고 보면 진강이와 관련된 모든 문제의 핵심은 바로 여기에 놓여 있었군요. 바로 여기에…."

"그렇습니다. 바로 여기에 이 문제의 핵심이 놓여 있는 것으로 보입니다. 그러니까 그 아이는 다른 아이들과는 달리 그렇게 생각하고 있다는데 문제의 핵심이 놓여 있는 것입니다. 보통의 아이들에게 통할 법한 그런 방법이 그 아이에게는 통하지 않기 때문에, 그 아이만의 생각과 행동을 눈여겨봐야 하고, 그와 같은 생각과 행동을 존중하는 가운데 더는 상처 나지 않도록 하면서 이 문제도 해결해야 한다고 하는 것입니다. 그 때문에 나는 또 이 문제를 해결하는 데는, 이런 데에 그 핵심이 놓여 있다고 봅니다. 문제 해결의 핵심, 그렇습니다. 그래요. 나의 견해로는…."

"그렇군요. 부장님! 이 아이만의 고민…. 원인…. 그리고 이 아이만을 위한 해결책…. 그린 것이군요."

박누리 선생님은 가까스로 이렇게 말하고는,

'사람마다 다르다고는 하지만…. 요즘 아이들은 이렇게 다른 것일까?'

라는 생각으로 가볍게 고개만 가로저을 뿐이었다.

아직도 그 아이만의 특수성이 이해되지 않는 모양이다. 그래서 그런지, 이런 의문이 꼬리에 꼬리를 물고 있다.

'아이마다 그 아이만이 가진 독특한 고민과 갈등이 있다고 전에도 말씀하셨던 것 같은데, 그런 문제를 풀어 주지 못했기에 작년에도 시합에서 졌고…. 그렇다면 이 문제가 바로 이 아이만의 고민과 갈등일까? 개성? 아니면, 인격적인 특징일까? 인격적인 결함은 아닐 테고…. 잘못했다면 벌을 받고 싶어 하는 것은 당연한 일인데, 그러면 무릎 꿇고 무조건 잘못했다고 빌면 되는 것이 아닐까? 하긴, 이것도 평범한 방법이지. 그러고 보면 이 아이만의 독특한 해결 방법은 아니구나. 벌 받기를 기다린다. 그렇구나. 중이 제 머리 못 깎고 자신의 팔꿈치를 자신이 못 핥듯, 이 아이도 자기 스스로는 벌을 줄 수 없으니 기다려보자는 것이구나. 회초리를 든 누군가가 나타나기만을…. 자기를 혼내 줄 누군가를 기다리고 또 기다리고 있는 것이구나. 이런 것이 또 이 아이만의 방법, 해결 방법…. 그렇지. 그 아이에게만 통하는 해결 방법이 있다는 말도 전에 들었던 것 같은데, 이게 또 그런 방법일까?'

생각들이 어느 정도 정리되자, 백청수 선생님의 말씀이 다시 또 들려오기 시작했다.

"곰곰 생각해 보면, 이런 것이 모두 다 그 아이만의 인격적인 특징이나 성장 방식으로도 볼 수 있을 것 같습니다."

"성장 방식이요?"

"그렇습니다. 쉽게 사과하고 그럼으로써 책임도 쉽게 벗어나려 하는 것이 아니라 어렵게 사과하고 무겁게 책임지고 그럼으로써 좀 더 책임감이 있는 어른으로 성장하고 싶어 하는지도….어찌 되었든, 그 아이는 그런 것을 추구하고 있는지도 모르겠습니다. 그 아이는."

"자신의 잘못된 행동에 무거운 형벌을 받고 싶은 거군요. 좀 더 책임감 있는 사람이 되기 위해."

이렇게 말하는 박누리 선생님의 마음에는 다음과 같은 생각이 흘러가고 있었다.

'그러고 보니 그러네. 네라는 말만 해 놓고 내팽개치는 그런 무책임한 아이들과는 전혀 다르기도 하네.'

"예, 꼭 그런 것만은 아니지만 그런 면도 있다는 것만큼은 확실합니다. 그런 책임감이 없다면, 그처럼 막중한 책임감을 느끼지 못했다면 그와 같은 죄의식도 느끼지 못했을 것이고, 그런 죄의식이 없었다면 그런 증상은 나타나지 않았을지도 모르고요."

"그렇군요. 책임감이 있어서 죄의식도 느끼는 것이군요."

"그렇습니다. 책임감이 없다면 죄의식도 없겠죠. 그리고 이런 점에서 보면 그 아이의 문제는 한 단계 더 성숙한 사람이 되기 위해 겪고 있는 진통으로도 볼 수 있을 것 같습니다. 물론 이 경우에는 그 방법이 크게 잘못되고 미숙하긴 미숙하지만 말입니다."

"그렇군요. 그래서 선생님은 성장이라는 말을 쓰신 거군요."

"그렇습니다. 심리적으로, 정신적으로 한 단계 더 큰 사람이 되기 위한 마음의 고통을 겪고 있는 셈이지요. 좋게 보면 그런 겁니다."

"예. 긍정적으로 보면 그렇기도 하겠네요."

"그러고 보면 사람의 마음이란 이런 고통을 통해 더 크고 더 넓고 더 단단하게 다져지는 것이기도 하지요."

"예. 그렇게 보니 그렇게도 보이는데요."

이런 대답을 하면서도 박누리 선생님의 마음에는 이런 생각이 흘러
가고 있었다.

　'그래서 부장님은 교육자는 교육적인 면에서 봐야 한다고 말씀하신
것일까? 그렇다면, 그러니까 교사는 형사나 의사와는 다르므로 그들
과는 다른 관점에서 접근해야 하는 것처럼 보이기도 하고…. 물론 해
결책도 그렇고.'

　"예. 그렇습니다. 보시다시피 이 문제는 그리 간단하지 않습니다. 그
리 간단하게 풀릴 문제는 아니지요. 여러 가지 관점에서 보면 볼수록
이 문제는 점점 더 복잡해지고 어려워지는 것 같습니다. 벌 받기를 기
다린다고 하는 것만 해도 그렇습니다. 그 문제만 해도 그리 간단하지
않습니다."

　"그러네요. 부장님!"

　"그 문제만 보더라도, 문제는 아무도 벌을 주지 않는다고 하는 데 있
습니다."

　"그야, 그렇죠. 현재로서는 아무도…."

　"그렇습니다. 공교롭게도 그렇습니다. 물론 지금도 그렇고요. 현재
로서는 운이 좋은 것인지 아니면, 어머님과 담임 선생님의 방어능력이
나 문제를 없는 것처럼 꾸미는 능력이 뛰어나서 그런지, 들킨 적도 없
습니다. 한 번도 없죠. 들키지 않았으니 벌도 당연히 받을 수 없었겠
죠. 그 어떤 벌도 주어지지 않았고, 그 어떤 속죄도 할 수 없었기에 지
금도 계속되고 있는 것입니다. 이 순간에도 절도는, 아주 작은 범죄는

계속되고 있다는 것입니다."

"그렇죠. 지금도 계속되고⋯."

"그런데 어떻게 보면 이것은 저주입니다. 들키지 않아서 좋은 것이 아니라 그 반대라는 겁니다. 들키지 않아 오히려 괴로움만 더 겪고 있다는 겁니다. 번번이 실패만을 거듭하고 있어서 그에 따른 좌절감을 느끼고 자포자기의 심정에 빠져들고, 어느 때는 자책 증세마저 나타나 더 큰 곤욕을 치러야 하기에 난감하기 이를 데 없다는 겁니다. 그런 면에서 보면 이것은 분명 저주이며, 그 아이에게 떨어진 최대의 벌인지도 모르겠어요."

박누리 선생님은 뜨끔 했다. 선생님은 그동안 문제를 감추고 무마시키려고만 했기 때문이다.

'칫! 그런 줄 알았다면 들키도록 그냥 두는 것인데⋯. 그렇지만 정말, 그냥 두었다면 지금쯤은 어떻게 되었을까?'

이와 같은 생각도 순간적으로 해 보지만, '담임교사로서 그렇게는 할 수 없는 일'이란 답을 내고는 '잘했다.'라는 말로서 자신을 위로해 본다.

"그런데 문제는 또 있습니다."

"또 다른 문제가 있다고요?"

"예, 있습니다. 그렇게 해서, 그러니까 계속 문제를 덮고 모른 척해서 문제가 잘 풀렸다면 별문제가 없었을 텐데, 문제가 풀리지 않다 보니 새로운 문제가 발생하고 있다는 것입니다. 작은 것이 작은 것으로서 끝나면 괜찮은데 현실은 그렇지가 않습니다. 작은 것도 쌓이고 쌓이면 큰 것이 된다는 것이 우리의 현실이죠."

"그래요? 현실적으로 또 어떤 문제가…."

박누리 선생님은 다시 또 이해되지 않는다는 듯 백청수 선생님만 바라보고 있다.

"티끌은 모아도 티끌 더미에 불과하지만, 남의 물건은 가져오면 가져올수록 그 물건들만 계속 쌓이는 것이 아니라 그와 관련된 또 다른 문제가 생긴다고 하는 것입니다."

"그러면 부장님 말씀은 그런 것으로 인해 또 다른 문제가 이미 발생하고 있다는 그런 뜻인가요?"

"예, 그렇습니다. 아무리 작은 물건이라 하더라도 쌓이고 누적되면 새로운 문제가 생기기도 한다는 뜻입니다. 이를테면, 그렇게 생긴 문제 중 하나는 횟수의 누적에 따른 죗값의 증가일 수도 있습니다. 말하자면 몰래 가져올 때마다 그 횟수도 점점 늘어나고, 그런 횟수가 늘어나면 늘어날수록 그에 따른 죗값도 커진다는 뜻이지요. 그리고 바로 이 경우가 그런 경우에 해당합니다. 물건이 계속 쌓이는 것도 문제는 문제이지만, 그보다는 오히려 그 횟수의 누적에 더 큰 문제가 있다고 봅니다. 이를테면, 횟수의 누적에 따라 죗값도 그에 비례하여 더 커진다고 하는 점이지요. 물론 이 문제는 지금도 계속되고 있습니다. 이 상태라면 앞으로도 계속 그럴지도 모릅니다. 그 아이는 들키지 않고도 넘어가는 저주, 즉 행운이라는 저주에 걸려 있으니까요."

"그야, 그렇죠. 지금도 앞으로도…."

"그런데 문제는 누적되고 커지면 그에 따른 성질도 변한다고 하는데 있습니다. 이 문제도 이제는 정말 심각해지고 있습니다."

"아! 예에."

"이제는, 절도의 횟수가 너무 많이 누적된 이제는 벌을 받는다고 하더라도 작은 벌이 아니라고 하는 데 문제가 있습니다. 작은 벌로서 끝날 수 없다는 뜻이지요. 쉽게 말하자면 횟수가 늘어난 만큼 그에 따른 죗값도 커졌기 때문에 그 값에 비례하여 처벌의 강도도 그만큼 높아질 수밖에 없다는 겁니다. 이를테면 가중 처벌될 가능성이 크다는 뜻이지요. 그 때문에 이제는 똑같은 것을 몰래 가져오더라도 작은 벌을 받기 위해 가져오는 것이 아니라 처음의 벌보다 훨씬 더 큰 벌을 받기 위해 가져오는 꼴이 되었다고 하는 것입니다. 그러고 보면 횟수의 함정에 걸려든 것이지요."

"횟수의 함정이요?"

"그렇습니다. 횟수의 함정. 그러니까 그동안 가져온 물건들과 그 횟수를 계산해 보면 그렇지 않겠습니까? 횟수가 늘어나면 늘어날수록 가중 처벌될 가능성도 그만큼 커질 텐데, 안타까울 뿐입니다."

"예. 그러네요. 안타깝네요."

"안타깝죠. 그 때문에 저주라는 말을 쓴 겁니다. 들키지 않았기 때문에 횟수의 함정에 빠졌고 그 때문에 오히려 더 큰 벌을 받게 될지도 모르기 때문이지요. 이는 분명 저주임이 틀림없습니다."

이 말을 듣고,

'한두 번은 행운이지만 그런 행운이 계속되면 그것 또한 저주가 될 수 있다는 말인가요?'

라는 생각도 들었지만, 이내 곧 사라진다. 그보다는 진강이 쪽이 더 걱정스러웠다. 그 때문인지 이런 질문을 해 본다.

"그런데 부장님! 당사자인 진강이는 이런 사실에 대해 알고 있는 것일까요?"

"설마! 그 아이가 그런 것까지 계산하고 행동했겠습니까? 난, 아니라고 봅니다."

"그렇겠죠? 그런 것을 알고 있었다면 그런 행동도 더는 하지 않으려 했겠죠?"

"그렇습니다. 그 때문에 지금부터는 그 아이에게 이와 같은 사실들을 하루라도 빨리 깨닫게 하는 것이 중요하다고 봅니다. 그래야만 이 문제도 해결될 수 있으니까요. 그리고 이제는, 더 이상 지체하는 것은 위험하다고 봅니다."

"그렇죠? 부장님! 더는 이대로 있을 수 없는 일이겠죠?"

"예, 그렇습니다."

"그럼, 이제 어떡하면 되죠? 부장님! 하루빨리 이 문제가 해결되어야 할 텐데요."

"빠르면 빠를수록 좋겠죠?"

"예. 그리고 전, 이 문제를 해결해 볼 마음으로 부장님을 찾아온 것인데 어렵게 찾아온 만큼 뭔가 좋은 수가 있지 않을까요?"

박누리 선생님은 '이 문제를 정확하게 진단한 만큼 그에 따른 해결책도 있지 않을까?'라는 기대를 하며 백청수 선생님을 바라보았다.

11

"스스로 해결하는 수밖에 없다고 봅니다."

이 말을 듣고 박누리 선생님은 실망의 빛을 감추지 못했다. 그 순간 이런 생각이 흘러갔다.

'부장님! 아이들의 힘만으로는 무리이지 않을까요?'

그렇지만 시간이 지나자 좀 달라졌다. 한편으로는 놀랍기도 하고 다른 한편으로는 기발하다는 생각도 드는 것이다.

그렇지만 좀 더 깊이 있게 생각해 보면 백청수 선생님의 문제 해결 방법은 '범죄'보다는 '절도 의존증'에, '행운'보다는 '저주'에, '강력한 처벌'보다는 '온화한 깨달음'에 초점을 두고 있는 것 같았다. 그리고 보면 인성의 보호나 마음의 성숙을 최우선으로 고려한 해결 방법이었는지도 모르겠다.

그뿐이 아니라, 그 아이가 치러야 할 죗값은 그동안 느낀 죄책감과 그에 따른 남다른 고통을 겪은 것으로 충분하다고 본 것이 아니었을까? 물론, 책임감이 강하다고 하는 것도 이런 판단을 내리는데 한몫했는지도 모르겠다. 그 때문에 백청수 선생님은 그 자신이 걸어 놓은 저

주의 주문은 그 자신이 풀어내야 하고, 풀어낼 방법마저 제시하고 있었는지도 모르는 일이다.

그러고 보면, 그렇게 걸려 있는 그 주문만 풀리게 되면 진강이의 문제도 자동으로 풀리고, 그 문제만 풀리면 그때는 진강이도 그 자신의 본 모습으로 돌아올 것이라고 본 것이 아니었을까? 한층 더 성숙한 모습으로 돌아올 것이라고. 어쩌면, 그런 믿음이 있었기에 그 아이에게 그런 기회를 마련해 주고 싶었는지도 모를 일이다. 그리고 이것이 바로 백청수 선생님의 응답이었는지도…. 그 자신에게 요청한 구원의 손길, 그 아이만이 자신에게 보낸 SOS에 대한 응답이었는지도.

"스스로 해결한다고요?"

"예, 그렇습니다. 스스로 해결할 수 있도록 돕는 방법밖에 없다고 봅니다. 그렇지 않은가요?"

"저는 아직도 그것이 어떤 것인지 판단이 서지 않아요. 부장님."

"그렇군요. 그렇지만 잘 생각해 보면 내가 볼 때는 그 방법이 가장 좋은 것 같은데, 지금으로서는 그렇습니다."

"그래요?"

"그렇습니다. 진실을 감춘 채 부정과 침묵으로 일관하고 있는 이 상황에서는 이 방법이 가장 큰 효과가 있을 것으로 보입니다."

"예에."

"그렇다고, 당사자에게 직접 물어본다고 하여 될 일도 아니고…, 그렇지 않을까요? 누가 쉽게 대답을 해 주겠습니까? 어머님이 진실을 털어 놓을까요? 아니면, 진강이가 자수를 할까요? 그렇다고 지금에 와서 다짜고짜 '네가 훔쳐 갔지?'라는 말로 몰아붙인다든지, 아니면 '촬영한 동영상을 보여 주며 훔치는 것은 나쁜 행동이야.'라는 말로서 타이를 수 있다면 그 나름 시원한 맛은 있겠지만, 그것 역시 잠시일 뿐, 오히려 그로 인해 또 다른 문제가 생겨나지 않을까요? 그러니 방법을 좀 달리 해 보는 것도 좋을 것 같습니다."

이 말을 듣고 박누리 선생님의 마음에는 이런 생각이 흘러갔다.

'맞아요. 부장님! 그랬더니 황당한 봉변만 당했는걸요. 그러고 보면 교사는 교육전문가이기 때문에 다른 분야에 종사하는 분들과는 달리 교육적인 면에서 진단하고, 그 결과에 따라 그 아이에게 가장 알맞은 방법을 쓰는 것이 좋을 것 같아요. 그 아이뿐 아니라 학부모님도 만족하고 교육적으로 볼 때도 옳은….'

그뿐 아니라,

'그 당시 화를 내던 그 어머님의 마음도 이제는 어느 정도 이해가 되는 것도 같고요.'

라는 생각도 든다.

"그러시면 부장님! 뭐, 좋은 방법이라도 있으신가요?"

"그렇습니다. 방법이 하나 있기는 있습니다. 그전부터 좀 생각해 둔 방법입니다만…."

"그전부터요?"

"그렇습니다. 그전부터, 그러니까 동서초와의 경기가 끝난 그다음부터 줄곧 생각해 본 방법이기도 한데…. 그리 신통한 방법은 아닐지도 모르겠습니다만, 그래도 한 번쯤은 시도해 볼 만한 방법 중 가장 좋은 방법이라는 생각이 듭니다."

"예. 그러면 그 방법이란?"

"그렇습니다. 그 방법이란 바로 스스로 입을 열게 하는 방법입니다. 쉽게 말하자면, 자발적으로 자신의 이야기를 할 수 있도록 돕는 것이죠. 이 상황에서는 이 방법이 가장 좋은 것으로 보입니다."

"그러면 구체적으로 어떻게 하겠다는 말씀이신가요?"

박누리 선생님은 이런 질문을 하면서도,

'말하고 털어놓는 가운데 스스로 깨닫게 하려고 하는 것이 아닐까?'

라는 생각을 해 본다.

"분위기를 만들어 줘야죠."

"분위기를요?"

"예, 말할 수 있는 분위기를, 그것도 자연스럽게 말할 수 있는 분위기를 만들어 주는 것입니다."

"그렇군요. 그리고 보니 그런 방법이 제일 무난한 것처럼 보이네요. 속마음을 다 털어놓을 수 있는 분위기, 그런 거라면 더욱 좋을 텐데요."

"그렇죠? 아무리 생각해 봐도 그 방법이 제일 좋겠죠?"

백청수 선생님은 회심의 미소를 짓는다.

"네. 그러면 또 그런 분위기는 어떤 방법으로?"

"그것도 방법이 있습니다. 아주 좋은 방법이 있어요. 아주 좋은 방법이."

이번에는 의미심장한 미소를 지었다.

"그래요?"

박누리 선생님도 해결책을 찾아 기쁜 듯 표정도 밝아졌고, 좀 더 적극적으로 나왔다.

"그렇습니다. 생각을 좀 굴려 보면 스스로 말을 하게끔 하기에 딱 좋은 프로그램이 있습니다. 우리 학교에는."

"그런 프로그램이 있어요? 우리 학교에요?"

박누리 선생님도 기쁜 듯 백청수 선생님의 어법을 따라 말해 보기도 한다.

"예. 우리 학교에는 그런 프로그램이 이미 준비되어 있습니다."

백청수 선생님은 '이미'라는 말을 강조하며 다시 한번 회심의 미소를 지었다.

"감이 잘 안 오는데 어떤 프로그램인가요? 부장님!"

"그건 바로 이번에 열리는 '콩 꼬투리 프로그램'입니다. 그 프로그램을 이용하면 될 것 같습니다. 그 시간을 충분히 활용하여 자신의 경험과 생각뿐 아니라 갈등과 고민까지도 자연스럽게 끌어내는 것이죠."

"그런데 그 프로그램은 서로 다른 아이들끼리 모여 대화를 나누는 시간인데, 서로들 서먹서먹해서 그런 말을 하기는 할까요?"

"물론 그럴 수도 있습니다. 모험을 걸어봐야죠. 이를테면, 준비를 철저히 함으로써 서먹서먹하지 않고 화기애애한 분위기 속에서 자신의 경험과 생각뿐 아니라 고민까지도 솔직하게 털어놓을 수 있도록 그 분위기를 잘 이끌어 가야죠."

"과연 생각대로 될까요?"

"나는 될 수 있다고 봅니다. 반대로 생각해 보면 선생님이 지금 우려하고 있는 바와는 전혀 다른 결과가 나올 수 있다고 봅니다. 그러니까 잘만 하면 아주 좋은 결과가 나올 수도 있다고 보는 것이지요. 나는 확신합니다."

"과연 그럴까요?"

"그렇습니다. 내 생각에는…, 그러니까 서로 다른 학년이 모여 있어서, 오히려 그 때문에 말이 더 잘 나올 수 있다고 보는 것이죠. 친구들끼리라면 알게 모르게 경쟁심이 유발되고 그런 불필요한 경쟁심에 밀려 말을 못 할 수도 있겠지만 서로 다른 학년의 아이들이라면 그렇지 않다는 겁니다. 서로 다른 학년이기 때문에 부담 없이 말할 수 있다는 것이죠. 부담 없이 협력하고 무한정 배려하고 마음껏 양보할 수 있다는 뜻입니다. 그 때문에 그런 힘에 힘입어 토론 또한 더욱 활성화될 수 있다고 보는 것이죠. 그리고 일단 그런 분위기만 타면 말도 자연스럽게 나올 수 있다고 봅니다. 누구든지 자유롭게 말할 수 있다는 겁니다. 그렇지 않을까요? 그 때문에 준비만 잘하면 아주 좋은 분위기 속에서 자신의 이야기뿐 아니라 속마음도, 아주 깊이 숨어 있는 속마음까지도 거리낌 없이 꺼낼 수 있다고 보는 것이지요."

"그럴 수도 있겠는데요. 서로에게 눈치를 볼 것도 없고."

"그렇습니다. 서로 다른 학년이라면 그렇습니다. 서로 다른 학년이라면 서로에 대한 경쟁심보다는 서로에 대한 배려가 앞서고 그 때문에 더 좋은 분위기가 연출될 수 있다고 보는 것이죠. 그리고 또 한 가지 좋은 점은 그 프로그램의 운영 목적에 있습니다. 말하자면 이 프로그램은 형제가 거의 없는 요즘 아이들에게는 형제간의 우애를 느껴 볼 기회를 제공해 주는 반면, 형제간의 다툼이 있는 경우에는 그 문제에 대해 거리낌 없이 토론하고 해결을 위한 실마리도 스스로 찾아볼 수 있도록 도와줌으로써, 우애를 다시금 돈독히 다져 주고자 하는 데 그 목적을 두고 있어서, 그렇다는 겁니다. 그 때문에 이와 같은 목적도 매우 긍정적인 요소로 작용할 수 있다고 보는 것이죠. 모든 교사가, 모든 학생이, 모든 학부모님이 그렇게 알고 그렇게 추진한다면 분위기도 그쪽으로 자연스럽게 흘러가지 않을까요? 그뿐이 아닙니다. 심리적으로도 이로운 점이 있습니다."

"심리적으로요?"

"네. 그렇습니다. 친형제 사이에서는 어떤 문제가 발생하면 감정이 앞서기도 하지만 남남으로 모인 관계라면, 그것도 하나의 약속으로 묶인 의형제의 관계라면 그렇지 않을 수도 있다는 것입니다."

이 말을 듣고 박누리 선생님은 이런 생각도 해 본다.

'아니, 오히려 남남이기 때문에 잘 모르고 그 때문에 오해도 생기는 게 아닐까요?'

그러나 한편으로는,

'약속으로 묶인 형제 관계일 뿐 아니라 선생님도 함께 있으니, 설마! 그런 오해는 생기지 않겠지.'

라는 생각으로, 자신이 낸 물음에 대한 대답도 스스로 찾아본다. 그러고는 백청수 선생님의 말씀을 좀 더 들어 보려고 한다.

"서로 다른 학년이기 때문에 배려의 힘도 무한정 늘어날 수 있기 때문이죠. 그뿐 아니라 서로를 보는 눈도 달라질 수 있고요. 그래서 서로를 좀 더 이성적으로, 좀 더 객관적으로 바라볼 수 있다고 봅니다. 이 말은 객관적인 시각에서 거리낌 없는 대화가 될 수 있다는 뜻입니다. 말하자면 거리감이 좀, 그러니까 아주 적당하게 있어서 좀 더 냉철하게 볼 수 있다는 겁니다. 그 때문에, 그런 면에서 판단해 볼 때는 좀 더 좋은 토론이 될 수 있다고 보는 것이지요. 이를테면 속에 있는, 마음속에 쌓인 감정들을 다 끄집어 낼 수 있는 대화도 가능하다고 보는 것입니다. 잘 이끌어 주기만 하면 동생과 어떤 일이 있었는지도 말할 수 있어요. 그러니까 내 말은 그 자신뿐 아니라 그곳에 모인 동생들에게도 그런 일이 다시는 일어나지 않도록, 그런 말을 꺼낼 수도 있다는 그런 뜻입니다. 그렇지 않을까요?"

"글쎄요. 그런 게 잘 될까요?"

"그런 말도 고학년이기 때문에 가능하다고 봅니다. 그럴 수 있습니다. 고학년일수록 더욱더 거리낌 없이 동생들에게 해 주고 싶은 말을 해 줄 수 있어서 가능하다고 봅니다. 꼭 해 주고 싶은 말을 하며 자신이 지금까지 고민해 왔던 것들을 쉽게 말해 줄 수 있다는 것이죠. 그렇지 않을까요?"

"예. 그렇게만 된다면, 그런 식으로 털어놓을 수만 있다면 그 아이 자신을 위해서라도 그보다 더 좋은 일은 없겠죠."

길고 긴 설명이지만 그래도 이 설명 덕분에 방금 쓸데없는 걱정이 풀린 듯 박누리 선생님은 기쁨을 감추지 못했다. 이제는 '잘되었으면!' 하는 바람뿐이다.

"출석번호도 남자·여자 구분 없이 가나다의 성명순으로 되어 있기 때문에 하나의 꼬투리 속에는 남자아이도 있고 여자아이도 있습니다. 남자와 여자아이가 섞여 있다는 것도 장점으로 작용할 수 있지 않을까요?"

"남자아이와 여자아이가 섞이면 아무래도 분위기가 좀 더 부드러워지겠지요. 토론도 더 잘 될 수 있을 것이고…."

"그렇습니다. 그리고 한 번 하나의 꼬투리로 맺어지면 1년간은 의형제나 의자매처럼 활동하기 때문에 나중에는 친형제나 친자매 이상으로 친해지는 경우도 많습니다. 그 때문에 이런 점에서 볼 때도 이 프로그램을 활용하는 것이 아주 좋다고 보는 것입니다."

"그렇군요."

박누리 선생님도 백청수 선생님의 뜻을 이해한 것 같다.

"이제는 준비하는 일만 남은 것 같습니다."

"예."

"아무리 작은 자료라도 꼼꼼히 살펴보고 철저히 준비하지 않으면 안 됩니다. 그러니 선생님도 진강이에 대해 알고 있는 것이 있으면 많이 알려 주시고 좋은 분위기를 만드는 데 필요한 정보도 구해 주시면 큰 도움이 될 것 같습니다."

"예. 그렇게 하도록 할게요. 부장님!"

박누리 선생님도 긍정적인 방향에서 바라보려 한다. 한번 해 보자는 결심도 섰다.

"아! 그렇지. 한 가지 더 부탁해도 될까요?"

"예?"

"상황에 따라서는 어려운 부탁이 될지도 모르겠습니다만, 한 번 고려해 보는 것도 좋을 듯합니다."

"예."

"올해에는 이 모임이 여섯 번 모이기로 계획되어 있는데 이번에는 학부모 공개수업으로 진행된다고 합니다. 그 때문에 학부모 참관이 가능하고…. 그래서 그러는데 진강이 어머님도 꼭 참석할 수 있도록 안내를 한 번 더 해 주시면 어떨까 해서요."

"예에."

"자녀가 하는 말을 직접 들어 보도록 하는 것이 그 어머님에게는 큰 도움이 되지 않을까요?"

"그럴까요?"

"그렇습니다. 선생님의 말씀도 중요하지만 때로는, 선생님 말씀도 들으려 하지 않을 때는 그렇습니다. 자녀가 하는 말을 직접 들어볼 기회를 드리는 것도 그리 나쁘지는 않다고 보는데요. 그렇지 않을까요? 선생님!"

"그렇군요. 좋아요. 아주 좋아요. 그러고 보니 그런 방법도 있었네요. 그럼, 그것도 그렇게 해 볼게요."

"고맙습니다."

"그런데 부장님! 만약 이 방법이 잘 안 통하면 그땐 어떡하죠? 그때는 정말 어떻게 처신하는 것이 좋을까요?"

"잘 되길 바라야죠."

"그야 그렇지만, 전 그래도 불안하기만 합니다. 그땐 정말 어떻게 해야 할지 막막하기만 합니다. 방금 부장님께서도 말씀하셨지만, 다짜고짜 혼을 내는 것도 좋지 않고 그렇다고 그냥 두는 것도 바람직하지 않고 타이른다고 하여 되는 것도 아닐 테고…."

"그렇긴 합니다. 그렇습니다. 참, 난감하죠? 그렇다고 부모님이 모든 것을 인정하고 의논하려 하는 것도 아닐 테고…."

"그렇습니다. 부모님과는 말도 안 통합니다. 그렇다고 그 아이 하고만 잘한다고 해서 되는 것도 아니고요. 요즘은 반 아이들도 그래요. 그 아이에게 조그마한 관심이라도 보이면 편애한다고 하고, 그렇다고 하여 보통 아이들과 똑같이 대해 주면 행동 수정이 전혀 안 되고, 그렇다고 그냥 두면 반 아이들 모두를 망치는 꼴이 될 테고…."

"그렇군요. 그러니 얼마나 힘이 드시겠습니까?"

"보통 난감한 게 아니에요. 부장님! 이젠 지쳤습니다. 몸에서 모든 기가 다 빠져나간 듯 지칠 대로 지쳤어요."

"힘내세요. 선생님! 그 기분 잘 압니다."

아무런 말도 하지 않지만, 박누리 선생님의 표정에는 지친 기색이 역력했다.

"이런 말이 있습니다. '사랑스러운 아이는 가깝게, 미운 아이는 더 가깝게, 그렇지만 문제성이 있는 아이는 가장 가깝게.'라는 말이요. 혹시 들어 보셨나요?"

좋은 말처럼 들렸지만, 박누리 선생님의 이렇다 할 반응은 없다. 백청수 선생님은 계속해서 말을 이어 간다.

"나도 무슨 뜻인지는 잘 모르겠지만, 해석에 따라 크게 달라질 수도 있겠지만, 아무튼 가장 가까이 두고 지켜보는 수밖에요. 가장 가까이 두고 함께 울고 함께 웃는 방법이 가장 좋다고 하네요."

너무 지쳤기 때문인지 아무런 반응이 없다.

"그리고 보면 포기하고 내버려 두는 것만큼 나쁜 것도 없습니다."

"그렇죠? 부장님! 포기하는 것보다 더 나쁜 것도 없겠죠?"

박누리 선생님은 포기라는 말에 큰 반응을 보였다. 그러고 보면 포기 일보 직전이었는지도 모르겠다.

"예. 그렇습니다."

"그렇지만 그런 줄은 알지만, 그런 줄 알고 있지만, 몸이 말을 듣지 않아요. 온몸의 기가 다 빠져나가 가까이 둘 수 없을 때는 어떻게 해야 할까요? 저는 그것이 가장 두려워요."

"…."

백청수 선생님은 아무런 답변을 하지 못한다. 힘을 내라는 격려의 말로써 해결될 상황은 이미 지났다고 판단한 것 같다. 대화는 더는 이어지지 않았다.

박누리 선생님은 마지막까지 치밀하게 계획한 콩 꼬투리 프로그램에 큰 기대를 걸어보기로 하고 다리에 힘을 주어 교실을 나왔다. 축 처진 박누리 선생님의 뒷모습을 바라보며, 속으로는 이런 말을 해 본다.

'조금만 참으시고 힘내세요. 곧 해결될 날이 올 것 같습니다.'

제6장

두 형제와 티볼

1

5월 27일.

"마지막 시합이 이틀 후로 다가왔다. 준비는 잘 되어 가고 있는가?"

"넵."

"늘 말해 두지만, 승패는 자신의 약점을 얼마나 많이 극복했느냐에 달려 있다. 좀 더 넓게 보면 자신의 약점뿐 아니라 우리 팀의 약점을 얼마나 많이 극복했느냐에 달려 있다고 본다. 그동안 열심히 했고 특히 인성교육뿐 아니라 현지 적응을 위해 맨땅에서도 연습하게 되었는데, 그때도 역시 몸을 아끼지 않고 열심히 해 줘서 고맙다. 그럼, 좋은 결과가 있기를 바란다."

선수들은 5월의 더위에 지쳐 땀을 흘리며 서로의 모습을 바라본다. 대견스럽다는 듯 이를 드러내며 웃는다.

"선생님! 내일도 연습하나요?"

"그렇다. 내일 연습이 마지막이 될지도 모르겠다. 내일 아침에 연습하고 나면 그것이 끝일 수도 있다. 강석초에서 연습할 시간이 있을지는 의문이다. 그러니 내일 아침에 가볍게 몸을 푸는 것으로 연습을 대체하려 한다. 그리고 지난번처럼 자기 장비는 각자 챙기고 단체복을 입고 오는 것도 잊어서는 안 된다. 알겠지?"

"네."

"그럼, 오늘은 이만 해산!"

선수들은 교실로 올라간다. 진강이도 뛰어 들어갔다. 백청수 선생님도 자기 반 교실인 '교과실 3'으로 올라갔다.

2

1교시는 도덕 시간이다. 오늘은 동생들과 만나는 특별한 날이다. 교실로 들어온 진강이는 그동안 준비해 둔 자료들을 챙긴 다음 서둘러

이동했다. 교과실 3에는 티볼 선생님뿐 아니라 다른 학년의 아이들도 앉아 있었다. 여러 개의 책상이 모둠별로 배열되어 있는데 그 위에는 모둠을 알리는 종이 팻말도 놓여 있었다.

진강이는 '5번 학생모임'이라는 팻말의 앞자리에 앉았다. 이미 1학년 동생도 와 있었고 2학년, 5학년 동생도 앉아 있었다.

가슴에는 이름표를 단 동생들이 준비해 온 자료를 넘겨 보고 있다. 그러면서도 앞자리나 옆자리에 있는 누나들과 형들이 무척 궁금한 듯 미소 띤 얼굴로 인사를 나누기도 한다.

'어! 나, 저 오빠 알아.'

낯익은 사람을 발견하고는 기쁨에 찬 표정을 짓는 아이도 있었다.

'우리 엄마도 왔구나!'

부모님을 발견하고는 안도의 한숨을 내쉬는 아이도 있었다. 1학년 아이인 것 같다. 티볼 선생님은, 아니 이 시간은 도덕 시간이니 도덕 선생님은 교실을 휙 둘러보시더니,

"우리 반에 오기로 한 학생들은 거의 다 온 것 같습니다. 그러면 먼저 출석부터 불러 보기로 하겠어요."

라고 말씀하시면서 모인 아이들의 이름을 부르기 시작했다.

"6학년 1반 5번 정진강!"

"네."

"3학년 1반 5번 김광석!"

"네."

"1학년 1반 5번 이기쁨!"

"네."

"다 왔으니 지금부터 콩 꼬투리 모임을 시작하도록 하겠습니다. 오늘 일정에 대해 간략하게 말씀드리면, 가장 먼저 자기소개 시간을 갖도록 하겠습니다. 그다음은 각자 준비해 온 주제를 말하고 왜 그런 주제를 준비했는지 그 이유도 들어 보도록 하겠습니다. 그다음에는, 그런 주제 중 가장 많은 학생이 토론하길 원하는 쪽으로 한 가지 주제를 정한 다음, 그 주제와 관련된 자신의 이야기부터 말하는 것으로 토론을 진행하도록 하겠습니다. 순서나 주어진 시간은 칠판 오른쪽에 쓰여 있으니, 참고로 해 주시면 토론을 진행하는 데 큰 도움이 될 것 같아요. 자! 그러면 지금부터는 모둠별로 시작해 주시기 바랍니다."

말씀을 마친 도덕 선생님은 칠판의 한쪽 구석을 가리키셨다. 그곳에는 토론 일정표가 쓰여 있었다.

토론이 시작되자 진강이는 5번 모둠의 꼭지, 쉽게 말하자면 모둠의 대표로서 자기소개를 마친 다음, 5학년 아이에게 마이크를 넘겼다. 마이크 역시 꼭지인 진강이가 골고루 말할 기회를 주기 위해 준비한 것이었다. 소리가 나지 않는 소품에 불과했지만 그래도 왠지 마이크를 들고 발표하면 자신의 마음을 솔직하게 말하는 기분이 좀 더 나지 않을까 하는 바람에서 준비한 것이기도 했다. 마이크를 넘겨받은 사람에게 궁금한 것을 질문해 볼 수 있고 질문을 받으면 답변할 자격이 주어지는 것은 물론 그 밖에도 자신의 고민거리를 솔직하게 말할 수도 있다. 물론 이런 것들도 이미 토론 규칙으로 정해져 있었다.

방금 마이크를 넘겨받은 5학년 어린이가,

"모두 알다시피 저는 5학년 1반 5번 신시내라고 합니다. 시내 그러니까, 시냇물처럼 맑고 깨끗한 삶을 누리라는 의미에서 제 이름을 그렇게 지어 주셨다고 합니다."

라고 말했다. 소개의 말이 끝나자 2학년 어린이가 손을 들더니,

"누나 이름 너무 예쁘다. 누가 지어 준 거야?"

라고 물었다.

"아빠와 엄마가 상의하여 지어 주셨다고 해."

시내는 왠지 모를 기쁨에 휩싸였다. 처음 보는 동생에게 칭찬을 받아 그런 것 같다. 소개를 마친 다음 4학년 동생에게 마이크를 넘겼다.

"저도 4학년 1반 5번 박민서라고 합니다. 남녀 구분 없이 출석번호를 정해서 그런지, 누나도 있고 형도 있고 남동생뿐 아니라 여동생도 있어 너무 좋습니다. 저는 여동생이 없어 참 안 좋았는데 이렇게 만나게 되어 너무 기쁩니다. 이야기도 나눌 수 있어 너무 좋아요. 이런 모임은 처음이지만 너무 좋고 너무 기대됩니다. 이 자리를 빌려 교장 선생님께 감사드립니다."

이때 또 2학년 어린이가 손을 들더니 이렇게 물어본다.

"형이 그걸 어떻게 알아?"

"뭘?"

"교장 선생님께 고맙다고 했잖아. 그럼, 출석번호는 교장 선생님이

정해 주시는 거야?"

"응, 그건 나도 몰라. 그렇지만 그것도 학교 일이니까 교장 선생님께
서 정하신 것 같아 그냥 고맙다고 인사드린 거야."

"그렇구나! 형은 정말 똑똑한데."

"똑똑하긴 뭘. 그냥 찍어 본 거야. 찍은 거라고."

쑥스럽기 때문인지, 민서는 머리를 긁적이며 다소 어색한 표정을 짓
는다. 그렇지만 속으로는 그렇지가 않다. 기분이 매우 좋다. 낯모르는
동생에게 똑똑하다는 칭찬을 받아 그런 것도 있지만 그보다는 형제들
이 많이 생겼기 때문이다. 속으로는,

'동생들과 함께, 형과 누나와 함께 이야기를 주고받을 기회를 얻었
어. 참 좋구나!'

라고 감탄하며, 시작부터 좋은 기분에 마음이 들뜬다.

어린 동생들이 자기소개하고 있는데, 어떤 어머니 한 분이 이 교실
로 들어왔다. 진강이의 눈동자가 그 어머니와 마주치자 고개를 숙였
다. 그렇지만 그 어머니는 진강이가 앉아 있는 모둠 가까이 오시더니,
그 모둠에서 눈을 떼지 않는다. 진강이의 어머님이 오신 것 같다.

3

토론은 순서대로 한마디씩 하는 것으로서 시작되었다. 1학년인 기

뽐이부터 시작하여 6학년인 진강이까지 순서대로 각자 준비해 온 주제에 대해 말했다. 그런 주제 중 진강이가 준비해 온 것이 가장 큰 흥미를 끌었는지, 모두들 진강이만을 바라보고 있다. 진강이의 말을 좀더 듣고 싶은 분위기를 가장 먼저 눈치챈 시내가 마이크를 집어 들더니, 이렇게 말했다.

"진강 오빠는 왜, 형제간의 문제를 해결하는 데 내가 먼저 양보하는 것이 좋은가? 라는 주제를 준비해 왔는지, 그 이유를 설명해 줬으면 좋겠습니다."

진강이는 어떤 말을 먼저 할까 망설였다. 그러다가 불쑥 이런 말을 꺼낸다.

"이 오빠의 이야기가 좀 길어질 텐데, 그래도 귀를 기울여 들어 줄 수 있겠니?"

"네."

모두들 씩씩하게 대답하며 진강이를 신기한 듯 바라본다.

"사실, 이 오빠는 늘 이런 생각을 하고 있었어. 종일 동생과 놀아 줄 수는 없다. 그러면 나만의 자유시간은 가질 수 없기 때문이다. 나도 나만의…. 그런데 그만…."

지금도 입원 중인 동생의 모습이 되살아난 듯 갑자기 말끝을 흐렸다. 답답했기 때문인지, 광석이는 진강이를 바라보며 보챈다.

"그래서 어떻게 됐어? 빨리 말해 줘."

"그런데 그만 그 생각 때문에 사고가 일어났지."

"오빠! 어떤 사고야? 누가 다쳤어?"

기쁨이도 이렇게 물으며 호기심을 보이기 시작했다.

"놀아 주지 않았기 때문에 동생이 큰 사고를 당했지. 나 혼자만 놀아 보자는 욕심이 사고를 부른 거였지. 나만이 아니라 동생과 함께 노는 것으로, 양보했어야 했는데, 그렇게 하지 못해 결국은….'"

"그랬구나!"

모두들 왜 진강이가 양보의 문제를 끄집어냈는지 조금은 이해가 되었다는 듯 고개를 끄덕였다.

그렇지만 민서는 동생 쪽에 더 큰 관심이 있는 듯,

"그러면 그 동생은 몇 살인데?"

라고 말하며, 호기심을 보인다. 대화를 그쪽으로 끌고 가려 한다.

"지금 다니면 3학년이니까 10살이지."

"열 살! 그럼, 나랑 같은 나이잖아."

같은 3학년이고 동갑이라 그런지, 광석이는 놀라움을 금치 못한다. 그러더니 눈을 똥그랗게 뜬 채,

"그럼, 몇 반이야? 이름은? 남자야, 여자야?"

라고 말하며, 계속 이런 질문만 해댄다.

그래도 진강이는 즐거운 듯 하나하나 차근차근 대답해 준다. 동생들의 거리낌 없는 호기심이 편하게 말할 수 있는 분위기를 만들어 준 것 같다. 그리고 마음속에 쌓였던 말을 시작하자 마음이 시원해지는 맛도 조금은 들었다.

"3학년 1반, 이름은 정소강, 남자아이지."

"아니, 그럼 우리 반이잖아, 우리 반! 근데 형, 그런 아이는 우리 반에 없는데."

광석이는 의아한 듯 진강이를 바라보며 어떤 대답이 나올지 애타게 기다린다.

"소강이는 지난 2월 25일에 다쳤기 때문에 3학년에 올라갔어도 3학년 1반이라는 것만 발표되었지. 그 이상은 나도 잘 몰라."

"그래요? 그럼, 왜 그렇게 됐지?"

시내도 궁금하다는 듯 진강이를 바라보며 물어본다.

"개학 날부터 학교에 가지 않았기 때문에, 아니 좀 더 정확하게 말하자면 가지도 못했기 때문에 모를 수밖에 없었어. 그때는, 그때는 엄청 심각했거든."

"그렇구나! 그렇게 된 거였구나."

모두들 이해를 했다는 듯 고개를 끄덕였다.

"오빠?"

이번에는 기쁨이가 할 말이 있는 것 같다.

"왜?"

"오빠! 그 옷 참 멋진데 무슨 옷이야. 야구복이야?"

기쁨이가 진강이의 옷을 보더니 갑자기 이런 말을 꺼냈다.

"야! 지금 옷 이야기를 하면 어떡해?"

2학년 아이가 기쁨이를 바라보며 말했다.

"내가 뭘?"

기쁨이는 무엇을 잘못했는지 모르겠다는 듯 2학년 오빠를 바라본다.

"지금은 진강 오빠 이야기를 하는 중이야. 그러니 너도 진강 오빠의…."

"응, 나도 알아. 그래서 나도 진강 오빠의 멋진 옷에 대해 말하고 있잖아."

기쁨이도 지지 않으려는 듯 눈을 크게 뜨고 자신의 주장을 내세웠다. 기쁨이의 이해를 도와주려는 듯 시내가 나섰다.

"그런 게 아니라, 진강 오빠 얘기는 맞긴 맞는데, 진강 오빠 옷 이야기가 아니라 동생과 관련된 이야기를 하는 거야. 그러니 제일 막내인 우리 기쁨이도 오빠가 무슨 말을 하는지 잘 들어 보자. 알았지?"

시내는 기쁨이에게 이야기의 흐름에서 벗어나지 않도록 타일렀다.

"응!"

기쁨이도 말뜻을 알아들었는지 시내 언니를 바라보며 다정하게 미소 짓는다.

"그런데 2학년 오빠는 왜 자기소개를 안 해?"

기쁨이는 또 이렇게 말하며 시내 언니를 바라본다.

이 말을 듣고 당황한 듯 2학년 아이는 자기 가슴에 달린 이름표를 가리키며,

"내 이름은 우리강산입니다. 2학년이고요. 소개가 늦어 미안합네다."

라고 말하고는 짓궂게 웃는다.

이 아이 중 어떤 아이는 '말투를 보니 북한에서 온 아이인 것 같은 데 정말 그럴까?'라는 의문을 품기도 했다.

또 어떤 아이는 이런 의문도 가져 본다.

'이름은 강산이 같은데, 그러면 우 씨인 아빠와 이 씨인 엄마의 성을 모두 가져와 자신의 성으로 삼은 것일까? 정말 그런 것일까?'

그렇지만 곧 그 아이도,

'성은 우 씨고 그다음 세 글자가 이름이겠지.'

라는 결론을 내린 듯 다시 또 토론에 열중한다.

이와 같은 모습, 즉 서로를 배려하고 도와주고 양보하려는 모습에서도 진강이는 왠지 모를 편안함을 느꼈다.

"형! 그런데 어떻게 해서 사고가 났어?"

민서도 소강이가 어떤 사고를 당했는지 궁금하다는 듯 사고에 관한 질문을 했다.

"나도 몰라. 놀아 달라는 소강이를 끝내 뿌리치고 친구들끼리 티볼 한 게임을 하고 돌아왔더니, 집에는 아무도 없더라고. 그다음 날이 되어서야 소강이가 병원에 입원했다는 말만 겨우 전해 들었지. 엄마로부터 그 말만."

진강이는 자신도 모르게 황당하다는 표정을 지었다.

"많이 다쳤어?"

안타까운 듯 묻는 광석이도 같은 3학년에 같은 1반이라 그런지, 특히 더 많은 동정심을 보였다.

"응! 지금도 누워 있어, 병원에. 너무 많이 다쳤기 때문에."

"어디를 다쳤는데?"

광석이가 계속 질문했다.

"머리를 다쳤대, 엄마의 말씀에 따르면."

"머리를 다쳤으면 어떻게 되는 거야."

안타까운 시선으로 진강이를 바라보며 시내도 한마디 거들었다.

"나도 몰라. 자세한 건."

"그건 그렇고, 잘 이해했는데, 그러면 왜 형은 형제간의 문제를 해결하는 데 양보가 중요하다고 한 거야. 지금까지 이야기를 들어보니 서로 싸운 것 같지도 않은데."

점점 더 궁금한 듯 민서도 이 문제에 다시 또 관심을 보이기 시작했다.

"그전에도 동생이 놀아 달라고 하며 칭얼대고 귀찮게 굴기에, 혼내적도 있고 나만의 자유를 찾아 몰래 집을 나온 적도 있었거든. 엄마하고도 싸우고, 그러던 중 사고를 당한 거지. 양보는 하지 않고 내 고집만 부린 탓에 결국에는 그 불똥이…."

그날의 뼈아픈 기억이 되살아난 듯 진강이의 표정은 어두워졌다.

"남자들이란 다 그렇다니까. 자기 혼자만 놀러 다니고. 그러기에 동생 좀 잘 돌보지 그랬어."

시내도 들으라는 듯 큰 소리로 말하며 진강이에게 핀잔을 준다. 찔리는 구석이 많아 그런지, 진강이는 아무런 말도 못 한다. 고개만 숙이고 있다. 그렇지만 속으로는 이런 생각이 흘러가고 있었다.

'그래, 네 말이 맞아. 내가 먼저 양보했더라면 그런 일은 일어나지 않았을 텐데….'

"지금 와서 후회해 본들 아무런 소용이 없네요."

고개를 들지 못하는 진강이를 바라보며 시내는 또 화나게 하는 말을 한다.

광석이도 고개 숙인 진강이를 바라보며 한마디 한다.

"아니, 형! 왜 그랬어? 내가 볼 때도 형이 참 잘못했네."

찔리는 말을 들으면 들을수록 진강이의 고개는 점점 더 아래쪽으로 내려갔다.

'잘못했다는 걸 깨달았을 땐 너무 늦었지.'

후회하는 마음이 흘러가고 있었다. 의기소침해진 아들의 모습을 본 진강이 어머니도 마음이 편치 않았던지 표정이 어두워졌다.

4

"아무리 생각해 봐도 그땐 내가 너무 잘못했지."

진강이의 말투에는 힘이 들어 있었다. 그렇지만 힘겹게 나온 사과인 만큼 시원한 맛도 났다. 잘못했다는 말과 함께 그동안 쌓인 스트레스도 함께 빠져나간 기분이다.

모두들 아무런 말이 없다. 사과를 받으려고 한 말은 아니었지만, 제일 큰 오빠의 그런 말을 들으니 기분도 그렇고 분위기도 왠지 모르게 서먹서먹해졌다.

갑자기 어색해진 분위기 속에서도 진강이는 자기 이야기를 계속한다.

"나도 잘못한 줄은 알고 있어. 그 때문에 그동안 크나큰 죄책감에 사로잡혀 괴로움에 떨며 살아왔어. 동생은 아직도 입원 중인데, 난 이렇게 멀쩡하게 있으니 괴로웠지. 하루하루가 고통이었을 뿐 아니라 그와 같은 하루가 지날 때마다 죄책감도 그만큼 커졌고, 언제부터인지는 모르겠으나 마음속에 엄청나게 큰 죄책감이 딱딱한 덩어리가 되어 자라나고 있음을 깨닫고는 깜짝 놀랐고, 이젠 감당할 수 없을 만큼 너무 커졌다는 것도 알게 되었고."

진심이 느껴졌기 때문인지, 어머니의 눈에는 눈물이 고였고, 다음과 같은 생각이 흘러가고 있었다.

'우리 진강이도 이 문제에 대해 큰 죄책감을 느끼고 있었구나! 그래서 그동안 한 번도….'

안쓰러운 모습에 어머니의 눈에서는 눈물만이 계속 흘러내린다.

"죄책감을 느꼈다면, 그때 바로 방금 사과한 것처럼 사과했으면 되지 않았을까? 사과했으면…."

참다못한 민서가 진강이의 말을 끊고 자신의 의견을 제시했다.

"그 점에 대해서도 생각을 해 봤는데, 그런데 그 사과를 누구한테 해야 할지 알 수 없었어. 두렵기도 했고…. 망설이기만 했을 뿐 결국에는 동생에게도, 엄마에게도 못했어. 난, 누구에게도 할 수 없었지. 그 때문에 그런 나 자신이 정말 미워지기도 했고."

"그럼, 그 말은 곧 양심의 가책을 느꼈다는 말인가요?"

시내도 한마디 했다.

"그래 맞아. 양심의 가책을 많이 느꼈어. 아주 많이. 동생도 볼보지 않고 내팽개친 채 나만의 자유를 얻기 위해 뛰쳐나왔으니까. 그뿐 아니라 어떤 때는 동생에게 심부름만 잔뜩 시켜놓고 나만 몰래 빠져나온 때도 있었는데, 그때를 뒤돌아보면 동생에게 더욱 미안하고. 그 때문에 또 너무 큰 양심의 가책을 느끼기도 했고, 이젠 그런 내가 너무 미워 견딜 수 없는 지경에도 이르렀지."

힘겨운 고백이었기 때문인지, 말을 하는 내내 진강이는 침통한 표정을 짓고 있었다.

'그날도 그랬지. 그날도 난 동생에게 일부러 심부름만 잔뜩…. 티볼도 한 게임이 아니라 서너 게임 했고, 게임이 끝나고도 바로 들어온 것이 아니라 친구들과 어울려 밤늦게까지 놀다 들어왔지. 그 때문에, 그게 마음에 걸려 겁도 났고, 결국에는 병문안도 못 갔어. 지금까지…, 한 번도….'

그날을 떠올리며 속으로는 이런 말도 해 본다. 그러고는 단호한 표정으로 입술을 꼭 깨물었다. 진강이의 침통한 표정에서 이런 속마음을 느꼈는지, 어머님도 눈시울이 한없이 뜨거워졌다. 그동안 진강이가 보여 준 행동이 왜 그래야만 했는지 어느 정도는 이해가 된 듯 보였다.

"그러고 보면 형이 좀 비겁했구나. 형이 좀 비겁한 행동을 많이 했어. 비겁한 행동을! 나빴어, 정말!"

이런 말을 하며 광석이도 다소 찡그린 표정을 지었다. 그런데 동생들로부터 욕하는 말을 들어 그런지 진강이의 마음은 알게 모르게 편안해지는 것이었다. 그동안 누군가로부터 자신을 꾸짖는 말을 듣고 싶었는데, 그 말이 동생들한테서 나올 줄은 꿈조차 꾸지 못했지만, 그래도 그런 말을 들으니 억눌렸던 마음이 시원하게 뚫린 것 같았다.

"형이 좀 나쁜 짓을 했네. 그건 그렇고. 그럼, 형은 그런 자기 자신을 용서할 수 없었던 거야?"

민서도 언짢은 표정으로 안 좋은 말도 하고 위로의 말도 해 본다.

"응."

"그렇다고 하더라도 형제간의 일인데 그냥 잊어버렸으면 됐잖아. 그전처럼 모른 척하든지."

이처럼 민서도 할 말이 많은지 이말 저말 떠들어 댔다.

"잊어버릴 수 있다면 좋은데, 내팽개칠 수 있다면 더욱 좋겠는데, 모른 척할 수 있다면 더더욱…. 그런데 그렇게 되질 않아. 그렇게 되지 않는 걸 어떡하니? 잊으려 하면 새롭게 생각나고 더 큰 양심의 가책을 느끼고 더 큰 죄책감에 빠져들고 시달리게 되고 그런 것을 어떡하면 좋지, 어떡하면?"

다시 또 마음이 답답해졌기 때문인지, 진강이는 길고 긴 한숨을 내쉬기도 하고 천장을 바라보기도 한다. 눈에서 눈물도 고였다. 보이지는 않을 정도였지만.

그런데 그런 눈물과 함께 마음속에 도사리고 있던 죄책감도 어느 정도 빠져나간 듯 다시 또 시원함을 느낀다. 털어놓으니 왠지 모르게 시원했다. 그렇지만 진강이 어머니는 더는 들을 수 없었는지 안타까운 표정을 짓더니 이내 곧 다른 쪽으로 고개를 돌렸다.

"그래요? 오빠 정말, 힘들었겠다."

시내도 아까와는 달리 이제는 위로의 말을 하기도 하고 동정심도 보인다.

"너무 힘든 나머지 어떤 때는 종일 집안에 틀어박혀 멍하니 있었던 적도 있어."

"형! 너무 괴로워하지 마. 동생은 형의 그런 마음 다 이해할 거야. 그치?"

광석이도 위로의 말을 했다.

"그러던 어느 날 한 장의 가정통신이 내 손에 들어왔어. 티볼 선수 모집 가정통신이었지."

티볼이란 말과 함께 진강이의 눈동자는 빛나기 시작했다.

"그래서 오빠는 지금도 티볼 옷을 입고 있는 거구나! 서울푸른솔초등학교라는 말도 쓰여 있네. 그건 우리 학교 이름이잖아. 멋져! 정말 멋져, 오빠!"

기쁨이는 멋지다는 감탄사를 연발하며 여전히 티볼에 큰 관심을 보였다.

"응! 내일모레가 시합이야. 우리들의 마지막 경기, 아주 큰 시합이지. 아니, 아주 큰 시합이 될 것 같아. 아주 큰 시합이."

"그렇구나!"

기쁨이를 비롯한 다른 아이들도 진강이가 티볼 단체복을 입고 있는 것이 이해된다는 듯 고개를 끄덕였다.

"그럼, 오빠가 대표 선수야?"

기쁨이가 또 말했다.

"진강 오빠는 대표 중의 대표야. 우리 학교 티볼팀 주장이라고 하던데, 지난번에 발행된 학교 신문에서 봤어. 그렇지, 너희들도 봤지?"

시내도 다른 아이들의 표정을 살피며 자신이 한 말에 동의를 구한다. 진강이는 부끄러운 듯 쑥스러운 표정을 짓기도 하고, 한편으로는 자랑스러운 듯 활짝 웃어 보인다. 기분이 꽤 좋은 모양이다. 그 때문인지 이번에는 아주 신이 나서 티볼 이야기를 이끌어 갔다. 그렇지만 티볼 이야기만 나오면 왜 그렇게 기분이 좋아지는지, 그 이유는 알 수 없었다.

"그건 그렇고, 그 후 나의 유일한 위로와 기쁨은 티볼밖에 없었어. 죄책감에서 벗어날 수 있는 길은 오직 티볼밖에 없었고, 티볼에 온 정신을 쏟음으로써 억눌리고 찌든 마음에서 벗어날 수 있었지."

진강이는 정말 시원하다는 듯 기분 좋은 미소를 지었다.

"다행이네요. 형."

강산이도 한마디 거들었다.

"미친 듯이 연습했어. 아침 일찍 일어나는 것이 너무 행복했고. 신선한 공기를 마시며 학교에 오면 티볼을 실컷 할 수 있고 땀도 뻘뻘 흘릴 수 있어 너무 좋았지. 티볼 선생님도 매일매일 필요한 기술들을 하나씩 가르쳐 주셨고…. 마음을 바르게 쓰는 법도 가르쳐 주셨지. 아무튼, 그보다 더 행복할 수는 없었어."

"정말 좋았겠네요. 오빠! 나도 아침에 봤는데 진강 오빠 너무 잘하더라."

연습에 한창이던 진강이의 모습을 떠올리며 시내도 맞장구를 쳤다. 진강이의 이야기가 너무 재미있어 그런지, 학부모님들도 진강이의 모둠으로 모여들었다. 잘 보이지는 않았지만, 진강이의 담임 선생님도 호기심 어린 눈빛으로 그 모둠을 관찰하고 있었다.

"너무 행복했어. 정말, 정말, 너무너무 행복했지."

행복했다고 말하면서도 진강이는 왠지 모를 긴 한숨만 내쉰다. 그러자 모두들 의아한 눈빛으로 진강이를 쳐다본다. 진강이 어머니는 긴 한숨에서 불길한 낌새를 느끼셨는지 두 볼이 붉게 물들었다.

'혹시, 그때 그 일을 말하려고 그러나….'

이런 생각이 흘러갔던 것이 아닐까?

5

한숨을 몇 번이나 내쉰 다음 진강이는 다시 이야기를 시작했다.

"그런데 그런 나에게 문제가 생겼어."

"문제요? 무슨 문제요?"

광석이가 호기심 어린 눈빛으로 물었다.

"티볼을 하는 동안은 참 좋고 참 행복했는데, 문제는 그다음에 일어났지. 티볼만 끝나면 너무 괴로운 거야. 티볼이 너무 행복해서 그런지, 티볼만 끝나면 끝나는 그 순간부터는 왠지 모를 불안감에 휩싸였고, 그런 불안감 속에서 그전에 느꼈던 죄책감이 다시 또 되살아나오는 거 있지."

무엇인가 중요한 비밀이라도 털어놓으려는 듯 진강이의 표정은 금세 어두워졌다.

"웩! 정말 싫었겠다."

민서도 한마디 거들며 다시 또 안타까운 표정을 지었다.

"불안감과 죄책감이 번갈아 바뀌는 가운데, 너무 괴로운 나머지 난 그만 실수를 하고 말았어. 쉽게 말하자면 해서는 안 되는 일에 손을 댔던 거지."

진강이는 더더욱 침통한 표정을 짓는다. 말투도 제법 진지해졌다. 기쁨이도 궁금한 듯 진강이의 표정을 바라보며 물어본다.

"어떤 일에 손을 댔는데? 오빠! 설마! 나쁜 짓 한 건 아니겠지?"

"응! 미안하다. 기쁨아! 오빠가 좀 나쁜 짓을 했다. 지금은 그 일조차도 후회하고 있지만, 어쩔 수 없었어. 그때는 정말…."

모두들 동정 어린 눈빛으로 진강이를 바라볼 뿐이었다. 진강이의 담임교사도, 어머니도 안타까운 눈빛으로 진강이만을 물끄러미 바라볼 뿐 아무런 말이 없었다.

"사실을 말하자면, 티볼 선생님 교실에 몰래 들어가 티볼용품을 하나씩 가져오기 시작했어. 허락도 받지 않고."

"엥? 정말?"

눈이 휘둥그레진 강산이는 신기한 듯도 하고 믿기지도 않는다는 듯 진강이를 멍하니 바라만 보고 있다.

"남의 물건을 몰래 가져가는 건 나쁜 일이라고 우리 반 선생님께서 말씀하셨는데, 그런 나쁜 짓을 형이 한 거야."

광석이도 한마디 하며 진강이만을 똑바로 바라본다.

"맞아. 그런 나쁜 짓을 그만 이 형이 하고 말았어. 이 형이…. 처음에는 괴로움에서 벗어나기 위해 한 일이었는데, 그런데 이런 말을 해도 될지는 모르겠지만 너무 좋았어. 이상하게 들릴지도 모르겠지만 그런 행동을 하는 게 너무 좋은 거 있지. 이상하리만큼 좋았지."

그때의 일들이 떠올랐기 때문인지, 아주 작은 웃음이 진강이의 붉게 상기된 표정에 아로새겨지듯 피어올랐다.

"진짜야?"

시내도 믿기지 않는다는 듯 다른 한편으로는 어이가 없다는 듯 멍하기만 한 표정으로 진강이만을 바라본다.

"몰래 가져올 때의 긴장감도 좋았고, 훔치는 그 순간의 쾌감이란 이루 말할 수 없을 만큼 좋았지. 그뿐 아니라 집에 돌아와서 그 물건을 만지작거리며 놀고 있으면 왠지 모르게 밀려오는 편안함이 정말 좋았는데, 그땐 정말 행복했는데, 그땐 정말 구름 속이나 하늘나라를 거닐 듯 황홀한 꿈만 꾸고 있었는데, 그런데 그런 황홀한 느낌도 잠시였어. 횟수가 반복될수록 다시 또 죄책감이 밀려들기 시작했고 그렇게 밀려 드는 죄책감에 지친 나머지, 난 결국 좌절하고 자책도 하고 히죽히죽 웃기도 하고 울기도 하고, 도무지 나도 내 마음을 모르겠더라고….”

“….”

“결국에는 내가 어떤 병에 걸린 건 아닐까? 정말 어떤 병에…. 이런 의심까지 들더라고…. 말 못 할 어떤 병…, 그것도 그 원인조차 알 수 없는…. 무시무시한….”

진강이는 말끝을 흐리며 주변을 둘러본다. 너무 놀란 듯 아무런 말 도 못 하는 아이들의 표정을 보니,

‘내가 좀 너무 심했나?’

라는 생각이 들었지만, 한편으로는 다음과 같은 생각도 들었다.

‘그땐 정말 그린 망상에도 시달렸지.’

그런데 어머니의 반응은 좀 달랐다. 원인조차 알 수 없는 병이라는 말에 충격을 받았고, 그 충격은 눈물이 되어 흘러내렸다. 손수건을 들 고 눈언저리를 훔치고 있다.

‘그래서 그런 것이었구나. 이 모든 것이 다 동생이 다친 일이 원인이 었어. 그 일에서 아주 큰 충격을 받았고, 트라우마마저 생겨났고, 결국 에는 그런 엄청난 일로 발전한 것이었구나.’

또 이런 생각을 하고 있었기 때문인지 흐르는 눈물은 그치지 않는

다. 그렇지만 한편으로는 알 수 없었던 의문이 풀렸기 때문인지, 아니면 해결의 실마리를 찾게 되어 그런지, 왠지 모를 편안함도 느꼈다.

"그다음으로 재미있던 건 티볼 교실의 열쇠였어. 번호 열쇠! 아니, 환상의 번호 열쇠라고 해야 할까?"

"그럼, 형이 그 열쇠를 따고 들어간 거야?"

광석이가 큰 호기심을 보이며 질문했다.

"처음에는 호기심에서 따고 들어갔지. 그런 식으로 알아낸 열쇠 번호를 이용하여 몰래 들어가 티볼용품을 하나 가져왔는데…. 다행인지 불행인지, 티볼 선생님께서는 눈치도 못 채시더라고. 전혀 못 채셨어, 전혀. 처음에는…."

진강이는 '그만큼 내 기술은 뛰어났지.'라는 말을 좀 더 하고 싶은 듯 의기양양한 표정을 짓고 있다.

그 모습을 보고는 모두들 '설마! 그런 일이 가능할까?'라는 눈빛으로 진강이의 말에 귀를 기울인다. 속으로는 다들,

'분명, 거짓말일 거야. 거짓말이 틀림없어.'

라는 생각을 하고 있다.

"그다음에는 선생님께서 우리 선수들을 위해 뒷문을 살짝 열어 놓아 준 덕분에 힘들이지 않고 들어갈 수 있었고, 그다음에는…."

이 말까지 마친 진강이는 생각에 잠긴 듯 천장을 쳐다본다.

다른 모둠을 지도하고 있던 백청수 선생님도 이번에는 진강이의 모둠 근처로 다가왔다. 박누리 선생님과 눈이 마주치자 '잘되어 가고 있

죠?'라는 의미의 눈짓을 하고는 나란히 서서 진강이의 말에 귀를 기울인다.

"맞아. 그러다가 실수도 했지. 그만 티볼 선생님의 가방에도 손을 댔고 그 가방 속에 있던 지갑에서 돈도 훔쳐 냈어."

'정말이야, 정말! 대박이네, 대박! 대단해요!'

모두들 이런 말을 하려는 듯 눈을 반짝이며 진강이의 말에 더욱더 귀를 기울였다. 속으로는,

'이건, 진짜 거짓말이다.'

라는 생각을 해 보기도 하고, 믿기지 않는다는 표정을 지어 보기도 한다.

"이것으로써 끝장인가 싶었는데…."

모두들 믿기지는 않았지만 그래도 몹시 궁금하다는 표정을 짓고 있다.

'그래서 어떻게 됐어? 빨리 말해 줘. 너무 재밌어. 너무.'

모두들 이런 말을 하고 싶은 듯 진강이의 말에 다시 또 귀를 기울였다.

"이것으로써 끝장인가 싶었는데 말이야. 그다음에는…. 아무런 일도 일어나지 않는 거 있지."

"엥! 뭐야. 그게 무슨 말이야."

모두들 어이없다는 표정을 지었다.

"분명, 들통 나서 끝장난 줄 알았는데…."

'그래서 끝장났다는 거야. 끝장 안 났다는 거야.'

모두들 이런 질문을 하고 싶은 눈치를 보이며 진강이만을 뚫어지게

쳐다본다.

"그런데 지금까지도 아무런 일이 없거든. 범인이 누구인지 알 텐데, 분명 알고 있을 텐데도, 없단 말이야. 아무런 말이 없어."

조심스럽게 주변을 살피던 진강이는 정말 이해가 되지 않는다는 표정으로 고개를 갸우뚱한다. 그렇지만 호기심 어린 눈빛으로 자신을 바라보는 동생들을 보자 힘을 얻었는지, 진강이는 더욱더 신명 나게 말한다.

"수수께끼야. 지금까지도 나에겐 수수께끼로 남아 있어. 분명 티볼 선생님도 그때는 화가 머리 꼭대기까지 나서 채취한 지문을 경찰서에 보내셨을 텐데…. 그러면 그 지문이 내 지문으로 나왔어야 했는데…. 아니, 분명 내가 범인으로 밝혀졌을 텐데…. 이상하게도 감감무소식이야. 기다리고 또 기다려 봐도 아무런 말씀이 없으서, 아무런 말씀이…. 이상하지 않니? 너희들이 생각할 때도 그렇지? 이상하지?"

지문에 대해서는 아직도 의문이 풀리지 않았기 때문인지, 진강이는 모둠 아이들의 동의를 구해 본다. 그러나 모두들 믿기지 않는다는 듯 멍한 표정만 지을 뿐 아무런 대답이 없다. 기쁨이는 지문도 모르고 무슨 말을 하는지도 모르겠는지 그저 눈만 깜빡이고 있었다.

그렇지만 다른 아이들은 모두 진강이를 바라보며, 속으로는 '거짓말이 맞네.'라는 말을 해 보기도 한다. 그리고 그중에는 이런 말을 하고 싶은 아이도 있었다.

'그건, 형의 말이 거짓말이니까 그렇지. 그러니 결과가 나올 까닭도

없고…. 생각해 보면 정말 뻔한 이치 같은데.'

자신이 던진 질문에 대답이 없자, 진강이는 이 아이들이 보내는 근질근질한 시선과 멍한 표정을 즐기며 계속 말을 이어 갔다.

"그래서 난 '아무런 일이 없네, 이상하다.'라고 생각할 만큼 이상한 기분이 들었지만 그래도, 그런데도 계속하여 훔치고 또 훔쳤어. 꿋꿋하게 훔쳐 냈지. 몰래 가져오고 또 가져왔어. 가져올 수 있는 건 다 가져왔어. 심지어는 티볼 선생님이 보시는 티볼책도 가져왔지. 그러는 가운데 열쇠도 여러 번 바뀌었고, 그때마다 학교에 전화해 보기도 하고, 친한 친구에게 부탁하여 번호를 알아내기도 했지."

'정말이야. 거짓말이야. 도저히 구분할 수가 없네.'

아이들은 모두 이런 생각만 하는 듯 어이없는 표정으로 서로를 바라보고 있었지만, 그래도 그런 말에 무척 흥미 있어 하는 것만큼은 사실이다. 귀를 바짝 세우고 듣고 있었다.

"그런데 마지막에는 정말 힘들더라. 여기저기 알아보기도 하고 이 번호 저 번호 막 눌러 보기도 했지만 맞지 않는 거야. 알고 있는 사람도 없고, 어느 번호도 맞지 않더라고…."

"그래서 어떻게 했어?"

더는 참을 수 없다는 표정을 지으며 시내도 궁금한 점을 물어보기 시작했다. 그뿐이 아니다. 박누리 선생님도 아이들이 주고받는 이런 말들을 듣고는 얼마 전의 일을 떠올려 본다. 티볼책을 갖다 놓기 위해 갔지만, 아무리 눌러 봐도 맞는 번호는 없었다. 그래서 그런지, 이 질문은 박누리 선생님도 물어보고 싶은 것이기도 했다.

그런데 이런 점에서는 도덕을 담당하고 있는 백청수 선생님도 마찬가지였다. 그분 역시 호기심을 보이며 귀를 바짝 기울이고 있었다.

"그래서 이번에는 내 실력으로 도전을 해 보기로 했어. 마지막으로 내가 내 힘으로서 열쇠 번호를 알아내기로 한 거지."

"그래서 어떻게 알아냈는데?"

"어떻게 알아내긴 뭘 어떻게…. 일일이 수작업을 하는 수밖에 없었지. 내가 맨 처음 티볼 교실에 들어갔을 때처럼 말이야. 직접 이 손으로…."

말이 여기까지 이르자, 진강이는 의기양양하게 자신의 손을 동생들에게 보여 준다.

'수작업! 그건, 어떻게 하는 건데?'

이런 질문을 하고 싶은 눈치를 즐기듯 진강이는 이 아이들의 호기심 어린 눈동자를 바라보며 아주 천천히 말했다.

"선생님들이 모두 퇴근한 것을 확인한 다음 번호 알아맞히기 놀이에 도전해 봤지. 그랬더니 딱 2분 36초 걸리더라. 다섯 자리여서 좀 힘들기도 하고 화가 날 때도 있었지만 그만큼 짜릿하기도 했지."

'마지막 열쇠 번호는 그런 식으로 해서 알아낸 것이었군! 그 누구에게도 알려준 적이 없는데, 그러고 보니 직접 알아낸 것이었구나.'

백청수 선생님도 이런 생각으로 진강이를 다시 바라본다.

'역시, 빠른 솜씨군!'

감탄사마저 흘러나온다. 한편으로는 이런 생각도 해 본다.

'막을 수는 없는 일이구나! 열쇠만으로는, 아무리 많이 바꿔도…. 결국에는….'

그런데 바로 그때였다. 그곳에 모여 있는 아이들이 모두,

"대단하네. 대단해! 최고예요!"

라고 말하더니, 진강이를 바라보며 엄지손가락을 치켜세우는 것이었다.

민서는 자기도 해 보고 싶다는 듯 도덕 선생님을 바라보고 손을 내밀며 열쇠를 빌려 달라는 시늉을 해 보기도 한다.

광석이는,

'나도 도덕 시간에 꼭 해 봐야지. 형처럼 도전정신을 발휘하여.'

라는 생각을 하는 듯 의미심장한 미소를 짓고 있었다.

예상치 못한 동생들의 반응에 당황한 진강이는 우선 민서를 바라보며,

"야아 야! 동생들아. 그만해. 그런 것은 배워서 좋을 게 없어요."

라고 말하며, 말리는 시늉을 한다.

그뿐이 아니라, 광석이를 비롯한 다른 아이들에게는 흉내 내서 좋을 것이 없다고 말하며 극구 말린다.

이것으로 모든 이야기가 끝나는가 싶었는데 그런 것이 아니었다. 쉬는 시간이다. 모두들 잠시 쉬었다.

6

2차시에도 진강이의 이야기는 계속되었다.

"이번에는 그런 버릇 때문에 엄청나게 손해 본 이야기를 해 줄게."

손해라는 말이 이 아이들의 호기심을 또 자극한 것 같다. 반짝반짝 빛나는 동생들의 눈동자를 바라보며 진강이는 자신의 이야기에 도취하여 점점 더 깊이 빨려 들어갔다.

"티볼 선생님의 것을 다 훔친 다음 깨달은 것이 있다면 선생님 지갑만큼은 절대 손을 대서는 안 된다고 하는 거야. 그뿐 아니라 슈퍼나 상점 같은 곳에서 물건을 몰래 가져와도 안 된다고 하는 거고."

"왜? 훔치는 것은 다 나쁘지. 안 그래? 꼭, 선생님 것이나 슈퍼 아저씨만 봐줄 이유가 따로 있어? 봐주려면 다 봐주고 훔치려면 다 훔쳐야지. 그래, 안 그래? 아무튼, 난 훔치는 것은 이유를 막론하고 다 나쁘다고 봐. 너희들도 그렇지 않니?"

시내는 진강이의 말에 반박이라도 하듯 소리 높여 말한 다음 다른 아이들의 동의를 구해 본다.

"맞아. 맞아. 그 말이 백번 맞아. 그렇지만, 그래도 내 말을 하자면, 내 경험에 비추어 봤을 때는 그렇다는 거야. 다른 사람은 다른 생각이 있겠지, 그렇지 않을까? 그러니 오해는 하지 않았으면 좋겠는데."

변명 같은 진강이의 말을 듣고, 시내는 '알았어요.'라는 말을 하고 싶은 표정으로 고개를 끄덕이더니 입을 삐죽 내밀었다.

"그러면 그 이유를 말해 줄 테니 잘 들어 봐."

"네."

모두들 진강이의 말에 귀를 기울였다.

"선생님 것을 슬쩍하면 양심에 찔려 오랫동안 괴로움을 겪기 때문이고, 슈퍼나 상점에서 물건을 훔치면 그만큼, 아니 몇 배로 물어줘야 하기 때문이지. 한쪽은 양심에 걸리고 다른 한쪽은 금전적으로 아니면 법적으로도 책임을 져야 할지 모르기 때문에, 단지 그 말만 해 주고 싶었을 뿐이야. 너희들에게 이런 고통이 있다는 것도 알려 줄 겸 해서 꺼낸 말이지."

멋쩍은 눈빛으로 진강이는 시내를 바라본다.

그렇지만 진강이의 말을 듣고 이해되지 않는다는 듯 시내가 다시 또 입을 삐죽 내밀며, 다음과 같은 말로서 맞서고 나왔다. 짓궂은 웃음도 살짝 짓는다.

"그건 이해를 하겠는데, 그럼 오빠는, 친구 것이나 동생 것은 훔쳐도 괜찮다는 거잖아. 양심에도 안 걸리고, 안 물어줘도 되니까 그런 거지, 맞지?"

"어허! 그런 뜻이 아니야. 그런 뜻이. 정말 그런 뜻이 아니라니까. 친구 것도 훔쳐서는 안 되고, 동생 것은 더더욱 훔치면 안 돼요. 절대 안 돼요."

진강이는 두 손을 들어 부정하는 손짓으로 마구 흔들며 말했다. 이 모습을 본 시내도 삐죽 내민 입가에 미소를 지으며 능청스럽게 물어본다.

"왜에?"

"왜냐하면, 왜냐하면 말이지."

말문이 막힌 진강이는 난처한 표정을 지으며 잠시 생각에 잠겼다.

"왜, 말을 못 하는 거야?"

시내가 바짝 물고 늘어졌다.

"왜, 말을 못 하는 거야?"

기쁨이도 시내 언니의 말을 흉내 내어 말해 본다. 지루함을 느낀 것 같다. 그렇지만 다른 아이들은 그 말을 듣고 한바탕 웃는다. 동생들의 해맑은 웃음소리에 힘을 얻었는지 진강이도 이제는 자신 있게 말한다.

"왜냐하면, 이유는 간단해. 동생 것을 잘못 훔치면 평생 욕을 먹거든. 칭얼거리며 돌려 달라고 매달리는데 어쩔 수가 없더라고. 이것도 안 당해 본 사람은 모른다."

"그래요? 그러면 그 말은 동생 것도 훔쳐봤다는 말이고, 그다음은 그러니까 친구 것은 왜 안 돼?"

시내는 그 이유를 끝까지 들어보겠다는 듯 미소를 머금은 표정으로 짓궂게 물고 늘어졌다.

"친구 것은 왜 안 돼?"

재미가 붙었는지 기쁨이가 또 따라서 말했다. 아이들의 입가에는 미소가 번진다.

"친구는 말이지. 친구 것은, 잘못 건드리면 큰 싸움이 일어날 수도 있거든. 그러면 크게 다치든지 아니면 반 아이들로부터, 아니 그 학년 전체 아이들로부터 따돌림을 당할 수도 있고. 믿을 수 없는 놈이라고 하면서 손가락질도 당하게 되는데, 그 꼬리표 또한 평생 따라다녀, 평생! 그러니까 안 돼."

"역시, 이 말은 또 이 반 저 반의 친구 것도 많이 훔쳐봤다는 그런 말이군요. 오빠! 그렇죠?"

이런 말을 하며 시내는,

'안 훔쳐본 것이 없구나. 없어.'

라는 생각을 하며 혀를 끌끌 찼다.

"아니, 그런 게 아니라니까, 그런 게."

진강이는 부정하고 또 부정해본다.

"아니긴 뭐가 아니에요. 방금 그렇다고 스스로 말했으면서…. 그러고 뭐, 평생 따라다닌다고요?"

시내가 이번에도 말꼬리를 잡고 늘어지며 따지듯 묻는다.

"그럼. 평생, 평생 따라다니지."

"에, 거짓말!"

이 한마디 말만 남겨 놓고 시내는 크게 웃는다. 그러면서 못 믿겠다는 듯 진강이를 바라본다.

"거짓말이 아니야. 난, 당해봐서 안다고. 넌, 안 당해 봤으니까 모르는 거고, 그렇지 않니?"

"거짓말!"

"거짓말!"

기쁨이가 또 시내 언니의 말을 따라 하고 아이들은 또 한바탕 웃으며 거짓말이라고 말한다.

"거짓말, 거짓말이라니! 진짜야, 진짜."

진강이도 변명을 여러 차례 해 본다. 그런 다음 정말 어처구니없다는 표정도 지어 본다.

"오빠는 이제 겨우 13살인데, 어떻게 평생 따라다닌다는 것을 알겠어요? 그러니까, 그건 거짓말이지. 그렇지 않아요?"

"그런가?"

진강이도 시내의 말이 이해되는 듯 고개를 끄덕이며 웃는다. 농담 삼아 한 말이라고 하는 것도 눈치챘나 보다.

"오빠가 평생이라고 해 봤자 고작 12년이지, 만 나이로 보면 12년. 안 그래요?"

이 말을 하며 시내도 이번에는 밝은 미소를 지으며 진강이를 바라본다.

"말이 또 그렇게 되는 건가?"

진강이도 멋쩍은 웃음을 보이며 머리를 또 긁적인다. 몇 달 만에 웃는 웃음인지는 모르겠지만, 그런 웃음으로 인해 기분이 무척 좋아지고, 쌓인 감정도 눈 녹듯 녹아내린 기분이 든다. 해맑게 웃는 진강이의 모습을 보고 모두들 또 웃는다. 한바탕 크게 웃는 모습을 보며 진강이는 자신의 처지를 변명하듯 이런 말로 마무리를 하려 한다.

"이렇게 웃으면서 말하고는 있지만 사실 훔치는 것은 정말 나쁜 일이야. 훔치는 것이 나쁘지 않다고 말하는 것이 결코 아니니 괜한 오해는 하지 마. 아까도 말했지만, 선생님 것뿐 아니라 상점의 물건들은 특히 조심하지 않으면 안 돼. 우리 동생들! 그중에서도 상점의 물건만큼은 절대 안 돼요. 절대!"

박누리 선생님은 이런 대화들이 오가는 틈을 이용하여,

'남남으로 모인 관계가 주는 편안함도 있다고 하더니, 이를 두고 한 말인가?'

라는 생각도 해 본다. 그러고는 잠시,

'첫 만남인데도 꽤 친해진 것처럼 보이는 것도 요즘 아이들의 특징일까?'

라는 생각에 빠져 본다. 그때 어떤 아이의 목소리가 들려왔다.

"형! 뭔 일, 있었지? 그 때문에 그런 말을 하는 거지? 아니라면 왜 그런 말을 하겠어. '특히'라는 말도 그렇고, '절대'라는 말도 그렇고…. 그렇지? 뭔가 있지? 설마! 상점에서노 슬쩍…."

무엇인가 큰 것이 있다는 것을 느낀 민서는 의기양양한 표정을 지으며 진강이의 답변을 재촉했다.

"어떻게 알았어?"

그런 질문이 나올지 예상조차 하지 못했던 진강이는, 속으로는 뜨끔했지만 그래도 겉으로는 태연한 척을 해 본다.

"짐작이 대단한데, 다시 봤다. 민서! 대단해요."

칭찬의 말로서 진강이는 놀라움을 감추며 민서를 치켜세웠다.

그러자 민서는 무엇인가 새로운 것을 찾아냈다는 기쁨을 감출 수 없다는 듯 더욱더 의기양양한 표정을 짓는다. 그러더니 두 손가락을 펴 V자 모양을 만들더니 마구 흔들어 댔다.

그런데 이번에는 또 웬일인가? 진강이 어머니도 큰 호기심을 보이며 귀를 기울이고 있는 것이 아닌가? 그렇지만 그 표정은 어두웠고 일그러져 있었다. 자칭 대형 상점 아저씨가 생각났기 때문에, 치밀어 오르는 울화를 가까스로 참으며 짐짓 담담한 표정을 짓고 있었던 것이 아니었을까?

"그러면 지금부터는 그 이야기를 해 줄게. 잘 들어 봐."

이렇게 하여 진강이는 민서를 비롯한 다른 아이들을 바라보며 자신의 이야기를 또 시작하게 되었다.

"그중에서도 선생님의 이야기를 먼저 해 줄게. 생각해 보면 볼수록 선생님들은 범인이 누구인지 알고 있는 것 같기도 하고. 그런데 그러면서도 이상한 건 겉으로는 모르는 척하시는 분이 많다는 거야. 왜 그러시는지 그 이유는 모르겠어. 그렇지만 그 때문에 늘 불안해. 언제 어디서든 '너, 이리 좀 나와 볼래?', '상담을 좀 할까?'라는 말만 들으면 그때마다 가슴이 찔리고 두근거리기 시작하지. 그뿐이 아니야. 어느 때든 '네가 가져갔지? 난, 다 알고 있다.'라는 말을 불쑥 꺼내는 동시에 스마트폰에 내려받은 범행 동영상을 그 증거로서 보여 줄지도 모르기 때문에 찜찜하기도 하고 불안하기도 하고…. 아무튼 개운한 맛이 없어. 개운한 맛이. 사실은, 이런 것보다 더 괴로운 것도 있는데, 그것은 선생님을 똑바로 볼 수 없다는 거야. 쉽게 말하자면 선생님을 볼 때마다 죄책감이 들기 때문에 여간 괴로운 게 아니거든."

하던 말을 잠시 쉬는가 싶더니 도덕 선생님을 힐끔 쳐다본다.

그런데 그 순간 왠지는 모르겠지만,

'난 그때 금액만큼이란 말만큼은 하지 않은 것 같은데, 그렇지 않니?'

라는 생각이 떠올랐다.

그런데 그 생각이 방금 선생님이 진짜 말한 것처럼 들렸는지, 그러니까 그렇게 들렸다는 착각을 하고 나서부터는 말도 제대로 나오지 않는다. 너무 놀랐기 때문일까? 아니면, 마음에 또 걸리는 어떤 것이 있었기 때문일까?

진강이는 숨을 크게 들이쉬며 놀란 마음을 가까스로 추슬러 본다. 그런 다음 고개를 돌려 동생들을 바라보니, 그들은 너무 재미있다는 듯 귀를 바짝 기울이고 있다. 숨소리도 내지 않는다. 용기를 내어 다시 말을 해 보지만, 뜻대로는 되시 않는다.

"죄, 죄책감에 시달리다 보면 그, 그런 죄책감에 너무 시, 시달린 나머지, 불쑥 뛰쳐나가 무릎을 꿇고 용서를 빌고 싶은 충동에 시달릴 때도 있어. 물론 그렇게 했다간 미친놈 취급당할 게 뻔할 것 같고…. 그 때문에 그렇게 할 수도 없고…. 그것처럼 견디기 힘든 것도 없어. 그거, 안 당해 본 사람은 모른다. 그 고통을 몰라요. 얼마나 괴로운 일인지. 얼마나 후회스러운 일인지. 그 때문에 아예 처음부터 선생님 물건에는 손을 대지 않는 게 좋아. 그게 좋아요. 우리 동생들은!"

더듬거리며 가까스로 말을 마친 진강이는 고개를 들지 못한 채 그저 동생들의 표정만을 살펴본다. 가슴은 지금도 벌렁벌렁 뛰고 있다. 진강이의 속마음을 알 길 없는 동생들 또한 믿기지 않는다는 표정만 짓고 있다. 그렇지만 다들,

'우리는 그런 짓 안 해요!'

라는 말을 하고 싶은 듯, 확고한 표정으로 귀를 기울이고 있었다.

"다음은 슈퍼나 상점인데, 당했다. 당했어!"

갑자기 이렇게 말하더니 진강이는 머리를 쥐어뜯기 시작한다. 얼마 전 엄마에게 크게 혼난 일이 생각난 것 같다. 이 모습을 본 아이들은 모두 매우 놀란 듯 벌어진 입을 다물 줄 모른다.

"당했어요? 어떻게 당했는데."

시내가 말했다.

"어떻게 당하긴, 크게 당했지. 그것도 아주 크게 당했지."

"얼마나 크게 당했는데."

"무려 30배나 물어 줬다지 뭐야. 엄마 말씀을 잘 들어 보니 그렇게 많은 금액을 물어줘야 했다고 하더라고."

진강이의 표정에도 놀라움이 가득 차 있다.

"그래요?"

동생들도 마찬가지였다. 깜짝 놀란 표정을 짓고 있다. 그런 표정에 보답이라도 하듯 이번에는 좀 더 큰 소리로 말한다.

"그런데 진실은 알고 보면 그게 아니라는 거야."

"그게 아니라고, 뭐가 아닌데?"

모두들 '어서 말해 봐.'라는 말을 하고 싶은 듯 진강이에게 궁금하다는 눈빛을 보내고 있었다.

"그러니까 내가 지금 여기에서 말하고 싶은 것은…. 미리 말해 두지만…. 난 말이야."

"오빠! 그렇게 질질 끌지 말고 빨리 말해 봐. 답답해 죽겠네."

시내도 재촉했다.

"결론부터 말하자면 그렇다는 거야. 그렇게 많은 돈을 물어줬다는 말을 처음 들었을 때 난 정말 기절초풍할 뻔했다는 거지."

"아이, 궁금해 죽겠네. 그렇게 능청 떨지 말고 빨리 말해 줘. 30배 말고 또 뭐가 있는지?"

민서도 답답하다는 듯 큰 소리로 말했다.

"알았어. 미안, 미안!"

"미안하다는 말도 하지 말고 빨리 말해 줘. 정말 답답해 죽겠네."

민서가 다시 또 재촉한다.

"아이쿠! 정말 답답해 죽겠네."

기쁨이도 민서가 하는 말을 흉내 내어 말했다. 이 말을 듣고 모두들 또 한바탕 웃는다. 초조함을 은근히 즐기는 듯 진강이는 마음을 가다듬은 다음 차근차근 말하기 시작했다.

"알고 봤더니 그런 거야. 잘 들어 봐. 내가 그 상점에서 가져온 물건은 천 원짜리였는데 그런데 그걸 만 원짜리로 부풀렸다는 거야. 그렇게 뻥 친 가격에 또다시 30배의 손해배상을 해 달라고 거짓말한 거 있지. 그것도 우리 엄마에게, 아무것도 모르는 우리 엄마에게 말이야."

이 말을 하는 진강이도 놀란 표정을 짓고 있었지만, 이 말을 듣고 있는 어머니는 더욱더 놀라움을 금치 못했다. 속으로는 그 당시 그 사람의 태도와 말을 다시 또 떠올려 본다. 그러고는 곧 이런 의문에 휩싸였다.

'돈을 뜯어내려고⋯. 상점 주인으로 보기엔 뭔가 석연찮고⋯. 그 후 그 상점에 가봤더니, 없고⋯.'

표정이 갑자기 일그러지며 굳어졌다.

'돈도 돈이지만⋯. 이게 어디 사람 사는 세상인가?'

어머니의 안색은 급격히 어두워졌다.

"엥! 뭐야. 결국, 300배의 손해배상을 해 준 거야. 그런 거야?"

민서가 확인이라도 하듯 다시 물어본다.

"⋯."

진강이는 얼굴만 붉힐 뿐 아무런 대답도 못 한다.

그러고 보면 '사기를 당한 거지. 사기를.'이라는 말을 하려다 그만둔 것 같다.

"계산해 보니 그런데 뭘. 오빠! 정말 엄청난 손해를 봤구나."

시내도 진강이를 바라보며 위로의 말을 건넸다.

"그래서 너희들에게만은 이렇게 특별히 말해 주는 거야. 슈퍼나 상점의 물건만큼은 훔치지 말라고⋯."

"그래서 그런 말을 한 것이구나!"

민서도 이해가 간다는 표정을 짓는다.

"난, 나쁜 짓 안 할래."

기쁨이도 한마디 했다.

"그렇지. 우리 기쁨이는 오빠처럼 나쁜 짓 하면 안 돼요. 알겠죠?"

"응."

기쁨이도 진강이를 바라보며 큰 소리로 대답했다.

"죄책감 때문에 괴로웠고, 괴로웠기 때문에 훔쳤고, 훔쳤기 때문에 피해를 줬고, 피해를 줬기 때문에 혼나고, 혼나고…. 실컷 혼난 다음, 그런 짓은 인제 그만두고 홀가분한 마음으로 살아가고 싶었는데 그게 마음대로 안 돼."

진강이는 뜬금없이 이런 말을 하며 긴 한숨을 내쉬었다.

그런네 동생늘은 진강이가 왜 갑자기 이런 말을 하는지는 알 수 없었다. 그 때문에 모두들 적지 않게 놀란 표정만 짓고 있다.

"그건 또 무슨 말이야."

시내도 그 말이 이해되지 않는지 뚱한 표정으로 말했다.

"사실은 오래전부터 훔치는 것도 훔치는 것이지만 들키고 싶었는데 그게 뜻대로 되질 않아."

"그게 무슨 말이에요? 들키고 싶은 사람이 어디에 있어요?"

이해가 되지 않는다는 표정으로 민서도 이렇게 말했다.

"그렇지만 있어. 그런 일도 있으니까 잘 들어 봐."

"네."

"난 말이야. 들켜서, 그러니까 내 말은 들켜서 벌을 받고 싶었는데, 무척 혼나고 싶었는데, 그게 잘 안 돼. 그게 안 된다고."

진강이는 이런 말만 되풀이하며 천장을 바라본다. 또다시 긴 한숨을 내쉬었다. 동생들은 이해가 되지 않는다는 듯 고개를 옆으로 흔들었다. 그렇지만 선생님의 반응은 크게 달랐다. 박누리 선생님도, 백청수 선생님도 진강이의 말을 들어보기 위해 더욱더 귀를 기울이는 모습이 역력했다.

"남의 물건을 몰래 가져오는 것으로서 괴로움에서 벗어나고 싶은 마음도 있었지만, 또 다른 마음도 있었지. 말하자면 다른 한편으로는 들켜서 혼나고 혼남으로써 죄책감에서도 벗어나고…. 그렇게 하고 싶었는데…."

진강이는 이런 말을 하며 한숨만 내쉬었다.

이 말을 듣고 민서도,

'그래서 들키고 싶었다고 말한 것이구나. 죄책감에서 벗어나고 싶어서.'

라는 것을 이해하게 된 것 같다.

"그래서 가져오더라도 일부러 작은 것만 골라 가져온 것인데…."

이런 말을 하며 진강이는 다시 또 긴 한숨을 내쉰다.

"들키지도 않았고 혼나지도 않았고 그 때문에 죄책감에서 벗어나지도 못했고…. 으흑!"

말을 가까스로 마친 진강이는 다시 또 머리를 쥐어뜯는 시늉을 한
다.

괴로워하는 그 모습에도 아랑곳하지 않고 민서는,

"너무 작은 것만 훔쳐 그런 거 아냐?"

라는 말을 툭 내뱉었다. 다시 또,

"이왕 훔치려면 큰 걸 훔쳐야지. 그래야 관심이라도 끌지 않겠어."

라고 말하며, 이번에는

'이만큼 큰 거.'

라는 뜻을 내비치듯 두 팔을 한 아름 벌렸다.

그렇지만 그 말과 동작이 농담처럼 들렸는지 모두들 한바탕 크게 웃
는다. 그 덕분에 분위기는 다시 또 밝아졌다. 안심된다는 듯 박누리 선
생님의 얼굴에도 웃음이 번졌다. 이런 생각도 들었다.

'그래서 그렇게 작은 것만…. 그렇구나.'

자연스럽게 오가는 대화를 보고는, 박누리 선생님도 토론이 뜻대로
잘 되어가고 있다는 것을 깨닫게 된다. 이제부터는 이 아이의 문제도
잘 해결될 것 같다는 믿음도 가져 본다.

"설마! 그건 아니겠지."

광석이도 수습하듯 한마디 했다.

"그러지 말고 오빠! 내가 좋은 거 하나 알려 줄까?"

시내가 좋은 생각이 났는지 진강이를 바라보며 말했다.

"뭔데?"

진강이도 호기심이 생겼나 보다.

"지금까지 그렇게 훔쳐 왔으면 그 사람들을 찾아다니면서 용서를 비는 건 어때?"

"용서?"

"응, 용서. 그동안 얽힌 관계를 역전시키려면 용서를 비는 게 필요하지 않겠어?"

"관계의 역전! 그러기 위해서는 먼저 용서를 비는 게 필요하다. 그런 뜻이니?"

진강이도 시내의 말을 되풀이하며 생각에 잠겨 본다. 그러고 보면 무엇인가가 떠오른 것도 같다. 해결책 같은 어떤 것이.

"응, 용서. 용서를 빈다고 해도 어려울 건 하나도 없어. 그냥 지금의 오빠 마음을 솔직하게 털어놓는 거지. 용서를 빈다는 건, 그런 게 아닐까?"

시내는 새로운 관계 정립을 위해 용서를 빌어 보라고 권하며 용기를 북돋아 주었다.

"용서를?"

진강이의 마음속에 새로운 희망이 조금씩 일어나기 시작한다.

"그래요. 용서. 용서를 빔으로써 그동안의 잘못을 깨끗이 씻어내고….."

"용서를 빈다. 진심으로 용서를 빈다. 관계의 역전을 위해."

진강이는 용서를 비는 일에 대해 좀 더 깊은 생각을 해 본다. 그리고 그런 말을 들어 그런지, 다음과 같은 말씀이 떠올랐다.

'아니, 이 녀석 봐라. 선생님과 비슷한 말을 하네. 얼마 전에 티볼 선생님도 수비 강화를 위한 전략으로 관계의 전환이니 뭐니 그런 말씀을 하셨는데.'

진강이는 확인하는 눈빛을 담아 티볼 선생님을 힐끔 쳐다본다. 선생님의 입가에는 잔잔한 미소만이 번져 나갈 뿐이었다.

"훔친 것을 돌려주며 용서를 빌고, 물론 동생에게도 사과하는 건 어때? 오빠, 한 번도 빈 적 없지? 사과한 적도 없지?"

시내는 사과를 권하는 동시에 동생들에게도 사과하라는 말을 해 보라고 재촉한다.

그래서 그런지,

"빈 적 없지?"

라고, 기쁨이도 덩달아 말해 본다. 그렇지만 아무런 대답도 들려오지 않는다.

"오빠 말을 들어 보니 한 번도 없는 거 같은데."

"오빠 말을 들어 보니 없는 거 같은데."

기쁨이가 또 따라 말했다. 같은 말을 두 번씩이나 들었기 때문일까? 느낌이 온 것도 같다.

진강이는 깨달았다. 어머니에게 자신의 잘못에 대해 용서를 빈 적이 한 번도 없다는 것을, 소강이에게는 속마음을 시원하게 털어놓은 적도 없다는 것을. 두렵고 두려워, 미안하고 또 미안하여 피하려고만 했지,

정면으로 돌파해 보고 싶은 마음은 한 번도 가져보지 못했다는 것을. 관계의 회복을 위해서는 자신의 속마음을 솔직하게 털어놓는 것이 필요하다고 하는 것도 절실하게 다가왔다. 그리고 보면 선생님의 말씀보다는 또래 아이들의 말이 더 큰 효과를 가져올 때도 있는 법이었다.

"그것 봐?"

시내는 다시 또 이렇게 말하며 핀잔을 준다. 속으로는

'남자는 다 그렇다니까.'

라는 말도 해 본다. 그렇지만 진강이에게 상처를 주는 말로 들릴까 봐 차마 입 밖에 내지는 못했다. 진강이는 여전히 할 말이 없는 듯 입을 꼭 다물고 있다.

"오빠! 오늘 당장 문병 가는 건, 어때?"

기쁨이가 말했다. 시내도 기쁨이의 말을 거들어 본다.

"그래, 오빠! 생각났을 때 가는 게 가장 좋지 않을까? 형제간의 다툼도 친구 간의 다툼처럼 빨리 사과하고 빨리 화해하고 빨리 끝내는 게 좋아."

"맞아요, 맞아. 누나 말이 백번 옳아. 망설일 필요도 없고, 그거 괜찮을 거 같은데."

민서도 시내의 말에 동의했다.

"동생의 처지에서 보면 형이 형으로서 빨리 사과하는 게 제일 좋아."

광석이도 한마디 거들었다.

"오빠, 그거 알아 몰라. 잘난 척하는 형보다 솔직하게 사과할 줄 아는 형이 더 멋지다고 하는 거."

시내도 이런 말로서 더욱 재촉했다.

"형! 꼭, 갈 거지?"

강산이도 확인하듯 한마디 했다.

그렇지만 진강이는 고개만 숙이고 있을 뿐 아무런 대답을 못 한다. 주저하고 망설이는 기색이 역력했다.

"형이 오늘도 안 가면 동생이 너무 불쌍해. 그치?"

광석이도 망설이는 진강이를 바라보며 다시 또 한마디 했다.

"그럼, 내가 같이 가 줄까? 소강이와 나는 같은 반이니까."

계속 아무런 말이 없자 이번에는 같이 문병 가자는 제안을 해 본다.

"그거 좋은 거 같다. 아주 좋아. 이참에 얼굴도 알아놓고 서로 친해지는 것도 좋을 거 같고, 그치?"

시내도 모두의 얼굴을 바라보며 광석이의 말에 찬성의 뜻을 내비쳤다.

'그럼, 오늘 가볼까? 용기를 내어 볼까?'

진강이의 마음에 변화가 조금씩 일어나기 시작했다. 동생들의 설득에 가고픈 마음이 조금은, 아주 조금은 움직인 것 같다.

길고 긴 토론은 이렇게 끝났다. 학부모님들도 다른 선생님들도 모두 돌아갔다. 학생들도 준비한 자료를 정리한 다음 자기 반 교실로 돌아갔다. 교실로 올라가는 박누리 선생님의 발걸음은 가벼웠다. 마음도 가벼웠다. 스스로 해결해 볼 수 있는 분위기를 만들어 주는 것이 좋다고 하시더니 그 말대로 된 것처럼 보였기 때문에 기분은 더욱 좋았다.

'토론다운 토론은 되지 않았지만, 그래도 첫 모임인 만큼 이 정도로 만족해야겠지. 처음부터 끝까지 진강이의 일방적인 말로 끝나버린 느낌이지만, 그래도 서로들 친해지는 계기가 되었고, 그 아이도 이제는 자신의 속마음을 털어놓았으니… 뭔가 변화는 있겠지.'

새로운 기대를 걸며 백청수 선생님도 자리를 정돈했다.

'됐다! 진강이도 잘 되겠고, 팀도 잘 되겠고, 마지막 시합도….'

수첩을 꺼내 개선할 사항란에는 다음과 같은 말을 적어 넣는다.

'다음번에는 골고루 말할 기회를 주도록 한다. 새롭게 생긴 형제들 즉, 형이나 동생, 언니, 누나에 대한 느낌을 표현하도록 한다. 좀 더 친하게 지내려면 어떤 마음이 더 필요한지 말해 보도록 한다.'

시작은 미흡했지만, 그래도 이 정도면 '우애란 무엇이고, 돈독히 하려면 어떻게 해야 하는가?'라는 본 프로그램의 목표를 향해 힘찬 출발을 한 것 같아 기분은 더욱 좋았다.

7

5월 29일.

마지막으로 손가락을 걸며 약속하던 일이 생각났다.

"오빠! 오늘 힘들면, 내일은 꼭 병문안 가는 거야."

"형! 가서 무조건 미안하다고 하는 거 알지?"

"꼭, 그렇게 사과하는 거야."

모두들 이런 말과 함께 새끼손가락을 내밀었다. 이에 진강이도 마침내,

"웅!"

이라는 말과 함께 새끼손가락을 걸며 약속한 것이었다.

생각해 보면 볼수록 어제처럼 좋은 날도 없었다. 용기를 내어 병문 안을 다녀왔기 때문이다. 반갑게 맞이하며 웃고 있던 동생의 모습이 떠오른다. 오랜만에 동생의 얼굴을 차근차근 보고 있는데 기적이라도 일어난 듯, 그 순간 소강이가 눈을 조금씩 뜨려고 하는 것이었다. 좀 더 지나자 정말 실눈을 뜬 채 반갑게 웃는 것이었다.

그 모습이 지금도 또렷한 모습을 그리며 떠오른다. 어제 처음 눈을 떴다고 한다. 엄마의 말씀에 따르면. 그렇지만 그때는 정말 깜짝 놀랐다. 놀랍기도 하고 기쁘기도 했다. 그다음에는 가슴이 뭉클해지면서 진한 감동이 밀려왔다.

'극복했구나! 다행이다. 다행!'

지금도 이와 같은 생각이 솟아오르고 있다. 속으로는 다음과 같은 생각들도 꿈틀거리고 있었다.

'잘못했어. 형이 그날 놀아 주지 못해, 옆에 있어 주지 못해…. 정말 미안하다.'

한편으로는 여전히 여러 가지 의문점들도 떠올랐다.

'네가 그날, 심부름은 하나도 하지 않고 날 찾아다니다 찾지도 못하

고 미끄럼틀에서 혼자 놀다 떨어질 줄이야.'

그러고 보니,

'형이 뭔데 나한테 심부름만 잔뜩 시키는 거야. 형이 뭔데….'

라는 불만이 지금도 귓전을 맴돌고 있다.

원망스러운 그 눈초리도 되살아났다. 눈물로 가득 찬 그 눈동자도.

'잘못했어. 그런데 그런 일이 일어날 줄은…. 사고는 정말 어처구니 없는 곳에서 일어난다고 하더니…. 병원으로 옮겨진 다음에도 밤새도록 응급실에 있으면서 이런저런 검사를 받아야 했고…. 모두들 그런 고생을 하고 있었는데. 난, 그런 줄도 모르고…. 미안하다. 더는 할 말이 없구나.'

형의 마음을 느꼈는지 동생도 형을 바라보며 그동안 쌓인 말을 하려는 듯했다.

그러나 그 목소리는 알아들을 수도 없을 만큼 아주 작았다. 그래도 귀를 기울여 잘 들어 보니,

"괜찮아."

라는 말을 하려는 것 같았다. 그 말과 함께 웃고 있는 것이었다.

그다음으로 또 무슨 말을 하려 한 것 같았는데, 그 말이 무엇인지는 기억이 잘 나지 않는다. 그렇지만 그 말뜻을 그 당시의 상황으로 추측해 보면,

"형이 오기만을 기다리고 기다렸는데, 와줘서 너무 좋아. 이제는 다나은 것 같아."

라는 말을 하려 한 것 같았다.

웃음꽃이 피어난 동생에게,

"이제는 형과 함께 티볼, 열심히 하자."

라고 했더니, 소강이도 좋다는 뜻으로 고개를 끄덕였다.

어제의 그 감격이 되살아난다. 되살아날 때마다 즐겁고도 즐겁다. 이제는 이런 생각만으로도 날아갈 듯 기분이 좋다. 너무 좋다. 동생과도 화해하고, 어려운 일도 잘 극복했기 때문인지 한층 더 성숙해진 기분이 든다. 마음이 넓어지고 단단해진 것 같다.

오늘도 기분 좋게 환하게 웃는 동생의 모습을 떠올리며,

'꼭 이겨야지. 동생을 데리고 본선 대회에 나갈 수 있다면 얼마나 좋을까?'

라는 생각을 하고 서 있는데, 갑자기 귓전을 때리는 고함이 들려온 것 같다.

티볼 선생님 쪽을 바라보니,

"3루로 던져, 3루로."

라는 말을 하려는 듯, 손가락 세 개를 편 손을 머리 위에서 마구 흔들어대는 것이었다. 3루 쪽을 보니 3루로 뛰고 있는 상대편 주자가 눈에 들어왔다.

'히잉! 2루에 머물러 있을 줄 알았는데 3루로 뛰었네. 크큭! 저렇게 귀여운 행동을!'

진강이는 어림없다는 마음을 티볼공에 실어 3루로 있는 힘껏 던졌다. 레이저 송구였다. 마침내 레이저 송구가 나온 것이다. 그 공을 3루수가 받아 태그하려 하자 상대편 주자는 뛰던 방향을 홱 돌려 2루를 향해 돌아가는 것이었다. 그러면서도 3루를 돌아보며 망설이는 기색이 역력했다. 공을 든 3루수는 계속 뒤쫓아 갔다. 그 공을 2루로 던지는 동작을 하자 2루로 달리던 그 주자는 다시 또 방향을 돌려 3루 쪽을 향해 뛰어왔다.

그러나 그 공이 여전히 3루수의 손에 쥐어져 있는 것을 보자 발걸음을 멈추고는 그 자리에 주저앉는다. 속임 동작에 당했다는 것을 눈치챈 것 같다. 3루수가 가볍게 태그하여 아웃시켰다. 이 모습을 본 진강이의 마음에는 벅찬 감동이 밀려왔다. 다음과 같이 생각이 절로 들었다.

'그런 졸렬한 런다운은 안 통해. 우리 팀은 한결 강해졌다고…. 공격뿐 아니라 수비 수준도 한층 더 높아졌고…. 이 모든 게 관계의 전환 덕분이지. '덕분에'라는 말을 통한 관계의 전환! 서로의 마음을 아름답게 이어주고 맺어 주는 마법의 주문! 그것이 바로 우리 팀만의 비밀병기였지롱! 규칙 연구도 많이 했고 너희 팀의 습성도 파악했고 너의 개인기도 어느 정도는 알고 있다고…. 물론 이런 경우에 뛴다는 것도 어느 정도는 예상했고.'

기대가 컸던 주자가 아웃 되자 상대 팀의 기세도 함께 꺾인 듯 나머지 선수들은 공격도 제대로 못 한다. 마지막 10번 타자를 알리는 신호가 올라왔다. 심판이 두 손의 손가락을 모두 편 채 하늘 높이 쳐들며 마지막 10번 타자임을 알린 것이다.

　그렇다고 하여 현재의 점수를 살펴보면 안심할 때는 아니었다. 지금은 10대 9로서 푸른솔초가 1점 앞서 있지만, 1루에 강석초의 주자가 나간 상황이었기 때문에 안타를 치게 되면 위험했다. 실수라도 하는 날이면 동점이 될 수도 있고 주자도 1루나 2루로 출루하게 되므로 역전패를 당할 수도 있었다. 상황은 그만큼 매우 급하게 돌아갔다. 승부는 언제 어떻게 바뀔지 모르는 상황이다.

　강석초의 마지막 10번 선수가 타석에 들어섰다. 배트를 어깨 위로 올렸다. 배팅 티 위에 올려놓은 공에 배트를 몇 번씩 갖다 대는가 싶더니 어느새 공은 소리 없이 하늘을 향해 날아간다.

　그러나 그 공에는 힘이 없다. 뚝 떨어지는 공을 제2중견수가 잡아 처리한다. 경기는 끝났다.

　"이겼다."

　모두들 기뻐 하늘로 뛰어올랐다. 그 하늘로 선수들이 날린 모자가 두둥실 두리둥실 날아간다. 기쁨은 하나의 마음으로 똘똘 뭉쳐 점점 더 커져만 갔다. 커질 대로 커진 승리의 기쁨은 어릿광대들의 축제처럼 천방지축으로 날뛰는 가운데 선수들의 마음을 넘고 넘어 티볼 선생님과 담임 선생님들, 그다음에는 응원하러 나온 어머님들의 마음속으로 하나둘씩 단단히 엮어 갔다.

　그와 같이 하나로 엮인 기쁨의 레일 위를 감동과 행복을 가득 실은 꿈의 기차가 달려간다. 달려갈 때마다 왁자지껄한 웃음소리도 운동장

구석구석까지 파고들며 점점 더 넓게 퍼져 나간다.

떠들썩한 축제는 더 큰 희망의 빛을 향해 달려가고 있었다.

* 이 소설은 허구이다. 소설의 배경은 초등학교 교육현장에서의 티볼 지도 및 대회인솔 경험을 바탕으로 하였다. 대회 규정은 교육감 배(티볼 종목) 대회 규정 및 티볼협회, 티볼연맹의 규칙을 참고로 하였다. 대회나 개최연도가 다르면 규정도 달라질 수 있다.